환락송 1

환락송

깊은 밤, 피나 콜라다 1

아나이 지음
허유영 옮김

팩토리나인

등장인물 소개

앤디(安迪): 뉴욕에서 중국으로 돌아온 인재. 투자회사에서 CFO(최고재무책임자)를 맡고 있다. 젊은 나이에 기업의 임원이 된 똑똑한 골드미스. 미모와 재능을 겸비한 그녀는 모든 것을 다 가진듯 하지만 지금의 자리에 오르기까지 너무 많은 것을 잃었다. 외모가 늘씬하고 아름답고 뛰어나지만 차갑고, 사람을 경계하여 종종 오해를 받곤 한다. 고학력의 우수한 인재로 일적인 방면에서는 완벽하고 결단력이 있지만 사람과의 감정 교류에 있어서는 서툰 면을 보이고 있다. 특히 숫자에 민감하고, 논리를 앞세운다. 동생을 찾기 위해 상하이에 돌아왔지만 그 외에 애정과 우정을 동시에 경험하게 된다. 출생의 비밀 때문에 진실한 사랑을 하지 못한다고 생각하고 마음을 닫고 산다.

관쥐얼(關雎爾): 조용한 성격이다. 취업한 지 얼마 되지 않은 말단사원이지만 자기 자리에 만족하며 열심히 일한다. 올해 서른이 되면서 결혼에도 조급해한다. 결혼에 급한 것과는 별개로, 차와 집은 자가로 소유하고 있는 잘생긴 남자가 아니면 쳐다보지도 않는다. 가정형편이 좋은 집에서 착하게 자라며, 부모님이 정해준대로 지내왔다. 상하이에서 글로벌투자기업의 인턴으로 들어가 정직원이 되기 위해 갖은 노력을 하고 있다.

추잉잉(邱瑩瑩): 성격이 단순하고, 일의 결과를 생각하기에 앞서 행동이 먼저 나가는 행동파라 종종 스스로 곤경에 빠지기도 하고, 주변을 힘들게 만들기도 한다. 그녀의 부모님은 농촌에서 작은 도시로 넘어와 고생하며 힘들게 일했기 때문에 자신의 딸만큼은 큰 도시에서 굳건한 입지를 다져 성공하기를 기대하고 있다. 사랑에 흠뻑 빠지는 스타일이다. 상하이의 생활이 고되 때로는 내려가고 싶은 마음이 있지만 부모님, 특히 아빠의 기대가 있고, 자신과 함께 사는 룸메이트들이 있어 즐겁게 살고 있다.

판성메이(樊勝美): 현재 상하이 글로벌투자기업에서 오랜 경력의 인사팀 직원이다. 집안 사정이 빈곤하고, 남자를 중시하는 가정 분위기로 자신은 인정도 받지 못하는 것을 마음에 두고 있다. 매번 오빠가 사고 치는 일들에 연루되고, 그 일들을 해결하느라 번 돈을 다 쓰는 바람에 모아둔 돈이 없다. 그러나 그런 것들을 숨기고, 자존심과 체면을 내세우며, 다른 사람이 자신을 얕보는 것을 굉장히 싫어한다.

의리가 있고, 남을 도와주기 좋아하는 선량한 면이 있는 대신에 허영심이 있어 부잣집에 시집가서 이 고통을 끝내는 것이 목표이다. 하지만 여러 일들을 겪으며 스스로 강해지고, 인생의 변화를 겪게 된다.

취샤오샤오(曲筱綃): 재벌 상속녀. 제멋대로인 성격에 툭하면 남을 무시한다. 좋은 일을 자주 하지만 모두 다 선한 마음으로 하는 것은 아니다. 얼굴도 예쁘고 능력도 좋아서 늘 자신감에 차 있다. 공부에 소질은 없어 고등학교를 졸업하자마자 미국 유학길에 올랐다. 걱정 없이 돈을 펑펑 쓰고 미국에서 놀다가 배다른 두 오빠가 재산을 물려받는 것이 싫어 중국에 들어와 직접 회사 경영에 나선다. 학업엔 소질이 없으나 눈치가 빠르고 수완이 좋아 어린 나이에도 사회가 어떻게 돌아가는지 노련하게 깨우쳤고, 필요하면 비위도 잘 맞추는 등 사람 다루는 솜씨가 뛰어나다. 도움이 필요할 때 누구를 찾아야 하는지, 어떤 끈을 잡아야 중요한 사람과 연결되는지도 잘 안다. 매력이 출중하고, 흡사 여우같은 느낌이다. 놀기 좋아하고, 재미있으며, 상대에게 직설적으로 말한다. 일이 잘 풀리지 않을 때는 생떼를 쓰는 아이 같은 모습을 보이기도 한다. 사업뿐만 아니라 자신이 원하는 남자는 무조건 내 편으로 만들 수 있다는 자신감 충만한 캐릭터다.

1

앤디가 물러서지 않자 탄쭝밍(譚宗明)이 미리 준비해 온 비장의 카드
를 꺼냈다. 그가 앤디 앞으로 서류 뭉치를 내밀었다.

"이걸 보면 귀국하지 않을 수 없을 거야."

앤디가 빙긋이 웃었다.

"이럴 것까진 없잖아."

앤디가 서류를 펼쳤다. 벽돌만큼 두꺼운 서류를 들고 멀리서 찾아
온 탄쭝밍의 성의도 있고, 또 두 사람은 오래전 손발이 잘 맞는 파트
너로서 돈독한 동료애를 쌓은 사이였으므로 탄쭝밍이 먼 길을 찾아
오게 만든 이유를 외면할 수 없었다. 비록 그녀는 귀국할 마음이 전
혀 없었지만 말이다. 고아인 그녀는 전 세계 어딜 가든 고향 같았지
만 그중에서도 제일 익숙한 곳은 뉴욕이었다. 익숙함이란 곧 안정감
이고 그녀에게는 안정감이 무엇보다 필요했다. 서류를 몇 장 넘기기
도 전에 깡마른 앤디의 얼굴빛이 갑자기 바뀌었다.

"이게 내 고향에서 1993년에 태어난 모든 남자아이의 명단이라는
거야?"

"정확히 말하면 시 공안국에 등록되어 있는, 1993년에 출생신고를
한 모든 남자아이의 명단이지."

"그… 그러니까…, 이 중에 내 남동생이 있을 거다?"

"맞아. 하지만 전제가 있지. 첫째, 너의 세 살 때 기억이 정확해야 해. 지금까지 내가 본 너는 천재에 가까우니까 네 기억에는 의심의 여지가 없어. 그렇다면 우리에겐 두 가지 단서가 있지. 1993년생이고 남자라는 것. 둘째, 현지 사투리를 쓰는 여자가 막 태어난 네 남동생을 아들이라고 부르며 애지중지 품에 안고 가버렸다고 한 점에서 세 번째 단서를 찾았어. 그 여자가 네 남동생을 훔쳐간 목적은 인신매매가 아니라 자기 아들로 키울 것이라는 것이지. 1993년은 중국에서 거주지 이동이 그리 활발하지 않았을 때야. 그런데 1993년에 너의 고향에서 전출한 세대 가운데 네 남동생을 데려갔을 가능성이 있는 사람을 찾지 못했어. 그러니까 네 동생이 그 지역에 사는 누군가의 양자가 되었을 거라는 추측이 가능해. 그때는 호적 정책이 엄격했으니까 1993년에 합법적으로 출생신고를 했을 거야."

탄쫑밍은 중대한 프로젝트를 브리핑하듯 논리정연하게 설명했다.

"내 부탁으로 이걸 조사해준 친구의 말로는 아직 살아 있다면 틀림없이 이 명단 안에 있을 거래. 이 명단에서 가능성이 높은 사람을 추려내는 건 네 도움이 필요해. 자, 앤디. 거대한 막이 올랐어. 주인공은 무대의 중앙에 있어야지. 귀국하자."

앤디는 쉽게 대답하지 못했다. 그녀의 기억은 20여 년 전 그때로 돌아가 있었다. 그 위험했던 겨울밤으로…. 한 치 앞도 보이지 않을 만큼 깜깜하고, 스산한 바람소리에 여인의 처연한 외침이 뒤섞였다.

"오늘 밤에는 낳아야 돼. 어서, 힘 줘!"

…

"와, 고추야!"

…

"아들, 내 아들, 내 보물…."

아기 울음소리와 드문드문 들리는 걸음소리가 점점 멀어졌다…. 여자는 여전히 불안한 목소리로 흐느끼고 있었다. 머리가 쪼개질 것처럼 아팠다. 참기 힘들게 배가 고프고 현기증이 났다. 어린 앤디가 깨어났을 때는 이미 보육원이었다. 나중에 보육원 기록을 찾아보니 그녀가 그곳에 온 건 1993년 2월 4일이었다. 마침 입춘이었기 때문에 원장은 그녀에게 허리춘(何立春)이라는 이름을 지어주었다. 입춘은 그녀의 엄마가 세상을 떠난 날이기도 했다. 천재로 불리는 앤디지만 그녀에게 남아 있는 건 몇 안 되는 기억의 조각뿐이었다.

"귀국할게!"

앤디가 물을 크게 한 모금 마신 뒤 심호흡을 세 번 하고 또 물을 한 모금 마시고 심호흡을 했다. 탄쭝밍은 자신의 오랜 동료가 스트레스를 받거나 초조할 때면 물을 마시고 심호흡을 하며 마음을 가다듬는 버릇이 있다는 걸 알고 있었다. 하지만 오늘은 그런 그녀를 말렸다.

"가끔은 감정을 폭발시키는 것도 나쁘지 않아. 게다가 지금은 근무시간도 아니잖아."

심호흡 덕분에 빠르게 차분함을 되찾은 앤디는 그의 말에 대꾸하지 않고 화제를 돌렸다.

"아파트를 구해줄 수 있어? 고급 아파트는 필요는 없어. 너무 좁지 않은 정도면 돼. 회사까지 지하철로 30분 이내에 있어야 하고 치안이 잘되어 있는 곳으로. 지금 곧바로 사직서를 내고 업무 인수를 하면 두 달 안에 귀국할 수 있을 거야."

"더 좋은 집을 준비해볼게. 그 정도 집을 살 능력은 네게 있을 거라 믿어. 요즘 부동산 상황이 좋아서 투자수익도 괜찮을 거야."

"아냐. 지금 사는 곳이 너무 한적해서 그건 싫어. 인적 드문 곳에 집을 사는 게 아니었어. 시끌시끌한 곳이 좋아."

취샤오샤오(曲筱綃)가 축 늘어진 어깨로 귀가했다. 반쯤 뜬 눈으로 자동차 열쇠를 테이블 위에 툭 던져놓고 불도 켜지 않았다. 창밖에서 새어 들어오는 우련한 새벽빛이 밤새도록 방전되어 있던 그녀의 핸드폰에 빛을 얹어주었다. 그녀는 가느다란 어깨끈이 달린 드레스를 입고 늘씬한 허리에 긴 머리를 늘어뜨리고 있었다. 하얗게 불태운 광란의 밤이 그녀의 젊은 피부에 흔적을 남긴 적은 없었다. 그녀는 여리여리하게 보이고 싶어 일부러 눈가에 눈물방울 같은 큐빅도 붙였다.

시끄럽게 울리는 진동 소리에 침대에 푹 고꾸라져 있던 취샤오샤오가 하는 수 없이 몸을 일으켰다. 그녀 엄마의 SOS였다. 그녀는 베란다로 나가 담배 한 개비를 피워 물고 엄마에게 전화를 걸었다. 지금쯤 중국에 있는 엄마는 오후의 쏟아지는 햇살을 받고 있을 것이다. 그녀의 엄마는 웬만한 일에는 눈썹 하나 까딱하지 않는 여장부다. 엄마가 SOS를 보냈다는 것은 큰일이 생겼다는 뜻이다. 예상대로 취샤오샤오의 엄마는 딸이 어떻게 새벽에 깨어 전화를 하고 있는지도 묻지 않고 곧장 본론으로 직행했다.

"난 바보 천치야. 네 아빠 고향에 있던 아들 둘이 진작 하이(海)시로 올라왔대. 그걸 이제야 알았어. 그 둘에게 타운하우스에 슈퍼카도 한 대씩 사줬다지 뭐니…."

취샤오샤오는 순간적으로 멍해졌다. 온몸의 세포가 한꺼번에 깨어나는 것 같았다.

"그러는 동안 엄마는 어떻게 경제권 하나 못 잡았어? 재산은 엄마랑 아빠가 같이 번 거잖아. 그리고 상속자는 나야. 그 사람들이 무슨 권리가 있어?"

"네 아빠랑 살면서, 게다가 늙어버린 후로는 나한테 힘이라는 게 있었니? 네 아빠를 내가 어떻게 이겨? 우리가 엄청난 부자는 아니지만 나름 큰 사업을 하고 있잖아. 내 알량한 머리로는 더 이상 버틸 재간이 없어. 그러니까 샤오샤오, 어서 돌아와. 안 그러면 전 재산이 그 집으로 다 넘어가게 생겼어."

취샤오샤오는 엄마의 말에 정신을 집중하려고 차가운 철 난간에 머리를 기댔다. 이곳에 있는 친구들에 비하면 그녀의 집은 그리 부자가 아니었다. 집안에 고위 공직자가 있는 것도 아니고 부모님이 20년 동안 힘들게 벌어놓은 얼마의 재산이 전부였다. 그녀는 하이시의 타운하우스 두 채와 슈퍼카 두 대면 집안 재산 중 큰 고깃덩이 하나가 뭉텅 잘려나갔으리라는 것을 알고 있었다. 그 고깃덩이를 가져간 사람은 바로 아빠가 전처에게서 낳은 두 아들이었다. 고깃덩이는 절대 다시 돌아오지 않을 것이다. 그렇다고 가만히 앉아서 구경만 하고 있을 수는 없었다. 재산을 지켜야만 했다.

취샤오샤오가 담배 한 모금을 깊이 들이마셨다.

"당장 돌아갈게. 회사로 들어갈 거야."

"와!"

수화기 저편에서 엄마가 짧은 탄성을 질렀지만 금세 다시 차분한 말투를 되찾았다.

"잘 생각했어. 어서 돌아와. 좋은 집과 차를 준비해놓을게. 그 두 녀석들보다 더 비싼 걸로."

"됐어. 중산층 아파트 정도면 돼. 더 클 필요도 없어. 30평이면 충분해. 욕실만 잘 꾸며줘. 차는 10만 위안 정도 되는 소형 해치백으로. 우린 양심은 있잖아. 그 집 형제들과 똑같은 사람이 되긴 싫어."

엄마도 딸의 생각을 알아차렸다.

"애꿎은 네가 고생이구나. 하지만 네 말이 맞아. 네가 나보다 똑똑해서 기쁘구나. 아까 그 소식을 듣고는 얼마나 화가 나던지. 너한테 얘기해야 한다는 생각밖엔 없었어. 참! 내일 메시지 보낼게. 귀국하면서 내 가방 몇 개 좀 사다주렴."

베란다 아래 작은 길에서 한 노인이 신이 난 골든레트리버에게 끌려가듯 산책을 하고 있었다. 그때 갑자기 여자의 찢어지는 듯한 비명 소리가 들렸다. 노인이 두리번거리며 소리가 나는 곳을 찾다가 골든레트리버의 시선을 따라 위를 올려다보았다. 하지만 아무것도 보이지 않았다. 노인은 귀신을 본 듯 놀라 이번에는 자기가 골든레트리버를 끌고 허둥지둥 도망쳤다.

환락송 아파트는 5년 전 입주가 시작된 후로 인테리어 공사 소음이 끊이지 않았고 저녁마다 복도에 풍기는 생선 굽는 냄새도 점점 짙어졌다. 이곳은 입지가 좋아서 다른 단지에 비해 입주율이 높은 편이었지만 동서로 현관문을 마주 보고 있는 2동 22층의 두 세대는 몇 년 동안 비어 있었다. 그런데 며칠 전부터 두 집 모두 인테리어 공사를 시작했다. 인부들이 늦게까지 공사하는 것을 보니 서둘러 입주하려는 것 같았다. 그 탓에 두 집 사이에 낀 2202호에 사는 세 여자는 공사기간 내내 소음에 시달려야 했고, 소음을 피하기 위해 매일 아침 일찍 나갔다가 밤늦게 들어왔다.

2202호는 세로로 길쭉하게 생겼으며 한쪽에만 창문이 있는 구조였다. 도면상으로는 방 두 개에 거실과 주방이 있는 구조인데 각 방마다 남향으로 창이 나 있지만 거실에는 창문이 없어서 방문이 열려 있어야만 문틈으로 햇빛을 볼 수 있었다. 집주인은 거실을 방으로 개조해 복도를 통해 방 세 개가 이어진 구조로 만든 뒤 방 하나씩 각각 세를 놓았다.

각각의 방에는 타지에서 올라온 여자들이 살고 있었다. 초가을인데도 날씨가 후텁지근했다. 거실을 개조한 방에 살고 있는 판성메이(樊勝美)는 짜증이 났다. 창문이 없는 그녀의 방은 현관문을 열어야 환기를 시킬 수 있었지만 양쪽 집 모두 인테리어 공사를 하는 바람에 현관문을 열 수가 없었던 것이다. 여름 내내 방 안에 공기가 갇혀 퀴퀴한 냄새가 나는 것 같았다. 하지만 팍팍한 현실도 판성메이의 장밋빛 꿈을 막을 수는 없었다. 그녀는 하이시에서 자리를 잡고 화려한 삶을 살겠다는 꿈을 가지고 있었다. 이 꿈을 위해 그녀는 오늘은 회사에서 두 시간 일찍 조퇴했다. 그녀는 하이힐을 신고 도시 외곽에 위치한 제조업체 인사팀 사무실을 뛰쳐나와 어느 건장한 남자가 잡으려던 택시를 용감하게 가로채 한발 먼저 택시에 올랐다. 이런 외곽에서는 택시를 잡기가 힘들기 때문에 뒤에서 들려오는 욕설 따위는 신경 쓸 새가 없다. 그녀는 지하철역에 내려 지하철로 갈아탄 뒤 서둘러 귀가했다. 샤워를 하고 화장을 하고 머리를 드라이한 뒤 이 옷 저 옷 갈아입으며 옷을 골랐다. 그녀는 그레이색 실크 원피스로 결정했다. 심플하고 과감한 디자인에 속이 비치지 않으면서도 몸매를 볼륨감 있게 잘 감싸주었다. 그녀는 전신거울 앞에서 능숙하게 몇 가지 포즈를 취하며 리빙빙(李氷氷) 뺨치게 매력적인 목소리로 만족스럽게 흥얼거렸다.

"난, 능력 있어! 난, 품위 있어! 넌, 가질 만 해!"

판성메이는 이 말이 끝나기도 전에 뭔가 이상하다는 것을 알았다. 오늘은 복도가 너무 조용했다. 현관문을 살짝 열어보니 아니나 다를까 2201호와 2203호의 문이 굳게 닫혀 있었다. 인테리어 공사를 하는 동안 두 집의 현관문은 밖으로 활짝 열려 있었다. 판성메이는 얼른 방으로 돌아와 액세서리를 한 뒤 자기 몸의 절반은 들어갈 만큼 커다란 숄더백을 팔에 걸고 집을 나와 1층 관리실로 내려갔다.

그녀가 비록 좁고 어두운 방에 세 들어 살고 있기는 하지만 환락송 아파트에 대한 주인의식 만큼은 누구에게도 뒤지지 않았다. 관리실 직원들도 그녀를 잠깐 스쳐가는 뜨내기 세입자로 대하지 않았다. 관리실 직원 미스 쩡(鄭)이 그녀를 보고 활짝 웃으며 위험해 보이는 킬힐이 괜찮은지 물었다. 판성메이는 미스 쩡으로부터 몇 가지 정보를 입수할 수 있었다. 2201호와 2203호의 인테리어 공사가 끝나 공사 업체들이 출입증을 반납했으며 두 집 모두 조만간 이사를 들어올 예정이라고 했다. 양쪽 모두 세입자가 아니라 소유자였다. 미스 쩡은 2201호는 방 셋, 거실 하나, 주방 하나, 화장실 둘인 큰 평수를 방 하나, 거실 하나, 화장실 둘로 개조한 걸 보면 아마도 혼자 사는 사람인 것 같다는 귀띔을 덧붙였다.

미스 쩡이 선망 어린 눈동자로 말했다.

"아침에 인테리어 업체를 따라 올라가서 둘러봤는데요. 우리 아파트의 세대 창문이 그렇게 크고 투명하다는 걸 처음 알았지 뭐예요. 창문으로 들어온 햇빛에 눈이 부실 지경이었어요. 집주인은 토요일에 이사 올 거래요. 그날은 예쁘게 하고 와야겠어요. 혹시 알아요? 돈 많고 잘생긴 싱글남일지!"

판성메이가 진지한 얼굴로 고개를 끄덕였다.

"돈 많고 잘생겼을지는 몰라도 싱글남이긴 하겠지. 아마도 자길 마음에 들어 할 거야. 자기가 관리하는 이 아파트를 이렇게 좋아하는 걸 보면."

판성메이는 경쾌한 발걸음으로 아파트 입구를 빠져나오며 특색이

라고는 찾아볼 수 없는 칙칙한 아파트 단지를 올려다보고 입을 비죽
거렸다.

"돈 많고 잘생긴 싱글남? 그런 남자가 왜 이런 아파트에 살겠어?
난 관심 없네, 이 사람아!"

그녀는 원피스에 주름이 잡힐까 봐 서둘러 택시를 불러 행선지로
향했다. 가는 길에 두 룸메이트에게 메시지를 보냈다.

'얘들아, 좋은 소식! 양쪽 집 인테리어가 끝났대. 8시까지 방황하
다가 집에 들어가는 공포의 나날이 끝났단 말씀! 오늘 내 맞선의 성
공을 빌어줘!'

판성메이의 두 룸메이트인 추잉잉(邱瑩瑩)과 관쥐얼(關睢爾)은 모두
금융가에서 일했다. 퇴근 시간을 맞출 수 있으면 만나서 함께 저녁을
먹곤 했다. 경험상 둘이 먹으면 더 적은 돈으로 더 많이 먹을 수 있기
때문이다. 추잉잉은 대학을 졸업한 지 2년 하고 며칠 되었고, 추잉잉
보다 1년 늦게 졸업한 관쥐얼은 금융위기를 만나는 바람에 취업이
늦어져 이제 겨우 입사 7개월 차였다. 두 사람은 연봉도 나이도 비슷
해 함께 있는 시간이 비교적 많았다.

관쥐얼은 오늘 모처럼만에 칼퇴근을 하고 약속장소에 먼저 가서
추잉잉을 기다렸다. 추잉잉이 도착하자마자 판성메이가 보낸 메시
지가 도착해 두 사람이 함께 기뻐했다. 축하 파티를 하자는 추잉잉의
제안에 관쥐얼이 눈동자를 반짝이며 그리 멀지 않은 곳에 있는 밀크
티 가게를 가리켰다.

"밀크티 한 잔씩 마시고 초밥 2인분 포장해서 들어가자. 어때?"

"좋아. 도넛 네 개들이 한 박스랑 치즈케이크도 추가!"

"다냥(大娘)만두도 한 그릇 시켜서 나눠 먹자!"

"좋은 날이니까 맘 놓고 먹자. 두 그릇 시켜서 한 그릇씩 먹는 거야. 오늘은 원하는 거 다 먹을 수 있어. 오늘 우리 아빠가 돈 부쳐줬거든!"

두 여자는 급한 마음에 손을 잡고 가볍게 뛰어 식당으로 향했다.

하지만 다냥만두집에서 마주 앉았을 때 두 사람의 얼굴에서 환희의 표정이 사라져 있었다. 특히 추잉잉은 길고 가는 손가락으로 치즈케이크 포장을 만지작거리며 한숨을 지었다.

"지금 우리 모습 좀 봐. 학교 다닐 때보다 더 가난하지 뭐야. 한 달 월급 5,000위안 중에 월세와 기본적인 생활비, 교통비를 빼고 교육비(중국에 정식 채용 전 교육을 실시하고 정식 채용 후 매달 월급에서 교육비를 공제하는 회사들이 있음)를 내고 나면 월급이 마이너스야. 아빠가 매달 돈을 부쳐주지 않으면 퇴근 후에 집 밖에 나갈 엄두도 못 낼 거야. 학교 다닐 때는 다냥만두쯤 사먹는 건 일도 아니었는데 지금은 돈이 다 어디로 가는지 모르겠어."

"누가 아니래. 나는 옷도 마음껏 못 사잖아. 아이쇼핑으로 만족해야 해. 그렇다고 돈도 벌면서 부모님한테 손 벌리기도 미안하고…."

"넌 나랑 다르지. 넌 열심히 일하면 내년에 연봉이 껑충 뛰잖아. 너희는 이 업계에서 세계 몇 위를 달리는 외국계 회사니까. 난 정말 앞이 깜깜해. 하루빨리 공인회계사 시험에 합격하길 바랄 뿐이야."

"다르긴…. 우리도 신입사원 열 명 중 두 명은 중도 탈락해. 내 입사 동기들 대부분이 명문대 출신이야. 난 명함도 못 내미는 대학을 나왔으니 밀려날까 봐 무서워. 아니, 그렇게 될 가능성이 커. 우리 인사담당자가 학벌을 얼마나 따지는데. 명문대학을 나오면 적어도 머리와 끈기는 검증된 셈이라나 뭐라나. 그럼 그 사람이 보기에 나는 머리도 끈기도 없다는 거잖아. 휴, 스트레스가 말도 못해…."

"하지만 우리 아빠는 내가 힘든 걸 몰라. 아빠에게 고향으로 내려가면 어떨지 물어봤지만 이번에도 역시 대답을 안 했어. 그렇지만 내가 여기서 무슨 희망이 있겠어? 1년 동안 안 먹고 안 입고 월급을 다 모아봤자 겨우 변두리에 두 평짜리 집을 살까 말까라고. 고향에 내려가서 공무원시험을 보면 이렇게 푼돈에 벌벌 떨지 않아도 되잖아. 집세 걱정도 없을거고. 아빠가 오늘도 5,000위안을 부쳐줬는데 이럴 때마다 가슴이 찢어져. 이 나이에 독립해서 살면서 집에 손을 벌리는 게 얼마나 염치가 없는지. 그렇다고 거절할 용기도 없어. 이러다 집에서 용돈을 받는 걸 당연하게 여기게 될까 봐 겁이 나."

관쥐얼도 넋두리를 했다.

"나도 엄마가 가을 옷을 몇 벌 사주겠다는데 거절하지 못했어. 창피해서 죽을 것 같아. 잉잉, 울지 마. 회계사 시험에 붙으면 나아질 거야."

추잉잉이 두 손으로 얼굴을 감싸고 머리를 흔들었다.

"공인회계사 시험은 낙타가 바늘구멍 통과하기보다 힘들어. 내 머리론 어림없어…."

관쥐얼은 말주변이 없기도 했지만 속으로 추잉잉의 말에 동의했다. 그녀는 추잉잉에게 힘을 주고 싶어 손을 꼭 잡아주었다. 끝까지 노력하면 언젠가는 좋은 날이 올 거라고 믿었다.

추잉잉이 큰 숨을 들이마신 뒤 옷소매로 눈물을 닦고 관쥐얼을 향해 호탕한 웃음을 지었다.

"괜찮아. 망할 가을 날씨 탓에 울적해진 거야."

하지만 두 사람은 말없이 만두를 먹은 뒤 초밥을 들고 집으로 향했다. 지하철역에 들어서자 추잉잉이 창백한 백색 불빛 아래 발 디딜 틈 없이 서 있는 사람들을 눈으로 훑었다.

"봐! 다 시들고 늙은 얼굴들뿐이야. 우린 아직 젊고 싱싱하잖아. 이걸로 통치자!"

추잉잉이 잠깐 말을 멈추었다가 다시 관쥐얼의 어깨를 톡톡 두드렸다.

"아니지. 저 사람들은 우리처럼 배 터지게 먹지도 못하잖아. 사실 우리보다 더 불쌍해."

관쥐얼이 진지한 표정으로 말했다.

"나도 배가 터지게 먹지 못해. 여드름이 폭발할까 봐."

추잉잉이 큰소리로 웃었다. 열차가 들어오자 추잉잉이 관쥐얼의 손을 붙잡고 괴력을 발휘해 사람들을 밀치며 인파 사이로 파고들었다.

두 사람이 아파트에 도착했다. 오늘따라 엘리베이터가 유난히 붐볐다. 함께 탄 다른 다섯 명 모두 커다란 캐리어를 몇 개씩 끌고 있어 엘리베이터가 가득 찼다. 엘리베이터가 꾸물꾸물 기어 올라가 22층에 도착하자 일곱 명이 한꺼번에 내렸다. 그녀 둘을 제외한 다섯 명은 모두 2203호로 향했다. 그중 훤칠하게 생긴 중년남자가 몇 걸음 가다가 뒤돌아 오더니 둘에게 인사를 건넸다.

"안녕하세요. 제 이름은 취(曲)…."

그때 똑 부러지게 생긴 한 여자가 말을 자르고 들어와 생글생글 웃으며 인사를 했다.

"취샤오샤오라고 해. 이웃사촌이 되겠네. 2203호로 방금 이사 왔어. 잘 부탁해."

추잉잉이 반갑게 인사했다.

"난 추잉잉이라고 해. 여긴 관쥐얼. 우린 2202호에 살아. 도움받을 일 있으면 언제든 찾아와. 그런데 이사를 밤에 하네. 저녁은 먹었어?

마침 도넛이랑 초밥이 있는데….”

취샤오샤오의 엄마가 옆에서 두 사람을 위아래로 찬찬히 훑어보았다. 한 명은 쾌활하고 한 명은 뒤에서 조용히 미소 짓고 있었다. 이웃 아가씨들이 마음에 들었다.

취샤오샤오가 말했다.

“고맙지만 먹었어.”

그녀가 2203호 문을 가리키며 귀엽게 얼굴을 찡그렸다.

“오늘 안에 이사를 다 끝내야 하니, 긴 얘긴 다음에 나누자.”

추잉잉과 관쥐얼은 새로운 이웃에게 예의 바르게 인사를 한 뒤 집으로 들어왔다. 문을 닫고 들어와 이웃집 다섯 사람이 어떤 관계일까 궁금해하고 있는데 누가 문을 두드렸다. 취샤오샤오가 작은 초콜릿 한 박스를 건네고는 재빨리 돌아갔다. 그 자리에서 상자를 열어 초콜릿 하나를 입에 넣었다.

추잉잉이 초콜릿 맛에 감탄해하며 말했다.

“와, 이러면 우리 도넛이 너무 초라해지는데….”

관쥐얼이 초콜릿 박스를 이리저리 돌려보더니 컴퓨터를 켜고 상자에 쓰여 있는 'Jean-Paul Hevin'이라는 낯선 이름을 검색했다.

추잉잉이 모니터를 들여다보며 깜짝 놀랐다.

“대박! 완전 명품 초콜릿이네. 한 개 더 먹어야지.”

관쥐얼도 모니터를 들여다보며 손에 눈이 달린 듯, 한 손으로 초콜릿 상자를 쓰다듬다가 한 개 더 집어 들었다. 둘은 초콜릿 한 상자를 다 비운 뒤에야 정신이 들었는지 혀를 빼물며 판성메이의 방문을 쳐다보았다. 추잉잉은 키득거리며 빈 상자를 관쥐얼의 서랍 깊숙이 넣었다. 배신자가 된 기분이었다.

2203호에서는 운전기사와 가사도우미가 취샤오샤오의 물건을 정리하느라 분주했다. 취샤오샤오의 아빠는 딸을 이런 곳에 살게 하는 것이 영 탐탁지 않았다. 취샤오샤오의 엄마는 짐 정리를 하면서 딸과 남편을 곁눈질로 흘끔거렸다. 눈치 빠르게 아빠의 비위를 맞추는 취샤오샤오를 보니 내심 마음이 놓였다. 응석받이였던 딸이 유학하는 동안 처세술 하나는 제대로 배워 온 것 같았다.

취샤오샤오의 아빠는 가사도우미가 함께 살며 챙겨주길 바랐지만 취샤오샤오는 혼자 힘으로 살아보겠다고 고집을 부리며 아빠를 설득했다. 엄마도 실은 딸이 걱정됐지만 자기보다 더 안절부절못하는 남편 때문에 내색할 수 없었다.

9시가 넘었을 무렵 판성메이가 2202호로 돌아왔다. 추잉잉이 큰 소리로 물었다.

"별 볼 일 없었어?"

"응! 코딱지만 한 사업을 하면서 사무실에서 먹고 잔대. 그런 주제에 바라는 건 왜 그렇게 많아? 뻔뻔하게 집은 함께 대출받아서 사는 게 어떠냐고 묻잖아."

"아직 빛을 못 본 유망주인지도 모르잖아."

"이마가 훤한 걸 보니 조기 탈모로 빛은 보겠더라. 짜증나 죽겠어. 좋은 남자들은 다 어디로 숨어버린 거야."

판성메이는 하이힐을 벗어 던지고 자기 방으로 들어가자마자 표정이 침울해졌다. 거울 앞에서 풀메이크업을 한 자신의 얼굴을 찬찬히 들여다보았다. 아무리 봐도 흠 잡을 구석이 없었다. 그녀는 어금니를 질끈 물며 잇새로 중얼거렸다.

"흥, 늙은 여자는 싫다고? 그러는 본인이야말로 대머리 배불뚝이에 폭삭 삭았으면서."

추잉잉은 자기 방에서 큰소리로 옆방 관쥐얼에게 물었다.

"쥐얼, 넌 맞선 볼 수 있어? 난 성메이 언니처럼 당당하지 못해서 안 될 거 같아. 처음 보는 남자가 앞에 앉아서 이것저것 물어보면 부끄러워 죽고 싶을 거야."

"난 잘 모르겠어…."

"그런데 우리 엄만 나더러 자꾸만 남자친구를 데려오래. 남들 보기 창피하다나. 내년엔 정말로 맞선을 봐야하나 고민해야 할지도 몰라."

"난 시간 없어. 먹고 살 걱정부터 해야 하거든."

둘의 대화를 들으며 판성메이는 정말 죽고 싶었지만 그렇다고 대화를 끊을 수도 없었다. 서른 살이나 먹어서 어린 애들이 한 얘기에 따지고 싸우는 것도 창피했다. 하지만 사실 그녀는 이미 더 창피할 수 없을 만큼 창피했다. 그 집에서 그녀의 방이 제일 싼 방이었기 때문이다. 먹고 즐기는 데 아낌없이 돈을 썼다고는 하지만, 그 나이에 가진 거라곤 산더미 같은 옷 말고는 없었다.

2

시차로 인해 피곤했지만 취샤오샤오는 바로 다음 날부터 부모님이 경영하는 계열사로 출근했다. 아빠는 본사에 그녀의 자리를 마련해 주려고 했지만 그녀는 두 이복오빠와 똑같이 독립된 계열사 하나를 맡겨달라고 했다. 커리어우먼처럼 보이기 위해 명품 슈트로 빼입었지만, 아직까지도 아기처럼 야리야리해 보이는 딸의 모습에 아빠는 쉽사리 결단을 내리지 못했다. 회사를 휘어잡을 만한 카리스마가 없어 보였기 때문이다. 취샤오샤오는 일주일가량 할 일 없이 빈둥거릴 시간을 갖게 되었다. 명분상으로는 그룹 상황을 파악하기 위한 적응기라고 했지만, 사실은 아빠가 그룹의 중역들과 밀담을 나눌 시간이 필요했던 것이다. 딸의 첫 창업을 도와줄 진중하면서도 온화한 인물을 물색해야 했다.

취샤오샤오는 낮에는 회사 자료실과 재무팀에서 시간을 보내다가 퇴근 후에는 섹시하게 차려입고 아직 하이시에 남아 있는 예전 사립학교 시절 동창들을 불러내 클럽에 갔다. 사흘도 안 돼서 그녀는 자신과 비슷한 재벌 2세들의 무리에 자연스럽게 끼어들 수 있었다.

금요일 밤, 취샤오샤오는 친구들과 함께 77클럽의 오픈파티에 가서 자리를 빛내주기로 사흘 전부터 잡아놓은 일정이 있었다. 물론 술

값은 한 푼도 낼 필요가 없는 자리다. 유일한 조건은 그들 중 몇 명이 슈퍼카를 몰고 가서 클럽 앞에 일렬로 주차해놓는 것이다. 그 어떤 화환보다 더 화려하게 자리를 빛내줄 장식품이었다. 취샤오샤오는 클럽에 어울리는 옷을 따로 마련할 필요가 없었다. 그녀는 늘 유행의 첨단을 달렸고, 그녀의 엄마는 돈이 많았다. 그녀의 옷장 속에는 언제나 그 시즌 패션쇼에 나온 최신 컬렉션이 갖추어져 있었고, 그녀의 엄마에게는 샹들리에만큼 반짝이는 다이아몬드가 넘쳐났다.

공교롭게 판성메이도 한 킹카의 주말 파트너 자격으로 77클럽의 오픈파티에 가게 되었다. 공들여 작업한 끝에 얻어낸 노력의 결과였다. 금요일 밤이지만 관쥐얼은 어김없이 야근이었고 판성메이의 주말 저녁 스타일링 신공을 관람해줄 사람은 아쉽게도 추잉잉뿐이었다. 판성메이의 칙칙하고 답답한 방안에서 추잉잉은 그녀가 검은 부채처럼 생긴 인조 속눈썹을 눈꺼풀에 붙이는 것을 숨 죽여 구경하며 그녀의 메이크업이 땀에 뭉개지지 않도록 쉬지 않고 부채질을 해주었다. 좁은 방에 둘이 들어가 있으니 평소보다 더 더웠다. 추잉잉이 현관문을 활짝 열자 시원한 바람이 천천히 안으로 불어들어왔다.

판성메이가 눈화장을 마치고 추잉잉을 향해 눈을 깜빡였다.

"봐봐. 어떤 옷이랑 제일 잘 어울릴까?"

추잉잉이 히죽거렸다.

"당연히 타오바오(淘寶)에서 새로 산 섹시한 블랙 미니스커트지! 오늘 밤 언니 파트너가 홀랑 넘어올 거야."

"그건 안 돼. 유부남이거든."

"뭐? 유부남이랑 클럽에 간다고? 와이프가 들이닥치면 어쩌려고?"

때마침 준비를 마친 취샤오샤오가 요염한 자태로 집을 나서다가 이웃집 열린 문틈으로 새어나오는 '77클럽'이라는 단어에 우뚝 걸음을 멈췄다. 집 안에서 판성메이의 목소리가 흘러나왔다.

"어차피 자기 신분을 다 밝히는 사람은 없어. 쿨하게 즐기고 헤어지는 거지. 설령 와이프가 쫓아와도 상관없어. 난 파트너랑 잘해보려고 가는 게 아니니까. 내가 팁 하나를 알려줄까? 원래 이런 클럽은 특별한 사람들만 가는 곳이 아니야. 누구라도 백수만 아니면 가끔씩 부담 없이 갈 수 있어. 하지만 오픈파티는 달라. 잘나가는 킹카들만 오픈파티에 초대받을 수 있지. 난 오늘 킹카 몇 명을 낚으러 가는 거야. 그러니까 오늘은 하늘이 무너져도 가야 해."

밖에서 듣고 있던 취샤오샤오가 터져 나오는 웃음을 참으려 입을 막았다. 그녀는 호기심을 누르지 못하고 걸음을 돌려 열린 문틈으로 2202호 안을 기웃거렸다. 문 옆에 기대어 있는 추잉잉을 보고 취샤오샤오가 과장된 미소로 말을 걸었다.

"잉잉, 너도 오늘 77클럽에 가? 데리러 올 사람 있어? 없으면 내 똥차 타고 같이 가자."

"아냐. 내가 아니라 성메이 언니가 갈 거야. 그런데 저녁에 선글라스는 왜 꼈어?"

취샤오샤오의 시선은 아까부터 판성메이에게 날아가 박혀 있었다. 그녀는 빛처럼 빠른 시선으로 판성메이의 테이블 위에 있는 물건들을 스캔했다. 하지만 판성메이도 마찬가지였다. 두 줄기 시선이 허공에서 교차되며 빠직 불꽃이 튀었다. 아무것도 눈치채지 못한 추잉잉의 관심은 오직 취샤오샤오의 스팽글백에 쏠려 있었다. 가방에 새겨진 LV라는 두 글자가 눈길을 확 사로잡았기 때문이다. 어쨌든 그녀도 하이시에서 2년쯤 살았으므로 직접 사지는 못해도 본 적은 있었다. 취샤오샤오는 곧바로 살가운 미소를 되찾고 표정이 가벼워졌지만, 판성메이는 자신감을 완전히 상실했다. 취샤오샤오가 패자인 판성메이에게 너그러운 말투로 제안했다.

"성메이 언니, 내 차로 같이 갈까? 똥차이긴 하지만."

판성메이가 가볍게 헛기침을 하며 가슴을 펴고 미소를 지었다.

"고맙지만 데리러 올 사람이 있어. 킬힐을 신은 날은 운전하기가 불편해서 말이야."

취샤오샤오가 차 열쇠를 손바닥 위에서 던지며 씩 웃었다.

"그럼 난 먼저 갈게. 잉잉, 안녕. 77클럽으로 낚시하러 다녀올게."

판성메이의 얼굴이 붉으락푸르락했다. 그녀는 엘리베이터 문이 닫히는 소리가 난 뒤 야멸친 말투로 쏘아붙였다.

"가짜야. 도대체 가슴에 패드를 몇 겹이나 집어넣은 거야?"

추잉잉은 그제야 상황 파악을 하고 자기 방으로 들어가 깔깔 웃음을 터뜨렸다. 판성메이가 화를 낼 수도 있었지만 웃음을 참을 수가 없었다.

판성메이는 도도한 걸음걸이로 2202호를 나오고, 관쥐얼은 피곤에 찌든 얼굴로 비틀거리며 귀가했다. 추잉잉의 방 앞을 지나는데 추잉잉이 옷장을 다 털어 입어볼 기세로 옷을 고르고 있었다. 관쥐얼이 모든 의욕을 상실한 표정으로 하품을 했다.

"금요일에는 일찍 퇴근하게 해준다더니 외국과 화상회의가 두 건이나 잡혔어. 몇 시쯤 잘 수 있을까. 잉잉, 저녁 먹으러 나갈 거면 홍샤오러우(紅燒肉, 돼지고기간장조림) 1인분만 사다줘."

"오늘 저녁은 굶을 거야. 다이어트 해야 돼. 그 회사, 월급은 쥐꼬리만큼 주면서 일이 너무 힘든 거 아니야? 상사한테 인터넷이 안 된다고 해봐."

"그러면 아마 1분 안에 100가지 방법을 읊을걸? 돈 있으면 스타벅스에 가고 돈 없으면 PC방에 가라고. 아예 돈 쓰기 싫으면 컴퓨터 들고 아파트 단지 돌아다니면서 무료 와이파이가 잡히는 곳을 찾으라고 하겠지. 차라리 단념하고 일하는 게 나아. 일이 많든 적든 상사 눈에 띄어야 해. 상사 눈에 띄지 않으면…."

관쥐얼의 표정이 시무룩해졌다.

"인턴 평가 점수가 나쁘면 탈락이야. 망하는 거지."

"관쥐얼, 너보다 1년 일찍 졸업한 선배로서 충고할게. 넌 지금 에너지를 잘못 쓰고 있어. 젊고 기억력 좋을 때 자격증 하나라도 더 따놔. 나중에 남는 건 자격증밖에 없어. 뼈 빠지게 일해봤자 이력서에 쓸 것도 아니잖아. 이력서에 '매일 16시간씩 일함'이라고 쓸 순 없다고. 미래를 고민할 시간도 없을 만큼 일에 치여 살진 마."

"그럼 어떻게 해?"

관쥐얼이 울상을 짓다가 무의식적으로 시계를 들여다보고는 깜짝 놀라 벌떡 일어났다.

"10분밖에 안 남았어. 5분 전에는 인터넷에 접속해야 해."

추잉잉은 자기계발을 하지 못하는 관쥐얼이 안타까웠지만 그녀에게도 지금 중요한 일이 있었다. 그녀는 양손에 옷 두 벌을 들고 관쥐얼의 방으로 따라 들어갔다.

"내일 어떤 걸 입으면 좋을까? 어떤 옷이 더 잘 어울려?"

관쥐얼은 급하게 노트북 전원 버튼을 누르며 추잉잉을 흘긋 쳐다보았다.

"내일 하루 종일 회계 수업 듣는 날 아냐?"

"우리 회사 재무팀에 잘생긴 팀장이 있는데 나랑 같은 수업을 듣는데. 예쁘게 하고 가서 눈길 좀 끌어보려고."

"진청색. 그게 더 성숙해 보여. 아, 망했다. 나 빼고 다 접속해 있어. 나 바빠."

관쥐얼의 일을 더이상 방해할 수는 없었다.

추잉잉이 진청색 스커트를 이리저리 돌려보며 중얼거렸다.

"일할 때면 몰라도 남자한테 잘 보일 때도 성숙하게 보일 필요가 있을까?"

그녀는 이 중대한 코디 결정권을 세상 남자를 두루 거쳐 본 판성메이에게 넘기기로 했다.

판성메이는 77클럽에서 별로 즐겁지가 않았다. 젊고 예쁜 여자들이 득실거리는 이곳에서 그녀의 파트너는 어디서 놀고 있는지 사라진 지 오래고, 그녀에게 작업을 걸어오는 남자들은 그녀의 관록 있는 시선으로 한 번 척 훑으면 금세 바닥이 드러나는 변태들뿐이었다. 의기소침해진 그녀가 화장실에 가서 메이크업을 고치고 있는데 취샤오샤오가 따라 들어왔다. 판성메이는 재빨리 얼굴에 화사한 미소를 걸고 취샤오샤오의 미소에 응수했다.

취샤오샤오가 먼저 말을 걸었다.

"아, 재미없어. 다 아는 애들이라 짜릿한 신선함이 없어."

판성메이는 그녀의 말뜻을 이해하지 못해 대강 둘러댔다.

"그래도 신나잖아. 특별히 불러온 DJ도 괜찮고. 분위기를 잘 살리더라."

취샤오샤오는 공들여 메이크업을 고치면서도 대화를 이어갔다.

"됐다 그래. 전부 허세 부리러 온 애들이야. 예쁜 여자를 끼고 온 건 데리고 놀려는 거고."

"너도 그 예쁜 여자 중 하나잖아?"

"날 예쁜 여자에 끼워준 건 고맙지만 난 오늘 여자로 온 게 아니야. 인맥 쌓으러 온 거지. 집에 갈 때 전화해. 바래다줄 사람 붙여줄게. 쓸쓸하게 돌아갈 순 없잖아."

취샤오샤오가 판성메이의 핸드폰을 집어 자기 전화번호로 전화를 건 뒤 신호가 한 번 울리자 끊고 총총히 자리를 떴다.

판성메이는 마음이 복잡했다. 피부에 물이 올라 빛이 나는 어린 것들을 보니 더 위축되었다. 하지만 이대로 단념할 수도 없었다. 복도에서 서성이고 있자니 지나가는 사람들에게 자꾸만 부딪혔다. 클럽을 가득 메운 사람들 속에서 그녀만 혼자였다. 재미가 없어진 판성메이는 혼자 클럽을 빠져나왔다. 한밤중인데도 클럽 밖은 대낮처럼 밝았다. 그녀는 숄을 단단히 여몄다. 오늘 밤 그녀는 적잖은 충격을 받았다. 더 이상 이 세상이 그녀의 것이 아님을 뼈저리게 느꼈다. 헛헛한 마음에 옆에 있는 카페로 들어가 담배 한 개비를 피워 물었다. 오늘 밤은 주변 시선도 의식하지 않았다.

추잉잉은 책상에 앉아 책을 펼쳤지만 좀처럼 책장이 넘어가지 않았다. 차분히 앉아 있을 수도 없었다. 아무리 기다려도 판성메이가 들어오지 않았다. 그녀는 아직 결정하지 못한 옷 두 벌을 판성메이의 문 앞에 걸어놓았다. 잠깐 옷을 입어볼 때 주머니에 넣어놓았던 핸드폰을 꺼내는 걸 깜박 잊은 채.

드디어 관쥐얼의 화상회의가 끝났다. 화상회의는 여러 억양의 영어가 뒤섞이고 복잡한 업무에 대한 이야기가 오가기 때문에 잠시도 긴장의 끈을 늦출 수가 없다. 비록 그녀는 몇 마디 하지도 못했지만 긴장감에 졸음이 싹 달아났다. 컴퓨터를 끄자 온몸의 기가 다 빨려나간 것 같아 자고 싶은 생각도 들지 않았다. 추잉잉마저 잠이 들어 대화할 사람이 없었다. 하는 수 없이 차 한 잔을 들고 방과 주방 사이를 서성였다. 혼자서 야식을 먹으러 나갈 용기가 나지 않아 공복에 차만 마시자 점점 더 배가 고팠다. 때마침 판성메이가 들어와 관쥐얼은 구세주를 만난 듯 반기며 함께 야식을 먹으러 나가자고 했다. 하지만 판성메이에게 그럴 의욕이 있을 리 없었다. 판성메이는 어떤 제안을 하기 전에 상대의 기분을 먼저 살피라고 따끔한 충고를 하고 싶었지만 그냥 못 들은 척 지나가며 추잉잉이 그녀의 방 앞에 걸어놓은 옷들을 살펴보았다. 그때 추잉잉의 옷 주머니에서 문자메시지 알림소리가 울렸다. 판성메이가 핸드폰을 꺼내 메시지를 확인했다.

"내일 같은 방향이니까 들릴게요. 같이 갑시다. 주소 알려줘요. 바이(白) 팀장?"

판성메이는 그제야 추잉잉의 핸드폰이라는 걸 알았다.

"나랑 같은 핸드폰이라 착각했어. 그런데 이 문자 좀 이상하지 않아? 주소도 모르면서 같은 방향인 줄 어떻게 알아? 이 남자 이렇게 생각 없이 작업 거는 거야?"

관쥐얼도 메시지를 들여다보며 키득거렸다.

"잉잉이 그러는데 바이 팀장이 재무팀 미남이래. 내일 같이 수업을 들을 거라고 했어. 바이 팀장에게 예쁘게 보이려면 뭘 입고 가야 할지 고민하던데. 알고 보니 둘이 서로 호감이 있었구나. 이 메시지를 봤으면 분명 잉잉도 흥분해서 잠도 못 들었을텐데."

판성메이가 핸드폰을 다시 들여다보며 입을 삐죽였다.

"인간관계에서 꼭 알아둘 두 가지 팁이 있어. 첫째, 정말로 마음이 있으면 약속 문자는 미리 보내서 상대에게 생각할 시간을 주지. 특히 이런 한밤중에는 절대로 보내지 않아. 둘째, 만약 바이 팀장이 못생겼다면 이걸 치근덕댄다고 느끼지 않겠어? 똑같은 입장에서 생각해봐. 아무리 잘생긴 남자라도 이런 문자를 이 시간에 보내는 건 백 프로 작업 거는 거야. 어느 회사든 다 사내연애를 금지하는데, 그러다 잘못되면 제일 피해보는 건 잉잉 같은 사원급인 여직원이야. 알겠어? 회사는 애들 장난이 아니라고."

"하지만 둘이 서로 사랑하는 거면요? 앞으로 어떤 문제가 생기더라도 노력해서 극복할 수 있잖아요."

"극복은 무슨. 결과는 뻔해. 잉잉이 퇴사하든 팀장이 퇴사하든 둘 중 하나야. 잉잉 같은 스펙으론 재취업이 힘들어. 무조건 회사에 붙어 있어야 해. 바이 팀장도 이제 막 팀장이 됐고, 아직 회계사 자격증도 없어. 절대 회사를 떠나지 않을 거야. 결국 잉잉만 희생양이 된다니까. 내 말 믿어. 이래봬도 인사팀에 오래 일해서 이런 일은 잘 알아. 나를 믿어. 우리처럼 타지에서 일하는 여자들에게 자기 직업이야말로 유일한 버팀목이야. 절대 비전 없는 남자한테 모험하면 안 된다고. 내일 잉잉에게 이 진청색 옷을 입으라고 해. 여성스럽지 않은 옷이 좋아. 난 이만 잔다. 피곤해 죽겠어."

판성메이가 추잉잉의 핸드폰을 관쥐얼에게 넘겨주곤 방으로 들어가 화장을 지웠다.

관쥐얼은 그 자리에 멀뚱히 선 채 생각했다. 판성메이의 말이 틀린 건 아니지만 또 너무 속물적인 것도 같아 어떻게 해야 좋을지 알 수가 없었다. 그 모습을 본 판성메이가 그녀의 손에서 핸드폰을 낚아채 바이 팀장에게 온 문자메시지를 지워버렸다.

"다 잉잉을 위한 거야. 너흰 아직 어리고 앞날도 창창하잖아. 너희의 소중한 이 시간을 그런 남자들한테 낭비하지마, 제발. 이 말은 너가 서른 즈음 되면 이해할 거야."

멍하니 생각에 잠겼던 관쥐얼이 말했다.

"언니, 아무래도 잉잉 스스로 선택할 수 있도록 쪽지를 남길래. 언니 의견은 꼭 전해줄게. 그리고 그 문자는 내가 실수로 지워버렸다고 할게."

판성메이가 일어나 뭐라고 하려다가 도로 입을 다물고는 탁자에 있던 카렌듈라 크림을 관쥐얼에게 건넸다.

"이마에 발라. 여드름에 도움이 될 거야."

그녀는 답답해서 참을 수 없다는 듯이 한마디 더했다.

"어렸을 때는 사랑 때문에 충동적으로 행동하는 걸 피하기는 어렵지. 나중에 어떻게 일이 일어날지는 생각도 못한 채 말이야. 하지만 정신 차리고 나서야 이미 자신이 너무 많이 나이를 먹어버렸다는 걸 알게 되지. 네게 앞으로 기회도 얼마 남지 않게 될 거고. 반년 동안 룸메이트로 지낸 잉잉이 사랑에 눈이 멀어서 나중에 후회하는 걸 보기 싫어서 말해주는 거야. 쪽지를 남기는 건 자유지만 이 말은 꼭 전해."

"알았어. 역시 언닌 좋은 사람이야."

"좋은 사람이라고?"

판성메이가 어리둥절한 표정을 지었다가 이내 웃었다.

"착한 캐릭터는 사양할게. 착하면 호구 되는 세상이거든."

관쥐얼은 자기 방으로 들어가 회의 자료를 정리해놓고 추잉잉에게 남길 메모를 썼다. 판성메이는 화장을 지우고 샤워를 했지만 좀처럼 마음이 가라앉지 않아 서성이다가 스탠드 아래 앉아 있는 관쥐얼을 물끄러미 쳐다보았다. 어리다는 건 참 좋은 일이다. 관쥐얼의 이마에 콩알만 한 여드름이 돋아 있기는 하지만 스탠드 불빛이 비춘 그녀의 피부는 맑고 투명했다. 복잡한 순서에 따라 화장품을 켜켜이 바른 자기 얼굴을 만지자 저절로 한숨이 나왔다.

"쥐얼, 남자 보는 기준을 낮춰야 할까 봐. 예를 들면 소형차 한 대에 30평대 보통 아파트 한 채. 이 정도면 찾을 수 있겠지?"

판성메이의 시선이 저절로 2201호 쪽을 향했다. 내일이면 독신용으로 리모델링 해놓은 그 집에 관리실 미스 쩡이 기대하는 싱글남이 이사 올 거라고 한다. 가깝다는 점을 이용해 2201호 싱글남이라도 낚아봐야 할까?

쥐얼이 진지하게 대답했다.

"정말 사랑하면 가난해도 행복할 수 있어. 하지만 언니는 예쁘니까 좋아하는 사람이 많을 거야."

판성메이가 2201호 쪽에 시선을 매단 채 중얼거렸다.

"늙어버리면 연애할 자격이 없어진단다. 남편감을 찾아야지."

판성메이는 내일 2201호가 입주하면 우연을 가장한 필연, 아니 인연을 만들어보리라 마음먹었다.

취샤오샤오는 실컷 놀고 난 뒤 집으로 돌아왔다. 그녀의 자동차가 지하주차장으로 들어가 정해진 주차구역에서 멈췄다. 엘리베이터에서 제일 가까운 자리가 그녀의 주차구역이었다. 그녀의 엄마가 그녀를 위해 사둔 자리였다. 눈썰미 있는 사람은 주차구역의 자릿값이 그녀의 자동차보다 더 비싸다는 걸 알았다. 아빠는 귀한 딸이 제 힘으로 살겠다는 것이 못내 짠하다고 누누이 말했다. 그녀는 아빠의 미안한 마음이 물질적으로 느껴지기를 바라고 있다. 알짜배기 계열사를 그녀에게 내어주는 것으로 말이다.

그녀가 차에서 내리자마자 슈퍼카 두 대가 근사한 엔진소리를 내며 엘리베이터 근처에서 멈추었다. 눈치가 빠른 그녀는 눈으로 한번 쓱 훑기만 해도 견적이 나왔다. 앞에 있는 흰색 차는 포르쉐 GT3고, 그 뒤에서 운전기사로 보이는 사람이 짐 가방을 꺼내고 있는 짐

차 용도로 쓴 차는 바로 마이바흐였다. 취샤오샤오는 잠시 멈칫했지만 흔한 광경이라는 듯 눈길도 주지 않고 엘리베이터 로비로 향하기로 했다. 하지만 속으로는 궁금해 죽을 지경이었다. 차에서 두 남자와 한 여자가 내렸다. 그중 한 남자는 마이바흐의 운전기사인 것 같았고, 포르쉐에서 내린 남자는 중년의 성공한 사업가 정도로 보였으며, 여자는 키 크고 날씬한 모델 같았다. 여자의 얼굴을 제대로 보진 못했지만 분명히 얼굴도 예쁠 것이다. 3~400만 위안짜리 슈퍼카의 운전석 옆자리에 못생긴 여자가 타는 건 본 적이 없으니까.

'우리 아빠보다 더 부자인 것 같은 남자가 이런 아파트에 딴 집 살림을 차렸다고?'

취샤오샤오가 머릿속에 온갖 억측을 떠올렸다.

그녀가 집에 들어오자마자 엘리베이터가 딩동 하고 열리는 소리가 났다. 그녀는 귀를 쫑긋 세우고 현관문 도어뷰에 얼굴을 바짝 들이대고 밖을 살폈다. 역시 방금 전 두 남자와 한 여자가 엘리베이터에서 내렸다. 그들은 작은 소리로 얘기를 나누며 자연스럽게 맞은편 2201호로 향했다.

"와, 현장을 제대로 잡았어!"

취샤오샤오는 2201호의 문이 닫힌 걸 확인한 뒤 날렵하게 밖으로 나가 지하주차장으로 내려갔다. 그녀는 그들이 타고 온 슈퍼카 번호판을 핸드폰으로 찍어 아까 77클럽에서 헤어진 한 친구에게 보냈다.

머지않아 답장이 도착했다.

'소유자가 탄쭝밍이야! 탄 사장의 새 애마가 빨간 페라리라던데 나도 실물은 본 적이 없어. 넌 어디서 본 거야?'

'우리 아파트 지하주차장. 맞아. 지금 내가 사는 이 구질구질한 아파트 말이야. 묻지 마. 나도 몰라. 근데 탄 사장은 뭐 하는 사람이야?'

'거물이지. 우리와는 아주 먼 세상에 있는 엄청난 거물!'

거물이라고?! 취샤오샤오가 고개를 홱 돌려 슈퍼카를 쳐다보고는 잽싸게 다시 엘리베이터에 올랐다. 와우, 짜릿해! 흥미진진해!

취샤오샤오는 집으로 돌아와 도어뷰 앞에서 탄쭝밍과 운전기사가 나오기를 기다렸다. 다행히 10여 분만에 두 남자가 나와 돌아갔다. 취샤오샤오는 호기심이 발동해 지하주차장으로 또 내려갔다. 마이바흐는 보이지 않고 흰색 포르쉐 GT3만 그 자리에 남아 있었다.

추잉잉은 아침에 눈을 뜨자마자 관쥐얼의 쪽지를 보았다.

'바이 팀장님이 밤 12시 15분에 메시지를 보내서 주소를 물어봤어. 토요일 아침에 가는 길에 들러 널 데리고 가겠다'라는 한 문장 외에는 눈에 들어오지도 않았다.

판성메이의 충고도, 관쥐얼의 분석도 하나도 눈에 들어오지 않고 잘생긴 바이 팀장의 미소만 눈앞에 아른거렸다. 정신없이 세수를 하고 나서 뒤늦게 치약으로 세수를 한 사실을 알게 됐다. 화장을 다 마치고 나서야 샤워를 하고 머리도 감았어야 한다는 걸 깨달았지만 마음은 이미 바이 팀장 앞으로 가 있었다. 정신없이 뛰어다니는 그녀 때문에 잠이 깨버린 두 룸메이트는 다시 잠들지 못하고 각자 침대에 누워 양을 세고 있었다. 판성메이는 저 멍청한 아가씨가 자신의 충고를 귓등으로도 듣지 않았다는 생각에 못마땅한 표정으로 일어났다.

막 집을 나서려던 추잉잉이 판성메이를 발견하고 헤벌쭉 웃었다.

"언니, 나 어때?"

"예뻐. 수업 듣는 거 잊지 마. 회계사 시험을 봐야 한다는 것도. 아, 그 자수정 목걸이 있잖아. 그걸 하면 더 예쁠 거야."

판성메이는 추잉잉이 완벽하지 못한 모습으로 외출하는 걸 내버려 둘 수 없었다.

"아, 그래?"

추잉잉이 목걸이를 찾으러 방으로 뛰어갔다. 그녀는 정신없이 서랍을 뒤져 겨우 찾아낸 자수정 목걸이와 회심의 미소를 걸고 다시 방을 나왔다. 바쁜 와중에도 판성메이에게 한마디 건넸다.

"토요일인데 어디 놀러 안 가?"

잠을 설친 판성메이가 현관문에 기댄 채 힘없이 대답했다.

"아무 데도 안 나갈 거야. 거울 앞에서 머리카락이나 세면서 놀던가 하지 뭐."

"응, 그래."

자기 대답이 추잉잉의 귀에 들리지도 않는다는 걸 알고 판성메이는 더 이상 말하지 않았다. 그녀는 허겁지겁 엘리베이터 버튼을 누르는 추잉잉에게 비딱한 시선을 던졌다. 허둥대는 꼴을 보니 바이 팀장 앞에서 완전히 무장해제 당할 게 분명했다.

추잉잉이 또 가방 속을 뒤적이다가 뛰어 들어와 판성메이의 앞을 스치고 방으로 들어갔다.

"교재를 깜박 잊었네."

판성메이는 벽에 기대어 선 채 흰자위를 굴리며 볼만한 구경거리를 감상했다. 추잉잉이 다시 뛰어나오자 판성메이가 물었다.

"펜은? 노트는? 돈은? 티슈는? 데이트에 껌은 필수야. 껌 챙겼어? 립스틱은?…"

추잉잉이 허둥지둥 가방을 뒤지다가 또 까마귀 같은 비명을 지르며 다시 방으로 뛰어 들어갔다. 판성메이는 눈알을 하도 굴려 아플 지경이었다. 가까스로 준비를 마치자 추잉잉이 판성메이 앞을 스쳐 현관문을 열고 나갔다. 추잉잉이 문 앞에서 판성메이를 돌아보며 다정하게 또 물었다.

"토요일인데 어디 놀러 안 가?"

판성메이의 지친 눈동자가 한 번 더 돌아갔다.

"내 팔을 제일 먼저 무는 모기와 대화를 나눠볼까 해."

추잉잉이 엘리베이터를 기다리며 말했다.

"모기는 보자마자 때려잡아야지. 가렵잖아."

"내 피가 흐르는 놈을 어떻게 때려잡아."

판성메이가 건성으로 대꾸하며 레이저 같은 눈빛을 2203호의 문 쪽으로 던졌다.

취샤오샤오가 편하지만 막 입은 것 같지 않은 차림으로 예쁜 타탄 쟁반을 들고 나오고 있었다. 추잉잉은 그녀를 못 본 척, 열린 엘리베이터 문 사이로 냉큼 올라탔다. 취샤오샤오가 현관문을 닫고 몸을 돌리자마자 형형하게 반짝이는 판성메이의 두 눈동자가 그녀를 맞이했다. 취샤오샤오는 갑작스럽게 눈이 마주치자 난처했지만 쿨하게 쟁반을 들고 걸어오며 미소를 지었다.

"어제 일찍 갔나 봐. 찾아도 없더라."

"생각해보니까 네 말이 맞더라. 충고를 기꺼이 받아들였지. 고마워. 그런데 어디 가?"

"2201호가 어젯밤에 이사 왔어. 나처럼 방금 이사 왔으니 불편한 게 많을 거 같아서 케이크랑 과일 좀 가져다주면서 친해지려고. 한 층에 사니까 앞으로 서로 돕고 살자 뭐 그런 거지. 언니도 같이 갈래?"

판성메이는 속으로 놀랐다. 취샤오샤오가 선수 칠 거란 예상은 하지 못했다. 그녀도 질 수 없어 재빠르게 대답했다.

"좋아. 집에 들어와서 잠깐만 기다려. 방금 일어나서 아직 세수도 안 했거든."

하지만 취샤오샤오는 안으로 들어가지 않았다. 열린 문틈으로 이상한 냄새가 새어나와 들어가고 싶은 마음이 하나도 들지 않았다. 사람은 많은데 환기가 되지 않을 때 나는 쿰쿰한 냄새였다. 하지만 자리를 뜨지 않고 판성메이를 기다렸다. 그녀는 한번 한 약속은 무슨 일이 있어도 지키는 여자였다. 그런데 한참을 기다려도 판성메이가 나오지 않았다. 그 사이에 관쥐얼은 일어나서 세수를 하고 옷까지 갈아입었다. 판성메이에게 다른 속내가 있다는 걸 취샤오샤오는 모르고 있었다. 판성메이는 방 안에서 꾸민 듯 안 꾸민 듯 연하지만 정성스럽게 화장을 하고 있었다.

잠시 후 세 여자가 2201호 문 앞에 섰다. 중간에 있는 판성메이가 문을 두드렸다. 취샤오샤오는 눈동자에 어린 호기심을 애써 감추었고, 관쥐얼은 아직 눈에 졸음기가 매달려 있었으며, 판성메이는 기대에 부푼 표정이었다.

그때 등 뒤에서 누군가의 목소리가 들렸다.

"세 사람 날 찾아온 건가요?"

세 여자가 동시에 고개를 돌렸다. 170센티미터는 족히 될 것 같은 큰 키에 날씬한 몸매의 여자였다. 트레이닝복을 입은 걸 보니 운동을 하고 들어오는 길인 것 같았다. 단발에 큰 눈, 작은 입, 오뚝한 콧날. 누가 봐도 당당해 보이는 외모였지만 살짝 미소 지을 때는 사랑스러운 매력이 흘렀다. 아니, 아름다웠다!

취샤오샤오가 앞으로 친하게 지내자는 의미로 찾아온 거라고 서둘러 설명했다. 사실 속으로는 더 많은 말들이 떠올랐다.

'미인, 거물 탄쭝밍, 포르쉐 스포츠카. 역시 흥미진진해!'

하지만 판성메이는 실망이 이만저만이 아니었다. 여자라니! 어쩌서 이 도시엔 발에 차이는 게 노처녀란 말인가?

2201호 여자의 다음 말이 세 여자를 경악시켰다.

"택시를 불러서 마트, 공원, 지하철역 등을 둘러봤는데 여기는 살기 편한 곳이더군요. 1번 출입문으로 나가서 왼쪽으로 직진하다가 사거리 세 개를 지난 뒤 우회전, 그다음 사거리에서 좌회전 한 뒤에 그다음 사거리 지하차도에서 오른쪽으로 꺾어지면 대형마트. 1번 출입문으로 나가서 오른쪽으로 직진하다가 사거리 두 개를 지나서 우회전 하면 공원. 지하철역은 더 쉽더라고요. 1번 출입문으로 나가서 왼쪽으로 걸어가니까 다음 사거리에서 표지판이 보였어요. 아, 미안해요. 내가 길치라 어딜 가기 전에 길을 외워둬야 해서요."

아름다운 그녀의 이름은 앤디였다. 앤디의 본명은 허리춘이고 미국 영주권을 받을 때 '앤디 허'로 이름을 바꿨다. 그녀는 친구도 거의 없고 동료들은 그녀를 앤디로만 알고 있었기 때문에 그녀는 허리춘이라는 이름을 거의 입에 올리지 않았다. 그녀는 세 이웃에게 자신을 앤디라고 소개했고 세 이웃은 그녀의 성이 앤이고 이름이 디라고 생각했다.

③

2201호의 주인이 여자라는 사실에 판성메이의 마지막 희망이 산산이 부서져버렸다. 그녀는 매일 아침 지하철과 버스를 갈아타야 하는 출근길이 갑자기 무료해졌다. 얼마 전까지만 해도 예쁘게 차려 입고 여자들의 질투어린 눈초리와 남자들의 흘끔거리는 시선을 느끼며 출근하는 것이 그녀의 하루 일과 중 중요한 낙이었다. 지금도 그녀는 2202호에서 제일 일찍 출근하지만 이어폰을 귀에 쿡 찔러 넣고 바닥에 내리꽂은 시선을 들어 올리지 않았다. 흡사 1,000년이 가도 썩지 않는 플라스틱 조화가 되기 위해 수련 중인 도인 같았다. 그래도 미모는 어디 가지 않는 법. 굳이 눈을 들어 확인하지 않아도 그녀를 향한 여자들의 질투와 남자들의 추파는 여전했다.

2202호 세 여자의 아침 기상 시간은 거의 비슷했다. 하지만 늘 화장실 앞에서 마주치던 추잉잉과 관쥐얼이 이제는 차례로 화장실을 쓰게 되었다. 추잉잉이 바이 팀장과 함께 지하철을 타고 출근하기 시작하면서 평소보다 일찍 일어나서 정성껏 화장을 했기 때문이다. 그녀는 날마다 자신이 연출할 수 있는 가장 아름다운 모습을 유지해야 했다. BB크림은 바른 뒤 30분이 지나야 자연스러워진다는 판성메이의 조언이 한몫했다. 관쥐얼이 일어나 거실로 나오자 추잉잉은 참한 면모를 보여주기 위해 새로 산 인덕션으로 지단빙(오믈렛)을 구워 2인분의 아침식사를 준비했다. 물론 그 중 하나는 관쥐얼이 아니라 바이 팀장을 위한 것이었다.

추잉잉이 도시락을 들고 아파트 입구에 서 있으면 바이 팀장이 와서 그녀와 함께 다정하게 지하철역으로 향했다. 바이 팀장과 함께 출근한 뒤부터 강철벽도 뚫을 것 같던 추잉잉의 돌파력이 퇴화되어버렸다. 눈을 뜨자 어제와 다른 오늘이 펼쳐진 것이다. 이제 그녀는 작은 새처럼 바이 팀장의 든든한 보호에 살포시 몸을 맡겼다. 붐비는 지하철은 두 사람이 몸을 더 밀착시킬 자연스러운 명분일 뿐이었다. 추잉잉은 차라리 이 시간이 영영 끝나지 않길 바랐다. 하지만 회사 앞에 도착하자마자 앞뒤로 멀찌감치 떨어져서 회사로 향했다. 회사에서 사내 연애를 엄격하게 금지했기 때문이다. 지하철역을 나올 때마다 추잉잉은 바이 팀장을 앞서게 하고 뒤에서 따라갔다. 부지런히 걸음을 옮기는 그의 뒷모습을 볼 때면 그녀는 갑자기 행복이 멀리 도망쳐버린 듯 가슴이 시렸다.

관쥐얼은 야근 때문에 거의 매일 수면이 부족해 아침에는 늘 비몽사몽이었다. 원래는 추잉잉의 손에 이끌려 지하철을 내리고 길을 건넌 뒤 회사 입구에 도착하면 정신이 번쩍 들었다. 그런데 고생 끝에 낙이 온다고 했던가. 이사 온 바로 다음 날부터 2201호 앤디가 같은 금융가로 출근하니 함께 출근하지 않겠느냐는 것이었다. 관쥐얼은 지하철을 타고 가는 줄 알고 흔쾌히 제안을 받아들였다. 동행이 있으면 회사에 도착하기 전에 억지로 잠을 쫓을 필요가 없으니 말이다. 관쥐얼은 오늘도 역시 잠이 덜 깬 채 앤디를 따라 나섰다. 두 사람은 이틀 전에 처음 통성명을 나눈 사이였지만 앤디가 자신을 인신매매하려는 건 아닌지 따위는 걱정하지 않았다. 지하주차장에서 엘리베이터를 내려 앤디의 차에 탄 뒤에야 관쥐얼은 뭔가 이상하다는 걸 알았다.

"웬일로 지하철에 빈자리가 다 있네. 아, 행복해."

앤디가 웃음을 터뜨렸다.

그녀는 6시간만 자고도 알람시계 없이 정확하게 일어나 외워둔 길을 따라 공원에 가서 조깅을 했다. 집에 돌아오자마자 식빵 두 쪽을 토스터기에 넣어 타이머를 맞추고, 우유 한 잔을 전자레인지에 넣고 타이머를 돌려놓은 뒤, 시간이 다 되면 저절로 전원이 꺼지는 전기포트에 계란을 넣고 시간을 설정했다. 그런 다음 욕실로 들어가 샤워를 하고 나오면 아침식사가 완성되어 먹기 좋게 식어 있었다. 이 모든 것은 그녀가 일요일에 미리 짜놓은 최적의 아침 습관이었다. 반복되는 구간 없이 최단 시간에 출근 준비를 마칠 수 있는 동선이기도 했다. 그녀의 일과는 언제나 최적화된 컴퓨터 프로그램처럼 잘 짜여 있었고, 그 덕분에 그녀는 매일 최적의 컨디션으로 집을 나설 수 있었다. 아직도 잠에 취해 있는 관쥐얼과 절묘한 대비를 이루었다.

차가 어떻게 생겼는지도 모르고 비몽사몽 올라 탄 관쥐얼은 앤디의 웃음소리에 반짝 정신이 들었다. 그녀는 그제야 의자가 좁다는 걸 깨달았다. 몸을 좌우로 비틀어보았지만 아빠 차를 탔을 때처럼 최적의 수면 자세를 찾을 수가 없었다. 의자가 그녀를 뒤에서 감싸 안은 것 같아서 한 가지 자세만 유지해야 했다.

'관두자. 잠깐 참으면 돼.'

관쥐얼은 자신이 앤디와 대화를 나누고 있다고 생각했지만 다시 스르르 잠이 들었다. 추잉잉은 그녀가 두 발을 제대로 디딜 수 없을 만큼 붐비는 지하철에서도 잘 잔다고 놀리곤 했다. 다행히 앤디는 어젯밤 지도를 보며 외워둔 출근길을 더듬어 운전하느라 관쥐얼에게 말을 걸 겨를이 없었다.

관쥐얼은 차에서 내리는 동시에 잠에서 깼다. 그녀는 자신이 타고 온 자동차가 미끈하게 빠진 스포츠카인 데다가 길치인 앤디가 자신을 정확히 회사에 데려다주었다는 사실을 그제야 알았다. 하지만 감사 인사를 하기도 전에 스포츠카가 쌩 하니 출발해버렸다. 지나가는 동료들이 그녀를 향해 의미심장한 눈빛을 던졌다. 평소 그녀에게 호감을 품고 있는 입사 2년 선배 리자오성(李朝生)이 웃으며 다가왔다.

"남자친군가 봐요?"

"이웃이에요. 방향이 같아서 태워준 거예요….'"

왠지 모르게 "여자예요."라는 말을 덧붙이고 싶었지만 얼른 입을 다물어 입가까지 나왔던 말을 도로 삼켰다. 판성메이가 추잉잉에게 해준 충고 중 사내연애에 관한 대목이 불현듯 떠올랐기 때문이다. 그녀는 침묵으로 자신을 보호했다.

리자오성의 잘생긴 얼굴이 뻣뻣하게 굳었지만 관쥐얼은 후회하지 않았다. 생존해야 하니까!

1년간의 인턴 기간을 버티지 못하면 어떻게 되는지 추잉잉과 판성메이가 그 생생한 본보기가 되어주고 있었다.

22층에서 마지막으로 출근하는 사람은 언제나 취샤오샤오였다. 그녀의 아빠는 사랑하는 딸에 대한 미안함 때문에 심사숙고 끝에 가장 탄탄한 계열사를 딸에게 내어주었다. 그녀의 엄마도 좋은 회사라고 입이 마르도록 칭찬한 터라 그녀도 그런 줄 알았지만 출근한 지이틀 만에 그녀는 그게 착각이었음을 깨달았다. 엄마 말대로 회사가 너무도 탄탄해서 그녀 같은 애송이가 비집고 들어갈 틈은 전혀 없었다. 그녀는 그저 꼭두각시일 뿐 실질적인 경영은 아빠가 특별히 앉혀

42

놓은 왕 부사장이 도맡아 했다. 그렇다고 그가 금수저인 그녀에게 텃세를 부리는 것은 아니었다. 부사장은 회의 때나 결정을 내려야 할 일이 있을 때마다 그녀에게 먼저 비망록을 보여주고 회의실의 상석에 앉게 했으며, 임원들이 발언을 하고 나면 그녀의 의견을 묻는 것도 잊지 않았다. 하지만 취샤오샤오는 자신의 생각을 말할 수가 없었다. 말주변이 없어서가 아니었다. 오히려 그녀는 달변에 가웠지만 감히 말할 수가 없었다. 그녀를 제외한 모든 사람이 이 업계에서 잔뼈가 굵은 베테랑이기 때문에 잘못 말했다가 얄팍한 밑천이 들통날까봐 겁이 났기 때문이다.

취샤오샤오는 자기 인생에서 가장 우울한 사흘을 보낸 뒤, 나흘째 되는 목요일에 아빠를 찾아갔다.

"아빠, 내 회사에 누굴 앉히든 똑같아. 난 아무것도 배울 수가 없다고. 차라리 300만 위안을 빌려줘. 차용증도 쓸게. 아빠가 얼마 전에 인수한 GI브랜드의 국내 수입 사업을 내가 맡을게."

아빠는 딸의 예상치 못한 요구에 당황했다. 제일 먼저 아내에게 전화를 걸어 어쩌면 좋은지 물었다.

취샤오샤오가 말했다.

"아빠한테 300만 위안은 큰돈도 아니잖아. 성공하는 게 제일 좋지만, 성공하지 못하면 차용증은 찢어버리고 나에 대한 모든 기대를 접어도 좋아. 나도 내 주제에 맞게 얌전한 재벌 딸로만 살게. 하지만 성공하든 실패하든 이렇게 아무렇지 않은 척 꼭두각시 사장 자리에 앉아서 죽기를 기다리는 것보단 나을 것 같아."

이 말이 그녀의 아빠를 더욱 놀라게 했다. 아빠는 수화기 저편에서 들리는 아내의 채근에도 대꾸하지도 않고 멍하니 딸을 쳐다보았다.

"샤오샤오, 그렇게 서두를 거 없어. 무슨 일이든 처음부터 차근차근 배우면 돼. 경영 수업도 마찬가지야. 그러니까 내 말은 우선 왕 부사장에게 잘 배우고 나서….”

“싫다니까. 지금 나에게 필요한 건 긴장감이야. 긴장감을 느끼며 실전에서 배우는 게 제일 효과적이야.”

취샤오샤오의 엄마도 전화기를 통해 희미하게 들리는 대화소리를 듣고 놀라 남편의 대답을 기다리지 못하고 득달같이 달려왔다. 그녀의 아빠가 상황을 설명하자 엄마도 깜짝 놀랐다. 입에 들어온 고깃덩이를 뱉어버리겠다는 얘기나 마찬가지였다.

재산 싸움은 고지전과 같아서 2보 전진을 위한 1보 후퇴는 할 수 있지만 이렇게 깨끗이 손을 털고 물러설 수는 없었다.

“샤오샤오, 겁이 나서 그러는 거야?”

“엄마 아빠가 있는데 뭐가 무서워? 난 그냥 일을 배우고 싶은 거야. 엄마 아빠가 그랬던 것처럼 힘들어도 처음부터 배울래. 그동안 고생 모르고 자랐잖아. 찻잔 나르고 화장실 청소하는 일만 빼고 직원들이 하는 모든 일을 직접 해보고 싶어. 그래야 직원들이 고충을 털어놓을 때 그게 진짠지 아닌지 알 수 있지 않겠어? 지금 내가 어떤지 알아? 회의 중에 어떤 임원이 어떤 프로젝트가 자금을 점용하고 있다고 말했어. 자금이 많지도 않은데 어떻게 점용하고 있다는 건지 이해가 안 갔지. 나중에 왕 부사장한테 물어보고 나서야 고정자산과 가용자금이 다르다는 걸 알았어. 하지만 지금 난 그게 어떻게 다른지도 모른다니까. 생각해봐. 허수아비처럼 회의실에 앉아 있는 게 무슨 재미가 있겠어? 차라리 사무실 하나, 책상 하나만 가지고 처음부터 시작하는 게 훨씬 낫다고.”

부부가 서로 얼굴만 쳐다보고 있다가 아빠가 먼저 입을 열었다.

“네 말도 맞구나.”

하지만 엄마가 끼어들었다.

"맞긴 뭐가 맞아요?"

취샤오샤오의 인내심이 바닥났다.

"그래서 300만 위안을 빌려줄 거야, 말 거야? 아아…!"

딸이 찢어질 듯 비명을 질렀지만 부모님은 그녀의 화를 더 폭발시킬까 봐 그녀를 막지 못했다. 취샤오샤오는 실컷 소리를 지르고 난 뒤 소파 깊숙이 몸을 파묻었다.

"둘이 천천히 상의해봐. 어쨌거나 난 더 이상 허수아비 노릇은 하지 않을 테니까."

그녀의 엄마도 딸의 마음을 돌리기 힘들 것 같았지만 이대로 포기할 수는 없었다.

"회사를 경영하려면 마음에 안 든다고 지금처럼 소리를 질러선 안 돼. 특히 독립하려면…."

"걱정 마. 참았다가 집에 와서 아빠 엄마한테 소리 지를 테니까."

그녀의 아빠가 아내를 흘긋 쳐다보았다.

"알았다. 아빠가 지원해주마. 하지만 조건이 있다. 일주일의 시간을 줄 테니 GI 관련 서류를 전부 가지고 가서 타당성 보고서를 작성해서 제출해. 네가 GI 수입 사업에 대해 얼마나 알고 있는지 봐야겠어."

"좋아. 그럼 회사 설립부터 시작하기로 한 거다. 나중에 다른 말 하면 안 돼. 그러면 매일 아빠 귀에 대고 비명을 지를 거야."

사실 취샤오샤오의 아빠는 아내와 상의할 시간을 벌어보려는 것이었다. 상의해보고 딸에게 맡길 수 없다고 판단되면 딸에게 다른 사업을 제안할 수도 있다. 그러면 최소한 딸이 참담한 실패 후 밥만 축내는 백수가 되는 건 막을 수 있을 것이라고 생각했다. 하지만 그리 호락호락한 딸이 아니었다. 취샤오샤오는 부모님이 뒤로 한발 뺄 수 있는 기회를 철저히 차단시켰다.

　그녀의 아빠는 딸의 요구를 흔쾌히 들어주는 척했지만 딸이 휘파람을 불며 나간 뒤에는 아내와 함께 깊은 시름에 빠졌다. 인생에서 가장 참담한 패배를 맛본 사람들 같았다. 300만 위안은 그들이 감당 못할 액수는 아니었다. 중요한 건 딸이 뭔가를 해보겠다고 결심했다는 점이었다. 특히 그녀의 엄마는 딸을 유흥에 찌든 유학 생활에서 끄집어내기 위해 온갖 궁리를 짜낸 터였다. 남편이 전처 아들들에게 큰돈을 쓰는 것을 보며 속이 부글부글 끓지만 말없이 묵인해준 것도 다 그런 이유였다. 그런데 딸이 정말로 충격을 받고 나가떨어진다면 다시는 딸을 회사로 불러들일 수 없을 것 같아서 겁이 났다. 전처의 아들들이 어부지리로 이 큰 기업을 물려받게 만들 수는 없었다.

　부부는 어려서부터 사고뭉치에 공부도 못하고 재주도 없었던 딸이 사업을 잘해낼 수 없을 것이라는 판단을 내렸다. 혼자서 한다면 더더욱 말이다.

　앤디는 연일 닷새 동안 브리핑을 받았다. 각 사업 담당자들은 죽을 지경이었다. 숫자에 관한 한 천재에 가까운 기억력과 암산력을 가진 그녀 때문에 브리핑을 잘못하거나 작은 부분을 일부러 누락시키면 그 자리에서 들통나기 일쑤였다. 게다가 앤디가 데이터 출처에 대해 꼬치꼬치 캐묻는 통에 브리핑을 하는 내내 식은땀이 줄줄 흘렀다. 오히려 책상을 내리치며 고함을 지르는 것보다도 더 위압적이었다. 직원들은 앤디의 미국 시절 명성이 결코 헛소문이 아니며 탄쭝밍이 예쁜 그녀를 회사의 책임자로 앉힌 것도, 결코 애인을 낙하산으로 꽂아 넣은 것이 아님을 알았다. 앤디는 나흘 동안 밤늦도록 야근한 덕분에 회사 현황에 대한 전체적인 파악을 끝마치고 금요일에는 정시에 퇴근할 수 있었다. 물론 담당자들은 브리핑에서 그녀에게 지적받은 문제들을 보완하느라 퇴근할 수 없었지만 말이다.

집에 돌아와 현관문을 열자 얼음동굴 같은 집이 그녀를 맞이했다. 그녀는 집안을 쳐다보고 있다가 다시 나와 2202호의 문을 두드렸다. 혼자 집에 있던 판성메이가 문을 열었다.

"안 나갔어? 밥 안 먹었으면 같이 할래? 스테이크 어때? 잘하는 집 있으면 추천해줘."

판성메이가 피식 웃었다.

"이번 달은 허리띠 졸라매볼까 했는데. 휴…. 솔직히 말할게. 난 돈도 별로 못 벌고 쓸 데는 많아. 한 끼에 몇 백 위안씩 하는 고베 비프 스테이크를 먹으면 며칠은 손가락 빨고 살아야 해. 그럼 이렇게 하자. 중국음식 먹으러 가자. 이 도시엔 중국 각지 요리들이 다 있어. 밥값은 더치페이야."

"좋아. 밥은 내가 살게. 미국에서는 차오미엔(炒麵, 볶음면)이나 구라오러우(咕咾肉, 탕수육)를 먹으러 차이나타운에 자주 갔었는데 본토에 와서는 왜 스테이크 생각이 나는지 모르겠어. 옷 갈아입고 올게."

"스포츠카 몰고 갈 거야?"

"집에서 멀어? 지하철이 없는 데야?"

"응, 멀어."

판성메이는 집에서 먼 식당들을 머릿속에 주르륵 떠올렸다. 앤디가 가고나자 그녀가 쾌재를 불렀다.

"유후! 이 언니가 나가신다!"

앤디가 세수를 한 맨얼굴에 검정색 티셔츠와 짙은 갈색 와이드팬츠를 입은 간편한 차림으로 다시 왔을 때 판성메이는 화장을 하고 있는 중이었다. 판성메이는 앤디의 옷차림을 보고 곰곰이 생각하다가 몸에 붙는 카키색 티셔츠에 통이 넉넉한 카모플라쥬 바지를 입고 터프한 디자인의 하이힐을 매치했다. 마술쇼 같은 그녀의 스타일링 신공 앞에서 앤디는 감탄을 금치 못했다. 남성적인 옷을 이렇게 절묘하게 스타일링할 수 있다는 것이 놀라웠다.

앤디는 판성메이와 함께 기분 좋게 집을 나섰다.

밤바람이 살랑이며 불었다. 판성메이가 이런 흔치 않은 기회를 놓칠 리가 없었다. 그녀는 차창을 활짝 열자고 했다. 조금 달리다가 앤디가 중얼거렸다.

"마주 오는 차들이 왜 이렇게 내 차에 헤드라이트를 비추지?"

"두 미녀가 탔으니 남자들의 호르몬 분비가 폭발했겠지."

"옆에 있는 저 차는 신호 세 개를 지나도록 계속 내 차와 나란히 달리고 있어. 왜 저러는 거야?"

판성메이가 어이없다는 표정을 지었다. 그렇게 당연한 걸 묻다니.

"그걸 몰라서 물어? 비록 차는 우리보다 못하지만 운전기술은 자기가 낫다는 걸 보여주려는 거지. 그러다가 널 유혹할 기회를 엿볼 수도 있고."

앤디가 웃음을 터뜨렸다.

"역시 인사 담당자다워. 작은 수작도 훤히 꿰뚫어 보잖아. 아무리 머리가 좋은 사람도 예리한 눈을 못 빠져나가겠어."

"맞아. 골 빈 놈보다 무서운 게 골 때리는 놈이야. 저 회색 차에서 골 때리는 애들 네 녀석이 목이 빠져라 우릴 쳐다보고 있어."

"하하하. 정말 대단해. 이따가 한 가지 물어볼게 있어. 고민 상담해 줄 사람을 제대로 찾은 것 같네."

비상한 두뇌의 소유자인 앤디가 놀리려고 하는 말은 아닌 것 같았지만 판성메이는 왠지 조금 겸연쩍어 겸손하게 말했다.

"발정 난 고양이들이 없었다면 세상에 호르몬이 있다는 것도 몰랐을 거야. 감탄할 거 없어. 창피해서 죽을 거 같으니까. 고민이 있으면 같이 상의해보자."

판성메이와 대화를 나누는 동안 앤디는 웃음이 그치지 않았다. 말을 이렇게 재미있게 하는 사람은 처음이었다. 판성메이는 고심 끝에 문 앞에 주차할 수 있는 식당을 생각해냈다. 식당에 도착하자 그녀는 스포츠카에서 내려 남들의 시선을 받으며 여왕처럼 입장했다. 비록 고베 비프스테이크 레스토랑만큼 비싼 곳이지만 그녀는 흔쾌히 지불할 용의가 있었다.

예상대로 짜릿했다. 당당한 두 여자가 고급 식당에서 식사를 한다는 것 말이다. 남자를 따라왔을 때와는 전혀 다른 시선을 느낄 수 있었다. 판성메이는 점점 자신감이 생겼다. 물론 그녀는 앤디가 말했던 차오미엔이나 구라오러우를 주문하지는 않을 것이다. 지갑 사정을 고려하면서도 오늘 밤 분위기에도 걸맞은 음식을 찾아야만 했다. 물론 그리 쉬운 일은 아니었다. 앤디는 메뉴 결정권을 전적으로 그녀에게 맡긴 뒤 핸드폰을 꺼내 인터넷에 접속했다. 그녀가 몇 년 동안 활동해온 온라인 커뮤니티였다. 아까 퇴근하면서 보낸 쪽지의 답장이 도착해 있었다.

앤디가 고개를 들었을 때 한 남자가 미소를 지으며 판성메이 앞에 서 있었다. 판성메이는 자연스럽게 웃으며 몇 마디 나누었다.

판성메이가 "이따가 테이블에 가서 술 한 잔 따라줄게요."라고 말하자 그 남자가 미소를 지으며 자리로 돌아갔다. 앤디는 옆에서 듣고만 있었다. 흔히 마주치는 상황이지만 작은 회사의 인사 담당자인 판성메이의 행동이 너무도 세련된 점은 뜻밖이었다. 남자가 돌아가고 난 뒤 판성메이가 웃으며 말했다.

"네 스포츠카 덕분이야. 예전에는 거들떠보지도 않더니 나더러 회사를 옮겼느냐고 슬쩍 묻더라."

앤디도 웃었다.

"사실 나도 누구한테 빌린 차야. 나도 덕을 본 셈이지. 사람들은 객관적인 분석능력이 부족해. 겉으로 보이는 라벨이 있어야 그걸 가지고 판단을 하지."

"차 주인이 방금 전 너한테 쪽지를 보낸 그 사람이야? 쪽지를 보고 네 표정이 밝아지더라. 언제 한 번 소개시켜줘."

판성메이는 인간의 본성 같은 추상적인 문제는 본능적으로 피하고 말초적인 화제로 돌렸다.

"차는 탄 사장 거고 쪽지를 보낸 사람은 인터넷에서 만난 친구야. '특이점'이라는 아이디를 써. 공상과학 카페에서 알게 됐는데 나도 그 사람도 활동을 많이 하는 회원은 아니었어. 그런데 특이점이 올리는 글이 아주 재미있었어. 재미있는 사람인 것 같아서 주의 깊게 보기 시작했지만 1년 넘게 지켜보기만 하고 말을 걸진 않았어."

"네가 그 사람을 좋아한다는 걸로 해석해도 될까?"

"사실 특이점이 남잔지 여잔지도 몰라. 올해 초에 게시판에서 웜홀에 대한 논쟁이 붙었어. 내가 아는 것들을 가지고 사람들과 논쟁을 벌였지. 그런데 내가 글을 올릴 때마다 특이점이 추천을 누르거나 공유를 하더라. 아는 건 나보다 많지 않을 수도 있지만 괜찮은 사람이라고 생각했어. 그때부터 특이점이 내게 관심을 갖고 있다는 걸 느꼈고…."

판성메이의 호기심이 발동했다.

"여자라고 밝혔어?"

"처음 카페에 가입할 때 '남자'에 체크했어. 그런 카페에서 활동하는 사람들은 대부분 남자니까. 카페에서 쪽지를 자주 주고받았는데 이번에 귀국하면서 핸드폰도 바꾸고 일이 너무 바쁘다 보니 며칠 동안 카페에 들어가지 못했지. 그랬더니 그저께 특이점이 쪽지를 보냈더라. 왜 잠수를 탔느냐고. 오늘 오후에 그 쪽지를 보고 귀국해서 하이시에서 일하고 있다고 답장을 보냈지. 그랬더니 방금 답장이 온 거야. 자기가 가능한 시간들을 적어놓고 그중에 편한 시간을 고르래. 밥을 사겠대."

"아니, 아니. 핵심을 피하지 마. 내가 궁금한 건 네가 방금 전에 핸드폰을 보면서 왜 그렇게 달콤한 미소를 지었느냐는 거야."

"그 사람 성격이 마음에 들어. 시원스럽고 솔직해서."

"단지 성격이 마음에 든다고 그렇게 달콤한 미소를 짓지는 않아. 앤디, 솔직히 말해봐. 그 사람 좋아하지?"

"아냐. 특이점의 성별도 모르는데 어떻게 좋아해? 난 그 정도로 남자에 목매지 않아. 아니, 난 연애에 관심 없어. 정말 우스워. 결코 불가능해."

그저 놀려보려고 한 농담인데 앤디가 너무 강한 부정으로 반응했다. 판성메이는 그녀가 부끄러워하는 게 아니라 정색을 하며 긴장하는 것을 보고 이상한 생각이 들었다.

"농담이야. 그나저나 재미있는 우연이네. 특이점도 하이시에 산다니 만나서 같이 식사라도 하지 그래?"

앤디가 한참 망설이다가 말했다.

"그런데…. 특이점이 남자인 것 같긴 해. 인터넷으로 만난 남자를 덥석 만나러 나가면 남자를 밝히는 것처럼 보이지 않을까?"

판성메이는 앤디의 속마음이 두근대고 있다는 걸 눈치챘다.

"그렇지 않아. 인터넷에서 만난 지 2년 가까이 됐고 자주 채팅을 하다가 며칠 안 보이니까 안부를 물었다며. 그럼 이미 친구잖아. 랜선 친구가 보통 친구와 다를 게 뭐가 있어? 남자는 밝히는 거랑 상관없어. 근데, 왜 그래?"

앤디가 호흡이 곤란한 듯 갑자기 차를 벌컥벌컥 들이마시고 심호흡을 했다. 판성메이가 당황해하자 앤디가 괜찮다는 손짓을 했다.

잠시 후 앤디가 찻잔을 내려놓고 크게 한숨을 내쉬었다.

"내 마음이 아무렇지도 않은 건 아닌가 봐. 특이점이 남자라는 확신이 있어. 특이점을 만나고 싶어서 가슴이 뛰어. 이게 남자를 밝히는 게 아니고 뭐겠어?"

"말도 안 돼. 특이점을 2년 동안 좋아했다는 걸 듣고도 난 네가 남자를 밝힌다는 생각은 들지 않았어. 그 반대로 감동적인 이야기라고 생각했는걸?"

"정말이야?"

"누군가를 사랑하는 건 자연스러운 감정이야."

"하지만 채팅만으로 사랑에 빠진다는 건 이상하지 않아? 어쩌면…나한테 남자를 밝히는 유전자가 있는지도 몰라."

판성메이는 웃음이 터져 나오려는 걸 참았다. 앤디가 애써 침착함을 유지하려 했지만 그녀의 눈동자에 혼란스러운 마음이 고스란히 담겨 있었기 때문이다. 판성메이도 뭐라고 말해주어야 할지 알 수가 없었다. 앤디가 한숨을 내쉬었다.

"역시 바빠서 만날 수 없다고 답장을 보내야겠어."

판성메이는 빠르게 핸드폰 자판을 두드리는 앤디를 보며 왠지 정상적이지 않다는 생각에 궁금증이 생겼다.

앤디가 답장을 보낸 뒤 두 사람은 말없이 식사를 했다. 그때 또 쪽지 알림음이 울리자 판성메이가 물었다.

"뭐래?"

"자기 핸드폰 번호와 웨이신(중국 최대 메신저 서비스) 아이디를 알려줬어. 난 웨이신 안 하는데."

"지금 가입해. 핸드폰 번호는 나중에 알려줘도 돼."

앤디는 망설이는 표정으로 판성메이를 향해 어깨를 으쓱이고는 아무 말도 하지 않았다. 판성메이는 오는 길에 앤디가 물어볼 게 있다고 했던 말이 떠올랐다. 설마 그 고민거리가 이렇게 사소한 일이었던 걸까? 앤디가 세상 물정을 모르는 것 같지도 않았다. 남들은 렌트하기도 힘든 좋은 차를 타고 몸에 걸친 건 모두 명품이었다. 그런 앤디가 이까짓 일 때문에 고민한다는 게 몹시 이상했다. 앤디가 판성메이의 의아해하는 눈빛을 발견하고 물었다.

"내가 이상해 보여?"

판성메이가 고개를 저었다.

"아니, 지독하게 순진해 보여. 나보다 훨씬 젊은데 설마 모태솔로야? 예쁘니까 따라다니는 남자가 있었을 거 아냐."

앤디가 입만 벙긋대며 머뭇거리다가 말했다.

"나는 사실 연애할 엄두가 안 나. 왜냐하면 내 생각에 나는…."

"괜찮아. 말 안 해도 돼. 말하기 싫으면 말하지 마. 천천히 해. 난 사람을 수없이 만나보고 연애 경험도 많으니까 조언해줄 수 있을 거야."

앤디가 한참을 망설이다가 말했다.

"오늘은 안 돼. 운전해야 하니까 마음의 안정이 필요해."

"얘기하고 싶을 때 언제든 말해. 난 잠깐 친구 테이블에 갔다 올게."

판성메이가 일어나 사뿐사뿐 걸어가는 걸 보며 앤디는 그녀를 불러 세울까 고민했다. 갑자기 누군가에게 속마음을 털어놓고 싶어졌다. 하지만 그녀는 부르지 못했고 판성메이가 돌아온 후에는 평정심을 되찾고 밥을 먹는 데 집중했다. 판성메이가 주문한 음식은 입에 잘 맞았지만 자기도 모르게 자꾸만 핸드폰에 눈이 갔다. 특이점에게 뭐라고 답장을 보내야 할지 마음이 복잡했다. 그녀는 두근거리는 마음으로 자신이 여자라는 걸 특이점이 알아챘을지 궁금해 했다.

판성메이는 앤디에게 자기 친구들과 함께 춤을 추러 가자고 제안했다. 순진한 앤디라면 거절할 거라 예상했지만 뜻밖에도 함께 가겠다는 것이었다. 둘은 얼마 전 판성메이에게 마음의 상처를 안겨주었던 77클럽에 도착했다. 정작 앤디는 테이블에 앉아 높은 무대에서 춤을 추는 댄서들을 구경하며 물과 음료수만 마셔대는 것이었다. 왜인지는 몰라도 판성메이와 그녀의 친구들은 앤디를 억지로 스테이지로 끌고 가지 못했다.

구경만 하고 있던 앤디가 핸드폰을 꺼내 특이점에게 쪽지를 보냈다.

'친구들과 클럽에 와 있어요. 하이시의 밤문화가 꽤 뜨겁네요.'

잠시 후 특이점에게 답장이 왔다.

'어느 클럽이에요? 내가 갈게요. 하하. 공부벌레인 줄 알았더니.'

'공부벌레 맞아요. 친구들은 춤을 추러 나가고 난 구경하고 있어요. 혼자 노는 중이이에요.'

'혼자 논다고요? OMG!'

앤디가 웃음을 터뜨렸다. 참 이상했다. 똑같은 말을 해도 특이점이 하면 재미있게 들렸다. 앤디는 이번에도 고민하다가 또 거절했다.

'별로 재미가 없네요. 친구들 내버려두고 먼저 집에 갈래요. 다음에 또 얘기해요.'

하지만 그녀는 집에 가지 않았다. 판성메이가 클럽에서 놀다 지칠 때까지 기다리다가 그녀를 차에 태워 귀가했다.

밤 12시가 넘은 시간이었다. 판성메이가 2202호의 문을 열자 관쥐얼이 뛰쳐나왔다.

"언니, 잉잉이 아직 안 들어왔어. 핸드폰도 꺼져 있어."

판성메이가 복도에 서 있는 앤디를 보며 웃었다.

"잉잉이는 연애를 하잖아. … 수많은 가능성이 있지."

하지만 관쥐얼은 불안했다.

"연애 시작한 지 일주일도 안 됐잖아."

맏언니 판성메이가 어른스럽게 말했다.

"쓸데없는 걱정하지 마. 잉잉도 성인이야. 그 정도는 알아서 할 수 있어. 혹시 우리 도움이 필요하면 전화하라고 문자나 보내놔."

앤디가 "안녕, 잘 자."라고 인사를 하고 2201호로 들어가려는데 2203호 문이 벌컥 열리며 취샤오샤오가 뛰어나와 앤디에게 달려갔다.

"앤디, 앤디, 앤디…!"

두꺼운 안경을 쓴 모습이 평소의 그녀답지 않게 진지해 보였다.

판성메이가 어리둥절한 표정으로 물었다.

"주말인데 놀러 안 나갔어?"

취샤오샤오가 앤디를 와락 끌어안았다.

"할 일이 있어서 못 놀아. 앤디, 한참 기다렸어. 새 핸드폰 번호도 몰라서 문에 귀를 대고 밖에서 소리가 나기만 기다렸잖아. 나 좀 도와줘. 재무최고책임자(CFO)라고 했지? 재무와 세무에 대해 물어볼게 있어. 아주 기본적인 것들이야. 제발 거절하지 말고 날 좀 도와줘."

앤디가 말했다.

"난 일반적인 재무최고책임자와는 달라. 중국 회계법과 세법은 이제 막 보기 시작해서 기본적인 것도 잘 몰라."

관쥐얼이 말했다.

"잉잉이 공인회계사 시험을 준비하고 있어. 회계에 대해서는 잉잉이 잘 알 거야."

앤디와 취샤오샤오의 눈동자가 반짝였다. 취샤오샤오가 말했다.

"지금 당장 타오바오에서 공인회계사 시험교재를 주문할게. 앤디한테도 한 권씩 줄게. 우리 잉잉한테 배우자. 서로 돕고 살아야지."

판성메이가 헛기침을 했다.

"앤디 머리 좋은 거 몰라? 머지않아 너랑 잉잉이 앤디에게 배우게 될 거야."

"하지만 지금 당장 모르는 건 어떻게 하지? 흥⋯."

취샤오샤오가 다급하게 손을 뻗어 판성메이를 붙들었다.

"언니가 인사 담당자라고 했지? 그럼 인사 쪽으로는 잘 알겠네. 나 좀 도와줘."

도와달라는 말에 판성메이의 의리가 발동했다. 취샤오샤오와 입씨름을 했던 건 다 잊기로 했다. 앤디와 관쥐얼은 두 사람이 2203호로 들어가는 걸 보고 서로 멀뚱히 쳐다보다가 따라 들어가기로 했다. 날라리 취샤오샤오를 진지하게 만든 중요한 일이 뭔지 궁금했기 때문이다.

취샤오샤오가 제일 알랑거리는 사람은 역시 앤디였다. 그녀가 탄쭝밍과 일하는 것이 인맥이 아니라 뛰어난 실력 때문이라는 것을 친구들에게 들어서 알고 있었기 때문에 그녀에게 잘 보이려고 애를 썼다. 앤디가 탄쭝밍의 회사에서 어떤 일을 하고 있는지는 모르지만 앤디라면 해결 방법을 생각해낼 수 있으리라 기대했다. 취샤오샤오는 모두를 불러 앉힌 후 요리라고는 한 번도 해본 적 없는 깨끗한 주방으로 달려가 커피를 만들었다.

세 사람 모두 취샤오샤오의 집은 처음이었다. 그녀들은 푹신한 소파에 앉아 앤디의 집보다 훨씬 더 화려하게 꾸민 집을 둘러보았다. 관쥐얼은 제일 친한 판성메이의 옆에 딱 붙어서 다소곳이 앉았다. 역시 앤디의 행동이 제일 자연스러웠다. 그녀가 주방 쪽을 향해 말했다.

"무슨 일인지 요점만 먼저 얘기해봐."

판성메이도 말했다.

"밤이 늦었어. 꾸물거릴 시간 없어."

"휴, 문제는 내가 요점만 얘기할 수 없다는 거야. 아직 자료를 다 이해하지 못했어. 어쩌지? 자료는 테이블 위에 있어. 지금까지 진행된 사업에 관한 모든 서류들이야."

관쥐얼이 제일 위에 있는 서류를 집어다가 판성메이와 앤디 사이에 앉아 들춰보았다. 관쥐얼은 회사에서 영어로 업무를 처리하고 있고, 앤디에게는 중국어보다 영어가 더 쉬웠다. 하지만 판성메이는 온통 영어로 된 자료를 보자마자 현기증이 났다. 영어에는 젬병인 그녀가 전문용어들을 이해할 리 없었다. 77클럽에서 온몸을 불사르고 온 그녀는 지렁이처럼 꼬불거리는 알파벳을 보고 눈앞이 어질어질했다. 알량한 밑천이 드러나기 전에 다른 두 사람이 자리를 철수하자고 제안해주길 간절히 바랐다.

앤디는 관쥐얼이 따라잡기 힘든 빠른 속도로 몇 페이지를 읽어 내려간 뒤 말했다.

"자료는 간단명료해. 지금까지 네가 읽은 내용을 말해봐. 우리끼리니까 용어는 신경 쓸 거 없어."

관쥐얼이 중얼거렸다.

"영어를 굉장히 빠르게 읽네. 역시 난 유학파들과는 비교가 안 돼."

앤디가 말했다.

"나랑 비교할 필요 없어. 내가 원래 좀 빨라. 샤오샤오, 어디까지 봤어?"

취샤오샤오는 대답하고 싶지 않았지만 앤디가 자꾸만 묻자 우물 거리며 말했다.

"유학하는 동안 노는 데 바빴어. 그것도 중국 애들하고만 놀아서 …, 영어 실력은 남자 꼬시고 애들 장난이나 치는 정도야."

"그럼 두 가지 방법밖에 없어. 포기하고 자료를 돌려주든가 구글 번역기를 돌려서 어떻게든 자료를 읽는 것. 후자를 선택하겠다면 자료를 정리해줄 수는 있어. 꼭 알아야 하는 요점들도 알려주고."

판성메이가 끼어들었다.

"기본적인 건 네가 해야지. 어쨌든 외국 바이어는 너 혼자 만나야 하잖아. 우리가 같이 가줄 수도 없어. 네가 믿을 건 네 실력뿐이야."

"내 생각도 그래."

앤디가 소파에서 일어났다.

"후자를 선택하겠다면 내일 자료를 요약해서 줄게. 아침 8시 이후 에 집으로 와. 나도 주말에는 푹 자야 하니까."

판성메이도 냉큼 일어나고 관쥐얼만 동정 어린 시선으로 취샤오 샤오를 쳐다보았다. 그녀 자신이 직장에 처음 입사해 적응하지 못하 고 힘들었던 경험이 떠올라서였다. 하지만 두 언니가 일어나니 관쥐 얼도 따라서 일어날 수밖에 없었다. 취샤오샤오가 벌떡 일어났다.

"커피 마시고 가. 다 됐어."

하지만 세 사람 모두 잘 시간이었기 때문에 커피를 사양하고 돌아 갔다. 관쥐얼이 맨 마지막에 인사를 했다.

"도움이 필요하면 내일 아침에 도와줄게."

취샤오샤오가 만면에 미소를 지으며 잠도 못 자고 고민을 들어줘서 고맙다고 했다. 취샤오샤오가 연신 고맙다고 인사를 하자 세 사람은 도움을 주지 못한 것이 괜스레 미안해졌다.

그런데 앤디가 집에 돌아와 샤워를 하고 나오는데 초인종이 울렸다. 스탠드 옆에 설치해놓은 CCTV 모니터로 밖을 살펴보니 취샤오샤오였다. 그녀는 망설이다가 리모컨으로 렌즈를 사방으로 돌려 복도에 다른 사람이 없다는 걸 확인한 후 문을 열었다. 그런데 취샤오샤오의 모습에 앤디가 깜짝 놀랐다. 잠깐 사이에 얼굴이 눈물범벅이 되고 눈두덩은 벌겋게 부어올라 있었기 때문이다.

"난 더 이상 갈 곳이 없어. 이렇게 다시 매달릴 수밖에 없어. 날 좀 도와줘."

앤디는 취샤오샤오에게 붙들린 두 팔을 비틀어 빼내려고 했지만 취샤오샤오가 놓아주지 않았다.

"너 스스로 헤쳐나가야 해. 샤오샤오, 현실을 똑바로 쳐다봐."

"맞아. 나도 알아. 하지만…."

취샤오샤오가 앤디를 붙잡았던 손을 풀고 탁자에 엎드려 울음을 터뜨렸다.

"앤디, 나한테… 이복 오빠가 두 명 있어…. 나한테 더 이상 기대할 게 없으면 아빠가 날 포기할 거야. 난… 난 지금 생사의 고비로 내몰려 있다고…."

"아빠가 왜 널 포기한다는 거야?"

"아빠에게 아들이 둘 있어. 전처가 낳은 아들들이야."

취샤오샤오가 눈물을 훔치며 말했다. 간간히 흐느낌은 섞였지만 말투는 점점 또렷해졌다.

"오빠들은 고급차에 고급 아파트까지 있는데 내 꼴 좀 봐. GI 수입 사업은 내게 남은 유일한 기회야. 이걸 실패하면 집에서 버림받게 될 거야. 둘 중 하나를 선택하라고? 난 선택의 여지가 없어. 앤디, 제발 날 좀 살려줘."

그녀의 말에 앤디의 눈빛이 점점 심각해졌다. 멀지만 또렷한 목소리가 귓가를 맴돌았다.

'네가 한 숙제라고? 그래서 뭐? 안 보여주면 가만두지 않을 거야. 허리춘, 너희 엄만 미쳤고 너희 아빠는 너희를 버렸어. 아니지. 넌 아빠가 누군지도 몰라. 애비 없는 자식, 허리춘! 애비 없는 자식, 애비 없는 자식…'

"앤디, 앤디…, 왜 그래? 미안해. 방해해서. 불쑥 찾아와서 미안해."

취샤오샤오가 앤디의 눈치를 살폈다. 하지만 겨우 붙잡은 이 지푸라기를 놓을 수가 없었다.

"앤디, 앤디?"

"아, 미안해. 잠깐 다른 생각을 했어. 자료 가지고 왔어? 내일이 주말이니까 지금부터 시작하자."

"와우!"

취샤오샤오가 환호성을 지르며 앤디를 와락 끌어안고는 자료를 가지러 뛰어나갔다.

앤디는 취샤오샤오의 뒷모습을 멍하게 쳐다보며 다시 생각에 빠졌다. 조용한 복도에서 다시 발걸음 소리가 들리자 앤디가 정신이 들어 문을 열었다. 그런데 발소리의 주인은 취샤오샤오가 아니라 살금살금 들어오던 추잉잉이었다. 앤디가 말했다.

"성메이 언니랑 쥐얼이 네 걱정을 하더라."

취샤오샤오도 집에서 자료를 들고 나오며 한마디 얹었다.

"밤늦게 여자 혼자 다니면 위험해. 누가 데려다준 거지?"

추잉잉은 얼굴이 빨개지며 그렇다고 말하고 후다닥 집으로 들어갔다. 취샤오샤오는 자료와 함께 커피 주전자를 들고 왔다. 눈물바람으로 겨우 앤디의 승낙을 받아냈으니 이 기회를 놓칠 수 없었다.

"잉잉 표정이 좀 이상한데…."

앤디의 말에 취샤오샤오가 큭큭거렸다.

"뻔하잖아. 그렇고 그런 거지. 가까이 가니까 그 냄새가 확 풍기더라."

"그 냄새…, 아…."

앤디가 문 쪽을 한번 쳐다보고는 더 말하지 않았다.

"그럼 GI 사업 얘기를 해볼까? 넌 포기할 생각이 없는 것 같으니까. 하지만 내가 도와주더라도 기본적인 건 네가 직접 해야 한다는 사실은 달라지지 않아. 지금부터 자료를 읽어봐. 자료에 나오는 단어들도 다 외워. 나는 자료를 읽고 요점을 정리해줄게. 하지만 난 소규모 회사의 경영에 대해서는 잘 몰라. 무책임하게 대충 아무 얘기나 해주는 건 내 스타일도 아니고. 오케이?"

"물론이지. 나는 아무것도 몰라서 앤디가 정리해줄 때까지 기다려야 하는데 뭐."

두 사람이 조용히 자료를 읽고 있는데 앤디가 불쑥 물었다.

"중국의 성교육은 잘되고 있어?"

취샤오샤오가 어리둥절한 표정으로 앤디를 쳐다보았지만 빠른 속도로 자료를 넘기고 있는 그녀를 방해하는 것 같아 대꾸하지 않았다. 다행히 앤디는 그 한마디 외에는 더 이상 말을 꺼내지 않았다. 취샤오샤오에게 목표가 생겼다. 학교에 다닐 때 그녀는 끈기도 집중력도 부족했지만 지금 그녀는 누가 시킬 필요도 없고 잠을 쫓기 위해 커피를 마실 필요도 없었다. 번역기를 돌려 꾸역꾸역 자료를 읽고 그래도 이해가 안 되는 것은 앤디에게 물어보았다. 길고 복잡한 영어 문장들이 한없이 원망스러웠다.

추잉잉은 원래 아무도 모르게 살금살금 집에 들어가려고 했다. 그런데 내일 출근하지 않는 관쥐얼이 자지 않고 인터넷에서 음악을 다운로드 받고 있었다. 인기척이 나자 관쥐얼이 냉큼 뛰어나와 웃으며 물었다.

"너무 재밌어서 우리 생각은 나지도 않았어? 얼마나 걱정했는지 몰라. 어디 갔다 왔어?"

"영화 보고 노래방 갔었어."

"그러다 바이 팀장님 오늘 출혈이 컸겠네."

"괜찮아. 우리 둘이 같이 냈으니까. 영화도 같이, 노래방도 같이 냈고. 맞다, 그 노래방은 작은 케이크도 주더라. 언제 같이 가자. 가성비가 아주 좋아."

추잉잉의 눈동자가 반짝이고 얼굴에도 웃음기가 가시지 않았다.

"아 참, 밖에서 2201호 앤디가 너랑 성메이 언니가 내 걱정을 많이 했다고 하더라. 앤디는 돈도 많고 좋은 차도 타는데 잘난 척하는 걸 못 봤어. 2203호 샤오샤오가 앤디랑 아는 사이였대? 지금 보니까 둘이 무척 친한 거 같더라."

"넷이 같이 있다가 방금 헤어졌는데 둘이 또 같이 있다고? 네가 요즘 우리랑 잘 안 놀아서 모르는구나. 우리 다 친해졌어. 나는 날마다 앤디 차로 같이 출근해. 앤디가 날 배려해주는 거야. 조금 싼 차로 바꿀 생각이래. 성메이 언니도 앤디랑 친해. 오늘 둘이 같이 밥도 먹었대. 샤오샤오랑 앤디는 어떤 사이인지 잘 모르겠어. 샤오샤오는 우리랑 자주 어울리지 않으니까. 혹시 샤오샤오가 뭘 들고 있었어?"

"서류를 들고 있는 거 같더라. 얘기하느라 정확히 본 건 아니야."

관쥐얼의 눈이 번쩍 뜨였다.

"나도 가볼래. 같이 가자. 앤디가 아는 게 엄청 많아. 앤디 차를 타고 출근하면서 잠자기가 미안해서 경제뉴스를 듣는데 앤디가 뉴스를 분석해줘. 일주일 만에 얼마나 많이 배웠는지 몰라. 갑자기 새로운 분야를 배운 기분이야. 뉴스의 배경까지 꿰뚫어본다는 건 예전엔 생각도 못했던 일이야. 같이 가자. 나 혼자 밤늦게 찾아갈 용기가 안 나서 그래."

추잉잉이 망설이다가 말했다.

"난 잘래. 오늘 너무 피곤해. 내가 문 앞까지 데려다주고 올까?"

"아니야. 나 혼자 갈게. 필기도구를 가지고 가야지. 잠들면 안 돼. 아 참, 컴퓨터도. 나 간다. 잘 자."

관쥐얼이 2202호에서 나와 2201호로 건너갔다. 오늘 밤 앤디가 전형적인 사례분석 기법으로 작은 회사의 업무 전반을 가뿐히 파악해내는 걸 볼 수 있을 것 같아 기대가 되었다.

관쥐얼은 취샤오샤오가 앤디의 분석을 방해하지 않도록 취샤오샤오의 질문에 대답해주고 긴 문장을 해석해주었다.

새벽 4시쯤 앤디가 자료와 노트북을 모두 덮고 눈을 감고 생각에 잠겼다가 입을 열었다.

"샤오샤오, 내가 이걸 글로 써주려면 영어로 써야 할 거야. 중국어로는 정확한 의미 전달이 어려울 것 같아. 그것보다는 내가 중국어로 말해주는 게 나을 것 같아. 혹시 이해가 안 되는 부분이 있으면 그때그때 질문을 해. 그 편이 더 효과적일 거야. 아주 간단한 프로젝트니까 긴장할 필요 없어."

관쥐얼이 자진해서 일을 맡았다.

"나는 받아 적을게."

"나도 적을게. 잊어버리지 않도록. 다 적고 나서 쥐얼이 적은 것과 대조해서 보고서를 쓸 거야. 보고서가 완성되면 앤디가 검토해줘."

앤디가 자료와 인터넷에서 검색한 것들을 종합해 GI의 중국 시장 진출에 관해 타당성 검토를 했다. 우선 업계의 시장규모에 대해 설명했다. 취샤오샤오가 그런 건 어떤 사이트에서 찾을 수 있느냐고 묻자 앤디가 자기 머리를 가리켰다. 샤오샤오는 놀라서 말문이 막혔지만 관쥐얼에게는 더 이상 놀라운 일이 아니었다.

앤디는 설명을 마치고 자러 들어갔지만 취샤오샤오와 관쥐얼은 2203호로 자리를 옮겨 계속 보고서를 작성했다. 그 방면으로는 문외한인 취샤오샤오가 관쥐얼의 도움으로 정식 보고서 양식에 맞추어 보고서를 작성할 수 있었다.

황금빛 햇살이 비추는 가을 새벽, 취샤오샤오는 가슴 벅찬 성취감을 느꼈다.

"학교 다닐 때 공부를 이렇게 열심히 할걸 그랬어. 쥐얼, 앞으로 너한테 많이 배워야겠어. 참, 근데 너랑 아무 상관도 없는 일인데 왜 같이 해준 거야?"

"앤디가 사업 분석하는 걸 보고 배우려고. 앤디한테 수업들은 기분이야. 사례를 어떻게 접근해야 하는지 이해했어. 아, 졸려. 나도 이제 자러 갈게."

"그래도 굳이 보고서 작성까지 함께 해줄 필요는 없었잖아. 나한테서는 아무것도 배울 게 없으니까. 넌 그냥 날 도와준 거야. 지금 들어가지 말고, 근처에 나가서 아침 먹고 들어와서 자. 내가 자주 밤을 새봐서 아는데 뜨끈하게 아침을 먹고 나면 몸의 긴장이 풀리면서 훨씬 푹 잘 수 있어."

취샤오샤오가 노트북 가방을 멘 채 관쥐얼을 끌고 아침을 먹으러 나갔다. 관쥐얼은 취샤오샤오가 왜 노트북 가방을 메고 나가는지 이상했다. 취샤오샤오가 힘껏 도리질 치며 말했다.

"시간이 없어. 난 지금 죽기 살기로 달려야 해. 안 그러면 내 인생은 이대로 끝이야. 내 성격이 원래 그래. 내 물건을 내가 버리는 건 괜찮아도 남이 뺏어가는 건 절대로 용납 못해. 지금 난 생사의 기로에 있어. 이 보고서에 모든 게 달렸어. 내 것을 뺏길 수도 있다는 생각을 하면, 온몸의 세포가 바짝 긴장되고 잠이 싹 달아난다니까. 난…."

보고서 작성이 끝나자 관쥐얼의 머리는 자동으로 휴면 모드로 들어갔다. 그녀는 몽롱한 정신으로 밥을 먹었다. 쉬지 않고 재잘거리는 취샤오샤오의 이야기를 들었지만 귀에 들어오는 건 단어와 짧은 문장 몇 개뿐이었다. 밥을 다 먹고 관쥐얼은 비틀거리며 자러 갔지만 취샤오샤오의 눈빛은 더욱 초롱초롱해졌다. 그녀는 생쥐처럼 지하주차장으로 내려가 차를 몰고 부모님 집으로 향해 토끼처럼 빨갛게 충혈된 눈을 반짝이며 막 일어난 부모님에게 자신의 첫 답안지를 내밀었다.

4

사랑은 최고의 각성제였다. 토요일 이른 아침 2202호에서 추잉잉만 침대를 박차고 일어나 씻고 화장을 하고 바이 팀장과 수업을 들으러 갈 준비를 했다. 판성메이는 귀를 막고 다시 자려고 했지만 어젯밤 앤디와 함께 다닐 때 잠깐의 신분 상승만으로도 남자들이 자신을 대하는 태도가 확연히 달라지는 것을 경험한 후 마음이 들떠서 가만히 누워 있을 수가 없었다. 서른 살이 인생의 끝은 아닌 것 같았다.

다크서클을 매달고 일어난 판성메이를 보며 추잉잉이 자꾸만 키득거리자 판성메이는 그제야 어떻게 된 일인지 알았다. 그녀는 뭐라고 말하려다가 화장실로 향했다. 잠시 후 화장실에서 나온 그녀가 제일 먼저 따뜻한 물을 마셨다. 몸 안의 독소를 배출하고 피부를 좋게 하는 데 도움이 된다고 했다. 추잉잉도 물 한 잔을 따라 마셨다. 그녀에게 지금 가장 절실한 것은 아름다운 외모였다.

"언니, 오늘은 어디 가?"

"누가 아기 지우러 가는데 같이 가주려고. 며칠 전에 회사 엔지니어 하나가 그만뒀는데 어제 그 여자가 죽네 마네 회사 옥상에서 뛰어내리려고 했어. 알고 보니 여자가 임신한 걸 알고 남자가 나 몰라라 도망쳐버린 거야. 그 여자가 기숙사에 사는데 가족에게 비밀로 하고 친구들에게도 말할 수가 없대. 산부인과 가는데 회사 동료인 나라도 같이 가줘야지 혼자 가게 내버려 둘 수는 없잖아. 멀쩡한 여자가 남자 하나 잘못 만나서 딱하게 됐어."

"하지만 요샌 속도위반도 흔하잖아."

판성메이가 눈을 가늘게 뜨고 추잉잉을 쳐다보았다.

"셋방에서 호적에도 못 올리는 애 낳고 살아봐. 베이비시터 부를 돈도 없지, 남편이 엄마랑 싸우든 네가 시어머니랑 싸우든 집안은 조용할 날이 없지. 그렇게 지지고 볶고 살다보면 1년 만에 넌 폭삭 늙을 거야. 제비도 알 낳기 전에 둥지부터 만드는데 사람은 오죽하겠어?"

추잉잉의 낯빛이 어두워졌다.

"그래도 이것저것 따지다가 서른을 넘길 순 없잖아. 나만 따지겠어? 남자도 내 조건을 볼 텐데 나는 뭐 그렇게 대단하다고."

판성메이의 표정이 굳어졌다가 다시 피식 웃었다.

"네 맘대로 해. 사랑이 밥 먹여주겠지. 그래도 회계사시험 공부는 계속해. 둘이 같이 공부하면 힘이 날거야."

추잉잉의 얼굴에 드리웠던 먹구름이 금세 걷혔다.

"맞아. 맞아. 시험 붙으면 회사를 옮길 거야."

"당연하지."

판성메이는 더 이상 참견하지 않았다.

"아 참, 지난 번 너희 회사 파티 때 여직원들이 치파오 입고 안내했었지? 그때 어떤 사람들 초대했었어? 처음 만나는 사람들은 어떻게 인사를 나누고 얘기해?"

"나도 몰라. 정신없이 바쁘기만 했어. 사람들이 술을 마시면서 얘기하는 것만 봤지 누가 누군지 알게 뭐야. 파티 가게?"

"아냐. 우린 기껏해야 인사협회 연수 때 하는 회식이 전부야. 그땐 맥주도 못 마셔."

추잉잉이 신나게 집을 나섰다. 엘리베이터를 기다리는 그녀의 손에는 바이 팀장을 위해 만든 도시락이 들려 있었다. 판성메이는 사실 오늘 할 일이 없었다. 동료 이야기는 추잉잉을 겁주려고 지어낸 이야기였다. 그런데 추잉잉은 그녀의 얘기를 귓등으로도 듣지 않고 오히려 그녀의 약점을 건드렸다.

판성메이는 마지막 물 한 모금을 다 마신 뒤 라면이나 끓여먹기로 했다. 추잉잉이 열어놓고 나간 현관문을 닫으려는데 취샤오샤오가 엘리베이터에서 폴짝거리며 내렸다.

"일찍 일어났네?"

판성메이가 아는 척을 하자 취샤오샤오가 대답했다.

"늦었어. 친구들이랑 다자셰(大閘蟹, 민물 털게) 먹으러 가기로 했는데 늦을 거 같아. 나중에 얘기하자. 근데 그 옷 어디서 샀어? 우리 엄마 옷이랑 똑같네."

판성메이는 아무 대꾸도 하지 않고 있다가 어젯밤 도와달라고 울며불며 애원하던 취샤오샤오가 아무 일도 없었던 듯 팔랑거리며 2203호로 들어가자 중얼거렸다.

"젠장!"

왜 보는 사람마다 그녀의 서른 살 나이를 물고 늘어지며 늙은 여자 취급을 하는지 이해할 수가 없었다.

판성메이가 라면을 끓이러 들어가려는데 이번에는 또 오피스룩으로 차려입은 앤디가 집에서 나왔다.

"좋은 아침! 오늘도 출근해?"

"세미나가 있어. 귀국해서 처음 열리는 세미나라서 일찍 가려고."

엘리베이터를 기다리는 동안 앤디가 말했다.

"어젯밤에 샤오샤오를 도와주느라 새벽에서야 자는 바람에 나도 모르게 늦잠을 잤어."

"샤오샤오는 더 일찍 일어났더라. 친구들이랑 다자셰 먹으러 간대."

판성메이가 말하는 사이에 취샤오샤오가 옷을 갈아입고 다시 집에서 나왔다.

"와, 옷을 빨리도 갈아입었네."

취샤오샤오가 눈짓으로 판성메이의 입을 막아보려 했지만 이미 늦은 뒤였다. 그녀는 아무렇지 않게 앤디를 쳐다보고는 엘리베이터로 시선을 옮겼다. 앤디가 속으로 화가 났을 거라고 생각했다. 취샤오샤오는 판성메이에게 대꾸하지 않고 앤디 옆으로 바짝 다가섰다.

"아침에 보고서 쓰느라 한숨도 못 잤어."

엘리베이터 문이 열리자 취샤오샤오는 한발 뒤로 물러나 앤디를 먼저 타게 했다. 엘리베이터에 타기 전에 판성메이를 한번 째려보는 것도 잊지 않았다. 엘리베이터 문이 닫히자 취샤오샤오가 말했다.

"보고서를 완성하고 쥐얼이랑 아침을 먹자마자 아빠한테 보고서를 내고 왔어. 완전 칭찬 받았어. 내 인생 최고의 보고서야. 언니랑 쥐얼한테 어떻게 고마움을 갚아야 할지 모르겠어. 친구들과 다자셰를 먹기로 했는데 그중 한 명이 GI 제품의 첫 고객이 될 거 같아. 아, 먹다가 잠드는 건 아닌지 모르겠어. 하지만 중국에서 사업하려면 인맥을 넓히는 것 말곤 다른 방법이 없으니까. 친구가 친구를 소개해주고 친구가 친구를 돕는 거지. 어쩔 수 있어? 언니, 다자셰 좋아해? 좋아하면 몇 마리 사다 줄게."

"됐어. 운전 조심해. 나도 오늘은 좀 어지럽네."

앤디가 한마디 덧붙였다.

"아버지한테 칭찬받았다니 잘됐어. 앞으로 남은 일은 혼자 힘으로 해야 돼."

취샤오샤오는 앤디가 엘리베이터에서 나와 자동차로 가는 길을 교묘하게 막았다.

"오늘 저녁에 시간 있어? 고마워서 언니랑 쥐얼에게 밥 한 끼 사고 싶은데."

"오늘은 일찍 자야 하잖아? 한숨도 못 잤다며. 우리에게까지 고객 대하듯 할 필요 없어. 이웃이잖아."

취샤오샤오가 가볍게 한숨을 내쉬며 앤디를 놓아주었다.

취샤오샤오는 무거운 눈꺼풀을 떠받쳐 올리며 겨우 약속장소에 도착했다. 모임을 주도한 친구가 운전 속도를 맞추기 위해 여자들을 모두 남자가 운전하는 차에 나누어 태운 뒤 슈퍼카 여러 대가 줄지어 출발했다. 취샤오샤오는 차에 타자마자 졸음이 밀려왔다. 아빠에게 보고서를 제출했으니 계열사 등록에 관한 일은 친구들 중 한 명에게 부탁해서 월요일에 모든 등기서류를 받을 수 있게 해야겠다는 생각을 하며 스르르 잠에 빠졌다. 그녀는 모든 일을 완벽하면서도 최대한 빠른 시간 안에 처리하고 싶었다.

앤디는 추잉잉을 제외한 네 여자 중 처음으로 추잉잉의 바이 팀장을 보았다. 신호대기 중에 젊은 남자와 딱 달라붙어 신호등을 기다리고 있는 추잉잉이 그녀의 시선에 잡혔다. 두 사람의 애정행각은 옆 사람들이 흘끔거리며 쳐다볼 정도였다. 앤디는 남자를 유심히 보았다. 피부가 하얗고 점잖게 생긴 남자였다. 두 사람이 안고 있는 자세를 보니 추잉잉이 더 적극적이고 대담했다. 그녀는 모른 척하고 있다가 신호등이 파란 불로 바뀌자 차를 출발시켰다. 그녀는 추잉잉이 마음에 들지 않았다.

세미나장에 도착해 방명록에 서명하자 안내직원이 코사지를 그녀에게 건넸다. 그녀는 꽃을 보고 정색을 하며 뒤로 물러났다가 미소를 지으며 사양했다.

"미안해요. 꽃가루 알레르기가 심해요. 고마워요."

그녀는 지뢰를 피하듯 꽃을 피해 세미나장으로 들어갔다. 물론 세미나장 곳곳에도 꽃이 꽂혀 있었지만 앤디는 아무렇지 않은 척 행동할 수밖에 없었다. 귀국한 지 얼마 안 됐지만 세미나에 참석한 동종업계 임원들도 대부분 앤디처럼 외국 경험이 있는 사람들이었기 때문에 서로 조금씩은 안면이 있었다. 우선 잘 아는 사람에게 말을 걸고, 그다음에는 취샤오샤오의 말처럼 친구가 친구를 소개하고 친구가 친구를 돕는 식이었다. 탄쭝밍은 유명세를 몰고 다니는 사람이고 앤디도 물론 유명세가 있었다. 유명세를 등에 업은 사람들은 인맥을 넓히기가 쉽다. 경극에서 등에 깃발을 많이 꽂은 장군일수록 지위가 높고 무대 중앙에 서는 것과 같은 이치다.

잠시 후 사회자가 무대에 오르고 참석자들이 모두 자리에 앉았다. 앤디는 노트북을 꺼내 무릎 위에 올려놓았다. 이런 회의 때마다 그녀는 다른 일을 함께했다. 인터넷에 접속한 후 옆자리 친구에게 웨이신에 가입하는 방법을 물어보았지만 친구도 MSN은 써봤지만 웨이신에 대해서는 아는 게 없다고 했다. 그녀는 버벅거리며 웨이신 프로그램을 깔고 사용방법을 읽은 후 회원가입을 하고 기억을 더듬어 친구 추가를 했다. 하지만 그다음부터는 어떻게 해야 하는지 몰랐다. 메신저를 열었지만 메신저 창 위에 아무런 변화가 없었다. 특이점이 오프라인 상태였기 때문이다.

점심시간이 되자 친구들이 모여 식사를 했다. 이 시간이 주로 서로 의견을 교환하는 시간이었다. 점심시간이 세미나 시간보다 곱절이나 길어 무려 세 시간이나 되었다. 앤디는 식사를 마치고 자기 차로 돌아왔지만 곧바로 출발하지 않고 노트북을 켜서 메신저를 살폈다. 역시 아무 변화도 없었다. 앤디는 조바심을 내며 조수석을 손으로 두들겼지만 특이점에게 메시지를 보내지는 않았다.

판성메이는 심심했다. 친구에게 전화를 걸어 불러내려고 했지만 대부분 결혼을 한 터라 주말에는 그녀와 놀아줄 수가 없었다. 하릴없이 가방을 메고 혼자 집을 나섰다.

22층에서 관쥐얼만 아직도 자고 있었다. 점심 무렵 창문으로 들어온 환한 햇빛에 눈을 떴다. 지각한 줄 알고 벌떡 일어나 주방으로 뛰어나갔다가 주말이라는 게 생각이 났다. 가슴을 쓸어내리며 방망이질 치는 심장을 다독이고는 다시 침대로 돌아와 눈을 더 붙였다.

하지만 취샤오샤오는 쉴 수 없었다. 차에서 내려 겨우 정신을 차리고 친구들과 게 요리를 먹으며 사람들을 사귀었다. 그녀는 다자세를 좋아하지 않았지만 앤디와 관쥐얼에게 줄 커다란 게 한 마리를 포장해 달라고 했다. 물론 그녀는 요염하게 앉아서 말만 하면 그만이었고 친구 야오빈(姚濱)이 알아서 다 해주었다. 야오빈은 그녀가 귀국 후 제일 친하게 지낸 남자친구였다. 친구들은 호숫가에서 석양이 질 때까지 놀고 나서 시내로 돌아와 또 같이 저녁을 먹은 뒤 헤어져 각자 밤문화를 즐기러 갔다. 취샤오샤오는 야오빈에게 집까지 데려다달라고 했다. 밤이 매혹적인 그림자를 드리우며 유혹했지만 오늘은 더 이상 버틸 수가 없었다.

주말 오후 거리는 몹시 붐볐다. 앤디가 탄쭝밍의 집을 찾아가는데 길이 막혀 오래 걸렸다. 앤디는 집 앞까지 나와 직접 문을 열어준 탄쭝밍에게 투덜거렸다.

"왜 이렇게 먼 데 살아? 길에서 시간을 얼마나 낭비하는 거야?"

탄쭝밍은 말없이 웃으며 앤디가 차를 주차장에 넣도록 안내한 뒤 반격에 나섰다.

"길을 멀리 돌아왔겠지."

"빈 차로 앞에서 길을 안내해준 택시 기사가 날 속였다면 그럴 수도 있어. 아, 파나메라(포르쉐 차종 중 하나)는 받았어? 어서 차 좀 바꿔줘. 이 차는 너무 비싸."

"차 뒤에 터보라고 쓰여 있는 거 못 봤어? 내 차 중에 안 비싼 차가 있어? 새 차를 가로채고 싶으면 다른 핑계를 찾아봐."

"친구 네 명을 새로 사귀었어. GT3에 다 탈 수가 없잖아. 그러니까 파나메라로 바꿔줘. 안 그러면 화낼 거야."

"호의가 계속되면 권리인 줄 안다더니. 하여튼 못 말려. 대신, 열쇠는 직접 찾아. 이 차는 나도 두 번밖에 안 탔다고. 뒤뜰에서 기다릴게."

앤디가 호탕하게 웃으며 차에 올라타 꽂혀 있는 열쇠를 뽑았다. 그녀는 열쇠를 손에 쥐고 운전석에 앉아 몇 번 심호흡을 한 뒤 차문을 열고 내렸다. 응회석이 깔린 길을 따라 뒤뜰로 가보니 백조 두 마리가 떠다니는 연못가에 처음 보는 중년남성이 앉아 있었다. 탄쭝밍은 그를 자신의 오랜 친구라고 소개했다. 앤디의 남동생 찾는 일을 도와주고 있는 옌뤼밍이었다. 옌뤼밍이 앤디에게 악수를 청했다.

"미인이실 거라 예상했습니다. 제 예상이 맞았군요."

앤디가 웃으며 탄쭝밍에게 말했다.

"옌 선생님께 우리 관계를 자세히 얘기하지 않았구나."

"오해할 만도 하잖아. 애인 말고 누가 또 내 차를 그렇게 마음대로 쓸 수 있겠어?"

앤디가 웃으며 옌뤼밍에게 말했다.

"방금 쭝밍이 새로 뽑은 차를 빌려달라고 했더니 날 원망하는 거예요. 통계적으로 보면 난 쭝밍이 좋아하는 스타일이 아니에요. 특히 쭝밍 나이의 남자들은 말보다 통계 데이터가 더 신뢰도가 높죠."

옌뤼밍이 말했다.

"통계적으로 보면 남녀 간의 대화에 눈치 없이 끼어들었다가 쥐도 새도 모르게 사라지는 사람들이 많죠. 우리 본론으로 들어갈까요? 앤디의 고향에 가서 조사를 해보니 젊은 남자들은 대부분 타지로 일하러 떠났더군요. 호적은 고향에 있어도 대도시에 뿔뿔이 흩어져서 살고 있답니다. 몇 사람을 골라서 알아보니 사람 한 명 찾으려면 엄청난 비용이 들어요. 죄를 지은 수배자가 아니면 평생 못 찾을 확률이 높아요. 한 번 떠난 사람들이 고향으로 다시 돌아오는 경우도 드물고요. 남동생을 찾는 일은 저로서는 역부족인 것 같군요. 부끄럽지만 직접 만나 미안하다고 하고 싶었어요."

앤디가 놀란 표정으로 탄쭝밍을 쳐다보자 탄쭝밍이 두 손을 벌리며 어깨를 으쓱였다.

"뤼밍이 한 달 동안 어떻게 조사했는지 자세히 설명해줬어. 비용은 그렇다 쳐도 현실적으로 해결할 수 없는 일들이 많아. 운이 좋아서 기적이 일어난다면 몰라도. 뤼밍이 직접 조사하러 다녀왔지만 헛수고였어. 뤼밍이 네 사연을 다 알게 됐어. 넌 정확한 생일도 모르잖아. 그래서 뤼밍에게 너한테 직접 얘기하라고 했어. 자리를 비켜줄까?"

앤디가 또 한 번 놀랐다. 그녀가 한참 생각에 잠겼다가 입을 열었다.

"내가 손바닥으로 하늘을 가리려고 했네. 옌 선생님이 내 동생을 찾는 동안 내 사연을 알게 될 거라는 예상을 했어야 하는데…. 자리를 피해줄 필요 없어. 나더러 성격이 이상하다고 했잖아. 오늘 들어 보면 그 이유를 알 수 있겠지."

"과거사가 알려지는 게 싫으면 뤼밍에게 비밀로 해달라고 할게. 나도 더 이상 묻지 않을 거야. 세상엔 덮어두는 게 더 나은 일들도 있으니까."

앤디가 또 생각에 잠겼다가 말했다.

"나도 알고 싶어. 풀리지 않는 의문들이 많아. 네 말대로 내 머리가 너무 좋아서 아주 어릴 적 일들까지 기억하고 있어. 그게 오히려 괴로워. 옌 선생님이 아는 걸 다 말하게 해줘."

탄쫑밍은 도우미에게 물 한 병을 가져오라고 해서 앤디 앞에 놓았다. 앤디가 물 한 잔을 단숨에 들이키며 정신을 가다듬었다. 옆에서 지켜보고 있던 옌뤼밍이 의아한 표정으로 물었다.

"그런데 두 사람은 왜 안 사귀죠?"

"예전에 같이 일할 때 앤디 때문에 얼마나 힘들었는지 지금도 잊을 수가 없어. 머리가 너무 좋은 동료는 무서워. 친구라면 몰라도 아내로는 안 돼."

옌뤼밍이 물을 단숨에 들이키는 앤디를 예리한 눈으로 살폈다.

"조사한 걸 말씀드릴게요. 지금부터 제가 말하는 건 모두 근거가 있는 얘기예요. 어디서 주워들은 소문도 아니고 개인적인 감정이 섞인 것도 아니라는 걸 알아주셨으면 해요. 당신의 외조부는 현지 최고 부자인 지주 허 씨였어요. 토지개혁 때 모든 걸 빼앗긴 뒤로 집안이 몰락했죠. 남자든 여자든 결혼하기가 힘들었어요. 외조부는 타지에

서 떠돌다가 마을로 흘러들어온 여자를 아내로 맞이했는데 정신적
으로 문제가 있는 여자였죠. 그 여자가 낳은 딸이 바로 당신 어머니
에요. 어머니는 근방에서 유명한 미인이었어요. 하지만 미인 주위에
는 늘 헛소문이 따라다니죠. 그 소문들 중에 사실로 확인된 건 단 하
나밖에 없어요. 어머니가 하이시에서 내려온 청년 지식인 웨이궈창
과 연애를 했다는 겁니다. 웨이궈창도 미남이었어요. 그래서 당신도
미인일 거라고 예상했죠. 웨이궈창은 1988년 마을에서 떠난 뒤 돌
아오지 않았고 이미 당신을 임신하고 있던 어머니는 충격으로 실성
해버렸대요. 외조부가 혼자 웨이궈창을 찾으러 하이시로 갔다가 행
방불명 됐죠. 어머니는 길에서 당신을 낳고 쓰러져 있다가 누군가의
도움으로 목숨을 구했어요. 당신 생일은 1989년 6월의 어느 날이에
요. 정확한 날짜는 몰라요. 그 후 어머니는 임신과 유산을 여러 번 계
속하다가 1993년에 아들을 낳았어요. 아이 아빠가 누군지는 몰라요.
아들을 낳은 날 밤 어머니는 세상을 떠났고 당신은 보육원에 맡겨졌
어요."

탄쭝밍은 정신이 온전치 않은 떠돌이 여자가 어떤 일을 겪었으리
라는 걸 짐작할 수 있었다. 그는 계속 물만 들이켜고 있는 앤디 앞에
서 아무것도 물을 수가 없었다.

앤디가 가까스로 안정을 되찾고 물었다.

"엄마가 빨간 옷을 입고 있었대요? 얼굴도 빨갛고 머리에 꽃을 잔
뜩 꽂고 있었다던가요? 말해주세요. 그 기억 때문에 오랫동안 괴로
웠어요."

옌뤼밍이 천천히 말했다.

"정신적으로 큰 충격을 받은 여자가 이상한 행동을 하는 건 일반
적인 일이죠."

"자세히 얘기해주세요. 전 물을 마시면 침착함을 유지할 수 있으니까 괜찮아요. 물이 없으면 이 연못물이라도 마실게요."

앤디는 침착한 척 웃어보였지만 사실 가슴이 미친 듯이 뛰고 있었다.

"그러죠. 당신 어머니가 정신병에 걸렸을 때 남자를 몹시 밝혔대요. 벽에 붙은 붉은 글씨로 쓴 대자보를 찢어서 꽃을 만들어 머리에 꽂고 대자보를 물에 적셔서 빨간 물을 얼굴에 칠하고 거리에서 남자들을 따라 다녔답니다…. 유일한 기적은 그러면서도 당신을 4년 동안이나 길렀다는 거예요."

탄쯍밍은 그제야 알 것 같았다. 앤디가 왜 그렇게 자신에게 호감을 표시하는 남자들을 혐오하는지, 왜 꽃만 보면 질색을 하고 원색 옷을 입지 않는지 말이다. 자기 엄마가 했던 행동들을 모두 거부하는 것이었다. 앤디는 망연자실해졌다. 기억의 조각들이 머릿속에서 빠르게 재생되었다. 그녀는 모든 걸 깨달았다는 듯 탄쯍밍을 보며 말했다.

"앞으로 나를 여성스럽지 않다고 흉보지 마."

"맹세할게."

"옌 선생님, 하나만 더 부탁해도 될까요? 그 지역 정신병원에 입원한 환자들 중에 1993년에 태어난 남자가 있는지 조사해주세요."

탄쯍밍이 버럭 외쳤다.

"그게 무슨 소리야? 쓸데없는 생각하지 마."

"현실을 직시하자. 내 머리도 정상은 아니야. 내 유전자 속에 어떤 인자가 있는 건 아닌지 계속 의심해왔어…. 천재와 미치광이는 종이 한 장 차이라고. 내 외할머니와 엄마가 실성했었다면 확률적으로 내 동생도…. 걱정 마. 내 감정은 잘 통제하고 있으니까. 쓸데없는 생각 안 할게."

"조사해볼게요. 여기 단서가 하나 있습니다."

옌뤼밍은 매우 현실적이었다. 그가 서류 봉투를 내밀었다.

"웨이궈창에 대한 자료가 들어 있어요. 그분을 찾았어요."

앤디는 봉투를 받아 조금의 망설임도 없이 연못에 던져버렸다.

"쭝밍, 게스트룸을 두 시간만 쓸게. 머리가 터져버릴 것 같아."

탄쭝밍이 사람을 불러 앤디를 집 안으로 데려가게 했다. 앤디가 들어가자 탄쭝밍이 말했다.

"앤디는 자신에게 정신병 유전자가 있을까 봐 걱정하고 있어. 내가 앤디를 만난 스무 살 때부터 지금까지 비구니처럼 남자에 관심을 두지 않았어. 그럴 확률이 있다는 게 증명된 셈이군. 정신병원을 조사해달라는 앤디의 부탁을 거절했어야 해. 넌 앤디에게 정신병 가족력이 있다는 걸 암묵적으로 인정한 셈이야."

"저렇게 똑똑한 사람이 그런 생각까지 했다면 내가 거절해도 직접 조사해보지 않겠어?"

탄쭝밍이 한숨을 쉬며 말을 잠시 멈추었다가 다시 말했다.

"좋아. 조사해봐. 서둘러줘. 찾지 못하면 제일 좋고. 유전자가 일치하는 사람이 없다는 걸 알면 적어도 동생이 정신병에 걸렸을 확률이 줄어드는 셈이니까. 친구를 잃고 싶지 않아. 정신병에 대한 걱정 때문에 정말로 미쳐버릴지도 몰라."

옌뤼밍이 탄쭝밍을 놀리듯 피식 웃었다. 탄쭝밍은 그 웃음의 의미를 알았지만 자세히 설명하지는 않았다.

판성메이는 하이힐을 신고 하루 종일 쇼핑을 하러 다녔다. 힘들고 지쳤지만 아무리 피곤해도 쇼핑백을 내려놓지 않았다. 쇼핑백 안에 든 옷들은 그녀가 수많은 매장을 돌아다니며 고른 가성비 최고의 옷들이었다. 물론 그녀의 신용카드는 이번 달에도 초과지출이었고 월급날만 바라보아야 했지만 마음만은 날아갈 듯했다. 그녀는 택시도 타지 못하고 낑낑대며 지하철을 타고 돌아왔다. 엘리베이터 앞에 도착하자 눈동자가 풀렸다. 날이 어두워져 그녀의 후줄근한 모습을 아무도 보지 못한 것이 다행이었다.

지하주차장에서 올라오는 엘리베이터 문이 열리자 몽롱하게 풀린 또 한 쌍의 눈동자와 마주쳤다. 취샤오샤오였다. 취샤오샤오가 바닥에 있던 꾸러미를 발로 툭 차 판성메이 쪽으로 밀었다.

"이거 가져가. 다자셰야. 밤참으로 먹어. 먹을 준비가 되면 불러줘. 나 지금 40시간째 깨어 있거든."

"나도 힘들어. 일찍 잘래."

"게가 죽잖아. 한 마리에 500그램이나 돼. 다 같이 먹으려고 생각해서 사온 거야."

"좋은 친구네. 잠들었다가 못 일어나는 거 아니야?"

취샤오샤오도 고민이 됐다. 하지만 몽롱한 머리에서 좋은 방법이 떠오르기도 전에 엘리베이터가 22층에 도착했다. 판성메이는 엘리베이터에서 내리자마자 하이힐을 벗어던졌다. 그런데 앤디가 노트북을 들고 2202호 문 앞에 앉아 있는 것이었다. 앤디는 두 사람을 보자마자 따뜻한 사람 냄새를 느꼈다.

"두 사람 같이 놀러 갔다 온 거야? 문을 두드려도 대답이 없어서 복도에서 기다리고 있었어."

판성메이가 놀라며 물었다.

"무슨 일이야?"

"친구가 다자셰를 줬어. 같이 먹으려고 기다렸어. 혹시 누가 이거 찔 줄 알아? 우리 집에서 같이 먹자."

판성메이는 피곤한 것도 잊어버렸다.

"정말 좋은 친구들이야. 샤오샤오도 큰 게를 사왔는데. 오늘은 게 파티를 하겠네. 먼저 2201호에 가 있어. 난 쥐얼 깨워서 갈게."

취샤오샤오는 앤디의 집으로 들어가자마자 제일 가까운 소파에 푹 고꾸라져 잠이 들었다. 1인용 소파 양쪽으로 취샤오샤오의 머리와 다리가 비죽 튀어나왔다. 자세가 몹시 힘들어 보였지만 취샤오샤오가 잠드는 데는 아무런 문제도 되지 않았다. 앤디는 눈을 휘둥그레 뜨고 그녀의 불가사의한 행동을 지켜보았다. 탄쭝밍의 운전기사가 운전하는 차를 타고 집에 돌아온 뒤 줄곧 우울했던 앤디는 취샤오샤오가 자는 모습을 보고 피식 웃음이 터졌다. 취샤오샤오에게 담요를 덮어주었다. 잠시 후 판성메이가 방금 일어난 관쥐얼을 데리고 건너 왔다. 취샤오샤오가 팔다리를 소파 밖으로 뻗은 채 잠들어 있는 것을 보고 까르르 웃음을 터뜨렸다. 관쥐얼이 취샤오샤오의 머리카락으로 잠든 그녀의 코를 간질였지만 미간을 찡그리는 것 외에는 미동도 없었다. 앤디는 장난에 가담하지 않아도 보는 것만으로도 재미있었다.

판성메이가 앤디에게 말했다.

"잉잉에게 게 먹으러 빨리 들어오라고 전화를 했더니 잉잉은 게를 찔 줄 모르고 남자친구가 할 줄 안대. 바이 팀장이 요리를 잘 한다나 봐. 그래서 둘이 같이 오라고 했어. 내 말에 설득당한 게 아니라 한 마리에 500그램짜리 튼실한 게한테 마음이 움직였겠지. 마트에 가서 장을 봐 가지고 온다고 했어. 바이 팀장을 아직 보지는 못했지만 잉잉 말로는 잘생겼대."

"아침에 나가다가 봤어…."

"꽃미남이야? 얼마나 잘생겼어?"

취샤오샤오가 '꽃미남'이라는 소리에 자다가도 머리를 번쩍 쳐들었다. 눈은 여전히 감은 채였다. 그걸 보고 세 여자가 또 웃음이 터졌다.

앤디가 말했다.

"잘생긴 건 아니고 점잖게 생겼더라. 동물학자들의 연구에 따르면 대뇌 신경에서 발생한 자극이 외부 환경에 대한 인지를 변화시킬 수 있대. 자극이 시망막의 섬유에 도착하면 시각 정보 처리 방식을 바꾸는 거지. 다시 말해서 좋아하면 눈에 콩깍지가 씌운다는 말이 과학적 근거가 있다는 거지."

취샤오샤오는 절반쯤 듣다가 다시 푹 고꾸라져 잠이 들었고 판성메이도 흥미를 느끼지 못했다. 관쥐얼은 핸드폰으로 게를 찍었지만 상자 안에서 집게를 휘두르고 있는 게들을 꺼낼 엄두도 내지 못했다. 판성메이가 대담하게 젓가락으로 게를 한 마리씩 꺼내 개수대에 넣었다. 옮기다가 실수로 게를 바닥에 떨어뜨리자 앤디와 관쥐얼이 놀라 비명을 질렀다. 판성메이만 맏언니답게 침착했다. 게를 전부 옮긴 후 판성메이가 손을 툭툭 털었다.

"원래 맏언니가 궂은일에 앞장 서는 거야."

앤디가 망설이다가 결심한 듯 말했다.

"내가 한 살 많아. 1995년 6월생이거든. 그래도 22층에서는 네가 큰 언니야."

판성메이가 말했다.

"정말 웃긴다. 그동안 나를 언니라고 불렀다니. 앞으로 나를 언니라고 부르지마. 성메이 언니라고 부르기만 해. 이 나이가 되면 한 살이라도 정확히 따져야지. 은근슬쩍 넘어가려 하지 마."

관쥐얼이 다자세 사진을 친구들에게 자랑하려고 앤디의 노트북을 쓰다가 두 사람의 대화에 까르르 웃음을 터뜨렸다. 관쥐얼은 판성메이가 나이에 제일 민감하다는 것을 알고 있었다.

"어, 앤디 언니! 웨이신에 뭐가 왔어. 특이점(Singularity)?"

판성메이는 앤디의 얼굴 위로 복잡한 표정이 떠오르는 것을 보고 아무렇지 않은 척 다가가 관쥐얼을 끌어당겼다.

"난 문과 출신이라 특이점이 뭔지 잘 몰라. 수학적인 이름인 것 같은데?"

관쥐얼도 호기심이 발동해 자기 방에서 노트북을 가져다가 검색하기 시작했다. 검색 결과는 금세 나왔지만 심오하고 난해한 해석에 두 사람은 서로의 얼굴만 쳐다보았다. 판성메이는 그런 있어 보이는 닉네임을 가진 사람이라면 앤디와 잘 어울릴 거라 생각했다.

앤디가 급하게 대화창을 열었다. 특이점이 그녀에게 'Hi'와 함께 웃는 이모티콘을 보냈다. 앤디도 'Hi'라고 대답했다.

'드디어 접속했군요. 내 핸드폰 번호 외웠어요?'

'외웠어요.'

'밥 먹었어요? 같이 먹어요. 뭘 좋아해요? 가고 싶은 데 있으면 말해요.'

'친구 세 명이 집에 와 있어서 못 나가요.'

'귀국한 뒤로 계속 나를 피하는 것 같군요.'

'아니에요. 정말로 친구들이랑 같이 있어요.'

'정말 밥 먹으러 안 나올 거예요?'

'미안해요. 친구들과 다자셰를 먹기로 했어요.'

'하하! 그냥 해본 말이니까 신경 쓰지 말아요.'

'알았어요. 고마워요.'

'사실 괜찮은 척하는 거예요. 안 그러면 창피하니까.'

앤디가 피식 웃음을 터뜨렸다. 특이점은 언제나 그녀를 웃게 만들었다. 특히 오늘 그녀에게는 웃음이 절실하게 필요했다.

메신저 대화는 카페에서 쪽지를 주고받는 것과 달리 짧은 시간에
도 많은 대화를 나눌 수 있었다. 처음에는 너무 빠른 대화에 적응이
되지 않았다. 지금까지는 특이점의 쪽지에 답장을 보낼 때마다 심사
숙고 끝에 두세 줄 정도만 보냈기 때문이다. 메신저로 만나자마자 오
래된 친구처럼 자연스럽게 대화를 나누게 될 줄은 몰랐다. 앤디가 중
국어로 표현하기 힘든 말들은 영어로 얘기했지만 특이점은 막힘없
이 대화를 이어갔다. 앤디가 우울한 감정을 거의 떨쳐냈을 때 추잉잉
과 바이 팀장이 도착했다.

판성메이는 바이 팀장을 보자마자 앤디에게 눈짓을 했고 관쥐얼
도 판성메이를 흘끔거렸다. 세 사람 모두 말은 안 했지만 똑같은 생
각을 했다. 꽃미남이 아니라 전형적인 회사의 말단 관리자 분위기였
다. 꽃미남이라는 건 순전히 추잉잉의 눈에 씌운 콩깍지였다. 신이
나 있던 추잉잉은 취샤오샤오의 자는 모습을 보자마자 바이 팀장의
팔에 매달려 웃음을 터뜨렸다. 판성메이가 화통하게 바이 팀장을 맞
이하며 거실과 연결된 오픈식 주방으로 데리고 갔다. 추잉잉은 바이
팀장이 어딜 가든 졸졸 따라다녔다. 세 사람이 주방에서 분주하게 음
식 준비를 시작했다. 앤디와 관쥐얼이 도와주려고 했지만 도움이 되
지 않을 것 같아 각자 소파에 앉아 노트북을 들여다보며 시간을 보
냈다. 과연 바이 팀장의 요리 솜씨는 훌륭했다. 집밥을 먹은 지 오래
된 판성메이는 바이 팀장 뒤에서 추잉잉에게 말했다.

"요리 잘하는 남자가 좋은 남자야."

판성메이의 칭찬에 추잉잉이 배시시 웃었다.

얼마 후 화강석이 깔린 아일랜드 식탁 위에 음식접시가 가득 놓였

다. 모구차오칭차이(蘑菇炒靑菜, 버섯청경채볶음), 유더우푸샤오(油豆腐燒, 두부고기볶음), 후이궈러우(回鍋肉, 삼겹살야채볶음), 쓰과원허탕(絲瓜文蛤湯, 오이대합탕), 쏸차이위(酸菜魚, 산천어배추절임탕), 물론 알맞게 찐 다자셰(민물 털게)도 두 접시 그득하게 놓였다. 판성메이는 자기 방에 있는 좋은 술이 생각나 가져오려고 나가다가 문 앞에서 취샤오샤오를 깨워야 한다는 생각이 들었다. 판성메이가 문 앞에서 큰소리로 외쳤다.

"꽃미남 왔다!"

역시 취샤오샤오를 깨우는 덴 그 방법이 즉효였다. 취샤오샤오가 눈을 번쩍 뜨자 모두들 깔깔대며 웃었다. 앤디가 노트북을 내려놓고 취샤오샤오를 화장실로 데리고 들어갔다.

취샤오샤오가 나와 보니 와인 병마개도 따고 모든 준비가 끝나 있었다. 모두 식탁에 둘러앉았다. 어디서든 통통 튀는 취샤오샤오는 잠깐의 수면으로 컨디션을 완전히 회복했다. 그녀는 바이 팀장이 누구라는 걸 듣고 그 옆으로 쪼르르 달려가서는 음식 사진을 찍고 있는 관쥐얼에게 오늘의 셰프와 함께 사진을 찍어달라고 했다.

취샤오샤오가 바이 팀장 옆에 붙어 섰다. 추잉잉이 바이 팀장에게 순정을 다 바치는 스타일이라면, 취샤오샤오는 잠자리가 물 위를 스치듯 그의 어깨에 팔을 얹었다가 한 손으로 그에게 기댔다가 하며 여러 가지 포즈를 취했다. 취샤오샤오가 움직일 때마다 그녀의 향수 냄새가 실린 향긋한 바람이 한 가닥 한 가닥 바이 팀장의 가슴을 파고들었다. 바이 팀장은 어색해하면서도 취샤오샤오의 손이 닿자마자 어깨가 반쯤 녹아내렸다. 앤디가 취샤오샤오에게 조용히 헛기침을 하자 눈치 빠른 취샤오샤오가 혀를 쏙 빼어 물며 손을 내렸다. 판성메이는 추잉잉과 바이 팀장을 번갈아 쳐다보며 터져 나오는 웃음을 참았다.

취샤오샤오가 애교 넘치는 말투로 추잉잉과 바이 팀장에게 술을 먹이고, 판성메이도 우스운 이야기로 바이 팀장의 경계심을 풀게 했다. 바이 팀장은 미인들에게 둘러싸여 설레는 가슴을 진정시키지 못했다. 옆에서 게 껍데기를 벗기고 있는 앤디와 관쥐얼은 그저 웃으며 구경할 뿐이었다. 다들 바이 팀장을 마음에 들어 하는 것 같아서 추잉잉도 기분이 좋았다.

식사를 마친 뒤 추잉잉이 바이 팀장을 배웅하러 내려갔다. 두 사람이 탄 엘리베이터가 아래로 내려가자 취샤오샤오가 말했다.

"내가 저 남자 주머니에 쪽지를 슬쩍 찔러줬어. 내가 장담하는데 내일, 아니 오늘 밤에 겁도 없이 나한테 전화를 할 거야."

앤디가 나무랐다.

"잉잉의 남자친구한테 그러면 안 되잖아."

"잉잉을 위해서 남자친구를 시험해보는 건데 나쁠 게 뭐 있어?"

판성메이가 정곡을 찔렀다.

"자기 매력을 확인해보고 싶은 거지. 조심해. 그러다 큰 코 다쳐. 잉잉이 그걸 원할 거라고 생각해? 사랑에 빠지면 눈이 머는 법이야."

취샤오샤오가 피식 웃었다.

"실체 파악은 빠를수록 좋아. 앤디 언니, 주방을 제공해줘서 고마워. 나는 단어 몇 개 외우고 자야겠어. 안녕."

취샤오샤오가 나풀거리며 2203호로 돌아갔다.

판성메이는 아무 말도 못하고 눈만 껌벅이고 있는 관쥐얼을 보며 취샤오샤오의 말에도 일리가 있다는 생각이 들었다. 바이 팀장이 취샤오샤오의 유혹에 넘어온다면 인간성이 나쁜 남자라는 뜻이고, 그렇다면 빨리 헤어지는 게 나았다.

"내기 할래? 24시간 내에 바이 팀장이 샤오샤오에게 전화를 거는지."

앤디가 미심쩍다는 표정을 지었다.

"샤오샤오가 그 정도로 대단해? '전화가 오지 않는다'에 저녁 한 끼를 걸게. 쥐얼 너는?"

"나도 '전화가 오지 않는다'에 KFC 모닝세트를 걸게."

"나는 '전화가 온다'에 한 표. 베테랑 인사 담당자인 내 안목을 믿으니까! 내가 틀리면 피자 한 판 쏜다."

5

22층의 비어 있던 두 집이 입주한 뒤부터 판성메이가 관심을 쏟아야 할 사람이 두 배로 늘었다. 특히 평범하지 않은 일요일 아침 2202호에 심상찮은 기운이 흘렀다. 실컷 자고 일어나 보니 벌써 나가고 없어야 할 추잉잉은 흔들리는 눈동자로 방 안에 앉아 있고, 잠들어 있어야 할 관쥐얼은 어딜 갔는지 보이지 않았다. 어젯밤 내기가 생각나 판성메이의 머릿속이 복잡해졌다.

그녀가 컵라면에 물을 붓고 있을 때 추잉잉이 비틀거리며 밖으로 나왔다. 판성메이가 추잉잉을 붙들고 물었다.

"쥐얼은 아침부터 어딜 간 거야? 못 봤어?"

"조깅하러 나갔어. 앤디 언니처럼 규칙적인 생활을 하겠다며 둘이 같이 나갔어."

"뭐라고? 그 잠꾸러기가? 독종이네. 쥐얼은 성공하겠다. 넌 오늘 데이트 안 해?"

"한밤중에야 문자를 보냈어. 오늘 이사하는 친구를 도와주러 간대. 나 갑자기 할 일이 없어졌어."

"그럼 시험공부나 해. 연애하느라 시험은 아예 포기했구나."

추잉잉이 부끄러운 미소를 지었다.

"마음이… 콩밭에 가 있잖아. 그 친구도 너무해. 이사한다고 미리 얘길 해줬어야지. 마음의 준비도 없이 갑자기 이게 뭐야."

판성메이는 점점 불길한 예감이 들었다. 그때 관쥐얼이 생기발랄한 얼굴로 들어오자 판성메이가 화제를 돌렸다.

"앤디랑 같이 운동한 거야? 앤디는?"

"나보다 먼저 들어갔어. 오늘 강의 들으러 가야 된대. 나는 공원 주변을 한 바퀴 둘러보고 성젠바오(生煎包, 군만두) 먹고 들어왔어. 앤디 언니 말이 맞았어. 운동을 하니까 하루 종일 정신이 맑아."

추잉잉이 말했다.

"앤디 언니 꽁무니를 졸졸 따라다니는구나. 앞으로 언니가 아니라 우상이라고 불러."

"무슨 일 있어? 왜 그렇게 까칠해? 내가 어제 게를 뺏어먹지도 않았는데."

관쥐얼이 판성메이를 흘끔 쳐다볼 뿐 아무 말도 하지 않았다. 잘못 말했다가는 이간질을 하는 격이 될 수도 있었기 때문이다.

관쥐얼이 물었다.

"성메이 언니는 오늘 뭐할 거야?"

"친구랑 도자기 수업 들으러 가기로 했어. 너도 갈래?"

관쥐얼이 망설였다.

"아니. 오늘은 내 우상이 조금 전에 책 한 권 추천해줘서 읽어야겠어. 노는 건 인턴 기간이 끝난 뒤로 미룰 거야."

"훌륭해. 그럼 저녁 먹을 때 부를게. 그래도 주말인데 조금은 즐겨야지. 잉잉, 나랑 같이 갈래?"

"도자기 수업? 돈 내는 거야? 비싸?"

"싸진 않아. 한 번 수업으로 배우는 게 많지도 않고. 됐어. 같이 저녁이나 먹자. 앤디랑 샤오샤오도 같이 먹을 수 있으려나 모르겠네. 동생들, 또 무슨 문제 있어? 없으면 난 컵라면 먹고 나간다.”

“없어.”

관쥐얼이 방으로 들어가 옷을 갈아입고 컴퓨터를 켰다. 추잉잉이 관쥐얼을 물끄러미 쳐다보고 있다가 관쥐얼이 이어폰을 귀에 꽂자 그제야 작은 소리로 성메이에게 물었다.

“언니, 바이 팀장님 말이야…. 한밤중에야 문자를 보낸 게 설마 다른 여자 때문은 아니겠지?”

말이 나온 김에 판성메이도 충고를 했다.

“옛말에 열 여자 마다하는 남자 없댔어. 남자는 단속이 필요하지만 또 너무 앞서 나가서도 안 돼. 적당한 선에서 조용히 관찰해야지. 그 남자 원래 주변에 여자가 많아?”

“잘 모르겠어. 하지만 지금 자기 맘속엔 나뿐이랬어. 입사 때부터 내가 마음에 들었대. 그런데… 왜 이렇게 불안하지?”

“혼자 쓸데없는 생각 좀 그만하고 내일 직접 만나서 물어봐. 오늘은 책을 보든가 다른 일을 하면서 기분 전환 좀 하고.”

앤디는 강의가 끝난 뒤 취샤오샤오의 새 회사가 바로 옆 건물이라는 게 생각났다. 취샤오샤오가 오늘 사무실에 가구를 들인다고 했었다. 같이 점심을 먹으려고 전화를 걸었더니 취샤오샤오가 이사를 도와준 친구들과 근처 해산물식당에서 밥을 먹고 있다며 음식 맛이 괜찮으니까 오라고 했다. 취샤오샤오의 친구들과 함께 밥을 먹는 건 내키지 않았지만 음식이 맛있다고 하고 마침 바로 근처에 있어서 다른 테이블에 앉아서 혼자 먹을 생각으로 그곳에 갔다.

그런데 취샤오샤오를 보자마자 앤디가 깜짝 놀랐다. 취샤오샤오를 도와주러 온 친구들 무리 중에 바이 팀장이 끼어 있었던 것이다. 취샤오샤오가 앤디를 향해 짓궂은 미소를 날렸다. 앤디는 눈을 흘기고는 바이 팀장의 눈에 띄기 전에 얼른 식당을 나왔다. 지저분한 남녀 관계에 끼어들고 싶진 않았다.

어디서 밥을 먹을지 막막해졌다. 중국 음식에 대해 아는 것도 없어 주위를 둘러보다가 익숙한 KFC로 들어갔다. 햄버거를 먹고 있는데 취샤오샤오에게 전화가 왔다.

"앤디, 역시 거물다워. 이런 하찮은 작업에는 관심 없다는 거지. 아직 근처에 있어? 이사 마치고 지금 나 혼자 있어. 와서 구경해. 기분이 날아갈 것 같아. 내가 드디어 사장이 된 거야."

"이미 차에 탔어. 다음에 구경하러 갈게."

앤디는 햇빛 쏟아지는 풀밭을 바라보며 햄버거를 먹고 있었다. 취샤오샤오의 전화를 끊은 뒤 주차장으로 가서 차를 몰고 집으로 돌아왔다. 그녀는 먼저 아파트까지 갔다가 주차장으로 들어가지 않고 아파트 입구에서 다시 마트로 출발했다. 길치인 그녀에게는 그게 최선의 방법이었다. 번거롭지만 그렇게 하지 않으면 마트로 가는 길을 찾을 수 없었다.

취샤오샤오는 김이 샜다. 앤디가 그녀와 머리를 맞대고 바이 팀장 스캔들을 어떻게 처리할지 상의해줄 거라 생각했기 때문이다. 그녀의 예상과 달리 앤디는 자초지종을 묻지도 않고 관심도 없었다. 취샤오샤오는 사무실로 들어가 정리를 마무리했다. 오랜만에 몸 쓰는 일을 하고나니 피곤이 몰려왔다. 갑자기 장난기가 발동한 그녀는 핸드폰으로 찍은 사진들을 2202호의 세 친구에게 보냈다. 사무실 이사를 마치고 친구들과 다 같이 찍은 사진이었다. 취샤오샤오도 있고 물론

바이 팀장도 있었다. 게다가 취샤오샤오가 바이 팀장 옆에서 온갖 교태를 부리며 포즈를 취하고 있었다. 사진 전송이 끝나자 취샤오샤오는 깔깔거리며 핸드폰 전원을 끄고 영어 공부에 몰두했다.

그녀의 아빠가 사무실을 둘러보러 왔을 때 취샤오샤오는 영어 단어와 씨름을 하고 있는 중이었다. 그렇게 좋은 머리가 어째서 영어만 보면 딱 막혀버리는지 정말 알다가도 모를 일이었다. 물론 아빠는 딸이 그 괴로움을 달래기 위한 심심풀이로 핑크빛 염문을 날리고 있다는 사실을 알 리 없었다. 아빠가 보기에는 딸이 처음 하는 사업인데도 예상을 뛰어넘는 속도로 훌륭하게 진행시키고 있었다. 두 아들보다 훨씬 나았다.

하지만 딸이 혼자 알아서 하도록 내버려둘 아빠가 아니었다. 아빠는 뚱뚱한 체구를 불편한 회전의자에 억지로 욱여넣었다. 회전의자가 끽끽 소리를 냈다. 입을 뾰로통하게 내밀고 언제든 고막을 찢을 기세로 비명을 지를 수 있는 딸과 평등한 대화를 나누려면 이 방법밖에 없었다. 부녀지간에 처음으로 평등한 지위에서 일에 대해 나누는 대화였다. 그렇게 하지 않으면 딸이 자기 충고를 듣지 않으리라는 것을 그녀의 아빠는 잘 알고 있었다.

취샤오샤오는 사진을 전송했던 일은 까맣게 잊고 중요한 일들을 처리했다. 아빠의 권유대로 먼저 계획서를 작성했다. 언제 GI와 정식 협상을 하고, 협상 전에 어떤 자료를 준비해야 하며, 협상할 때 어떤 내용을 이끌어내야 하는지, 또 협상 결과를 두 가지 시나리오로 나누어, 협상이 타결될 경우에는 어떻게 하고 결렬될 경우에는 어떻게 할 것인지 등을 기록할 수 있게 했다. 취샤오샤오는 계획표를 들여다보기만 해도 현기증이 났다. 회사 경영이 쉬울 거라는 생각은 그녀의 철없는 오산이었다. GI 프로젝트의 진행 절차에 대한 아빠의 설명을 듣고 보니 할 일이 엄청나게 많은 것이 아닌가. 작은 회사의 사장이므로 공항 마중과 배웅, 항공권과 호텔 예약까지 모두 그녀가 직접 해야 했다. 적어도 앞으로 반 년가량은 놀 시간이 없을 것 같았다. 더욱이 초보인 그녀에게 매일 야근은 불 보듯 뻔했다.

일에 대한 얘기가 끝난 뒤 아빠는 초점을 상실한 딸의 눈을 보며 조심스럽게 물었다.

"사람이 얼마나 필요할지 생각해보고 아빠한테 말해. 제일 똑똑한 사람을 보내주마."

"제일 똑똑한 사람? 왕 부사장 같은 거물을 보내서 나를 또 허수아비로 만들려고? 그 사람이 여기서 몇 천 위안의 월급을 받고 일하는 대신 아빠가 몰래 월급을 다달이 더 주려는 거야?"

아빠가 웃었다.

"때에 따라 그런 것도 필요해."

취샤오샤오가 아빠를 앙칼지게 쏘아보며 탁자를 쾅 내리쳤다.

"아악! 나는 지금 독립을 하겠다고 혼자서 잠도 못자고 이렇게 뼈 빠지게 일하는데 아빠는 내가 우스워? 내가 응석부리는 것 같아?"

취샤오샤오가 짧게 소리를 질렀지만 아빠는 조건반사처럼 귀를 틀어막았다.

"그런 뜻이 아니야. 창업이란 게 쉽지가 않아. 처음 시작하는 게 제일 힘들거든. 네가 순조롭게 시작하길 바라서 하는 말이야. 목표는 똑같은데 지름길이 있다면 굳이 마다할 필요가 없잖아."

"그럼 학교 다닐 때는 왜 어차피 졸업하는 건 똑같으니까 공부하지 말고 커닝하라고 하지 않았어?"

"일은 공부와 달라. 일은 여러 사람들이 함께하지만 공부는 혼자서 하는 거잖니. 혼자 전부 다 알아야 할 필요도 없고 전부 다 잘해야 할 필요도 없어. 넌 사람들을 잘 지휘하기만 하면 돼. 경영자는 오케스트라의 지휘자와도 같아."

"맞아. 그 사람들은 아빠의 암묵적인 지시에 따라 뭐든지 하겠지. 남들 눈에는 내가 사람들을 능수능란하게 관리하는 것처럼 보일거야. 마치, 내가 경영의 귀재인 것처럼. 내가 출근을 안 해도 직원들은 일사분란하게 착착 일을 할 거야. 아빠! 내가 부탁하기 전까지는 참견하지 마! 근데, GI 프로젝트를 말아먹으면 그룹에 타격이 얼마나 커? 내가 빌려달라고 한 300만 위안은 날렸다 치더라도 그 외에 또 타격이 있어?"

"당연히 타격은 있지. 우리와 제휴를 맺자고 GI를 겨우 설득해놨는데 성사될 문턱에서 실패하면 GI라는 큰 거래처가 다른 회사로 넘어갈 테니까. 하지만 그룹이 흔들릴 정도는 아니야. 좀 아까운 거지."

"좋아. 그럼 내가 가산을 탕진할까 봐 걱정하는 척하지 마. 나도 다 생각이 있어. 아무리 실패해도 집이 망할 정도는 아니잖아. 내 맘대로 하게 내버려 둬."

"그럼 아빠가…, 오늘처럼 가끔 와서 둘러보고 얼마나 진척됐는지 물어보는 건 괜찮겠지?"

"오지 마. 아빠가 회장이니까 내가 자주 보고할게. 자, 첫 번째 부탁이야. 회계직원을 붙여줘. 말단 회계직원이면 돼. 내 은행잔고를 가지고 튀지 않을 만큼 믿을 수 있고 내가 월급을 감당할 수 있을 정도의 직원으로. 두 번째 부탁은 GI와 연락했던 실무자를 내 회사에서 겸직하게 해줘. 물론 중요한 일은 내가 할 거야. GI쪽 사람들에게 회사에 갑자기 변화가 생겼다는 느낌을 주지 않으려는 것뿐이야."

"알았다. 둘 다 타당한 얘기야. 듣고 나니 한결 마음이 놓이는구나. 언제든 아빠에게 사업에 대해 얘기해. 필요한 게 있으면 언제든…."

그녀의 얼굴 위로 점점 짜증스러운 표정이 번졌다. 이런 표정이 3분을 넘어가면 언제든 낯선 듯한 비명소리가 들릴 수 있다는 걸 아빠는 알고 있었다. 아빠는 얼른 입을 다물고 공과 사를 확실히 구분할 줄 아는 경영자인 척했다. 하지만 말하지 않는다고 행동도 하지 않는 것은 아니었다. 아빠는 딸에게 붙여줄 직원을 최대한 엄선해서 보내기로 마음먹었다.

아빠는 그리 넓지 않은 딸의 사무실을 둘러보니 감개가 무량했다. 그 옛날 자신이 몸이 부서져라 일하던 때가 생각났다. 아빠가 입을 배뚜름하게 내밀고 있는 딸을 흐뭇하게 쳐다보았다. 눈에 넣어도 아프지 않은 딸이었다.

"넌 이 아빨 닮았어. 너한테 기대가 크구나."

"무슨 소리! 내가 아빠보다 훨씬 더 여우같지."

"사람이 여우같은 면도 있어야지. 하지만 그건 마음속에 숨겨야 돼. 겉으로 드러내지 말고. 아빠가 사업을 처음 시작했을 때는 너무 정직해서 손해를 많이 봤어."

취샤오샤오는 담장처럼 넓은 아빠의 등 뒤에서 눈을 흘기며 우스꽝스럽게 얼굴을 구겼다. 그녀의 아빠가 정직하다면 그녀는 양가집 요조숙녀일 것이다.

관쥐얼은 하루 종일 침실에 처박혀 책을 읽었다. 인스턴트커피에 밀크티, 코코아, 현미차 등 주전부리를 쉬지 않고 입에 넣었다. 모두 집에서 부쳐준 것이었다. 그녀에게는 각종 상품권이 두둑하게 있었지만 마트에 갈 때마다 일일이 가격을 따지며 돈을 아꼈다. 그걸 아는 그녀의 엄마가 딸을 위해 매주 먹을 것과 생필품을 상자에 가득 담아 택배로 부쳐주었다. 따분한 전문서적을 읽으며 그녀는 쉬지 않고 주전부리로 배를 채우고 수시로 일어나 가슴을 키우는 운동을 하며 머릿속에 산소를 주입했다. 모르는 글자는 하나도 없지만 그걸 다 연결시켜놓으니 무슨 얘긴지 몰라 머리가 멍했다. 방문을 열 수도 없었다. 남자친구 때문에 안절부절못하고 있는 추잉잉 때문에 공부에 집중할 수가 없었기 때문이다.

취샤오샤오의 메시지가 도착하자마자 관쥐얼과 추잉잉이 동시에 방에서 뛰쳐나왔다. 두 사람 모두 손에 핸드폰을 쥐고 있고 핸드폰 속에 똑같은 사진이 들어 있었다. 마치 그 사진이 서로의 신분을 확인하기 위한 징표라도 되는 것처럼.

관쥐얼이 단호하게 말했다.

"그 사람이랑 끝내!"

추잉잉이 거의 동시에 소리쳤다.

"취샤오샤오! 취샤오샤오! 취샤오샤오!"

바로 그때 판성메이가 문을 열고 들어왔다. 그녀의 손에도 핸드폰이 쥐어져 있었고 얼굴에는 놀람과 당황이 가로걸려 있었다. 그녀는 바이 팀장이 취샤오샤오의 상대가 될 수 없다는 건 이미 예상하고 있었지만 취샤오샤오가 벌써 그를 노예처럼 부릴 줄은 예상하지 못했다. 이 얼마나 깊고 신묘한 내공이란 말인가!

관쥐얼이 알 수 없다는 표정을 지었다.

"전부 다 문자를 받은 거야? 왜 이러는 걸까? 잉잉 보라고 이러는 거야?"

"아! 전화도 꺼놨어!"

추잉잉이 핸드폰을 집어던질 기세로 길길이 뛰었다. 손에 쥔 것이 그녀 자신의 핸드폰이라는 게 원망스러웠다.

"성메이 언니, 취샤오샤오 의도가 뭘까?"

판성메이가 냉수 한 잔을 따라 흥분한 추잉잉에게 건넸다.

"그 남자가 여지를 줬으니 이런 일이 생긴 거지. 안 그래? 세상에 여자 하나 잘 만나서 남들은 10년 걸릴 걸 단숨에 얻는 남자가 어디 한둘이어야지."

"아니야. 그는 그런 사람이 아니야! 취샤오샤오가 내가 미워서 일부러 이러는 거야. 안 그러면 단체문자를 왜 보내겠어? 나한테 잘난 척하려고 이러는 게 분명해!"

"바이 팀장님한테 사진을 보내고 어떻게 된 거냐고 물어봐. 어쩌면 오해일 수도 있잖아. 친구의 사무실 이사를 도와주는 게 큰 잘못은 아니니까."

관쥐얼은 자기 생각에도 철딱서니 없는 의견을 내놓으며 추잉잉이 그대로 하리라는 예상은 하지 않았다. 그런데 추잉잉이 그 말을 듣고 희망이 불끈 솟는 얼굴로 핸드폰을 집어 들더니 사진을 보내려다 말고 우뚝 멈추었다.

"자길 못 믿는다고 서운해하면 어쩌지?"

판성메이가 어이없는 표정을 짓기도 전에 관쥐얼의 진지한 한마디가 그녀를 더욱 기함하게 만들었다.

"어쩌면 정말로 별일 아닐 수도 있어. 바이 팀장님이 질투심 많은 네가 쓸데없는 오해를 할까 봐 누구를 도와주는지 말하지 않은 걸 수도 있어. 어쨌든 이사를 도와주러 간다는 얘기는 했으니까 널 속인 건 아니야. 또 단 둘만 있는 것도 아니고 여러 사람이 같이 찍은 사진이잖아."

판성메이는 관쥐얼에게서 자신이 모르고 있던 면을 발견했다. 두 동생들이 날마다 같이 출퇴근하는 걸 보며 추잉잉이 마음 여린 관쥐얼을 데리고 다니는 줄 알았는데 이제 보니 관쥐얼이 둘의 관계를 주도하고 있었다.

그 말을 듣고 추잉잉의 표정이 누그러졌다. 관줘얼이 판성메이에게 눈을 찡긋거리자 판성메이도 할 수 없이 한마디 거들었다.

"내 생각도 그래. 쓸데없는 생각하지 마. 내일 회사에서 만나서 얘기해보면 오해도 다 풀릴 거야."

"언니 말이 맞아. 별일 아냐. 췌샤오샤오가 우릴 놀린 거야. 속을 뻔했잖아."

관줘얼이 맞장구를 치며 얼른 화제를 돌렸다.

"언니, 저녁에 들어올 거라고 하지 않았어? 아, 근처에 있다가 문자 보고 걱정돼서 들어왔구나?"

"네가 있는데 무슨 걱정이야. 오랫동안 연락이 끊겼던 고등학교 동창이 하이시에 출장을 왔대. 내 전화번호를 어떻게 알았는지 밥이나 먹자고 연락을 했어. 그래서 일찍 들어왔지."

"분위기 어색할까 봐 걱정되면 나도 데려가. 어차피 할 일도 없는데. 갈 데도 없고 누가 불러도 안 나갈 거야. 오늘은 언니랑 있을래."

추잉잉은 관줘얼의 위로를 믿고 싶었지만 오기가 생겼다.

관줘얼이 판성메이의 얼굴을 살피며 물었다.

"언니, 근데 왜 한숨을 쉬어?"

"그 친구가 힐튼호텔에서 만나자는 바람에 옷을 갈아입으러 들어왔어. 휴, 나이 들어서 이게 무슨 고생이니."

그녀가 추잉잉의 어깨를 두드렸다.

"착한 동생, 다음에 도와줘."

사실 판성메이의 동창은 그녀에게 전화를 걸어 이렇게 말했다.

"너 어디 살아? 너희 집에 가서 차 마시며 옛날 얘기도 하고 맛집도 추천받고 싶은데 말이야."

그 전화를 받고 판성메이는 착잡해졌다. 그녀는 집도 없을뿐더러 햇빛도 안 들어오는 어두운 월세방에 살고 있었다. 이런 꼴을 친구에게 어떻게 보여줄 수 있을까? 게다가 그 남자 동창은 고등학교 시절 그녀에게 러브레터를 보내고 수업 시간마다 은근한 눈빛으로 그녀의 뒤통수만 쳐다보던 친구였다. 그녀가 눈길 한 번 제대로 주지 않았던 친구가 힐튼호텔에 묵고 있다며 호텔에서 밥을 사겠다니 어찌 놀라지 않을 수 있을까. 갈까? 말까?

후자라면 수많은 핑계를 댈 수 있었고 전자라면 용기가 필요했다. 그녀는 거울 속 자신을 물끄러미 쳐다보며 계속 망설였다.

관쥐얼은 판성메이가 집에서 추잉잉을 마크해주길 바랐지만 결국 또 혼자 남고 말았다. 추잉잉이 일단은 관쥐얼의 말을 믿는 것 같았지만 걱정을 완전히 떨친 건 아니었다. 추잉잉에게 붙잡혀 그녀가 늘 어놓는 수많은 억측과 추리를 들어주어는 건 오롯이 관쥐얼의 몫이 되었다.

다행히 앤디가 양손 가득 생활용품을 사들고 들어오다가 문 앞에서 고개를 축 늘어뜨리고 있는 추잉잉을 발견했다.

"왜 그래?"

관쥐얼이 대신 대답했다.

"취샤오샤오가 사진을 보냈어. 그 바이 팀장이라는 사람이 취샤오샤오랑 같이 있나 봐…."

"아, 아까 낮에 식당에서 만났어. 샤오샤오가 도와준 친구들에게 밥을 사는데 바이 팀장도 있더라. 아는 척은 안 했어. 그게 뭐? 남자 친구가 다른 사람을 도와줘서 화가 난 거야? 그 정도도 이해 못 해?"

"아니야. 그 정도는 이해할 수 있어. 다만 샤오샤오가 뜬금없이 문

98

자를 보낸 게 너무…, 너무….”

“샤오샤오가 짓궂어서 그래. 철이 없어. 어떤 면에서는 똑똑할 때도 있지만. 저녁 먹으면서 얘기하자. 내가 밥 살게. 성메이는?”

“나 옷 갈아입고 있어. 아, 요즘 살이 쪘나 봐. 마음이 급해서 지퍼가 안 올라가네. 누가 좀 도와줘. 쥐얼, 나 좀 도와줘!”

판성메이가 새빨간 실크 원피스를 입고 나왔다. 다 올리지 못한 등 뒤의 지퍼 사이로 눈처럼 흰 피부가 드러났다. 앤디가 그걸 보고 순간 멍해지더니 사 온 것들을 가져다놓아야 한다며 집으로 갔다. 동양 여자가 빨간색 옷을 입으니 정말 아름다웠다. 중국에서 신부들이 결혼식 때 빨간 색 옷을 입는 이유를 알 것 같았다. 어쩐지 그녀의 엄마도…. 앤디는 답답한 생각을 잊어버리려고 새로 사온 생활용품들을 열심히 분류해 정리했다. 그때 문 밖에서 판성메이가 앤디를 불렀다. 문을 열어 보니 판성메이가 어느새 블론드 빛 원피스로 갈아입고 있었다.

“빨간 원피스는?”

“말도 마. 안 들어가서 포기했어. 이 옷도 괜찮지? 그런데 나, 힘든 부탁이 하나 있어.”

“네가 내기에 이겼어. 내가 영락없이 밥 사야겠네. 베테랑 인사담당자라 역시 사람 보는 눈이 정확해.”

판성메이가 복도를 둘러보고 문을 닫았다.

“나 있잖아. 고등학교 때 남자 동창이 출장을 왔대. 내 연락처를 수소문해서 연락을 했어. 오늘 저녁에 힐튼호텔에서 밥을 사겠대. 걔가 아마 나를 집에 바래다주겠다고 할 거야. 그러면 최소한 문틈으로 집 안을 들여다보기라도 할 것 같아…. 내가 예전에 그 친구 앞에서 도도하게 굴었거든. 내가 남들과 함께 월세집에 살고 있다는 걸 알면….

날 이해하겠어? 내가 체면에 살고 체면에 죽잖아."

"이해해. 그럼 내가 잉잉과 쥐얼을 데리고 힐튼에 가서 밥을 먹을게. 식사 마치면 내 차를 타고 돌아오자. 그러면 친구가 바래다줄 필요 없겠지."

"정말 고마워! 그런데 네 차에 다 탈 수 있겠지?"

"마침 어제 4도어 자동차로 바꿔서 다 탈 수 있어. 하지만 조건이 있어. 근처에 괜찮은 식당들 좀 추천해서 적어줘. 추천 메뉴도 함께."

"네 회사에서 가까운 곳이 좋겠지? 걱정 마. 어서 가자."

든든한 지원군이 생기자 판성메이의 얼굴이 단숨에 밝아졌다.

앤디가 말했다.

"그런데, 잉잉이랑 샤오샤오는 어떻게 된 거야?"

"그 일은 우리 관점에서 보면 이래. 나이가 비슷한 두 여자가 있어. 한쪽은 불여우 같은 미인에다 돈 많은 유학파야. 다른 한쪽은 지방 출신에 가진 것 없고 평범한 외모지. 네가 남자라면 누굴 택하겠어? 도시 사람들은 계산이 빠르지."

앤디가 놀란 듯 고개를 끄덕였다. 판성메이가 화장을 고치러 집으로 간 뒤 앤디는 생각에 잠겼다. 옌뤼밍은 그녀의 엄마가 예쁘지만 가진 것 없는 농촌 여자였다고 했다. 게다가 어두운 가족사까지 안고 있었다. 그 남자가 떠난 것도 아마 그 때문일 것이다. 살기가 힘들면 누구라도 도망치려고 하는 법이니까.

차에 대해 잘 모르는 판성메이는 새로 바뀐 앤디의 차를 평범한 4도어 세단이라고 생각했다. 여전히 광택이 자르르 흐르기는 하지만 지난번처럼 시원하게 드라이브를 즐길 수는 없을 것 같았다. 물론 없는 것보다는 백 번 나았다. 택시를 타거나 비좁은 지하철을 타지 않아도 되니까 말이다. 그녀는 조수석에 앉아 앤디에게 길을 가르쳐주었다. 힐튼호텔이 가까워질수록 점점 초조해졌다. 10분 안에 시간 맞춰 도착할 것 같다고 친구에게 메시지를 보냈다. 추잉잉과 관취얼은 뒷자리에서 키득거리며 동창이 밖으로 마중 나올 것인지, 마중 나온다면 판성메이를 알아볼 것인지 내기를 했다. 두 사람이 어떤 사이라고 말은 안 했지만 옛 애인이 틀림없다고 단정했다. 판성메이가 옛 애인과 문자를 주고받느라 바빠 길을 가르쳐주지 않자 앤디는 길을 잃을 것 같아 가슴을 졸였다.

뒷좌석 여자들이 시끌시끌하게 떠드는 사이 앤디가 겨우 힐튼호텔을 찾았다. 자동차가 호텔 입구에서 멈추자 벨보이가 차 문을 열어주었다. 판성메이는 차에서 내리며 동창을 발견했다. 볼 품 없이 마르고 창백했던 소년이 준수한 남자가 되어 벨보이 뒤에 서 있었다. 판성메이는 차창에 달라붙은 세 여자의 시선을 받으며 우아한 자태로 차에서 내려 캐시미어 숄을 살짝 끌어올렸다. 완벽한 등장이었다. 판성메이는 친구들도 잊은 채 동창의 에스코트를 받으며 사뿐사뿐 안으로 들어갔다.

추잉잉이 말했다.

"와! 다시 사랑이 싹 트는 거 아냐?"

말을 안 하고 있을 뿐 다들 똑같은 생각을 하고 있었다. 앤디는 세속적이고 화려한 삶이 판성메이에게 제일 잘 어울린다고 생각했다. 세 사람은 지하주차장에 주차를 해놓고 서둘러 엘리베이터를 타고 1층으로 올라갔다. 추잉잉이 판성메이에게 전화를 걸어 물어보니 1층에 있는 이탈리안 레스토랑에 있다고 했다.

아무것도 모르는 웨이터는 세 사람을 판성메이에게서 멀리 떨어진 테이블로 안내했다. 식사를 하는 동안 그녀들은 판성메이와 동창이 쉬지 않고 대화를 나누는 것을 멀리서 지켜볼 수밖에 없었다. 둘은 천천히 식사를 하며 많은 이야기를 나누었다. 세 사람은 주문한 음식을 다 먹고도 판성메이를 기다리기 위해 추가 주문을 했다. 골드미스인 앤디도 음식 값이 신경 쓰일 만큼 비싼 음식을 배가 터지게 먹었다. 앤디는 핸드폰을 만지작거리며 판성메이에게 집에 언제 갈 건지 물어볼까 말까 망설였다.

하필 그때 추잉잉의 전화벨이 울렸다. 바이 팀장이었다. 추잉잉에게 뭘 하고 있는지, 자기가 보고 싶지 않은지 물었다. 그 몇 마디에 추잉잉의 화가 단숨에 사그라지고 표정과 말투가 달콤하고 나긋나긋해졌다. 앤디는 식사 자리가 쉽게 끝나지 않을 것 같아 화장실에 갔다. 관쥐얼이 화장실로 그녀를 따라와 물었다.

"바이 팀장이 양다리를 걸치려는 거 같아. 양심도 없지. 잉잉이 속고 있는 게 빤히 보이는데 가만히 보고만 있어도 될까? 우리가 남도 아니잖아."

앤디가 말했다.

"첫째, 증거가 없어. 샤오샤오가 보낸 사진만으로는 부족해. 우리가 잉잉에게 해줄 수 있는 말은 추측뿐이야. 추측으로 단정할 수는 없잖아? 둘째, 샤오샤오와 바이 팀장의 관계는 물어볼 것도 없어. 샤오샤오가 바이 팀장을 데리고 노는 거야. 셋째, 난 이 일로 22층 우리 다섯 명의 관계가 깨지는 걸 바라지 않아. 조용히 넘어가는 게 좋겠어."

"하지만 하나하나 따져볼수록 너무 확실하잖아."

"뭐가 확실해? 모든 사람이 인정할 수 있어야 진실인 거야. 잉잉이 행복해하잖아. 우리가 해줄 수 있는 건 확실히 피임하라고 말해주는 것밖엔 없어."

관쥐얼은 말없이 앤디를 따라 화장실에서 나왔다. 레스토랑 입구에서 관쥐얼이 또 앤디를 붙잡았다.

"이건 회사에서나 하는 방식이지. 잉잉은 우리 친구잖아."

"네가 해봐. 나는 잉잉에게 아직 이웃일 뿐이야."

앤디의 말이 맞았다. 앤디는 이사 온 지 열흘도 안 된 데다가 추잉잉과 그렇게 친하지도 않았다. 오히려 앤디는 취샤오샤오와 더 친했다. 그렇다면 추잉잉에게 얘기해줄 사람은 관쥐얼밖에 없는 걸까? 두 사람이 자리로 돌아오자 그때까지 통화를 하고 있던 추잉잉이 웃으며 놀렸다.

"둘이 쌍둥이 같네."

관쥐얼이 대꾸 없이 앤디만 쳐다보았다.

앤디는 약간 짜증이 섞인 시선을 판성메이에게 던졌다. 앤디는 시간을 낭비하는 것을 제일 싫어했다. 오늘 저녁은 친구를 위해 시간을 내어주려고 했지만 예상보다 훨씬 긴 시간을 쓰고 말았다. 판성메이는 아직 일어날 생각이 없는 것 같았다. 사소한 것에 신경 쓰지 않는 그녀는 추잉잉이 뭐라고 놀리든 개의치 않았지만, 추잉잉의 멍청함이 참기 힘들었다. 전화에 대고 아양을 떠는 추잉잉의 목소리가 자꾸만 귓속으로 밀고 들어와 고막을 자극했다.

드디어 판성메이의 식사가 끝났다. 판성메이가 이쪽 테이블로 걸어오더니 앤디의 귀에 대고 속삭였다.

"미안해. 친구와 할 얘기가 남아서 커피 마시러 가려고."

앤디가 말했다.

"그렇게 해. 그런데 어쩌지? 난 일이 있어서 집에 가봐야 돼."

"응. 괜찮아. 모두 날 도와줘서 고마워. 이제부턴 내가 알아서 할게."

추잉잉이 통화를 끝내고 환하게 웃으며 말했다.

"우리한테 소개도 안 시켜줘? 너무 꽁꽁 숨기는 거 아냐?"

"룸메이트한테 모든 걸 다 보여줘도 남자만은 공유할 수 없는 법이지."

"언니 너무 째째해. 어제 나는⋯."

추잉잉이 말을 우뚝 멈추고 눈알을 굴리며 관쥐얼과 앤디를 쳐다보더니 말끝을 흐렸다.

관쥐얼이 선언했다.

"걱정 마. 우리가 바이 팀장님을 빼앗는 일은 없을 테니까."

앤디는 추잉잉을 흘긋 쳐다보기만 했다. 추잉잉도 더는 뭐라고 말하지 않았지만 관쥐얼은 추잉잉에게 진실을 말해줘야겠다는 생각을 조금 접었다.

세 사람이 집으로 돌아오는 동안 앤디는 기억을 더듬어 길을 찾아야 했고 도와줄 수 없는 두 사람은 앤디를 방해하지 않도록 잠자코 있었다. 도중에 취샤오샤오에게 전화가 왔다. 앤디가 핸드폰을 대신 받아달라며 옆에 있는 관쥐얼에게 건넸다. 관쥐얼이 통화 버튼을 찾고 있는데 추잉잉이 냉큼 낚아채 전화를 받았다.

"취샤오샤오! 이제야 통화가 되는구나! 나한테 뭐하자는 거야?"

취샤오샤오가 멍해졌다가 까르르 웃음을 터뜨렸다.

"장난친 거야. 집에 오자마자 문을 두드렸는데 아무도 없더라. 어디 간 거야? 언제 들어와?"

추잉잉이 차갑게 대꾸했다.

"들어가는 중이야."

"알았어. 기다릴게. 할 얘기가 있어."

취샤오샤오가 전화를 끊었다.

앤디는 그 상황이 마음에 들지 않았지만 아무 말도 하지 않았고, 관쥐얼도 아무 말도 하지 않았지만 취샤오샤오가 뭐라고 했을지 짐 작할 수 있었다.

추잉잉이 말했다.

"샤오샤오한테 따질 거야. 뭐라고 대답하나 보자."

관쥐얼이 한참 망설이다가 조심스럽게 말했다.

"너한테 알려줄 게 있어. 어젯밤에 취샤오샤오가 쪽지에 자기 핸드 폰 번호를 적어서 바이 팀장에게 줬어. 그래서 둘이 연락을 한 거야."

"뭐? 네가 그걸 어떻게 알아?"

"취샤오샤오가 직접 말했어."

"너무해. 어떻게 나한테 말 한마디도 안 해줄 수가 있어? 취샤오샤 오가 그렇게 자신만만한 이유가 다들 자기 편이라서 그런 거구나!"

"우리가 취샤오샤오의 편이라서가 아니라 바이 팀장이 너랑 연애 중이니까 취샤오샤오의 작업에 넘어가지 않을 줄 알았지."

"이게 그런 말로 넘어갈 수 있는 일이야? 넌 내 친구니까 내게 미 리 말했어야지! 그래야 내가 미리 막을 수 있을 거 아니야? 이제 보 니 다들 아는데 나만 모르고 있었어. 취샤오샤오의 놀림거리가 됐어 ⋯."

추잉잉이 화를 쏟아내는 동안 관쥐얼은 입을 꾹 다물고 아무 대꾸 도 하지 않았다. 앤디도 말없이 방관자의 역할에 충실했다.

드디어 세 사람이 22층에 도착했다. 엘리베이터 문이 열리자 취샤 오샤오가 부채로 얼굴을 반쯤 가리고 키득거리며 우스꽝스러운 표 정을 지었다. 앤디는 웃으며 이 전쟁전야 같은 자리를 벗어나려고 했 지만 취샤오샤오가 그녀를 붙잡고 부채에 적힌 글씨를 보여주었다. 여우같은 취샤오샤오가 언제든 꺼내서 외울 수 있도록 어려운 영어 단어를 부채에 써놓은 것이었다. 대화중에 단어를 잊어버리면 부채를 슬쩍 펼쳐서 볼 수 있도록 말이다.

그녀가 학교 다닐 적 시험 커닝하던 방법에서 따온 것이었다. 앤디가 작게 헛기침을 하며 웃었다.

"잉잉이 너랑 할 얘기가 있대. 네가 한 일에 책임은 질 거라 믿어."

관쥐얼도 잽싸게 열쇠를 꺼내 문을 열었다. 자기 방으로 들어가 나오지 않을 생각이었다.

하지만 취샤오샤오가 한발 빨랐다.

"잉잉, 내가 말하려고 했어. 시험해본 거야. 시험 결과를 보고할게. 첫째, 그 바이 팀장 지질한 변태더라. 뭐랄까, 신사답게 숙녀에게 차 문을 열어주면서 그 대가로 숙녀의 손을 슬쩍 더듬는 남자랄까? 둘째, 오늘 내가 그 남자에게 슬쩍 더듬을 수 있도록 여지를 줬다면 아마 너는 오늘부로 실연당했을 거야. 보고 끝."

취샤오샤오가 부채를 흔들며 우스꽝스러운 표정을 지어보이자 추잉잉의 얼굴이 하얗게 질려 괴성을 지르며 취샤오샤오에게 덤벼들었다. 취샤오샤오도 비명을 지르며 집 안으로 도망치려고 했지만 열쇠를 꺼내기도 전에 추잉잉이 덮쳤다. 두 사람이 서로 엉겨 붙어 몸싸움을 벌였다. 말싸움이라면 취샤오샤오가 두 수쯤 위지만 몸싸움이라면 추잉잉은 취샤오샤오의 적수가 될 수 없었다. 취샤오샤오는 어릴 적부터 가볍게 티격태격 다투는 것부터 패싸움까지 치열한 실전 경험으로 다져진 파이터였다. 앤디와 관쥐얼이 두 사람을 억지로 떼어놓았다. 앤디가 암사자 같은 취샤오샤오 앞을 가로막으며 비꼬았다.

"넌 정말 문무를 겸비했구나."

취샤오샤오가 키득거렸다.

"그 말 맘에 드는데?"

앤디는 웃어야 할지 울어야 할지 난감했지만 취샤오샤오의 또 다른 면을 알게 되었다.

"어서 집으로 들어가. 절대 나오지 마. 잉잉을 다신 건드리지 마."

"난 도와준 거야. 남의 호의를 몰라줘도 분수가 있지."

앤디는 더 이상 상대하지 않고 취샤오샤오를 2203호 안으로 억지로 밀어 넣은 뒤 관쥐얼과 힘을 합쳐 아직 화가 풀리지 않은 채 악다구니를 쓰고 있는 추잉잉을 막았다. 추잉잉이 엉엉 울음을 터뜨렸다.

"다들 나한테 왜 이래! 왜 나만 미워하는거야!"

앤디와 관쥐얼이 추잉잉을 2202호로 데리고 들어갔다. 앤디가 들어가면서 2203호 문을 흘긋 쳐다보다가 문틈으로 머리를 쏙 내밀고 복도를 내다보는 취샤오샤오와 눈이 마주쳤다.

판성메이는 집에 없고 관쥐얼은 더 이상 추잉잉을 건드릴 수가 없고 앤디는 냉정했다. 두 사람은 추잉잉이 울부짖는 걸 그저 두고 볼 뿐 아무 말도 하지 않았다. 하지만 이 상황에서 빠져나갈 수도 없었다. 앤디는 추잉잉의 그칠 줄 모르는 울음소리에 머리가 터질 것 같았다. 그녀의 논리적인 머리가 추잉잉의 무논리함을 더 이상 참아줄 수 없었다.

"잉잉, 내 말 들어봐. 냉정하게 볼 때 샤오샤오가 잘못했어. 하지만 넓게 보면 샤오샤오는 작은 빌미만 제공했을 뿐 더 큰 잘못은 바이 팀장에게 있어. 그 사람이 원래 바람기가 있으니까 샤오샤오가 던진 미끼에 덜컥 걸려든 거야. 샤오샤오 말만 들어봐도 바이 팀장은 믿을 만한 남자가 아니야. 언제든 바람을 피울 수 있는 사람이야. 이제 알았으니 너도 마음의 준비를 해."

"아니야. 그 사람은 날 사랑해. 나만 사랑한다고. 나한테 사과했어.

취샤오샤오가 내 친구인 줄 알고 도와주려고 그런 거래. 나를 깜짝 놀라게 해주고 싶었대. 난 그 사람 말을 믿어. 하지만 취샤오샤오 그 계집애는 못 믿어. 걔는 내가 못마땅한 거야. 그래서 나랑 팀장님 사이를 찢어놓으려고 일부러 저러는 거라고."

"난 그런 쪽으론 잘 몰라 그건 성메이가 들어오면 다시 얘기해. 하지만 확실하지도 않은 걸 가지고 충동적으로 행동하시 마. 오케이?"

"충동적인 거 아니야. 더 볼 것도 없어. 뻔하다고. 취샤오샤오와는 이제 상종도 안 할 거야."

앤디와 관쥐얼이 서로 얼굴만 쳐다보았다. 반박할 근거가 생각나지 않았다. 잠시 후 추잉잉의 흥분이 조금 누그러지자 앤디가 집으로 돌아왔다.

웨이신에서 특이점이 메시지를 보냈다.

'앤디, 어디 갔어요? 밥 먹으러 나갔어요?'

앤디는 한참 모니터를 쳐다보며 취샤오샤오의 장난스런 태도와 추잉잉의 진지한 태도를 생각하다가 속으로 한숨을 쉬었다.

'그래봤자 사람 하나 사귀는 건데 이렇게까지 심각할 게 뭐야? 가볍게 생각해. 친구 하나 사귀어서 나쁠 건 없잖아…'

앤디는 그러고도 망설이다가 한참 만에 키보드를 두들겼다.

'바쁜 하루였어요. 평일보다 더 피곤하네요. 내일 낮에 시간 있어요? 같이 밥 먹어요. 내일 저녁부터 사흘간 출장이에요. 내가 아는 식당이 세 곳뿐인데 그중에 하나 골라서 알려줘요.'

앤디는 식당 세 곳의 상호와 주소, 전화번호를 자세히 적었다. 모두 머릿속에 암기하고 있었던 것이다. 세 곳 모두 그녀의 회사 근처에 있었다.

앤디는 컴퓨터를 켜놓은 채 양치질을 하고 와서 모니터를 들여다보고 특이점의 답이 없는 걸 확인한 뒤 다시 샤워를 하고 나와 모니터를 확인했다. 하지만 침대에 기대어 책을 읽다가 졸음이 올 때까지도 특이점은 메신저에 나타나지 않았다. 그녀는 시무룩하게 컴퓨터를 끄고 잠을 청했다.

판성메이는 동창과 레스토랑에서 나와 커피를 마시러 갔다. 동창의 이름은 왕바이촨(王柏川)이었다. 그는 아직 미혼이었고 지방에서 하는 사업이 성공을 거둔 뒤 하이시로 진출할 계획이었다. 그는 동창끼리 편하게 자주 만나자고 했지만 판성메이는 그의 눈동자 속에서 고등학교 때의 그 익숙한 눈빛을 읽어낼 수 있었다. 판성메이는 오늘 밤 기분이 무척 좋았다. 그래서인지 말도 술술 잘 나오고 평소보다 더 농염한 매력을 풍겼다.

밤이 늦어 판성메이가 집에 가겠다고 일어나자 왕바이촨이 자기 차로 바래다주겠다고 했다. 그가 한마디 덧붙였다.

"네 친구 차만큼 좋은 차는 아니지만 거절하지 말아줘."

"무슨 말을 그렇게 해? 나는 차도 없고 운전도 할 줄 모르는데."

"사람을 제대로 알려면 친구를 보라는 말이 있더라. 너 이 험난한 하이시에서 잘 적응한 것 같아. 대단해."

"하하. 내 친구는 자동차를 좋아해. 오늘 네가 본 차는 새 차야. 며칠 전까지는 같은 브랜드의 흰색 스포츠카를 탔어. 훨씬 더 눈에 띄었지."

"오, 부잣집 딸이야?"

"아니. 오로지 자기 힘으로 이룬 거야. 외국에서 일하다 왔어. 금융위기 때 억지로 떠밀려서 돌아온 게 아니라 올해에 좋은 조건으로 모셔왔어. 머리가 비상해. 길치인데 지도를 다 외워서 다녀. 길을 잃는 걸 본 적이 없어."

"너도 훌륭해. 10년 동안 이렇게 멋지게 변했을 줄 몰랐어. 내가 상상한 것보다 훨씬 훌륭해."

판성메이는 미소를 지으며 긍정도 부정도 하지 않았다. 두 사람이 엘리베이터에서 내려 왕바이촨의 자동차가 주차된 곳으로 갔다. BMW였다. 판성메이는 그 엠블럼을 알고 있었다.

"너무 겸손한 거 아냐? BMW잖아."

"3시리즈야. 입문용이지. 별로 좋은 차는 아니야. BMW 3시리즈를 국내에서 생산하면서 나 같은 가난뱅이도 겨우 BMW를 탈 수 있게 됐지. 가격이 네 친구 차의 10분의 1밖에 안 돼."

왕바이촨이 겸손하게 말하며 판성메이에게 차 문을 열어주었다. 판성메이는 앤디의 차를 타는 것보다 왠지 더 편안했다. 그녀는 양복단을 매만지고 차 앞으로 돌아 운전석에 타는 왕바이촨을 바라보며 예전과는 다른 특별한 감정을 느꼈다.

물론 그녀는 너무 늦었다는 핑계로 집 앞까지 데려다주겠다는 그의 호의를 극구 거절했다. 왕바이촨이 아파트 입구에서 아쉽게 헤어지며 말했다.

"이번에는 시장을 둘러보고 동종 업계 사람들을 만나러 온 거야. 며칠 안 됐지만 좋은 인상을 받았어. 뜻밖에 너까지 만나서 더 기뻐. 급한 일이 있어서 내일 돌아가야 하지만 앞으로 하이시에 진출하면 많이 도와줘."

판성메이가 시원하게 대답했다.

"물론이야."

판성메이는 왕바이촨의 시선이 느껴져 또각거리며 단지 안으로 들어왔다. 그녀가 모퉁이를 돌 때까지도 그의 차는 여전히 그 자리에 있었다. 그녀는 손에 쥔 숄을 흔들며 속으로 으쓱했다. 밤바람이 쌀쌀했지만 하나도 춥지 않았다.

월요일 이른 아침 2202호가 몹시 분주했다. 제일 먼저 관쥐얼이 잠이 덜 깬 채 조깅하러 나갔다. 관쥐얼이 나가자마자 추잉잉이 일어났다. 어젯밤 일이 떠오르자마자 속에서 열이 홧홧 치밀어 침대에서 몸을 뒤틀었다. 사실 그녀는 아까부터 깨어 있었다. 옆방에서 관쥐얼이 일어나는 소리가 들려 침대에 더 누워 있었던 것이다. 관쥐얼과 마주치고 싶지 않았다. 한통속이 되어 자신을 속인 관쥐얼과 취샤오샤오를 용서할 수가 없지만 그렇다고 아침 댓바람부터 싸우고 싶지도 않았다. 평소에 제일 먼저 일어나던 판성메이가 오늘은 제일 늦게 일어났다. 그녀는 컨디션이 아주 좋았다. 미소가 한낮의 태양처럼 환했다. 판성메이가 한 톤 올라간 목소리로 아침인사를 건넸다.

"잉잉, 굿모닝! 어제 늦게 들어왔어. 나 때문에 깨지 않았어?"

"안 깼어. 안 자고 있었거든. 언니 들어오는 소리 다 들었어."

판성메이는 그제야 발갛게 부어오른 추잉잉의 눈꺼풀을 보았다.

"왜 그래? 어젯밤에 집에 와서 싸웠어? 얘기해봐."

추잉잉이 말하려고 입을 벙긋거리다가 이내 꾹 다물었다. 판성메이가 그녀를 달랬다.

"우리 둘밖에 없잖아. 고민을 털어놓으면 기분이 가벼워질 거야."

추잉잉이 한숨을 푹 내쉬었다. 막 얘기를 꺼내려는데 그저께 저녁 판성메이와 관쥐얼이 줄곧 같이 있었다는 게 생각났다. 취샤오샤오가 관쥐얼에게만 얘기하고 판성메이에게는 얘기하지 않았을 리 없다. 취샤오샤오의 성격상 많은 사람이 알수록 더 신이 날 테니 말이다. 그렇다면 판성메이도 자신을 속이는 데 동참했을 것이다. 추잉잉은 턱끝까지 나왔던 말을 도로 삼키고는 싸늘하게 한마디 쏘아붙이고 홱 자리를 떴다.

"알고 보면 믿을 사람 하나도 없네!"

판성메이가 추잉잉의 뒤통수에 대고 물었다.

"나한테 하는 말이야?"

추잉잉이 대꾸 없이 자기 방으로 들어가 문을 쿵 닫았다. 판성메이는 꼬치꼬치 캐묻고 싶었지만 아침이라 하는 수 없이 서둘러 씻고 출근 준비를 했다. 어젯밤 늦게 들어와 잠을 푹 자지 못했더니 얼굴이 부석부석했다.

조깅을 마치고 돌아온 관쥐얼은 찬바람이 쌩쌩 부는 추잉잉을 보고 아무 말도 하지 않았다. 사과를 할까 했지만 잘못한 것이 없는데 무슨 사과를 할까? 어제 그렇게 원망을 들은 터라 속으로 억울하기도 했다. 2202호의 분위기가 빙점까지 냉각되었다.

하지만 추잉잉은 아파트를 나서자마자 언제 그랬냐는 듯이 기분이 좋아졌다. 바이 팀장이 늘 기다리던 그곳에서 그녀를 기다리고 있었기 때문이다. 바이 팀장이 추잉잉의 아침 식사를 사왔다며 도넛 여덟 개가 든 상자를 건넸다. 그는 앞으로는 깜짝 놀라게 하는 일 같은 건 하지 않을 것이며 그녀가 오해하지 않도록 무슨 일이든 사전에 얘기하고 끝나면 보고하겠노라고 맹세했다. 추잉잉의 마음속에 남아 있던 일말의 찜찜함이 연기처럼 싹 사라졌다.

붐비는 지하철 안에서 추잉잉은 평소처럼 인파 속에 파묻혀 바이 팀장의 품에 안겼고 바이 팀장은 적절한 때에 고개를 숙여 추잉잉에게 속삭였다.

"우리 사이에 누구도 끼어들 수 없어. 영원히."

그녀는 속으로 의기양양하게 외쳤다.

'당연하지!'

추잉잉의 화난 마음이 사르르 녹아내렸다. 아침의 불쾌함은 다 날아가고 그녀의 마음속에서 바이 팀장을 향한 사랑과 믿음이 더 커졌다. 나의 앞길이 어두운 먹구름이어도 난 당신을 사랑할 것이니!

앤디는 아침 식사를 하며 컴퓨터를 켰다. 드디어 특이점에게 답장이 와 있었다. 답장을 보낸 시간이 새벽 2시 36분이었다. 화려한 밤 문화를 즐겼던 걸까? 특이점은 그녀가 얘기한 식당 중 한 곳을 고르며 자신이 예약을 할 테니 식당 입구에서 '미스터 웨이(魏)'로 예약해 놓은 자리를 찾아오라고 했다. 밥값은 자신이 내겠다고 했다. 그때부터 앤디는 두근거리는 마음으로 정오가 되기를 기다렸다.

오전에 탄쭝밍이 회의를 하자고 했다. 점심시간이 가까워지자 탄쭝밍은 자연스럽게 그녀와 점심을 먹으려고 했지만 뜻밖에도 앤디가 선약이 있다는 것이었다. 탄쭝밍은 의아했다. 앤디는 중국인 친구가 별로 없는 데다가 국내에는 더더욱 없었다. 탄쭝밍이 물었다.

"친구? 국내에 친구가 있다는 얘긴 못 들었는데?"

"채팅 친구야."

앤디가 왠지 겸연쩍은 기분에 한마디 덧붙였다.

"중국어를 잊어버릴까 봐 간혹 중국 게시판에 글을 좀 올렸거든."

탄쭝밍이 웃음을 터뜨렸다.

"채팅 친구? 하하하! 내가 보디가드로 따라가줄까? 채팅으로 만난 사람은 위험하다고 하던데."

"그래서 낮에 만나기로 한 거야. 사람 많은 곳에서 밥 한 끼 같이 먹는 건 별 문제없겠지. 내 핸드폰 번호도 알려주지 않았어."

탄쭝밍은 생각할수록 웃음이 났다. 앤디처럼 빈틈없는 여자가 채팅으로 친구를 사귄다는 게 아무리 생각해도 이해할 수가 없었다.

"차는 가져가지 마. 범죄의 표적이 되기 쉬우니까."

"걱정 마. 그것도 다 생각했으니까"

말은 그렇게 했지만 앤디는 특이점에 대해 왠지 모를 신뢰감이 있었다. 그 신뢰감이 이성적이지 않고 논리적인 근거도 없다는 걸 알고 있기 때문에 깊이 생각하지 않을 뿐이었다.

약속 장소로 나가면서 그녀는 가방 없이 핸드폰과 신용카드, 현금 몇 백 위안만 가지고 갔다.

식당에서 '미스터 웨이'의 예약석을 묻자 웨이트리스가 미스터 웨이가 방금 전에 왔다고 했다. 그녀는 웨이트리스의 안내를 받아 테이블로 향했고 드디어 특이점을 만났다.

특이점도 인기척을 느끼고 고개를 들었다가 앤디를 보았다. 눈이 마주치자 두 사람 모두 놀랐다. 앤디가 앞에 선 채로 물었다.

"특이점이세요?"

특이점이 일어났다. 크지 않은 키에 마른 체격. 머리는 거의 대머리에 가까웠다! 세상에! 안경을 쓴 모습이 40대처럼 나이 들어 보였다.

"맞아요. 앤디죠? 드디어 만났군요. 앉으세요."

앤디는 속으로 약간 실망했다. 그녀가 상상한 이미지와는 거리가 있었기 때문이다. 유일하게 일치하는 건 안경을 썼다는 것뿐이었다. 그녀가 앞에 앉자 특이점이 미소를 지었다.

"제 예상이 틀리지 않았군요. 당신이 외국에 있을 땐 남자인 줄 알았어요. 나중에 내가 밥을 사겠다고 했는데 당신이 계속 망설이기에 여자일 거라 다시 생각했죠. 어떤 음식을 좋아해요? 오늘은 내가 살게요."

앤디가 솔직하게 말했다.

"하지만 나를 봤을 때 좀 놀라는 것 같던데요."

"그건…, 기분 나쁘게 들릴지 모르지만 이공계 여자들은 보통 '공룡'이라고 불리죠. 예쁜 여자들이 별로 없어요. 이건 그냥 농담이니까 진지하게 듣지 말아요. 성별은 맞혔지만 다른 건 예상하지 못했어요."

"그런 거라면 제 예상도 빗나갔네요. 나랑 비슷한 나이일 줄 알았어요. SF를 좋아하니까 아무래도…. 미안해요. 이렇게 말하는 건 예의가 없는 거죠?"

앤디가 어깨를 으쓱이며 화제를 돌렸다.

"난 중국 음식은 잘 몰라요. 주문은 전적으로 맡길게요. 저는 한 시간 반쯤 시간이 있어요. 조금 늦어도 괜찮고요."

"시원시원하시네요. 특별히 좋아하는 음식 있나요?"

"고기요. 가리는 건 없어요."

특이점이 더 활짝 웃었다. 그의 눈가에 주름이 여러 개 잡혔다. 앤디는 음식을 주문하는 특이점을 보며 속으로 생각했다. 그가 바로 말로만 듣던 인터넷 세상의 괴짜 아저씨인 걸까? 오랫동안 그녀의 마음속에 쌓여 있던 특이점에 대한 호감이 그의 외모에 적잖이 희석되었다.

특이점이 음식을 주문한 뒤 말했다.

"난 인터넷으로 주로 신문 기사를 읽어요. 가입한 커뮤니티는 단 두 곳뿐이죠. 다른 하나는 브리지 카페예요. 브리지 할 줄 알아요?"

"조금요."

"머리가 좋은 사람이니 잘할 것 같아요. 우리가 나이 차이가 많이 나진 않을 거예요. 최근 경기가 안 좋아서 스트레스를 많이 받다 보니 흰머리가 많아져서 머리를 짧게 밀었죠. 난 무역 일을 해요. 당신은요?"

특이점의 말투는 급하지도 느리지도 않았고 지난 1년간 채팅하면서 익숙해진 그의 화법이 조금씩 섞여 나와 묘한 느낌이었다.

"난 금융 일을 해요. 이 근처에서 일하죠. 최근 경기가 나쁜 건 사실이에요. 다행히 나는 스트레스를 많이 받지 않는 편이에요. 그런데 당신은 나를 계속 평가하고 있는 것 같군요."

"맞아요. 내가 판단한 걸 솔직히 얘기할 테니 틀린 게 있으면 얘기해줘요."

"왜죠? 남에게 평가 당하는 게 어색하고 불편해요."

"하하. 그럼 말하지 않을 게요. 음식이 금방 나왔군요. 해초, 문어 그리고 이건 장야(醬鴨, 간장오리구이)에요."

"장야 좋아해요. 손으로 뜯어먹어도 되나요? 어려서부터 젓가락 대신 숟가락을 써서 젓가락이 익숙하지 않아요."

"편한 대로 하세요. 격식 있는 자리도 아닌걸요."

"나에 대해 새롭게 평가한 게 있겠죠. 얘기해주세요. 얘기하지 않으니 더 불편하네요."

"아뇨. 없어요. 정말로."

특이점이 화제를 돌렸다.

"오늘 저녁에 출장을 간다고요? 새로 맡은 일의 업무 파악이 끝났나 보군요. 무척 빠르네요. 그러기가 쉽지 않은데."

"홍콩 금융계 사람들을 만나러 가요. 전에 하던 일과 비슷하니까 업무 파악이 수월했어요. 요즘 환율 상승 때문에 어려움이 많겠어요."

"그렇죠. 규모가 크고 납기가 오래 걸리는 주문은 받기가 난처해요. 주문을 안 받을 수는 없지만 계약서에 한 가지 조항을 추가하죠. 납품기간이 일정 기간을 초과하면 환율에 따라 가격을 다시 책정한다는 내용이에요. 단순 무역은 점점 사업하기가 힘들어요. 사업을 바꿔볼까 준비하고 있어요. 그래서 요즘 바쁘죠. 하지만 하이시에서 도움이 필요하면 언제든 말해요."

"고마워요. 동료들에게 도움을 많이 받고 있어요. 이웃 친구도 네 명 사귀었고요. 전부 여자인데 벌써 친해졌어요. 다른 도움은 특별히 필요하지 않아요. 귀찮게 하진 않을게요."

"귀찮지 않아요. 오히려 영광이죠. 장야를 좋아하는군요. 다음엔 장야를 더 맛있게 하는 식당으로 안내할게요. 농촌에 직접 농장을 갖고 있어서 대부분의 식재료를 직접 생산하는 곳이에요. 식재료 기준이 아주 엄격해요."

"좋은 음식을 많이 드시네요."

"그다음 말은 이거 아닌가요? '그런데 왜 그렇게 말랐어요?'"

앤디가 큰소리로 웃었다. 이제야 그녀가 알고 있는 특이점 같았다. 방금 전까지 그녀는 특이점의 조심스러운 태도가 답답해서 빨리 자리를 뜨고 싶었다. 다행히 두 사람은 점점 평소 채팅하던 것처럼 자연스럽게 대화를 나누었다. 음식도 맛있었다. 유일하게 불편한 점은 특이점이 그녀를 계속 뜯어본다는 점이었다. 앤디는 안경 렌즈 너머에 있는 특이점의 눈동자에서 아무것도 읽어낼 수가 없었다. 속마음을 들여다보기가 힘든 사람인 것 같았다.

계산을 할 때 앤디는 더치페이를 하고 싶었지만 특이점이 웃으며 말했다.

"오늘은 내가 살게요. 당신은 다음에 사세요. 그래야 또 만날 핑계가 생기잖아요. 이렇게 해둬야 식사를 자꾸 미루지 않겠죠."

앤디가 웃으며 그가 계산하는 것을 지켜보았다. 웨이트리스가 가고 나자 앤디가 물었다.

"궁금한 게 있어요. 결혼하셨어요? 실례가 됐다면 죄송해요. 난 사

적인 관계에서는 결혼 유무를 알아야 적당한 선을 조절할 수가 있어
요."

특이점이 웃었다.

"미혼이에요. 성격이 시원스러워서 좋네요."

앤디가 자기 핸드폰으로 특이점에게 전화를 걸어 핸드폰 번호를
알려주었다. 특이점이 그녀의 전화번호를 저장하고 함께 일어났다.
앤디는 그가 자기보다 크지 않다는 걸 알았다. 두 사람은 똑같이 마
르고 170센티미터쯤 됐다. 하지만, 성별의 차이가 큰 차이를 만들어
냈다. 특이점은 체구상으로 별로 눈에 띄지 않았다.

식당을 나오는데 길가 벤치에 앉아 있는 관쥐얼을 만났다. 관쥐얼
이 앤디를 보고 활짝 웃으며 다가왔다. 그녀와 함께 있던 두 동료가
뒤에서 따라왔다.

앤디는 특이점에게 관쥐얼을 소개했다.

"이쪽은 관쥐얼. 제 이웃이에요. 이쪽은 웨이 선생님. 내 친구야."

관쥐얼은 특이점을 유심히 살펴보지도 않고 신이 나서 두 동료에
게 말했다.

"이 언니가 바로 아침마다 나를 태워다주는 이웃이야. 이젠 믿겠
지? 앤디 언니, 방금 전에 창문으로 언니를 봤어. 동료들이 언니를 보
고 싶어 해서 언니가 나올 때까지 기다렸어. 잘됐지 뭐야. 이제 다들
내 말 믿겠지. 남자친구 차를 타고 출근하는 걸로 오해하더라니까."

"진작 말하지 그랬어. 앞으로는 널 내려줄 때 창밖으로 고개를 내
밀어야겠다. 난 친구가 있어서 그럼 이만."

관쥐얼은 남자친구는 룸메이트에게 보여주지 않는 거라던 판성메
이의 말을 떠올리며 뒤로 슬쩍 물러났다. 앤디와 특이점은 지하철역
쪽으로 걸어가다가 얼마 안 가서 멈추어 서서 몇 마디 인사를 나누

고 헤어졌다. 앤디는 회사로 들어가고 특이점은 지하철역으로 들어
갔다.

그 모습을 지켜보고 있던 관쥐얼의 동료가 말했다.

"두 사람 다 고귀해 보여."

동료를 사이에서 '고귀하다'는 말은 비꼬는 뉘앙스였다. 돈 많은
걸 과시하는 사람에게 주로 그런 표현을 썼다. 관쥐얼이 말했다.

"앤디 언니는 그런 사람 아니야…."

"그건 네가 명품을 몰라 봐서 그래. 방금 그 사람 아르마니 작년 컬
렉션으로 쫙 빼입었더라. 우리 파트너 언니가 작년에 아르마니 샀다
고 얼마나 자랑을 하던지. 저 옷보다 더 싼 거였는데 말이야. 하긴 그
런 외제차 한 달 유지비만 해도 저런 옷 한 벌 사고도 남을 거야. 저
남자도 명품으로 휘감았던데. 셔츠는 프라다, 재킷은 구찌. 수수해
보이지만 더 고급이야. 하긴 끼리끼리 만나는 거지."

관쥐얼이 신기하다는 듯이 물었다.

"그런 걸 다 어떻게 알아? 나는 아무리 봐도 모르겠던데."

"히히. 지난번에 베이징 출장 갔을 때 마침 루이비통 세일 기간이
었잖아. 우리가 신나게 고르는 동안 넌 매장 밖에서 멍 때리고 있었
으니 알아볼 수가 없지."

"난 살 수도 없잖아. 너희 연봉이랑 비교도 안 되는데 매장에 들어
가면 뭐하니. 마음에 드는 걸 못 사면 속만 쓰리지."

"인턴 기간 끝나면 연봉이 오를 거야. 얼마 안 남았어. 그때가 되면
이런 브랜드 알아보는 게 재무제표 읽는 것보다 쉬워질 걸."

그럴 리가 있을까. 관쥐얼은 로고가 없으면 옷을 봐도 무슨 브랜
드인지 알지 못했다. 하물며 옷이 출시된 연도까지 맞히는 건 그녀
에게 불가능했다. 그녀는 아직도 엄마가 사다주는 옷을 입었다. 외국

브랜드는 아니지만 그녀는 자신의 옷차림에 만족했다. 관쥐얼은 그
보다는 그 웨이 선생이라는 사람이 더 궁금했다. 앤디가 말했던 차를
빌려준 친구일까? 명품을 입은 걸 보면 그런 것도 같았다.

회사로 들어오면서 앤디는 밥을 사지 않은 것이 후회스러웠다. 특
이점은 옷차림도 수수하고 지하철을 타고 다니는 것 같았는데 밥 한
끼에 적잖은 돈을 썼다. 음식 값이 비싼 식당이라 그녀가 돈을 냈어야
했다. 특이점이 출혈이 컸을 것이다. 다음에는 고급 식당에 가서 밥을
사야겠다고 생각했다. 그러지 않으면 계속 마음에 걸릴 것 같았다.
　점심시간이 끝난 지 얼마 되지 않아서 옆 부서의 리자오성이 관쥐
얼을 찾아와 업무를 핑계로 관쥐얼 주위를 한참 서성거렸다. 관쥐얼
은 아침마다 자신을 태워다주는 사람이 여자라는 소식이 리자오성
의 귀에까지 들어갔을 거라 짐작했다. 정신없이 바쁜 회사라도 시시
콜콜한 가십거리가 퍼지는 데는 순식간이다. 관쥐얼은 여전히 리자
오성에게 아무 감정도 없었다. 업무를 처리하는 데만도 바빠 죽을 지
경이라 다른 건 생각할 여유가 없었다. 아니, 날마다 간절히 바라는
게 하나 있었다. 바로 잠이다.
　그날 밤 22층은 적막하리만치 조용했다. 앤디는 출장을 가고 취샤
오샤오도 고객을 만나러 출장 간다고 관쥐얼에게 문자를 보냈다. 밤
10시가 넘었지만 22층에는 판성메이와 방금 전 귀가한 관쥐얼뿐이
었다. 추잉잉은 들어오지 않고 전화도 없었다. 판성메이가 어젯밤에
무슨 일이 있었는지 묻자 관쥐얼은 하품을 하면서도 자세히 얘기해
주었다. 판성메이가 얘기를 다 듣고 고개를 끄덕였다.
　"상황 종료네. 잉잉은 우리에 대한 복수로 바이 팀장이랑 더 죽고
못 살 거야. 어쩌겠어. 그 정도면 아무리 말려도 소용없을걸. 행운을

빌어주는 수밖에."

"난 지금까지는 잉잉의 연애에 반대하지 않았는데 이제는 반대야. 바이 팀장은 좋은 남자가 아닌 거 같아."

"어쩌겠어? 말을 들어야 말리기라도 하지."

관쥐얼도 같은 생각이었다. 당사자가 듣지 않는데 무슨 소용이 있을까. 관쥐얼은 판성메이에게 그날 앤디와 웨이 선생이 같이 식사하는 걸 보았다는 얘기를 하려다가 참았다. 남의 사생활에 이러쿵저러쿵 얘기하지 말라는 아빠의 말이 떠올랐기 때문이다. 특히 그녀가 좋아하고 존경하는 앤디가 아닌가. 무엇보다도 그 웨이 선생이라는 남자의 외모가 정말 별로여서 비싼 옷을 둘렀음에도 전혀 빛이 나지 않았다. 관쥐얼은 앤디를 그런 남자와 엮고 싶지 않았다.

6

2202호의 세 여자 모두가 고통스러운 날은 바로 매 분기의 마지막 달 15일이다. 월급을 받은 지 닷새째 되는 이날, 세 여자는 다음 분기 석 달간의 월세를 미리 내야 한다. 그러지 않으면 집주인에게 방을 빼라는 통보가 날아온다. 그리고 두 번째로 고통스러운 날이 매 분기 중간 달에 있는 관리비 내는 날이다. 두 번째로 고통스러운 이 달의 첫 며칠 동안은 관리실 직원 미스 쩡의 서비스가 유난히 친절해진다. 그달 둘째 주가 시작되면 그녀는 입주민들을 볼 때마다 게시판의 공지사항을 확인하라고 얘기해주고, 셋째 주가 시작되면 관리비를 언제 낼 거냐고 대놓고 묻기 시작한다. 지하주차장에서 곧바로 집으로 올라가는 입주민들은 다행히 그녀의 감시망을 피할 수가 있다. 여러 명이 함께 세 들어 사는 2202호는 관리실의 집중 관찰대상이다. 특히 미스 쩡의 독촉이 제일 집중되는 사람은 바로 2202호의 대표 격인 판성메이다.

판성메이가 며칠째 '가출한' 추잉잉에게 어떻게 연락할지 고민하다가 관리비 납부를 핑계로 추잉잉에게 전화를 했다. 그런데 돌아온 추잉잉의 대답이 그녀를 놀라게 했다. 올 연말까지만 채우고 다른 집을 구해 나갈 생각이니 토요일에 셋이 모여 관리비 문제를 상의하자고 했다.

　토요일 아침 날씨가 제법 쌀쌀했다. 환절기가 되면 판성메이에게 가장 귀찮으면서도 가장 즐거운 일이 찾아온다. 다가오는 시즌에 입을 옷을 꺼내 환기시키고 다림질을 하고 포푸리를 걸어 이케아에서 사온 조립식 옷장에 걸어놓는 일이다. 지나간 시즌의 옷들 중에서 세탁할 것은 세탁하고, 드라이클리닝 할 것은 드라이클리닝 한 다음 잘 개켜서 상자에 넣어야 한다. 좁은 방 덕분에 그녀의 수납 기술은 전문가 뺨치게 훌륭했다. 옷장 정리를 하려면 넓은 공간이 필요하지만 집이 좁아 22층 복도에 옷들을 꺼내놓고 정리해야 했다.

　그런데 이번에는 판성메이가 시무룩했다. 양쪽 집에 부자들이 살고 있기 때문이다. 앤디는 별로 걱정되지 않지만 옷을 다 정리하기도 전에 취샤오샤오가 나와서 이러쿵저러쿵 자신의 옷에 대해 품평을 늘어놓을까 봐 걱정이 되었다. 그렇다고 취샤오샤오가 일어나기도 전에 일어나서 정리를 할 용기도 없었다. 아침잠을 자지 못한다는 건 그녀에게 너무도 가혹한 고통이었다. 그런데 그날 취샤오샤오가 날이 밝기도 전에 차를 몰고 교외로 가서 갓 생산된 고양이 사료를 차에 가득 싣고 돌아올 줄은 판성메이도 예상하지 못했다. 아파트 입구로 들어오는데 마트에서 장을 봐 가지고 돌아오는 앤디와 관쥐얼을 만났다. 취샤오샤오가 냉큼 차를 세우고 나가 두 사람을 가로막았다.

　"SOS! 좋은 일 좀 해. 나랑 저 고양이 사료들을 22층까지 옮기자."

　앤디가 차 안에 가득 실려 있는 고양이 사료를 보고 이상하다는 표정으로 물었다.

　"고양이도 안 키우잖아. 설마 고양이 사료를 간식으로 먹을 생각이야?"

취샤오샤오가 웃음을 터뜨렸다.

"그럴 리가. 날씨가 추워졌잖아. 길고양이들이 먹을 걸 구하기가 더 힘들어질 거야. 내가 2주 동안 우리 단지의 길고양이를 세어봤지. 이 정도 양이면 올겨울은 날 수 있을 거야. 도와줄 거지?"

관쥐얼이 말했다.

"물론이지. 그런데 길고양이를 어떻게 셌어? 난 커다란 흰 고양이 한 마리밖에 못 봤는데."

"아, 그 고양이? 내가 크림파스타라고 이름을 지었지. 발톱도 날카롭고 겁 없는 녀석이야. 다른 녀석들은 사료를 다 옮기고 나서 찾아줄게. 자세히 보면 꽤 많아."

활기가 넘치는 취샤오샤오를 보고 앤디가 말했다.

"나도 구경할래. 고양이들이 네가 주는 사료를 먹을지 모르겠네."

"낄 생각 있으면 사료 값을 절반씩 부담하자. 그 정도는 낼 수 있잖아. 난 내 힘으로 살겠다고 선언하고 나서 가난해졌어. 지출이 초과되면 아빠한테 돈을 빌리기가 힘들 거야."

앤디가 웃었다.

"대놓고 돈을 내놓으라고 하는구나."

세 사람이 엘리베이터 하나를 잡아놓고 번갈아가며 사료를 들어다가 엘리베이터에 실었다. 사료가 트렁크와 뒷좌석을 가득 채울 만큼 많았지만 세 여자가 시끌벅적하게 떠들며 즐겁게 옮겼다.

취샤오샤오가 물었다.

"요즘 잉잉이 안 보이더라. 설마 그 변태랑 아직도 만나?"

관쥐얼이 대답했다.

"집에 안 들어온 지 2주 됐어. 우리가 전부 자길 미워한대."

"그것도 모르고 2주 동안 가슴 졸였잖아. 출장 갔다가 한밤중에 들어올 때도 잉잉한테 잡혀서 맞을까 봐 살금살금 집에 들어갔다니까."

앤디가 웃었다.

"사과 안 할 거야? 별일도 아닌데 털어놓고 얘기하면 편하잖아."

"사과는 무슨? 정의로운 일을 해놓고 왜 사과를 해? 휴, 내가 또 나
서야겠네. 그 남자랑 사귀면 잉잉이 비참하게 당할 거야. 다들 두고
보기만 할 거야? 그 남자 정말 변태라니까. 곱상한 얼굴만 믿고 여자
데리고 노는 거야. 안 되겠어. 강 건너 불구경만 하고 있을 거냐고."

관쥐얼이 말했다.

"문제는 잉잉이 샤오샤오 언니한테 화가 나서 집을 나갔다는 거
야. 우리도 공범이 됐어. 잉잉이 우리랑 말도 안 해. 내가 전화랑 문
자를 수없이 했는데 연락이 안 돼. 연락이 돼야 말리지. 그리고 바이
팀장이 변태라는 걸 증명할 증거가 있어? 증거도 없는데 변태라는
걸 어떻게 믿어?"

"나보다 그 남자를 더 믿는 거야? 보는 눈이 그렇게 없으니 그런
인간 말종을 사귀지. 좋아! 며칠 안으로 증거를 가져올게. 그 정도는
식은 죽 먹기야."

앤디가 엘리베이터의 층 숫자가 바뀌는 것을 올려다보며 웃었다.

"또 뭘 하려고? 출장도 널 지치게 할 순 없구나."

앤디는 반대할 생각이 없는 것 같았지만 관쥐얼은 말렸다.

"다시는 바이 팀장한테 연락하지 마. 언니가 작정하고 유혹하면
어떤 남자가 안 넘어 오겠어? 그냥 잘 사귀게 내버려 둬. 잉잉도 성
인이야. 선택을 존중해줘야지."

앤디가 말했다.

"쥐얼 말이 맞아. 샤오샤오의 일에 참견하지 마."

엘리베이터가 22층에 도착했지만 취샤오샤오는 내릴 생각은 안

하고 웃으며 말했다.

"난 남의 일에 참견하는 게 좋아. 그러니까 길고양이들의 일에도 참견하는 거지."

엘리베이터에서 내리자 판성메이가 현관문을 활짝 열고 옷 정리를 하고 있었다. 복도에 옷이 주렁주렁 걸려 있었다.

취샤오샤오가 호들갑을 떨며 참견을 시작했다.

"이게 다 뭐야? 바자회야? 아울렛이야?"

"시즌이 바뀌었잖아. 옷 정리하는 거야. 복도를 차지해서 미안해. 해마다 해야 하니, 사는 게 참 피곤하네."

앤디는 취샤오샤오의 눈동자 위로 슬슬 파이터 본능이 차오르는 것을 보았다. 이번 타깃은 판성메이인 것 같았다. 앤디가 재빨리 선수를 쳐서 경고했다.

"샤오샤오, 잉잉이 들어오면 또 네 멋대로 행동하지 마. 사소한 일에 목숨 걸지 말라고. 넌 지금 너무 겁이 없어."

영리한 취샤오샤오는 앤디의 말뜻을 곧바로 알아들었다. 그녀는 판성메이를 향해 입을 쭉 내밀며 삐죽거린 뒤 고양이 사료를 옮겼다. 하지만 그녀는 앤디가 무슨 이유로 판성메이를 감싸는지는 알지 못했다.

드디어 취샤오샤오의 고양이 사료를 전부 집 안으로 옮겼다. 앤디가 옷 정리에 여념이 없는 판성메이를 찾아가 웃으며 말했다.

"난 옷을 사러갈 때 카메라를 가지고 가. 점원에게 옷을 코디해달라고 해서 사진을 찍은 다음에 사진을 출력해서 그 옷 주머니에 넣어두지. 그러면 나중에 옷 입을 때나 정리할 때 도움이 돼. 옷이 이렇게 많은데 내 방법을 써보지 않겠어?"

판성메이가 웃었다.

"고맙지만 됐어. 내가 제일 좋아하는 게 거울 앞에서 이 옷 저 옷 입어보는 거야. 코디를 많이 해볼수록 노하우가 쌓이니까. 고수는 믹스매치를 좋아해. 남들은 함께 입을 생각도 못하는 옷들을 매치해서 입는 거지. 그럴 때 진정한 개성을 드러낼 수 있어. 네가 옷 정리를 할 때 내가 새로 코디해줄 테니 사진 찍어놓을래?"

앤디는 이해할 수가 없었다.

"일주일은 7일밖에 안 되고 한 시즌이라고 해봤자 몇 주 안 돼. 그렇게 많은 옷과 코디가 왜 필요해? 사실 난 에티켓에 어긋나지 않을 정도로 옷은 일주일, 스카프는 1~2주 동안 중복되지 않으면 충분해. 그것보다 더 신경 쓸 여유가 없어. 낮에 특이점과 식사를 하기로 했는데 같이 갈래? 장야를 잘하는 식당이래."

"오, 연락한 거야? 어떤 사람이야? 아쉬워서 어쩌지? 잉잉이 관리비 때문에 집에 오기로 했어. 다른 집으로 이사를 가겠대서 잉잉을 기다려야 해."

"진중한 중년 남자야. 내가 상상했던 거랑은 거리가 멀어. 쥐얼이 그날 봤어."

쥐얼이 방에서 쪼르르 달려 나왔다.

"아, 그 남자? 어쩐지 쥐얼이 그날 네가 어떤 남자랑 같이 밥 먹는 걸 봤다고 말하더라. 채팅 친구는 실제로 만나는 순간 생각했던 것과 달라서 실망한다고 하던데, 또 만나는 걸 보니 괜찮았나 봐?"

"특이점은 안전한 사람인 거 같아. 친구로 지내면 괜찮을 것 같아. 식당을 그 사람이 예약했는데, 어디인지 잘 모르겠어서 골치 아파."

앤디가 웃으며 집에 가려는데 판성메이가 물었다.

"이 옷 입을래? 음, 아니야. 성숙해 보이는 옷을 입는 게 좋겠어. 내가 골라줄게. 요즘 여자들은 자신을 기쁘게 해주는 사람을 위해서가 아니라 자기 자신을 위해 꽃단장을 하지."

앤디가 완곡하게 거절하고 집으로 돌아와 간단히 준비하고 집을 나섰다. 길을 헤맬 수 있으니 일찍 출발해야 했다.

잠시 후 취샤오샤오가 옷을 갈아입고 급하게 집을 나섰다. 판성메이에게 참견할 겨를도 없이 허둥지둥 엘리베이터에 올랐다. 판성메이가 내심 안도의 한숨을 쉬었다. 취샤오샤오가 앤디의 말은 잘 듣는 편이었다. 판성메이는 관쥐얼을 붙잡고 특이점에 대해 물어본 뒤 마음속으로 특이점과 앤디 사이의 연결선을 깨끗이 지웠다. 안전한 남자는 번번이 상대에게 "당신은 좋은 사람이에요."라는 말과 함께 완곡하게 거절당하곤 한다.

관쥐얼은 특이점이 어떤 브랜드의 옷을 입고 있었는지는 말하지 않았다. 사람들이 상대를 볼 때 그 사람 자체보다는 그 사람의 자리를 보고 판단하고, 그가 입은 옷의 브랜드가 판단에 영향을 미친다. 판성메이는 더더욱 그렇다.

사실 관쥐얼에게는 그보다 더 큰 고민거리가 있었다.

"잉잉이 집에 와서 우리한테 뭐라고 할까? 아직도 우릴 원망하고 있을까? 내가 잘했든 잘못했든 잉잉에게 사과를 하는 게 나을 것 같아. 잉잉이 밖에 나가서 사니까 걱정돼서 죽겠어."

"잉잉이 원하는 건 누가 잘했는지 누가 잘못했는지가 아니야. 바이 팀장과 동거할 이유 또는 핑계를 찾고 있는 거지."

"잉잉이 바이 팀장과 영원히 함께 살 수 있을까?"

판성메이가 잠깐 생각에 잠겼다.

"누가 알겠어? 연애에서 영원을 바라는 건 도박이야. 쾌락을 추구해야 원하는 걸 얻을 수 있지."

관쥐얼은 판성메이의 말을 곱씹으며 주위의 사례들을 대입해 보았지만 결론을 내릴 수가 없었다. 그녀는 잠시 생각에 잠겼다가 이어 폰을 귀에 꽂고 노래를 들으며 책을 읽었다. 추잉잉이 오면 잘잘못 따지지 말고 사과하기로 마음먹었다. 혈혈단신으로 올라와 하이시에서 열심히 일하고 있는 추잉잉을 그렇게라도 응원해주고 싶었다. 관쥐얼은 추잉잉의 연애 진도가 너무 빠른 점이 항상 불안했다.

판성메이도 걱정되지 않는 건 아니었다. 추잉잉은 오기 섞인 목소리로 뭐든 함께 상의해서 결정할 수 있도록 남자친구와 같이 오겠다고 했다. 추잉잉이 바이 팀장에 대해 말할 때마다 판성메이는 마치 그녀가 시위를 하는 것처럼 들렸다. 추잉잉이 정말로 남자친구가 있다고 뻐기고 으스댄다면 어떻게 대응할지 생각해놓아야 했다.

하지만 약속한 시간이 두 시간을 넘기도록 추잉잉이 나타나지 않았다. 판성메이와 관쥐얼은 기다리다 지쳐 아파트 아래 패스트푸드점에 가서 밥을 먹었다. 다 먹고 올라오니 추잉잉이 집에 와 있었다. 어찌된 일인지 바이 팀장은 보이지 않고 추잉잉의 득의양양하던 기세도 꺾여 있었다. 추잉잉이 눈가에 그렁그렁 눈물을 매달고 두 사람을 쳐다보았다.

판성메이의 의협심이 불끈 치솟았다.

"왜 그래? 무슨 일이야? 울지 마. 밥 안 먹었지? 집에 라면이 종류별로 다 있어. 어떤 라면 먹을래? 말만 해. 내가 끓여줄게."

"잉잉은 샹라뉴러우(香辣牛肉, 매운 쇠고기 라면) 좋아해. 내가 끓일게."

관쥐얼이 주방으로 달려가 냄비에 물을 올렸다. 그런데 물이 끓기도 전에 추잉잉이 자기 방에서 목 놓아 울음을 터뜨렸다. 추잉잉의 흐느낌이 밖으로 새어나왔다. 듣자 하니, 바이 팀장이 추잉잉이 보는 앞에서 여자 세 명이 탄 오픈카에 올라타 가버렸다는 것이었다. 세 여자 모두 부잣집 딸이고 바이 팀장과 만난 지 일주일 된 친구라고 했다. 이번 주에 바이 팀장이 날마다 놀다가 늦게 들어왔는데 추잉잉은 오늘 그 장면을 보고서야 그가 의심스럽다는 걸 인정한 것이다.

관쥐얼은 취샤오샤오의 말을 떠올렸다.

'며칠 안으로 증거를 가져올게. 그 정도는 식은 죽 먹기야.'

취샤오샤오가 의심스럽기는 했지만 확실하지 않은 걸 함부로 얘기할 수는 없었다. 판성메이가 추잉잉을 안고 차분히 달랬다. 잠시 후 관쥐얼이 라면을 들고 들어가 추잉잉에게 말했다.

"고향집에 돌아온 것 같네. 언니가 있어서 다행이야."

추잉잉이 울음을 멈추고 고개를 들었다.

"언니, 그 사람. 그냥 노는 걸 좋아하는 걸까?"

"아니."

"왜?"

"노는 걸 좋아하는 거랑 사람됨은 별개야. 혼동하지 마."

추잉잉이 절망적으로 울부짖었다.

"그럼 난 어떡해! 어떡해!…"

"이런 사실은 일찍 알수록 좋아. 젊을 때 쓰레기 몇 놈 안 만나는 여자가 얼마나 있겠어. 괜찮아. 포기해. 남자는 옷 같은 거야. 그것도 매대에 잔뜩 널린 옷. 울지 마. 뚝."

관쥐얼이 말했다.

"다시 집으로 들어와. 짐 가지러 가자. 그 사람 들어오기 전에 빨리 가서 가져오자."

추잉잉은 한참 망설이며 대답을 하지 못했다.

판성메이가 부드럽게 달랬다.

"뭘 더 기다려? 그러다 회사에서 싸우면 망신이잖아."

추잉잉은 대답하지 않고 울기만 했다.

"나 가슴이 너무 아파."

판성메이가 추잉잉을 꼭 안아주었다.

"나랑 쥐얼이 네 곁에 있잖아."

추잉잉은 30분을 더 흐느끼다가 판성메이와 관쥐얼을 따라 바이팀장의 집으로 갔다. 추잉잉은 멍하니 앉아만 있고 판성메이와 관쥐얼이 그녀의 짐을 챙겼다. 같이 사는 룸메이트들이 방에서 나와 그녀들을 구경했지만 모두 판성메이가 상대했다.

짐을 다 챙긴 후 판성메이는 관쥐얼에게 추잉잉을 데리고 먼저 나가 있으라고 한 후 벽에 걸려 있던 테니스라켓을 휘둘러 방 안에 있는 물건들을 다 부수었다. 남자 룸메이트의 옆을 지나치며 그녀는 도도하게 고개를 들고 말했다.

"내 이름은 판성메이야. 숨길 생각 없어. 내가 방을 저렇게 만들었다고 전해. 흥!"

그녀가 밖으로 나가 한 손가락을 까딱였다.

"얘들아, 가자."

세 여자가 나가고 난 뒤 룸메이트들은 참고 있던 탄성을 내뱉었다.

"후아!"

앤디가 차를 몰고 약속장소로 향했다. 미리 지도를 외워놓았지만 공사 현장에 가로막혀 돌아서 가는 바람에 길을 찾을 수가 없었다. 그녀는 한참 헤매다가 특이점에게 전화를 걸었다.

"미안해요. 길을 잃었어요. 늦을 것 같아요. 택시를 잡아서 앞에서 길을 알려달라고 해야 하는데 여기 빈 택시가 없네요."

"어디에요? 주변에 뭐가 있는지 말해봐요. 내가 길을 알려줄 테니까."

"왼쪽엔 오래된 아파트 단지가 있고 오른쪽엔 상하이12중학교가 있어요. 이 길은 뤼양신루(綠楊新路)고요."

"뤼양신루에서 북쪽으로 가다가 고가도로를 타요…."

"북쪽이 어디에요? 북쪽이 어디 있는데요? 나는 동서남북 구별이 잘 안 되요. 좌회전이나 우회전 식으로 알려줄래요?"

특이점이 웃음을 터뜨렸다.

"내가 잘 아는 길이에요. 12중학교를 등지고 서서 오른쪽 방향으로 가세요. 첫 번째 사거리에서 오른쪽으로 꺾으면 고가도로가 보일 거예요. 전화 끊지 말고 들으면서 와요. 고가도로를 타면 다시 길을 알려줄 테니까."

"오케이, 대충 알겠어요. 그럼 차를 돌려야겠네요. 고마워요."

앤디는 특이점의 안내에 따라 겨우 레스토랑에 도착했다. 특이점이 문 앞에 나와 웃으며 그녀를 맞이했다. 길치라고 자주 놀림을 받는 앤디는 특이점도 자신을 놀릴 거라고 생각했지만 뜻밖에도 그녀의 차가 특이점의 시선을 잡아끌었다. 앤디가 웃으며 말했다.

"좋은 차가 길치를 만나서 고생했죠."

특이점이 미소를 지었다.

"당신은 내가 지금까지 만난 여자 중에 제일 똑똑한 여자예요. 당신이 운전해준 게 이 차에게 영광이죠. 들어가요. 안에서 우연히 친구 몇 명을 만났어요. 불편하지 않으면 합석해도 될까요? 가족들과 같이 왔더군요."

"난 가족적인 분위기는 어색해요. 미안해요."

"그럼 따로 앉아요. 장야를 주문해놨어요. 외국에서는 먹기 힘든 음식들도 몇 가지 주문했고요. 준치 먹어요?"

"가시가 많은 생선이죠? 좋아요. 어렸을 때 먹어 본 적 있어요. 오늘은 내가 사는 거예요."

"아니에요. 식당을 내가 정했고 음식도 내가 주문했으니 내가 사야죠. 내가 안 사면 일부러 골탕 먹인 것 같잖아요. 다음에 직접 식당을 골라서 밥을 사세요."

"안 돼요. 지난번에도 얻어먹었잖아요. 이번엔 내가 살게요."

"난 여자에게 계산을 시킨 적이 없어요. 그리고 여긴 VIP카드로 결제해야 하는 곳이니까 단념해요. 하하."

앤디도 어쩔 수 없었다. 이 레스토랑은 카드를 가진 사람만 입장이 가능한 곳이었고 주차장에는 고급 차가 즐비했다. 특이점이 이곳의 선불식 VIP카드를 가지고 있는 것을 보고 그녀는 그가 경제적으로 여유가 있는 사람이라는 결론을 내렸다. 그녀가 그를 처음 만날 때 가방을 가져가지 않고 차를 두고 가고, 직접 만나기 전까지 핸드폰 번호를 알려주지 않은 것은 모두 낯선 사람에 대한 경계심 때문이었다. 특이점이 지난번에 지하철을 타고 온 것도 그와 비슷한 맥락이었을 것이다. 그녀가 속으로 웃었다. 그녀는 테이블에 앉는 동시에 꽃가루 알레르기가 있다며 테이블에 놓인 꽃을 치워달라고 부탁했다.

주문한 음식이 하나씩 나오고 있는데 특이점의 친구들이 한 사람씩 테이블로 찾아와 다양한 핑계를 대며 말을 걸었다. 특이점과 대화를 나누면서도 시선은 계속 모두 그녀를 향해 있었다. 그녀는 예의상 그들의 시선에 미소로 응대했다. 친구들의 방해가 계속되자 나중에는 특이점이 잠시 자리에서 일어나 친구들이 식사를 하고 있는 룸에 가서 인사를 하고 왔다. 그러고 나서야 훌륭한 음식들을 조용히 먹을 수 있었다. 흑돼지구이, 1킬로그램짜리 자연산 준치, 특제 간장으로 요리한 오리구이, 전복소스로 조린 거위 발, 소송채와 죽순채를 넣은 떡볶음, 다자셰(민물 털게)를 넣은 두부조림 등 모두 맛이 훌륭했다. 게다가 특이점의 음식 소개도 꽤 전문적이었다. 그는 미식에 일가견이 있는 것 같았다. 흑돼지가 더 맛있는 이유, 준치를 약간 얼렸다가 해동하면 자연산인지 양식인지 알아볼 수 있다는 얘기 등 앤디는 처음 듣는 내용이었다. 레스토랑에서 포크와 나이프를 준비해주어 젓가락질이 서툰 앤디도 편하게 잘 먹을 수 있었다. 여자라면 이런 행동을 자제하는 게 좋다는 것도 잊은 채 남은 전복소스까지 빵으로 닦아 먹었다.

"이렇게 맛있는 중국음식은 처음이에요. 미국에서 서양 동료들과 중국음식점에 가면 음식을 주문할 줄도 몰랐어요. 중국 음식은 톈쏸러우(甛酸肉, 탕수육), 쮀쭝탕지(左宗棠鷄, 간장소스닭튀김), 베이징덕, 훈둔(餛飩, 물만두), 볶음면밖엔 없는 줄 알았어요. 젓가락까지 써야 하니까 자주 안 먹게 됐죠. 귀국하고 나서야 맛있는 중국음식들을 먹었어요. 그런데 와, 이 음식들은 정말 맛있네요. 고마워요. 기분 좋게 먹었어요."

말로만 했다면 립서비스일 수도 있지만 앤디 앞에 놓인 접시가 깨끗하게 비워지고 준치소스를 넣은 볶음밥은 밥알 한 톨 남아 있지 않은 걸 보면 진심인 것 같았다.

특이점이 유쾌하게 웃었다.

"앞으로 자주 만나서 맛있는 걸 먹으러 갑시다. 당신이 맛있게 먹는 걸 보니 같이 기분이 좋아요. 난 밖에서 식사를 많이 해서 그런지 어머니가 해주시던 집밥이 제일 그리워요."

"난 고아예요. 중국 음식에 대한 기억은 보육원에서 먹은 것과 대학 때 한 학기 동안 먹은 학교식당 음식이 거의 전부예요. 좋아할 수가 없었죠. 열다섯에 해외교류활동에 뽑혀서 미국으로 유학을 갔어요. 미성년자라 미국인의 집에서 살았죠. 그때부터 양식을 먹기 시작했어요. 보육원에서는 법랑그릇과 알루미늄 숟가락을 하나씩 들고 줄을 서서 밥을 받았어요. 밥 위에 반찬을 얹어줬어요. 거의 채소였고 고기는 얼마 없었죠. 그 기억이 선명하기는 하지만 그립진 않아요. 아, 혹시 놀랐나요?"

"비상한 머리에 놀랐죠. 토론할 때는 날카롭지만 채팅하고 함께 식사를 할 때는 천사 같네요. 단순하면서도 복잡한 사람이라고 생각했는데 이제야 그 의문이 풀리는군요."

특이점의 핸드폰에서 메시지 알림음이 울렸다.

"저쪽 테이블에 있는 한 친구가 포르쉐 판매 사업을 해요. 당신 차를 자기네 매장에서 팔았다는군요. 연초에 주문해서 지난달에 받았답니다."

"사장 차인데 내가 뺏었어요. 미국에 있을 때 사장이 출장 올 때마다 내 차를 타는 바람에 난 번번이 렌트카를 타야 했거든요. 10년 된 친구예요. 박사과정을 졸업하면부터 같이 일했죠. 복잡한 인간관계를 처리하는 데는 천재예요. 물어보고 싶은 게 있어요. 혹시 웨이궈창이라는 사람 알아요? 당신과 같은 성이라서요."

"웨이궈창? 몰라요. 당신과 어떤 사이죠?"

"아, 미국에서는 아는 중국인이 몇 명 안 돼서 성씨가 같으면 가족이나 친척인 경우가 종종 있더라구요. 그래서 습관적으로 물어본 거예요."

특이점은 더 묻지 않고 가방에서 명함을 꺼내 앤디에게 건넸다. 앤디도 자기 명함을 주려고 했지만 명함을 놓고 왔다는 걸 깨달았다.

"내 이름은 앤디예요. 아이디도 본명도 모두 앤디죠. 명함은 다음에 드릴게요."

그녀에게 메시지 알람이 울렸다. 판성메이였다. 추잉잉 대신 바이 팀장의 집을 난장판으로 만들어놓고 왔다며 현장 사진 몇 장을 함께 보냈다. 앤디가 그걸 보고 웃음을 터뜨렸다. 우아한 줄 알았던 판성메이에게 이런 면이 있다니! 앤디가 답장을 보냈다. '네가 좋아 죽겠어.'

스마트폰을 보며 웃는 앤디를 보고 특이점이 물었다.

"방금 전에 뭘 봤기에 이렇게 즐거워해요?"

"나하고 같은 층에 사는 여자들인데, 그중 한 애가 나쁜 남자한테 걸려서 나머지 애들이 그 애를 도와 정의감을 발휘했나 봐요. 특히 판성메이라는 동생이 그 남자 집을 뒤집어놨대요."

앤디가 판성메이가 오늘 한 일을 얘기해주자 특이점이 물었다.

"나쁜 남자라면 그렇게 당하고 가만히 있을까요?"

"가만히 있지 않겠죠. 하지만 성메이도 노련한 인사 담당자예요. 무슨 일이든 잘 처리하죠."

"중국의 젊은 인사 담당자들이 흔히 가지고 있는 문제가 있어요. 지원자들을 직접 면접하니까 자기도 모르게 우월감이 있죠. 외국계 기업처럼 규정을 엄격히 지키는 회사일수록 그런 경향이 강해요. 면접에서 지원자들에게 곤란한 질문이나 상황을 던져주는 경우도 많고요. 회사 직원들이 모두 인사 담당자의 시험을 거쳐서 채용되기 때문에 스스로 회사 전체를 관리한다는 자만심도 제법 강해요. 무례한 얘기일 수도 있지만 특히 젊은 여성 인사 담당자들이 자신을 과대평가하는 경향이 강하죠. 남자 물건을 부수고 온 게 문제가 되지 않을지 한번 물어보세요."

"그러죠."

앤디가 핸드폰을 집어 올리며 웃었다.

"내가 솔직하게 얘기했더니 당신도 드디어 날 솔직하게 대하는군요."

특이점이 메시지를 보내는 앤디를 물끄러미 쳐다보며 엷은 미소를 지었다.

"우리 앞으로 좋은 친구로 지내면 좋겠어요."

앤디가 화사하게 미소 지으며 물었다.

"지금은 아닌가요?"

처음 만나 식사를 한 뒤에도 두 사람은 계속 웨이신으로 대화를 나누었다. 같은 시간에 채팅을 하지는 못했지만 쪽지를 주고받는 횟수가 전보다 더 많아졌다. 앤디는 특이점의 모든 말을 여러 번 곱씹어 생각했지만 그가 자신을 속이고 있다는 생각은 들지 않았다. 물론 특이점은 여전히 속을 알 수 없는 사람이었다. 그는 자신을 솔직하게 드러내지 않았다.

잠시 후 판성메이에게 답장이 왔다.

'어떻게 나오든 대처할 방법이 있지!'

메시지를 읽어주자 특이점이 말했다.

"그렇다면 다행이에요. 이제 뭘 할 건가요? 저녁을 먹으려면 소화를 시켜야 하잖아요?"

"오후에 볼 일이 있어요. 사람을 좀 찾아달라고 부탁해놨거든요."

"내 도움이 필요하면 언제든 말해요. 기꺼이 도울 테니까."

"고맙지만 아직은 아니에요."

앤디가 특이점에게 작별인사를 했다. 특이점은 그녀를 차가 있는 곳까지 데려다주고 차 문을 열어주었다.

앤디가 말했다.

"도움을 청할 일이 하나 있긴 해요. 성메이가 올해 서른 살이에요. 괜찮은 남자를 소개해줄 수 있나요? 요즘 성메이의 최대 관심사가 그거예요. 나이 얘기에 민감하고요."

"기억해둘게요. 당신은 나이 얘기에 민감하지 않나요?"

"앞으로는 날 계속 관찰하지도, 뒤를 캐지도, 떠보지도 말아요. 그럼 이만."

특이점은 떠나는 그녀의 차를 보며 미소를 지었다. 역시 그녀는 똑똑한 여자였다. 특이점이 자신의 뒷조사했다는 걸 눈치채고 부드럽게 경고한 것이었다. 그녀의 추측이 맞았다. 특이점이 조금 전 친구들의 테이블로 갔을 때 앤디의 차 소유주가 누구인지 조사해달라고 부탁했던 것이다. 젊은 여자가 그렇게 비싼 차를 타는 건 흔한 일이 아니었다. 다행히 앤디는 그를 나무라지 않았다.

앤디가 탄쭝밍의 집에 도착했다. 차를 주차한 후 심호흡을 하며 옌뤼밍이 가져온 소식을 받아들이기 위한 마음의 준비를 했다. 그때 관쥐얼에게 전화가 왔다. 갑작스런 벨소리에 앤디가 몸을 들썩이며 놀랐다.

"경찰이 성메이 언니를 잡아갔어. 어쩌면 좋아?"

"어떻게 된 건지 자세히 얘기해봐."

관쥐얼이 울먹이며 말했다.

"바이 팀장이 경찰에 신고했대. 우리 아빠한테 물어보니까 우선 어느 파출소에 있는지 알아보고 잘 아는 사람을 통해서 얘기하래. 근데 나나 추잉잉이나 아는 사람이 있어야지. 언니 혹시 아는 사람 있어?"

"변호사를 찾아볼게. 걱정하지 마."

"아, 샤오샤오 언니가 왔어. 알았어. 연락 기다릴게."

앤디는 조금 전 특이점이 했던 말을 떠올렸다. 그의 말이 맞았다. 나쁜 남자가 이런 일을 그냥 넘어갈 리 없었다.

탄쫑밍과 옌뤼밍이 그녀를 맞이했다. 탄쫑밍의 표정은 평소와 다름없었다. 무의식적인 도피였을까? 앤디는 우선 관성메이 문제를 해결해달라고 부탁했다. 탄쫑밍이 자초지종을 듣더니 웃음을 터뜨렸다.

"별일도 아니잖아. 옌뤼밍, 그쪽으로 아는 사람 있지? 좀 도와줘."

옌뤼밍이 말했다.

"알았어. 지금 갈게. 어느 파출소예요?"

그런데 탄쫑밍을 쳐다보던 앤디의 표정이 급격히 어두워졌다. 그녀의 얼굴에서 갑자기 핏기가 싹 가시고 온몸이 떨리기 시작했다. 손에 들고 있던 핸드폰이 바닥으로 툭 떨어져 서재의 마룻바닥 위로 나뒹굴었다. 탄쫑밍이 옌뤼밍을 흘긋 쳐다보더니 앤디 집 주소를 알려주며 직접 찾아가서 물어보라고 했다. 탄쫑밍이 앤디를 부른 건 옌뤼밍이 그녀의 고향 근처 정신병원을 조사한 결과를 알려주기 위한 것이었다. 작은 핑계로 옌뤼밍이 자리를 피해주게 하려는 탄쫑밍의 의도를 앤디가 모를 리 없었다. 외부인이 자리를 피하게 하는 건 결과가 좋지 않다는 뜻이었다.

얼음주머니의 찬 기운에 앤디가 서서히 안정을 되찾았다. 그녀가 가까스로 힘을 내어 말했다.

"쫑밍, 얘기해."

탄쫑밍이 어두운 얼굴로 책상 위에 있는 파일을 열었다. 그는 앤디의 식은땀을 닦아주고 있던 가사도우미를 내보내고 서재 문을 닫았다.

"정신병원에서 사람을 찾지 못했어. 그런데 옌뤼밍이 그 근처 복지시설을 조사하다가 한 요양원요양원에서 너와 DNA가 거의 일치하는 남자를 찾았어. 너와 혈연관계인 걸로 보여. 이 사진 속의 남자야. 잘생겼어."

"어떻게 요양원에 있지?"

"자라면서 정신지체 성향이 나타나서 가족들이 먼 곳에 버렸다는군. 공안국에서 찾아서 집에 돌려보냈지만 가족들이 다시 어느 요양원에 돈을 주고 맡겼대. 얼마 후부터 가족들이 보내는 돈이 끊겼지만 요양원에서 어쩔 수 없이 계속 데리고 있었던 거야. 성격이 온순하고 기억력이 비상하대. 특히 숫자를 잘 기억한다는군."

다시 앤디의 손이 심하게 떨리기 시작했다. 그녀는 자신이 가진 숫자에 대한 비상한 기억력이 정상이 아니라고 의심하고 있었다. 그 의심이 사실로 입증된 것이다. 앤디가 이렇게 큰 충격을 받을 줄은 탄쫑밍도 예상하지 못했다.

"병원에 가보자."

"싫어. 싫어. 안 갈래. 날 정신병원에 보내지 마."

앤디가 바들바들 떨며 몸을 바싹 웅크려 소파 모퉁이로 파고들었다. 탄쫑밍이 앤디를 와락 품에 안았다. 그는 이것이 두 사람 사이의 신사협정을 위반하는 행동이라는 걸 알고 있었지만 지금은 어쩔 수 없었다.

한참이 지나서야 앤디의 떨림이 잦아들었다. 앤디가 탄쫑밍의 품에 안긴 채 말했다.

"쫑밍, 나도 실성하게 될까?"

탄쫑밍이 단호하게 대답했다.

"그런 일은 없어. 지금까지 아무 문제도 없었잖아."

"하지만…, 우리 엄마도… 나이가 들어서 발병했잖아."

"넌 달라. 뉴욕 같은 복잡한 곳에서도 잘 지냈고 지금 아주 이성적이야. 어머니는 배운 것 없는 시골 처녀였으니 쉽게 이성을 잃었겠지."

"요행을 바랄 수만은 없어. 유서를 작성해야겠어."

"쓸데없는 소리 마!"

"이러고 있을 수는 없잖아. 그럴 순 없어…. 결혼도 해선 안 돼. 남의 인생을 망칠 순 없어. 아이도 낳아선 안 되고. 내 자식에게 이런 병을 물려줄 순 없어. 이 유전자를 내게서 끝내야 해."

"입 다물어. 그만해."

"내 인생은 절대로 행복해질 수 없어…."

앤디는 울음을 터뜨렸지만 탄쫑밍은 오히려 한숨 돌렸다. 앤디가 자기 문제를 속으로 삭이기만 할까 봐 더 걱정했기 때문이다. 그 유전자는 그녀의 머리 위에 달린 다모클레스의 검이었다. 다만 자신은 절대로 행복해질 수 없다는 그녀의 처연한 말에 탄쫑밍조차도 적당한 위로의 말이 생각나지 않았다.

시간이 한참 흐른 뒤 탄쫑밍이 말했다.

"넌 아직 젊어. 왜 포기하려고 해? 미래는 아무도 모르는 거야. 넌 유전자를 물려받지 않은 행운아일 수도 있어. 열심히 살아야 해. 생각해봐. 네 보살핌이 필요한 동생도 있잖아. 네가 동생을 책임져야해. 자포자기하면 안 돼."

"맞아. 돈을 많이 벌어야 돼. 언젠가는 남의 도움 없인 살 수 없을 테니까…. 그때를 위해 돈을 모아야지."

탄쫑밍은 침묵을 지켰다. 한 가지 수수께끼가 풀리자마자 매듭 하나가 또 생겼다. 앤디는 이제 자신이 언제든 정신병이 발병할 수 있다는 암울한 그림자를 안고 살아가게 될 것이다. 미래를 내다볼 수 없는 삶이 행복하길 바라는 건 사치였다.

취샤오샤오는 원래 집에 돌아와 옷을 갈아입고 쉬다가 주말 밤을 즐기러 나가려고 했다. 그런데 22층에 도착해보니 활짝 열린 2202호의 문틈으로 짙고 어두운 기운이 스멀스멀 새어나오고 있었다. 관쥐얼이 전화 통화를 하다가 득달같이 달려 나오더니 취샤오샤오를 계단실로 끌고 가 오늘 있었던 일들을 이야기해주었다. 관쥐얼은 취샤오샤오에게 판성메이를 구할 방법을 같이 생각해달라고 부탁했다.

취샤오샤오는 판성메이가 바이 팀장의 집을 쑥대밭으로 만들어놓았다는 얘기를 듣고 쾌재를 불렀다.

"멋져! 잘했어!"

취샤오샤오가 친구들에게 전화를 걸어 도움을 청하는데 옆에서 듣고 있던 관쥐얼이 말했다.

"변호사를 찾는 거야? 우리 아빠는 그런 말 안 하던데."

"변호사는 무슨. 이건 그놈이 작정하고 복수하는 거야. 피해를 허위로 신고했을 수도 있어. 그런 놈에게 값나가는 게 있을 턱이 있어? 있는 대로 다 뒤집어씌우는 거지. 변호사는 원칙대로 일을 처리하는 사람이고 우린 성메이 언니를 빼내는 게 급하잖아. 그러니까 인맥을 이용해야지, 인맥…."

취샤오샤오가 핸드폰에서 귀국 후에 사귄 친구들의 연락처를 뒤적였다.

관쥐얼은 떨리는 마음이 조금 진정되었다. 추잉잉은 2202호 안에서 자책하다가 한숨짓고, 원망하다가 통곡을 반복하며 넋이 나가 있었다. 추잉잉의 핸드폰이 울렸다. 그녀의 엄마였다.

"아무 일도 없어…. 괜찮다니까…. 못 믿겠으면 와서 봐…. 걱정 마…. 나중에 얘기해줄게…. 그 사람이 나를 차고 다른 여자한테 간 거야…. 피해자는 나야. 그놈이 날 모함한 거라니까…. 더 물어보면 콱 죽어버릴 거야!"

추잉잉이 화를 내며 전화를 끊고 고개를 홱 들었다. 그녀의 눈동자 속에서 애처로움이 싹 걷혔다.

"나쁜 짓을 해놓고 날 모함해? 그놈이 우리 부모님에게 전화해서 내가 날마다 술이나 마시고 여자 있는 남자를 꼬시고 다녀서 참을 수가 없다고 했대!"

"내가 너희 부모님께 전화해서 대신 설명할게. 걱정하지 마시라고 할게. 이런 일 때문에 부모님을 올라오시게 할 수는 없잖아."

추잉잉이 관쥐얼에게 핸드폰을 내어주었다. 관쥐얼이 추잉잉의 부모에게 차분히 설명을 하는 사이에 추잉잉이 씩씩거리며 밖으로 나가 취샤오샤오 앞에 우뚝 섰다.

실전 경험이 풍부한 취샤오샤오는 본능적으로 주위의 자기장이 심상치 않은 걸 느꼈다. 그녀는 고개도 들지 않고 가는 허리를 홱 비틀어 계단실로 달려들어 몸으로 문을 막았다.

"추잉잉! 넌 양심도 없어? 내가 성메이 언니를 도와주고 있는데 날 방해할 생각이야?"

추잉잉이 초점 풀린 눈동자로 말했다.

"아니야!"

"아니긴 뭐가 아니야? 큰소리로 똑바로 얘기해. 네가 모기니?"

"모기는 바로 너지! 너 그 사람이 쓰레기인 거 어떻게 알았어?"

"흥! 이 몸은 경험이 많잖아. 척 보면 알지. 내일 출근하지 않는 게 좋을 거야. 그 쓰레기가 널 망신주려고 기다리고 있을 테니까."

"벌써 우리 부모님한테 전화했대."

"하! 멍청한 건 약도 없다더니. 계좌번호랑 비밀번호까지 다 가르쳐주지 그랬어?"

취샤오샤오의 독설이 다 끝나기도 전에 강렬한 진동이 문짝을 통해 그녀의 등으로 전해졌다. 추잉잉이 분에 겨워 계단실 문을 발로 걷어찬 것이다. 취샤오샤오가 전열을 가다듬고 다시 공격했다.

"그 쓰레기나 발로 차주지 그랬어?"

전화벨이 울렸지만 취샤오샤오는 독설을 멈추지 않았다.

추잉잉이 더 흥분해 문을 부수어버릴 기세로 길길이 날뛰었다. 추잉잉의 엄마와 통화하고 있던 관쥐얼은 안절부절못하고 발만 굴렀다. 밖으로 나가 싸움을 말리고 싶었지만 문 밖의 상황이 심상치 않았다. 만약 육탄전이 벌어지면 그 소리가 전화기를 통해 추잉잉 엄마의 귀에까지 들어갈 것이었다. 관쥐얼이 소리가 들어가지 않게 핸드폰을 손으로 막고 현관문을 닫았다.

관쥐얼은 자신도 놀랄 만큼 훌륭한 말솜씨로 추잉잉의 엄마를 안심시킨 뒤 전화를 끊었다. 전화를 끊자마자 밖으로 달려나가 폭발직전의 추잉잉을 뒤에서 끌어안고 계단실 문에서 떼어냈다.

"왜 이래? 샤오샤오 언니가 또 뭐라고 했어?"

문 뒤에서 취샤오샤오가 말했다.

"뭐라고 하긴! 성메이 언니가 어디에 있는지 찾고 있는데 달려들어서 저러잖아. 쥐얼! 걔 입 좀 막아. 나 전화 받아야 하니까. 멍청하긴. 똥인지 된장인지 분간을 못하니까 당하기나 하지."

관쥐얼이 할 수 있는 거라고는 젖 먹던 힘까지 짜내 추잉잉을 멀리 떼어놓는 것뿐이었다. 관쥐얼이 추잉잉을 2201호 문 앞까지 끌고 갔다.

취샤오샤오가 핸드폰을 들고 계단실에서 나와 관쥐얼에게 물었다.

"그 집 주소가 뭐야?"

관쥐얼이 바이 팀장의 아파트를 알려주었다. 취샤오샤오의 친구가 그곳 관할 파출소를 알아내 전화해보니 과연 판성메이가 그곳에 있었다. 취샤오샤오가 그 파출소로 친구를 불렀다.

관쥐얼이 추잉잉에게 너무 충동적이라고 나무라자 추잉잉이 답답한 가슴을 쥐어뜯으며 외쳤다.

"나한테 왜들 이래!"

취샤오샤오가 멀찌감치 서서 말했다.

"성메이 언니가 있는 곳을 알아냈어. 갔다 올게. 너희는 집에 있어."

관쥐얼과 추잉잉이 동시에 말했다.

"나도 갈래."

"됐어. 그 쓰레기도 있을 거야. 잉잉 너는 가봤자 문제만 커져. 그 자리에서 또 그놈이 하는 말에 홀랑 넘어가서 성메이 언니 피가 거꾸로 솟게 만들겠지. 아니면 그 자리에서 그놈을 걷어차서 일을 더 꼬이게 만들거나. 너처럼 자제력 없는 애는 안 가는 게 도와주는 거야. 쥐얼, 잉잉 좀 붙잡고 있어. 싸돌아다니면서 또 사고치지 못하게."

관쥐얼이 말했다.

"내가 증인인데 가야지."

"법에 대해 쥐뿔도 모르는 애들이 가서 뭣 해? 네 증언을 믿어주겠어? 그냥 집에 있어."

취샤오샤오가 냉큼 엘리베이터를 타고 가버렸다. 관쥐얼은 울고 있는 추잉잉을 달래며 속으로 생각했다. 자기들보다 고작 몇 살 많은 취샤오샤오가 어떻게 저렇게 세상을 훤히 알고 수완도 좋은 걸까? 취샤오샤오는 상황이 닥치자마자 어쩜 저렇게 조리 있게 일을 착착 처리하는 걸까? 관쥐얼은 그때 처음으로 자기처럼 말 잘 듣는 모범생이 꼭 좋은 것만은 아니라는 생각을 했다. 하지만 어떻게 해야 취샤오샤오의 수완을 배울 수가 있을까?

추잉잉은 자기도 따라가서 판성메이에게 힘이 되어주어야 한다고 고집을 부렸지만 관쥐얼은 취샤오샤오의 말이 맞다고 생각해 추잉잉을 나가지 못하게 말렸다. 두 사람이 집 안에서 실랑이를 벌이다가 결국 관쥐얼의 참을성이 한계에 다다랐다.

"어째서 번번이 네 마음대로만 하려는 거야? 남의 말 안 듣더니 일 터지고도 네 멋대로야? 뒷일은 생각도 안 해? 이번엔 내 말 들어! 옛정을 생각해서라도 제발 내 말 좀 들어!"

계속된 질책에 상처를 받은 추잉잉이 바락바락 소리를 질렀다.

"그 인간 죽여버릴 거야! 내 손으로 죽여버릴 거야!"

"너 이러는 걸 보니 역시 안 따라가는 게 맞아."

관쥐얼은 이 일이 언제 끝날지, 추잉잉이 언제 이성을 되찾을지 알 수가 없었다. 멀쩡하던 애가 어쩌다 이렇게 충동적으로 변했는지 정말 이해할 수가 없었다.

잠시 후 누가 찾아와 문을 두드렸다. 부탁을 받고 찾아온 옌뤼밍이었다. 관쥐얼은 추잉잉을 집 안에 가둬놓고 복도에 서서 옌뤼밍에게 자초지종을 설명했다. 옌뤼밍은 세 여자가 바이 팀장의 집에서 뭘 했는지 자세히 물어보았다. 어찌나 막힘없이 전문적으로 물어보는지 관쥐얼은 자신이 정말 죄를 저지른 건 아닌지 혼란스러울 정도였다. 하마터면 자신은 아무것도 훔치거나 빼앗거나 슬쩍 가지고 나오지 않았다고 맹세할 뻔했다. 옌뤼밍은 사무적으로 질문하고 대답을 듣기만 하다가 마지막에는 웃으며 사소한 일이니 걱정할 필요 없다고 말하고 돌아갔다. 관쥐얼은 두근거리는 가슴을 진정시키며 집으로 들어와 추잉잉을 물끄러미 쳐다보았다. 판성메이가 파출소에서 이렇게 질문을 당한다면 하지 않은 일까지 했다고 자백할 것 같았다. 판성메이가 점점 더 걱정되었다. 그녀는 울고 있는 추잉잉을 보며 속으로 한숨을 쉬었다. 어떻게 저 나이가 되도록 반성할 줄도 모르고 앞뒤 안 가리고 소란을 피우는 걸까?

취샤오샤오가 파출소 앞에서 친구들을 만났다. 기세등등하게 들어갔지만 판성메이를 찾을 수가 없었다. 당사자들 모두 현장에 나갔다고 했다. 취샤오샤오는 할 수 없이 파출소에서 기다리기로 했다. 10~20분 기다려야 하는 것도 아닌데 성질 급한 취샤오샤오가 기다리겠다고 하자 친구들이 놀랐다.

"샤오샤오, 너한테도 우정이란 게 있어?"

"그 언니 말이야. 맘에 들진 않아. 짝퉁이나 입는 주제에 자기가 예쁜 줄 알거든. 나이도 많으면서 분수도 모르고 어린 여자 질투나 하고 말이야. 하지만 오늘 한 일은 의리 있고 화끈했어. 여자들이 다 그렇게 할 수만 있으면 이 세상 변태들이 절반은 줄어들 텐데. 그 언니가 좋아서가 아니라 옳은 일을 했으니 도와주는 거야."

"구구절절 설명할 거 없어. 강한 부정은 강한 긍정이지. 네가 언제 그런 사람들을 거들떠본 적이 있어? 뭔가 있는 게 분명해. 너 혹시 성적 취향이 바뀐 거야?"

"이 자식이! 입 닥치지 못해? 넌 오늘 나한테 죽었어."

취샤오샤오가 친구와 티격태격하고 있을 때 경찰차 한 대가 사이렌을 울리며 돌아왔다. 판성메이가 환한 미소를 입가에 걸고 경찰과 화기애애한 대화를 나누며 차에서 내렸다. 털끝 하나 다치지 않았을 뿐더러 공주처럼 여유만만한 걸음걸이로 파출소 안으로 들어갔다. 그와는 대조적으로 바이 팀장이 잔뜩 주눅 든 얼굴로 어깨를 축 늘어뜨린 채 그녀의 뒤를 따라 들어갔다. 취샤오샤오의 도움이 필요 없을 것 같았다. 판성메이가 스스로 일을 해결한 것도 모자라 경찰들과 돈독한 친분까지 쌓은 것 같으니 말이다. 취샤오샤오는 판성메이를 다시 보게 되었다. 생각보다 강단 있는 여자였다. 잠시 후 옌뤼밍이 파출소에 도착했을 때 판성메이는 이미 조서에 서명을 하고 경찰과 악수를 하며 못내 아쉬운 작별의 장면을 연출하고 있었다. 취샤오샤오의 위로조차 필요치 않았다. 판성메이가 차에 오르자 취샤오샤오가 말했다.

"뭣 하러 인사담당자 같은 돈도 안 되는 자리를 붙들고 있어? 나와서 사업하지 그래? 사람을 구워삶는 능력이 뛰어나잖아. 누가 보면 경찰이 언니 가족인 줄 알겠어."

하지만 판성메이에게서 우쭐한 승리감을 찾을 수 없었다. 취샤오샤오의 칭찬에 기분이 좋아지기는커녕 차가 출발하자 울기 시작했다.

"이런 일로 파출소에 끌려간 건 처음이야. 사실 속으로 너무 무서웠어. 쥐얼과 잉잉이 날 빼내지 못해서 구속되는 게 아닌지 겁이 났어. 억지로 아무렇지 않은 척 웃으면서 경찰과 대화를 나눈 거야. 다리에 쥐가 날 뻔했다니까. 정말 무서웠어."

취샤오샤오가 말없이 듣고 있다가 신호대기에 걸리자 차를 세우고 판성메이를 가만히 쳐다보았다. 판성메이의 볼 근육이 아직도 긴장돼서 굳어 있는 걸 보고 그녀가 한숨을 쉬었다.

"휴, 정의의 투사인 줄 알았는데 이제 보니 약해빠졌네. 뭐가 걱정이야? 나도 있고 앤디 언니도 있는데. 게다가 그렇게 교태가 철철 넘치는데 경찰이 유치장에 가둘 수 있겠어?"

판성메이는 취샤오샤오의 빈정거림에 아랑곳하지 않고 눈물만 뚝뚝 흘렸다.

"아까는 홧김에 저질렀는데 파출소에 가서 생각해보니까 핸드폰에 사진 세 장이 있더라고. 앤디에게 자랑하려고 찍은 거지 증거를 남기려고 한 건 아니었어. 핸드폰을 가지고 현장에 가서 비교해보니까 그 쓰레기 자식이 나한테 뒤집어씌우려고 자기 데스크톱이랑 노트북을 부수어놓았더라고."

"뭐? 컴퓨터는 내버려뒀다고? 왜 안 부쉈어? 그럼 거기서 뭘 부수고 온 거야? 이불이랑 베개에 먼지 털어주고 온 거야? 아…, 내가 너무 과대평가했네. 나 같으면 컴퓨터도 부수고 메모리까지 뽑아서 깨버렸을 텐데. 모든 흔적을 다 날려버려야 그놈이 제대로 혼쭐이 나지. 아…, 하나도 안 통쾌해!"

판성메이는 간만에 찾아온 취샤오샤오와의 평화 모드를 틈 타 혼자 파출소에 끌려갔을 때 느꼈던 고독함과 적막감을 토로하고 싶었다. 물론 도도한 취샤오샤오에게 자신의 노련한 일처리 과정도 자랑하고 말이다.

그런데 취샤오샤오가 자신을 나무라자 우울해졌다.

"만약 컴퓨터를 부수면 물어줘야 하잖아. 너한테 그 정도는 껌 값이겠지만 난 아냐. 경찰도 그랬어. 정말로 컴퓨터를 부수었으면 며칠 유치장 신세를 져야 했을 거라고!"

"뭐가 무서워? 더 심하게 부수었어야지! 책상에 칼이라도 꽂고 왔어야지! 무섭게 대해야 겁이 나서 못 덤비는 거야. 그렇게 해놨으면 경찰에 신고하긴커녕 짐 싸들고 야반도주했을지도 몰라. 못 믿겠어? 사람은 원래 약자한테 강하고 강자한테 약한 법이야. 부수는 시늉만 하고 이불이랑 베개나 집어던지고 왔으니 언니를 얕잡아 본 거지. 틀림없이 사실은 허세라는 걸 알고 반격한 거야. 짝퉁 핸드폰에 카메라가 달렸으니 망정이지 안 그랬으면 유치장에서 며칠 살았을 거야. 그러면 또 이 몸이 이런 시시한 일까지 참견해서 꺼내줬겠지. 아까 사업하라고 한 얘긴 취소야. 그냥 인사팀에서 버티고 있어."

판성메이는 반박할 말을 찾지 못했다. 감정만 앞세우는 추잉잉에 비하면 취샤오샤오는 이성적이고 사리 분별을 할 줄 알았다. 그녀는 비아냥을 속으로 삭이며 받아치지 않았다.

"됐어. 일단 지난 일이니까 나중에 다시 손봐주면 되지."

"관둬. 이번에 이불 먼지 털어줬으니 다음엔 옷 먼지 털어주려고? 이런 일은 내가 해야 하는데 갑자기 흥미가 떨어졌어. 그놈은 너무 찌질하고 언니도 너무 바보 같아서, 내가 나설 맛이 안 나네. 차라리 떠돌이 고양이랑 개나 돌보는 게 낫겠어. 이런 시시한 일에 상관하는 것보다 낫지."

판성메이는 가슴이 답답했다. 파출소에서 멋지게 걸어 나왔지만 머릿속은 아직 혼란스럽고 가슴은 아직도 두근거렸다. 취샤오샤오와 말싸움할 기력이 없어 입만 꾹 다물고 있었다. 취샤오샤오도 더 이상 참견하지 않고 아파트 입구에 판성메이를 내려주고는 쌩하니 약속장소로 가버렸다.

판성메이는 파출소에서 나올 때의 당당함은 온데간데없고 기진맥진한 모습으로 집에 돌아왔다. 다행히 엘리베이터에서 내리자 관쥐얼이 번개처럼 달려 나와 그녀를 끌어안았다. 곧바로 추잉잉도 달려 나와 뒤에서 끌어안았다. 추잉잉은 판성메이의 어깨에 머리를 묻고 고맙다는 말만 반복했다. 판성메이의 얼굴에 생기가 되돌아오며 자신감이 회복되었다. 그녀가 추잉잉에게 너그럽게 말했다.

"걱정 마. 이 언니가 있잖아. 하늘 안 무너져."

다음 날 오후 막 일어난 취샤오샤오가 고양이 사료 한 봉지를 들고 나가다가 관쥐얼과 마주쳤다. 취샤오샤오는 어제 일을 다 잊은 듯 고양이들에게 밥을 주러 같이 가자고 했다. 관쥐얼이 취샤오샤오를

따라 내려갔다. 취샤오샤오는 먼저 크림파스타를 보여주고 그다음
에는 취뚱보, 취다섯, 취두리를 차례로 보여주었다. 취씨 집안 고양
이들이 아주 많았다.

관쥐얼이 물었다.

"혹시 법학 공부한 적 있어?"

"아니. 그건 왜 물어?"

"어제 파출소 얘기를 할 때 잘 아는 것 같아서 법학 공부를 한 줄
알았어."

"푸하하. 이 몸이 어릴 적부터 강호를 누비며 패싸움부터 남자 꼬
시기까지 안 해본 게 없단다. 파출소가 뭐 별 거야? 자주 드나들면서
어깨너머로 많이 배웠지."

관쥐얼이 놀란 눈으로 취샤오샤오를 쳐다보았다. 야리야리하고
아름다운 그녀에게서 산전수전 다 겪은 사람의 그늘은 전혀 찾아볼
수 없었기 때문이다.

7

일요일 하루 종일 22층에서 얼굴을 내밀지 않는 두 사람이 있었다. 바로 앤디와 추잉잉이다. 판성메이가 점심을 먹다가 추잉잉의 방문을 두드리며 도시락을 사다주겠다고 했지만 추잉잉은 자기 안에 있는, 사람 볼 줄 모르는 바보를 굶겨 죽여야 한다면서, 개과천선하고 새롭게 다시 태어나기 위해 자신에게 하루 단식이라는 벌을 내렸다고 했다. 판성메이가 문 밖에서 웃음을 터뜨렸다.

"방 안에 쟁여둔 간식들 먼저 내놓지 그래? 안 그러면 우리 몰래 맛있는 걸 먹고 있다고 생각할 거야."

"오늘은 방해하지 말고 내버려 둬. 소란 피운 걸 반성해야 하니까."

추잉잉의 말투가 정상적인 것을 보고 판성메이가 진지하게 물었다.

"내일 어떻게 출근할지 생각해봤어?"

한참 만에 추잉잉의 목소리가 들렸다.

"생각할 게 뭐 있어. 사표를 낼 순 없어. 관두더라도 다른 회사를 구한 다음에 관둘 거야. 안 그러면 영락없이 백수가 될 텐데."

"자꾸 잔소리하는 것 같지만 넌 그 사람 앞에서 항상 저자세였어. 내일 그 사람한테 당하기만 할까 봐 걱정이야. 어제 피해가 컸으니까 그놈 성격에 널 그냥 두진 않을 거 같아. 어떻게 대응할 건지 잘 생각해. 같이 맞서서 싸울 거야? 아니면 참기만 할 거야?"

"언니는 내 친언니나 마찬가지야. 내가 어제 그렇게 소란을 피웠는데도 싫은 소리 한 번 안 하잖아. 정말 고마워. 앞으로 뭐든 언니가 시키는 대로 할게. 맞서 싸우라면 싸울게. 그동안 내가 뭐에 홀렸는지 그 사람이 하라는 대로 다 했지만 앞으로는 안 그럴 거야. 맹세해. 그놈한테 당한 걸 되갚아줄 거야."

"감정이란 게 어디 그러니? 난 네가 억울하게 당하지만 않길 바라. 그럼 다이어트 하는 셈 치고 방에 틀어박혀 있으렴."

판성메이는 2201호의 굳게 닫힌 문은 두드리지 않았다. 앤디가 조금 이상하다는 생각은 했지만 아직은 그렇게 친한 사이가 아니라 방해할 수가 없었다.

창밖에는 투명한 가을 햇살이 쏟아지고 있지만 판성메이의 좁고 어두운 방 안에서는 한 줌 햇살도 느낄 수가 없었다. 그때 판성메이의 핸드폰으로 봄소식이 전해졌다. 저녁을 같이 먹자는 왕바이촨의 전화였다. 판성메이는 전화를 받자마자 샤워를 하고 옷을 갈아입었다. 저녁에 최고의 피부 상태로 나가려면 낮잠을 자야 하나 잠깐 고민하기도 했다.

취샤오샤오와 고양이 사료를 주고 들어오던 관쥐얼은 묻지도 않고 알아차렸다.

"언니 오늘 저녁에 중요한 약속이 있구나?"

집으로 들어가려던 취샤오샤오가 그 소리를 듣고 쪼르르 달려왔다. 취샤오샤오가 머드팩을 붙이고 있는 판성메이를 보더니 자기 머리를 탁 쳤다.

"아, 맞다! 바빠서 2주 동안 마사지숍에 못 갔네."

취샤오샤오가 냉큼 달려가 2201호의 문을 두드렸다. 판성메이가 말리려고 했지만 한발 늦었다.

앤디가 나이트가운을 입고 문을 열어주자마자 취샤오샤오가 속사포를 연발했다.

"머리 한 지 한참 됐지? 머리가 지저분해졌더라. 나랑 같이 가자. 친구들이 잘하는 숍을 추천해줬어…. 설마 아직도 자고 있었던 건 아니지? 깨웠다면 미안해."

"중국 법률을 외우고 있었어. 들어와. 옷 갈아입고 나올게."

들어가 보니 거실 테이블 위에 벽돌처럼 두꺼운 법전과 각종 판례들이 쌓여 있었다. 모두 전문적인 자료들이었다.

"앤디 언니, 이게 다 뭐야? 해상법을 보고 있더라. 언니랑 상관없는 분야잖아."

"변호사들을 몇 명 만났는데 깊이 있는 내용을 모르니까 대화가 잘 안 돼. 깊이 들어가서 질문하면 중국 법률이 원래 그렇다고만 대답하니까. 중국에서는 뭐든 다 내가 공부해야겠어. 스스로 백과사전이 되는 수밖에. 안 그러면 자동차에 기름 넣을 때도 속는다니까. 속는 건 그렇다 쳐도 비싼 돈을 주고도 좋은 걸 살 수 없는 게 문제지. 법률 서비스도 마찬가지야."

"그건 언니가 몰라서 그래. 우리는 변호사의 수준을 따질 때 주로 그 사람의 인맥이 얼마나 넓은지를 보고 결정하지. 재판의 승패는 법정 밖에서 결정돼. 근데, 이러고 나갈 거야?"

취샤오샤오가 출근할 때처럼 정장을 입고 나온 앤디에게 잔소리를 해댔지만 앤디는 갈아입기 귀찮다며 그냥 가자고 했다.

두 사람이 2202호 앞을 지나는데 판성메이가 웃으며 말을 건넸다.

"앤디, 어제 도와줘서 고마워. 이리 와. 뽀뽀해줄게. 얼굴도 비비고."

눈치 빠른 판성메이는 앤디가 다른 데 정신이 팔려 있다는 걸 알았다. 안색도 창백하고 머드팩을 덕지덕지 바른 판성메이의 얼굴이 다가오는데도 피하지 않았다. 판성메이는 앤디의 얼굴에 머드팩이 묻기 전에 슬며시 멈추었다.

"파출소에서 활약이 멋졌다고 들었어. 역시 인사담당자다워."

앤디가 말을 우뚝 멈추고 할 말을 생각하는 것 같더니 고개를 끄덕이고 엘리베이터 앞으로 갔다. 취샤오샤오도 그제야 이상한 낌새를 챘다.

"앤디 언니, 밤에 못 잤어?"

"한숨도 못 잤어."

취샤오샤오가 키득거리며 말했다.

"길 잃어버리지 않게 내 소매 꼭 붙잡고 다녀."

그런데 앤디가 정말로 취샤오샤오의 소매를 붙잡으려고 손을 내미는 것이었다. 취샤오샤오가 까르르 웃어 넘어가자 앤디도 정신이 드는지 멋쩍게 웃었다.

마사지 숍에서 앤디는 아로마오일을 등에 바르기 시작할 때부터 곯아떨어졌다. 취샤오샤오는 심심해서 죽을 지경이었다. 일부러 수다를 떨려고 2인실을 잡았는데 앤디가 자버리는 바람에 마사지사에게 시답잖은 질문이나 던져야 했다. 그녀는 남을 챙겨주는 걸 좋아하지 않았다. 얼굴 마사지를 하는 동안에도 앤디는 잠에서 깨지 않았다. 취샤오샤오는 심심해서 미쳐버릴 것 같았다. 일부러 마사지사에게 흡입기로 앤디의 블랙헤드를 제거하라고 했지만 그 정도 자극으로는 앤디를 깨울 수 없었다. 두 시간이 그렇게 무료하게 지나갔다. 손발 관리를 받을 때는 앤디가 깰 거라는 기대를 아예 접었다. 마지막에 취샤오샤오가 "계산할게요."라고 말하자 마치 그 말이 "열려라 참깨"라도 되는 양 잠자던 미녀가 눈을 번쩍 떴다. 취샤오샤오가 한

155

숨을 쉬었다.

"어젯밤에 도둑질하러 나갔다 왔어? 어떻게 날 내버려두고 곯아떨어질 수가 있어? 심심해서 죽을 뻔했잖아."

앤디가 이상하다는 듯이 중얼거렸다.

"아, 배고파."

어젯밤 그녀는 한숨도 자지 못했다. 고요한 밤 머릿속이 복잡해 아예 잠자기를 포기하고 인터넷으로 각종 자료를 찾았다. 사실 그 자료들은 그녀가 이미 본 것들이었다. 그녀에게는 그저 붙잡을 지푸라기가 필요했을 뿐이다. 불안감을 잠재울 이성적인 무언가가 필요했다. 취샤오샤오가 앤디를 향해 하얗게 눈을 흘기자 앤디가 웃음이 터졌다. 웃고 나니 기분이 조금 가벼워졌다. 하지만 기분이 가벼워진 후 앤디가 처음 한 일은 핸드폰을 꺼내 부재중 전화가 있는지 확인하는 것이었다. 역시 업무 전화가 와 있었다.

취샤오샤오가 잠자코 앤디의 통화를 들었다. 앤디의 일은 취샤오샤오의 관심사이기도 했다. 친구들의 말에 따르면 탄쭝밍이 사업수완이 대단한 사람이라고 했다. 취샤오샤오는 앤디를 통해 그의 노하우를 캐고 싶었다. 앤디의 통화가 끝나자 취샤오샤오가 말했다.

"악질 상사, 남은 잠도 못 자게 일 시켜놓고 자긴 마사지 숍에서 쿨쿨 잘도 자네."

"이 연구원은 일이 서툴러. 내가 귀국하기 전에는 그의 비서들이 매일 여섯 시간도 못 자고 휴일도 없이 일했대. 쥐얼은 평소에는 야근을 해도 휴일에는 한가한 걸 보면 참 신기해."

"쥐얼은 철이 없어. 누가 무슨 얘기를 해도 다 믿잖아. 점잖은 척은 또 어찌나 하는지. 어린 애가 너무 고리타분해. 자기계발에는 왜 또 그렇게 열을 올려? 몸에 힘이 바짝 들어가서 위로 기어 올라가겠다고 기를 쓰는 걸 보면 완전 짜증이라니까. 내가 보기엔 노력을 쓸데 없는 데 낭비하고 있어."

앤디가 웃었다.

"넌 말하는 게 정말 재밌어. 회사에서 쥐얼은 좋은 직원일 거야."

"언니 말이 무슨 뜻인지는 알지만 난 눈에 보이는 대로 얘기하는 거야. 참, 내일 추잉잉이 출근해서 그 쓰레기를 만나면 어떤 장면이 연출될까?"

"모르지. 그래서 사내연애는 끝이 안 좋아. 사업은 잘돼가?"

"모레 외국에서 사람들이 올 거야. 계약도 그날 결판 나."

"계약서에 사인하기 전까지는 계약 조건을 부풀려서 얘기해. 설령 네 조건이 별 볼 일 없다고 해도 그걸 너만이 가진 특별한 조건인 것처럼 포장해야 해. 계약이 성사되고 나서 열심히 하면 되니까. 어차피 회사를 시작했으니 열심히 일할 거잖아."

"어쩐지 반어법처럼 들리는데? 언니랑 그런 얘기는 안 어울려."

"반어법이 아니야."

취샤오샤오가 캐물었다.

"왜?"

"어쨌든 비즈니스니까."

"도덕이니 윤리니 그런 얘긴 안 해? 언니는 그럴 줄 알았는데."

"비즈니스에서 윤리란 법을 위반하지 않는 범위 내에서 서로 공평하게 경쟁하는 거야. 내가 쥐얼을 좋은 직원이라고 하는 이유가 바로 그거야. 쥐얼은 스스로 정한 틀이 많아. 무슨 일을 하든 미리 생각한 틀에 따라 진행하니까 제약이 많지. 하지만 어떤 것들은 다른 쪽으로 전혀 생각을 못해서 창의성은 기대할 수 없어. 하지만 넌 달라. 순진한 척 나한테 왜냐고 묻지 마. 넌 아마 네 회사를 이미 세상에 하나밖에 없는 회사로 포장했을 테니까. 넌 초보니까 그런 포장이 필요해. 강아지풀이면서 장미라고 거짓말 하지만 않으면 돼."

"하하! 이래서 내가 언니를 좋아한다니까. 우리 아빠가 자주 하는 말이 있어. 비슷한 사람들과는 우열을 가리고 바보들과는 일을 논하지 마라. 22층에서 언니가 제일 똑부러져."

"비슷한 사람들과는 우열을 가리고 바보들과는 일을 논하지 마라. 우리 생활에는 수많은 분야가 있어. 머리가 좋지 않아도 어떤 분야에서는 전문가가 될 수 있는 사람들도 있어. 어떤 조건에서는 뉴턴의 역학이 절대적인 것처럼 말이지. 그러니까 상대와 어떤 화제를 가지고 얘기를 나누느냐가 중요해. 물론 바보들과 논하지 말아야 할 화제들도 있지만 말이야."

취샤오샤오는 말문이 막혔다. 앤디의 말을 알아들을 수가 없으니 앤디 앞에서 꿀 먹은 바보가 될 수밖에 없었다. 취샤오샤오가 요리조리 화제를 돌려 이 얘기 저 얘기 해댔다. 앤디가 얘기를 길게 나누는 분야가 바로 자신이 재능이 있는 분야이고, 앤디가 짧게 얘기하면 자신은 그 분야에서 바보인 셈이기 때문이다. 식사가 끝날 무렵 취샤오샤오는 자신이 모든 면에서 온전한 바보라는 결론에 도달했다.

왕바이촨이 아파트 입구로 판성메이를 데리러 왔다. 원래는 판성메이가 조금이라도 덜 걷게 하려고 그녀가 사는 동 앞까지 데리러 오려고 했지만 판성메이가 허락하지 않았다. 그녀가 튕길수록 왕바이촨은 그녀가 오르기 힘든 나무인 것 같아 고등학교 시절 짝사랑하던 간절함이 새록새록 커졌다. 고등학교 시절 판성메이는 거절은커녕 그를 투명인간 취급했다. 그는 판성메이를 만나자마자 새빨간 장미 한 다발을 건넸다.

오늘 왕바이촨은 캐주얼한 옷차림이었다. 딱 봐도 명품이었다. 자동차는 지난번과 같은 BMW에 손목시계도 지난번과 같은 롤렉스였다. 판성메이의 버킷리스트에 들어 있는 브랜드는 아니지만 충분히 만족스러웠다.

두 사람은 훌륭한 저녁 식사를 했다. 말재주가 좋은 두 사람의 대화는 두 시간 반 동안 화제가 마르지 않았다. 식사가 끝나자 판성메이가 내일 아침에 출근하려면 일찍 자야 한다며 집에 가겠다고 했다. 왕바이촨이 머뭇거리며 말했다.

"부탁할 게 있어. 나한테 좀 번거로운 일이라 너한테 도와달라고 해야 할지 계속 망설였어."

"난 돌려 말하는 게 제일 싫어. 단도직입적으로 말해."

"하이시에서 사무실이랑 아파트를 구하려고 해. 지난번에 널 만나고 나서 하이시로 진출하기로 마음먹었어. 그런데 난 어디에 구해야 하는지, 시세는 어떤지 아무것도 모르잖아. 네가 하이시에 대해 잘 아니까 날 좀 도와줬으면 좋겠어."

"난 또 뭐라고? 심각한 얘긴 줄 알고 식겁했잖아. 좋아. 도와줄게. 원하는 조건부터 얘기해."

왕바이촨이 종이 한 장과 봉투 하나를 건넸다.

"사무실에 대해 원하는 조건들을 다 적어놨어. 조건이 복잡해서 미안해. 하지만 아파트는 아무래도 괜찮아. 너희 집에서 가까운 곳이면 돼."

판성메이가 입을 삐죽 내밀고 웃으며 종이를 들여다보았다. 조건이 정말로 많았다. 그녀는 찬찬히 몇 번이나 읽어본 후 자신 없는 말투로 말했다.

"찾아보고 일주일 내로 연락 줄게. 이건…."

그녀가 봉투를 만지며 의아한 표정으로 왕바이촨을 쳐다보았다.

"5만 위안이야. 집을 구하려면 돈이 필요할 텐데 네 돈을 쓰게 할
수는 없잖아."

판성메이가 웃으며 봉투를 가방에 넣었다.

"좋은 집을 선점하려면 급하게 계약금이 필요하긴 하지. 좋아. 그
럼 받을게. 또 할 얘기 있어?"

왕바이촨은 시간이 멈추길 바랐지만 하는 수 없이 우물쭈물하며
밥값을 계산했다. 판성메이를 바래다주는 차 안에서 왕바이촨이 말
했다.

"늦은 시간에 집에 혼자 보내면 걱정돼. 집 앞까지 데려다줄게. 집
안으로는 한 발짝도 안 들어가겠다고 맹세해."

"걱정 마. 늘 혼자 들어가는걸. 단지 관리가 잘 돼서 괜찮아."

"너 같은 애가 왜 아직 혼자인지 모르겠어. 하긴…, 이해가 안 되는
건 아니야. 네가 너무 완벽해서 남자들이 감히 넘보지 못하겠지."

판성메이가 운전하고 있는 왕바이촨을 보다가 조수석 창밖으로
시선을 돌렸다.

"난 평범한 회사원이야. 비행기 태우지 마."

"빈말 아니야."

왕바이촨의 단호한 대답이 판성메이의 가슴을 흔들었다. 멀지 않
은 길이라 몇 마디 나누지 않았는데 아파트 앞에 도착했다. 판성메이
가 꽃다발을 들고 차에서 내렸다. 그녀는 왕바이촨과 1분쯤 마주 보
고 서 있다가, 또 1분쯤 말없이 고개 숙이고 미소를 짓다가 아파트
안으로 들어갔다.

집에 들어설 때까지 그녀의 입가에서 미소가 가시지 않았다. 추잉
잉은 여전히 방에 틀어박혀 있었고 관쥐얼은 그녀의 손에 들린 장미

꽃다발을 보았다. 판성메이가 2202호로 이사 온 후 가장 자랑스러운 순간이었다.

하룻밤 사이에 집 안 곳곳에 빨간 장미가 피어났다. 관쥐얼이 제일 먼저 일어나 보니 가스레인지 옆에 한 병, 화장실 세면대 옆도 한 병, 세 사람이 함께 쓰는 유일한 접이식 식탁에도 한 병씩 장미꽃이 놓여 있었다. 아침부터 아름다운 꽃을 보니 기분이 좋았다. 그런데 관쥐얼이 무슨 생각이 들었는지 아무도 일어나기 전에 장미들을 모두 자기 방으로 옮겼다.

판성메이가 일어나보니 장미들이 보이지 않았다. 관쥐얼의 방 문틈으로 장미꽃병 세 개가 나란히 보였다. 관쥐얼은 조깅을 하러 나간 것 같았다. 판성메이는 꽃병들을 원래 있던 자리에 가져다놓았다. 장미를 볼수록 기분이 좋았다. 그녀는 씻는 것도 미루고 손에 물을 묻혀다가 장미 위에 뿌렸다. 관쥐얼의 침실 창을 통해 들어온 아침 햇빛이 열린 방 문 사이로 새어나온 뒤 좁은 복도를 지나 희미하게 남은 몇 가닥만 장미 위로 비쳤다. 판성메이가 전등을 껐다. 그 순간 주방에 흑과 백 두 가지 색만 남고 가스레인지 위의 장미 두 송이가 흑백 세상에 유일한 색채가 되었다.

그때 추잉잉이 밖으로 나왔다. 판성메이가 팔짱을 끼고 벽에 붙어 길을 터주며 도도하게 말했다.

"아름다운 꽃도 빛과 그림자가 필요하구나."

"검붉은 핏방울 두 개네."

추잉잉이 판성메이 옆을 지나쳐 화장실로 들어갔다. 세면대 위에 또 핏방울 같은 장미가 있었다. 추잉잉은 더 우울했다. 그 순간 교만심에 흐려졌던 판성메이의 판단력이 제자리를 찾았다. 판성메이는 관쥐얼의 방에서 장미를 가지고 나온 것이 후회스러웠다. 주방에 있는 꽃병 두 개를 자기 방으로 가져다놓았지만 추잉잉에게 사과할 생각은 없었다.

잠시 후 추잉잉이 화장실에서 나왔다.

"장미는? 가지고 들어갔어? 어제 그 남자한테 받은 거야?"

판성메이가 아무 일도 아니라는 듯 말했다.

"응, 사무실 구하는 걸 도와달라면서 장미를 주더라."

"생각해보니까 바이팀장에게 난 장미 한 송이조차 못 받았어. 사랑은 정신적인 거라지만 장미 같은 걸로 조금은 표현할 수 있잖아. 빌어먹을. 난 정말 바보야."

판성메이가 불을 켜고 추잉잉의 안색을 살폈다.

"미안해. 일부러 그런 건 아니야."

"그게 무슨 소리야. 다른 사람도 아니고 어떻게 언니한테 화를 내겠어? 언니는 내 가족이야. 언니가 날 싫다고 하지만 않는다면. 장미 두 송이만 줘. 독은 독으로 치료해야지. 그걸 보면서 정신을 차릴 거야."

"그래. 가져가."

판성메이가 미심쩍은 눈으로 추잉잉을 쳐다보았다. 백전노장의 그녀는 추잉잉이 아무렇지 않은 척해도 그렇게 금세 우울함을 떨칠 수 없다는 걸 알고 있었다. 그녀는 어젯밤부터 희열에 도취되어 있던 마음을 가다듬었다. 언니 노릇 하기가 쉬운 일이 아니었다. 하지만 판성메이의 마음속에는 환희의 물방울이 퐁퐁 날아다니고 있었고 그걸 굳이 억누르고 싶지도 않았다. 그녀는 서둘러 준비를 마치고 집을 나섰다. 밖에서는 실없이 웃고 다녀도 아무도 뭐라고 할 사람이 없었다. 판성메이가 현관문을 열고 나가며 안에다 대고 외쳤다.

"잉잉, 나 먼저 간다!"

잉잉의 방 안에서 비틀어 짜낸 목소리가 들렸다.

"응! 열심히 일해!"

앤디는 아침 식사를 마치고 2202호로 관쥐얼을 데리러 갔다. 문이 열리고 추잉잉이 쪼르르 튀어나왔다.

"나도, 나도! 나도 같이 가. 고마워, 언니."

추잉잉이 손에 핸드폰을 쥐고 바쁘게 뭘 하고 있었다.

앤디가 물었다.

"뭐 하는 거야?"

"내 웨이신 농장에서 채소 수확할 시간이 됐어. 수확하지 않으면 누가 훔쳐가잖아…."

알아듣지 못하는 앤디에게 관쥐얼이 설명했다.

"얘가 하는 농장 게임 얘기야. 채소 수확 시간을 아침 출근 시간에 맞춰놓았거든. 지하철에서 심심하니까 게임이나 하는 거지. 오늘은 언니 차를 타고 가려고 조금 늦게 출근하는 거고."

앤디는 추잉잉의 성격을 이해할 수가 없었다. 남자 때문에 소란을 피운지 얼마나 됐다고 아무 일 없는 것처럼 신나게 잘 살고 있다. 앤디는 그녀를 어떻게 정의해야 할지 알 수가 없었다.

"쥐얼 너도 게임 해?"

"며칠 해봤는데 시간 낭비인 것 같아서 그만뒀어. 수확한 걸 도둑 맞지 않으려고 밤에 자다가도 열어본다니까."

"하하! 게임한 지 며칠 만에 웨이신 닉네임을 수면부족녀로 바꿨잖아. 너 같은 약골은 이런 거 못해."

추잉잉은 게임에 여념이 없으면서도 놓치지 않고 대화에 끼어들었다. 놀라운 멀티태스킹 능력이었다.

추잉잉이 끼자 출근길이 시끌시끌해졌다. 추잉잉이 채소 수확을 마치고 앤디에게 말했다.

"언니, 핸드폰에 웨이신, 웨이보, 메일 연동시켰어? 안 했으면 내가 설정해줄게. 2202호 핸드폰은 전부 다 내가 설정해줬거든. 회사 동료들 핸드폰도. IP를 우회해서 차단 사이트도 접속하게 해줄 수 있어."

앤디가 뒷자리에 앉은 추잉잉에게 핸드폰을 건넸다.

"그래. 웨이신 연동시켜줘."

추잉잉은 앤디의 핸드폰이 새로 나온 최신형 아이폰인 걸 보고 다시 돌려주었다.

"이건 안 써봤어. 이따가 인터넷 검색해보고 내일 해줄게."

"그냥 핸드폰을 좋아하는 거야, 아님 전공이 그쪽이야?"

"이런 건 상식이라고 생각해. 사실 핸드폰 앱은 그냥 많이 써봐야 돼. 핸드폰은 배우려고 할수록 더 못하게 되거든. 과감하게 덤빌수록 더 쉬워지는 거고."

관쥐얼이 웃었다.

"잉잉 허풍치는 것 봐. 가끔 핸드폰 하나 때문에 이틀 사흘씩 머리 싸매고 있으면서. 핸드폰에 네 시간을 얼마나 낭비하고 있는 줄 알아?"

"흥! 그런 재미로 하는 거야. 숨겨진 기능을 찾아내는 거 말이야. 안 쓰던 기능을 쓰는 게 얼마나 재미있는지 너는 이해 못 할거야."

"설명서 있잖아. 설명서는 볼 줄 알아."

"핸드폰 설명서를 쓴 사람은 분명히 전생에 스파이였을 거야. 더듬더듬 알려줄 듯 말 듯 애매하게 써놓잖아. 못 믿겠으면 설명서를 보면서 앤디 언니 핸드폰을 설정해봐. 하루 안에 끝낼 수 있는지 내기할래? 웨이신 설치하고 IP 우회하는 것만 해내면 네가 이긴 걸로 해줄게."

관쥐얼과 추잉잉이 티격태격하는 걸 보며 앤디는 웃음이 터졌다. 사소한 일에 저렇게 진지할 수 있다니.

추잉잉의 회사에 거의 다다를 때쯤 관쥐얼이 말했다.

"잉잉…, 내 도움이 필요하면 언제든 전화해. 20분 내로 달려갈게."

추잉잉이 시무룩해졌다.

"그 얘긴 안 꺼내면 안 돼?"

"유비무환이야."

앤디도 한마디 거들자 추잉잉이 말했다.

"나도 다 생각이 있어. 나 혼자서 할 수 있어. 시험 말고는 아무것도 무서울 게 없어! 좋아. 한 번 더 힘을 내자. 추잉잉, 파이팅!"

뒷자리에서 픽 하는 둔탁한 소리가 나더니 추잉잉이 아파 죽겠다며 손을 감쌌다. 추잉잉이 팔을 휘두르며 맹세를 하다가 천장에 손을 부딪친 것이었다. 앤디는 차에서 내리는 추잉잉을 이해할 수 없는 시선으로 쳐다보았다.

추잉잉이 회사 로비로 들어서는데 공교롭게도 바이 팀장과 마주쳤다. 두 사람이 한 엘리베이터를 타게 될 것 같았다. 추잉잉은 걷는 속도를 유지할지, 일부러 느리게 걸어 다음 엘리베이터를 탈지 고민하다가 원래의 걸음걸이를 유지했다. 그런데 엘리베이터 문이 닫히고 위로 올라가며 보니 바이 팀장이 타지 않은 것이었다. 변태들이 지질한 겁쟁이라더니 그 말이 맞았다. 추잉잉은 조금 실망했다. 바이 팀장과 좁은 엘리베이터에서 마주치는 장면을 기대했기 때문이다. 자신이 똑바로 그를 응시할 때 그가 어떤 반응을 보일지 궁금했다.

그렇다. 용감하게 그를 똑바로 쳐다보며 그의 눈 속에서 답을 찾고 싶었다. 그가 바람둥이인지 변태남인지 알아낼 기회를 그가 피해 버린 것이었다.

추잉잉이 시무룩하게 일을 시작했다. 그런데 하필이면 그녀의 부장이 지출청구서를 작성해 재무팀에 제출하라고 지시했다. 저녁에 출장을 가야 한다며 급하게 처리하라고 했다. 그녀가 작성한 청구서를 결재해주는 사람이 바로 바이 팀장이었다. 원수를 외나무다리에서 만난 것이다.

생각해보면 엘리베이터에서는 피할 수 있었지만 청구서 결재는 피할 수 없으니 바이 팀장의 반응을 지켜보기에 적당한 기회였다. 추잉잉은 자신이 변태남을 사랑했었다는 걸 인정하고 싶지 않았다. 그가 비록 변태짓을 했지만 말이다.

추잉잉은 청구서를 작성해 재무팀에 제출한 후 초조하게 기다렸다. 평소에는 한 시간쯤 걸릴 일인데 두 시간이 되도록 결재 받으러 오라는 연락이 없었다. 재무팀에 직접 찾아갔지만 바이 팀장이 자리에 없었다. 재무팀 직원은 바이 팀장이 청구서에 문제가 있다고 결재를 미루고 있다면서 바이 팀장이 돌아오면 물어보라고 했다.

"우리 부장님이 저녁에 출장을 가신대요. 아까 얘기했잖아요."

"팀장님이 결재를 안 해주는데 난들 어쩌겠어요? 바이 팀장님이랑 친하니까 직접 전화해서 물어봐요."

시무룩하게 자리로 돌아온 추잉잉이 부장실을 흘끔거리다가 책상을 꽝 치며 용기를 냈다.

'그깟 전화 걸면 되지! 누가 무섭대?'

추잉잉이 바이 팀장에게 전화를 걸었다.

"청구서에 결재해달라니까 어떻게 된 거예요? 우리 부장님이 오늘 저녁에 출장을 가야 해서 급하게 돈을 받아야 된다고요."

"청구서가 잘못됐어. 누가 연필로 작성하래? 연필로 작성하면 세무조사에 걸려. 식비 영수증도 문제가 있어. 회사에 들어가서 다시 얘기해."

"지금 어딘데요? 언제 들어와요?"

"그걸 왜 너한테 보고해야 돼?"

바이 팀장이 전화를 끊어버렸다.

일부러 골탕 먹이려는 수작일까? 추잉잉이 부장을 찾아가 얘기하자 부장이 화를 냈다.

"날마다 회사에 앉아 있으면서 재무팀이랑 친하게 지내지도 않고 뭐 했어?"

추잉잉은 아무 말도 하지 못했다.

부장이 직접 전화를 걸자 바이 팀장이 공장에서 재고 조사를 끝내고 오후에 회사에 들어오겠지만 청구서가 퇴근 전에 집행될 수 있을지는 장담할 수 없다고 했다.

추잉잉은 초조하게 기다릴 수밖에 없었다. 바이 팀장이 들어와서 또 무슨 트집을 잡아 자길 괴롭힐지 걱정이 됐다.

오후 3시가 넘어서 바이 팀장이 돌아오자 재무팀 직원이 몰래 추잉잉에게 전화를 걸어 알려주었다. 추잉잉이 급하게 바이 팀장을 찾아갔다. 바이 팀장이 고개도 들지 않고 눈꺼풀만 추어올려 찬찬히 청구서를 살펴보더니 추잉잉에게 휙 던졌다.

"연필자국 지우고 지출사유도 적어. 세 번째 페이지에 있는 식비 영수증이 가짜인 거 같아. 부장님한테 가서 다시 발급받아올 수 있는지 물어봐."

터무니없는 이유가 아니라 추잉잉도 어쩔 수가 없었다. 그녀는 자리로 돌아와 지출사유를 써넣고 부장에게 얘기했다. 부장이 시간을 보더니 화를 내며 추잉잉이 일처리를 못한다고 나무랐다. 추잉잉은 꾹 참고 청구서를 다시 작성해 바이 팀장에게 갔다.

그런데 바이 팀장이 이번에도 청구서를 집어던지는 것이었다.

"이게 뭐야? 숙박일수가 규정을 초과했는데 왜 아무 설명도 없어? 청구서 작성하는 게 자기 업무인데 그런 것도 몰라? 다시 해 와."

"이런 적 없잖아요. 지난 회의 때 지출을 실비로 청구하기로 얘기했잖아요."

"재무팀은 회사 규정을 엄격하게 지켜야 돼. 회의 때 그런 얘기를 했으면 회의록을 가져와. 나보고 사적으로 일처리를 하라는 거야?"

추잉잉이 자리로 돌아가 회의록을 뒤졌다. 하지만 다급해진 부장이 부장실 안에서 큰소리로 외쳤다.

"다 됐어, 안 됐어? 어떻게 된 거야?"

추잉잉이 사실대로 얘기하자 부장이 노발대발 화를 냈다.

"도대체 일처리를 어떻게 하는 거야? 어떻게 점점 더 일을 못 해? 이런 거 하나 제대로 못 해? 도대체 어떻게 된 거야?"

상사의 쏟아지는 질타에 마지막 남아 있던 추잉잉의 인내심도 사라졌다. 그녀는 회의록도 찾지 않고 화가 머리끝까지 치밀어 바이 팀장을 찾아갔다.

"일부러 날 괴롭히는 거 알아요. 지금까지 하던 대로 청구할 거예요. 결재할 거예요, 말 거예요?"

"난 회사 규정대로 일을 처리하는 거야. 결재 못 해주겠다면 어쩔 건데? 하하! 웃겨 죽겠군."

"일부러 괴롭히는 거죠? 회의록을 찾아오면 또 다른 트집을 잡을 거잖아요. 안 그래요?"

"괴롭힌다고? 당연하지. 너랑은 진작에 볼 장 다 봤으니까. 하하!"

추잉잉은 바이 팀장님의 말 속에 담긴 뜻을 알아듣고 피가 거꾸로 솟았다. 그녀가 팀장실을 뛰쳐나가 고래고래 외쳤다.

"부장님! 고발할 게 있어요. 바이 팀장이 사적인 일을 복수하려고 결재를 안 해준대요. 날 따라다니는 걸 거절하니까 회사에서 지급한 노트북을 깨부수고 내 친구가 부쉈다고 경찰에 신고했어요! 그것 때문에 그저께 한밤중까지 파출소 유치장에 있다가 나왔다니까요. 파출소 전화번호 알려줄 테니까 전화해서 물어보세요. 그뿐인 줄 아세요? 공장 직원이랑 짜고서 자기 밥값을 공장 접대비에 끼워 넣어서 돈을 받았어요. 10월 13일에 밍샹(鳴湘)식당에서 먹은 거, 10월 17일에 피자헛에서 먹은 거. 그저께 나한테 푼돈은 대충 꿍쳐도 아무도 모른다고 자랑했어요!"

추잉잉이 전 직원이 다 듣도록 고래고래 소리쳤다. 다른 부서 사람들까지 귀를 쫑긋 세우고 기웃거렸다.

"미쳤군! 헛소리 작작해! 내가 언제?"

바이 팀장이 펄쩍 뛰며 부인했지만 그의 낯빛이 창백했다.

"영수증하고 컴퓨터 확인해보면 다 밝혀질 거예요. 난 죄 없는 사람을 모함하지도 않지만 벌레 새끼를 용서할 수도 없어요!"

추잉잉은 볏을 바짝 세운 수탉 같았다. 그녀는 겁에 질린 바이 팀장의 표정을 보며 흔들리지 않고 속으로 강해져야 한다며 용기를 냈다.

"부장님, 헛소리하는 거예요. 비리 저지르는 걸 덮어달라면서 몸까지 준 여자예요! 저런 꽃뱀이 하는 말 믿지 마세요!"

"그래! 이 변태 자식아! 넌 나랑도 자고 네 엄마랑도 자고 네 할머니랑도 잤다며! 3대가 서로 가릴 것 없이 붙어먹었지! 콩가루 집안!

더러운 패륜 집안!"

추잉잉은 꼭지가 열려 이미 생각이라는 걸 할 수가 없었지만 가만히 있을 수도 없었다. 본능적으로 바락바락 악다구니를 쓰며 할 말 못 할 말 다 쏟아냈다. 어쨌든 멈출 수 없었다. 바이 팀장의 입을 틀어막겠다는 생각뿐이었다. 어디서 그런 용기가 튀어나왔는지 그녀 자신도 알 수가 없었다. 구경꾼들은 남의 사생활 얘기에 낄낄거리며 쑤군거렸고 비웃는 시선은 모두 바이 팀장에게로 쏠렸다.

동료가 달려와 추잉잉을 억지로 끌고 재무팀에서 나왔다. 나이가 지긋한 여자 팀장까지 달려와서 그녀를 진정시켰다. 추잉잉은 그제야 눈물이 왈칵 터졌다. 억울해서 미칠 것 같았다. 사람들은 그녀가 바이 팀장에게 당한 모멸감 때문에 운다고만 생각했지 그녀에게 다른 이유가 있다는 건 알지 못했다. 사실 그녀의 눈물은 그 남자가 어떤 사람인지 확인하고 난 뒤에 흘리는 절망의 눈물이었다.

친한 동료가 그녀를 달랬다.

"잉잉, 화풀이했으면 됐어. 울지 마. 재무팀에서 장부 조사한다니까 곧 결과가 나오겠지. 여자들은 그저 그런 인간 말종과 엮이질 말아야 돼. 너한테까지 불똥이 튀었잖아. 안 좋은 소문도 돌고. 평생 따라다닐 텐데. 앞으로 또 이런 일 있으면 참아. 그런 놈들은 언제가 됐든 크게 당할 거야."

"내 힘으로 해결할 수 있어. 나 그렇게 만만하지 않아. 부장님이 출장가야 하는데 청구서 결재를 안 해주잖아. 그러니 내가 속이 안 타겠어? 그러다가 부장님이 출장을 못 가면 어떻게 해? 그놈이 먼저 시작했으니 어쩔 수 없이 맞선 거야. 재무팀에 가서 빨리 청구서 처리해달라고 해. 사장님 퇴근하시기 전에 결재 받아야 돈을 받지. 난 괜찮아. 안 죽어. *끄떡없어.*"

"휴, 큰소리치긴."

동료가 나갔다. 그때 소란의 원인 제공자인 부장이 지나가다가 그녀들의 대화를 듣고는 말없이 어디론가 가버렸다.

퇴근 시간에 앤디가 관쥐얼과 추잉잉에게 전화를 걸어 언제 퇴근할 건지 물었다. 관쥐얼은 오늘도 역시 야근이었고 추잉잉은 홀쩍이며 정시에 퇴근할 거라고 했다.

앤디가 물었다.

"혹시 그 쓰레기가 널 괴롭혔어?"

"응. 그래서 제대로 갚아줬어."

"내가 가서 도와줄까?"

"아니야. 나 혼자도 할 수 있어. 정시에 퇴근할 거야. 일 다 끝났어."

추잉잉이 책상을 정리하고 퇴근 준비를 하고 있는데 인사팀에서 전화가 왔다. 할 얘기가 있다는 것이었다. 그녀는 순간 멍해졌다. 공격에만 집중하느라 자신을 보호해야 한다는 걸 잊었던 것이다.

인사팀으로 들어가자 인사팀 부장이 직접 그녀와 면담을 했다. 용건은 간단했다.

"오늘 발생한 일로 회사에 해를 끼쳤으므로 추잉잉 씨를 당분간 정직시키기로 결정했습니다. 동시에 바이 팀장의 모든 직무도 중단되었습니다. 이 일을 투명하고 철저하게 조사할 겁니다. 추잉잉 씨가 이 일에서 어떤 역할을 했는지 조사 결과가 나올 때까지 직원증은 제가 보관하겠습니다."

"전 비리를 저지르지 않았어요. 고발한 사람이 바로 전데 왜 절 정직시키세요? 며칠이나 정직되는 거예요? 급여는 그대로 나오나요?"

"안심해요. 고발한 것에 대해 회사에서 높이 평가하고 있어요. 조사 결과가 나오면 보상금을 지급할 겁니다."

추잉잉은 자신은 잘못한 게 없다는 생각에 목에 걸고 있던 사원증을 벗어 순순히 인사부장에게 건넸다. 면담을 끝내고 나오는데 바이 팀장과 마주쳤다. 보안요원 두 사람이 그를 인사팀으로 데려온 것이었다. 또 한 번 원수가 외나무다리에서 만났다. 바이 팀장이 비수 같은 시선을 그녀에게 꽂았다. 추잉잉도 지지 않고 웃으며 뇌까렸다.

"똑같이 싸울 거야. 당신이 뭘 하든 겁 안 나. 두고 봐."

추잉잉이 싸움닭처럼 고개를 빳빳이 들고 바이 팀장 앞을 스치고 지나갔다.

앤디의 차에 탈 때까지도 추잉잉은 흥분이 가라앉지 않았다. 목소리가 여전히 카랑카랑했다. 그녀가 앤디에게 인사팀에서 왜 자신을 정직시켰는지 물었다. 앤디가 논리적으로 그 이유를 분석해주길 바랐지만 앤디는 인사 담당자인 판성메이에게 전화를 걸어 물어보는 게 나을 거라고 했다. 추잉잉이 전화를 걸었을 때 판성메이는 왕바이촨의 아파트와 사무실을 알아보느라 부동산 중개인과 얘기를 나누는 중이라 통화를 길게 할 수가 없었다. 판성메이는 집에 가서 얘기하자고 했다.

앤디의 핸드폰이 울렸다. 특이점이었다. 발신자 번호가 하이시의 유선전화인 걸 보고 앤디가 물었다.

"출장 간다고 하지 않았어요?"

"출장 갔다가 자연산 민물장어를 선물받았어요. 자연산은 못 먹어봤죠? 호텔에 맡겼다가는 죽을 것 같아서 서둘러 돌아왔어요. 방금 공항에 내려서 장어 요리를 잘하는 식당에 연락해놨어요. 요리해준대요. 나처럼 좋은 친구를 둔 당신이 정말 부럽군요. 이렇게 좋은 친구의 초대를 거절하지 말아요."

앤디가 웃음을 터뜨렸다. 처음에는 운전 중에 차선을 바꾸느라 특이점의 말뜻을 이해하지 못했지만 이야기의 방점이 자화자찬에 찍혀 있다는 걸 이제 눈치챈 것이다. 앤디는 옆에서 고민하고 있는 추잉잉을 생각해 웃음을 거두었다.

특이점이 물었다.

"집이 어디예요? 내가 데리러 갈게요. 또 길을 헤매지 않도록."

"문자 보낼게요. 미안해요. 내가 길치라."

"길치라 좋아요. 도망가지 못할 테니까."

앤디가 또 웃음을 터뜨렸다. 이 대화를 논리적으로 따져보면 웃음이 터질 만한 이유가 별로 많지 않았다. 그녀는 왜 이렇게 기분이 좋은지 알 수가 없었다. 낮은 기침으로 웃음을 눌러 삼키며 추잉잉에게 말했다.

"친구가 자연산 장어 요리를 먹으러 가자고 하는데 같이 갈래?"

"가고 싶지만 아까 너무 울어서 초면인 사람을 만날 수가 없어. 안 갈래. 언니, 이제 내 말 좀 들어 줘."

"얘기해 봐. 하지만 인사 분야는 정말로 잘 몰라서 전문적인 의견을 말해줄 수가 없어."

"전문적이지 않아도 괜찮아. 내 얘길 들어주기만 하면 돼. 정말 억울해 죽겠어."

추잉잉은 앤디의 대답을 기다리지도 않고 아침 출근 때부터 시작해 이야기를 시작했다. 추잉잉의 얘기가 기승전결도 없이 계속 이어졌다. 시간 순서가 뒤죽박죽이 아닌 것이 그나마 다행이었다. 앤디는 추잉잉의 얘기를 들으며 요약하고 정리해서 큰 줄기를 찾았다. 아파트에 도착할 때까지도 추잉잉의 얘기가 끝나지 않았다. 두 사람이 엘리베이터를 타고 올라갈 때 추잉잉은 두 번째 청구서가 내팽개쳐진

이야기를 하고 있었다. 앤디가 정곡을 찌르는 질문을 했다.

"평소에 부장님이 널 마음에 들어 하지 않았던 것 같아."

"어, 그걸 어떻게 알아? 사실 우리 회사는 직원들 사이가 아주 좋아. 그런데 우리 부장은 상사들한테만 잘 하고 부하직원은 무시해. 우리 직원들 전부 그 사람의 노예 신세라니까. 언니도 부하직원들에게 밤잠도 못 자게 일을 시키잖아."

"사정이 다르지. 만약 내 부하직원이 두 번이나 결재를 거절당했다면 이상하다는 걸 눈치를 채고 내가 직접 나섰을 거야. 평소에 자주 덜렁대? 바이 팀장은 부장님이 널 안 좋아한다는 걸 알고 일부러 널 곤란하게 만든 걸 수도 있어."

"생각해보니 정말 그러네. 내가 전에 바이 팀장에게 부장 욕을 했거든. 내가 함정에 빠진 거야. 하지만 동료들끼리는 사이가 좋아. 오늘도 전부 날 위로해줬어."

앤디는 어떤 상황인지 알 것 같았다.

"방금 전 내 질문과 네 대답을 성메이에게 꼭 들려줘. 미안하지만 내가 지금 나가야 해서 더 얘기를 못 하겠다."

추잉잉은 앤디가 2201호로 들어가는 걸 보고 마음이 흔들렸다. 앤디의 생활이 부러웠다. 지난 번 앤디가 데려갔던 힐튼호텔과 그곳의 음식들이 떠올랐다. 그녀는 한 번도 경험해보지 못한 화려한 사치였다. 하지만 앤디는 다른 세상 사람이므로 동경과 부러움을 속으로 눌렀다.

앤디가 옷도 갈아입기 전에 특이점에게 전화가 왔다. 그녀는 조금 작은 가방으로 바꿔들고 집을 나섰다. 아파트 정문을 나서자 컴컴한 길에서 벤츠 한 대가 그녀를 향해 헤드라이트를 비췄다. 그녀는 벤츠로 다가가 차의 뒷면을 확인한 후에 차에 올라탔다.

"좋은 차네요. S63 AMG. 내가 잘못 본 게 아니라면요."

"농민기업가는 벤츠를 타고 개인사업가는 BMW를 탄다는 말이 있죠. 하하! 원래는 이것보다 저렴하고 성능은 비슷한 E63을 사고 싶었는데 바이어를 태우고 다닐 일이 많아서 큰 차를 샀어요."

"농민기업가는 S500을 타거나 S300를 타서 엠블럼을 S500로 바꿔 달고 다니죠. 아까 낮에도 그런 차를 봤어요. 그래도 양심은 있어서 S300을 S350로 바꿔 달았더군요."

"350은 그러기가 쉬워요. 내부를 확인하지 않으면 겉모습은 똑같으니까. 민물장어 봤어요? 멧돼지 고기와 메추라기도 있어요. 참 좋은 친구죠?"

"희귀동물은 아니죠? 출장을 어디로 다녀온 거예요? 산에서 사업해요?"

"난 저렴한 노동력을 팔고 당신은 저렴한 자금을 팔죠. 걱정 말아요. 멧돼지가 보호동물이기는 하지만 저건 다 합법적으로 잡은 거예요. 요즘은 산에 늑대 같은 육식동물이 없어서 멧돼지 개체수가 너무 많아졌어요. 하지만 자연산 민물장어는 드물어요. 다음에 내가 또 다이산(黛山)으로 출장을 가면 아마 민물장어들이 다 도망칠 거예요."

"출장 다녀온 곳이 다이산이에요? 와, 내 고향이 거기예요."

"그래요? 왜 진작 말하지 않았어요? 알았으면 고향 특산물들을 사다줬을 텐데."

"난 고향 특산물이 뭔지도 몰라요. 이번 주에 다이산에 갈 거예요. 금요일 저녁에 갔다가 일이 순조롭게 끝나면 일요일에 돌아올 거예요."

"무슨 일로 가죠?"

"동생을 찾았어요. 그런데 동생에게 정신적으로 문제가 있어요. 고생을 많이 했대요. 동생을 데려다가 좋은 요양원에 입원시키려고요. 우리 엄마가… 30년 전에 다이산 거리에서 유명했대요…. 정신에 문제가 있었다는군요."

이유는 모르지만 앤디는 별로 친하지 않은 특이점에게 차분하게 이 얘기를 털어놓을 수 있었다. 그녀는 아직 22층 친구들에게도 이 얘기를 하지 않았다.

"다이산에 여러 번 가봤어요. 같이 가줄까요?"

앤디가 말없이 특이점을 쳐다보았다. 특이점의 눈썹이 실룩이더니 표정이 진지해졌다. 그녀는 특이점이 더 깊이 묻지 않는 것이 고마웠다.

"같이 갈 사람이 있어요. 고마워요. 혹시 출장 갈 일이 있으면 같이 가도 좋고요."

"좋아요. 출장 일정을 잡아보죠…. 다이산의 민물장어들에게는 불행한 일이군요."

언제나 달변인 특이점이 이번에는 왠지 모르게 말을 멈추고 머뭇거리다가 가볍게 헛기침을 했다.

앤디가 말했다.

"어느 날 갑자기 존 내쉬의 운명이 내게 닥칠까 봐 걱정돼요. 그래서 일부러 수학을 전공하지 않았어요. 날마다 순수한 플라톤의 세상과 추악한 현실 사이를 오가면 정신분열이 더 빨리 올 것 같아서요. 가장 세속적인 월 스트리트를 택한 것도 같은 맥락이죠. 그곳은…"

"음, 너무 잔인한 화제예요. 이 얘긴 그만해요."

특이점이 빨간불 앞에 차를 세우며 앤디의 말을 끊고 앤디를 바라보았다.

"당신은 안 그럴 거예요."

앤디가 말없이 고개를 돌려 창밖으로 시선을 던졌다. 말하고 나니 마음속 응어리가 조금은 줄어든 대신 슬픔이 그 자리를 채웠다. 그녀는 친구 한 명을 잃을지도 모른다. 모든 사람이 탄쭝밍 같지는 않으니까. 탄쭝밍과 그녀는 서로에 대해 모르는 게 없는 오랜 친구다. 앤디가 한참 만에 입을 열었다.

"속이 조금 안 좋아요…. 집에 데려다주세요. 정말 미안해요."

"핑계는 안 통해요. 당신은 강한 사람이에요. 보통 사람들은 그런 스트레스를 감당하지 못하죠. 당신은 이렇게 잘 살고 있잖아요. 아주 많은 용기가 필요했을 거예요. 대단해요."

"겉보기에만 그런 거예요."

"노래 가사 같군요. 외모는 차가워도 마음은 불타오르네. 하하하!"

특이점의 언변은 평소와 다를 바 없지만 앤디는 뭔가 다르다는 걸 느꼈다.

자연산 민물장어와 멧돼지 요리로 풍성한 저녁 식사가 차려졌다. 양식 민물장어를 먹어보지 못한 그녀는 자연산 민물장어가 특별히 맛있는지 비교할 대상이 없었지만 어쨌든 맛있었다. 쫀득한 식감이 나쁘지 않았다. 특이점은 입맛이 없는지 많이 먹지 않았다. 지난 번 만났던 레스토랑에서는 두 사람 모두 배가 터지게 먹었다. 앤디는 그 이유를 알고 있었다. 유감스럽기는 하지만 어쩔 수 없었다. 그건 그녀의 운명이었다.

특이점이 물었다.

"디저트를 시킬까요?"

"아뇨. 배불러요. 고마워요. 남은 요리를 제가 포장해 가도 되나요? 밤에 출출할 때 먹으려고요."

"물론이에요. 왜 웃죠?"

"집에서 혼자 술과 야식으로 마음속에 타오르는 불을 달래려고요. 운전 때문에 밖에서는 거의 술을 마시지 않고 술은 거의 집에서 마셔요."

앤디가 입을 오므리고 큰 눈을 깜박이며 고개를 들었다.

"외모는 차가워 보이죠?"

"같이 술 마실까요?"

"싫어요."

앤디는 분위기를 띄우고 싶었지만 그러기엔 너무 피곤했다. 웨이트리스가 남은 음식을 포장해서 가져다주자 그녀가 자리에서 일어났다.

"영화 안 본 지 오래 됐어요. 보고 싶은 영화 있어요? 같이 보러 가지 않을래요?"

그의 말에 앤디가 놀란 눈으로 특이점을 쳐다보았다. 위험인물과의 만남을 끝내고 싶지 않은 걸까?

"너무 늦었어요. 난 일찍 자고 일찍 일어나요."

"좋은 습관이군요. 술은 너무 많이 마시지 말아요."

앞에서 걸어가던 앤디가 뒤를 돌아보며 웃었다. 양귀비가 뒤를 돌아보며 웃으면 백 가지 아름다움이 생겨난다고 했던가. 그녀도 양귀비만큼이나 아름다웠다. 적잖은 나이와 사무적인 정장 투피스도 그녀의 미모를 가릴 수는 없었다. 특이점이 홀린 듯한 시선으로 앤디의 뒤를 따라 나왔다.

판성메이는 야근을 하고 늦게 귀가한 관쥐얼과 동시에 집에 들어왔다. 오늘 그녀는 부동산 중개인과 사무실 몇 곳을 둘러보았지만 번

번이 한두 가지 조건이 부족했다. 하이힐을 벗어던지고 맨발로 걷고 싶은 심정이었다. 아파트 1층으로 들어서자 마침 관쥐얼이 엘리베이터를 기다리고 있었다. 그녀가 관쥐얼에게 지친 얼굴을 기대자 야근으로 기진맥진해진 관쥐얼도 그녀에게 기댔다. 두 사람은 서로를 부축하며 22층으로 올라갔다.

목이 빠지게 기다리고 있던 추잉잉이 두 사람을 보자마자 재빨리 달려가 맞이했다.

"언니, 왔구나! 물 줄까? 저녁은 먹었어?"

"먹었어. 회사에서 무슨 일이 있었는지 빨리 얘기해 봐. 시간이 늦었다. 쥐얼, 너도 들을래?"

"당연하지. 노트북 가방 가져다놓고 올게. 피곤해 죽겠어. 내일 아침에 못 일어날 거 같아. 늦잠 자고 싶다."

추잉잉이 말했다.

"늦잠은 내가 대신 자줄게. 회사에서 내일부터 당분간 나오지 말래."

"그놈 대단하네. 내가 그놈을 과소평가했어."

판성메이가 놀라서 중얼거리며 슬리퍼로 갈아 신고 의자를 주방으로 가져와 앉았다. 주방으로 이어지는 좁은 복도가 이들 세 여자의 거실이었다.

"자세히 얘기해봐. 만회할 방법이 있는지 생각해볼게."

추잉잉도 의자를 끌어다 놓고 앉아서 그날 있었던 일을 자세히 얘기했다. 추잉잉이 얘기하는 동안 나머지 둘이 추임새를 넣듯 바이 팀장을 욕하며 분위기가 후끈 달아올랐다. 두 번째 청구서를 집어던진 것까지 얘기하고 나서 추잉잉이 앤디가 전하라고 한 이야기를 했다.

"앤디 언니가 왜 성메이 언니한테 이 얘기를 꼭 하라고 했을까?"

"왜냐하면 내가 인사팀 직원이잖니. 보통 상사가 예뻐하는 직원은 함부로 징계를 못해. 그 상사와 상의를 하지. 앤디도 그런 생각을 했던 것 같아. 지금 이 상황은 너한테 불리해."

관쥐얼이 말했다.

"잉잉, 너는 너희 부서 동료들하고 사이가 아주 좋다고 하지 않았어? 그러면 그 사람들하고 말해봐. 그 사람들이 윗사람들에게 사정 좀 해서 너를 도와주도록 말이야."

판성메이가 말했다.

"동료끼리는 아무리 친해도 소용없어. 기껏해야 평소에 일하기가 조금 편할 뿐이지. 결정적인 순간에는 아무 도움도 안 돼. 계속 얘기해봐. 아… 잠깐! 생각났어. 앤디가 왜 그 얘기를 나한테 하라고 했는지 알겠어."

관쥐얼과 추잉잉이 멍하니 판성메이를 쳐다보았다.

판성메이가 말했다.

"그놈이 왜 자꾸만 청구서를 집어던졌는지 알겠어. 네가 부장과 사이가 안 좋다는 걸 그놈이 안 거야. 부장을 이용해서 널 궁지로 몬 거지. 보통 그런 상황이 되면 조용한 곳으로 불러서 직접 대화를 해. 그놈은 네가 부장이 시킨 일을 처리하기 위해서 굽히고 들어오길 바랐겠지. 그러면 그 대가로 너에게 뭔가를 요구했을 거야. 변태 같은 요구를 했을 수도 있어. 변태 자식…. 그래서 어떻게 했어? 그놈이랑 타협했어?"

"아니. 화가 나서 그놈한테 따지는데 그놈이 사람들 앞에서 저질스러운 얘기를 하잖아. 그래서 화가 치밀어서 재무팀 부장님한테 달려가서 그놈을 고발해버렸어. 자기 컴퓨터를 부순 거랑 자기 밥값을 공장 지출서류에 끼워 넣어서 청구한 거랑 전부 다. 재무팀이 발칵 뒤집히고 회사에서 조사 들어갔어. 지금쯤 야근하고 있을 거야."

"뭐라고?… 너 정말!… 컴퓨터 부순 건 그렇다 치고 그런 비리가 너한테 얼마나 좋은 카드인데! 처음 청구서를 집어던졌을 때 전화를 걸어서 비리를 고발하겠다고 협박했으면 다 해결됐을 거야. 그놈이 너한테 싹싹 빌고 들어왔을 거라고. 넌 머리는 뒀다 어디다 쓸래? 그래서 그다음엔 어떻게 됐어?"

"인사팀에서 부르기에 가보니까 당분간 날 정직시키겠대. 그 자식도 보안요원한테 끌려서 인사팀으로 왔더라. 결과는 모르지만 아마 잘렸겠지. 언니, 나중에 생각해보니까 인사팀 부장님한테 언제 다시 출근할 수 있느냐고 물어봤을 때 대답을 해준 거 같기도 하고 안 해준 거 같기도 해. 나 어떻게 되는 걸까?"

추잉잉이 인사팀 부장이 그때 했던 대답을 들려주었다.

그 말을 듣고 관쥐얼의 얼굴이 굳어지더니 판성메이에게로 시선을 옮겨 해석을 기다렸다. 판성메이는 생각을 정리할 시간이 필요했다. 담배 한 개비를 꺼내 밖으로 나갔다. 복도에서 담배를 피우고 있는데 집에 들어오던 앤디와 마주쳤다.

"잉잉 문제는 해결됐어?"

"해결하고 있는 중이야. 예상했던 것보다 더 심각하네."

판성메이가 몸을 돌려 2202호의 열린 문틈으로 안에다 대고 큰소리로 말했다.

"잉잉, 방금 전에 했던 말 앤디에게 들려줘. 여러 사람이 고민하면 더 나은 방법이 있을 거야."

"우리 집으로 가자. 와인이랑 과일 있어. 천천히 얘기하자."

추잉잉과 관쥐얼이 앤디를 따라가고 판성메이는 피우던 담배를 다 피운 뒤에 2201호로 갔다. 탁 트인 2201호 거실로 들어서자 판성메이는 한숨이 절로 나왔다.

앤디가 말했다.

"이런 경우 우리는 두 사람을 모두 징계해. 회사에서 잉잉을 그대로 두진 않을 거야. 최종적으로 잉잉의 상사가 어떻게 결정하느냐에 달렸지. 그런데 넌 부장과 사이가 별로라며. 그러니까 넌 해고될 수도 있어."

"하지만 난 잘못이 없어."

앤디가 말했다.

"왜 잘못이 없어? 회사는 네가 바이 팀장의 비리를 덮어줬다고 생각할 거야. 만약 네가 바이 팀장과 사이가 틀어지지 않았다면 계속 눈감아줬다고 생각하겠지. 설령 네가 비리를 덮어주지 않았다는 걸 회사가 믿는다 해도 분란을 일으킨 직원은 회사에서 좋아하지 않아. 사고 친 사람은 내보내는 게 일반적인 수순이야."

판성메이가 고개를 끄덕였다.

"만일 나라도 같은 생각을 할 거야. 한 가지 더 덧붙이자면, 부장의 생각이 중요해. 세상에 털어서 먼지 한 톨 안 나는 사람은 없어. 누구든 켕기는 구석이 하나쯤은 다 있게 마련이지. 그런 불문율을 모르는 사람은 누구에게도 환영받지 못해. 잉잉, 네가 바로 그런 사람이야. 바이 팀장도 널 잘못 봤어. 그놈의 당초 목적은 널 굽히고 들어오게 만드는 거였을 거야. 네가 그 사람을 따로 불러서 얘기하게 만든 다음 너와의 관계를 발설하지 못하게 하든가, 아니면 그걸 빌미로 원하는 걸 얻어낼 요량이었겠지. 그런데 뜻밖에도 네가 이렇게까지 규칙을 이해 못할 줄은 전혀 생각 못한 거지. 그래서 네가 회사에서 날뛰며 소동을 부린 거고. 네가 직장생활의 불문율을 모르고 보스에게 한 방을 날린 거야. 그건 직장인들이 제일 금기시하는 일이야. 아마 부장도 널 좋아하지 않을 거야. 그리고 직장생활의 두 번째 불문율이 있어. 뒤가 켕기는 놈은 입이 가벼운 주변 사람을 제일 무서워하지. 네가 직원들 앞에서 비리를 고발하는 걸 보고도 부장이 널 계속 곁에 두고 싶을까? 부장이 너와 같이 일하지 않겠다고 하면 너의 정직은 해고로 이어질 거야. 해고 이유는 간단해. 앤디가 말한 대로 비리를 숨겨줬기 때문이지. 넌 억울하다고 하소연 한 번 못해보고 쫓겨날 수도 있어. 심지어 회사에서 널 고소할지도 몰라."

"뭐? 나를 고소해?"

추잉잉이 입을 떡 벌린 채 온몸이 굳어졌다. 관쥐얼이 물었다.

"잘 해결될 가능성은 없을까? 잉잉은 바이 팀장에게 당한 거잖아. 인사팀에 그걸 다 얘기해보면 어때?"

판성메이는 고개를 저으며 아무 말도 하지 않았지만 앤디가 단호하게 잘라 말했다.

"잉잉은 회사에서 중요한 직원이 아니야. 있어도 그만 없어도 그만이지."

"하지만 동료들이 잉잉 편을 들어줄 수도 있잖아…."

관쥐얼은 말이 끝나기도 전에 자기 생각이 틀렸다는 걸 알았다.

"하긴 소용없겠어. 동료들도 마찬가지로 있어도 그만 없어도 그만인 평사원이니까. 하. 슬프다."

세 사람은 가엾은 눈길로 추잉잉을 쳐다보기만 할 뿐 도와줄 방법이 없었다.

8

이른 아침 앤디가 조깅을 하러 나가다가 이 시간에 22층 복도에서 절
대로 마주칠 수 없을 것 같았던 사람을 만났다. 바로 취샤오샤오였다.

손에 든 커다란 노트북 가방 때문에 가냘픈 그녀의 몸이 무게중심
을 잃고 휘청거렸다. 가녀린 팔에 가방을 걸고 비틀비틀 걸어가던 그
녀가 넘어지며 엘리베이터 앞에 있던 앤디와 부딪쳤다.

"아직 잠이 덜 깬 거야?"

"당연하지. 몇 시간밖에 못 잤어."

취샤오샤오의 콧구멍에서 잠든 고양이의 신음소리가 새어나왔다.

"오늘 거래처 사람 만나지? 영어 단어는 다 외웠어?"

"만약을 대비한 부채가 있잖아. 아주 예쁘게 만들었어. 외국 고객
한테도 중국에서 쓰라고 하나 선물할 거야."

부채 얘기에 취샤오샤오의 눈동자가 반짝였다. 그녀가 왼손으로
가방 안을 더듬다가 마술을 부리듯 허리춤에서 작은 부채 하나를 꺼
내 펼쳤다. 부채에 영어 단어와 뜻이 깨알 같은 글씨로 쓰여 있었다.
복잡한 것 같지만 자세히 보면 찾아보기 쉽게 정리되어 있었다. 회사
의 로고를 부채 한가운데 그려 넣고 그 주위는 깔끔하게 여백을 남
긴 것이 미적인 관점에서 봐도 제법 근사했다. 훌륭한 커닝 기술에

앤디는 감탄하지 않을 수 없었다.

엘리베이터에 탄 후 앤디가 말했다.

"사람 안 필요해? 2202호 잉잉이 실직했어."

"쥐얼이 실직했다면 지금이라도 계단으로 뛰어올라가 나랑 같이 일하자고 할 거야. 정말로 일손이 부족하거든. 하지만 잉잉은 안 돼. 이 중요한 타이밍에 일을 망쳐버리면 어떻게 해? 대기업에 다니는 언니가 자리 하나 마련해주지 그래?"

"우리 회사가 원하는 여자는 딱 두 부류야. 철의 여인이거나 꽃처럼 예쁘거나."

취샤오샤오의 눈동자가 반짝였다.

"그럼 내가 갈까?"

"물론 환영이야. 꽃보다는 여우가 훨씬 낫지."

"와우!"

취샤오샤오가 환호하며 한마디 덧붙였다.

"언니는 철의 여인이면서 꽃이겠네!"

추잉잉은 평소보다 훨씬 일찍 일어났다. 알람이 울리지도 않았는데 저절로 눈이 떠지더니 다시 잠이 오지 않았다. 2202호의 다른 두 명은 아직 일어나기 전이었다. 추잉잉 혼자 주방 싱크대에 기대어 물을 마신 뒤 우두커니 서 있었다. 그때 판성메이의 방문이 열렸다.

"실연당하고 회사에서도 쫓겨났어."

비몽사몽간에 방에서 나오던 판성메이가 갑작스러운 목소리에 깜짝 놀랐다.

추잉잉이 판성메이에게 다가갔다.

"언니! 방금 생각났어! 언니가 쥐얼을 시켜서 나한테 충고했던 거

말이야."

판성메이가 이마로 쏟아져 내린 머리카락을 쓸어 올리며 말했다.

"인생 선배의 피눈물 섞인 충고를 들었어야지. 오늘 뭐할 거야? 직장 알아볼 거야?"

"모르겠어. 다시 복직할 수 있을지…."

"어제 분석해줬잖아. 톡 까놓고 말해서 앞으로 회사에서 네 처지가 어떻게 되겠어? 회사를 발칵 뒤집어놓고 네 밑바닥까지 다 보여 줬다며. 앞으로 사람들이 너랑 작은 다툼이라도 생기면 그 얘길 들먹일 거야."

판성메이는 "남자도 잃고 몸도 버리고"라는 말이 나오려는 걸 꾹 참았다. 그녀는 출근 준비를 위해 서둘러 욕실로 들어갔다.

추잉잉의 어깨가 축 늘어졌다. 그랬다. 바이 팀장이 어제 별의별 얘기를 다 했는데 무슨 낯으로 회사를 계속 다닐 수 있을까? 다시 직장을 구해야 할까? 또 구직활동을 해야 한다는 생각에 추잉잉의 몸이 저절로 떨렸다. 대학 졸업과 동시에 실업자가 되어 얼마나 많은 실패 끝에 얻은 직장인가. 열심히 일해서 어렵게 구한 밥그릇을 지키겠노라고 맹세했었다. 그런데 그 밥그릇을 제 발로 차버린 격이었다. 새 직장을 구하기 위해 또 그렇게 오랜 시간을 뛰어다녀야 할까? 생각만 해도 끔찍했다. 판성메이가 한바탕 전쟁 같은 꽃단장을 마치고 집을 나설 때까지도 추잉잉은 싱크대 앞을 떠나지 않고 생각에 잠겨 있었다. 판성메이가 위로의 말을 건네고 도망치듯 출근한 뒤 관쥐얼이 퀭한 눈으로 방에서 나왔다. 추잉잉이 또 말했다.

"실연하고 회사에서도 쫓겨났어."

"그 얘긴 어젯밤에도 했잖아. 그다음엔 어쩔 거야?"

"기나긴 구직활동이 시작되겠지. 돈이 다 떨어져서 부모님에게 손을 벌릴 거고 부모님에게 한 소리 듣겠지. 그다음엔…. 나 이번 분기 관리비도 아직 못 냈는데. 어쩌면 좋아. 확 뛰어내릴까?"

관쥐얼은 잠이 확 달아났다.

"그게 무슨 소리야? 뛰어내리면 안 돼. 이상한 생각 하지 마."

관쥐얼이 심각한 얼굴로 추잉잉에게 다가갔다.

"곧 다른 직장을 찾을 거야. 정말이야. 지금 넌 경력이 있잖아. 갓 졸업했을 때와는 상황이 달라."

위로의 효과를 높이기 위해 관쥐얼이 한마디 힘주어 덧붙였다.

"정말이야!"

추잉잉의 눈앞이 밝아졌다.

"맞아. 며칠 전에 졸업반 대학생들이 면접을 보러 왔었는데 게임 캐릭터 코스프레하듯이 꾸미고 왔더라. 동료가 전화로 부르기에 가서 구경했는데 걔들보다는 내가 훨씬 나았어. 좋아. 생각해보니, 더 좋은 자리에 지원할 수 있을 거 같아. 전화위복으로 만들고 말겠어."

추잉잉이 주먹을 쥐고 허공으로 휘두르다가 금세 또 풀이 죽었다.

"하지만 당장 식비며 관리비는 어쩌지? 아빠한테 얘기해봐야겠어."

바로 그때 문을 두드리는 소리가 들렸다. 문을 열자 문 밖에 추잉잉의 아빠가 서 있었다. 아침 내내 시무룩해 있던 추잉잉이 왈칵 울음을 터뜨렸다.

"아빠, 나 회사에서 쫓겨났어! 아침도 못 먹었어. 집에 가고 싶어! 집에 내려가서 직장을 구할래. 아빠…."

막 화장실로 들어갔던 관쥐얼이 얼른 뛰어나와 인사를 한 뒤 다시 들어갔다. 운동을 마치고 들어오던 앤디도 추잉잉이 아빠 품에 안겨 집에 가겠다고 우는 걸 보고 말없이 자기 집으로 들어갔다.

밤기차를 타고 새벽에 도착한 추잉잉의 아버지가 딸을 달랬다.

"아빠도 아침을 못 먹었어. 밀가루 있니? 젠빙(煎餅, 부침개) 만들어 줄게."

추잉잉이 불쌍하게 징징댔다.

"없어. 아무것도 없어. 날마다 굶고 출근해."

"이런, 굶으면 안 돼. 아빠랑 나가서 뭐라도 사먹자."

"한 끼 먹어봤자 무슨 소용이야? 아빠가 가고 나면 또 굶어야 하는데. 직장도 잘려서 돈 나올 구멍도 없어. 나 집에 갈래. 여기 있기 싫어. 아니면 아빠 엄마가 하이시로 이사 와. 나 혼자 사는 게 불쌍하지도 않아? 밥 먹을 데도 없고 속 터놓고 얘기할 사람도 없어. 만날 이리 치이고 저리 치이고."

화장실에 있던 관쥐얼이 그 말을 듣고 주먹을 부르르 떨었다. 추잉잉의 아빠가 자신이 추잉잉을 구박하는 걸로 오해하지 않기만 바랐다.

추잉잉의 아빠가 말했다.

"아빠가 다달이 돈을 부쳐주잖아. 그걸로 부족해? 그럼 1,000위안씩 더 부쳐줄게. 이 아빠는 우리 집안에서 처음으로 도시로 올라온 사람이야. 너는 우리 집에서 처음으로 대도시로 올라왔잖아. 절대로 물러서지 마. 아빠가 더 열심히 일해서 돈을 부쳐줄게. 너도 여기서 버텨야 돼. 네 할아버지가 어릴 적에…."

추잉잉의 얼굴이 굳어지며 두 눈에서 눈물이 주르륵 흘러내렸다. 그녀의 아빠는 다른 건 다 좋은데 도시로 올라오는 게 평생 꿈이었던 할아버지의 이야기만 나올라치면 누구도 그 고집을 꺾을 수가 없었다.

"잉잉 명심해라. 직업을 잃었다고 조바심 낼 것 없어. 잠시 월급 없다고 초조해할 것도 없고. 하지만 절대로 집에 돌아와서는 안 된다. 아빠 엄마가 아무리 가난하고 아무리 힘들어도 뒷바라지해줄 테니까."

추잉잉은 아빠가 자신을 절대로 집에 데리고 가지 않을 거라는 걸 알았다.

앤디가 출근길에 관쥐얼에게 물었다.

"오늘은 왜 운동하러 안 나왔어?"

관쥐얼이 혀를 쏙 빼어 물며 대답했다.

"어제는 잉잉이 우울해서 얘길 못했는데 어제 저녁에 야근이 끝나고 고등학교 동창회에 갔어. 하이시에서 일하고 있는 동창들끼리 자주 모이는데 나는 처음 나간 거야. 사람이 많더라고. 나는 거의 끝날 때 갔는데 분위기가 좋았어. 식사 끝내고 노래방에 갔는데 나는 빠졌어. 나보다 몇 기수 선배가 집까지 바래다줬어. 그래서 어젯밤에 동창회 홈페이지에 들어가서 게시판을 읽다가 늦게 잤어."

앤디가 웃음을 터뜨렸다.

"성메이가 그러는데 동창회에 나갔다가 바람을 피워서 헤어지는 커플들이 많다며?"

"맞아. 나이 많고 드센 여자 선배가 남자 동창이랑 러브샷을 하고 고등학교 때 짝사랑했는데 오늘에야 꿈이 이루어졌네 뭐네 하는데 좀 무섭더라. 나한테도 술을 따라줬는데 안 마시니까 기분 나빠하더라고. 언니네도 동창회 해?"

"외국에서는 동창들을 만나서 술 한잔씩 했는데 국내에서는 안 그래. 내가 월반을 해서 다들 나보다 몇 살 많으니까 안 놀아주더라. 귀국해서도 연락 안 했어."

"월반을 했다고? 우리 초등학교에도 월반한 선배가 있었는데 우리가 신처럼 떠받들었어. 내가 중학교 때 그 선배가 대학교에 다녔는데 해마다 우릴 보러 왔었어. 어제 그 선배도 왔었어. 나를 집까지 바래다준 선배가 바로 그 선배야. 언니는 몇 년 월반했어? 앞으로 언니는 내 우상이야."

"아마…, 매년 한 번씩 월반했을 거야. 초등학교 1, 2학년 때 빼고. 그땐 누구나 다 100점이니까 나도 별로 눈에 띄지 않았지. 네 전화 벨소리 아냐?"

관쥐얼이 가방에서 핸드폰을 꺼냈다. 그녀의 가방 속은 언제나 가지런히 정리되어 있어서 핸드폰을 금세 찾을 수가 있었다. 추잉잉과는 그런 점도 정반대였다. 모르는 번호였다. 관쥐얼이 망설이다가 전화를 받았다.

"린 선배."

관쥐얼의 말에 앤디가 빙긋이 웃었다. 역시 판성메이의 말이 틀리지 않은 것 같았다.

통화가 끝난 뒤 관쥐얼이 웃으며 말했다.

"린 선배가 토요일 아침에 집에 내려갔다가 일요일 저녁에 올 건데 가려면 같이 차를 타고 가재. 당연히 좋다고 했지!"

"그게 여자한테 작업 거는 첫 단계라고 성메이가 안 그래?"

"그런 거 아니야. 다른 동창들도 같이 가는 거야. 그럴 리 없어."

"성메이가 그러던걸? 사랑은 생리 현상 같은 거라 일단 찾아오면 막을 수 없다고."

"그건 성메이 언니가 아니라 맥덜이 한 말이야."

"맥덜이 누구야? 성메이보다 더 똑똑해? 그럼 내 우상으로 삼을래."

"만화 캐릭터야. 앤디 언니 요즘 정말 재밌어졌어."

"재밌는 사람이 옆에 있으니까 저절로 배운 거야."

"성메이 언니랑 오래 살았는데도 나는 왜 그런 걸 못 배울까?"

사실 앤디가 말한 재밌는 사람이란 특이점이었다.

그날 앤디는 취샤오샤오의 전화 때문에 업무가 자꾸만 끊겼다. 회사 임원들과 회의를 하고 있는데 취샤오샤오가 전화를 걸어 스님과 비구니가 영어로 뭐냐고 물어보고, PPT를 검토하고 있는데 전화를 걸어 성젠바오와 유탸오(油條, 꽈배기)를 영어로 뭐라고 하느냐고 물어왔다. 취샤오샤오가 수시로 불쑥 전화를 걸어 밑도 끝도 없는 단어를 물어 올 때마다 동료들의 의아한 눈초리가 앤디에게로 쏠렸다. 일하는 데 방해가 되자 앤디도 조금 화가 났지만 취샤오샤오에게는 오늘이 성패가 결정되는 날이라는 생각에 마음이 약해져서 좋게 대답해주었다. 오늘 실패하면 취샤오샤오는 아빠에게 버림받게 될 거라고 했기 때문이다.

마침내 앤디는 금세 일거양득의 좋은 방법을 생각해냈다. 그녀는 비서에게 새 핸드폰을 사오라고 해서 에어팟을 귀에 꽂고 취샤오샤오의 핸드폰과 계속 통화 상태를 유지했다. 그러면 자꾸만 울리는 벨소리 때문에 주위 사람들을 방해할 염려가 없었다.

취샤오샤오가 말했다.

"이러면 언니 일에 방해가 되잖아. 모르는 단어가 있을 때만 전화하면 언니가 안 받을 수도 있지만 이렇게 하면 내가 말하는 걸 언니가 계속 들어야 하잖아."

"한쪽 귀로 들으면서 어려운 단어가 있을 땐 얘기해줄게. 내 회의는 다른 쪽 귀로 들으면서 하면 돼. 한 번에 두 가지 일을 하는 거지."

"와우, 그럴 수도 있어? 그런 건 어디서 배워?"

"초능력이야. 내가 평소에 너희들 얘기에 집중하는 척하는 건 존중의 표현이지. 이제 일해."

그런데 이번에는 취샤오샤오가 문제였다.

앤디가 놀면서 취샤오샤오의 얘기만 듣고 있는 건지 아니면 정말로 동시에 두 가지 일을 하고 있는 건지는 잘 모르겠지만 취샤오샤오가 몇 마디 할 때마다 앤디가 계속 끼어들었다.

"실제 협력 기간으로 3개월을 요구해."

"파이를 크게 키운 다음에 먹어야지. 길게 내다봐."

"방금 전에 인용한 데이터를 정정해. 32573이 맞을 거야."

얼마 못 가서 취샤오샤오는 자신이 두 가지 일을 동시에 할 수 없다는 걸 알았다. 온몸의 세포가 고객과의 대화에 맞추어져 있는데 앤디의 장외 코치에 정신을 쏟다 보면 이쪽에서 실수가 생겼다. 취샤오샤오가 참다못해 전화를 끊자 앤디는 핸드폰이 고장 났거나 통신 상태에 문제가 생긴 줄 알고 다시 전화를 걸었다.

취샤오샤오는 정말 울고 싶었다. 그녀는 자신의 무능함을 실토할 수밖에 없었다.

"언니, 너무 많이 끼어들지 말아줘. 난 언니처럼 천재가 아니잖아. 동시에 두 가지를 할 수가 없어. 그러니까…, 10분에 한 번씩만 말해주면 좋겠어."

"이해해."

앤디는 정말로 10분에 한 번씩 조언을 해주었다. 게다가 시간도 아주 정확했다. 취샤오샤오는 앤디가 시계를 앞에 놓고 자기 얘기만 듣고 있는 건 아닌지 의심스러울 정도였다. 게다가 "이해해."라는 짧은 한마디가 그녀를 완벽하게 좌절시켰다. 뭘 이해한다는 거지? 취샤오샤오가 '함께 일을 논할 수 없는 바보'의 범주에 들어간다는 건 가? 그렇다면 그건 정말 비극이었다.

어쨌든 취샤오샤오는 아직 풋내기였다. 아무리 본인이 생각하기에 120퍼센트의 준비를 했어도 실전에서 실력을 발휘해야 할 때는 잔꾀가 통하지 않았다. 그녀의 아빠가 뒤에서 든든하게 받쳐주고 있지만 어쨌든 주인공은 그녀였고, 아빠 역시 딸이 얼마나 잘하는지 보고 싶었다. 긴장되고 피곤해서 영어도 자꾸만 더듬거렸다.

하지만 앤디의 장외 코치가 시작된 후 주위에 있던 사람들은 취샤오샤오에게 놀라움을 금치 못했다. 그녀가 계산기도 두드려보지 않고 정확한 데이터를 계산해냈기 때문이다. 그녀의 아빠조차 딸을 다시 볼 정도였다.

취샤오샤오는 고객들에게 "제가 비록 젊고 경력도 없지만 자질만은 충분하다고 자부할 수 있어요."라고 여러 번 강조했다. 시간이 흐를수록 취샤오샤오와 앤디의 손발이 척척 맞았다. 외국 고객들도 취샤오샤오의 똑똑한 머리와 빠른 순발력이면 GI 프로젝트를 수행하는 데 아무 문제도 없을 것이라고 생각했다.

고객과 협상하는 며칠 동안 취샤오샤오의 핸드폰 요금은 빠른 속도로 올라갔지만 그 정도 지출은 얼마든지 감수할 수 있었다. 그녀는 명실상부한 프로젝트 책임자로서 GI의 독점 대리권을 따냈고, 그녀의 아빠에게는 자랑스러운 딸이 되었다. 아빠는 어딜 가든 당차고 유능한 딸 자랑을 빼놓지 않았다. 취샤오샤오는 자신의 이미지가 순식간에 반전되었음을 느꼈다.

딸을 보러 왔던 추잉잉의 아빠는 하루도 안 되어 돌아갔다. 딸에게 돈을 쥐어주고 아침과 점심을 먹이며 하이시에서 잘 버티라고 격려해준 것도 모자라, 성공비결에 대한 책과 성공학 강의가 담긴 DVD까지 사준 뒤에야 안심하고 밤기차를 타고 돌아갔다. 하루라도 휴가를 더 내면 그만큼 수당이 줄어들기 때문이다. 추잉잉은 아빠를 배웅한 뒤 책과 DVD를 한 아름 안고 집으로 돌아왔다. 대화 상대를 찾아보았지만 취샤오샤오는 바쁘고, 앤디는 접대가 있고, 관쥐얼은 평소와 마찬가지로 야근이었으며, 판성메이는 친구의 사무실을 보러 다니고 있었다. 22층을 지키고 있는 건 추잉잉 혼자뿐이었다. 심심해서 몸을 뒤틀다가 아빠가 사주고 간 DVD를 꺼내 컴퓨터에 넣었다. 퉁퉁한 몸집의 남자가 하이 톤의 격앙된 목소리로 웅변을 토해냈다. 그 모습을 쳐다보고 있자니 조금씩 그의 얘기가 귀에 들어오기 시작했다. 용감하게 기회를 찾아 나서라는 그의 독려가 실연과 실직의 불운에 의기소침해 있는 그녀의 마음을 흔들었다. 그렇다. 그녀는 방금 아빠에게 돈을 받아 당장의 돈 문제가 해결되었으니 힘이 나야 정상이었다. 강연자의 말처럼 그녀는 젊고 대학 졸업장도 있었다. 젊음이 곧 기회가 아닌가. 그녀는 내일부터 당장 직장을 구하기로 결심했다.

DVD를 다 보고 난 뒤 아빠가 사준 책을 집어 들었다. 책에 소개된 사례들이 하나같이 감동적이었다. 인터넷을 뒤지고 뒤져야 수집할 수 있는 이야기들이 책 속에 수두룩하게 들어 있었다. 그녀는 투지가 점점 끓어오르는 걸 느꼈다. 나도 할 수 있어! 아예 DVD를 틀어놓고 책을 읽었다. 강연자의 낭랑한 목소리와 구구절절 감동적인 이야기에 용기가 불끈 솟아올랐다.

제일 일찍 귀가한 건 역시 앤디였다. 2202호 앞을 지나는데 호소력 짙은 열변이 이 안에서 새어나왔다. 무슨 일인가 싶어서 2202호의 문을 두드렸지만 추잉잉이 스피커를 끄고 나와 문을 여는 바람에 무슨 내용인지 알 수가 없었다.

"혼자 있어? 텔레비전 보는 거야? 아버님은?"

"집에 가셨어. 아빠가 사주고 간 책 읽고 있어."

앤디는 추잉잉이 들고 있던 책을 몇 페이지 훑어보더니 웃으며 말했다.

"이 책 가짜인 거 들통났잖아? 아직도 읽는 사람이 있네. 첫 번째 사례만 봐도 논리적으로 맞지 않아. 고향을 떠나본 적도 없는 농부가 빚쟁이를 찾으려고 전국을 다 돌아다니다가 빚쟁이가 해외로 도피했다는 걸 알고 해외로 나갔어. 그사이에 집에는 한 번도 안 가고 산전수전을 다 겪었지. 그런데 외국에 가보니 돈 벌 기회가 곳곳에 널려 있었고, 농부였던 그가 단숨에 성공한 화교 사업가가 되었어. 하지만 잘 생각해봐. 우선 외국에 나가려면 여권과 비자가 필요해. 이 사람은 고향에 한 번도 안 갔는데 어떻게 여권과 비자를 취득했을까? 둘째, 외국인들은 바보가 아니야. 외국에 나가보니 곳곳에 돈 벌 기회가 널려 있었다는 건 말이 안 돼…."

"아니야. 진짜야. 인터넷으로 찾아보면 이 사람이 진짜 있어."

"있겠지. 하지만 이 성공 스토리는 대부분 지어낸 거야. 이걸 읽은 사람들은 그가 하루아침에 화려하게 성공했다고 생각하고 비현실적인 꿈을 꾸겠지. 우선 이 두 가지를 고민해봐. 첫째, 성공의 정의가 뭘까? 돈 많고 높은 자리에 오르면 성공일까? 둘째, 이런 성공을 거두어야만 완벽한 인생이라고 할 수 있을까?"

"언니는 나 같은 사람들을 이해 못해. 이미 차도 있고 집도 있고 명예도 얻었으니까 성공이 뭐 별 거냐고 할 수 있겠지만 난 그럴 수 없어. 난 성공해야 해."

"그렇다 해도 이런 책을 읽는 게 무슨 도움이 되겠어? 논리적으로 말이 안 되는 책이야. 사기라고. 이런 책은 읽지 마. 네가 요즘 우울해서 이런 책에 마음이 흔들리는 거야."

"어쨌든 난 이 책이 좋아. 논리적으로 맞든 틀리든."

"논리도 통하지 않는 얘기로 사람들을 선동하는 건 좋은 책이 아니야."

"언니는 내가 우습지? 나도 판단력이 있어. 나한테 필요해서 읽는 책이니까 관심 꺼줘."

앤디가 15초쯤 멍하니 있다가 "미안해."라고 말하고 집으로 갔다. 충고해주고 싶은 말은 많지만 더 이상 할 수가 없었다. 그녀의 경험이 추잉잉에게는 맞지 않는 걸까?

하지만 추잉잉은 이대로 끝낼 수가 없었다. 특히 자기가 우습냐는 물음에 앤디가 대답도 하지 않고 가버리자 의심이 더 커졌다. 성공학으로 끓어올랐던 열정이 분노로 바뀌었다. 대답을 듣고야 말겠다고 다짐했다. 그녀는 굳게 닫힌 2201호 문을 노려보며 앤디에게 메시지를 보냈다. 앤디의 반응이 너무 빨라서 얼굴을 맞대고 얘기하면 논리적으로 맞받아치기가 힘들기 때문이다.

앤디의 핸드폰에서 메시지 알림벨이 계속 울렸다. 앤디가 가방을 내려놓고 외투를 벗고 손을 씻은 뒤 핸드폰을 확인해보니 메시지가 다섯 개나 와 있었다.

'남을 무시하는 언니의 태도가 정말 싫어. 언니의 부정적인 생각을 왜 내게 강요해? 나는 언니의 생각이 옳다고 생각하지 않아.'

'이 책에 있는 이야기들이 내게 용기를 줬어. 애인도 직장도 잃었지만 내게도 희망이 생겼어. 그런데 언니가 내 희망을 짓밟아버렸어.'

'언니 말이 다 옳다는 보장이 있어? 인간은 원래 감성적인 동물이야. 사람의 감정은 외부 자극으로 북돋워주어야 해. 논리와 이성만으로는 감정을 자극할 수 없어. 모든 문제가 논리적으로 해결될 수 있는 건 아니야.'

'세상 사람이 다 똑같지는 않아. 언니한테 맞는 게 꼭 나한테도 맞는 건 아니야.'

'언니의 태도가 마음에 들지 않아. 그런 게 이성적이고 논리적인 거라면 나는 차라리 비이성적이고 비논리적으로 살 거야. 그래도 나는 잘 살 수 있어.'

앤디는 답장을 보내려다가 마음을 바꿨다. 상대가 논리적이고 이성적이기를 포기했는데 논쟁이 무슨 의미가 있을까. 답장을 보내려다가 지우는 사이에 또 메시지가 왔다. 추잉잉이었다. 앤디는 추잉잉에게서 온 모든 메시지를 삭제하고 추잉잉의 전화번호를 스팸 목록으로 옮겨버렸다. 앤디가 중얼거렸다.

"바보와는 일을 논하지 말라."

논리적으로 분석해보면 추잉잉의 실연과 실직은 비이성적이고 비논리적인 행동의 결과였다. 이건 삼단논법으로 깔끔하게 증명할 수 있다. 하지만 논리와 이성을 거부한 사람의 입장에서 보면 그녀의 실연은 나쁜 남자를 만났기 때문이고 실직은 회사의 잘못 때문이다. 그녀 자신과는 무관하게 말이다. 추잉잉이 비논리적이고 비이성적이어도 잘살 수 있다는 멍청한 말을 당당하게 할 수 있는 것도 그 때문이다. 앤디는 설사 화성인을 만나더라도 화성어를 배우기만 하면 대화할 수 있지만 추잉잉의 언어 세계에서는 어떻게 말해야 남을 무시하지 않는 것인지 알 수가 없었다. 추잉잉의 언어를 이해하려고 애쓸 시간에 차라리 재미있는 중국어 책을 읽으며 중국어 수준을 높이는 편이 훨씬 나을 것 같았다.

앤디에게 메시지를 수십 통 보냈지만 답장을 한 통도 받지 못하자 머리끝까지 화가 난 추잉잉이 복도로 뛰어나갔다. 2201호의 문이 굳게 닫혀 있었다. 왜인지는 몰라도 2201의 문을 두드릴 용기가 나지 않았다. 추잉잉은 집에서 의자를 가지고 나와 복도에 버티고 앉아서 2201호의 문이 열리기를 기다렸다. 계단을 통해 불어오는 찬바람도 두렵지 않았다. 앤디가 나오기만 하면 따져 물을 생각이었다.

앤디는 그런 줄도 모른 채 밥을 먹고 있었다. 오늘 저녁 주식도 역시 빵이었지만 버터 한 조각과 계란을 빵 사이에 끼운 메뉴가 아니었다. 어젯밤 레스토랑에서 다 먹지 못하고 포장해 온 음식들이 있었기 때문이다. 그 음식들을 보자 앤디는 특이점이 자연산 민물장어를 가져왔다고 했던 것이 생각났다. 어젯밤 두 사람은 두어 마리밖에 먹지 않았다. 그럼 나머지는 어디로 갔을까? 앤디는 노트북을 식탁에 가져다놓고 웨이신을 켰다. 우측 하단에서 특이점의 프로필 사진이 깜박거렸다. 특이점이 보낸 쪽지가 와 있었다.

'사흘간 인도 출장을 다녀올게요. 민물장어는 레스토랑 사장님에게 맡겨뒀어요. 내가 없을 때 민물장어 요리가 먹고 싶으면 예약하고 가서 먹어요. 인도에서 사다줄 거 없어요? 답장 기다릴게요.'

앤디는 쪽지를 두세 번 반복해서 읽었지만 답장을 쓰지 않고 웨이신을 껐다. 그녀는 인터넷으로 신문기사를 읽다가 다시 웨이신을 열어 특이점이 지금까지 보냈던 쪽지들을 처음부터 읽어보았다. 앤디는 데이터를 믿고 있었다. 기록을 살펴보며 정확하게 통계를 내보니 방금 전 그녀의 의심이 사실로 증명되었다. 그녀가 귀국해 특이점과 만난 후 특이점이 보냈던 쪽지들을 보면 최소한 열 글자 이상 그녀를 웃게 만드는 말이 들어가 있었지만 오늘 보낸 쪽지는 그렇지 않았다. 그녀는 답장을 쓰지 않고 웨이신에서 나와 아무 일 없었다는 듯 식사를 하고 책을 읽었다. 그녀는 실연과 실직으로 22층을 떠들썩하게 만들고 먼 고향의 아빠까지 찾아오게 만드는 옆집 추잉잉과는 달랐다. 그녀에게 잃는다는 건 어릴 적부터 아주 익숙한 일이었다. 잃으면 그걸로 그만일 뿐 뒤돌아보지 않았다.

드디어 22층에 또 한 사람이 귀가했다. 책을 읽고 있던 추잉잉이 엘리베이터의 '딩동' 소리에 고개를 홱 들어 엘리베이터 쪽을 쳐다보았다. 취샤오샤오였다. 취샤오샤오는 초점이 풀린 두 눈으로 추잉잉에게 "안녕."이라고 짧게 인사한 후 비틀거리며 2203호로 들어갔다.

취샤오샤오와 더욱 앙금이 깊은 추잉잉은 책에 시선을 쿡 처박은 채 아무 말도 하지 않았다. 드디어 판성메이가 돌아왔다. 추잉잉이 거의 덮칠 기세로 판성메이를 끌어안자 판성메이가 사정하듯 말했다.

"힘들어 죽겠어. 나 좀 내버려 둬. 쓰러질 거 같아."

판성메이를 보자 추잉잉은 또 기분이 좋아졌다. 판성메이의 손에 들린 마늘 봉지를 보고 추잉잉이 까르르 웃었다.

"마늘을 왜 이렇게 많이 샀어? 강시 쫓으려고? 강시가 보이는 건 스트레스가 심하다는 증거야."

"강시는 무슨? 동료가 준 거야. 요즘 마늘 선물하는 게 유행이래. 휴, 날 좀 내버려둬. 30분만 잘게."

"알았어. 방해 안 할게."

판성메이가 방으로 들어가자 추잉잉이 문에 대고 말했다.

"언니, 우리 아빠가 왔었는데 금방 가셨어…."

"그래? 맛있는 거 가져다주셨어?"

"아니. 같이 나가서 점심 먹고 책이랑 DVD 사줬어. 성공한 사람들의 얘기가 들어 있는 책이야. 아빠가 그걸 읽고 잘 배워서 하이시에서 살아남으래. 근데 앤디 언니가 그걸 보고 나쁜 책이라고 하더라.

논리가 안 맞고 비이성적이라면서 한참 험담을 했어. 우리 아빠가 사준 책이고 절망에 빠진 내가 재미있게 읽고 있다는 건 생각도 안 하나봐. 아빠랑 나를 흉보고 싶으면 돌려 말하지 말고 대놓고 흉보든가. 그래. 실연에다 실직까지 한 내가 앤디 언니 눈에는 형편없게 보이겠지. 집도 있고 차도 있으니까 남을 무시해도 된다는 거야? 성메이 언니, 듣고 있어?"

물론 판성메이는 듣고 있었다. 그러나 추잉잉의 인생에 간섭해줄 수 없을 만큼 피곤했던 그녀는 자는 척 아무 대꾸도 하지 않았다. 밖에 있는 추잉잉은 판성메이의 대답이 들리지 않자 점점 목소리가 커졌다. 판성메이는 머리가 지끈거렸다. 판성메이는 추잉잉의 룸메이트일 뿐이고, 추잉잉의 연애사에 이미 도를 넘을 만큼 참견해주었으며 예상을 훨씬 뛰어넘는 성과도 거두었다. 해줄 만큼 해줬는데 추잉잉은 어째서 그녀의 괴로움은 생각도 하지 않고 끊임없이 그녀의 휴식을 방해하는 걸까? 그녀는 오늘도 적당한 사무실을 찾지 못해 짜증이 날대로 나 있었다. 판성메이는 아무 대답도 하지 않고 베개로 귀를 틀어막고 있다가 스르르 잠이 들었다.

관쥐얼이 집에 돌아왔을 때 추잉잉은 그녀를 붙잡고 얘기하지 않았다. 다들 그녀를 투명인간 취급하겠다면 더 소란을 피울 생각이 없었다.

이번에는 관쥐얼이 그녀를 귀찮게 했다. 관쥐얼은 피곤에 찌든 얼굴로 추잉잉에게 아빠는 어디에 계신지, 판성메이는 들어왔는지 물었다. 판성메이가 들어와서 잠깐 눈을 붙이러 들어갔다고 하자 관쥐얼이 판성메이의 방문을 두드렸다.

"언니, 일어나. 세수했어? 세수 안 하고 자면 얼굴에 뾰루지 생겨."

그 무엇도 판성메이의 잠을 방해할 수 없지만 유일하게 가능한 것이 바로 미모 관리였다. 판성메이가 벌떡 일어났다. 잠깐 자고 일어나니 몸이 훨씬 가벼웠다. 추잉잉을 보고도 아까처럼 짜증이 나지 않았다. 그녀는 클렌징크림을 얼굴에 바르고 화장을 지우며 말했다.

"잉잉, 아까 뭐라고 했어? 나도 모르게 잠이 들었지 뭐야. 미안해."

"아무것도 아니야. 앤디 언니가 나를 무시하는 거 같아. 앞으로 앤디 언니랑 거리를 두기로 했어."

판성메이는 그제야 잠들기 전에 들었던 얘기가 생각났다. 그때 관쥐얼이 말을 가로챘다.

"앤디 언니는 그런 사람이 아니야. 나 같은 풋내기도 무시하지 않아. 우리 아빠가 사람의 천성은 변하지 않는 거라고 했어. 앤디가 너를 무시할 리 없어. 둘 사이에 무슨 오해가 있는 거 아니야? 내가 내일 앤디 언니한테 물어볼게. 대화로 해결하면 될 거야."

"매일 앤디 언니 차를 얻어 타고 다닌다고 그렇게 편드는 거야?"

관쥐얼의 얼굴이 붉으락푸르락해졌지만 판성메이를 보며 간신히 화를 참았다.

"잉잉, 네가 요즘 기분이 좋지 않은 걸 알아. 이 문제는 앞으로 기회가 있으면 더 얘기하자. 하지만 한 가지만 말해둘게. 기분이 좋지 않을 때는 스스로 감정을 조절할 줄 알아야 해. 널 걱정 해주는 사람들에게 상처주지 마."

판성메이가 헛기침을 하며 끼어들었다.

"잉잉, 난 널 좋아하고 앤디도 믿어. 한 층에 사는 사람들끼리 얼굴 붉힐 게 뭐 있어? 사소한 일이야. 한 발씩 양보하면 해결될 거야. 참, 아까 마늘이니 강서니 그런 얘기하지 않았어? 그게 뭐야?"

"하지만, 앤디 언니가 내 자존심에 상처를 입혔다니까…."

"그래, 맞아. 앤디도 말하는 방식을 조심해야 할 필요는 있어. 오늘

은 너무 늦었고 내가 내일 앤디랑 얘기해볼게. 지금 너무 늦은 시간
이잖아. 그건 그렇고 강시 얘기 좀 해봐."

"요즘 제일 유행하는 게임이야…."

"그래? 재밌어? 어떻게 하는 건지 가르쳐줘. 설마 정말로 마늘을
써야 하는 건 아니겠지?"

판성메이가 관쥐얼에게 눈짓을 하며 추잉잉을 컴퓨터 앞으로 데
리고 갔다. 판성메이의 계속되는 질문에 추잉잉도 볼멘소리를 멈추
고 게임 방법을 알려주었다. 관쥐얼도 자기 방으로 들어가 문을 굳게
닫았다.

관쥐얼은 다음 날 앤디에게 그 얘기를 하지 못했다. 추잉잉이 뒤
에서 앤디 흉을 보았다고 이간질하기가 싫었기 때문이다. 그렇지만
앤디가 아무것도 모르고 있을까 봐 또 걱정됐다. 다행히 앤디가 관쥐
얼의 걱정을 눈치채고 추잉잉과 똑같이 맞설 생각이 없다고 하자 그
제야 마음이 놓였다.

취샤오샤오는 피나는 노력 끝에 계약을 따낸 뒤 클라이언트를 직
접 공항까지 배웅해주었다. 클라이언트가 출국장으로 들어간 뒤 아
빠에게 전화를 걸어 사무적이고 공식적인 말투로 GI 프로젝트에 새
로운 장이 열릴 것이라고 보고했다. 지금 그녀에게 필요한 건 휴식이
었다. 그녀의 아빠도 말할 수 없이 기뻤다. 계약이 성사되었다는 기
쁨보다도 딸이 제 힘으로 성과를 이루어냈다는 사실이 더 기뻤다.

"이번 일에서 네가 보여준 활약이 아주 만족스럽구나!"

"칭찬은 현금으로 표현해줘. 얼마나 줄 거야?"

"차를 바꿔주마. 어때?"

"지금 타는 차도 잘 나가. 바꿀 필요 없어. 차 살 돈을 현금으로 줘."

"알았다. 저녁에 엄마랑 같이 네가 좋아하는 전복 먹으러 가자. 네 엄마도 아주 기뻐하고 있어. 그 아빠에 그 딸이라고 했더니 네 엄마는 그 엄마에 그 딸이라더구나."

"됐어. 날 핑계로 자기 자랑들 그만 해. 저녁은 같이 먹으러 못 가. 은인에게 보답하러 가야 돼. 이게 다 그 은인 덕분이야."

"은인도 같이 불러서 식사하는 게 어때? 엄마 아빠도 고맙다고 인사를 하고 싶구나."

"안 돼. 그 사람은 엄청난 미녀란 말이야. 아빠한테 보여줄 수 없어."

은인이 여자라는 말에 아빠는 마음이 놓였다. 행여 딸이 은인에게 온몸으로 은혜를 갚을까 봐 더럭 겁이 났었기 때문이다.

취샤오샤오는 곧장 앤디의 회사로 달려갔다. 꽃처럼 예쁜 비서를 통해 앤디에게 자신이 왔음을 알렸다. 앤디가 성큼성큼 걸어 나오는 것을 본 취샤오샤오는 하이 톤으로 환호성을 지르며 힘차게 달려가 끌어안았다. 그러나 지금까지 그녀가 달려가 안긴 상대는 모두 건장한 남자들이었기에 앤디는 취샤오샤오의 맹렬한 포옹을 버티지 못하고 취샤오샤오와 함께 바닥으로 넘어졌다. 앤디는 웃어야 할지 울어야 할지 난감했다.

"여긴 웬일이야?"

앤디가 재빨리 일어나 부축하려는데 취샤오샤오가 말했다.

"다리를 삐었나 봐."

앤디가 취샤오샤오의 킬힐을 보더니 비서에게 전화를 걸어 병원에 데리고 가달라고 부탁했다. 취샤오샤오가 앤디의 소매를 붙잡고 측은하게 말했다.

"같이 안 갈 거야?"

"난 회의가 있어. 비서가 나보다 더 잘 챙겨줄 거야."

"싫어. 다리를 다쳤는데 보호자가 옆에 있어야지."

"부모님께 전화해줄게. 전화번호 좀 알려줘."

취샤오샤오가 애원했다.

"부모님한테 말하지 마. 내가 또 사고 친 줄 알 거야. 계약이 성사됐다고 알려주러 왔다가 이렇게 됐는데 병원에도 같이 안 가준다니. 난 정말 불쌍해."

앤디가 피식 웃었다.

"비서랑 가 있어. 회의 끝나고 가서 집에 데려다줄게. 아, 계약 성사된 거 축하해."

"너무 냉정해."

취샤오샤오가 계속 애원했다. 앤디의 비서가 부축하려고 했지만 그녀는 당연한 듯 두 팔을 비서의 어깨에 둘렀다. 비서가 어쩔 수 없이 그녀를 번쩍 들어 안았다. 앤디가 그걸 보고 웃음을 터뜨렸다. 취샤오샤오가 그 와중에도 도도하게 중얼거렸다.

"난 정말 대단해. 이렇게 한 방에 계약을 따내다니. 우리 아빠는 나 같은 딸을 왜 하나만 낳았는지 몰라."

앤디가 맞장구치지 않고 웃기만 하자 취샤오샤오는 금세 시무룩해졌다. 비서와 취샤오샤오를 엘리베이터에 태워 보낸 후 앤디는 속으로 생각했다. 만약 추잉잉이었으면 자길 무시해서 같이 병원에 가주지 않는 거라고 원망했을 것이라고…. 세상에는 참 다양한 사람들이 있다는 걸 앤디는 또 한 번 실감했다.

판성메이는 오늘 일진이 좋았다. 퇴근 후 부동산 중개인과 처음 보러간 사무실이 왕바이촨이 원하는 모든 요건에 부합했다. 사진을 찍어 왕바이촨에게 전송하자 곧바로 전화가 왔다.

"거기로 결정할게. 좋아!"

"위치가 어딘지 묻지도 않아? 보증금은 얼만지, 교통은 어떤지, 빌트인 가구는 뭐가 있는지…."

"네 마음에 들었는데 뭘 더 물어? 사무실 구하는 게 보통 일이 아닌데 이렇게 빨리 구할 줄 몰랐어. 정말 고마워."

"우리가 남이니? 밥이나 사."

"내일 당장 이사하고 싶어. 빠를수록 좋아. 빨리 널 보고 싶어. 날마다 밥도 같이 먹고 싶고."

판성메이가 고개를 숙이며 웃었다.

"왜 이래. 부동산 중개사가 기다리고 있어."

"저녁도 못 먹었겠다. 해가 짧아졌으니까 빨리 끝내고 들어가."

"알았어."

판성메이는 시원스레 전화를 끊었지만 표정은 그렇지 않았다. 울컥해질 만큼 전화를 끊기가 아쉬웠다. 그러나 그녀에게는 중개인과의 흥정이 남아 있었다. 하이시에서 수없이 이사를 다닌 덕분에 월세 흥정에는 도가 튼 그녀였다. 흥정이 끝난 뒤 새 사무실의 환한 불빛 아래에서 계약서를 작성하고 ATM기에서 돈을 인출해 그 자리에서 계약금을 지불했다. 그러자 중개인은 그녀를 사장 부인으로 오해하고 계속 사모님이라고 불렀지만 판성메이는 굳이 부인하지 않았다.

병원이 늘 그렇듯 진료를 받으러 온 사람들로 인산인해였다. 특히 경력이 많은 특진의사일수록 환자가 많았다. 응급치료를 받아야 할 상황은 아니었으므로 취샤오샤오는 아픈 다리를 안고 구시렁거리며 차례가 오기를 기다렸다. 대기 순서를 나타내는 전광판이 느릿느릿

한 칸씩 움직였다. 앤디의 비서가 호기심 가득한 눈동자로 그녀에게 이것저것 물어보았다. 비서는 그녀와 앤디가 어떤 사이인지 몹시 궁금해했지만 취샤오샤오가 그리 호락호락 대답해줄 리 없었다. 여드름 자국도 채 사라지지 않은 이 청년은 그녀의 눈에 젖내가 풀풀 풍기는 어린애였다.

취샤오샤오가 말했다.

"앤디 언니 동생이에요. 요즘 언니가 에어팟을 끼고 다니면서 자꾸만 뜬금없는 말을 하지 않았어요?"

"맞아요. 그랬어요."

"날 도와주고 있었던 거예요."

비서가 고개를 끄덕이며 취샤오샤오를 더욱 극진히 보살폈다. 그녀는 어린 애를 놀리는 게 재미있었다.

어느새 시간이 훌쩍 흘러 한 시간쯤 기다린 뒤 그녀의 차례가 되었다. 취샤오샤오는 속이 부글부글 끓었다. 유명한 의사라고 해서 기껏 기다렸는데 상상했던 중년 아저씨나 수염이 희끗희끗한 할아버지 의사가 아니라 얼핏 봐도 새파랗게 젊은 의사였다. 의사의 이름은 자오치핑(趙啓平)이었다. 그가 바로 앞 환자의 차트를 작성하는 동안 그녀는 속으로 의사에게 쏘아붙일 대사를 준비했다. 진료가 끝나면 이 분노를 시원하게 쏟아낼 생각이었다. 자오치핑이 차트 작성을 끝낸 뒤 고개를 들어 앞 환자와 얘기를 나누는 순간 취샤오샤오는 마치 정지된 화면처럼 홀린 듯한 시선으로 그를 응시했다. 미남이었다! 특히 그의 목소리에서 남자의 진중함과 전문가의 자신감, 그리고 상남자의 듬직함이 동시에 흘러 넘쳤다. 취샤오샤오는 앞 환자를 노려보았다. 그 목소리를 누구와도 공유하고 싶지 않았다.

드디어 미남 의사의 시선이 취샤오샤오의 얼굴에 와 닿는 순간 가

여운 표정으로 둔갑했다. 몇 달 동안 거울 앞에서 갈고 닦아 완성한 표정이었다. 심지어 모나리자의 미소보다 더 치명적인 살상력을 가지고 있었다. 그런데 자오치펑은 그녀의 표정을 보지 못한 듯 어디가 아파서 왔느냐고 물은 뒤 사무적으로 엑스레이 검사 의뢰서를 써주는 것이 아닌가. 취샤오샤오는 진료실에서 나가기가 싫었지만 내색하지 않고 초췌한 표정으로 일어나 진료실에서 나왔다. 이번에는 비서의 품에 안겨서가 아니라 한쪽 다리로 콩콩 뛰어서 나왔다.

설상가상으로 엑스레이 촬영을 한 방사선과 의사가 그녀의 발목에 별 문제가 없다고 했다. 그녀의 마음은 바람 빠진 풍선 같았다. 발목에 별 문제가 없다면 자오치펑은 그녀를 대수롭지 않게 돌려보낼 것이다. 진료실로 돌아오는 길에 그의 핸드폰 번호를 따낼 계획을 세웠다. 머릿속에 오만 가지 시나리오가 펼쳐졌다. 진료실에 들어가는 순간까지 계획이 수없이 바뀌었다. 물론 어떤 시나리오든 첫 장면은 두 가닥 눈물을 눈가에 매단 채 시작되었다.

예상대로 자오치펑은 엑스레이 사진을 휙 훑어보고 근사한 목소리로 잘라 말했다.

"이상 없습니다."

심지어 약 처방도 해주지 않았다. 그는 차트를 쓰면서 집에 가서 삔 발목을 어떻게 해야 하는지 알려주었다. 취샤오샤오가 예상했던 그 어떤 시나리오보다 훨씬 더 짧고 간단했다. 그녀가 눈물이 그렁그렁 맺힌 눈으로 동정심을 유발하며 말했다.

"아무 이상이 없는데 왜 이렇게 아프죠? 엑스레이가 잘못 찍힌 거 아닐까요?"

"아닙니다. 석 달 동안은 하이힐 신지 마세요."

"정말 너무 아픈데 혹시 다른 문제라도 있는 건 아니에요? 아, 너무 아파요."

취샤오샤오의 애교에 떠밀려 의사가 그녀의 발목을 손으로 몇 번 눌러보았다. 유혹의 고수인 취샤오샤오의 얼굴에 홍조가 떠올랐다.

앤디가 회의를 마치고 취샤오샤오를 데리러 병원에 왔다가 그 장면을 보고 회심의 미소를 지었지만 아무 말도 하지 않았다. 자오치펑이 거듭 아무 이상이 없다고 했지만 취샤오샤오는 몇 번 더 아프다고 엄살을 부리다가 드디어 본성을 드러냈다.

"정말이에요. 너무 아파요. 저녁에 더 아프면 선생님께 전화로 물어봐도 되나요? 제가 혼자 살아서 병원에 데려다줄 사람이 없어요."

취샤오샤오가 의사의 핸드폰 번호를 따내려는 꼼수였다. 잠시 후 취샤오샤오가 비서의 부축을 받으며 나오자 앤디가 물었다.

"핸드폰 번호 알아냈어?"

"하하, 역시 언닌 속일 수가 없다니까."

취샤오샤오가 앤디에게 명함을 보여주었다.

"자오치펑. 이 남자는 내가 찍었어. 건드리지 마."

옆에서 지켜보고 있던 앤디의 비서가 혀를 내둘렀다. 연약해 보이는 미인에게 그렇게 비상한 재주가 있었다니! 앤디와는 너무 달라서 둘 사이가 오래 가지 못할 것 같다고 생각했다.

앤디의 차를 타고 집으로 가는 동안 취샤오샤오가 핸드폰을 손에 쥐고 안절부절못했다. 자오치펑에게 전화를 걸고는 싶지만 순간의 성급함으로 일을 그르칠 수는 없었다. 그때 앤디의 핸드폰이 울렸다. 특이점이었다. 앤디가 망설이다가 전화를 받았다.

"출장에서 돌아왔어요? 미안해요. 지금 초행길에서 운전 중이에요."

"방금 돌아왔어요. 나흘이나 당신 목소리를 못 들었잖아요. 안부 전화예요."

"고마워요."

앤디가 뭐라고 해야 할지 몰라 머뭇거리고 있는데 특이점도 아무 말을 하지 않는 것이었다. 앤디가 당황한 나머지 전화를 툭 끊어버렸다. 자오치핑 공략 음모를 꾸미고 있던 취샤오샤오가 이상한 낌새를 감지하고 앤디를 흘끔 쳐다보았다. 조용히 관찰해보니 역시 앤디의 안색이 불안해 보였다.

'유후! 좋았어!'

취샤오샤오가 속으로 쾌재를 불렀다. 적어도 앤디가 자오치핑을 몰래 가로챌까 봐 걱정할 필요는 없을 것 같았다.

앤디가 아파트 입구로 들어서다가 특이점의 차가 길가에 서 있는 것을 보았다. 깜짝 놀랐지만 차가 이미 단지 안으로 들어온 뒤였다. 앤디의 머릿속이 복잡해졌다.

취샤오샤오가 차창 밖으로 집에 들어가고 있는 추잉잉을 발견했다. 그녀가 아는 척하지 않고 앤디에게 말했다.

"이상한 게 있어. 2202호 말이야. 직장 경력이 제일 짧은 사람이 제일 좋은 방에 살고, 직장 생활을 제일 오래 하고 연봉도 제일 높은 성메이 언니가 제일 싼 방에 살잖아. 성메이 언니는 돈을 어디다 쓰는 걸까? 입는 옷도 죄다 싸구려던데 말이야."

"이제 겨우 서른 살이잖아. 인사부에서 아무리 오래됐더라도 이사급은 아닐 거야. 일처리 하는 걸 보면 부장급도 아닌 것 같고. 결단력이 부족해."

"그건 언니가 요즘 중간 관리직의 연봉 시스템을 잘 몰라서 하는 얘기야. 내가 요즘 직원을 채용하려고 알아보니까 연봉이 아주 높더라고. 잉잉 같은 애들은 발에 차일 만큼 많고 연봉도 낮지만 그런 직원은 필요 없어. 그런데 조금이라도 실력 있는 사람들은 연봉이 몇 배로 뛰어서 내가 월급을 감당할 수가 없다니까. 성메이 언니는 지원자들과 연봉 얘기를 하는 위치에 있으니까 아마 자기 연봉도 시세와 비슷할 거야. 그런데 왜 그럴까?"

"너랑 내가 이 환락송 단지에 산다고 하면 사람들이 이유가 뭐냐고 묻지. 그건 말이 돼? 웃지 마. 너와 프로젝트 얘기를 하면서 너희 아버지에 대해 알게 됐어. 걱정 마. 직업윤리상 다른 데 발설하지는 않을 테니까. 너희 아버지가 너한테 인색하다는 건 거짓말이었어. 또 웃네. 잔머리는 알아줘야 한다니까."

"나한테 이복오빠 둘이 있다는 건 사실이야. 아빠한테 잘 보이려고 치열하게 경쟁해야 해. 남들은 모르는 물밑 경쟁이 있다니까. 내가 만날 하하호호 웃고 다니는 것 같아도 사실 스트레스가 이만저만이 아니야. 어? 오늘따라 어두컴컴한 주차장에 왜 이렇게 차들이 많지? 음침한 곳에 숨어서 화끈한 구경거리를 기다리는 사람들이 있을지도 몰라."

앤디가 크게 웃음을 터뜨렸다.

"네가 그 의사를 유혹하려는 걸 보고도 내가 왜 아무렇지 않은지 모르겠어. 다른 사람이 그랬으면 거부감이 들었을 텐데 말이야."

"나는 내가 원하는 게 뭐고 원치 않는 게 뭔지, 뭘 감당할 수 있고 뭘 감당할 수 없는지 잘 알아. 길게 미련 두지도 않아. 언니가 마음에 두고 있는 사람이 있으면 나한테 보여줘. 한눈에 합격인지 불합격인지 알 수 있으니까. 혹시 그런 사람 있어?"

앤디가 웃음으로 대답을 대신하고 차에서 내렸다. 취샤오샤오가 앤디의 부축을 받아 차에서 내리며 말했다.

"은근슬쩍 넘어가지 말고 말해봐."

"내 일은 내가 알아서 해. 넌 몰라도 돼. 나는 잉잉과는 달라. 저녁에 뭐 먹을래? 집에 데려다주고 나가서 사올게."

"배달해주는 식당 많아. 나중에 전화번호 알려줄게."

"됐어. 난 직접 가서 주문하는 게 더 좋아."

"아이 참…, 왜 자꾸만 내가 언니 일에 끼어들 틈을 차단하는 거야? 정말 재미없어."

앤디는 시인도 부인도 하지 않고 그저 웃기만 했다. 이유를 말하면 너무 오만하게 들릴 것 같았다. 22층에 사는 다섯 여자 중 그녀의 일에 참견할 수 있는 사람이 있을까? 그녀가 빵을 포기하고 직접 내려가 음식을 사오는 수고와 시간을 감수하려는 데는 다른 이유가 있었다. 앤디는 취샤오샤오를 집에 데려다준 뒤 아파트를 나와 주위를 둘러보았다. 특이점의 차가 보이지 않았다. 인도에 서서 기억을 더듬으며 방금 전 특이점의 차가 서 있었던 곳을 확인했다. 그곳에 지리(吉利, 중국산 자동차 브랜드) 한 대가 서 있었다. 벤츠를 모방한 앞 보닛의 디자인 때문에 벤츠로 착각한 걸까? 그녀가 기억하기로는 특이점이 운전석에 앉아 있었지만 지금 세워져 있는 지리는 빈 차였다. 보닛에 손을 얹어보니 차가웠다. 그 자리에 오랫동안 주차되어 있었다는 뜻이었다.

그렇다면 특이점과 그의 차가 여기에 있었던 건 그녀의 환각일까?

환각이라니! 고작 남자 하나가 그녀가 30년 동안 쌓은 이성의 바리케이드를 가뿐히 뛰어넘어 그녀의 머릿속에 환각을 만들어내다니! 갑자기 앤디의 이마에 식은땀이 솟았다. 당황스러웠다. 31년 전 다이산 현에서 있었던 일이 재연되는 걸까?

특이점은 앤디가 전화를 끊은 뒤 공항에서 곧장 집으로 향했다.

그런데 차를 주차하고 내리려는데 방금 전 영문도 모른 채 전화가 끊긴 것이 화가 났다. 이대로 가만히 있는 건 남자답지 못한 것 같았다. 그는 그 자리에서 차를 돌려 환락송 단지로 향했다. 가면서 앤디에게 전화를 걸었지만 받지 않았다. 일부러 받지 않는다고 생각했다. 아파트 앞에 도착해 메시지를 보내려고 주차할 곳을 찾고 있는데 저만치 주차되어 있는 차 앞에 익숙한 그림자가 어른거렸다. 특이점의 표정이 밝아졌다. 텔레파시가 통한 걸까? 설사 앤디가 잠깐 뭘 사러 나왔다가 우연히 마주친 것이라 해도 그건 역시 텔레파시가 통한 것이었다. 특이점이 창문을 내리고 큰소리로 앤디를 불렀다.

"앤디! 나 왔어요! 차에 타요!"

그런데 앤디가 고개를 들어 놀란 눈으로 그를 보더니 두 손으로 눈과 귀를 가리고 황급히 도망치는 것이었다. 도망치던 앤디가 바닥에 넘어졌다. 특이점이 놀라서 뛰어나가 앤디를 부축했다. 앤디의 굳은 얼굴에서 식은땀이 비 오듯 흘렀다. 평소의 앤디와는 너무도 다른 모습이었다.

"왜 그래요? 병원에 갈래요? 어디 아파요?"

하지만 앤디는 특이점을 뚫어져라 쳐다보았다. 설마 또 환각일까? 이렇게 생생한 환각이 있을까? 희미한 기억 속에서 그녀의 엄마는 늘 환각 속의 신랑과 맞절을 했다. 설마 그녀도 그런 걸까? 그녀는 말도 할 수 없고 움직일 수도 없었다. 다이산 현 거리에서 유명했던 그 미치광이 여자가 세상에 다시 나타나는 건 아닌지 더럭 겁이 났다. 슬프게도 그녀에게는 아직 할 일이 많이 남아 있었다. 남동생도 아직 만나지 못했고 유서도 써놓지 못했다. 이대로 미쳐버리는 걸까? 너무 무서워서 비명을 지르고 싶지만 그럴 수도 없었다. 그녀는 놀란 눈으로 특이점일 수도 있는 그 남자를 응시하며 그의 부축을 받아 차에 탔다. 특이점은 아닐 것이다. 그녀가 전화를 끊어버렸는데 특이점이 여길 찾아올 리가 없었다. 자만심에 가득 찬 남자가 아니던가. 이렇게 공교로운 우연이 생길 가능성은 희박하므로 환각일 가능성이 컸다. 그렇다면 그녀는 지금 무얼 하고 있는 걸까? 차 내부가 익숙했다. 이 환각을 어떻게 해야 할까? 어떻게 해야 환각에서 빠져나갈 수 있을까? 그녀는 아무것도 하지 않고 눈을 꼭 감은 채 이성이 돌아오길 기다렸다.

특이점의 차가 차로를 막고 서 있자 경찰이 와서 차를 빼라고 했다. 특이점이 차를 출발시켰지만 앤디의 상황이 심상치 않아 보였다.

"앤디, 왜 그래요? 말 좀 해봐요. 뭐라고 한마디만 해봐요."

앤디는 눈을 꼭 감고 아무 말도 하지 않다가 탄쭝밍에게 전화를 걸었다.

"아무래도, 나… 발병한 거 같아. 나랑 남동생을 보살펴줘. 부탁해. 지금 메모지를 준비해줘. 내 은행계좌 비밀번호와 금고 번호를 알려줄게."

특이점이 길가에 차를 세우고 비밀번호를 알려주고 있는 앤디에게 말했다.

"발병했을 리 없어요. 발병했다면 비밀번호를 기억할 리도 없고 이렇게 침착하게 일처리를 하지도 못할 거예요."

탄쭝밍이 다른 사람의 목소리를 듣고 앤디에게 전화를 바꿔달라고 했다.

"탄쭝밍이라고 합니다. 앤디의 상사이자 오랜 친구입니다. 실례지만 누구시죠?"

"안녕하세요. 저는 앤디의 친구 웨이웨이(魏渭)입니다. 앤디가 좀 이상하군요. 방금 전에 아파트 근처 인도에서 혼자 서 있는 걸 우연히 보고 불렀는데…, 갑자기 놀라서 어쩔 줄 모르고 있어요. 어떻게 해야 하죠? 병원에 데려가려던 중입니다."

"일단 병원에 가지 말고 거기 계세요. 지금 어딥니까? 지금 갈 테니까 앤디를 진정시켜주세요."

특이점이 현재 위치를 알려주며 앤디의 표정을 살폈다. 앤디가 두려움에 떨며 자신을 피하는 이유를 알 수가 없었다.

"탄쭝밍 씨가 지금 온대요. 멀지 않은 곳에 있다니까 길이 막히지 않으면 20분이면 도착할 거예요."

앤디는 아무 말도 하지 않았다. 그녀는 머릿속으로 퍼즐을 끼워맞추며 눈앞에서 일어난 이 모든 상황을 이해하려고 애썼지만 그녀의 비상한 머리는 점점 더 불길한 쪽으로만 달려가고 있었다.

특이점이 부드럽게 말했다.

"무슨 일이 있었는지 물어봐도 되겠어요? 나한테 말해줄 수 있어요?"

앤디는 역시 아무 말도 하지 않았다. 아무리 실성했더라도 한 가닥 이성이라도 남아 있다면 아무런 말도 행동도 하지 않는 온순한 미치광이가 되도록 자신을 억눌러야 했다. 머리에 꽃을 꽂고 지나가는 남자들을 유혹하는 여자가 되는 건 용납할 수 없었다. 그녀는 환청 같은 특이점의 목소리를 떨쳐내려 수도승처럼 눈을 감고 귀를 꼭 닫았다.

탄쭝밍이 도착할 때까지 차 안에는 정적만 흘렀다. 탄쭝밍이 오자마자 앤디가 차문을 열고 뛰어나가고 특이점도 따라 내렸다. 앤디가 울음을 터뜨리며 두 팔로 탄쭝밍을 꼭 끌어안고 자초지종을 설명했다.

"집에 가는 길에 친구의 전화를 받았는데 잘못해서 전화가 끊겼어. 그런데 아파트 입구에 그 사람 차가 서 있는 거야. 분명 그 사람

214

이 차 안에 있었어. 이웃을 집에 데려다주고 나와보니 그 차는 지리
였어. 보닛이 차가운 걸 보면 거기 오랫동안 서 있었던 거야. 내가 집
에 가면서 그를 본 게 환각이었나 봐. 그런데 그때 또 환각이 시작됐
어. 이번에는 그 사람 목소리까지 들렸어. 나 실성한 거 같아. 조금이
라도 이성이 남아 있을 때 변호사를 불러줘. 유서를 작성해야겠어.
의사와 간호사가 모두 여자인 병원으로 날 데려다줘."

탄쭝밍이 앤디의 말을 들으며 평범한 외모의 특이점을 쳐다보았
다. 앤디가 말하는 '그'가 바로 이 남자일까? 특이점도 당황스러움이
가시지 않은 시선을 탄쭝밍에게로 옮겼다. 두 사람이 심각한 표정으
로 서로를 응시했다. 앤디의 말이 끝나자 탄쭝밍이 특이점에게 물었
다.

"앤디가 말하는 친구가 웨이웨이 씨인가요?"

"그래요. 앤디가 처음 나를 보았다고 했던 시간에 나는 운전 중이
었어요. 두 번째는 내가 맞아요. 아파트 앞에서 앤디를 보고 아픈 것
같아서 병원에 데리고 가고 있었죠. 그런데 탄쭝밍 씨에게 전화를 걸
어서… 몇 가지 부탁을 하더군요. 나랑 있는 동안 계속 이렇게 나를
피했어요. 무슨 말을 걸어도 대답도 안 하고요."

탄쭝밍이 특이점을 보며 잠깐 생각에 잠겼다가 말했다.

"알겠어요. 앤디를 보살펴줘서 감사합니다. 앤디는 내가 데려갈게
요. 고마워요."

특이점이 고개를 저었다.

"앤디가 어머니 얘기를 한 적이 있어요. 내일 남동생을 데리러 갈
거라고 했죠. 어떻게 된 일인지 알게 된 이상 이대로 갈 수가 없군요.
앤디의 공포심이 과한 것 같아요. 내가 나타난 게 환각이 아니라 우
연이었다고 얘기해주세요. 앤디에게 이상이 생긴 게 아니라고요. 제

가 없으면 설명하기가 더 쉬울 겁니다."

앤디가 눈을 번쩍 뜨고 그를 뚫어져라 쳐다보았다. 특이점이 앤디에게 말했다.

"앤디. 너무 스트레스 받지 말아요. 그 스트레스가 나한테까지 전해져요. 이번에는 정말로 당신의 착각이에요. 의심이 과해서 오해가 된 거예요."

탄쭝밍이 고개를 끄덕이자 앤디도 그의 말을 믿었다. 그녀는 방금 전 자신의 행동이 떠올라 갑자기 부끄러워졌다. 그녀가 도망치듯 탄쭝밍의 차에 올라탔다.

"쭝밍, 집에 데려다줘. 창피해 죽을 거 같아."

"잠깐만. 웨이웨이 씨랑 할 얘기가 있어."

탄쭝밍이 특이점을 멀찌감치 데리고 갔다.

"앤디가 심리적으로 몹시 약한 상태예요. 웨이웨이 씨가 앤디에게 큰 영향을 끼치고 있는 것 같군요. 지난 10년 간 이런 적이 없었어요. 이런 현상이 좋지 않은 방향으로 발전할 가능성이 큽니다. 미안하지만 앤디를 만나지 마세요. 그게 앤디에게도, 웨이웨이 씨에게도 좋을 거예요."

두 남자가 앤디 모르게 대화를 나누고 있는 사이 앤디는 자괴감이 점점 커져 견딜 수가 없었다. 그녀가 운전석으로 자리를 옮겨 액셀러레이터를 밟으며 차창 밖으로 외쳤다.

"쭝밍! 차는 내일 돌려줄게."

두 남자는 놀란 눈으로 빠르게 사라지는 빨간 후미등만 쳐다보았다.

9

관쥐얼은 고향에 간다는 설렘으로 일주일 내내 들떠 있었다. 판성메이는 관쥐얼의 설렘이 다른 이유 때문이 아닌지 의심했다. 관쥐얼이 타국에 살고 있는 것도 아니고 대학 때도 집을 떠나 기숙사 생활을 했다. 객지 생활에는 이미 익숙해졌을 텐데 집에 간다는 것만으로 저렇게 들뜰 수가 있을까? 판성메이가 보기에는 관쥐얼 자신도 흥분의 원인이 그 선배라는 걸 모르고 있는 듯했다.

드디어 고향에 가는 날이 되었다. 린 선배가 수요일에 전화를 걸어 금요일 퇴근 후에 출발하자고 했다. 금요일 아침 관쥐얼은 꼭두새벽에 일어났다. 짐 가방은 진작 다 싸놓았다. 아직 결정하지 못한 건 오늘 출근할 때, 그러니까 린 선배의 차를 타고 고향에 내려갈 때 입을 옷이었다.

판성메이가 일어나 씻고 화장을 하는 동안 관쥐얼이 안절부절못하며 자꾸만 세면대 거울 앞에서 새치기를 했다. 판성메이가 거울 볼 시간을 방해받지 않으려면 관쥐얼에게 코디 조언을 해주는 수밖에 없었다.

"스카프를 두르는 게 좋겠어. 화려한 색으로."

관쥐얼이 방으로 달려가 그녀의 엄마가 선물 받은 실크스카프를 목에 둘렀다. 에르메스 같은 명품은 아니지만 질 좋은 고급 스카프였다. 관쥐얼이 거울을 보며 또 망설였다.

"스카프가 너무 튀지 않아?"

판성메이가 웃음을 참으며 말했다.

"일찍이 노력을 게을리했으니 이제 와서 A컵을 한탄해봤자 무슨 소용이 있겠어. 스카프라도 튀는 걸 매야지."

"아이, 언니도 참!"

관쥐얼이 발을 구르며 스카프를 풀고 자기 방으로 들어갔다. 그녀는 스카프를 원래 있던 종이 상자에 넣어 집에 가져갈 짐 가방 속에 넣었다.

판성메이가 킥킥거리며 자기 방 전신거울에 자랑스러운 몸매를 이리저리 비추어 보았다. 눈을 비비며 지나가는 추잉잉을 향해 판성메이가 말했다.

"잉잉, 쥐얼은 오늘 집에 갔다가 일요일 밤에 온대. 나는 저녁에 약속이 있어서 늦게 들어올 거야."

"참 이상해. 일이 바쁜 사람은 약속도 많은데 백수인 나는 약속도 하나 없잖아. 하늘도 무심하시지."

관쥐얼이 말했다.

"나는 약속이 아니라 집에 가는 거야."

추잉잉이 화장실에서 큰소리로 외쳤다.

"세상에 공짜 점심이 어디 있어? 선배니 후배니 하는 소리는 다 핑계고 목적은 딱 하나야."

판성메이는 대화에 끼고 싶지 않았다. 그녀는 레인코트를 걸치고 에어팟을 귀에 꽂은 뒤 가방을 들고 집을 나섰다. 관쥐얼도 추잉잉의 말을 받아치지 않고 자기 방으로 들어가 문을 콕 닫았다. 아무도 자기 말에 반응하지 않자 추잉잉이 화장실 문틈으로 고개를 쏙 내밀고 두리번거리다가 한숨을 푹 내쉬었다. 직장을 구하는 것만 힘든 게 아니라 대화 상대를 구하기도 쉽지 않았다.

추잉잉이 밖에서 쿵쾅거리며 푸념하는 소리가 들렸지만 관쥐얼은 모른 척했다.

앤디와 만나기로 한 시간이 되자 관쥐얼이 가방을 양손에 들고 집을 나섰다. 추잉잉이 방에 있는 걸 알았지만 다녀오겠다는 인사도 하지 않았다. 말을 걸어봤자 추잉잉의 불만 가득한 투정을 들을 게 뻔했다. 추잉잉은 관쥐얼의 그런 행동을 다 보고 있었다. 관쥐얼이 왜 그녀를 멀리하는 걸까? 이유는 보나마나였다. 관쥐얼과 앤디가 엘리베이터 앞에서 다정하게 아침인사를 나누는 소리를 들으며 추잉잉은 억장이 무너졌다. 모두들 그녀를 무시하고 강자의 편이 된 게 틀림없었다.

짐 가방을 들고 나온 관쥐얼을 보고 앤디가 물었다.

"내일 가는 거 아니었어?"

"원래는 그랬어. 그런데 린 선배가 별일 없으면 오늘 저녁에 가재. 집에서 하루 더 잘 수 있으니까."

"김 빼는 소린지도 모르지만 미국에서 공부할 때 홈스테이를 했는데 주인 아주머니가 나한테 이렇게 충고했어. 밤에 혼자서 낯선 이성의 차를 타고 교외로 나가지 마라. 불상사가 생길 확률이 상당히 높다."

"같은 학교 선배잖아."

앤디가 웃었다.

"어쨌든 상황에 따라 잘 대처할 거라 믿어."

관쥐얼도 바보가 아니었다. 그녀도 어쩌면 오늘 밤 둘이서만 차를 타고 가는 게 아닌지 걱정이 됐다. 앤디의 차에 올라 운전석을 보니 깜깜한 밤 좁은 차 안에서 린 선배와 단 둘이 있으면 어색할 것 같았다…. 아니, 점점 두려워졌다.

"차에 타고 보니까 단둘뿐이면 내려야 할까? 아냐. 린 선배는 좋은 사람이니까 나쁜 마음을 먹을 리 없어. 순수한 마음으로 나를 도와주려고 한 건데 내가 둘만 있는 걸 알고 내리겠다고 하면 선배를 나쁜 사람으로 생각한다는 뜻이잖아…. 그건 안 돼…. 몇 명이 같이 가는지 미리 알 수는 없을까? 부모님한테 오늘 밤에 간다고 얘기했는데…. 차라리 집에 가지 말까? 아니면, 린 선배한테 전화해서 집에 못 간다고 할까? 아니야. 지금은 안 돼. 점심 때 전화해서 야근이 잡히는 바람에 오늘 저녁에 못 간다고 해야겠어. 역시 그게 낫겠어…. 그러면 선배도 상처를 덜 받을 거야."

앤디는 출근길 내내 고민하고 갈등하는 관쥐얼을 보며 이해할 수가 없었다. 사소한 일에 뭘 그렇게 고민하는 걸까? 앤디는 어젯밤 집에 돌아와 탄쫑밍에게 전화를 걸어 집에 잘 돌아왔다고 얘기하고는 핸드폰 전원을 꺼놓았다.

그녀에게는 어젯밤 일도 하늘이 무너질 만큼 대단한 일이 아니었다. 그런데 관쥐얼에게는 이 정도 일도 하늘이 무너질 만한 큰일이었다. 오전 내내 고민하다가 점심시간이 되자 아무도 없는 옥상으로 올라가 린 선배에게 전화를 걸었다. 저녁에 야근이 잡혀서 집에 갈 수가 없다고 하자 린 선배가 선뜻 알았다고 말하며 다음 기회를 기약했다.

관쥐얼은 전화를 끊은 뒤 방금 전 린 선배의 반응을 곰곰이 떠올려보았다. 같이 갈 수 없다는 그녀의 말을 듣고도 린 선배는 별로 동요되지 않는 것 같았다. 이러나저러나 관쥐얼의 마음이 편치 않았다.

그녀가 같이 갈 수 없다는 걸 별로 개의치 않는다는 건 그가 흑심을 품지 않았었다는 뜻이다. 관쥐얼은 아까운 기회를 날려버린 것 같아 아쉬웠다. 그녀의 고민이 다시 시작되었다. 야근이 취소돼서 같이 갈 수 있다고 할까? 또 무슨 핑계를 댈까?

마침 퇴근 시간이 거의 다가왔을 때 상사가 전화를 걸어 야근을 지시하자 관쥐얼은 깨끗이 단념하고 일에 몰두했다.

취샤오샤오는 어젯밤 자오치펑의 목소리를 듣고 싶었지만 전략적 차원에서 전화를 걸지 않았다. 그녀는 오늘 아침 눈을 뜨자마자 시간을 확인한 후 약품 수입을 하고 있는 친구에게 전화를 걸어 자오치펑의 결혼 여부를 조사해달라고 부탁했다. 자오치펑이 미혼이기만 하면 그 외에는 문제 될 게 하도 없었다. 그런데 친구는 경제적으로 너무 차이가 나는 사람은 만나지 말라고 충고했다.

"의사들 월급 빤하잖아. 뒷돈을 많이 받는 의사면 몰라도 뒷돈을 적게 받는 의사라면 우리랑 같이 놀다가도 계산할 때만 되면 비굴해질 거야. 너가 아무리 취향이 바뀌었어도 이건 아니라고 봐."

"잠깐 놀자는 건데 뭘 그렇게 멀리 나가? 그 남자 목소리가 얼마나 섹시한지 네가 몰라서 그래. 그 허스키한 목소리로 내 귓가에 대고 '사랑해.'라고 속삭여주는 상상을 했다니까…."

취샤오샤오는 벌써 그에게 푹 빠진 것 같았다. 친구가 물었다.

"네 말을 들으니 최음제보다 더 효과가 좋나 보네. 그럼 나도 그 병원 한번 가볼까?"

"최음제 따위는 비교도 안 돼. 그 사람은 여성용 비아그라랄까? 너 잘 들어. 그 사람 귀찮게 하면 안 돼. 그 사람 성가시게 하지도 마. 빨리 알아보기나 해. 오늘 안으로 결과를 알려주면 제일 좋고. 만약 네가 마음에 든다고 하면 통 크게 양보할게. 단, 다른 애들에겐 절대로 얘기하지 마."

"알았어. 다리를 다쳐서 못 나온다니까 내가 알아봐줘야지. 야오빈 한텐 내가 도와줬다는 거 비밀이야."

"너만 입 다물면 아무도 몰라."

정신적인 문제는 쉽게 해결할 수 있지만 밥 먹는 문제가 취샤오샤오의 가장 큰 난제였다. 음식을 배달시켰는데 시간이 한참 지나도록 오지 않아 배가 고파 죽을 지경이었다. 친구와 통화를 끝낸 뒤 복도에서 인기척이 들리자 그녀가 냉큼 나가 문을 열었다. 그런데 복도에서 추잉잉 혼자 다리를 늘리며 스트레칭을 하고 있는 것이었다. 추잉잉은 골려줄 게 아니면 말을 섞어봐야 재미가 없고, 추잉잉을 골려주자니 거동이 불편한 취샤오샤오에게는 위험부담이 너무 컸다. 그녀는 아무것도 못 본 척 새치름하게 문을 닫았다.

두유와 유탸오로 허기를 해결한 뒤에 친구의 전화를 기다리느라 조급증이 났다. 다행히 한 시간도 안 되어 그 친구에게 전화가 걸려왔다.

"서른한 살. 박사. 하이시 출신. 개천에서 용 난 케이스는 아님. 여기서 일단 가산점. 핵심 사항, 미혼. 단, 여자친구가 위생국 간부의 딸이라고 함. 연애 기간 3년. 그가 부 주임의사로 고속 승진을 한 게 그 간부와 관계가 있다는 소문이 자자함. 결론적으로 너는 잠깐 바람피우는 건 가능하겠지만 그 이상은 불가능해. 그런데 이상하지 않아? 3년이나 사귀도록 왜 결혼을 안 했을까? 내 생각에는 둘 중 한쪽에 문제가 있는 게 분명해. 그게 아니면 자오치펑이 빛 좋은 개살구거나. 이상. 내가 도와줄 수 있는 건 여기까지야. 위생국의 누군가에게 찍히고 싶지 않아."

취샤오샤오가 유탸오를 씹으며 눈동자를 이리저리 굴렸다.

친구의 메시지를 찬찬히 분석한 뒤 그녀가 내린 결론은 가능성이 충분하다는 것이었다. 그녀의 경험에 비추어볼 때, 정상적인 경우라면 연애한 지 반 년쯤 되면 결혼 얘기가 나오고, 일사천리로 진도가 나가면 사귄 지 1년쯤 됐을 때 결혼한다. 3년이나 사귀고도 결혼하지 않았다면 그 연애는 거의 끝났다고 봐도 무방하다. 만약 3년간 한번도 자지 않았다면 둘 중 하나는 정상이 아니다. 정신적인 문제든 신체적인 문제든 어쨌든 문제가 있다. 만약 같이 잤는데도 3년 동안 결혼을 안 했다면 둘 중 누군가는 마음이 변한 것이다. 3년이나 사귀었으니 싫증이 날 만도 하다. 그러므로 3년차 연인 관계란 톡 건드리기만 해도 찢어지는 종잇장 같은 것이라는 결론을 내릴 수 있다.

취샤오샤오가 살살 웃으며 자오치펑에게 전화를 걸었다. 자오치펑은 오늘 외래 진료가 없는 날이라 회진을 돌고 있었다. 취샤오샤오가 동정심을 유발하는 목소리로 자오치펑에게 물었다.

"오늘 일이 많아서 평소보다 많이 걸었더니 다리가 너무 아파요. 병원에 가봐야 할까요?"

물론 아프지만 참을 수 있다는 뉘앙스를 깔았다. 매일 아픈 환자에게 시달리는 의사들은 아파도 잘 참는 사람에게 호감을 느낄 것 같았다. 예상대로 자오치펑은 핫팩으로 다리를 찜질하고 많이 걷지 말라고 친절하게 조언해주었다. 취샤오샤오는 고맙다고 인사를 하고 고분고분 전화를 끊었다.

취샤오샤오는 그 전화 내용을 몰래 녹음하고 있었다. 그녀는 녹음을 반복해서 들으며 그의 목소리로 "사랑해."라고 말해준다면 어떤 기분일지 상상했다.

앤디는 아침부터 한 기관투자자에게 그날의 에너지를 다 빼앗겼다. 원래는 탄쭝밍의 손님이었지만 앤디를 꼭 대화에 참석시키고 싶다는 것이었다. 그런데 점심시간이 되도록 얘기가 끝날 줄 몰랐다. 탄쭝밍은 점심 식사를 마친 후 중요한 일이 있다며 자리를 뜨고 앤디 혼자 남아 대화를 계속 했다. 그녀가 쓰나미처럼 쏟아낸 데이터 수치에 투자자는 멀미가 날 것 같았지만 어차피 전문가 대 전문가의 대화였고 약간의 난이도가 있었을 뿐이다.

투자자가 돌아간 뒤 앤디는 동료들과 회의를 한 후 탄쭝밍에게 전화를 걸어 간단히 업무 보고를 했다. 앤디의 일처리 능력을 절대적으로 신뢰하는 탄쭝밍은 업무에 대해서는 묻지 않았다. 대신 왜 아직 출발하지 않았느냐고 물었다. 앤디가 망설이다가 말했다.

"두려워. 유전적인 요인들을 더 많이 알게 될까 봐."

"직접 갈게 아니라 옌뤼밍에게 동생을 시설이 좋은 요양원으로 옮겨달라고 할까? 어젯밤에 널 보고 나서 걱정이 많아졌어. 남동생 일은 옌뤼밍에게 맡기고 미국에 가서 정신과 진료를 받고 오는 건 어때?"

앤디가 대답하지 않자 탄쭝밍이 말했다.

"어제는 너의 그 친구가 문제를 일으킨 거야."

앤디가 말했다.

"내 동생이 처음으로 새로운 세상을 만날 때 내가 곁에 있어주고 싶어. 교감이 생겨서 상태가 좋아지길 바라는 마음도 있어. 금요일이니까 회사에서 직원들과 티타임을 하면서 가볍게 얘기를 나눌 거야. 오든 안 오든 네 맘대로 해. 그런데 오늘은 무슨 일이야? 점심 먹자마자 중요한 일을 두고 빠져나가다니. 여자 만나러 간 거야? 그렇지?"

탄쭝밍이 웃음을 터뜨렸다.

"물론이지. 친구의 별장에서 모임이 있어."

앤디도 대수롭지 않게 웃어넘겼다. 이 업계 남자들 사이에서는 드문 일이 아니었다. 앤디는 그런 젊은 모델들이 뭐가 예쁜지 잘 모르겠고 남자들이 그런 여자들을 왜 좋아하는지도 이해할 수 없었다. 탄쭝밍과의 통화를 마친 뒤 곧바로 전화벨이 울렸다. 발신자를 확인하지도 않고 받아보니 특이점이었다. 전화를 받은 걸 후회했지만 너무 늦은 뒤였다. 앤디는 부끄럽고 민망했다.

"모르는 전화는 받는군요. 어젯밤부터 지금까지 전화가 꺼져 있거나 신호가 울려도 받지 않더군요. 웨이신도 접속하지 않고 메시지에 답장도 없고. 왜 그래요?"

앤디가 솔직히 대답했다.

"잠수 타는 중이에요."

"어디서요? 나도 같이 타요."

"안 돼요. 근무 시간에 아이를 데리고 오면 안 된다는 규정이 있어요."

앤디가 피식 웃음을 터뜨렸다.

"금요일은 예외에요. 근무 중이에요? 지금 당신 회사 지하주차장에 있으니까 와서 데리고 가요."

"정말 막무가내로군요."

"이러지 않으면 방법이 없을 것 같았어요. 동생을 데리러 같이 가줄게요. 겨우 시간을 냈어요. 가는 동안 처리해야 일이 있어서 운전은 당신이 해야 해요."

"왜 같이 가려는 거죠?"

"가면서 얘기해줄게요. 나 지금 당신 차 옆에서 기다리고 있어요.

옆문으로 몰래 도망쳐도 당신이 올 때까지 여기서 계속 기다릴 거예요. 못 믿겠으면 시험해봐요."

"지금 회의 중이에요. 한 시간쯤 걸릴 거예요. 먹을 걸 사올 수 있어요? 시간도 아낄 겸 가면서 차에서 먹어요."

앤디는 늦은 밤에 특이점과 단 둘이 차를 타고 멀리 가는 게 잘하는 일인지 알 수가 없었다. 바로 그날 아침에 자신이 관취얼에게 조심하라고 경고했던 일이 아닌가. 게다가 어젯밤 그런 소동을 일으켜놓고 또 무슨 낯으로 특이점을 볼 수 있을까. 하지만 거절할 수가 없었다. 그녀는 동료들과 애프터눈 티를 마친 후 떨리는 마음으로 주차장으로 내려갔다. 특이점이 어떤 얼굴로 그녀를 맞이할지 두려웠다.

다행히 특이점은 그녀를 보고 불필요한 얘기를 하지 않았다.

"왔어요? 나는 처리해야 할 일이 있으니까 당신이 운전해요. 출구로 나가자마자 좌회전해서 고가도로를 탄 뒤에 계속 직진해요. 주말이라 통행량이 많을 테니까 차간거리를 충분히 확보하는 거 잊지 말고 외곽으로 나가면 대형 화물차를 조심해야 해요. 해가 짧으니까 헤드라이트는 꼭 켜요. 야간에 고속도로에서는 상향등을 켜는 게 좋아요."

앤디는 뒷목이 시큰거릴 만큼 민망했지만 특이점이 자신을 대하는 걸 보고 마음이 편해졌다. 다만 특이점이 그녀를 초보운전자 다루듯하는 건 불만이었다. 그녀가 비록 길치이기는 해도 운전 실력이 서툰 건 아니었다. 하지만 문제 삼지 않고 넘어가기로 했다. 특이점은 정말로 바쁜 일이 있는 것 같았다. 특이점은 노트북으로 메일을 보내느라 바빴고 앤디도 그를 방해하지 않았다. 앤디는 점점 특이점의 차가 익숙해져 안정적으로 차를 몰았다. 특이점이 음악을 틀었다. 메조소프라노의 목소리가 차 안에 퍼졌다. 황샤오후(黃小琥)의 '쉬운 일이 아니에요'라는 곡이었다. 특이점은 인도 출장을 가는 길에 이 노래를 듣고 그녀에게 꼭 들려주고 싶었다고 했다.

대중가요를 좋아하지 않는 앤디도 가사에 귀를 기울였다. 맨 앞 두 소절만 듣고도 그녀는 특이점이 자신에게 이 노래를 들려준 이유를 알 수 있었다.

쉬운 일이 아니에요.

말이 통하는 사람을 찾는 건….

판성메이는 퇴근길에 왕바이촨이 오늘 건 N번 째 전화를 받았다. 왕바이촨은 오늘 아침 집을 나설 때부터 시작해서 수시로 전화를 걸어 어디쯤 왔는지 보고했다. 고향에서부터 하이시까지 오는 길은 판성메이도 잘 알고 있었다. 그녀는 왕바이촨이 자신을 향해 달려오고 있는 기분이 들었다. 그럴수록 점점 초조하고 조바심이 났지만 왕바이촨은 저녁이 되도록 도착하지 못했다.

"주말도 아닌데 길이 많이 막히네. 30분 동안 겨우 500미터 움직였어. 먼저 저녁 먹어. 배고프잖아."

"그럼 넌 어떻게 해? 하루 종일 운전하느라 밥도 못 먹었을 텐데."

"차 안에 꼼짝 없이 갇혀서 내릴 수가 없네. 지금 제일 큰 문제는 밥이 아니야."

판성메이가 웃음이 터졌다. 교통 체증이 심할 때 제일 두려운 건 역시 생리적인 현상이다.

"그럼 나 먼저 아파트에 가서 기다릴게. 네가 짐 내릴 때 편하게 준비해놓을게. 주소 기억하지?"

"당연하지. 자동차에 날개가 달렸으면 얼마나 좋을까? 오늘 같은 날 차가 막히는 건 정말 용서가 안 돼. 차를 버리고 너한테 달려가고 싶어."

판성메이가 피식 웃었다.

"조급해하지 마. 나도 이제 막 지하철 탔어."

그녀는 어떻게 화제를 돌려야 할지 난감했다. 갑자기 왕바이찬이 좋아하는 음식이 뭔지 궁금해졌다. 오늘 저녁은 새 아파트에서 먹고 싶었다. 술 한잔해도 좋겠지만 그것이 어떤 부작용을 부를지 잘 알고 있었으므로 생각으로 그쳤다.

지하철역에서 나와 인테리어 소품숍에 들러 예쁜 식탁보와 드라이플라워가 꽂혀 있는 꽃병을 샀다. 왕바이찬의 새 아파트에 가서 외투를 벗고 제일 먼저 보일러를 켠 다음 이미 말끔하게 치워져 있는 집을 한 번 더 청소하고 식탁에 식탁보를 깔고 꽃병을 올려놓았다.

얼마 후 왕바이찬이 도착했다. 문이 열리자 환하고 깨끗한 집 안에서 은은한 향기를 풍기며 서 있는 판성메이와 어둡고 추운 복도에서 커다란 캐리어 두 개를 끌고 서 있는 왕바이찬이 문을 사이에 두고 서로를 응시했다. 집 안으로 한 걸음 들어서는 순간 왕바이찬은 새로운 세상으로 들어가는 것 같았다. 열두 시간 동안 운전해서 달려온 왕바이찬은 황홀감마저 느꼈다. 판성메이는 정신이 나간 듯 멍하니 서 있는 그를 보고 웃음이 터졌다. 그가 자기가 알고 있는 그 왕바이찬이라는 걸 실감했다. 그 순간 그는 성공한 사업가가 아니라 풋풋하고 순진한 고등학생의 모습 그대로였다.

"네 집이야. 어서 들어오지 않고 뭐해?"

왕바이찬이 트렁크를 밀고 들어와 현관문을 닫았다.

"믿을 수가 없어. 상상 이상이야."

그의 시선이 판성메이의 얼굴에서 예쁜 식탁보로 옮겨갔다.

"모든 게 내가 원했던 대로야. 거기다 아름다운 안주인까지 있다니."

"쓸데없는 소리 하지 마. 자, 영수증 줄게"

판성메이가 웃으며 식탁에 앉아 가방에서 열쇠와 계약서, 계약금 영수증을 꺼냈다.

"사무실 열쇠는 잔금을 내야 받을 수 있대. 배고프지? 아래층 패스트푸드점에 가서 간단히 뭘 좀 먹으며 환영식을 하고 오늘은 일찍 쉬어. 그런데 이불 안 가져왔어? 당장 필요한 생필품은?"

"이 은혜를 어떻게 갚아야 할지 모르겠어."

"천천히 받아낼 거니까 걱정 마."

"상환기간을 평생으로 해도 될까?"

"왕!바이!촨…, 빚진 사람이 너무 당당한 거 아냐? 어서 계약서들이나 훑어봐."

하지만 왕바이촨은 그 자리에 선 채 뜨거운 눈빛으로 판성메이를 응시하며 말없이 미소만 지었다. 판성메이가 민망함에 고개를 숙이자 그가 웃으며 말했다.

"우선 세수 좀 할게. 이왕 도와주는 김에 좀 더 도와줘. 마트 문 닫기 전에 생필품을 사러 가자. 난 뭐가 필요한지도 잘 몰라."

판성메이가 눈을 내리 깔고 계약서와 영수증을 다시 접으며 콧소리로 대답을 대신했다. 왕바이촨이 화장실로 들어가자 판성메이가 민망한지 복도로 나가서 담배를 피웠다. 왕바이촨은 환한 욕실에서 깨끗한 변기를 쓰고 따뜻한 물로 세수를 한 뒤 보송보송한 새 수건으로 얼굴을 닦았다. 정말로 집에 온 듯 아늑한 기분이었다. 화장실에서 나와보니 판성메이가 보이지 않고 현관문이 활짝 열려 있었다. 그가 깜짝 놀라 달려 나갔다.

"성메이, 성…."

왕바이촨이 허둥대며 달려 나오자 벽에 기대어 담배를 피우고 있던 판성메이가 장난스러운 표정으로 그를 쳐다보았다. 왕바이촨이 성큼 다가가려는데 판성메이가 팔을 뻗어 담배를 가리키며 그를 막았다.

"가버린 줄 알고 놀랐잖아."

판성메이가 담배를 다른 쪽으로 돌리며 집 안을 가리켰다.

"미안하지만 내 가방이랑 외투를 가지고 나와줄래? 우선 저녁부터 해결하고 마트에 가자. 서둘러. 시간이 별로 없어."

왕바이촨은 그녀를 보며 한참 미소를 짓고 있다가 집 안으로 들어갔다.

판성메이가 초조하게 담배를 두 모금 깊게 들이마신 뒤 심호흡을 했다. 그런데 왕바이촨이 나오지 않는 것이었다. 뭘 하는지 들어가보고 싶었지만 도도한 자태로 기다렸다. 한참 만에 나온 왕바이촨의 손에 판성메이의 가방과 외투 그리고 지퍼에 달린 가죽 술 장식이 포인트인 새 가방이 들려 있었다.

"이 은혜를 어떻게 갚아야 할지 모르겠어. 네 마음에 들면 좋겠어."

그 이름도 유명한 모터백이었다! 판성메이는 지퍼에 매달린 술 장식만 보고도 브랜드를 알아맞힐 수 있었다. 그녀가 평생 받은 선물 중 가장 비싼 것이었다.

"이건… 너무 비싸잖아. 이러지 마. 대단한 도움도 아닌데."

왕바이촨은 말없이 가방 두 개를 양쪽 팔에 하나씩 걸고 판성메이에게 외투를 입혀주었다. 두 사람이 함께 아래층으로 내려갔다. 독신 아파트인데도 엘리베이터에 사람이 많았다. 사람들이 밀고 들어와 구석으로 몰리자 왕바이촨이 팔로 벽을 받쳐 판성메이를 보호해주었다.

"고마워."

엘리베이터에서 내리며 판성메이가 가볍게 건넨 말에 왕바이촨이 대답했다.

"이런 기회가 오길 얼마나 기다렸는지 몰라."

판성메이는 그의 뜨거운 시선을 피해 눈을 살포시 내리깔고 대답 대신 미소를 지었다. 카페에서 간단히 식사를 마치고 마트로 갔다. 왕바이촨은 카트를 밀고 판성메이는 진열대에서 물건을 골라 카트에 담았다. 둘이 같이 물건을 고르며 상의를 하고 수시로 마주보며 웃었다. 판성메이에게는 오늘 저녁의 이 모든 게 비현실적이리만큼 완벽했다. 마치 잘 짜인 한국드라마 속 한 장면 같았다. 계산대 앞에 줄을 서 있을 때 판성메이가 말했다.

"하이시에 올라와 있는 고등학교 동창들 중에 자주 모이는 친구들이 있어. 너 시간 날 때 다같이 한번 모이는 게 어때?"

"내가 하이시로 온다는 걸 친구들한테 얘기했어?"

"아니 아직. 네가 언제 올지도 모르고 무슨 사업을 하는지도 모르는데 어떻게 얘기를 해?"

"당분간은 친구들에게 얘기하지 마. 새로운 사업이 자리 잡히고 나서 만나는 게 좋을 거 같아. 지금은 너랑 있는 시간을 누구와도 공유하고 싶지 않아."

판성메이가 웃으며 눈을 흘겼다.

"계산 끝나면 택시 타고 집에 갈게. 너도 피곤할 텐데 어서 들어가. 난 하루 종일 서 있었더니 피곤하네…."

"내일 아침에 데리러 갈게."

"아냐. 하이시에 사업하러 온 거잖아. 시간을 허투루 보낼 거야?

내일 나도 친구랑 약속이 있어."

"그럼 모레…."

"나를 매일 붙잡아둘 생각이야? 모레는 도자기 수업이 있어."

두 사람이 실랑이를 벌이다가 결국 왕바이촨이 그녀를 아파트까지 데려다주었다. 이번에도 집 앞까지 데려다주겠다고 했지만 판성메이가 극구 거절했다. 물론 모터백은 몇 번 사양하다가 못 이기는 척 받았다. 판성메이가 아파트 입구로 들어가다가 뒤를 돌아보며 손을 흔들고 다시 들어갔다. 그녀는 느릿느릿 걸었고 왕바이촨은 그녀가 모퉁이를 돌아 보이지 않을 때까지 그 자리에 선 채 그녀의 뒷모습에서 시선을 떼지 않았다. 모퉁이를 돌자마자 그녀는 모터백을 와락 끌어안으며 환희의 웃음을 터뜨렸다. 이 행복이 계속될 수 있다면 얼마나 좋을까….

2202호로 들어서자 추잉잉이 쪼르르 달려 나왔다.

"언니, 언니, 나 좀 도와줘. 내일 채용박람회가 있는데 이 중에 어느 회사가 나한테 맞을지 골라줘."

하지만 판성메이는 이 나른한 행복을 방해받고 싶지 않았다. 그녀가 미소를 지으며 말했다.

"내일 아침에 하자. 나 너무 피곤해."

판성메이가 자기 방으로 들어가며 뒤따라 들어가려던 추잉잉을 미소로 막았다.

"미안해."

추잉잉은 닫힌 문 앞에서 한참 동안 멀뚱하게 서 있다가 입술을 깨물며 자기 방으로 들어갔다. 판성메이조차 자기를 도와주지 않는다는 사실에 눈물이 왈칵 쏟아졌다.

판성메이는 그런 것까지 신경 쓰고 싶지 않았다. 그녀는 컴퓨터를 켜고 검색사이트에서 '왕바이촨'을 검색했다. 그에 대해 더 많은 정보를 알고 싶었다. 하지만 아무리 찾아도 그녀가 아는 왕바이촨의 정보는 찾을 수가 없었다. 왕바이촨의 핸드폰 번호를 비롯해 여러 가지 검색어를 조합해서 검색했지만 그에 대한 정보를 찾을 수가 없었다.

검색을 포기한 뒤 거울을 앞에 놓고 자기 얼굴을 찬찬히 뜯어보았다. 혹시 미모의 허점을 왕바이촨에게 들키지 않았을지 사후점검을 했다. 그녀는 왕바이촨이 꿈에 그리던 여자가 아닌가. 적나라한 현실로 왕바이촨의 꿈에 찬물을 끼얹고 싶지는 않았다.

부들부들한 모터백이 판성메이의 시야에 들어왔다. 거울을 내려놓고 가방을 집어 들어 가죽 술 장식을 쓰다듬었다. 그에게 언제까지 자신의 진짜 모습을 감출 수 있을까? 그가 오매불망 바라던 꿈 속 연인으로 영원히 남을 수 있을까? 진짜 모습을 보여준다면 그는 그녀를 어떻게 생각할까? 판성메이는 이미 순수한 사랑 따위를 믿지 않았다. 사랑만 있으면 뭐든 다 할 수 있다고 믿는 나이도 지났다. 지금 그녀 앞에 있는 사람은 젊고 준수한 외모의 왕바이촨이었다. 그 정도면 킹카 중의 킹카였다. 킹카 주위에는 젊고 예쁘고 싱싱한 여자들이 줄줄 따라다니는 법이다. 고등학교 동창, 꿈에 그리던 짝사랑, 이 카드가 얼마나 통할 수 있을까? 판성메이는 다시 거울을 들여다보며 긴 한숨을 쉬었다. 냉정하게 보자면 옛 향수로 포장된 그녀의 아우라는 금세 빛을 잃을 것이고 왕바이촨은 그녀의 진짜 모습을 보게 될 것이다. 그때가 되면 그녀는 그를 어떻게 대해야 할까?

판성메이는 기운이 쭉 빠졌다. 차라리 아름다운 뒷모습을 보여주며 먼저 물러날까? 그렇게 하면 최소한 아름다운 이미지는 지킬 수 있을 것이다.

관쥐얼은 밤 10시가 넘어 일을 마치고 지친 몸으로 동료들과 사무실을 나섰다. 가족이나 애인이 데리러 온 동료들은 얼굴이 금세 밝아졌다. 자기 차가 있는 동료들은 엘리베이터를 타고 곧장 지하주차장으로 내려갔다. 1층에서 엘리베이터를 내려 로비를 걸어 나오는데 남은 건 관쥐얼 하나뿐이었다. 회사 로비가 그렇게 휑하다는 걸 그녀는 처음 알았다. 혼자 남겨지자 더 처량했다. 회사 일에 영혼을 송두리째 빼앗긴 것 같았다.

쌀쌀한 바깥 공기를 느끼며 옷깃을 세우고 로비를 가로질렀다. 그때 누군가 그녀의 이름을 불렀다. 목소리가 귀에 익었다. 고개를 돌려보니 다른 부서의 리자오성이었다.

관쥐얼이 물었다.

"아직 퇴근 안 했어요? 야근했어요?"

"나 이직했다는 소식 못 들었어요? 일부러 작별인사하러 왔는데 나한테 정말 관심이 없군요."

"축하해요. 요즘 너무 바빠서 다른 데 신경 쓸 틈이 없었어요. 미안해요."

"인턴 기간이니까 이해해요. 가방 들어줄까요?"

관쥐얼이 고개를 저으며 거절했지만 리자오성은 민망해지지 않았다. 나란히 회사 문을 나서며 그가 말했다.

"이삼 년 경력이 쌓여도 업무 스트레스가 하나도 줄어들지 않았어요. 그게 내가 이직한 이유예요. 새로 옮긴 회사는 상장기업인데 한 달에 며칠만 바빠요. 매일 야근할 필요가 없어요. 야근하고 나오면서 하늘을 올려다본 적 있어요?"

관쥐얼이 고개를 저었다.

"이 도시에선 밤에도 별이 보이지 않아요."

"나는 밤늦게 퇴근할 때 하늘을 보는 게 유일한 낙이었어요. 오늘은 날씨가 흐리네요. 저기 좀 봐요. 낮게 깔린 구름 사이로 희미한 빛 무리가 보이죠? 회색조 팔레트처럼. 색깔은 어둡지만 초록빛이 은은하게 감돌잖아요. 거기서 아래로 시선을 옮겨보면 고층 빌딩의 조명이 구름에 비쳤다는 걸 알 수가 있어요. 이게 흐린 날 밤하늘의 특징이에요."

관쥐얼이 고개를 들어 리자오성이 가리키는 대로 시선을 옮겼다. 정말로 낮게 깔린 구름이 도시의 상공을 덮은 장막 같았다. 도시의 화려한 조명에 초록, 빨강, 파랑, 노랑으로 물든 장막이 제법 근사했다.

"재밌네요. 맑은 날은 어때요?"

"맑은 날은 달라요. 맑은 날 야근을 하고 나오면서 직접 관찰해보면 알 거예요. 이 큰 가방은 뭐예요? 어디 놀러가려고 했어요? 커피 한 잔 할까요? 내일 주말이니까 늦게 자도 되잖아요."

"퇴근하고 집에 내려갈 계획이었어요. 그런데 또 야근이 잡히는 바람에…."

리자오성의 말대로 하늘이 정말 예뻤다. 관쥐얼은 고개를 젖혀 자기가 근무하는 빌딩의 조명은 하늘을 어떤 색깔로 물들였는지 찾아보았다. 빌딩 불빛이 별을 대신하고 있는 것만 같은 기분이 들었다.

리자오성이 말했다.

"좋은 생각이 있어요. 나의 지옥 탈출을 축하하는 의미로 밤기차를 타고 훌쩍 떠나는 거예요. 아무 데나 가서 신나게 주말을 보낸 뒤에 아무 일도 없었던 것처럼 돌아오는 거죠. 나는 새 회사로 출근하고, 쥐얼 씨는 다시 여기로 복귀하고. 마술처럼 휘파람 한번 불면 획, 순간 이동. 내일 아침에 눈을 뜨면 다른 세상에 가 있는 거죠. 마치 마법처럼. 날 믿어봐요. 아주 재미있을 테니까."

관쥐얼이 눈동자를 반짝이며 하늘에 매달았던 시선을 리자오성에게로 옮겼다.

"음…, 안 될 거 같아요. 월말이라 지금 가진 돈도 별로 없고, 또… 계획도 없이 무작정 돌아다니는 건 무서워요. 시간도 너무 늦었고요…."

"동료랑 여행 가는 게 인턴 평가에 불리한 영향을 미친다는 거 알아요. 내가 퇴사했으니까 이런 제안을 하는 거예요. 돈은 내가 빌려줄게요. 큰돈이 들지도 않아요. 중요한 건 돈이 아니에요. 이런 생각 해본 적 있어요? 아무 계획 없이 남들이 살고 있는 낯선 곳으로 뛰어드는 게 어떤 기분일지. 아무 계획도 없이 졸음 겨운 눈으로 걸어가는 인파 속에서 현지인들이 즐겨먹는 아침 메뉴를 찾고, 아무 계획도 없이 지도만 들고 돌아다니며 새로운 걸 발견하는 재미 말이에요. 색다른 기분을 느껴볼 수 있어요. 여행이 끝날 때가 되면 아직도 못 가본 곳이 많다는 걸 알고 다음에 꼭 다시 오겠다고 다짐하며 아쉬운 발길을 돌리겠지만, 다음 번 여행을 기다리게 되겠죠. 숫자와 그래프만으로 이루어진 일상을 완전히 벗어나봐요. 일과 잠자는 게 전부인 이 생활이 답답하지 않아요?"

"그렇지만… 내일 밀린 잠을 실컷 잘 생각이었어요."

"노는 게 진정한 휴식이에요. 이 도시의 밤하늘도 나름대로 멋이 있다는 걸 처음 알았죠? 멀리 떠나면 무궁무진한 세상이 있다는 걸 실감하게 될 거예요. 진심으로 쥐얼 씨를 생각해서 하는 말이에요. 로비에서 꽤 오래 쥐얼 씨를 기다렸어요. 기다림에 대한 보상이라고 생각해도 좋아요."

관쥐얼이 리자오성을 쳐다보며 속으로 외쳤다.

'성메이 언니! 앤디 언니! 도와줘! 나 어떻게 해?'

그녀도 다른 밤하늘을 보고 싶고, 계획 없이 떠나는 여행에 대한 동경심도 있었다. 또 자신을 만나려고 오랫동안 기다린 리자오성의 제안을 거절하기도 미안했다.

리자오성이 말했다.

"걱정할 거 없어요. 우린 그저 옛 동료니까. 친구라고 해도 좋고요. 쥐얼 씨는 착한 사람이에요. 쥐얼 씨와 친구가 되고 싶고 재미있는 걸 같이 하고 싶어요. 납치해서 팔아버리지 않겠다고 맹세할게요. 믿어줘요."

관쥐얼이 웃음을 터뜨렸다. 리자오성이 그럴 사람이 아니라는 건 알고 있었다. 관쥐얼이 고개를 끄덕이자 리자오성이 택시를 잡아 그녀를 태웠다. 그가 택시기사에게 기차역으로 가달라고 말하는 순간 관쥐얼이 놀라며 말렸다.

"고개를 끄덕인 건 같이 가겠다는 뜻이 아니었어요. 날 팔아버리지 않겠다는 말을 믿는다는 뜻이었어요."

"그걸 믿는데 더 망설일 게 뭐가 있어요? 떠나는 거예요. 우리의 모험여행이 시작됐어요!"

"나는 아직…."

관쥐얼이 말끝을 흐리다가 뭔가 발견한 듯 말했다.

"선배님은 짐도 안 싸왔잖아요."

"쥐얼 씨를 만나기 전까지는 놀러 갈 생각이 없었어요. 이유는 모르겠지만 쥐얼 씨가 피곤한 모습으로 엘리베이터에서 내리는 걸 보고 문득 쥐얼 씨를 이 암울한 곳에서 탈출시켜주고 싶다는 생각이 들었어요. 단 하루만이라도! 나는 탈출에 성공했지만 동지를 도와줄 의무가 있어요. 나한테 신용카드, 아이패드, 핸드폰이 있으니까 굶을 걱정은 없어요."

"그렇지만…, 난 고지식한 성격이라 재미있게 놀지도 못해요. 여행 파트너로는 꽝이라고요. 내가 선배의 여행을 망칠지도 몰라요."

"쥐얼 씨가 지금 '그렇지만'을 몇 번 말했는 줄 알아요? 하나, 둘, 셋…."

"세지 말아요. 제발."

리자오성이 웃으며 아이패드로 기차시간표를 검색했다. 두 사람은 30분 뒤에 출발하는 기차 중에 하나를 타기로 했다. 그걸 타면 내일 아침 완전히 낯선 도시에 도착하는 것이다.

두 사람은 택시에서 내리자마자 매표소로 달려가 티켓을 산 뒤 플랫폼으로 달려가 간신히 기차에 올라탔다. 리자오성이 가쁜 숨을 몰아쉬며 웃었다.

"우리가 철도유격대라면 벌써 죽었을 거예요. 힘들어요?"

관쥐얼의 눈동자가 반짝였다.

"재밌어요!"

그랬다. 그건 아무 생각도 하지 않고 자신을 내던질 때 비로소 느낄 수 있는 자유였다. 모범생 관쥐얼은 처음 경험해보는 일이 짜릿하고 흥분됐다. 내일 도착할 도시가 어떤 곳일지는 생각하지 않기로 했다. 지금 이 순간을 즐기면 되는 것이다.

특이점이 컴퓨터로 일을 하는 동안 앤디는 한쪽 귀에 이어폰을 끼고 들으며 운전했다. 두 사람이 각자 일을 하며 서로 방해하지 않았다. 특이점은 일처리를 끝낸 뒤 앤디와 자리를 바꾸어 운전을 했다. 앤디의 귀에 이어폰이 꽂혀 있는 걸 보고 특이점이 물었다.

"뭘 듣는 거예요?"

"예일대학 공개강좌예요. 폴 블룸 교수의 심리학개론이요. 몇 개

대학의 공개강좌를 다운받아놓고 시간이 날 때마다 들어요. 심리학 말고 다른 것들도 있어요."

"그런 게 있다는 건 알지만 실제로 들어보진 못했어요."

"당신이 이번에 보아오 포럼 이사회에 선출됐다는 걸 얼마 전에 들었어요. 바쁘긴 하겠네요."

특이점이 웃었다.

"적응이 빠르군요. 처음 귀국했을 때는 중국어도 유창하지 않았는데 벌써 보아오 포럼까지 접수했잖아요."

"맥덜 어록과 짱구 어록도 배웠어요."

"짱구는 누구예요?"

"만화 '짱구는 못 말려' 몰라요? 시대에 너무 뒤처졌네요. 요즘 같은 층에 사는 이웃들에게 많은 걸 배워요. 거기로 이사하길 잘했어요. 그래도 가필드 원어 어록은 내가 제일 많이 외울 거예요."

"그걸 왜 외워요? 머리를 왜 그렇게 혹사시켜요?"

"난 당신처럼 짧은 단어 몇 개로 재미있게 말할 수가 없어요. 그러니까 남의 말을 외우는 수밖에요. 매일 두 시간씩 책을 읽어요. 협상할 때 '내 살점 1파운드를 떼어가겠다는 건가요?'라고 말하면 그 어떤 공격보다 더 효과적이죠."

"알고 보니 당신은 가시 돋친 장미였군요."

"내가 장미라고요? 하하하! 그럴 리가요?"

"루쉰(魯迅)전집을 선물해줄게요. 최고의 교재예요. 그걸 다 외우면 독설 수준이 일취월장 할 거예요. 그건 그렇고, 뒷자리에 있는 검은 봉지는 뭐예요? 당신이 가져온 거 말이에요."

"현금 50만 위안이요. 복지원에 기부하려고요. 어린 애들을 비싼 가격에 팔아먹는 악덕 복지원이 있다고 들었어요. 장애가 있는 아이들은 더 비참하대요. 내 동생은 아무 연고도 없이 그 복지원에 맡겨졌어요. 양심 없는 원장이었으면 몰래 내다버렸을 거예요. 설사 그랬더라도…, 아무도 몰랐겠죠. 지금까지 동생이 살아 있다는 건 복지원 원장이 좋은 사람이라는 뜻이에요."

"음, 알겠어요. 계좌로 송금하지 않고 현금으로 기부하는 건 기부금을 사적으로 유용해도 된다는 암묵적인 동의겠죠? 그런 방법까지 빠르게 적응했군요. 하나만 더 물어볼게요. 화내지 말아요. 아니, 화가 나면 대답하지 않아도 괜찮아요. 당신처럼 똑똑하고 건강하고 예쁜 여자아이가 입양되지 않고 고아원에 남겨진 이유가 뭔가요?"

"고아원 아이들이 필수적으로 익혀야 하는 기술이 있었어요. 바짓가랑이 붙잡기. 자원봉사자나 입양을 원하는 사람들이 고아원에 오면 아이들이 우르르 몰려가서 바짓가랑이를 붙잡는 거예요. 한쪽 다리에 서너 명씩, 어른 한 사람에 예닐곱 명씩 들러붙어서 놓아주지 않았어요. 그러면 자원봉사자들은 울음을 터뜨렸고 입양을 원하는 사람들은 살갑게 구는 아이들 중에 제일 귀여운 아이를 한 명 고르곤 하죠. 그들은 그걸 인연이라고 불러요. 하지만 나는 불행한 기억 때문에 고아원에서 사는 게 엄마랑 사는 것보다 더 안전하다고 생각했어요. 그래서 그럴 때마다 최대한 눈에 띄지 않게 숨었죠. 현지인들은 내가 누구 딸인지 알면 입양하려 하지 않았고요. 이웃에 사는 쥐얼이나 샤오샤오가 부러워요. 쥐얼은 부모님 밑에서 곱게 자랐고, 샤오샤오는 무슨 사고를 치든 부모님이 애지중지 예뻐해요. 그런데도 아빠가 자기에게 인색하다고 생각하지만요. 당신은 어때요? 외동아들이니까 귀하게 자랐겠죠?"

"외아들이지만 남들과는 경우가 조금 달라요. 부모님이 찢어지게 가난해서 자식을 더 낳을 형편이 안 됐어요. 그러다가 산아제한 정책이 발표되는 바람에 어쩔 수 없이 더 낳지 못했대요. 어릴 때는 형제가 힘을 합쳐 싸우고 집에 가면 누나가 빨래를 해주는 아이들이 그렇게 부러울 수가 없었어요."

"누나가 빨래를 해준다고요?"

"형제가 많으면 큰 아이가 동생들을 업어서 길러요. 장남은 아버지를 대신하고 장녀는 어머니와 마찬가지라는 말도 있죠. 당신도 앞으로 동생의 엄마 역할을 해주게 될 거예요."

특이점이 그 대목에서 슬며시 화제를 돌렸다.

"책을 많이 읽는군요. 어떤 작가를 제일 좋아해요?"

"맨커 올슨이요. 탄탄한 논리를 펼치다가 최종적인 결론에 도달하는 게 좋아요. 제일 좋아하는 소설가를 묻는 거라면 특별히 좋아하는 소설가는 없어요. 동화작가라면 더더욱. 어릴 때 읽을 책이 없었던 게 행운이라고 생각해요. 동화의 터무니없는 비논리성에 영향을 받지 않을 수 있었으니까요."

특이점이 반박하려는데 앤디가 말을 가로챘다.

"내 나이 여자들 중에 아직도 부모님한테 손 벌리는 사람도 있는데 동생을 부양할 능력을 가졌다는 건 자랑스러운 일이에요. 그러니까 내가 엄마 같은 누나가 될 거라는 이야기를 굳이 피할 필요는 없어요."

"좋아요. 단, 네 가지 요구조건이 있어요. 첫째, 오늘 밤에는 다이산이 아니라 시내 호텔에서 묵을 것. 둘째, 내일 동생을 데리고 나와서 다이산을 둘러보지 말 것. 셋째, 동생에게서 당신과 비슷한 점을 찾지 말 것. 넷째, 어떤 감정이든 내게 솔직하게 얘기할 것. 난 당신의 정신적인 스트레스를 분담하고 싶어요. 은행계좌 비밀번호 같은 건 얘기하지 않아도 돼요. 오케이?"

"오케이!"

앤디는 심적으로 의지할 수 있는 사람이 하나 더 생겼다는 생각에 마음이 놓였다.

"다이산 현의 자연산 민물장어들도 재앙을 면할 수 있겠네요. 당신은 외동으로 자랐는데도 어른스러운 것 같아요."

"그런 얘긴 처음 들어요. 오늘은 내 말을 끊지 않는군요."

"긴장돼서요. 사실 난 평소에도 말수가 적은 편이에요. 보통은 구석에 앉아서 남들 얘기를 듣고 남이 하는 걸 구경하는 편이죠."

"나랑 있을 때는 대화가 잘 통해서 말을 많이 하는 건가요?"

"맞아요."

목적지에 도착할 때까지 두 사람의 대화가 쉬지 않고 이어졌다.

리자오성은 기차 여행의 경험이 많은 것 같았다. 그는 관쥐얼에게 사람이 붐비는 복도에서 자리를 지키고 있으라고 당부하고는 담배 몇 갑을 들고 제복 입은 사람들을 찾아다녔다. 잠시 후 그가 침대칸 티켓 두 장을 구해왔다. 그러더니 잠시 후에는 서로 떨어져 있던 자리를 나란히 붙은 자리로 바꿔왔다. 하나는 맨 위층 침대, 또 하나는 중간 침대였다. 그가 어떤 수완을 발휘했는지 직접 보지 못한 관쥐얼은 기차에서 돈만 내면 쉽게 침대칸 자리를 구할 수 있나 보다 생각했다. 명절 기간도 아니니까 침대칸 자리를 구하는 건 그렇게 힘든 일이 아닐 것 같았다. 지나가는 사람들이 기웃거리지 않는 맨 위층 침대를 그녀가 쓰기로 했다.

소등 후 여행의 설렘도 서서히 가라앉았다. 중간칸에 누워 있는 리자오성은 금세 잠이 들었지만 관쥐얼은 잠이 오지 않았다.

'구두 신고 왔는데 내일 걸어 다닐 때 발에 물집이 생기면 어쩌지?

큰일 났네. 큰 맘 먹고 산 구두인데 침대 아래 바닥에 벗어뒀잖아. 누가 슬쩍 가져가면 어쩌지? 잠든 사이에 노트북 가방과 짐 가방을 도둑맞으면 어쩌지? 리자오성은 중간 침대라 도둑맞기가 더 쉬울 텐데…. 한밤중에 변태가 몸을 더듬으면? 내일 아침 6시에 기차가 도착해서 10분간 정차했다가 출발한다고 했으니 적어도 30분 전에는 일어나서 내릴 준비를 해야 하잖아? 기차 소리가 너무 커서 핸드폰 알람소리를 듣지 못하면 어쩌지.'

그녀는 경계하는 눈초리로 주위를 두리번거렸다. 기차에 탄 사람들이 전부 나쁜 마음을 품고 있는 것처럼 보였다.

관쥐얼은 생각할수록 불안했다. 침대에서 내려가 자신과 리자오성의 신발을 가지고 올라와 깨끗한 비닐봉지에 잘 담아 침대 한가운데 놓았다. 혹시 리자오성이 바깥으로 옷을 걸어놓지 않았는지 확인한 후 노트북 가방과 짐 가방도 신발 옆에 가지런히 놓고 훔쳐가지 못하게 담요를 덮었다. 모든 정리를 마치고 나자 그녀가 잘 곳이 없었다. 비좁은 틈새에 겨우 몸을 뉘였지만 작은 인기척만 들려도 눈을 번쩍 뜨고 두리번거리며 침대 위 물건들이 잘 있는지 확인하고 고개를 내밀어 리자오성의 물건이 잘 있는지 확인했다. 결국 밤새도록 뒤척이느라 한숨도 자지 못하고 뜬눈으로 밤을 새웠다. 승무원이 표를 검사하러 왔을 때 그녀는 비몽사몽 정신을 차릴 수가 없었다. 여행의 시작이 이럴 줄은 상상도 하지 못했다. 리자오성은 푹 자고 개운하게 일어났지만 관쥐얼은 눈이 퀭하고 몰골이 초췌했다. 관쥐얼 혼자 짐을 지키느라 한숨도 자지 못했다는 걸 그제야 알았다. 그녀가 건넨 신발에 아직도 체온이 남아 있었다. 리자오성은 이 바보 같은 여자를 와락 끌어안고 싶은 충동이 들었다. 그는 기차에서 내리자마자 비즈니스호텔에 짐을 풀고 관쥐얼이 푹 잘 수 있게 해주었다.

앤디와 특이점은 다이산 현이 속한 도시에 도착했다. 앤디의 고향이지만 특이점이 그곳에서 사업을 하고 있었기 때문에 앤디보다 그곳을 더 잘 알았다. 특이점은 고속도로를 빠져나가 출장 때마다 투숙하는 호텔에서 익숙하게 체크인을 했다. 호텔 직원이 투숙객 등록을 마치고 그녀의 여권과 특이점의 신분증을 돌려주자 앤디가 특이점의 신분증을 자세히 들여다보았다.

"1985년생이군요. 나보다 네 살밖에 많지 않네요."

"내가 당신이랑 나이 차이가 얼마 나지 않는다고 했을 때 믿지 않았죠?"

특이점도 앤디의 여권을 들여다보았다. 서로에게 하는 행동이 자연스러웠다.

"내 생일은 원래 6월이에요. 얼마 전에 알았어요. 태어난 해는 맞고요."

프런트 데스크의 직원이 이상하다는 듯 두 사람을 쳐다보며 객실카드 두 개를 건넸다. 앤디가 객실카드를 휙 낚아채 잰걸음으로 방으로 향했다. 방금 전 오랫동안 듣지 못했던 사투리가 그녀의 귓속으로 훅 빨려 들어와 깊숙이 숨겨져 있던 어두운 기억을 깨웠다. 그녀가 할 수 있는 건 피하는 것뿐이었다. 호텔 로비 곳곳에서 현지인들이 왁자하게 떠드는 소리가 들렸다. 내일은 어떻게 하지? 내일부터 완벽한 다이산 사투리를 듣게 될 것이다. 그녀가 태어날 때부터 익숙했던 그 사투리 말이다. 그녀의 기억 속에서 사투리는 결코 아름답지 못했다. 저속하고 거칠고 무례하고 억척스러운 말들뿐이었다. 그녀는 그런 말들을 들으며 자랐다. 특별한 상황에 닥칠 때 그녀의 입에서도 그런 말들이 쏟아져 나왔다. 어느 정도 자란 뒤에는 그 더러운 말들이 입에서 터져 나오는 걸 막기 위해 차라리 입을 꾹 다물고 말하지 않았다. 그런데 지금 사투리를 듣자마자 그 더러운 말들이 걷잡을 수 없이 목구멍을 타고 올라오며 다른 기억들도 함께 딸려 올라왔다. 최면에 걸린 것 같았다. 방금 전 두 사람을 이상하게 쳐다보던 호텔 직원에게 저속한 말이 튀어나오려는 걸 간신히 욱여 삼켰다. 최대한 정상인처럼 행동하고 싶었다.

특이점이 이상한 걸 눈치채고 엘리베이터에서 물었다.

"왜 그래요? 안색이 안 좋아요."

"고향 사투리를 듣고 감정이 격해졌어요. 혹시 수면제 있어요?"

"감기약을 줄게요. 술 담배를 하지 않으니까 약기운으로도 충분히 잠들 수 있을 거예요. 하지만 이번 한 번뿐이에요. 다음엔 안 돼요."

앤디가 억지로 웃어 보이며 특이점이 준 감기약을 삼키고 자기 방으로 들어갔다.

특이점은 생각할수록 불안했다. 시내에 도착하자마자 이 정도인데 내일은 어떻게 버틸 수 있을까? 고민하다가 앤디의 방으로 전화를 걸었지만 앤디가 방해받지 않으려고 전화선을 뽑아버린 뒤라 연결이 되지 않았다. 앤디의 방을 찾아가 문을 두드렸다. 문이 열리자 그가 자기도 모르게 한발 뒤로 물러났다. 앤디가 머리만 문틈으로 쏙 내민 것이다. 그가 웃음을 터뜨렸다.

"안 잤어요?"

"자려고 책 보고 있었어요. 무슨 일이에요?"

"친구 사인데 너무 경계하지 말아요."

"잠옷으로 갈아입어서 그래요."

앤디가 솔직하게 얘기하자 특이점도 더는 농담을 할 수가 없었다.

"할 얘기가 있어요. 복도에서 하긴 그렇고. 내 방으로 올래요?"

"알았어요. 기다려요."

앤디가 방에서 레인코트를 걸치고 나와 특이점의 방으로 갔다. 방문이 활짝 열려 있었다. 그녀는 들어가면서 문을 닫지 않고 열어놓았다. 그녀는 앉지 않고 두 손을 레인코트 주머니에 쿡 찔러 넣은 채통로에 우뚝 섰다. 특이점도 그녀의 행동을 보고 멀찌감치 떨어져서 섰다.

"방금 전에 한 가지 생각이 났어요. 현지 사투리만 듣고서도 그렇게 감정이 불안해지는데 오는 길에 고아원에 대한 얘기를 어떻게 했어요? 그때는 남의 얘기를 하듯이 태연했잖아요. 옛날 기억을 얘기하면서도 감정이 격해지지 않았고요. 이유가 뭘까요?"

"생각해보니 그렇네요."

앤디도 미처 깨닫지 못하고 있었다. 그녀는 원래 고아원에서의 기억들을 거의 입에 올리지 않았다. 예전 기억을 떠올리게 하는 것들은 가급적 언급하지 않았다. 예전에 탄쭝밍이 물었을 때도 그녀는 길게 말하지 않았다. 그런데 오늘은 어떻게 아무렇지도 않게 얘기했을까? 심지어 그녀는 자신이 입양되지 않은 이유까지 담담하게 얘기했다. 그 얘기가 현지 사투리보다 더 가슴 아픈 얘기일 텐데도 말이다.

특이점이 말했다.

"그건 당신이 사건 자체를 두려워하는 게 아니라는 뜻이에요. 당신이 두려워하는 건 바로 당신 마음속에 있는 그 공포예요. 한마디로 당신의 두려움은 자기 자신에게서 나오는 거예요."

앤디가 곰곰이 생각에 잠겼다가 고개를 저었다.

"내 두려움의 핵심은 그게 아니에요…."

"핵심이 뭔지는 어제 저녁에 봤어요. 하지만 많은 기억들이 그 핵심을 향하고 있고 사투리도 당신에게 그 두려운 일을 상기시키죠. 내일 당신은 그 핵심에 가장 근접한 사실을 만나게 될 거예요. 남동생은 당신에게 많은 걸 일깨워줄 거예요. 하나만 충고할게요. 동생은 동생이고 당신은 당신이에요. 당신은 이미 이런 모습으로 자랐어요. 걱정하든 걱정하지 않든 운명은 단 하나라고요. 바뀌지 않아요. 동생의 모습에 비추어 당신 자신을 걱정하는 건 비과학적이고 비논리적이에요. 당신을 이렇게 자라게 한 유전자가 바로 당신이 성공할 수 있었던 필요충분조건이에요. 그 외에 다른 건 아무 의미가 없어요."

"문제는 내 유전자가 나를 어디로 데려갈지 모른다는 거예요. 내 동생과 나 사이에 겹치는 부분이 있겠죠…. 유전자 문제는 너무 복잡해요. 나도 여러 곳에 의학적 자문을 구해봤지만 두려운 건 어쩔 수 없어요."

"어차피 기정사실이라면 터놓고 인정하고 준비를 해요. 지금 하루하루를 충실하게 살아요."

"말처럼 쉽지 않아요. 암 환자들이 암 판정을 받고나면 병세가 급격히 악화된다는 거 알아요? 그중 절반은 두려움 때문에 죽는 거라고요. 아, 당신과 이런 얘기를 할 때는 정말 감정이 격해지지 않는군요. 당신은 내게…. 당신은 좋은 사람이에요."

특이점에 대한 경계심이 사라진 탓인지 앤디는 하마터면 달콤한 말을 해버릴 뻔했다. 그녀는 급하게 말을 마무리했다. 자기 몸속에 숨어 있는 탕부의 기질이 고개를 드는 걸 느꼈다. 이건 좋은 현상이 아니었다.

특이점이 웃었다.

"내가 당신에게 좋은 사람이라고요? 내가 얼마나 좋은 사람이죠?"

"죽어서 화장하면 사리가 나올 만큼이요. 약기운이 돌기 시작하네요. 가서 자야겠어요."

"그래요." 특이점이 방을 나가는 앤디의 등 뒤에 부드럽게 한마디

엃었다.

"내가 곁에 있을게요."

앤디가 우뚝 멈춰 서서 뒤를 돌아보았다. 수많은 질문이 떠올랐다. 왜? 무엇 때문에? 얼마나 오랫동안? 어떻게? 그녀는 질문들을 머릿속에서 밀어냈다. 하루하루에 충실하면 그만이니까. 그녀는 가볍게 미소 지으며 다시 몸을 돌려 밖으로 앤디가 떠난 뒤에도 특이점은 한참 동안 우두커니 서 있다가 천천히 문을 닫았다.

갑자기 울린 전화벨이 미인의 미소에 황홀해진 분위기에 찬물을 끼얹었다.

"부탁이 있어요. 내일 내 옆에 서 있어줘요. 내가 감정이 격해지면 억지로 차에 태워요."

"남동생은 어떻게 해요?"

"아, 모르겠어요. 그건 그때 가서 나 대신 결정해줘요."

특이점은 수화기 저편에 있는 사람이 정말로 앤디인지 묻고 싶었다. 그렇게 부드러운 말투는 앤디답지 않았다. 그녀의 짧은 탄식에 특이점의 마음이 녹아내렸다. 그는 역시 연약한 여자였다. 그렇지 않았다면 그가 여기까지 따라오지도 않았을 것이다.

10

판성메이는 어젯밤 왕바이촨과의 약속을 단칼에 거절했지만 토요일 아침 날이 밝자마자 일어나 각종 아로마 오일을 섞어 머리를 감고 샤워를 했다. 작은 욕실이 향기로 가득 찼다. 원래 토요일은 한 주 동안 입은 옷들을 세탁하는 날이지만 오늘은 가득 찬 빨래바구니를 내버려둔 채 머리를 말고 마스크 팩을 붙이고 매니큐어를 바르며 부산을 떨었다. 추잉잉이 일어났을 때 판성메이는 이미 화사한 미모를 발산하고 있었다.

추잉잉은 오늘 채용박람회에 갈 생각이었다. 하지만 자기 선택에 자신이 없었다. 어젯밤 판성메이에게 퇴짜를 맞았지만 이대로 단념할 수 없었다. 추잉잉은 콧노래를 흥얼거리는 판성메이에게 노트북을 들이밀며 도움을 청했다. 판성메이는 얼굴에 붙인 보습 마스크 팩을 지그시 누르며 모니터를 찬찬히 들여다보았다. 지금 그녀의 마음이 들떠 있다는 건 판성메이 자신만 알고 있었다.

"네가 골라놓은 채용 공고 중 80퍼센트가 영업직이야. 넌 그쪽으론 경력이 없잖아."

"이력서에 마케팅팀에서 2년 반 동안 근무했다고 썼어."

"마케팅팀에서 2년 반 동안 근무한 건 사실이지만 여기서 원하는 건 영업 경력이 아니라 실제로 물건을 팔 수 있는 인맥이야. 어떤 회사든 채용하자마자 일을 시킬 수 있는 사람을 원해. 똑같은 제품을 만드는 회사에 지원하는 게 아니라면 2년 반 동안 근무한 경력은 소용이 없어. 그리고 이것 봐. 네가 골라놓은 회사들이 파는 제품이 다 제각각이야. 제약회사, 커피회사, 와인회사. 이 회사들의 제품에 대해 얼마나 알아? 영업직을 채용할 때는 대부분 이 질문을 하니까 철저히 준비해야 해."

"그런 건 채용되고 나서 교육받으면 되잖아. 내 생각에는 별 문제 없을 것 같은데. 전망 있는 곳이 어딘지 골라줘. 쥐얼네 회사처럼 매출 높고 연봉도 높고 안정적이고 근무환경이 좋은 곳으로. 나도 그런 회사에 가고 싶어. 회사가 잘 나가야 내 연봉도 높을 거 아냐."

"그런 회사에 가려면 빽이 있거나 스펙이 뛰어나든가 둘 중 하나는 있어야지. 쥐얼은 《빅뱅이론》을 원서로 볼 수 있을 정도로 영어를 잘하고 앤디는 기억력이 뛰어나. 그런데 너랑 나는 뭐가 있니? 우리 같이 평범한 사람들은 그저 죽어라 일하면서 조금씩 스펙을 쌓아가야 하는 거야. 내가 어떤 일이 너한테 맞을지 봐줄게."

"알았어. 언니가 시키는 대로 할게."

추잉잉은 이제 남의 충고를 고분고분 받아들였다. 특히 판성메이의 말이라면 뭐든지 무조건 따랐다.

"언니는 이렇게 예쁘게 하고 어디 가? 데이트?"

판성메이는 솔직히 대답하지 않았다. 데이트 신청 전화를 기다리고 있다고 말하기에는 너무 비참했다.

"친구랑 차 마시러 가기로 했어. 커피원두 시장이 얼마나 큰지 모르겠네. 커피 관련 제품 영업직에 지원했지? 난 커피 시장에 대해서 아는 게 없는데 넌 잘 알아?"

"나는 인스턴트커피도 못 마시잖아. 이렇게 대답하면 면접에서 떨어지겠지?"

판성메이가 웃으며 추잉잉에게 어울릴 만한 직종을 여러 가지 색깔로 표시해주었다. 물론 와인과 커피 업계는 제외했다. 추잉잉의 성격과는 전혀 어울리지 않았기 때문이다.

"면접을 보러 가면서 옷이 이게 뭐니? 내가 골라줄게. 말할 때 미소 짓는 거 잊지 말고. 소리 내서 웃으면 안 돼."

판성메이가 추잉잉의 옷장에서 짧은 정장재킷과 A라인 미니스커트를 골라주었다. 입어보니 과연 야무지고 어려 보였다. 추잉잉이 기뻐하며 판성메이를 끌어안고 볼에 뽀뽀를 했다. 마음이 약해진 판성메이가 내친 김에 옷에 어울리는 가방을 빌려주었다. 추잉잉은 2년 반 동안 직장 생활을 하면서 번듯한 가죽 핸드백 하나 장만하지 못했다.

준비를 마친 추잉잉이 미들힐 구두를 신고 또각거리며 판성메이 앞으로 걸어갔다. 판성메이가 미간을 찡그리자 다시 뒤로 돌아가 판성메이의 매혹적인 걸음걸이를 흉내 내는 거라며 몸을 배배 꼬면서 걸어왔다. 판성메이는 정말 울고 싶었다. 자기 걸음걸이가 그렇게 해괴망측하다니.

"나 말고 쥐얼의 걸음걸이를 따라해봐."

추잉잉이 눈동자를 또릿또릿 굴리며 생각하다가 드디어 그럴 듯한 걸음걸이로 걷기 시작했다.

"몇 년이나 직장 생활을 하고도 쥐얼의 걸음걸이를 배워야 될 줄은 몰랐어."

판성메이의 생각도 같았다. 그녀가 집을 나서는 추잉잉의 어깨를 두드리며 행운을 빌어주었다.

추잉잉이 문을 나서다가 몸을 휙 돌려 판성메이를 끌어안고 울적하게 말했다.

"언니, 나 취업 못하면 어쩌지? 나는 왜 잘하는 게 없을까? 걸음걸이까지 쥐얼한테 배워야 하잖아."

"왜 이렇게 자신감이 없어? 너를 믿어. 인사 담당자들에게 자신 있는 모습을 보여줘야지."

"뭘 믿고 자신감이 생기겠어? 스펙도 안 좋지, 외모도 평범하지, 직장에서 잘렸지, 연애도 깨졌지, 생활비는 부모님 신세를 져야 하지. 나 하나 사라진다고 세상이 달라지겠어? 면접관들에게 나를 어떻게 어필할지 생각할수록 자신이 없어."

2203호 문이 딸깍 열리며 사람 머리가 쏙 나왔다.

"와우! 둘이 사귀어?"

추잉잉이 금세 발톱을 바짝 세우고 취샤오샤오에게 쏘아붙였다.

"사귀긴 뭘 사귀어? 또 시비 걸려고?"

판성메이가 웃음을 터뜨렸다.

"이게 바로 네 장점이야. 과감하고 솔직하고 행동력이 강하잖아. 자, 어서 가서 네 장점을 마음껏 발휘해."

"그게 정말이야?"

추잉잉은 연달아 터진 일련의 사건들 때문에 정말로 자신감이 바닥이었다.

"당연하지. 언니 말 믿어. 빨리 가. 행운을 빌어줄게."

추잉잉이 판성메이에게 달라붙어 킁킁거렸다.

"언니 냄새 좋다."

판성메이가 아연실색하며 뒤로 세 걸음 물러서자 취샤오샤오가 까르르 웃어 넘어갔다.

"잉잉, 성메이 언니를 놀리는 게 귀여워서 마지막 보루를 마련해 줄게. 직장을 못 구하면 우리 회사 판매직으로 들어와. 하지만 좀 더 예쁘게 입고 다녀야 할 것 같네."

추잉잉이 취샤오샤오를 등진 채 뒤도 안 돌아보고 대꾸했다.

"흥! 포주로 전업했나 보지?"

"여자가 미인계를 안 쓰고 어떻게 영업을 해? 못생기면 문전박대 당하는 세상이야. 잘 생각해봐."

"무슨 물건 파는 회사를 한다며? 포주 하나 데려다 쓰면 되겠네."

"주제 파악도 못하는 여대생처럼 꼴사납게 굴지 마. 몸이 아니라 실력으로 승부할 생각으로 부딪치면 뭘 해도 성공할 거야. 건투를 빌 게."

판성메이가 취샤오샤오에게 말했다.

"너 오늘 나한테 고분고분한 걸 보니 뭔가 있지? 내 말이 맞지?"

취샤오샤오가 겸연쩍어하지도 않고 히죽거렸다.

"빙고! 아침 먹었어? 미인이랑 같이 먹으면 더 맛있을 거 같아. 같이 나갈래?"

"나가자."

판성메이도 기다리는 전화가 오지 않아 짜증이 나려던 참이었으 므로 취샤오샤오와 밥을 먹으러 나가는 게 좋을 것 같았다. 판성메이 가 재킷을 걸치고 나오며 조금 전 화제에 말 한마디 덧붙였다.

"영업을 잘 하려면 포주처럼 얼굴이 두꺼워야 해."

엘리베이터가 열리자 판성메이는 냉큼 올라타는데 취샤오샤오가 오늘따라 행동이 굼떴다. 다리를 절룩이는 취샤오샤오를 보고 판성 메이가 말했다.

"다리 다쳤구나? 어쩐지 고분고분하더라니."

취샤오샤오가 판성메이의 팔에 매달렸다.

"나는 22층에서 언니가 제일 좋아. 말솜씨가 막상막하라 얘기할 때마다 불꽃이 튀어서 얼마나 재미있는지 몰라. 와우! 언니한테서 좋은 향기가 나."

엘리베이터 탄 남자들의 흘끔거리는 시선이 판성메이에게로 쏠렸다. 판성메이는 정말 울고 싶었다. 판성메이는 그렇게 얼굴이 두껍지 못했다.

엘리베이터에서 내려 밖으로 나오자 길고양이들과의 상봉식이 시작되었다. 취샤오샤오는 판성메이의 부축을 받으며 크림파스타, 취다섯, 취두리, 취뚱보를 일일이 확인하고 열정적으로 인사를 나누었다. 두 사람이 아파트 입구를 나서는데 왕바이촨이 통화를 하고 있다가 판성메이를 불렀다. 판성메이가 취샤오샤오를 의식하며 경계의 울타리를 높였다. 취샤오샤오가 추잉잉의 애인에게 마수를 뻗쳤던 전과가 있지 않은가. 판성메이는 왕바이촨을 향해 미소 지은 뒤 취샤오샤오를 단속했다.

"미안하지만 아침은 혼자 먹어. 어서 가. 지금 당장."

취샤오샤오가 고개를 쭉 빼고 왕바이촨의 얼굴을 확인하고는 판성메이의 어깨를 두드렸다.

"잘생긴 청년이네. 걱정 마. 내가 요즘 공들이고 있는 미남이 있어서 다른 남자까지 넘볼 틈이 없으니까."

취샤오샤오가 얌전히 자리를 피했다.

판성메이는 취샤오샤오가 멀리 가는 걸 확인한 후 왕바이촨에게 다가갔다. 왕바이촨이 세 가지 색깔의 백합으로 만든 꽃다발을 내밀었다. 판성메이는 꽃다발을 받아드는 순간 자신이 화장기 없는 맨얼굴이라는 것이 생각나 아차 싶었다.

왕바이촨이 서둘러 통화를 끝냈다.

"고객이 내가 하이시로 왔다는 소식을 듣고 만나러 오겠대. 공항으로 마중 나가는 길에 널 보고 가려고 왔어. 전화를 걸려던 찰나인데 이렇게 마주쳤네."

왕바이촨이 시계를 보았다.

"잠깐은 얘기 나눌 수 있을 거 같아. 룸메이트랑 나가던 중이야?"

"이웃이야. 같이 아침 먹으러 나왔어. 어서 가봐. 주말이라 길이 막힐 거야. 고객을 기다리게 하지 말고."

그녀가 왕바이촨의 뜨거운 눈빛을 피해 수줍은 시선을 꽃다발로 옮겼다.

"내 도움이 필요하면 언제든 전화해."

왕바이촨은 자기 마음을 숨기지 않았다.

"예전에도 말했지만 널 생각하지 않는 날이 하루도 없어. 일 끝나자마자 올게."

왕바이촨이 서둘러 떠났다. 판성메이는 그의 차가 멀어지는 걸 지켜보다가 미소 띤 얼굴로 식당으로 향했다. 판성메이가 식당으로 들어오자 취샤오샤오가 핸드폰을 내려놓고 손을 흔들었다. 판성메이가 앉자마자 취샤오샤오가 말했다.

"우리 아빠가 그러는데 사업할 때 제일 중요한 건 고객 분석이래. 자산이 얼마인지 채무가 얼마나 되는지 지불 능력은 얼마나 되는지 말이야. 언니 남자친구에 대해 조사해줄까?"

"고등학교 동창인데 내가 아직까지 그런 걸 모르겠어?"

"하하! 내가 오늘은 잘못 짚었네. 언니한테 잘 보이려면 어떻게 해야 하지? 다리를 다쳐서 하루 종일 집에 있으니까 심심해 죽겠어. 언니랑 아이쇼핑하러 가고 싶은데 말이야."

"너도 아이쇼핑을 해?"

"북적이는 노천카페에 앉아서 잘생긴 남자들이나 구경하자는 거지. 미남들 구경하기에 딱 좋은 날씨잖아? 내 친구들은 아직 다들 꿈나라에 있다고."

취샤오샤오에게 메시지가 왔다. 그녀가 핸드폰을 슬쩍 보고는 복잡한 시선으로 판성메이를 쳐다보다가 핸드폰을 내밀었다.

메시지에 왕바이촨의 자동차 넘버와 BMW 301i라는 차종, 그리고 그 아래 자동차 소유주가 샹펑(翔風)렌트카라고 적혀 있었다. 판성메이가 순간 멍해졌다. 왕바이촨은 그 차가 자기 차가 아니라고 한 적이 없다. 중국에서 생산한 후로 가격이 내려갔다는 얘기도 했는데 그게 다 거짓말이었던 것이다.

취샤오샤오가 손사래를 치며 말했다.

"고의로 뒷조사를 한 건 아니야. 순수한 의도였어."

"됐어. 사람 일은 어떻게 될지 모르는 거니까."

판성메이는 표정을 가다듬으며 아무렇지 않은 척했지만 속으로 억장이 무너졌다. 드디어 취샤오샤오 앞에서 뻐길 수 있는 기회가 생겼는데 이렇게 망신을 당하다니! 왕바이촨이 준 꽃다발을 볼수록 더 부아가 치밀었지만 취샤오샤오 앞에서 화를 낼 수가 없어 속으로 삭였다.

추잉잉은 붐비는 지하철에서 조신하게 내려 '쥐얼표' 정숙한 걸음걸이로 채용박람회장으로 들어갔다. 그런데 판성메이가 골라준 회사들은 모두 지원자들이 길게 줄을 서 있었다. 오랫동안 기다려 면접 차례가 되었지만 두세 마디 질문과 대답이 오간 후 일어나야 했다. 이력서를 제출하기는 했지만 서류전형조차 통과할 수 없을 것 같았다. 여러 회사의 부스를 둘러보아도 마음에 드는 곳이 하나도 없었다. 한 곳에서는 마케팅 경험이 없다는 이유로 단번에 퇴짜를 놓았다.

정말 실망스러웠다. 인력이 부족하다고 떠들어대더니 채용박람회가 이렇게 인산인해일 줄 누가 알았을까? 일한 사람은 부족한데 대학생은 차고 넘치는 것 같았다. 커피무역회사의 부스 앞에도 몇 사람이 서 있었다. 추잉잉은 바싹 마른 입술에 침을 발랐다. 판성메이가 골라준 회사는 아니지만 혹시 소 뒷걸음질 치다 쥐 잡는 격이 될 수도 있으니 도전해보기로 했다. 무엇을 하는 회사이고 어떤 직원을 구하는지 알아보기만 하려고 했는데 옆에 서 있던 젊은 남자 직원이 물었다.

"커피 좋아하세요? 어떤 커피를 즐겨 드세요?"

추잉잉은 말문이 턱 막혔다. 판성메이의 말대로 그녀는 총도 없이 전쟁터에 나섰던 것이다. 추잉잉이 다소곳한 미소를 흘리며 말했다.

"커피에 대해서는 잘 모르지만 커피 향은 좋아해요. 절 뽑아주시면 커피에 대해 열심히 배울게요."

남자 직원이 말했다.

"우리 회사는 경력직을 원해요. 죄송합니다."

추잉잉이 되물었다.

"누군 처음부터 경력직으로 태어나나요? 차근차근 배우고 경험하면…."

추잉잉이 주위를 흘긋 둘러보는데 옆 부스에서 낯익은 얼굴이 그녀의 시선 안으로 불쑥 들어왔다. 바이 팀장이었다! 바이 팀장이 양복을 말쑥하게 차려 입고 면접관과 화기애애하게 대화를 나누고 있는 것이 아닌가.

그녀는 왈칵 열이 치밀어올라 남자 직원에게 "죄송합니다."라고 말하고는 옆 부스로 성큼성큼 다가가 면접관에게 말했다.

"실례합니다. 이 사람은 공금 횡령을 저질러서 전 직장에서 해고 당했어요. 절대로 재무부에 채용하시면 안 돼요. 못 믿겠으면 전 직장 전화번호를 드릴 테니 직접 확인해보세요."

바이 팀장이 고개를 들어 추잉잉을 보더니 벌떡 일어나 그녀의 따귀를 후려치고 홱 가버렸다. 난데없는 따귀 세례에 정신이 혼미해졌다가 정신을 차리고 보니 바이 팀장은 이미 사라지고 없었다. 주변 사람들이 그녀를 보며 남의 일에 쓸데없이 참견한다고 쑤군거렸다.

추잉잉이 울먹이는 소리로 화가 나서 외쳤다.

"나는 나쁜 사람을 보고 못 본 척하지 않아요! 어떻게 여자가 맞는 걸 보고 아무도 도와주지 않을 수가 있어요? 웃긴 뭘 웃어요?"

추잉잉이 한 지원자를 향해 따지자 그가 슬그머니 자리를 피했다.

추잉잉이 부어오른 뺨을 감싸 쥐고 자기 이력서를 가지러 커피 회사의 부스에 갔다. 그런데 방금 전 그녀를 퇴짜 놓았던 남자 직원이 말했다.

"잠깐만요. 이력서를 한 번 봐도 될까요? 괜찮아요? 병원에 안 가도 되겠어요?"

"괜찮아요. 그렇게 연약하지 않아요. 잠깐만 앉았다가 갈게요. 다리에 힘이 풀려서요."

커피 회사 사람들이 추잉잉에게 의자를 가져다주었다. 추잉잉이 의자에 앉아 가방에서 휴지를 꺼내 눈물을 닦았다. 억울하고 얼굴도 아파서 눈물이 멈추지 않았다. 요즘 왜 이렇게 되는 일이 없는 걸까? 속상해하고 있는데 어떤 남자가 다가와 생수 한 병을 건넸다.

"이거 마셔요. 배짱이 대단하군요."

"뭘요. 맞기만 하고 되받아치지도 못했는걸요."

추잉잉은 흐느끼면서도 할 말은 다 했다.

그 남자가 웃음을 터뜨리며 말했다.

"이렇게 사람 많은 곳에서 남자에게 맞서는 게 보통 담력으로는 힘든 일이죠."

"위로는 고마워요."

그가 말했다.

"우리 회사는 오프라인 매장을 두고 중고가의 커피머신과 커피 원두를 판매하고 있어요. 출납직원이 필요해요. 전시장을 관리하고 손님들에게 커피머신 작동 시범을 보이고 커피원두에 대해 설명해줘야 해요. 물론 제품 판매도 해야 하고요. 이력서를 보니 재무 분야에 대해서도 알고 있군요. 우리와 함께 일해보겠어요?"

눈물이 크렁크렁 맺힌 추잉잉의 두 눈이 휘둥그레졌다.

"마음대로 절 뽑아도 돼요? 연봉과 복지 수준은 어때요?"

"내 마음대로 뽑을 수 있어요. 자, 내 명함이에요."

추잉잉이 두 손으로 명함을 받아들고 보니 그가 바로 이 회사의 사장이었다! 작은 성공은 미련해야 이룬다는 말이 이런 걸 두고 하는 말이리라!

특이점은 아침 일찍 눈을 떴다. 감기약을 먹고 잠든 앤디가 아직 일어나지 않았을 것 같아 모닝콜을 해주려고 그녀의 객실로 전화를 걸었지만 받지 않았다. 앤디가 어젯밤 전화선을 뽑아놓았다는 게 생각나 객실에 가서 문을 두드려도 인기척이 없었다. 특이점은 걱정되기 시작했다. 목요일 밤 앤디가 공황상태에 빠졌던 일이 생각났다. 마침 객실 청소를 하기 위해 복도를 지나가던 호텔 종업원을 붙잡고 앤디 방의 문을 열어달라고 했다. 상황을 설명하며 자신의 객실카드와 신분증을 보여주고 보안요원을 불러 모두 확인시켜준 뒤 종업원이 문을 열어주었다. 문이 열리자마자 뛰어 들어갔는데 방 안이 말끔하게 정리되어 있고 앤디는 어디에도 없었다. 보안요원과 종업원은 손님이 외출한 것 같다고 했지만 특이점의 생각은 달랐다. 사투리를 듣는 것조차 두려워하는 앤디가 새벽부터 스스로 밖에 나갈 리가 없지 않은가. 특이점이 CCTV를 확인해달라고 요청하고 있는데 문 앞에서 앤디의 목소리가 들렸다.

"무슨 일이에요? 내 방에서 뭐하는 거예요?"

특이점이 고개를 돌려보니 정말로 앤디였다. 그가 크게 한숨을 쉬며 물었다.

"어디 갔다 오는 거예요?"

특이점은 종업원과 보안요원에게 미안하고 고맙다고 인사를 하고는 지갑을 안 가지고 나왔다며 앤디에게 팁을 빌려달라고 했다. 앤디가 호텔 직원들에게 팁을 건네고 있는데 특이점이 물었다.

"어디 갔었어요?"

앤디는 웃음이 나오려고 했지만 특이점의 긴장된 얼굴을 보고 감동했다.

"담력을 길러보려고요. 한 시간 전에 나가서 호텔 주위를 산책하고 두유 한 잔 마시고 왔어요."

호텔 직원들이 돌아간 뒤 앤디는 자기가 없는 동안 무슨 일이 있었는지 대충 알 것 같았다. 앤디가 단호한 말투로 말했다.

"앞으로 내 방에 절대로 들어오지 않겠다고 약속해요."

"컨디션이 어떤지 물어보려고 했을 뿐이에요. 격하게 반응하는 걸 보니 상태가 아주 좋군요."

특이점은 방금 전의 소동이 창피했지만 앤디가 아무렇지 않은 걸 확인하고는 마음이 놓이는 듯 밖으로 나갔다.

"특이점…, 고마워요."

"사리 하나를 더 확보했군요."

앤디가 피식 웃었다.

아침 식사를 하던 중 앤디가 특이점에게 자신이 귀국한 진짜 이유가 바로 남동생이었다고 털어놓았다. 예상보다 훨씬 쉽게 동생을 찾게 되어 조금 믿겨지지 않는다고도 했다.

특이점이 말했다.

"탄쭝밍 씨가 동생을 핑계로 당신을 귀국하게 해놓고 아주 열심히 찾았군요. 일 처리가 빠르고 깔끔해요. 남동생을 시설 좋은 요양원으로 옮겨주고 나면 미국으로 돌아갈 건가요?"

"내가 목적을 달성하고 나면 도와준 사람에게 안면몰수하는 사람으로 보여요?"

"대답을 피하지 말아요."

앤디는 자신에게 눈길도 주지 않고 열심히 밥을 먹고 있는 특이점을 보며 재빨리 화제를 돌렸다.

"아까 산책을 하다가 어떤 사람과 이곳 사투리로 싸웠어요. 내가 걸어가고 있는데 어떤 아주머니가 와서 부딪치더니 길을 가로막았다며 화를 내잖아요. 그런데 내가 입을 열자마자 아주머니의 낯빛이 변했어요. 왜 그런 줄 알아요? 이곳 사람들이 쓰는 험한 욕설이 내입에서 술술 나왔기 때문이에요. 그 아주머니는 내 적수가 안 됐어요. 어릴 적부터 거리를 떠돌며 배운 거예요. 그 덕분에 고아원에서도 아무도 날 무시하지 못했죠."

"당신이 미국으로 돌아가면 남들이 날 무시할 때 누가 도와주죠?"

앤디는 자신의 자조적인 발언을 특이점이 진지하게 응대해주지 않자 뭐라고 대꾸해야 할지 몰라 말문이 막혔다. 특이점은 여전히 앤디에게 시선을 주지 않았다.

"좋아요. 내가 자초한 일이에요. 귀국할 때 당신에게 얘기를 하는 게 아니었는데…."

특이점이 난감한 표정으로 앤디를 쳐다보다가 위로의 말을 건넸다.

"어젯밤 내 말이 맞았어요. 오늘 아침에 당신이 사투리로 욕을 했어도 상관없어요. 그건 바로 당신이 스스로 생각하는 것보다 훨씬 강하다는 뜻이에요. 익숙한 환경을 놔두고 미국으로 도망칠 필요 없어요. 중국에서 사는 것도 재밌잖아요? 조금 시끄럽고 어수선하기는 하지만 짜릿해요. 안 그래요? 난 당신이 안 떠나길 바라요. 탄쫑밍 씨를 위해서라도…. 좋은 친구를 실망시키면 못써요."

앤디가 한참 동안 생각에 잠겼다. 식사를 마치고 차에 탄 뒤 안전벨트를 매라는 특이점의 말 한마디에 그때까지 억지로 버텨오던 것들이 와르르 무너졌다. 그녀는 탄쫑밍에게 전화를 걸어 본론부터 얘기했다.

"월요일에 새 팀을 꾸려줘. 내가 제일 자신 있는 일을 하고 싶어."

탄쫑밍이 조심스럽게 물었다.

"동생은 만났어? 옌뤼밍이 다 준비해놨을 거야."

"만나러 가는 중이야. 동생을 만나든 안 만나든 어쨌든 내 결정에는 변함이 없어."

앤디가 앞에서 미소 짓고 있는 특이점을 쳐다보았다. 그녀도 내심 기뻤다.

"오늘 회사에 가서 사전 준비를 해줘. 속전속결로 처리해야 하니까. 너의 새 애인에게 미안하게 됐어."

특이점은 목요일 저녁 앤디를 바라보던 탄쭝밍의 눈빛을 떠올렸다. 그 눈빛이 무엇을 의미하는지 남자라면 모두 알 수 있었다. 앤디가 전화를 끊자마자 특이점이 물었다.

"탄쭝밍 씨에게 애인이 있어요?"

앤디가 고개도 돌리지 않고 되물었다.

"애인이요? 쭝밍을 처음 만났을 때 그 친구는 입버릇처럼 그랬어요. 돈은 너무 적고 미인은 너무 많다. 사업이 조금씩 나아지니까 시간은 너무 적고 미인은 너무 많다고 하더군요. 지금은 어떻게 바뀌었게요? 인생은 너무 짧고 미인은 너무 많다. 하지만 공과 사를 철저히 구분하는 친구라서 그 때문에 일을 그르치지는 않아요. 삼각관계였던 사람과 사업 파트너가 되기도 하죠."

"그게 아무렇지 않아요? 당신은 바람둥이를 싫어하는 줄 알았는데."

"다들 그렇게 살지 않아요? 당신도 새벽 한두 시나 되어야 인터넷에 접속해서 미국에 있는 나와 채팅을 했잖아요. 설마 그 시간까지 팝콘 먹으며 영화를 보고 책을 읽고 차만 마신 건 아니겠죠?"

"휴, 사리 하나가 줄어들었군요. 하지만 난 지금은 달라요. 어제만 해도 정상적이었잖아요? 앞으론 당신하고만 놀 거예요."

앤디가 웃음을 터뜨렸다. 특이점과 함께 있으면 그녀는 별 것 아닌 얘기에도 웃음이 나왔다. 웃으며 대화를 나눈 덕분에 요양원으로 가는 길이 물처럼 순조로웠다. 앤디는 특이점에게 무척 고마웠다.

그곳은 그리 크지 않은 요양원이었다. 입구로 들어서자 작은 뜰이 나왔다. 양지 바른 뜰에서 몇몇 노인들이 햇볕을 쬐고 있었다. 노인들의 진한 체취가 둥둥 떠다녔다. 몸을 움직일 수 없는 노인들은 망연한 표정으로 앉아 있고, 거동이 가능한 노인들은 갑작스럽게 출현

한 낯선 이에게로 느릿느릿 시선을 옮겼다. 가는귀가 먹은 노인들은 서로 머리를 맞대고 속삭인다고 생각했지만 사실 밖에서도 들릴 만큼 목소리가 컸다. 앤디는 그들이 나누는 사투리를 알아들을 수 있었다. 노인들은 누가 샤오밍(小明)을 데리러 왔다며 수위안(秀媛)을 걱정했다. 수위안이 누군지는 모르지만 샤오밍이 바로 자기 동생이라는 건 짐작할 수 있었다. 먼저 도착해 있던 옌뤼밍이 안에서 나오자 앤디가 수위안이 누구냐고 물었다. 수위안은 바로 그 요양원의 원장이었다.

창고인지 사무실인지 모를 원장실로 들어가자 잘생긴 청년이 앉아 있었다. 준수한 외모에 몸에 조금 맞지 않고 낡기는 했지만 얼룩 하나 없이 깨끗한 옷을 입고 있었다. 청년은 낯선 방문자들에게 눈길 한 번 주지 않고 고개를 푹 숙인 채 자기 손가락만 열심히 세어댔다. 앤디는 낯설고 이상한 기분에 가까이 다가가지 않고 벽에 바짝 붙어 섰다. 그녀는 기억 속 엄마처럼 지저분한 행색의 미치광이를 상상했었다. 손발이 붙들리고 입을 벌리지 못하게 통제당한 동생과의 상봉 장면을 예상했다. 뜻밖의 상황이 당황스럽기까지 했다.

목청 큰 원장 수위안이 우렁찬 목소리로 말했다.

"샤오밍, 누나가 데리러 왔어. 누나라고 불러야지."

원장이 나를 가리키며 샤오밍에게 누가 누나인지 알려주었다. 샤오밍이 머뭇거리다가 고개를 들었지만 앤디를 스치듯 쳐다보곤 이내 다시 고개를 숙이고 제 손가락을 셌다. 원장이 앤디에게 손짓을 했다.

"누나가 이리 좀 와요. 더럽지 않아요. 피하지 말고 와서 손 잡아요. 우리 샤오밍이 얼마나 얌전한데 누나가 동생을 무서워해요?"

앤디가 샤오밍에게 다가갔다. 손을 잡고 싶었지만 샤오밍은 전염

병에 걸린 사람을 본 것처럼 원장 뒤로 숨어버렸다. 원장이 그를 달랬다.

"무서워 할 거 없어. 네 누나야."

"할머니들이. 누나가. 나를. 데리러. 오는. 거라고. 했어요. 난. 안 갈. 거예요."

샤오밍이 드디어 입을 뗐다. 말투는 약간 어눌하지만 정확한 발음이었다.

"아무. 데도. 안 갈. 거예요. 안 갈래요."

"겁내지 않아도 돼. 누나가 잘해줄 거야. 착하지…"

하지만 샤오밍을 다독이던 원장도 결국 북받치는 감정을 누르지 못했다. 원장이 앤디에게 따지듯 물었다.

"보아하니 그쪽은 잘 지내는 것 같군요. 그런데 왜 샤오밍을 버렸죠? 어떻게 친자식을 버려요? 샤오밍이 뭐가 어때서요? 아주 착한 아이에요. 사실 나도 샤오밍을 보내는 게 영 마음이 놓이지 않아요. 샤오밍이 겁을 내니까 나도 샤오밍을 지켜야겠어요. 데려가려면 당신 부모가 직접 와서 데려가라고 해요. 우리 샤오밍에게 사죄하고 앞으로 다시는 버리지 않겠다고 약속하면 보내줄게요. 샤오밍을 데려갔다가 또 금세 버릴지 누가 알아요? 당신들을 믿을 수가 없어요. 유전자가 일치한다는 둥 그런 얘기하지 말아요. 난 그런 거 모르니까."

원장이 샤오밍의 머리를 쓰다듬으며 진정시켰다.

"부모님은 다 돌아가시고 저도 고아원에서 자랐어요. 죄송합니다. 이제야 샤오밍을 찾았어요. 오랫동안 신세를 많이 졌습니다."

"아…"

원장이 앤디와 샤오밍을 번갈아 쳐다보다가 샤오밍의 손을 잡아 앤디 쪽으로 끌어당겼다.

"내가 오해를 했군요. 당신도 불쌍한 사람이네요. 데려가세요. 동생을 찾으려고 그렇게 노력했다면 잘 보살피겠죠."

하지만 샤오밍은 앤디와 손이 닿자마자 몸을 움츠리며 다시 원장 뒤로 숨었다. 원장이 샤오밍을 너무 내성적으로 길러 미안하다고 하자 앤디가 말했다.

"괜찮아요. 이해할 수 있어요. 저도 고아원 시절에는 누가 나를 입양할까 봐 무서웠어요. 고아원에 있는 게 제일 안전하다고 생각했으니까요. 아마도 샤오밍은…, 그때의 나보다 더 무서울 거예요."

원장은 마음이 급해서 현지 사투리를 썼지만 앤디는 표준어로 얘기했다. 사투리로 말하면 자기도 모르게 험한 말이 튀어나올까 두려웠기 때문이다.

"당신도 샤오밍처럼 철이 일찍 들었군요. 샤오밍, 구구단을 외워볼래?"

샤오밍이 또렷한 발음으로 자연스럽게 구구단을 외웠다. 원장이 앤디에게 말했다.

"남매가 무척 닮았어요. 생김새도, 성격도. 차분하고 똑똑하고 말투까지도 비슷하군요. 누가 봐도 한눈에 남매인 줄 알겠어요."

앤디가 가지고 있던 생수병을 열어 한 모금 마셨다. 구구단을 한 치의 오차도 없이 또박또박 외우는 샤오밍을 보며 그녀는 어릴 적 자신을 떠올렸다. 그녀는 네댓 살 때 초등학생 언니 오빠들이 외우는 걸 어깨 너머로 들으며 혼자 구구단을 깨쳤다. 그 때문에 고아원 보모들의 손에 이끌려 자원봉사자들 앞에서 구구단 외는 걸 보여주곤 했다. 지금의 샤오밍처럼 말이다.

샤오밍은 정말로 그녀와 꼭 닮아 있었다. 그녀도 겁에 질린 눈으로 보모의 뒤에 숨어 구구단을 외웠다.

물을 한 모금 더 들이켰다. 특이점이 앤디에게 어디 가서 잠깐 쉬자고 말하려는데 원장이 한숨을 내뱉었다.

"차 문을 열어놓고 잠시 자리를 피해주시겠어요? 제가 샤오밍을 차에 태울게요."

앤디는 원장 뒤에서 잔뜩 웅크리고 있는 샤오밍을 보며 고아원 시절의 자신을 보는 것 같았다. 그랬다. 거울 속 자신을 보고 있는 기분이었다. 뭐라 말하려다가 가슴이 콱 막힌 것 같아 뜰을 가로질러 요양원 밖으로 나간 뒤 큰 숨을 터뜨렸다. 특이점이 그녀를 따라 나왔다. 앤디가 한참 동안 호흡을 가다듬고 특이점에게 말했다.

"어느 날 내게 일이 터진다면 샤오밍처럼 얌전할 수 있다면 좋겠어요. 다행히 나와 샤오밍이 꽤 닮았으니 나도 저렇게 얌전할 수 있겠죠? 남들에게 피해를 주지 않고 말이에요."

특이점은 아무 말도 하지 않고 자연스럽게 팔을 뻗어 앤디에게 기댈 가슴을 내어주었다. 그런데 뜻밖에도 그의 이런 행동이 앤디의 금기를 건드렸다. 앤디는 거의 비명을 지를 듯 기겁하며 그에게서 도망쳐 차 안으로 들어가 문을 잠그고 자신을 가두었다. 영문을 모르는 특이점이 다가가 말을 건네려고 했지만 앤디는 얼굴을 가리며 그의 시선을 피하고 그의 말도 들으려 하지 않았다. 특이점은 밖으로 나오는 옌뤼밍에게로 어리둥절한 시선을 옮겼다. 두 사람 모두 영문을 알 수가 없었다. 특이점은 어젯밤 앤디의 말이 생각났다. 자신에게 무슨 일이 생기면 동생을 어떻게 할지 대신 결정해달라는 당부 말이다. 그러나 앤디가 지금보다 훨씬 더 공황에 빠졌던 목요일 밤을 떠올리며 그녀 스스로 침착함을 되찾을 때까지 기다리기로 했다.

과연 잠시 후 앤디가 물을 마시기 시작했고 조금 더 기다리자 물마시기를 멈추었다.

시간이 조금 더 흐른 뒤 앤디가 차에서 내렸다. 그녀의 머리와 얼굴이 땀으로 흥건하게 젖어 있었다. 원장이 나오다가 그녀를 보고 물었다.

"왜 그래요? 너무 힘들어하지 말아요. 아무리 친누나지만 난생 처음 만났으니 받아들이기 힘든 게 당연할거예용…."

특이점이 말했다.

"앤디가 몸이 좋지 않은 것 같아요."

앤디가 말했다.

"난 괜찮아요. 원장님, 동생을 원장님께 맡길게요. 데려가지 않겠어요. 원장님과 잘 지내고 있는 것 같아요. 동생이 잘 있다는 걸 알았으니 됐어요. 앞으로 매달 돈을 부쳐드릴게요. 동생을 위해 써주세요."

원장이 깜짝 놀랐다.

"어릴 적부터 샤오밍을 키우기는 했지만 어쨌든 누나가 있는데 어떻게…."

앤디가 거짓말을 했다.

"제가 건강이 좋지 못해서 오래 살 수 없어요. 저보다는 원장님과 함께 사는 게 샤오밍에게 더 좋을 거예요. 눈으로 직접 봤으니 마음을 놓을 수 있을 것 같아요. 돌아가는 대로 기금을 만들어서 매달 돈을 보내드릴게요. 혹시 제게 무슨 일이 생겨도 샤오밍이 살아 있는 한 돈이 지급될 거예요. 동생을 잘 부탁드려요."

앤디가 허리를 굽혀 인사를 한 뒤 차에서 3만 위안이 든 봉투를 꺼내 원장에게 건넸다.

"석 달치를 미리 드릴게요. 이건 원장님께 사적으로 드리는 거예요. 샤오밍을 아들처럼 보살펴주세요."

원장이 앤디와 샤오밍을 번갈아 쳐다보다가 돈뭉치를 든 앤디의 손을 밀어냈다.

"그렇다면 샤오밍은 제가 돌볼게요. 지금까지 한 번도 소홀히 대한 적 없어요. 돈이 너무 많아요. 샤오밍이 입을 옷과 간식비는 1,000위안 정도면 충분해요."

"그러지 말고 받아주세요. 앞으로 동생은 원장님께 부탁드릴게요. 원장님이 쏟는 정성에 비하면 약소한 금액이에요."

원장이 더 거절하지 못하고 돈을 받았다. 앤디가 멀찌감치 서 있는 동생을 바라보다가 특이점의 차에 올랐다. 옌뤼밍이 자기 차에 오른 후 두 대의 차가 각자 떠났다.

특이점은 마음이 편치 않았지만 뭐라고 하면 좋을지 몰랐다.

"동생을 데려오지 않은 건 잘했어요. 샤오밍이 원장님을 무척 따르는 것 같더군요. 다른 요양원으로 옮겨도 샤오밍을 정성껏 보살펴 줄 사람을 만난다고 장담할 수 없죠. 또 제일 중요한 건 샤오밍이 적응할 수 있느냐고요."

앤디가 멍한 눈동자로 전방을 응시했다.

"제일 큰 이유는 내가 샤오밍과 혈연은 있지만 감정이 없다는 거예요."

"50만 위안 중 3만 위안만 준 것도 잘했어요. 다달이 보내는 게 샤오밍에게 더 좋을 거예요. 샤오밍을 데리고 왔다면 50만 위안을 전부 주었어도 괜찮지만. 사람의 욕망은 끝이 없는 거니까 시험하지 않는 게 상책이에요. 역시 당신은 이성적이에요."

"변호가 필요한 이성은 나약한 이성이에요. 내가 또 한 번 발작하기도 했고요."

"발작한 게 아니에요. 다시는 그런 말 하지 말아요. 이번에도 당신 스스로 자신을 겁준 거예요. 만일 발작이라면 그렇게 빨리 회복될 수가 있어요? 그것도 스스로? 당신은 똑똑하고 박식한 사람이에요. 이성적으로 생각해요. 그게 발작인지 아닌지."

"발작이 아니라도 어쨌든 당신을 볼 면목이 없어요. 휴….."

"그게 무슨 말이에요?"

"하아….."

특이점이 몇 마디 더 물었지만 앤디는 대꾸하지 않고 피곤해서 잠든 척했다. 그녀는 속으로 이미 결심이 서 있었다. 다시는 특이점을 만나지 않기로 말이다. 특이점 앞에서 자신이 발작했다는 사실을 받아들일 수가 없었다.

침묵이 차 안을 가득 채웠다. 특이점은 더 이상 화제를 찾지 않았다. 그에게도 마음을 차분히 가라앉힐 시간이 필요했다. 뒤 따라오던 차 한 대가 대낮인데도 상향등을 깜박이며 억지로 추월하려고 하자 특이점이 성난 얼굴로 액셀러레이터를 힘껏 밟았다. 앤디가 놀라 계기판을 보니 바늘이 제한속도보다 훨씬 위를 가리키고 있었다. 뒤를 돌아보니 BMW M3 한 대가 끈질기게 따라붙고 있었다. 특이점의 굳은 표정이 섬뜩하리만치 무서웠다. 그녀는 다시 눈을 감고 불안한 마음을 누르며 자는 척했다.

한참 고속 주행하던 특이점이 핸들을 홱 꺾어 휴게소로 들어갔다. 앤디가 눈을 떠보니 특이점이 챠우챠우처럼 핸들에 엎드린 채 말없이 그녀를 쳐다보고 있었다. 앤디가 말했다.

"난 출출하지 않아요."

특이점은 대답 없이 화장실 쪽으로 고갯짓을 했다. 앤디가 얼굴이 붉어지며 서둘러 차에서 내렸다. 그녀가 요양원에서 물을 많이 마셨다는 걸 특이점이 기억하고 있었던 것이다. 무서울 정도로 세심한 사람이었다. 그렇다면 그녀가 발작했을 때도 그는 남들보다 더 많은 것을 알아차렸을 것이다. 앤디는 특이점 앞에서 유리처럼 투명해지는 기분이었다. 마치 벌거벗겨진 것처럼 자신이 없었다.

화장실에서 나오자 특이점이 담배를 피우고 있었다. 그녀가 다가 오는 걸 쳐다보는 그의 눈빛이 머리 위에 뜬 늦가을 태양처럼 따뜻 하고 부드러웠다. 앤디의 마음이 자꾸만 약해졌다.

특이점이 말했다.

"이 휴게소에서 다자셰를 맛있게 한대요. 난 출출한데 어때요?"

"난 생각 없어요. 피곤해서 자고 싶어요. 차에서 기다릴게요."

"방금 전에 나를 따라오던 그 M3요. 방금 전에 만나서 얘기를 나 누다 보니 내 친구의 친구였어요. 밥을 사겠대요. 그 친구는 예쁜 애 인과 동행인데 나는 혼자갈 수 없잖아요. 부탁해요."

"탄쭝밍도 아닌데 그런 걸 경쟁해요? 방금 전 자동차 경주도 그렇 고요!"

"이게 원래 내 모습이에요. 가끔 객기가 발동하죠. 같이 가요. 아무 말 안 하고 그냥 앉아 있기만 해도 괜찮아요. 어차피 점심은 먹어야 하잖아요."

앤디는 자신을 도와준 특이점의 부탁을 거절할 수가 없어 그를 따 라 식당으로 들어갔다. 원래는 차멀미를 해서 속이 좋지 않다는 핑 계로 먹지 않을 생각이었지만 뜨거운 김이 모락모락 피어오르는 다 자셰 요리가 나오자 항복하고 말았다. 특이점이 몰래 웃었다. 그녀를 보고 웃지는 않았지만 앤디는 그의 웃음이 자기 때문이라는 걸 알 수 있었다. 식사 초대는 핑계일 뿐 진짜 목적은 그녀에게 밥을 먹이 는 것이었다는 사실도. 이렇게 세심한 사람 앞에서 어떻게 자신을 감 추고 방어할 수 있을까?

아침 식사를 마친 후 판성메이는 기분이 축 가라앉았다. 그녀는 백합 꽃다발을 힘없이 들고 집에 돌아와 빨래를 하기 시작했다. 취샤오샤오는 왕바이촨의 차가 렌트카라는 사실을 그녀에게 알려준 걸 후회했다. 같이 놀 사람이 없어졌기 때문이다. 하지만 그리 쉽게 포기할 취샤오샤오도 아니었다. 취샤오샤오가 판성메이를 설득했다.

"실연했다고 이렇게 낙담할 필요 없잖아. 길에 널린 게 남자들이야."

"다시 말하는데 난 실연당한 게 아니야. 걔가 날 좋아했고 나는 아직 대답도 안 했어. 네가 뒷조사를 해준 덕분에 내가 더 재볼 필요가 없어진 거지."

"차 번호판을 보느라 얼굴을 못 봤네. 섹시하고 재미있으면 렌트카든 자기 차든 무슨 상관이야? 그냥 즐겨. 렌트카라도 있는 게 버스 타는 것보다는 낫잖아. 안 그래? 그리고 조금 호감 있다고 끝까지 갈 수 있을지, 결혼할 수 있을지 벌써부터 생각하지 마. 그러면 답이 안 나와. 쿨하게 살아. 좋으면 일단 덮치고 보는 거야. 다른 건 그다음에 생각해. 사람 일이 어떻게 될지 누가 알아?"

"넌 젊으니까 그럴 수 있지만 난 달라."

"아니야. 문제는 성격이야. 나보다 더 어린 쥐얼은 못 그러잖아."

취샤오샤오가 눈동자를 굴리며 야릇한 미소와 함께 미끼를 던졌다.

"언니는 직급도 높고 연봉도 많잖아. 예쁘고 안목도 있고 말이야. 자유롭게 살아. 난 그런 언니가 좋아." 취샤오샤오가 판성메이의 표정을 몰래 살폈다.

판성메이의 굳은 표정을 보며 속으로 숫자를 셌다. 하나, 둘, 셋…, 열다섯까지 셌을 때 판성메이가 가볍게 헛기침을 하며 평정심을 되찾았다.

"나이가 제일 큰 자산이야. 특히 이 나라에서는 말이지."

그때 핸드폰이 울렸다. 판성메이가 취샤오샤오를 피해 전화를 받았다. 왕바이촨이었다. 발신자가 왕바이촨이라는 걸 확인하자마자 판성메이의 목소리에 자동으로 애교가 장착되었다. 왕바이촨의 차가 렌트카라는 것을 알았지만 판성메이는 아무 일도 없었다는 듯이 평소와 똑같이 그를 대했다.

"공항에서 랑(郎) 사장님을 모셔오는 길인데 내가 네 덕분에 하이시에서 빠르게 자리를 잡았다니까 널 꼭 만나고 싶으시대. 지금 어디야? 데리러 갈게. 같이 점심 먹자."

"집과 사무실 얻는 걸 도와준 뿐인데 뭘 그래. 호의에 감사한다고 전해드려."

"사실 내가 널 보고 싶어서 그래. 하하하! 랑 사장님이 너랑 직접 통화하시겠대…."

"아니야. 됐어. 알았어. 도착할 때쯤 전화해. 아파트 입구에서 기다릴게. 주말에 밀린 집안일 좀 하려고 했는데 그럴 틈을 안 주는구나."

취샤오샤오가 시무룩하게 듣고 있었다. 판성메이가 자기 미끼에는 반응도 없다가 렌트카 남의 전화 한 통에 홀랑 넘어가다니. 판성메이가 전화를 끊자 취샤오샤오가 말했다.

"더 이상 재볼 필요 없다며?"

판성메이가 정색을 했다.

"물론이야. 하지만 네가 모르는 게 있어. 여자한테 제일 무서운 게 독수공방이야. 한 달만 독수공방해봐. 집안 전체가 우울해지지. 차버릴 때 차버리더라도 다른 남자가 생기기 전까진 옆에 둬야 해. 아무리 허접한 남자를 만나도 독수공방하는 것보단 나아. 잠깐만 독수공방해도 남자들한테 눈빛 날리는 게 어색해진다니까?"

취샤오샤오는 기가 막혔다. 자기가 추잉잉도 아닌데 설교라니! 하지만 오늘은 판성메이의 기분을 맞춰주기로 했다.

"와! 언니는 역시 고수야. 항복! 지금까지 내가 한 말은 다 헛소리였어. 난 무슨 수를 써도 언니한테는 상대가 안 돼."

판성메이가 눈썹을 샐긋 추어 올려 웃었다.

"나 옷 갈아입는다."

그녀는 방문을 굳게 닫고 취샤오샤오와 더 이상 말을 섞지 않았다. 취샤오샤오는 판성메이의 독수공방론을 되새겨 생각했다. 생각해보니 그녀도 중학교 이후로 한 달 넘게 독수공방했던 적이 없었다. 지난 한 달간의 독수공방이 어떤 효과를 내는지 시험해보고 싶었다.

꽃단장을 마치고 외출하는 판성메이를 배웅한 후 취샤오샤오는 집에 가서 잠을 청했다. 그러나 얼마 못 가서 눈이 저절로 떠지고 혼자 있는 게 심심해서 견딜 수가 없었다. 절룩거리며 밖에 나가 점심을 먹고 고양이들에게 사료를 주고 친구들에게 전화를 걸어 수다를 떨었다. 앤디에게도 메시지를 보내 알고 보니 판성메이의 남자친구가 렌트카를 타는 속 빈 강정이었다는 소식도 알렸다. 판성메이가 헛물을 켜고 나서도 정신을 못 차리고 그를 만나러 갔다는 얘기도 덧붙였다. 취샤오샤오는 한바탕 수다를 떨고 난 뒤 양심에 가책을 느꼈는지 택시를 불러 회사로 향했다.

그 시간 앤디는 특이점 앞에서 묵언수행을 하고 있었다. 취샤오샤오가 보낸 메시지를 보았지만 그 내용에 동의할 수 없었다. 탄쭝밍이 미국에 올 때면 늘 그녀의 차를 가져다가 탔기 때문에 그녀는 렌트카를 빌려야 했다. 렌트카를 타는 게 큰 문제가 아니라는 얘기다. 그런데 생각해보니 대수롭지 않은 일이라면 취샤오샤오가 특별히 메시지까지 보내 알릴 리 없을 것 같았다. 취샤오샤오가 개념 없는 철부지처럼 보여도 사실 여우처럼 눈치가 빨라서 해도 되는 말과 하면 안 되는 말을 구분할 줄 알기 때문이다. 앤디가 침묵을 깨고 특이점에게 물었다.

"중국에서 서른 살 남자가 겉으로는 돈을 잘 쓰지만 렌트한 BMW 3시리즈를 타면 어떤 거예요? 렌트카라는 사실이 중요해요?"

"누구 얘기예요? 당신을 따라다니는 남자? 차버려요."

"이웃 친구의 남자친구예요. 지금 문자가 왔어요. 그 친구도 참 재밌어요. 월세 아파트에 살면서 동창들 앞에서는 잘사는 척하죠. 그래도 좋은 친구예요. 열정적이고 시원시원해요. 나와도 잘 지내고요."

"사람마다 달라요. 내가 처음 사업을 시작할 때는 고객에게 꿀리지 않으려고 친구의 사무실을 빌려서 내 사무실인 척했어요. 렌트카를 타는 건 흔한 일이에요. 친구에게 조금 주의하라는 정도로 조언해줘요."

"방금 전에는 렌트카를 탄다니까 차버리라고 했잖아요?"

"당신은 달라요. 당신은 그런 꼼수에 넘어가지 않잖아요. 당신을 유혹하려고 좋은 차를 렌트해서 다닌다는 건 당신에 대해 잘 모른다는 뜻이에요. 그런 사람은 차버리는 게 나아요."

"내가 그런 꼼수에 넘어가지 않는지 어떻게 알아요?"

"느낌이죠. 난 사람 보는 눈이 정확해요. 당신 이웃은 집이 있는 척하고 그녀의 남자친구는 차가 있는 척한다면 둘이 천생연분이네요. 걱정할 거 없어요. 지난번에 괜찮은 사람 있으면 소개해달라던 그 친구인가요?"

"맞아요. 내 차는 내 돈으로 빌린 게 아니에요. 쭝밍에게 빼앗은 거죠. 남들이 한두 마디로 평가하면 우습게 들리지만 사실 알고 보면 복잡한 일들도 있어요. 진실은 당사자가 제일 잘 알죠. 남의 일에 참견할 필요 없단 얘기예요."

"당신은 달라요. 당신이 하는 말은 모두 진심이에요. 누구도 그걸 우스운 얘기로 생각하지 않아요."

"제일 우스운 게 바로 나예요. 한두 마디로 표현하면, 우리 엄마는 남자에게 미친 여자였고, 나는 그런 엄마를 보고 자랐어요. 내 남동생이 바로 엄마가 남긴 결정체죠. 그래서 나는 평생 심리적인 장애를 안고 살 수밖에 없어요. 그런데도 몸에서 호르몬이 분비되고 대뇌에서 도파민이 분비돼요. 내가 살아 숨 쉰다는 자체가 바로 웃기는 얘기예요. 남들이 보면 정신분열에 걸린 바보겠죠."

앤디는 남동생을 보고 돌아오는 내내 침울했다. 특히 점심을 먹고 난 뒤에는 우울함이 더 심해졌다. 그녀를 아주 잘 아는 듯한 특이점의 말을 듣고 나니 자기도 모르게 본심을 털어놓고 싶었다. 자기 이미지야 어떻게 되든 말든 그게 그녀의 솔직한 생각이었다. 그녀는 자신을 뚫어져라 응시하는 특이점의 시선을 견딜 수가 없었다.

그녀가 말했다.

"당신은 내가 뭘 두려워하고 걱정한다고 하지만 내 문제는 그게 아니에요. 나는 장애를 가지고 있어요. 심리적인 장애를."

특이점은 말없이 얼굴이 굳어졌다. 앤디는 불안한 가슴을 누르며 더 이상 아무 말도 하지 않았다. 돌아오는 내내 침묵이 차 안을 가득 채웠다. 특이점이 앤디를 아파트 입구에 내려주며 말했다.

"당신 일부러 그런 거예요."

이것은 특이점이 앤디에게 던진 마지막 한마디였다.

추잉잉은 바이 팀장에게 맞은 뺨이 아직도 얼얼했지만 취업에 성공했다는 사실에 며칠 동안의 우울했던 기분이 말끔히 씻겨 내려갔다. 경쾌한 걸음으로 박람회장을 가득 메운 인파 속을 뚫고 걸었다. 오후의 햇살이 그녀의 얼굴 위로 쏟아졌다. 콧노래를 흥얼거리고 싶을 만큼 기뻤다. 누가 봐도 상관없었다. 어차피 모르는 사람이니까.

그래도 벌겋게 달아오른 뺨은 가리고 싶었다. 핸드폰을 그쪽 뺨에 대고 아빠에게 전화를 걸어 희소식을 알렸다. 당직근무를 하고 있던 아빠의 목소리가 쩌렁쩌렁한 기계음에 묻히고 추잉잉의 목소리는 왁자한 자동차 소음과 섞였다. 부녀가 목청을 돋우어 통화를 했다. 아빠가 딸의 취업 소식을 듣자마자 제일 먼저 물었다.

"연봉은 얼마야?"

"기본급은 원래 받던 거랑 비슷한데 성과급이 있어. 유니폼이 있어서 옷값도 절약할 수 있고."

"잘됐다. 아주 잘됐어. 내가 뭐랬어? 대도시에서 버티라고 했지? 아빠 이제 일한다. 그만 끊자."

"아빠 이제 야근 안 해도 돼…."

추잉잉의 말이 끝나기도 전에 전화가 뚝 끊겼다.

"또 이러네. 정말 너무해."

추잉잉이 몇 번이나 다시 걸었지만 아빠는 전화를 받지 않았다. 어쩔 수 없었다. 아빠가 딸의 전화비를 아껴주려는 것이다. 추잉잉은 달아오른 뺨을 가릴 수 있는 좋은 방법을 발견했다. 그녀는 통화를 하는 척 핸드폰을 뺨에 붙이고 걸었다. 원래는 22층 이웃들에게 메시지를 보내 이 기쁜 소식을 알리려고 했지만 직접 만나서 얘기하기로 했다. '쥐얼표' 숙녀워킹 따위는 잊은 지 오래였다. 종종걸음을 치다가 턱에 걸려 몇 걸음을 뛰다가 뛴 김에 신이 나서 몇 걸음 더 달렸다. 그렇게 거의 경중경중 뛰다시피 하며 집으로 향했다. 지하철역에서 빠져나오는데 날마다 군침만 흘리고 지나치던 제과점이 눈에 들어왔다. 문 앞에 '파격세일! 밀크티 1위안'이라고 써 붙어 있고 사람들이 문 앞에 길게 줄지어 서 있었다. 추잉잉이 냉큼 달려갔다. 얼마 후 그녀의 왼손에는 1위안짜리 밀크티 한 잔, 오른손에는 아빠와 천 번 넘게 통화할 수 있는 전화요금과 맞먹는 8인치짜리 티라미수 케이크가 있었다. 그녀는 오늘 이 제과점에서 구운 케이크 중 유일하게 커피가 들어간 티라미수에 단번에 마음을 빼앗겼다.

그런데 집에 돌아와 보니 22층이 텅 비어 있었다. 오죽하면 취샤오샤오의 현관문까지 두드렸다. 취샤오샤오와는 만나기만 하면 으르렁대는 사이지만 기쁨을 나눌 수 있다면 그걸로 만족했다. 안타깝게 취샤오샤오도 집에 없었다. 하는 수 없이 현관문을 열어놓고 기다렸다.

다행히 흥분의 열기가 다 식기 전에 22층 엘리베이터 문이 열렸다. 엘리베이터에서 내린 사람이 하필이면 그녀와 궁합이 맞지 않는 앤디였지만 추잉잉은 벌떡 일어나 신나게 달려 나갔다. 그녀는 앤디의 기분도 살피지 않고 큰 소리로 외쳤다.

"언니! 나 취업했어! 커피 회사의 판매직이야. 정말 기뻐. 이렇게 빨리 다시 취업하게 될 줄 누가 알았겠어."

추잉잉은 앤디의 손에 들린 커다란 가방과 검은 비닐봉지를 보며 앤디가 출장을 다녀왔다고 생각했다.

기분이 울적했던 앤디는 별로 좋아하지 않는 추잉잉이 매달리며 얘기하자 건성으로 대꾸했다.

"맥아피(McAfee)? 좋은 소프트웨어 회사지. 축하해."

"하하하! 그 백신 업체가 아니라 커피를 파는 회사야. 파격적으로 날 채용했어. 커피케이크 사왔는데 잠깐 기다려. 한 조각 줄게. 축하 파티하자."

앤디는 추잉잉이 티라미수 한 조각을 접시에 담아 나올 때까지 그 자리에 우두커니 서서 기다렸다. 앤디가 한 손으로 티라미수를 받으며 말했다.

"고마워. 축하해. 앞으로 커피는 너한테 사야겠네."

"언니 커피 좋아해? 무슨 커피 마셔?"

"미국에서 가져온 그린마운틴."

"블루마운틴이겠지! 하하! 이름을 틀렸어. 최상급 블루마운틴은 다 일본으로 수출된다고 이 책에서 봤어. 미국에서 샀으면 좋은 커피겠네. 나 좀 보여줘."

앤디의 얼굴 위로 짙은 먹구름이 드리워 있었지만 추잉잉에게는 상대의 표정이 보이지 않았다. 앤디가 추잉잉을 집으로 데리고 들어가며 말했다.

"넌 참 훌륭한 판매사원이 될 거야."

이 말은 앤디의 진심이었다. 앤디가 커피원두 두 봉지와 밀봉된 캔 하나를 꺼내주고 침실로 들어가 가방을 풀었다.

추잉잉이 포장을 보고 까르르 웃었다.

"정말 그린마운틴이네? 미국에도 짝퉁이 있구나. 하하! 작은 글씨로 쓴 건 무슨 뜻이야?"

"가지고 가서 자세히 공부해봐. 공부 끝나면 돌려줘. 미안하지만 나 지금 너무 피곤해서 눈 좀 붙여야겠어."

추잉잉이 커피를 품에 안고 집으로 돌아갔다. 빼곡하게 적힌 영어 단어를 인터넷으로 찾아가며 연구했다. 알고 보니 그린마운틴은 블루마운틴의 짝퉁이 아니었다. 추잉잉은 그린마운틴의 산지, 로스팅 방법 등을 열심히 검색하고 흥미로운 정보들은 따로 '커피' 폴더를 만들어 저장했다.

밀봉캔에 들어 있는 향기로운 커피 원두는 직접 맛을 보고 싶었다. 원두가 이렇게 많으니까 조금 꺼내도 표시가 나지 않을 것 같았다.

'원두를 어떻게 갈지?'

추잉잉은 원두 세 톨을 손에 들고 집 안을 서성였다. 자기 방과 주방을 들락거려봐도 마땅한 도구가 없었다. 하는 수 없이 원두를 물에 넣고 끓였다. 그러나 콩과 두유의 맛이 다르듯 커피 원두를 끓여서 우려낸 커피는 커피가 발 씻은 물처럼 인스턴트커피보다도 맛이 없었다. 추잉잉은 금세 시무룩해졌다.

관줴얼은 한숨 자고 일어난 뒤 리자오성과 함께 낯선 도시를 여행했다. 계획도 목표도 없었다. 오랫동안 가고 싶었던 신화서점에 들러 한 시간 동안 책을 뒤적이며 구경만 하기도 하고, 걷다가 다리가 아프면 커피 한 잔을 사서 길가 벤치에 앉아 얘기를 나누었다. 관줴얼은 날마다 암흑 같은 회사 생활에 대해 얘기했고, 그녀와 같은 경험을 했던 리자오성은 무턱대고 열심히 일하지 말고 자기 길을 확실히 찾으라고 조언했다. 회사 생활의 애환이 화제가 되자 대화가 끊이지 않고 계속 이어졌다.

강가에서 구운 단밤을 까먹으며 밀크티를 마시고 있을 때 관줴얼의 핸드폰이 울렸다. 린 선배였다.

"줴얼, 집에 잘 도착했어. 너희 부모님이 네게 주려고 준비한 것들이 있을 텐데 내가 대신 가져다줄까?"

"저는 좋지만…, 선배가 귀찮지 않겠어요?"

"괜찮아. 워낙 작은 도시라 한 바퀴 걸어서 돌아도 몇 시간 안 걸리잖아. 부모님 집 주소와 전화번호를 문자로 보내줘. 내일 오후 세네 시쯤 하이시로 돌아가는 길에 너희 집에 들를 거라고 부모님께 말씀드려. 짐이 많아도 차에 다 실을 수 있으니까 많이 보내셔도 괜찮아."

"고마워요. 잘 됐어요!"

관쥐얼이 기뻐하며 부모님에게 전화를 걸어 얘기하자 부모님은 린 선배가 믿을 수 있는 사람이냐고 물어보았다. 그동안 리자오성은 말없이 팔짱을 끼고 관쥐얼을 쳐다보았다. 저녁 어스름 속에서 그의 두 눈동자가 반짝였다.

관쥐얼은 부모님과 통화한 후 린 선배에게 메시지를 보냈다. 리자오성이 고개를 길게 빼 핸드폰을 보려고 하자 그녀가 얼른 뒤로 감추었다.

"안 돼요. 부모님 집 주소와 전화번호예요. 이건 사생활이에요."

"불공평하잖아요. 나는 쥐얼과 오랜 동료이고 린 선배와는 몇 번 만난 게 전부인데 그 사람에게는 주소를 알려주고 나는 보지도 못하게 해요?"

바이 팀장이 추잉잉의 부모에게 전화를 걸어 추잉잉을 모함했던 일이 관쥐얼의 뇌리를 스쳤다. 그녀는 절대로 리자오성에게 핸드폰을 보여줄 수 없었다.

"이건 경우가 달라요. 선배님을 믿지 못하는 건 아니에요. 죄송해요."

관쥐얼이 리자오성을 등진 채 문자메시지 두 개를 보낸 뒤 보낸 문자함에서 삭제했다.

리자오성의 얼굴이 어두워졌다.

"그렇게 날 믿지 못하면서 어떻게 같이 놀러왔어요?"

"이건 다르다니까요. 부모님 주소를 선배님한테 보여주기가 좀 그래요."

"왜요? 나랑 린 선배랑 뭐가 다르죠?"

"잘 모르겠어요. 저 먼저 호텔에 가서 쉴래요."

관쥐얼이 몸을 돌려 택시를 잡자 리자오성이 뒤따라왔다.

"알았어요. 안 물을게요. 내가 잘못했어요. 영화 보러 갈까요? 아직 초저녁인데 일찍 자기엔 이 야경이 너무 아깝잖아요. 노래방은 어때요?"

"어째서 내가 화나지 않았을 때는 캐묻다가 내가 화를 내니까 그제야 묻지 않는 거예요? 선배님은 좋게 말하면 안 듣는 사람이군요."

"아니에요. 나를 너무 나쁜 사람으로 몰지 말아요. 내 실수예요. 미안해요."

관쥐얼이 그의 사과를 받지 않고 택시에 올라탔다. 택시 기사에게 ATM기가 보이면 세워달라고 했다. 리자오성이 뒤따라 택시에 탔다. 택시가 ATM기 앞에서 서자 관쥐얼이 차에서 내리고 리자오성도 따라 내렸다.

리자오성이 말했다.

"보디가드가 되어줄게요. 걱정 말아요. 비밀번호는 보지 않을 테니까."

"그런 걱정은 안 해요. 그 정도로 나쁜 사람은 아니란 건 아니까. 하지만 우리 집 주소는 달라요. 알겠어요?"

리자오성이 비밀번호를 보지 않으려고 다른 곳으로 시선을 향한 채 말했다.

"아깐 질투가 나서 그랬어요. 미안해요. 하지만 린 선배라는 사람도 쥐얼 씨에게 접근하려는 거예요. 순수한 의도가 아닌데도 주소를 알려줬잖아요."

리자오성이 솔직하게 말하자 관쥐얼은 부끄러워졌다.

"그게 선배님이랑 무슨 상관이에요? 밤기차를 타고 집에 갈래요."

리자오성은 이해할 수가 없었다.

"솔직히 얘기했는데도 왜 자꾸 그래요? 밤기차를 타는 건 너무 힘들어서 안 돼요. 이제 그 얘기는 꺼내지 않을게요."

리자오성이 똑바로 쳐다보며 정색을 하자 관쥐얼은 하려던 말을 삼키고 어색하게 입을 다물었다. 호텔에 도착해보니 바로 맞은편에 영화관이 있었다. 관쥐얼은 대강 타협한 것처럼 보이고 싶지 않아서 퉁명스러운 말투로 물었다.

"영화 볼 거예요?"

"당연하죠!"

말이 떨어지기가 무섭게 리자오성이 방향을 돌려 영화관으로 향했다.

구두를 신고 한나절 동안 걸어 다닌 탓에 관쥐얼의 발이 붓고 아팠다. 리자오성의 성큼성큼 걷는 걸음걸이를 따라갈 수가 없었다. 관쥐얼은 따라가기를 포기하고 뒤에 처져서 종종걸음으로 걸었다. 리자오성이 한참 만에 뒤를 돌아보니 관쥐얼이 보이지 않았다. 두리번거리며 찾고 있는데 관쥐얼이 저 뒤에서 느릿느릿 걸어오고 있었다. 그제야 관쥐얼이 다리가 아플 거라는 생각이 들었다. 그가 관쥐얼에게 다가가 머뭇거리며 물었다.

"업어줄까요?"

"됐어요…."

두 사람이 천천히 걸어 영화관으로 들어갔다. 리자오성은 관쥐얼이 앉아 있을 곳을 찾아준 뒤 혼자 티켓을 사고 음료수와 팝콘을 사서 한 아름 안고 돌아왔다. 관쥐얼이 그제야 그를 향해 웃어 보였다.

"선배님도 구두를 신었는데 어떻게 그렇게 잘 걸어 다녀요? 난 매일 아침 출근하며 단련이 됐는데도 힘이 들어요."

"나는 돌아다니는 게 습관이 됐어요. 휴가에도 산으로 바다로 여행을 다니죠. 이번에도 나 혼자였다면 더 멀리 갔을 거예요. 기차 침대칸에 자리가 없으면 선 채로도 잘 수 있어요. 자, 팝콘 먹어요. 쥐얼 씨는 여행을 잘 안 해요?"

관쥐얼의 얼굴이 붉어졌다.

"전부 부모님이 알아서 해주세요. 먼 곳은 비행기를 타고 가고요. 어릴 때 이후로 기차를 타본 적이 없어요. 제가 선배님한테 짐이 됐네요."

"그렇게 말하면 섭섭하죠. 쥐얼 씨만 좋다면 다음에 또 같이 여행하고 싶어요. 쥐얼 씨랑 있으면 즐거워요. 퇴사하기 전에는 데이트 신청을 하고 싶어도 인턴 평가에 불리할 것 같아서 참았어요. 영화 시작하겠네. 어서 들어가요."

리자오성 혼자 음료수와 팝콘을 다 들고 관쥐얼은 빈손으로 뒤를 따랐다. 영화를 보는 동안에도 관쥐얼은 스스럼없이 리자오성이 들고 있는 팝콘 통에서 팝콘을 집어 먹었다. 두 사람 모두 더 이상 문자 얘기는 꺼내지 않았다.

취샤오샤오가 난생 처음 주말에 놀지 않고 일하는 걸 보고 그녀의 부모는 그야말로 감동의 도가니에서 허우적거렸다. 그녀가 사장실에서 자료를 훑어보고 있는 동안 부모님은 밖에서 기다렸다. 당장이라도 먹을 것을 딸에게 진상하고 싶었지만 겨우 마음잡고 일하는 딸을 방해할 수가 없어서 숨소리도 크게 내지 않고 기다렸다. 저녁 먹을 시간이 되자 부모님이 딸을 알현하기 위해 사장실로 들어갔다.

취샤오샤오가 과장된 자세로 앉아서 손가락으로 자료를 튕겼다.

"내 적성을 제대로 발견했어. 돈 버는 게 이렇게 재밌는지 몰랐다니까."

"아주 잘됐구나. 너만 좋다면 이 아빠가 뭐든지 다 맞춰주마."

"흥! 내 힘으로 돈 버는 게 재밌다는 얘기야. 차려놓은 밥상에서 밥만 먹는 건 재미가 없어. 엄마, 킹크랩 먹고 싶어."

부모님은 딸이 원하는 거라면 뭐든 다 들어주었다. 딸이 철없이 흥청망청 놀 때도 부모님 눈에는 마냥 공주로 보였는데 딸이 착실하게 일을 하고 있으니 여간 기특하고 사랑스러울 수 없었다. 킹크랩을 다 먹고 난 뒤 부모님은 그녀를 아파트까지 데려다주었다. 취샤오샤오는 아픈 다리를 꾹 참으며 다리 다쳤다는 얘기를 하지 않았다. 얘기했다가는 부모님 집으로 끌려가 며칠 동안은 꼼짝없이 요양해야 할 게 뻔했기 때문이다.

취샤오샤오가 아빠 차에서 내리자마자 왕바이촨의 차가 그녀 옆에서 멈추어 섰다. 차 안에 두 남자와 판성메이가 타고 있었다. 취샤오샤오는 운전석에서 내려 판성메이에게 문을 열어주는 왕바이촨을 호기심 어린 눈길로 지켜보았다. 차에서 내리는 판성메이가 술에 취해 있었다. 그녀는 술에 취하고도 경계의 끈을 놓지 않고 집까지 바래다주겠다는 왕바이촨을 극구 만류했다. 판성메이가 평소보다 한 톤 올라간 목소리로 말했다.

"어서 랑 사장님 모셔다드려. 고객을 기다리시게 하면 어떻게 해. 랑 사장님이 나보다 더 많이 드셨잖아."

"걸을 수 있겠어? 랑 사장님한테 잠깐 양해를 구하고 집까지 데려다줄게."

"내가 데리고 갈게요."

취샤오샤오가 둘 사이로 쏙 끼어들었다. 그녀가 왕바이촨에게 몰래 명함을 찔러주며 말했다.

"나 기억해요? 아침에 성메이 언니랑 아침 먹으러 나왔던 이웃이에요. 내가 언니를 데리고 갈게요."

취샤오샤오가 부모님에게 인사를 한 뒤 판성메이를 부축해 아파트로 들어가는데 왕바이촨이 뒤에서 뛰어왔다. 그는 판성메이에게 주라며 쇼핑백 두 개를 취샤오샤오에게 건넸다.

줄지에 짐꾼이 된 취샤오샤오가 어금니를 깨물었다. 하지만 재미난 구경을 할 수 있다면 그 정도 대가는 치를 용의가 있었다. 취샤오샤오가 쇼핑백을 받아들고 왕바이촨에게 애교스럽게 인사를 한 뒤 판성메이와 함께 아파트로 들어갔다. 판성메이의 방어막이 취샤오샤오에게 가볍게 뚫리고 만 것이다.

모퉁이를 돌고 난 뒤 취샤오샤오가 가로등 불빛에 비추어 쇼핑백을 자세히 살폈다.

"와우! 에르메스 스카프잖아. 렌트카 남이 통도 크네."

판성메이가 혀를 날름 내밀었다가 의기양양하게 말했다.

"내가 랑 사장을 구워삶아줬으니 이 정도 출혈은 감수해야지. 랑 사장도 보고 있는데 싸구려 선물을 줄 수 있겠어?"

취샤오샤오가 깔깔대며 웃었다.

"난 언니의 이런 삐딱함이 좋아. 저런 남자는 가차 없이 잘라버려. 싹뚝."

두 사람이 시시덕거리며 22층으로 올라왔다. 22층에는 원두 우린 물을 마시고 상기된 추잉잉뿐이었다. 취샤오샤오는 판성메이를 2202호에 던져놓고 가버리고 판성메이도 추잉잉의 흥분에 겨운 취업 자랑을 귓등으로 흘리며 대충 씻고 잠자리에 들었다.

추잉잉은 달아올랐던 열정이 식어버린 뒤 혼자서 우울하게 티라미수를 먹으며 하루를 마무리했다.

11

월요일 아침은 22층 여자들에게 가장 고통스러운 시간이다. 하지만 모든 일이 그렇듯 예외는 있기 마련. 예를 들어 판성메이는 일요일 하루를 토요일의 숙취를 해소하는 데 투자했기 때문에 월요일 이른 아침에도 가뿐하게 일어날 수 있었다. 특히 새 에르메스 스카프를 목에 두른 그녀의 눈동자에서 졸음기는 조금도 찾아볼 수 없었다.

오늘은 추잉잉의 첫 출근 날이다. 오늘 그녀의 가장 큰 목표는 지각하지 않는 것이었다. 그녀는 판성메이와 거의 같은 시간에 일어나 함께 출근했다. 새 회사에는 유니폼이 있지만 판성메이에게 첫 출근에 어울리는 옷을 골라달라고 부탁했다. 추잉잉이 판성메이의 화사한 새 스카프를 부러운 시선으로 훑으며 가볍게 만져보았다.

"언니 곧 이사 가겠네?"

"갑자기 무슨 소리야?"

"남자친구가 부자잖아. 언니한테 이렇게 돈을 쓰는 걸 보니까 언니를 정말 사랑하나 봐. 얼른 집 사서 결혼하려고 하겠지?"

판성메이가 피식 웃었다.

"누가 일찍 결혼한대? 여자는 말이야. 연애할 때가 황금기야. 연애 기간을 최대한 늘려서 황금기를 오랫동안 누려야 해."

추잉잉이 감탄하며 판성메이의 말을 마음에 새겼다.

두 룸메이트가 출근한 뒤 관쥐얼이 여독이 풀리지 않은 몸을 뒤틀며 겨우 일어났다.

취샤오샤오의 회사도 오늘부터 정상적인 업무가 시작되었다. 물론 사장인 그녀는 자신의 출퇴근 시간을 마음대로 조정할 수 있었다. 특히 그녀의 화려한 과거를 아는 사람이라면 누구나 그녀가 남들처럼 열심히 일할 거라는 기대를 품지 않았다. 그녀의 부모님을 포함해서 그 누구도 그녀의 지각을 지극히 정상적인 일로 여겼다. 하지만 뚜렷한 목표가 있는 취샤오샤오에게 지각은 절대로 있을 수 없는 일이었다. 그녀의 목표는 바로 두 이복오빠와의 차별화였다. 생활 태도부터 자기 힘으로 돈을 버는 것까지 모든 일에서 두 오빠와 확연히 다르다는 걸 보여주고 싶었다.

지각하지 않기 위한 그녀의 기상 계획은 단순했다. 알람이 울리면 일어나서 커피를 만들고 샤워를 한 다음 커피를 마시며 머리를 말린다. 그다음 화장을 하고 옷을 입은 뒤 집에서 몸만 쏙 빠져나간다. 엉망으로 어질러진 집은 그녀가 출근한 사이에 가사도우미가 와서 정리해줄 것이다. 그런데 그녀의 완벽했던 계획이 집을 나서면서부터 오차가 생기기 시작했다. 그녀는 핸드폰 주소록에서 며칠 동안 머릿속을 맴돌고 있는 전화번호를 찾아 메시지를 보냈다.

'자오치펑 선생님, 저 샤오샤오예요. 다리가 많이 나아서 이제 걸을 수 있어요. 아직 걷기가 조금 불편하긴 하지만 선생님 말씀이 맞았어요. 치료해주셔서 고마워요.'

취샤오샤오의 사전에 '퇴짜'란 없었다. 그녀가 이렇게 정성을 담아 메시지를 보내면 득달같이 답장이 도착하는 게 정상이다. 그런데 그녀가 회사 건물에 도착해 주차를 하고 아침 식사를 사서 사무실로 올라가 사장실 책상에 앉은 뒤에야 답장이 왔다.

'실례지만 누구시죠?'

취샤오샤오는 자기 눈을 의심했다. 맙소사! 이 취샤오샤오를 기억하지 못한다고?

그녀의 자존심이 심하게 구겨졌다. 그녀는 분노의 타이핑으로 자신이 누구이며 다리를 어떻게 다치게 되었는지 구구절절 적었다. 그런데 발송 버튼을 누르기 직전 눈동자를 한 바퀴 굴리며 마음을 차분하게 가라앉혔다. 그녀를 왜 여우라고 할까? 남들이 가는 빤한 길을 가지 않기 때문이다. 그녀는 공들여 쓴 메시지를 모두 지우고 짧게 한마디 썼다.

'말하자면 길어요. 오늘 몇 시에 퇴근하세요? 퇴근하기 전에 직접 찾아가서 설명할게요.'

이번에는 곧바로 퇴근 시간을 알려주는 답장이 왔다. 취샤오샤오가 핸드폰을 손끝으로 두드리며 깔깔거렸다.

"이게 바로 호기심으로 고양이를 죽이는 수법이렸다! 흥! 이 취샤오샤오를 모른다는 소리를 영원히 못하게 만들어줄 테다!"

22층에서 제일 일찍 출근하는 앤디가 오늘은 제일 늦게 출근했다. 앤디는 평소와 같은 시간에 일어나 욕실로 향했다. 그런데 물이 나오지 않는 것이었다. 그녀는 순간적으로 수많은 범죄 사례를 떠올렸다. 영화를 보면 범인이 밖에서 전기와 수도 공급을 끊은 다음 주인이 확인하려고 밖으로 나온 틈을 타 범죄를 저지른다. 그녀는 곧장 행동에 들어갔다. 거실로 나가서 지난 밤 CCTV 영상을 확인했다. 역시 그녀의 예상대로였다. 새벽 1시 23분경 복도에 이상한 남자가 나타났던 것이다. 화면을 정지시키고 자세히 보니 잔체크 무늬의 면파자마에 반소매 라운드티셔츠를 입고 있었다. 그가 태연한 걸음걸이로 엘리베이터 옆 기계실로 들어갔다. 22층 각 세대로 공급되는 수도관의 밸브가 바로 그 기계실에 있었다. 그렇다면 십중팔구는 그자의 소행이었다. 그런데 이유가 뭘까? 앤디가 관리실 보안요원에게 전화를 걸어 자초지종을 설명하고 도움을 요청했다.

경험이 풍부한 관리실 직원들은 아마도 앤디의 집에서 물이 새자 아랫집 사람이 올라와 수도 밸브를 잠갔을 거라고 짐작했다. 하긴 도둑이라고 하기에는 그의 옷차림이 너무 엉성했다. 앤디도 그 말에 일리가 있다고 생각했다. 자기 집에서 물이 샌 것이 사실이라면 아랫집에 사과를 해야 할 것 같아 보안요원과 함께 아래층 2101호로 찾아갔다. 그런데 문을 열고 나온 남자는 CCTV 속 남자가 아니었다. 그때부터 문제가 심각해졌다. 누가 왜 앤디 집의 수도관 밸브를 잠갔을까?

앤디는 경찰에 신고를 한 후 조사 결과가 나오기 전에 출근했다.

탄쫑밍의 회사에서 새로운 프로젝트를 시작하는 데 필요한 복잡한 허가 절차를 밟아야 했다. 수완 좋은 탄쫑밍이지만 몇 가지 절차는 피할 수가 없었다. 탄쫑밍이 시간을 아끼기 위해 동종 업종의 기업과 제휴해 그들의 허가증과 인력을 사용하기로 협약을 맺었다. 탄쫑밍이 인수인계 절차를 마무리하는 동안 앤디가 직원 두 명을 데리고 그 회사로 파견 나가 실무를 익히고 국내 상황에 적응하는 기간을 갖기로 했다. 처음 하는 일이기 때문에 무척 바빴다. 앤디가 정신없이 바쁘게 일하고 있을 때 경찰에게 전화가 왔다.

조사해보니 밸브를 잠근 사람은 2101호가 아니라 2102호에 사는 남자였다. 어젯밤 2202호에서 물이 새자 2102호 남자가 아내 등쌀에 못 이겨 올라왔다가 비몽사몽간에 2201호의 밸브를 잘못 잠갔던 것이다. 앤디는 2202호의 큰언니인 판성메이에게 전화를 걸어 그 사실을 알렸다. 판성메이는 어제 세 사람 모두 밀린 빨래를 했던 것을 떠올렸다. 화장실의 방수 공사에 문제가 있어서 한꺼번에 많은 빨래를 하자 물이 아래층 천장으로 스며든 것 같았다. 잠시 후 관리실 직원이 판성메이에게 전화를 걸었다. 판성메이는 어젯밤 내내 욕실 바닥이 말라 있었고 파이프도 이상이 없으니 물이 샜을 리 없다면서 회사를 핑계로 서둘러 전화를 끊었다. 그녀는 관쥐얼과 추잉잉에게 메시지를 보내 어젯밤 1시경 세 사람 모두 자고 있었던 것으로 하자고 말을 맞추었다. 어차피 2202호에서 물이 샜다는 증거는 없었다. 추잉잉은 곧바로 알았다고 답장을 보냈고, 관쥐얼은 점심시간이 되어서야 전화를 걸었다.

"어제 내가 빨래할 때 물이 스며들었나 봐. 세탁기를 돌리다가 깜빡 잠이 들었거든. 놀라서 일어나 세탁기를 껐는데 욕실 하수구에 머리카락 뭉치가 끼어서 막혀 있었어. 겨우 하수구를 뚫어서 물을 뺐는데 그 사이에 물이 바닥으로 스며들었나 봐… 아랫집 사람이 찾아오면 내 잘못이라고 할게."

"그랬구나. 음…, 이렇게 하자. 일단은 우리랑 상관없는 일이라고 해. 사람 욕심은 한이 없어. 너무 쉽게 인정하면 이것저것 다 배상해 달라고 할지도 몰라. 작년에 고장 난 욕실 히터며 재작년에 들떠버린 바닥까지 전부 다 너한테 뒤집어씌울 수도 있어. 우리가 잡아떼면서 증거를 내놓으라고 하면 그때 적절한 선에서 타협할 거야. 게다가 우리 집에서 물이 샌다는 걸 알면 집주인에게 방수 공사를 하라고 할 거야. 타일을 뜯어내고 방수 공사를 하려면 며칠이 걸리는데 그동안 욕실은 어떻게 쓸 거야? 작업 인부들이 집에 들락거릴 텐데 누가 휴가 내고 집을 지킬 거야? 그러니까 일단 아니라고 잡아떼. 앞으로 물을 쓸 때 조심하면 돼."

"아랫집 사람들이 가만히 있겠어? 아래층 천장에서 떨어지는 물이 우리 집 말고 또 어디서 왔겠어?"

"어쨌든 증거가 없잖아. 아니면 지금 관리실에 전화해서 네 잘못이라고 인정하든가."

관쥐얼이 망설이다가 말했다.

"언니 말을 들으니까 무서워. 버틸 수 있을 때까지 버티자."

관쥐얼이 엄마에게 전화를 걸어 물어보니 엄마도 판성메이의 말대로 하라고 했다. 엄마는 아랫집에서 올라오면 성격이 대찬 판성메이에게 맡기고 절대로 앞에 나서지 말라고 딸에게 신신당부를 했다. 며칠 동안 야근한다고 늦게 들어가는 것도 한 방법이라고 알려주었다. 관쥐얼은 너무 비겁한 것 같았지만 어차피 날마다 야근을 할 테니까 거짓말을 하는 건 아니라고 자기 합리화를 했다.

취샤오샤오는 저녁에 어떤 옷을 입고 어떤 향수를 뿌리고 메이크업은 어떻게 할 것이며, 자오치펑을 어떻게 만나러 가고, 그에게 어떻게 식사 제안을 할 것인지, 또 그가 거절할 수 없게 만들 방법까지 철저히 계획을 세웠다. 그러나 오늘은 하늘이 그녀를 돕지 않았다. 고등학교 동창이 한 회사의 프로젝트 입찰 담당자를 소개해주었는데 벌써 며칠 전에 입찰공고를 냈다는 것이었다. 입찰신청일까지 남은 시간이 단 이틀이었다. 취샤오샤오는 아빠와 상의한 후 동창의 인맥을 앞세워 그를 직접 찾아가기로 했다. 대부분의 입찰은 요식적인 절차일 뿐 물밑작업을 통해 낙찰자가 사전에 내정된다는 걸 그녀는 아빠에게 들어 익히 알고 있었다. 그러므로 입찰 담당자와의 사전 접촉은 무엇보다도 중요했다.

취샤오샤오는 사업과 자오치펑 사이에서 망설임 없이 전자를 선택했다. 그렇다고 자오치펑을 포기한 건 아니었다. 그녀는 바쁘게 일을 처리하는 와중에 자오치펑에게 메시지를 보냈다.

'저 샤오샤오예요. 급한 일이 생겨서 아픈 다리로 출장을 가게 됐어요. 오후에 병원에 못 가겠네요. 정말 죄송해요. 오늘 실례한 건 출장에서 돌아와서 꼭 갚을게요.'

취샤오샤오는 발송 버튼을 누른 뒤 깔깔대고 웃었다. 스스로 빚을 지고 사죄하겠다는 사람이 세상에 어디 있을까? 독특한 방법으로 자오치펑에게 취샤오샤오라는 이름을 강렬하게 각인시킬 수 있고, 또 강인하고 성실하고 매너 좋은 여자로 보일 수 있으니 일석이조였다. 호감과 익숙함을 교묘하게 주입시키면 자오치펑과의 식사 자리를 더 쉽게 만들 수 있었다. 그녀의 아빠 가라사대, 사업의 성공은 상대를 식사 자리로 끌어내는 것부터 시작된다고 했다. 상대를 식사 자리에 끌어다 앉히기만 해도 사업의 첫 단추를 끼울 수 있다는 것이다. 그녀는 자오치펑과의 첫 단추를 끼우기 위한 사전작업에 심혈을 기울였다.

추잉잉이 주말에 벼락치기로 공부했던 것들은 아무짝에도 쓸모가 없었다. 모든 커피 원두의 원산지를 달달 외운다 해도 원두 몇 톨의 생김새와 향만으로 품종과 원산지를 맞히는 건 불가능할 뿐만 아니라, 어떤 방식으로 박피를 하고, 어떻게 보관하며, 얼마만큼 로스팅을 하고, 로스팅 후에 며칠 동안 보관해야 하는지 아는 것이 하나도 없었다. 커피의 산도나 쓴맛도 모르고 각각의 향이 무얼 의미하는지도 모르며, 밸런스, 전미, 후미 등은 더더욱 알 수가 없었다. 게다가 커피를 사러 오는 손님들은 대부분 카페 주인이나 커피마니아 같은 커피 전문가들이었다. 추잉잉은 손님들 앞에서 자신의 무지가 탄로

날까 봐 철저히 말조심을 했다. 말 한마디 잘못 했다가 손님을 쫓아내고 자신도 해고당할까 봐 조마조마했다.

하지만 그보다 더 무서운 것은 이탈리아와 독일에서 수입한 기계와 도구들이었다. 작은 기계 하나가 수천 위안, 비싸게는 수만 위안짜리도 있었다. 제일 단순한 모카포트를 제외하고 복잡하게 생긴 커피머신들은 만지기도 겁이 났다.

카페 매니저가 커피에 관한 책 몇 권과 커피머신 매뉴얼을 던져주며 공부하라고 했다.

"매장에 있는 커피는 모두 마셔봐도 좋아. 직접 마시면서 책을 보고 공부해. 커피에 대해 알려면 직접 자기 감각을 이용해서 만져보고 향을 맡아 봐야 해. 누구도 가르쳐줄 수 없어."

처음에는 모든 커피를 공짜로 마실 수 있다는 말에 이게 웬 횡재인가 싶었지만 오후가 되자 순진한 생각이었다는 걸 깨달았다. 그윽한 향기가 나는 곳에서 일을 한다고 해서 기분까지 향긋해지는 건 아니었다. 그녀는 쓰디쓴 커피 원두를 씹어본 후 카페에서 가장 값싸고 라벨조차 붙어 있지 않은 인스턴트커피에 무한한 애정을 느꼈다.

월요일 저녁 2202호에서 정시에 퇴근한 사람은 추잉잉뿐이었다. 판성메이는 퇴근길에 왕바이촨을 만나 사무용품을 구입하러 갔다.

추잉잉이 로비로 들어서는데 관리실 미스 쩡이 그녀를 불러 세웠다. 추잉잉은 판성메이의 당부를 떠올리며 아무것도 모르는 순진한 표정을 얼굴에 띠웠다.

"지금 들어와요? 관리실 직원과 2102호 주민에게 연락할게요. 누수 원인을 살펴보러 찾아갈 거예요."

"누수요? 그게 무슨 소리예요? 처음 들어요."

"어젯밤에 2102호 천장으로 물이 샜어요. 2102호 주민이 2201호의 수도관 밸브를 잘못 잠그는 바람에 아침에 경찰까지 출동했었어요. 관리소장님이 관리실 직원과 2201호 주민이 같이 가서 누수 원인을 찾아보라고 하셨어요."

"멀쩡한 집에서 무슨 물이 샜다는 거예요? 아랫집 사람이 나쁜 짓을 해놓고 둘러댄 거 아니에요? 어젯밤에 우린 아무 소리도 못 들었다고요."

이 대답은 추잉잉과 판성메이 두 사람의 지혜가 똘똘 뭉쳐 만들어낸 결정체였다.

미스 쩡이 아연실색했다.

"확인해보면 알겠죠."

"무턱대고 우리 집을 조사하겠다뇨? 조사하려면 타당한 이유가 있어야 할 거 아니에요! 여자 셋만 산다고 얕보는 거예요?"

미스 쩡은 말문이 막혔다. 추잉잉이 씩씩거리며 엘리베이터를 탔다. 그런데 또 한 명의 피해자인 앤디가 엘리베이터에 타고 있는 것이 아닌가. 앤디는 무슨 생각에 잠겼는지 굳은 표정으로 숫자판만 올려다보고 있느라 추잉잉이 탄 것도 알지 못했다. 추잉잉은 앤디도 누수 때문에 잔뜩 짜증이 나 있을 거라 생각해 아는 척하지 않고 잠자코 있었지만 22층에 도착하자 앤디가 추잉잉을 발견했다. 그런데 예상과 달리 앤디는 아무렇지 않게 "퇴근했구나."라는 말만 던지고 자기 집으로 향했다. 추잉잉도 2202호로 쏙 들어가 문을 콕 닫았다.

판성메이는 왕바이촨에게 사무용품점이 문을 닫을지 모른다며 저녁 먹기 전에 필요한 것을 사러 가자고 했다. 두 사람은 샌드위치 두 개를 사서 차 안에서 먹으며 사무용품점으로 향했다.

"컴퓨터와 프린터는 나중에 사. 회사 등록을 하면 세무 부서에서 고급 사양으로 구입 목록을 보내줄 거야. 사무용 책상과 의자도 사무실에 네 세트가 있으니까 일단 쓰다가 나중에 부족하면 사. 작은 회사니까 당장은 복사기도 필요 없어. 복사 기능이 있는 팩스를 사자. 금고는 꼭 사야지…."

왕바이촨은 판성메이의 조언을 모두 받아들였다. 판성메이는 문득 왕바이촨의 지출을 최대한 줄여주려고 애쓰고 있는 자신을 발견했다. 겉보기에 그럴 듯해 보이면서도 실속을 차릴 수 있는 방법을 알려주고 있었던 것이다. 왕바이촨에게 왜 이렇게 마음이 약한지 그녀 자신도 알 수가 없었다. 매장 직원들은 판성메이를 사업가의 사모님으로 생각했다.

판성메이는 작은 회사를 운영하는 사업가들과의 맞선을 수없이 거절했었다. 한 달 전에도 또 한 명과의 만남을 거절했다. 그런 남자와 결혼하면 열심히 뒷바라지를 해야 한다. 언제든 필요하면 회사에 거짓말로 휴가를 내고 장부 관리와 직원 관리를 해주어야 하고, 주말에도 예쁘게 차려 입고 접대 자리에 함께 나가야 한다. 집을 사고 대출금을 갚는 것도 맞벌이를 하며 함께해야 한다. 어디 그뿐인가? 시댁 가족들을 챙기고 아이를 낳고 기르는 일도 오롯이 그녀의 차지가 될 것이다. 그렇게 아등바등 살다 보면 어느새 쭈글쭈글한 아줌마가 되겠지. 남편이 성공하면 조강지처를 차버릴 수도 있고, 성공하지 못하면 그녀는 영영 쭈글쭈글한 아줌마로 살게 되는 것이다. 인생은 냉혹하다. 수많은 가능성을 미리 생각하고 대비하지 않으면 결과는 뻔하다. 사모님? 그건 하고 싶은 사람들이나 하라지. 보고 들은 게 많은 판성메이는 '사모님'이라는 허울에 속지 않았다. 그러니까 그녀는 왕바이촨과 적당한 거리를 둘 필요가 있었다.

서류철을 고르는데 추잉잉에게 전화가 왔다.

"언니, 관리실 직원이랑 아랫집 사람이 지금 올라온대. 어쩌지?"

"문 열어주고 확인하라고 해."

판성메이는 왕바이촨이 듣지 못하게 멀찌감치 떨어져서 얘기했다.

"문제가 발견되면 집주인에게 직접 연락하라고 하고 문제를 찾지 못하면 다시는 문을 열어주지 마. 어젯밤에 어떻게 된 건지 말하지 말고."

"알았어. 사람들이 왔어."

"말을 많이 하지 마. 아예 아무 말도 안 해도 돼."

왕바이촨이 의아한 표정으로 그녀를 쳐다보았다. 판성메이는 전화를 끊은 뒤 아무렇지 않게 다시 물건을 고르기 시작했다. 왕바이촨을 위해 가격이 적당하면서 실용적인 것들을 골랐다.

예상과 달리 관리실 직원과 함께 온 사람은 아랫집 여자였다. 여자들만 사는 집에 남자를 들이기가 불편하다는 핑계도 소용이 없어졌다. 문이 열리자마자 아랫집 여자가 성난 목소리로 따졌다.

"월세로 살고 있지? 위층이 셋집이라는 걸 알고 재수 없구나 싶었는데 역시 예상대로야."

추잉잉도 지지 않고 받아쳤다.

"셋집이면 뭐가 달라요? 당신 집도 세 식구. 우리도 세 명. 셋이 사는 건 똑같잖아요."

관리실 직원이 집 안을 기웃거리더니 짜증스럽게 말했다.

"셋집이네. 꼭 셋집이 말썽이라니까."

추잉잉도 화가 났다.

"셋집이 뭐가 어때서요? 세를 놓으면 안 된다는 법이라도 있어요? 좋게 말로 해결하면 될 걸 세입자라고 무시해요? 이게 무슨 경우에요? 미안하지만 당신들을 집에 들일 수 없어요."

추잉잉이 문 앞을 막아섰다.

"이것 봐요, 아가씨! 이 집에서 한밤중에 떨어진 물이 무슨 물인지 어떻게 알아? 그 더러운 물을 닦느라 하루 종일 얼마나 힘들었는지 알아? 이건 무슨 경우야?"

"그건 그 집 사정이죠. 왜 나한테 시비예요? 내 잘못도 아니잖아요. 어젯밤에 일찍 잤다고요. 어떻게 물이 샜는지는 몰라도 집주인한 테 얘기하세요."

추잉잉이 문을 닫으려고 하자 아랫집 여자가 문을 꽉 붙들었다.

"남의 집에 피해를 주고도 큰소리야?"

"우리야말로, 그 물이 어디서 나온 물인지 어떻게 알아요? 멀쩡한 집에서 왜 물이 새요? 그렇게 잘 알면서 어젯밤에는 왜 2201호 수도 밸브를 잠갔어요? 우리가 월세 살아서 그쪽에 피해준 거 있어요?"

복도에서 소란스러운 소리가 나자 앤디가 CCTV 모니터를 확인했다. 추잉잉이 어떤 여자와 싸우고 있었다. 앤디가 망설이다가 도와줘야 할 것 같아 밖으로 나갔다. 추잉잉을 좋아하지는 않지만 궁지에 몰린 추잉잉을 내버려둘 수는 없었다.

아랫집 여자가 단단히 화가 나 있었다.

"말이 안 통하는 아가씨네! 남의 집에 피해를 입히고도 큰소리야?"

"난 대화가 통하는 사람하고만 대화해요. 세입자라고 덮어놓고 무시하는 사람과는 말 안 한다고요. 한 발짝도 못 들어와요. 들어가려거든 날 밟고 가요!"

관리실 직원은 말없이 뒷짐 진 채 두 여자가 싸우는 걸 지켜보기만 했다. 아랫집 여자가 더 화가 났다.

"그래서 어쩌겠다는 거야? 좋게 말해도 듣질 않네. 법정에 가서 만나고 싶어? 천박하긴!"

"누가 천박해요? 갑자기 쳐들어와서 싸움을 건 사람이 누군데 그
래요? 천박한 건 바로 당신이라고요!"

추잉잉이 조금도 꿀리지 않고 반격하자 앤디가 끼어들지 않고 지
켜보았다. 바로 그때 계단실에서 괴성이 들리더니 한 남자가 달려 나
왔다. 아랫집 남자였다. 돌발 상황에 모두 놀라는 사이에 추잉잉이
재빨리 집 안으로 들어가 문을 닫았다. 추잉잉이 문을 열어주지 않자
아랫집 남자가 괴성을 지르며 문을 걷어찼다. 문 안쪽에서 추잉잉이
기겁을 했지만 더 이상 발길질 소리가 들리지 않자 마음을 가라앉혔
다. 추잉잉은 자기 방으로 들어가 판성메이에게 전화를 걸어 이 상황
을 생중계했다.

앤디는 아랫집 사람들이 길길이 뛰며 거칠게 욕하는 걸 보고 이
상하게 흥분됐다. 파이팅 넘치는 장면에 자기도 모르게 "노, 노, 욕이
너무 약해요. 그 정도 욕으로 상대를 끌어낼 수 있겠어요? 더 세게
자극해봐요."라고 말해버릴 뻔했다. 그런데 아랫집 사람들이 제대로
된 한방을 날리지 못하고 변죽만 울리다가 점점 힘이 빠지자 앤디는
김이 샜다. 특별한 변수가 없다면 아랫집 남녀는 소득 없이 돌아갈
것이고 사소한 싸움이 지루한 장기전이 되었다가 또다시 물이 새지
만 않는다면 이대로 흐지부지될 공산이 컸다. 앤디는 굳이 참견할 필
요를 느끼지 못했다. 그때, 변수가 생겼다. 관쥐얼이 들어온 것이다!

원래는 야근을 해야 했지만 회사의 컴퓨터 서버에 문제가 생기는
바람에 일을 할 수가 없어서 예상보다 일찍 퇴근을 하게 되었다. 관
쥐얼은 린 선배에게 전화를 걸어 부모님이 보낸 것들을 받으러 갈
수 있느냐고 물었고 자상한 린 선배가 그녀의 회사로 가서 집까지
데려다주었다. 그런데 부모님이 어찌나 바리바리 많이 싸서 보냈는

지 젓가락 같은 그녀의 팔로는 옮길 수가 없었다. 하는 수 없이 린 선배가 짐을 들어다주러 왔다가 때마침 22층의 싸움 현장을 맞닥뜨린 것이었다.

앤디가 기지를 발휘해 엘리베이터에서 내리는 관쥐얼의 팔을 낚아챘다.

"이제 오면 어떻게 해? 기다렸잖아. 어서 들어가자. 음식 식겠어."

앤디가 관쥐얼과 린 선배를 자기 집으로 데리고 들어왔다. 아랫집 부부는 앤디에게는 감정이 없었으므로 갑자기 등장한 남녀가 2202호와 무관하다고 믿을 수밖에 없었다. 집에 들어와 문을 닫고 난 뒤 앤디가 자초지종을 설명했다.

"아랫집 남자가 올라오기 전부터 잉잉이랑 아랫집 여자가 심하게 싸웠어. 둘 다 성격이 대단하고 이성적이지 못해. 아랫집 남자는 한 술 더 떠서 올라오자마자 폭력적으로 나왔어. 난 잉잉이 문을 열어주지 않는 게 좋다고 생각해. 난 힘이 없으니 말릴 수도 없고…. 조금 있다가 나가. 아랫집 부부가 오래 죽치고 있진 않을 것 같아. 관리실 직원도 지켜보고만 있으니까 우리도 기다리는 수밖에."

린 선배가 말했다.

"제가 해결해볼게요. 남자가 얘기하면 말을 들을 거예요."

린 선배가 나서자 앤디가 관쥐얼을 흘긋 쳐다보며 웃었다.

"페미니스트들은 이런 일을 보면 흥분하지."

관쥐얼이 린 선배에게 자초지종을 설명했다.

"내 잘못이에요. 어젯밤에 빨래를 할 때…."

관쥐얼의 설명을 듣고 린 선배가 고개를 저었다.

"네 잘못이 아니야. 욕실 방수 공사를 제대로 안 한 탓이지. 잘못은 집주인에게 있어. 앞으로 물을 쓸 때 조심하겠다고 하면 돼."

앤디는 린 선배가 관쥐얼을 두둔하려는 걸 눈치챘다. 린 선배가 나서겠다는데 말릴 이유도 없거니와 제법 똑똑해 보였다.

린 선배가 밖으로 나가자 앤디가 CCTV 모니터를 응시했다. 아랫집 부부는 여전히 꼭지가 열려 씩씩거리고 있었다. 그런데 린 선배가 다가가 뭐라고 몇 마디를 하더니 아랫집 남자와 악수를 하고 서로 어깨를 두드리며 금세 분위기가 부드러워지는 것이었다. 멀찌감치 물러나 있던 관리실 직원도 다가와 함께 얘기를 했다. 잠시 후 린 선배가 들어와 추잉잉에게 연락해 문을 열게 하라고 했다. 자기가 문 앞에서 지키고 있을 테니 관리실 직원만 들어가서 욕실을 확인하게 하라는 것이었다. 앤디는 린 선배 혼자 잘해낼 수 있을지 마음이 놓이지 않아 따라 나섰다. 아랫집 부부가 집 안을 기웃거렸지만 린 선배가 제삼자의 입장에서 과감하면서도 적절하게 두 사람을 막아섰다.

얼마 후 관리실 직원이 욕실을 둘러보고 밖으로 나왔다.

"바닥으로 물이 스며든 것 같아요. 바닥 틈새가 아래층 천장의 물 떨어진 위치와 일치해요. 배관의 이음새를 제대로 조이지 않아서 그래요. 물을 조금 쓸 때는 괜찮지만 물을 많이 쓰면 아랫집으로 물이 떨어질 수 있어요. 어제 일요일이라 빨래를 많이 했던 것 같아요. 수도배관의 이음새에 시멘트를 덧바르기만 하면 돼요. 이분 말이 맞아요. 집주인이 수리를 할 때 방수를 제대로 하지 않았네요."

앤디가 말했다.

"그렇다면 서로 조금씩 양보하죠. 아래층 두 분은 내려가서 저녁을 드시고, 위층은 불편하겠지만 수리 한 번으로 끝날 수 있도록 며칠 동안 욕실 바닥에서 물을 쓰지 말아주세요."

린 선배가 아랫집 남자에게 말했다.

"앞으로 이웃끼리 문제가 생겨도 대화로 잘 해결하세요. 이웃끼리

서로 양보하면서 살아야죠. 얼굴 붉히고 싸우면 아랫집이 불리하잖아요. 이 문제는 이쯤에서 마무리하는 게 좋겠어요."

아랫집 부부가 돌아가고 관리실 직원이 시멘트를 가지러 가자 앤디가 추잉잉을 보며 웃었다.

"방금 전에 대단하던걸? 싸움 실력이 훌륭해. 순발력도 있고."

"아랫집 남자가 갑자기 뛰어들었을 때는 정말 깜짝 놀랐어. 쥐얼너 운 좋은 줄 알아. 네가 당할 걸 내가 다 막아줬잖아."

"고마워. 내일 아침은 내가 살게."

관쥐얼은 아직도 긴장이 풀리지 않았다. 린 선배에게 고맙다고 할때도 굳은 표정이 누그러지지 않았다.

"도와줘서 고마워요."

립서비스에는 재주가 없는 관쥐얼에게는 감사의 말도 그게 전부였다.

추잉잉이 답답해서 재빨리 말을 보탰다.

"누가 아니래. 때마침 도와주셔서 고마워요. 22층에는 여자만 사는데 선배님이 없었으면 아랫집 남자가 막무가내로 나와도 막을 방법이 없었을 거예요."

앤디는 추잉잉의 말에 동의할 수 없었다. 왜 막을 방법이 없지? 그녀는 진즉에 가장 간단하고 효과적인 방법을 생각하고 있었다. 결과적으로는 관쥐얼의 선배가 그 방법보다 더 원만하게 문제를 해결했으므로 아무 말도 하지 않을 뿐이었다. 앤디는 분위기가 험악해지면 남자가 있는 것과 없는 것이 다르다는 걸 인정하지 않을 수 없었다. 자기 일도 바쁜데 남동생을 데리러 갈 때 동행해준 특이점이 생각났다. 자신을 도와준 특이점에게 그렇게 차갑게 대하지 말았어야 했다. 그러나 특이점에게 차갑게 대한 것이 그에게 나쁜 일인지 좋은 일인지는 앤디도 단정 지을 수 없었다. 그녀는 재잘거리고 있는 관쥐얼과 추잉잉을 남겨둔 채 생각에 잠긴 채 집으로 들어왔다.

추잉잉에게 다시 전화가 왔을 때 판성메이는 계산대 앞에 있었다. 판성메이는 추잉잉의 전화인 걸 확인하고 멀리 떨어져 전화를 받았다. 왕바이찬은 오늘따라 계속 자신을 피해서 전화를 받는 판성메이가 이상했다. 계산을 하면서도 그의 시선이 자꾸만 그녀를 향했다. 판성메이가 전화를 끊자 그가 물었다.

"회사에서 온 전화야? 일이 바쁜가 봐."

"일을 해야 월급을 받으니 열심히 일해야지. 너도 오늘 나를 데리고 다니며 네 일을 했잖아?"

판성메이가 무표정한 얼굴로 말하다가 마지막에 예쁜 눈썹을 살짝 들썩였다. 그녀는 왕바이찬 앞에서 점점 노련하고 여유 있는 본래의 면모를 되찾고 있었다.

왕바이찬이 멋쩍게 웃었다.

"시간이 늦었네. 저녁 먹자. 우리 슈퍼우먼에게 한잔 대접해야지. 배고프고 힘들지? 정말 미안해."

"안 먹을래. 다이어트 중이야."

"저녁을 거르면 몸에 안 좋아."

"넌 여자가 44사이즈를 입을 때 어떤 기분인지 몰라. 44사이즈를 위해 뭐든 포기할 수 있어. 아파트 앞까지 데려다줘."

"특별한 일이 있는 건 아니지? 밥 먹기 싫으면 커피라도 마시자. 아니면 술 마실까? 아직 초저녁이잖아."

"아까는 늦었다더니 또 초저녁이래? 네 시간은 고무줄인가 봐. 일찍 들어갈래. 산 것도 많은데 차 안에 두면 도둑맞을 수도 있고."

계산을 마치고 매장을 나오며 왕바이촨이 말했다.

"널 만날 때마다 헤어지기 싫어."

판성메이가 미소만 지을 뿐 대꾸하지 않았다. 알맹이 없는 달콤한 말은 소용없다는 걸 그녀는 알고 있었다. 주차장에서 왕바이촨 혼자 물건들을 트렁크에 싣고 판성메이는 차 안에서 물티슈로 손을 깨끗이 닦은 후 보습크림을 꼼꼼히 발랐다. 그녀는 절대로 자신이 쭈글쭈글한 아줌마가 되도록 내버려두지 않을 것이다.

자동차 실내등을 켜고 매니큐어가 벗겨진 곳이 없는지 손톱을 살피고 있는데 왕바이촨이 가쁜 숨을 쉬며 운전석에 탔다. 판성메이가 가볍게 웃으며 손을 내렸다. 그녀는 자신을 향한 왕바이촨의 시선을 밀어내며 정색을 했다.

"딴생각했다가는 당장 내릴 거야."

"난 이미 10년도 넘게 너한테 딴 생각을 품어왔어."

판성메이가 차문을 벌컥 열고 내려 뒤도 돌아보지 않고 가려고 하자 왕바이촨이 허둥지둥 따라와 미안하다고 사과했다. 판성메이는 그의 간곡한 사과를 받고 나서 못 이기는 척 다시 차에 올랐다. 왕바이촨은 환락송 아파트까지 가는 내내 입도 뻥긋하지 못했다.

린 선배는 역시 세심했다. 관리실 직원이 시멘트를 가지고 와서 보수공사를 하는 동안 같이 있어주겠다고 자청했다. 2202호가 좁아서 들어갈 수가 없어 복도에서 기다렸다. 관쥐얼은 린 선배가 저녁을 먹지 못했다는 게 생각났다. 그녀는 추잉잉에게 도시락 몇 개를 사다가 같이 먹자며 부탁했다. 추잉잉은 관쥐얼이 눈앞에서 흔드는 100위안짜리 지폐의 유혹을 차마 거절할 수가 없었지만 혹시라도 외출하던 아랫집 부부와 마주칠까 봐 겁이 났다. 추잉잉이 앤디에게 도움을 청

했다. 상황을 다 아는 앤디는 부탁을 거절하지 않았지만 돈은 받지
않았다. 어차피 그녀도 저녁은 먹어야 하니까.

앤디가 밖으로 나가다가 복도에 있는 린 선배에게 물었다.

"피자 어때요? 두 판 사다가 다 같이 먹을까 하는데."

린 선배가 웃으며 대답했다.

"저는 괜찮습니다. 배고프지 않아요."

"내가 배가 고파서 그래요. 피자가 먹고 싶은데 피자를 싫어하는
게 아니면…."

"그럼 저도 같이 먹을게요. 고맙습니다."

앤디는 웃으며 엘리베이터에 탔지만 관쥐얼은 웃을 수가 없었다.
린 선배 앞에 있으면 그녀는 윗사람을 만난 것처럼 저절로 긴장이
되었다.

"대학 기숙사 같은 분위기네."

"맞아요. 이웃끼리 친하게 지내요."

"2201호도 세입자야? 2203호는? 거기도 여자가 산다고 한 것 같
은데."

"양쪽 집은 셋집이 아니에요."

관쥐얼의 단답형 대답이 답답한 듯 추잉잉이 끼어들었다.

"피자를 사러 나간 사람은 앤디 언니예요. 해외 유학파예요. 우리
와 스스럼없이 지내지만 사실 대기업 임원이에요. 2203호에는 재
벌 2세가 사는데 우리랑 아주 잘 놀아요. 쥐얼이 아침마다 앤디 언니
의 차를 얻어 타고 출근해요. 얘는 운도 좋죠. 나는 한 번밖에 못 탔
는데. 선배님은 어디서 일하세요? 쥐얼이, 선배님 얘기를 한 번도 안
했어요. 얘가 원체 입이 무거워서."

"시 환경보호국에서 일해요. 잉잉 씨는요?"

"와, 공무원이시구나! 여기 공무원은 대우도 좋을 텐데. 저는 커피 팔아요. 커피머신도 팔고요. 판매직이에요. 공무원 시험에 합격하기 쉬워요? 선배님만 아는 비결 있어요?"

"대학원을 졸업할 때 마침 환경보호국에서 내 전공 분야의 인력을 구하고 있었어요. 특별한 비결은 없고 그냥 공부만 열심히 했어요. 쥐얼이 다니는 회사도 좋아요. 들어가려면 특별한 비결이 필요할 거예요. 쥐얼, 너는 그 회사에 어떻게 들어갔어?"

화제가 자신에게 옮겨올 줄 모르고 있던 관쥐얼이 머뭇거리며 대답했다. 역시 린 선배의 관심은 온통 관쥐얼에게 쏠려 있었다. 추잉잉은 자기만큼 예쁘지 않은 관쥐얼의 얼굴을 물끄러미 쳐다보다가 시무룩하게 집 안으로 들어갔다.

앤디가 피자를 사오다가 아파트 입구에서 왕바이촨의 차에서 내리는 판성메이와 마주쳤다. 앤디는 왕바이촨에게 인사를 하지 않고 판성메이와 나란히 걸어 집으로 향했다.

"주제 넘는 참견인 것 같지만 내가 알아보니까 중국에서 서른 살 남자가 창업 초기에 렌트카를 타는 건 흔한 일이래. 체면 때문에 사무실을 하루 빌려서 쓰는 일도 있다더라. 그 사람이 널 속이려고 그런 건 아닐 수도 있어."

"샤오샤오가 그걸 너한테도 말했어?"

"자신의 회사 일까지 다 얘기하는 애잖아."

판성메이가 하늘을 쳐다보다가 고개를 푹 숙이더니 뒤를 돌아보았다. 왕바이촨의 차가 아까 그 자리에 서 있었다. 앤디도 뒤를 돌아보며 웃었다.

"경비 아저씨가 골치 아프겠어. 날마다 아파트 입구를 막아놓잖아."

판성메이가 한숨을 쉬었다.

"우리 같은 서민들이 하이시에서 사는 게 어디 쉬워? 넌 이해 못
해. 대출 끼고 집을 사려고 해도 초기 자금이 100만 위안은 필요해.
BMW 3시리즈도 못 사는데 나중에 집은 어떻게 사고 가족은 어떻
게 먹여 살리겠어? 결혼해서 애까지 낳고도 셋집을 전전할 수는 없
잖아. 월세살이가 얼마나 힘든지 넌 몰라."

앤디는 어릴 적 엄마와 거리를 떠돌며 살던 시절을 떠올렸다. 그
때는 하늘을 가려줄 천장이 있는 고아원이 천국 같았다. 그래서 그녀
는 다른 집으로 입양 가는 것이 죽기보다 싫었다. 안정된 생활을 원
하는 판성메이의 마음을 그녀가 왜 모를까.

"이해해. 출장을 가더라도 제일 먼저 숙소부터 정하는데 매일 살
아야 하는 집이야 오죽하겠어. 불안하게 떠돌아다니기 싫은 게 당연
해."

"내가 속물 같지 않아?"

"모든 사람이 자기 인생의 잠재적인 위험이 뭔지 생각하고 사전에
예방하려고 노력한다면 이 세상은 훨씬 평온할 거야. 자기 자신을 사
랑하고 보호하는 게 무슨 잘못이겠어?"

"앤디, 사랑해."

판성메이가 앤디를 끌어안으려다가 앤디가 웃으며 피하자 웃음을
터뜨렸다.

"걱정 마. 난 레즈비언이 아니니까. 남들은 나더러 자기애가 강하
고 이기적이라고들 하지. 내가 원하는 걸 고집하는 게 잘못인 것처럼
말이야. 하지만 자기 자신조차 사랑하지 않는데 남을 어떻게 사랑하
겠어? 난 헌신적인 사랑 따윈 믿지 않아. 이기주의는 인간의 본능이
야. 안 그래?"

"그런 건 문과생들의 영역이라 난 몰라. 내가 아는 건 자기 자신을 잘 간수하는 게 사회의 균형에 이롭다는 거야. 자신을 지키고도 여유가 있어서 남을 돕는다면 사회에 이바지하는 거지. 그런데 궁금한 게 있어. 이미 성공한 사람이 많지 않다면 왕바이촨 같은 사람과 파트너가 되어 가정을 꾸리는 것도 괜찮지 않아?"

"파트너 관계의 전제 조건은 평등이야. 그런데 법적으로나 사회 분위기로나 밖에서 일하는 남자들만 알아주고 집에서 수많은 뒤치다꺼리를 하는 여자들은 무시해. 이혼소송을 할 때 여자들이 어떤 대우를 받는지 봐. 여자가 능력 있으면 혼자 사는 게 나아. 혼자 잘먹고 잘살면서 사회적으로 인정도 받잖아."

1층 로비로 들어서자 판성메이가 다른 사람들을 의식해 앤디의 귀에 대고 낮게 속삭였다.

"게다가 남자들은 여자보다 특별한 대접을 받고 자라잖아. 우리 부모 세대가 아들 낳는 걸 얼마나 중요하게 여겼는지 몰라? 남존여비 사상이 뿌리 박혀서 좋은 건 다 아들한테 주고 힘든 일은 하나도 안 시키잖아. 그렇게 자란 남자들을 믿고 살 수 있겠어? 여자가 믿을 수 있는 건 결국 자기 자신뿐이야."

앤디는 머리가 어지러웠다. 이게 바로 중국의 전통이라니. 그녀는 한 번도 생각하지 못했던 것들이었다.

"그런데 넌 왜 아직도 왕바이촨과 연인인 척해?"

"그건, 호르몬의 균형을 위해서지."

판성메이가 앤디의 귀에 대고 속삭이더니 까르르 웃음을 터뜨렸다.

그때 왕바이촨이 1층 로비 밖에서 두 여자가 엘리베이터에 타는 걸 지켜보고 있었다. 판성메이가 그를 경계하지 않고 앤디와 웃으며 집에 가는 걸 보고 몰래 뒤를 따라왔던 것이다. 그가 로비로 들어가려다가 보안요원에게 저지당했다.

왕바이촨이 말했다.

"판성메이 씨를 찾아왔어요. 방금 전 엘리베이터를 탄 여자요⋯."

보안요원은 판성메이를 잘 몰랐다.

"방금 전에 들어간 두 여자 분이요? 키가 큰 분이요, 작은 분이요? 인터폰으로 연락해서 물어보고 들어가도 좋다고 하면 들어가세요."

"고맙습니다. 둘 중 키가 작은 쪽이에요."

"아, 그렇다면 도와드릴 수가 없네요. 거긴 여러 명이 세 들어 사는 세대라서 인터폰이 없어요."

"아⋯, 그렇군요. 전화를 걸어서 내려오라고 할게요. 고맙습니다."

뒤돌아서는 왕바이촨의 얼굴이 굳어 있었다. 여러 명이 세 들어 산다고? 왕바이촨은 어리둥절했다.

앤디와 판성메이가 엘리베이터에서 내리자 관리실 직원이 복도에서 시멘트를 반죽하고 있었다. 앤디가 관쥐얼에게 피자 한 판을 건네고 추잉잉에게는 자기 집에서 같이 먹자고 했다. 판성메이는 관리실 직원을 도와주고 있는 린 선배를 위아래로 훑어보다가 앤디가 부르는 소리에 2201호로 따라 들어갔다. 앤디가 문을 닫으며 아까부터 궁금했던 질문을 했다.

"젊고 재산도 좀 있는 남자는 인기가 많아?"

"그걸 말이라고 해? 요즘 맞선 시장에 나온 남자들 중에 제일로 치는 게 집 있고 차 있는 남자야. 맞선의 기본 조건이지."

앤디가 특이점을 떠올리며 물었다.

"좋은 아파트도 있고 고급 명차를 탄다면?"

"그런 남자한테는 젊고 예쁘고 돈까지 갖다 바치는 여자들이 줄을 서. 어린 대학생들만 골라서 사귀다가 결혼할 때가 되면 집안과 조건을 따지지. 우린 감히 넘볼 수도 없어. 피자 3등분 하지 마. 난 조금만 먹을 거야. 밤에 먹으면 살쪄."

추잉잉도 내적 갈등을 하다가 독하게 결단을 내렸다.

"나도 조금만 먹을래. 빵이 많이 붙은 이걸로."

판성메이와 추잉잉이 작은 조각을 골라 들자 앤디가 보란 듯이 크게 잘라서 자기 접시로 가져갔다. 추잉잉이 판성메이에게 오늘 저녁의 무용담을 들려주는 동안 앤디는 특이점을 떠올리며 멍하게 생각에 잠겼다. 이제 보니 그가 젊고 예쁜 여자들을 수없이 물리치고 자신을 만나는 것이었다. 그때 비서가 전화를 걸어 오늘 보고서를 메일로 보냈다고 했다. 앤디가 곧바로 컴퓨터를 켜고 업무에 빠져들었다.

그 사이 추잉잉의 브리핑도 결론에 도달했다.

"지금 생각해보면 처음에 아랫집에서 올라왔을 때 예의 바르게 대할걸 그랬어. 솔직히 얘기해도 괜찮았는데 말이야. 그랬으면 싸우지 않았을 거야."

"만일의 경우를 생각해야지. 만일 누수의 원인이 이렇게 단순하지 않았다면 모든 책임을 우리가 뒤집어써야 하잖아. 아랫집 사람들이 우릴 만만하게 보고 손해배상을 해달라고 할 수도 있고, 관리실에서 세입자라고 얕보고 우리한테 불리하게 처리할 수도 있어…. 네가 싸우지 않았더라도 쉽게 대화로 풀렸을 거라는 보장이 없어. 그 사람들도 우리가 호락호락하지 않으니까 물러난 거야. 네 공이 제일 커. 하지만 말하는 방식은 린 선배를 본받아야 해. 아랫집 사람들에게 더 소란을 피우면 좋을 게 없다고 은연중에 경고했잖아. 윗집과 아랫집이 싸우면 아랫집이 불리하다고 말이야."

추잉잉이 고개를 끄덕였다. 누구든 칭찬을 먼저 들으면 뒤에 나오는 "하지만"을 더 쉽게 받아들이는 법이다.

"맞아. 예전 회사 동료도 문제가 생기면 일단 남한테 책임을 미뤄야 처리하기가 쉽다고 귀띔해줬어. 직접 겪어보니까 알겠네."

앤디는 업무 처리를 하다가 둘의 대화를 듣고 판성메이를 흘깃 쳐다보았다. 세상물정에 밝은 판성메이가 어째서 성공하지 못하고 어중간한 위치에서 맴도는지 앤디는 그 이유를 알 것 같았다. 눈앞의 이익에 급급해 과감하게 책임지지 못하기 때문이었다. 대기업에서 흔히 볼 수 있는 유형이었다. 그런 사람들은 큰 실패는 하지 않지만 교묘하게 요리조리 책임을 회피하기 때문에 큰 책임을 맡을 수가 없다. 일상생활에서도 마찬가지다. 추잉잉과 판성메이의 성격을 합쳐서 똑같이 둘로 나눈다면 둘 다에게 좋을 것 같았다. 앤디가 커다란 피자 조각을 하나 더 집어들자 추잉잉이 말했다.

"저녁인데 너무 많이 먹는 거 아니야? 살찔 텐데."

앤디가 치즈와 베이컨을 듬뿍 올린 피자를 보며 잠깐 망설였지만 아무렇지 않게 말했다.

"난 먹고 싶을 땐 마음껏 먹어. 먹은 만큼 내일 아침에 좀 더 뛰면 되니까."

앤디가 피자를 크게 한 입 베어 물었다.

"나도 내일부터 조깅할까?"

추잉잉의 시선이 피자와 앤디의 가는 허리를 거쳐 조용히 핸드폰을 들여다보고 있는 판성메이에게로 옮겨갔다.

"나한테 묻지 마. 쥐얼도 며칠 하다가 포기했어. 얼마나 지속할 수 있을지 너 자신에게 물어봐. 꾸준히 하지 못할 거면 괜한 수고 하지 말고."

앤디는 추잉잉과 함께 조깅하는 것이 내키지 않았다.

추잉잉이 눈동자를 굴리며 결심하지 못하다가 판성메이를 향해 고개를 휙 돌리자 판성메이가 핸드폰을 얼른 가방에 넣으며 미간을 찡그렸다.

"뭐 해? 회사 일은 집에 가져오지 않는다면서?"

추잉잉의 물음에 판성메이가 고개를 저었다.

"아무것도 아니야. 낮에 받은 메시지가 생각나서."

추잉잉이 욕실 보수공사가 끝났는지 가보겠다며 밖으로 나갔다. 관쥐얼은 추잉잉이 관쥐얼과 린 선배 사이에 눈치 없이 끼어들까 봐 말리려고 했지만 한발 늦었다. 잠시 후 추잉잉이 돌아와 공사가 끝나고 린 선배도 돌아갔다고 하자 판성메이도 집으로 갔다.

집에 가보니 관쥐얼이 욕실 청소를 하고 있었다. 판성메이가 장갑을 끼고 들어가 청소를 도와주다가 한마디 툭 던졌다.

"린 선배 사람 괜찮더라."

"이상한 쪽으로 생각하지 마. 아무 사이도 아니야. 그냥 호의로 도와준 거야."

판성메이가 큭큭 웃고는 더 이상 말하지 않았다. 그때 익숙한 핸드폰 벨소리가 들리자 판성메이가 활짝 웃으며 달려 나가 가방에서 핸드폰을 꺼냈다. 취샤오샤오가 건 전화였다. 전화를 받자 취샤오샤오가 앤디에게 걸려다가 잘못 걸었다며 사과했다. 판성메이의 얼굴이 다시 어두워졌다. 저녁에 산 사무용품들을 정리하느라 바쁜 걸까? 모든 물건의 사용법을 알고 있을까? 사용법을 물어보는 전화 한 통화도 없다. 그녀의 목소리를 들으려고 핑곗거리를 만들어 전화를 할 법도 한데 말이다.

앤디가 전화를 받자마자 취샤오샤오가 거의 비명에 가까운 환호성을 지르며 말했다.

"언니, 언니, 언니, 자오치펑 기억하지? 방금 전에 그 남자가 다친

다리는 괜찮으냐면서 적당히 휴식을 취해주라고 문자를 보냈어!"

"무슨 수를 썼기에 남자가 먼저 메시지를 보낸 거야?"

"히히. 내가 작전을 좀 썼지…. 어떻게 했는지는 비밀. 너무 여우같아서 안 가르쳐줄래. 말로 표현할 수 없을 만큼 기쁘고 행복해!"

"넌 용감하잖아. 당장 찾아가."

"안 돼. 출장 중이야. 돌아가서 약속을 잡아야지. 자오치펑은 이제 삼장법사야. 내 손 안에 있지. 살려서 가지고 놀아도 좋고, 죽여서 홀랑 잡아먹어도 좋고. 참, 언니한테 말해둘 게 있어. 이번 출장은 고객들한테 잘 보이려고 온 건데 어제 식사를 하다가 탄 사장님 얘기가 나왔어. 그래서 내가 언니랑 잘 안다고 했어. 돌아가면 고객들 명단이랑 자료를 줄 테니까 혹시 만나게 되면 얘기 좀 잘해줄래?"

자오치펑의 얘기는 서론이고 이게 바로 본론이었던 것이다.

"내가 져야 할 책임과 의무가 뭔지도 알려줘. 나도 알 권리가 있어. 특히 비즈니스에 관한 거니까 정확히 설명해줘야 해."

"그런 거 아니야. 그냥 고객들과 약간의 친분만 쌓으려는 거야. 걱정 마."

사실 앤디의 일과 취샤오샤오의 사업은 겹치는 부분이 없었다. 취샤오샤오가 앤디의 이름을 팔아 돈을 빌린다 해도 상대가 인정해주지 않을 것이다.

"알았어. 그중에 특히 신경 써야 할 사람이 있으면 알려줘. 사업은 잘 돼가?"

"말도 마. 친구가 소개해준 사람은 프로젝트 총책임자가 아니었어. 오늘 정보를 캐내서 내일 다시 접촉해봐야지. 자오치펑은 며칠 더 있어야 만나겠네."

"고객이 널 인정해? 내 말은, 내가 처음 일을 시작했을 때 나이도 어리고 직장의 룰도 잘 몰라서 동료들이 나를 인정하지 않고 내겐 큰일을 맡길 수 없다고 생각했어. 물론 넌 융통성 있고 임기응변도 잘 하니까 쉽게 인정받을 수 있겠지만."

"나도 마찬가지야. 처음 만났는데 고객이 나를 안 보고 내 뒤를 보잖아. 나이 많은 사람이 같이 왔나 싶어서 말이야. 날 비서로 안 거지. 내가 누구 딸이고 부모덕에 사장 자리에 있다는 걸 말하기 싫었지만 말할 수밖에 없었어. 그 얘길 듣고 나서야 날 인정하더라니까. 이제 노티 나게 입고 다녀야겠어. 아침에 나이 들어 보이는 뿔테 안경도 맞췄어. 앞으로 필요할 때 언니랑 탄 사장님 이름 좀 댈게. 특히 탄 사장님. 나 좀 도와줘."

"내 이름이면 몰라도 사장 이름은 안 돼."

앤디의 단호함에 취샤오샤오도 어쩔 수 없었다.

업무가 끝난 뒤에도 앤디는 컴퓨터를 끄지 않았다. 모니터 속 웨이신 아이콘을 한참 응시했지만 마우스를 눌러 켜지는 않았다.

'그래. 나는 그 사람에게 큰 마이너스가 될 거야. 좋은 사람에게 짐을 지울 순 없어.'

12

금요일 아침 추잉잉이 일어나보니 판성메이와 관쥐얼이 활기차게
출근 준비를 하고 있었다. 뭔가 비정상이었다. 특히 잠꾸러기 관쥐얼
에게는 5분 일찍 일어나는 것도 지독한 고통이었다. 세 사람이 아침
에 또렷한 정신으로 모이는 날은 손에 꼽을 만큼 드물었다. 추잉잉은
왠지 이게 좋은 징조인 것 같았다.

추잉잉이 손뼉을 치며 말했다.

"자, 아가씨들, 금요일이야. 오늘 밤과 주말에 무슨 계획들이 있어?
혼자 즐기지 말고 외로운 싱글인 나한테 얘기 좀 해봐. 성메이 언니
는 동창이랑 어디로 갈 거야? 뭐 입고 갈 거야?"

판성메이가 미간을 찡그렸다.

"나도 싱글이란다. 그리고, 약속도 없어. 밤에 같이 영화 보러 갈
래? 요즘 재밌는 영화 없어?"

판성메이가 현관문을 열어 환기를 시켰다. 밤사이 비좁은 집에 공
기가 갇혀 있어 숨 막히게 답답했다. 특히 그녀의 방이 제일 심했다.

조깅을 다녀오던 앤디가 열린 문틈으로 그 말을 듣고 끼어들었다.

"나도 끼워줘. 영화 본 지 1년이나 됐어."

"무슨 영화든 괜찮아?"

오늘 밤 자신에게 아무 약속도 없을 거라고 확신하는 추잉잉이 물었다. 차가 있는 앤디가 합류한다면 대환영이었다. 영화 두 편을 연달아 보아도 지하철 막차 시간을 걱정할 필요가 없었다.

"응. 주말에 푹 쉴 거야. 결정되면 영화관 주소를 알려줘. 내가 찾을 수 있게 주변에 큰 건물이 뭐가 있는지도 알려주고. 고마워."

"이렇게 예쁜 아가씨들이 금요일 밤에 어떻게 약속이 하나도 없지? 쥐얼, 너는?"

관쥐얼이 머리를 말리며 욕실 안에 있는 관쥐얼에게 물었다.

"오늘은 야근해야 하고 내일은 아직 몰라. 예전 동료가 단풍 보러 등산 가자고 하고 린 선배는 동창들이랑 농촌스테이 가서 귤도 따고 음식도 먹자는데 양쪽 다 가고 싶어서 결정을 못 내렸어."

추잉잉이 큰소리로 웃으며 농담을 했다.

"나도 양쪽 다 가고 싶은데 넌 선배랑 농촌스테이 가고 나는 네 동료랑 등산 가면 어때? 쥐얼 너 요즘 잘나간다? 너 좋다는 남자가 둘이나 되잖아."

관쥐얼이 클렌징폼 거품을 묻혀 얼굴을 문지르고 있다가 거울을 보며 멍해졌다.

"참, 인턴 기간 중엔 얌전히 지내야지. 좋아. 내일 아무 데도 안 가고 너랑 놀래."

"나는 내일은 너희들이랑 못 놀아. 일이 좀 있거든."

판성메이의 말에 추잉잉이 그럴 줄 알았다는 듯 말했다.

"그럴 줄 알고 언니는 명단에서 빼버렸지. 하하!"

판성메이의 표정이 어두워졌지만 속을 털어놓을 수가 없어서 웃고 넘겼다.

그때 앤디가 커피와 빵을 한 손에 하나씩 들고 와 문 앞에서 잉잉을 불렀다. 잉잉이 쪼르르 달려 나가자 앤디가 말했다.

"커피 원두 1파운드만 사다줘."

"그린마운틴 두 봉지 있잖아."

"새 동료에게 선물했어. 너희 카페에서 파는 커피 중에 좋은 걸로 추천해줄래?"

"다들 만델링이 좋다고 하는데 나는 새로 들어온 하와이 코나가 더 좋은 거 같아. 향기가 끝내줘…."

추잉잉이 갑자기 웃음을 터뜨리며 회사에서 있었던 우스운 얘기를 들려주려는데 앤디가 말을 잘랐다.

"좋아. 하와이 코나로 할게. 미안하지만 내 오른쪽 주머니에 돈이 있는데 직접 꺼내 갈래? 아침마다 그라인딩하기 귀찮으니까 잘 갈아서 가져다 줘."

"그때그때 갈아서 마시는 게 훨씬 향이 좋아. 차이가 아주 커."

"난 입맛이 고급스럽지 않아서 편한 게 좋아."

추잉잉이 앤디의 주머니에서 돈을 꺼내더니 모두 100위안짜리인 걸 보고 도로 집어넣었다.

"이렇게 비싸지 않아. 거스름돈 계산하기 번거로우니까 커피를 사 오면 그때 돈을 줘. 잔돈을 준비해주면 좋고."

22층에서 유일하게 주말 일정을 공유하지 않은 취샤오샤오는 어젯밤 늦게 출장에서 돌아왔다. 그녀가 아침에 눈을 떠서 제일 먼저 한 일은 자오치펑에게 메시지를 보내는 것이었다. 오늘 오후에 병원으로 진료를 받으러 가겠다고 하자 답장이 왔다. 오늘은 외래진료를 하지 않고 수술실에 있으니까 월요일 오후에 오라는 것이었다.

"수술실? 와우!"

취샤오샤오가 탄성을 질렀다. 자오치펑이 메스를 들고 수술하는 근사한 모습을 어떻게 놓칠 수가 있을까! 그녀는 수술실로 찾아가기로 마음먹었다.

제휴회사에서 일하고 있던 앤디가 탄쭝밍의 전화를 받고 본사로 들어가는데 엘리베이터에서 이상한 느낌이 들었다. 누군가 자신을 주시하고 있는 것 같았다. 주위를 둘러보았지만 엘리베이터에 탄 사람 중에 아는 얼굴이 없었다.

소회의실에서 그녀를 기다리고 있던 탄쭝밍이 그녀가 들어오자 눈을 가늘게 뜨고 그녀를 위아래로 훑어보았다.

"오, 스커트를 입었네?"

"공식적인 자리가 있어. 바쁜 사람을 불러들인 이유가 뭐야?"

"좋아. 바로 본론으로 들어가지. 수속이 마무리되진 않았지만 다들 하루라도 빨리 네가 그회사를 맡아주길 원해. 네가 며칠 만에 빠르게 업무 파악을 하고 아침 회의 때마다 활약이 대단하다고 칭찬이 자자해."

앤디가 웃었다.

"그래? 다들 나랑 같이 일하고 싶어 한다니 기쁘네. 하지만 나는 곧바로 정식 업무를 시작하고 싶지 않아. 환경에 적응할 시간이 더 필요해. 이용할 수 있는 편법들이 많다는 걸 알았어. 더 많은 방법들을 찾아보고 싶어."

"요즘은 최고의 시대이자 최악의 시대지. 이 자료들 훑어봐. 대외비야. 누구에게도 말하면 안 돼."

앤디가 자료를 살펴보는 동안 탄쭝밍은 자기 사무실에 가서 일을 했다. 앤디가 자료를 다 읽은 뒤 탄쭝밍을 불러 얘기를 나누었다. 어느새 점심시간이었다. 두 사람은 외부 식당에 가서 식사를 하며 계속 업무에 대한 이야기를 나누기로 했다.

　두 사람이 엘리베이터를 탔다. 그런데 이번에도 앤디는 누군가 자신을 지켜보고 있는 것 같은 기분이 들었다.

　"왜 그래?"

　"나도 모르겠어. 계속해서 누군가 나를 따라다닌다는 느낌이 들어."

　"너는 여기 돌아온 지 얼마 안 되잖아. 하이시에 친구도 몇 몇 없고. 누가 너를 따라다니겠어? 아마 일이 너무 힘들어서 그럴 거야." 찜찜한 기분으로 탄중밍과 함께 건물을 나서자 또 아무렇지 않았다. 말하지는 않았지만 불안했다. 설마 정신적인 문제가 생긴 걸까? 다행히 식사를 마치고 회사로 돌아올 때는 누가 지켜보고 있는 느낌이 들지 않았다. 그녀는 배가 고파서 혈당이 떨어지는 바람에 몸의 어딘가에 교란이 생겼던 거라고 해석했다. 알 수 없는 불안감에 하루 종일 기분이 좋지 않았다.

　판성메이는 일이 손에 익어 하루치 업무를 오전 시간에 거의 다 끝낼 수 있었다. 나머지 시간에는 그날 기분에 따라 차를 우려 마시거나 인터넷 게시판을 구경하며 퇴근시간이 오기를 기다렸다. 그런데 오늘은 그녀의 기분이 좋지 않았다. 며칠째 왕바이촨에게 전화는 커녕 문자 한 통 오지 않고 있었다. 먼저 연락을 해볼까? 하지만 남자에게 먼저 연락을 한다는 건 용납할 수 없었다. 그녀는 자타공인의 미인이고, 더군다나 왕바이촨은 예전에 그녀를 짝사랑했던 남자였다.

　왜 갑자기 연락이 끊긴 걸까? 설마 사무실을 얻고 사무용품을 샀으니 더 이상 그녀가 필요하지 않은 걸까? 그럴 리는 없다. 인사 담당자로 오랫동안 갈고 닦은 그녀의 안목으로 볼 때 왕바이촨은 그녀를 확실히 자기 여자로 만들기 전에는 포기할 사람이 아니었다. 틀림없이 다른 이유가 있을 것이다. 그 이유가 도대체 뭘까? 아무리 생각해도 짚이는 데가 없었다.

판성메이가 시무룩하게 모니터를 들여다보며 일하는 척 키보드를 아무렇게나 두들겼지만 신경은 온통 다른 데로 쏠려 있었다. 속으로 자기 자신에게 물었다. 설마 남자에 너무 굶주린 나머지 찬밥 더운밥 가릴 수 없어 왕바이촨을 사랑하게 된 걸까? 그럴 리는 없다. 그저 왕바이촨이 돌연 잠수를 타는 이유를 알고 싶을 뿐이었다. 그녀의 화려한 남성 편력사를 통틀어 바로 전날까지 뜨거운 눈빛으로 매달리다가 다음 날 연락을 끊어버린 남자는 단 한 명도 없었다. 어떤 이유가 있는 게 분명했다.

그녀를 부르는 동료의 목소리에 판성메이가 예쁜 미소로 대답했다. 동료가 판성메이에게 재미있는 글이 올라왔다면서 인터넷 게시판 주소를 보내주었다. 링크를 타고 들어가 보니 제목부터 흥미진진했다.

'유학파 미녀 대기업 임원, 알고 보니 불륜녀'

이유는 모르겠지만 '유학파 미녀 대기업 임원'이라는 말에 대뜸 앤디가 생각났다. 그녀는 속으로 앤디에게 사과하며 제목을 클릭했다. 그런데 놀랍게도 앤디의 사진이 떡하니 올라와 있는 게 아닌가. 멀리서 찍은 희미한 사진이지만 투피스 정장을 입고 있는 그 여자가 앤디라는 걸 한 눈에 알아볼 수 있었다. 앤디가 불륜녀라고? 어떻게 그럴 수가?

내용인즉슨, 유학파 미녀가 한 무역회사 사장의 돈을 보고 접근해 그 남자의 고급 차를 몰고 다니고, 애인이 있는 그 남자를 꼼짝 못하게 붙들어 버려 그 남자가 애인을 차버렸다는 것이었다. 터무니없는 소리였다. 회사와 집밖에 모르고 수녀처럼 사는 앤디에게 어떻게 남자가 있을 수 있을까. 댓글을 보니 네티즌들이 유학파 미녀와 무역회사 사장을 신나게 씹고 까불며 마녀사냥을 하고 있었다. 가만히 살펴보니 누군가 오늘 새로 가입한 아이디로 앤디에게 모든 비난이 집중되도록 바람을 잡고 있었다. 이 글이 계속 퍼져나가지 못하도록 막아야 했다. 판성메이는 화장실 가는 척 사무실을 빠져나와 앤디에게 전화를 걸었다.

"여보세요, 앤디? 너, 인터넷에서 누군가에게 비방당하고 있어."

그런데 앤디가 그 글을 보자마자 웃음을 터뜨리는 게 아닌가.

"바로 오늘 찍은 사진이네. 어쩐지 점심 때 누가 계속 나를 쳐다보고 있는 기분이 들더라니. 나한테 문제가 생긴 게 아니었어. 내가 정상이라는 걸 알았으니 안심이야. 남들이 뭐라고 하든 상관 안 해. 나는 결백하니까."

"댓글들을 봐. 이런 악플러들이 얼마나 지독한지 몰라? 그것들은 직접 만나면 살살 기면서, 남의 뒤에서 욕할 때는 하나같이 무섭게 날뛴다고, 알겠어? 만일 회사 사람들이 알게 되면 명성에 금이 갈 거야."

"걱정 마. 날 아는 사람들은 내가 금욕적이라는 걸 다 알아. 미안하지만 나 지금 많이 바빠. 나중에 자세히 읽어볼게. 걱정해줘서 고마워."

앤디의 반응이 판성메이를 경악케 했다. 세상에 무서울 게 없는 판성메이도 인터넷에서 불륜녀로 마녀사냥을 당한다는 건 생각만 해도 끔찍한데 앤디는 어떻게 이렇게 태평할 수 있을까? 앤디가 평소에 인터넷 게시판을 거의 보지 않아서 입소문이 한 사람을 철저히 매장시킬 수 있다는 사실을 모르는 것 같았다. 판성메이가 궁리 끝에 경찰 사이버수사대에 신고하기로 했다. 요즘 세상에 인맥 없이 되는 일이 어디에 있을까? 판성메이가 경찰이었던 옛 남자친구를 떠올렸다. 떠난 남자는 절대로 뒤돌아보지 않는다는 것이 그녀의 철칙이지만 앤디를 위해 철칙을 깨기로 했다. 그녀는 몸을 낮추고 애교 넘치는 목소리로 옛 남자친구에게 전화를 걸어 사이버수사대에 조사를 부탁해달라고 했다. 과연 얼마 지나지 않아 사이버수사대에서 그녀에게 전화를 걸어 자세한 상황을 물었다. 통화가 끝난 뒤 그녀는 옛 남자친구의 전화번호를 들여다보며 쌜쭉한 표정을 지었다. 자존심을 되찾기 위한 행동 같은 것이었다.

그때 등 뒤에서 누가 불쑥 말을 걸었다.

"판성메이 씨 여기서 뭐해?"

놀라서 뒤를 돌아보니 회사의 외국인 임원이 아닌가. 판성메이가 잽싸게 화사한 미소를 지었다.

"공안국에서 전화가 왔어요. 직원 중 한 사람이 조사대상에 올라 있다면서 그 사람의 평소 행실에 대해 묻네요. 조금 있다가 또 확인 전화가 올 텐데 공장에 가서 물어봐야겠어요. 골치 아프게 됐어요."

"오, 조사에 적극 협조해줘요."

임원이 가고 나자 판성메이의 등에 식은땀이 흘렀다. 사이버수사대와 통화하는 데 집중하느라 누가 뒤에서 다가오고 있다는 것도 몰랐던 것이다. 방금 전 임원에게 한 거짓말을 돌이켜보니 비교적 잘 둘러댄 것 같아 마음이 놓였다. 누군가 그녀의 거짓말을 고자질할 수도 있지만 회사에서 동료들과 사이가 원만한 편이므로 큰 걱정은 없었다. 외국인 임원이 직접 거짓말이라는 걸 알아낸다면 별 도리가 없지만 말이다. 그녀는 자신이 해놓은 거짓말 때문에 공장으로 내려가 한 직원의 근황을 물어보며 30분 정도 머물다가 사무실로 돌아왔다.

사무실에 돌아올 때까지도 그 글이 삭제되지 않고 있었다. 게다가 사람들이 벌써 앤디의 신상을 알아내고 상대 남자까지 찾아낸 뒤였

다. 웨이웨이라는 남자였다. 그가 바로 앤디가 말했던 채팅 친구 특
이점일까? 누군가 앤디가 다니는 회사의 이름을 올리자, 또 어떤 사
람이 회사 정문 앞에 두 사람을 성토하는 플래카드를 걸자고 선동했
다. 몇 사람이 의도적으로 앤디에게 총구를 겨냥하고 있는 것이 분명
했다.

판성메이는 안절부절못하고 불안했다. 자기들이 보고 싶은 것만
믿는 사람들 앞에서 진실이 무슨 소용이 있을까? 그녀에게 게시판
주소를 알려준 동료가 흥미진진하게 게시판 상황을 관전하고 있었
다. 지금 이 순간 할 일 없는 수많은 사람들이 좋은 구경거리가 등장
하길 기다리며 컴퓨터 앞에 쭈그려 앉아 있을 것이다. 이대로 두면
앤디는 보기 좋게 당하고 말 것이다. 옛 남자친구의 인맥도 소용이
없는 걸까? 그러나 또 다시 거짓 핑계를 대고 빠져나갈 수가 없으니
자리에 앉아 속만 태웠다.

퇴근 시간이 다가올 무렵 관쥐얼이 상사에게 불려가 호된 질책을
당했다. 여자 상사가 일말의 동정심도 없이 쏟아내는 직설적인 언사
에 관쥐얼은 눈물이 펑펑 쏟아졌다. 그런데 이걸로 문제가 끝나지 않
았다. 상사는 관쥐얼에게 처리하던 업무를 일단 중단하고 경위서를
써서 제출하라고 시켰다. 금요일이라 칼퇴근을 할 수는 있었지만 그
녀는 우울한 기분을 떨칠 수가 없었다.

오늘 제일 기분이 좋은 사람은 추잉잉이었다. 그녀는 매장을 둘러
보러 온 사장에게 오픈마켓인 타오바오에 온라인 숍을 개설해보자고
용기 있게 건의했다. 일본에서 독학으로 유학을 마치고 돌아온 중년
의 사장은 인터넷쇼핑에 대해 잘 알지 못했기 때문에 처음에는 추잉
잉의 건의사항을 귀담아 듣지 않았다. 추잉잉은 겨우 생각해낸 아이

디어가 이대로 묻혀버리게 내버려둘 수가 없었다. 그녀는 사장과 매니저가 대화를 나누고 있을 때 노트북을 들고 들어가 타오바오에서 영업하고 있는 온라인 숍들을 사장에게 보여주며 자세히 설명해주었다. 커피만 팔고 있는데도 높은 판매량을 올리고 있는 곳들이었다.

판매량을 확인하자 사장의 마음이 흔들렸다. 사장은 온라인 숍의 매출액을 어떻게 확인할 수 있는지 추잉잉에게 물어보았다. 온라인 쇼핑의 고수인 추잉잉이 아주 능숙하게 보여주자 사장도 눈이 번쩍 뜨였다. 오프라인 매장도 없이 타오바오를 통해서만 한 달에 그렇게 높은 판매량을 올릴 수 있다면, 오프라인 매장을 둔 그들은 훨씬 더 유리한 위치에 있었다. 사장이 매니저를 거치지 않고 직접 추잉잉에게 타오바오에 온라인 숍을 개설하라고 지시하고 매장에서 가까운 본사 사무실에 책상을 하나 내어주었다. 추잉잉이 신이 나서 온라인 숍 개설에 착수했다.

추잉잉에게 그 정도는 식은 죽 먹기였다. 반나절 만에 온라인 숍의 전체 틀이 완성되었다. 이제 개별 상품의 소개와 사진을 올리는 것만 남았다. 사장이 직접 나서서 추잉잉을 도왔다. 추잉잉이 원하는 대로 모든 걸 제공해주었다. 상품 소개와 사진은 상품 카탈로그에 이미 잘 만들어져 있으므로 그대로 쓸 수 있었다. 추잉잉은 타자도 빠르고 이미지 파일도 능숙하게 다룰 줄 알았다. 그녀가 하는 것을 보며 사장이 칭찬을 연발했다.

난생 처음 상사에게 칭찬받은 추잉잉은 열정이 후끈 달아올랐다. 더군다나 사장의 폭풍 칭찬이 아닌가. 추잉잉의 열정은 오전부터 퇴근 시간이 가까울 때까지 줄곧 최고조에서 유지되었다. 문득 그날 저녁 영화를 보러 가기로 한 약속이 생각났다. 22층 전체 멤버가 출동할 영화관을 고르는 막중한 책임이 바로 그녀에게 있었다. 하지만 사장이 뒤에서 지켜보고 있고 다른 상사들도 수시로 그녀에게 다가오는데 어떻게 감히 딴전을 피울 수가 있을까? 추잉잉은 마음속으로 멤버들에게 용서를 빌었다.

왕왕(旺旺, 타오바오에서 판매자와 구매자 간의 상담을 위해 제공하는 메신저 서비스)에 등록하자마자 고객의 질문이 날아왔다.

'이게 정말로 플라타너스 나무 아래에 있는 그 카페인가요? 그 카페 앞을 자주 지나다니거든요. 커피도 한 번 산 적 있어요.'

첫 거래로 이어질지도 모를 고객의 질문에 사장이 추잉잉에게 답변을 재촉했다.

"어서 그렇다고 해. 못 믿겠으면 사진을 찍어서 보내주겠다고 해봐."

추잉잉이 사장이 시키는 대로 대답했다.

고객이 말했다.

'온라인으로 사면 더 싸게 살 수 있어요?'

이번에도 사장이 시키는 대로 대답했다. 회사가 작아서 업무 처리에 융통성이 있다는 것이 제일 큰 장점이었다. 그 고객은 사무실에 두고 마실 거라며 전기 모카포트 하나와 이탈리아산 분말커피 1파운드짜리 한 봉지, 커피크리머 50개를 구입했다. 고객은 월요일에 제품을 발송해달라는 요청을 남겼다. 모든 과정을 지켜보고 있던 사장이 신기한 듯 말했다.

"이제 어떻게 하면 돼?"

추잉잉이 주문이 들어온 뒤의 후속 절차들을 설명해주자 사장이 고개를 끄덕이며 열심히 들었다. 사장이 이상하다는 듯 물었다.

"그런데 우리 카페 앞을 자주 지나간다면서 어째서 직접 카페에 와서 사지 않아? 실물로 보고 사면 더 확실하잖아."

추잉잉이 말했다.

"집돌이, 집순이들이 있어요. 밖에 나가는 걸 싫어하고 집에서 인터넷으로 뭐든 다 해결하려고 해요."

사장이 시원하게 결론을 내렸다.

"재미있군. 재밌어. 퇴근 시간이네…. 내가 한턱 낼게. 잉잉 씨까지 이렇게 다섯 명 회식합시다. 밥 먹으면서 잉잉 씨에게 타오바오 판매에 대한 얘기도 더 듣고 말이야."

추잉잉이 속으로 깜짝 놀랐다. 22층에서 오늘 저녁 가장 할 일 없던 자신이 일약 인기스타가 되다니! 그녀는 다른 세 명에게 서둘러 메시지를 보내 회사에서 회식이 잡혀서 영화를 보러갈 수가 없다고 알렸다. 관쥐얼에게 보내는 메시지에는 사장님에게 칭찬받고 밥까지 얻어먹게 됐다고 자랑했다.

마침 상사에게 너덜너덜하게 야단을 맞고 나온 관쥐얼은 그 메시지를 보고 눈물이 와락 쏟아졌다. 그녀가 휴게실로 달려가 앤디에게 메시지를 보냈다.

'난 상사한테 심하게 혼났어. 영화 안 보고 집에 갈래. 성메이 언니랑 둘이 보고 와.'

퇴근 준비를 하고 있던 앤디가 관쥐얼의 메시지를 보고 전화를 걸었다. 관쥐얼이 말도 제대로 잇지 못할 만큼 흐느꼈다. 강하고 냉철하기로 유명한 그녀지만 관쥐얼의 울음소리에 측은지심이 발동했다.

"아침마다 내려주는 거기로 와. 같이 퇴근하자."

앤디는 전화를 끊고 곧바로 판성메이에게 전화를 걸었다.

"영화 보기로 한 건 취소해야겠지?"

"당연하지. 널 비방한 그 글을 계속 보고 있어. 경찰에 신고해도 소용이 없으니 직접 나서서 해결하는 수밖에. 나 지금 퇴근해. 집에 가서 계속 볼게."

앤디는 뭐라고 해야 좋을지 몰랐다. 정작 그녀는 대수롭지 않게 생각하는데 판성메이는 경찰에 신고까지 할 만큼 적극적으로 대응하고 있었던 것이다.

"어… 그래. 집에 가서 얘기하자."

앤디는 회사 지하주차장으로 내려와서야 사태의 심각성을 깨달았다. 그녀의 자동차 앞 유리창에 이렇게 쓴 종이 한 장이 끼워져 있었다.

'뻔뻔한 여자! 꺼져버려!'

인터넷 루머가 그녀의 현실에까지 영향을 미치기 시작한 것이다.

앤디는 주위를 둘러보고 사진을 찍어 증거를 남긴 후 종이를 빼내 차에 탔다. 문제는 게시판에 올라온 그 글을 보았지만 어떻게 된 일인지 전혀 알 수가 없었다는 것이다. 도대체 왜 이런 일이 생긴 걸까? 잠시 후 앤디가 두 눈이 벌겋게 부어오른 관쥐얼을 차에 태워 "어떻게 된 일이야?"라고 묻고 있을 때 특이점에게 전화가 왔다. 핸드폰 화면에 뜬 '특이점'이라는 발신자명을 확인하자마자 앤디는 핸드폰이 불덩이라도 된 듯 차창 밖으로 던져버리고 싶은 충동에 사로잡혔다. 자동차가 위태롭게 비틀거리며 10미터쯤 전진했다.

그녀가 전화를 받자마자 특이점의 다급한 목소리가 터져 나왔다.

"미안해요, 앤디. 시간 있어요? 만나서 얘기합시다."

"무슨 일이에요? 나 지금…."

그녀는 특이점의 목소리를 듣자마자 마음이 약해져 서둘러 관쥐얼을 방패로 삼았다.

"아는 동생에게 우울한 일이 있어서 같이 있어줘야 할 것 같아요."

옆에서 관쥐얼이 흐느끼며 말했다.

"난 괜찮아. 볼일 있으면 빨리 가봐."

"그 동생도 데려와요. 같이 식사하면서 상의해요. 피해를 줘서 미안해요. 내가 수습하고 있어요."

"인터넷에 올라온 그 글 때문이에요? 내 차에 날 비난하는 종이가 끼워져 있었어요. 뭐가 어떻게 돌아가고 있는지 아직 모르겠어요. 집에 가서 다시 얘기해요. 그런데 참 이상하네요. 난 별로 신경 안 쓰는데 당신이 사과를 하다니. 그냥 집으로 갈래요."

"당신 집으로 갈게요. 미안해요. 이렇게 될 줄 몰랐어요. 지금 바로 갈게요."

앤디가 그럴 필요 없다고 말하려고 했지만 전화가 툭 끊겼다. 특이점이 그녀를 찾아오겠다고 했다. 거절할까? 거절해야 할까? 앤디는 집에 가는 내내 고민하느라 옆에 관쥐얼이 있다는 것도 잊을 뻔했다.

관쥐얼이 들고 있던 티슈를 다 쓰고 가방을 뒤적이며 새 티슈를 찾는 소리에 앤디가 정신이 들었다.

"쥐얼, 네 얘기 좀 해봐. 무슨 일이야?"

"수요일 저녁에 같은 팀 동료 케이트가 나한테 부탁이 있다는 거야. 출근할 때 강아지에게 사료 주고 오는 걸 깜박 잊어서 집에 일찍 가야되는데 다음 날 아침 일찍 제출해야 할 보고서가 있어서 큰일이라면서 도와달라고 말이야. 케이트가 2페이지까지 해놓은 걸 내가 8시 넘어서 내 일을 끝내고 6페이지까지 작성해서 완성했어. 그러느라 12시가 넘어서 퇴근했어. 다음 날 아침에 케이트가 그걸 검토도 안 하고 제출했는데 2페이지에 오류가 있었어. 케이트가 작성한 부분인데 마지막 페이지에 내 이름이 있으니까 상사가 나를 불러다가 야단을 치잖아."

"그래서 우는 거야? 상사한테 억울하게 야단을 맞았는데 케이트가 나 몰라라 해서? 상사가 원망스러워서? 아니면 감당할 수 없을 만큼 큰 실수라서?"

"세 가지 다야. 경위서를 제출하라는데 그러면 인턴 평가에서 감점을 받을 거야. 인턴 끝나고 정규 채용에 미끄러지는 사람이 많단 말이야."

"어떻게 된 일인지 해명했어?"

"내 말을 들어주지 않아. 마지막에 작성자로 이름을 올렸다는 건 보고서 전체를 책임진다는 뜻이라는 거야. 그 일을 지시한 사람이 바로 그 상사라서 담당자가 케이트라는 것도 다 알고 있어. 또 케이트는 내가 야단맞는 걸 보고도 자기 잘못이라고 말해주지 않았고."

"솔직한 얘기를 원해, 위로의 말을 원해?"

"솔직하게 얘기해줘. 언니가 우리 상사라면 날 야단치겠어? 원래는 성메이 언니한테 물어보려고 했어. 성메이 언니가 하는 일이 직원 평가니까 이런 경우를 많이 봤을 것 같아서."

"내 생각을 얘기하면 서운할지도 모르지만 참고 잘 들어. 관리직으로 오랫동안 일한 내 친구가 한 번은 이런 얘길 했어. 직원들을 관리해보니 만약 말단사원부터 다시 시작한다면 상사의 업무에 잘 맞춰주는 훌륭한 직원이 될 수 있을 것 같다는 거야. 각각의 자리에 맞는 정확한 직책을 알고 사람들이 원하는 게 무엇이고 목표는 또 무엇인지 알기 때문이지. 그러니까 상사가 시시콜콜 지시하지 않아도 스스로 알아서 잘해낼 수 있다는 거야. 전 직원에게는 각자 맞은 직책과 업무가 있어. 회사의 경영진은 이윤을 창출하고 주주들에게 수익을 돌려줘야 해. 그러기 위해서 업무를 정확하게 계획하고 일을 분담해야 해. 그게 중간관리자를 거쳐 말단직원들까지 단계적으로 내려오는 거야. 전 직원이 함께 일해서 수익을 창출해야만 경영진이 주주들에게 떳떳할 수 있어. 그렇다면 회사를 움직이는 중심축이 뭘까?"

"일이겠지."

관쥐얼은 자기 대답에 자신이 없었다. 앤디가 원하는 게 이렇게 쉬운 대답일까?

"맞아. 중심축은 바로 일이고 나머지는 부수적인 것들이야. 네 상사에게 중요한 건 너와 케이트 사이에 무슨 일이 있었는지, 그 일을 누가 했는지가 아니야. 그에게 중요한 건 상사가 자신에게 지시한 일이 어떻게 완성되었고, 그것을 자기 상사에게 제출했을 때 자신에게 어떤 결과가 나올 것인가, 바로 이거야. 너희가 그 일을 잘해내지 못했다면 그는 절차에 따라 문제를 발견하고 누구의 잘못인지 찾아내서 질책하는 게 당연해. 케이트는 자신이 맡은 일을 너에게 사적으로 부탁하지 말았어야 하지만 그게 잘못은 아니야. 케이트가 실수를 저질렀지만, 그 일을 인계받으면서 앞부분을 확인하지 않은 건 네 잘못이야. 마지막에 네 이름을 쓴 건 모든 책임을 지겠다는 뜻이지. 그렇다면 케이트가 다시 검토하는 건 불필요한 일이야. 그러니까 상사가 널 야단친 건 타당한 일이었어. 넌 억울해할 필요가 없어. 너와 케이트의 사적인 감정은 핵심이 아니거든. 상사는 핵심만을 놓고 따져야 해. 아주 단순해. 경위서에는 네가 한 잘못을 정확하게 인식하고 명료하게 밝힌 뒤에 해결방법을 제시해."

"케이트의 일을 대신 해준 게 잘못이었어. 호의로 도와줬다가 내가 피해를 입었잖아."

"이제 위로가 필요해?"

"아니야. 경위서를 쓴 것 때문에 인턴 평가를 망칠 거 같아. 우리 회사가 문턱이 높아. 대부분 명문대학 출신이고, 내가 나온 정도의 대학을 나온 사람들은 아주 운이 좋아야 들어갈 수 있어…."

"우리 회사의 명문대학 출신 직원들과 비교해도 넌 뒤지지 않아."

"고마워. 하지만 스펙 경쟁에선 늘 학벌에서 밀려. 경위서를 쓴 기록까지 있으면 볼 것도 없지 뭐. 더군다나 내가 잘못을 인정해버리면 만회할 기회가 영영 없을 거야."

"경위서 쓰는 걸 두려워하지 마. 나도 평가 자료를 많이 봤어. 누구나 1년 동안은 구르고 치이면서 만신창이가 돼. 사람들마다 인턴사원을 평가하는 기준이 제각각이지만 결국에는 딱 하나로 귀결돼. 일을 잘해서 상사를 편하게 해주느냐지. 정상적인 회사라면 이 조건만 충족시키면 통과돼. 책임을 미루는 건 좋은 방법이 아니야. 잘못을 인정하고 책임을 지고 잘못을 수정하고 그로 인한 손실을 최소화하려고 노력하는 게 중요해."

"하지만 케이트의 일을 대신 맡지 않았다면 이런 잘못도 저지르지 않았겠지. 아무리 생각해도 억울해. 케이트는 자기 잘못이라고 말해주지도 않고 상사도 케이트는 야단치지 않았어."

"한 가지 일 때문에 사람에 대한 평가가 뒤집히지는 않아. 사람은 오래 겪어봐야 알아. 네가 동료의 일을 대신 해준 이유가 있잖아. 경위서에서 그 일의 전체 맥락과 증거를 시간 순으로 자세히 설명해. 책임 회피용이 아니라 확실하게 설명해서 기록으로 남기는 게 목적이야. 알겠지? 상사들은 책임을 남에게 미루는 부하직원을 제일 싫어해."

관쥐얼은 진심으로 수긍할 수는 없었지만 앤디의 말이 옳다고 믿기로 했다.

"알았어. 경위서를 세 부분으로 나눠서 첫 부분에는 전후 상황을 구체적으로 설명하고, 그다음에는 내 잘못이 뭔지 인정하고, 마지막에 보완할 수 있는 방법을 제안하면 되겠지? 아무리 생각해도 정말 억울해. 내 일도 많은데 잠까지 줄여가면서 케이트의 일을 대신 해주다가 이렇게 됐잖아. 다시는 이런 호의 베풀지 않을 거야."

"잠은 하루에 여섯 시간만 자면 충분해. 중요한 건 규칙적인 생활이지."

"나는 여덟 시간을 자도 부족하던데."

앤디가 피식 웃었다. 어릴 때 적당한 고생을 하는 건 나쁘지 않은 것 같았다. 그녀는 하루에 여섯 시간만 자면 충분하고 어디서든 편하게 잘 수 있었다.

관쥐얼은 억울한 생각을 좀처럼 떨칠 수가 없었다. 호의로 한 일이 결국 자신에게 독이 되어 돌아왔는데 어떻게 위로해주는 사람이 하나도 없을까? 적어도 그녀가 그 일을 맡게 된 출발점은 호의였다. 제일 고통스러운 점은, 속으로는 수긍할 수 없지만 겉으로는 잘못을 인정해야 한다는 사실이었다. 학교를 졸업한 후 원치 않지만 참고 해야 하는 일들이 점점 많아졌다. 나이를 먹는다는 건 피곤한 일이고, 일해서 돈을 번다는 것도 힘든 일이라는 걸 또 한 번 실감했다.

관쥐얼이 말했다.

"대학을 졸업했을 때 내게 두 가지 선택의 길이 있었어. 하나는 고향에 남아서 아빠처럼 공무원이 되거나 엄마처럼 은행에 들어가는 거고, 또 하나는 영국이나 호주에 가서 석사 과정을 공부하는 거였어. 그때 마침 우리 학교에서 처음으로 지금 회사의 채용설명회가 열렸고 내가 인턴으로 채용됐어. 나는 이 회사가 좋았어. 따분한 공무원이 되긴 싫었거든. 아빠도 내가 좋아하는 일이면 무조건 지지해주겠다고 했지. 하지만 엄마는 일이 너무 힘들고 스트레스도 심한 것 같다며 반대했어. 딸이 너무 멀리 나가서 살면 도와줄 수가 없다면서. 이제 보니 엄마 말이 맞았어."

"그래서?"

앤쥐는 관쥐얼의 푸념에 공감할 수 없었지만 금요일 저녁 러시아워를 만나 길 위에 갇혀 있는 상황이라 인내심을 발휘해 들어주었다.

관쥐얼이 말했다.

"그래도 내 선택이니까 끝까지 해야지. 적어도 인턴 기간이 끝나고 정규직 채용에서 미끄러지지 않기 위해 열심히 노력할 거야."

앞으로 몇 개월을 더 힘들게 버텨야 한다는 생각에 관쥐얼의 눈에서 또 눈물이 후드득 떨어졌다.

"처음에 아빠는 집을 사주겠다고 했는데 엄마는 내가 1년을 못 버티고 돌아올 거라고 반대했어. 엄마 말대로 되고 싶진 않아."

"훌륭해. 네가 들으면 기뻐할 얘기가 있어. 네가 만약 회사에서 잘린다면 나와 샤오샤오 모두 널 채용할 용의가 있다고 얘기한 적이 있어."

"그게 정말이야? 왜?"

"오래 겪어보면 어떤 사람인지 알 수 있잖아. 우리 둘 다 네가 일 잘 하는 훌륭한 직원이라고 생각해. 네 상사의 생각도 크게 다르지 않을 거야."

"정말?"

드디어 관쥐얼의 마음에 먹구름이 걷히고 기분이 한결 좋아졌지만 눈물은 더 많이 흘렀다.

앤쥐는 "단, 조금 나약한 성격은 극복할 필요가 있어."라는 말을 목구멍 안으로 밀어 넣었다. 직장에서는 누구도 아무 이유 없이 누군가를 배려해주지 않는다. 구르고 부딪치다 보면 언젠가는 나약함도 사라질 테니 굳이 말해줄 필요가 없을 것 같았다.

취샤오샤오가 신나게 차를 몰고 자오치펑의 병원으로 향했다. 가는 길에 그녀의 핸드폰에 불이 났다. 금요일 밤을 불태우자는 전화들을 그녀는 의기양양하게 거절했다. 그녀에게는 오늘 밤 집중해야 할 프로젝트가 있었다.

취샤오샤오의 명목상 남자친구인 야오빈에게 전화가 왔다. 야오빈이 키득거리며 말했다.

"네가 만날 칭찬하는 그 이웃집 여자, 일 터졌더라. 알고 보니 불륜녀래."

취샤오샤오가 깜짝 놀랐다.

"뭐? 말도 안 돼. 내가 대놓고 불감증이라고 말한 적도 있어. 상대가 누구? 탄쭝밍? 그 사람은 미혼이잖아. 아니면 누구?"

"탄쭝밍이 아니라 무역업을 하는 사람이래. 금속 수출을 하다가 지금은 원자재 수입을 하는데 수완이 좋아서 사업이 아주 잘 되나봐. 그 남자도 미혼이래. 불륜 얘기는 어떤 망한 집안 딸내미가 악의적으로 지어낸 얘긴 거 같아. 어쨌든 난 얘기해준 거다. 이웃집 여자한테 전해."

"잠깐 잠깐 잠깐. 뜸 들이지 말고 빨리 얘기해. 어떻게 된 거야? 망한 집안 딸내미가 누구야? 누군데 앤디를 건드려?"

"그걸 맨입으로 알려달라고? 어쨌든 인터넷에 쫙 퍼졌어. 보통 여자는 아니더라. 맘카페만 골라서 글을 올리나봐. 아줌마들이 불륜이라는 소리만 듣고도 완전 흥분해서 우르르 몰려들어 난도질 하는 거지. 게다가 불륜녀라는 여자가 예쁘기까지 하잖아."

"뭐? 말도 안 되는 거짓말을 다 믿는다고? 젠장. 여자들이 애를 낳으면 머리가 퇴화되는 거야? 링크 보내봐. 빨리."

취샤오샤오가 신호대기하는 틈에 야오빈이 보내준 링크로 들어가

보았다. 글을 보자마자 뜨거운 피가 훅 끓어올랐다. 앤디에게 알려줘
봤자 내버려두라고 할 게 뻔했다. 앤디가 가십성 소문의 위력을 알
리가 없으니까 말이다. 하지만 앤디가 당하는 걸 방관하고 있을 수는
없었다. 더군다나 그녀는 앤디에게 큰 도움을 받은 처지였다. 오늘도
자오치펑을 포기해야 하는 걸까? 취샤오샤오는 한 1분쯤 고민하다
가 이를 질끈 물고 야오빈에게 전화를 걸었다.

"젠장. 같이 밥 먹고 같이 술 마시고 일도 같이 해결하러 가자."

야오빈이 진심으로 환호했다. 취샤오샤오는 두꺼운 패드를 넣은
가슴을 섹시하게 추어올렸다. 야오빈의 얘기를 듣느라 막히는 길도
지루하지 않았다.

겁 없이 일을 벌인 여자는 바로 아관난(阿關囡)이었다. 취샤오샤오
도 아는 이름이었다. 취샤오샤오보다 한 살 많은 고등학교 선배로 제
법 예쁘장하게 생긴 여자였다. 아관난의 아빠가 웨이웨이와 금속 수
출입 사업을 했는데 웨이웨이는 점점 성공하는 데 반해 아관난의 아
빠는 소극적으로 경영하다가 사업이 힘들어졌다. 아관난은 뉴비틀
을 몰고 다니며 부잣집 무리들과 기를 쓰고 어울리려고 했다. 겉으로
는 돈을 잘 쓰는 것 같지만 돈 낼 때가 되면 슬그머니 도망쳐버려 친
구들 사이에서 아관난의 집이 망했다는 소문이 돌기도 했다. 오래전
부터 웨이웨이와 알고 지낸 아관난은 그를 자기 남자로 만들어 떵떵
거리고 살고 싶었지만 안타깝게도 웨이웨이는 그녀에게 마음이 없
었다. 그 때문에 앤디가 웨이웨이를 가로챈 걸로 오해하고 이런 일을
벌인 것이었다. 야오빈은 아관난이 지금 어디에 있는지도 알고 있었
다. 아관난의 친구가 아관난보다 돈도 인기도 더 많은 취샤오샤오에
게 잘 보이기 위해 친구를 배신하고 야오빈에게 귀띔해준 것이다. 취
샤오샤오가 요즘 친구들 사이에서 워킹우먼의 이미지를 각인시키려

고 수시로 앤디와의 친분을 들먹인 덕분에 취샤오샤오가 앤디와 친하다는 건 이미 다 아는 사실이었다.

취샤오샤오가 말했다.

"그렇게 된 거였군. 친구들 불러. 오늘 밤은 내가 골든벨을 울릴 테니까 아관난을 손봐주러 같이 가자."

취샤오샤오는 뭘 해도 역시 남달랐다. 판성메이처럼 경찰에 신고하는 건 그녀의 스타일이 아니었다. 그녀에게는 그녀만의 묘책이 있었다. 취샤오샤오는 친구들을 대동하고 아관난이 놀고 있다는 술집으로 들이닥쳤다. 먼저 술집 앞을 지나가던 풍채 좋은 아주머니를 돈을 주고 섭외했다. 그 아주머니가 술집에 뛰어들어 아관난을 가리키며 "불륜녀 잡아라!"라고 외친 뒤 아관난에게 달려들어 옷을 찢어놓았다. 그들은 옆에서 싸움을 말리는 척하며 그 장면을 동영상으로 촬영했다. 소란이 일단락된 후 그들은 아관난에게 동영상을 인터넷에 올리겠다고 위협하며 앤디를 거짓으로 모함했다고 사과하는 글을 올리게 했다. 사실 취샤오샤오 정도의 파워라면 그렇게까지 하지 않아도 아관난을 가뿐히 손봐줄 수 있었지만 아관난에게 따끔하게 경고하고 기념품을 남겨주고 싶었다. 취샤오샤오의 사전에 관용이란 없었다.

인터넷 공간에서는 글이 한번 화제가 되면 지워도 지워도 다 지울 수가 없고 점점 확대 재생산된다. 그러므로 악의적인 모함글에 대응하는 가장 좋은 방법은 글쓴이가 나서서 잘못을 인정하는 것이다. 취샤오샤오는 아관난의 아이디와 비밀번호까지 알아내 잘못을 인정하는 글을 계속 올렸다.

취샤오샤오는 이로써 앤디에게 진 빚을 갚았다고 생각했다. 다만 자오치펑과의 만남이 또 미뤄졌다는 사실은 짜증났다. 자오치펑의 얼굴을 잊어버릴 지경이었다. 그녀는 자오치펑을 향한 흠모의 열기가 식지 않도록 "나는 자오치펑이 그립다. 나는 자오치펑이 그립다."라는 말을 되뇌며 자기최면을 걸었다.

앤디가 집에 돌아오자마자 특이점이 전화를 걸어 몇 동에 사느냐고 물었다. 앤디는 잠시 생각에 잠겼다가 회색 니트 후드티에 니트 바지로 갈아입었다. 편한 차림으로 아파트 입구에 가서 특이점을 기다리기로 했다. 특이점을 집 안으로 들이고 싶지 않았다. 그녀는 어떻게 인터넷에 그런 글이 올라왔는지 여전히 영문을 알 수가 없었다.

엘리베이터에 타자 취샤오샤오에게 사태의 종결을 알리는 전화가 왔다. 앤디는 진심으로 기뻤다. 솔직히 말하면 그녀도 전혀 걱정되지 않는 건 아니었다. 불륜녀로 매도되는 것은 두렵지 않지만 그 글과 함께 올라온 자신의 어렴풋한 사진을 옛날 고아원 친구들이 알아본다면 마녀사냥이 더 가열될 것이고 결국 자기 과거까지 만천하에 공개될 수 있었다. 이름도 바꾸고 자라면서 얼굴도 많이 변했지만 혹시 자신이 옛날 그 고아라는 걸 알아보는 사람이 있을 수도 있었다. 지난 번 요양원에 갔을 때도 아무도 그녀를 알아보지 못했지만 완전히 방심할 수는 없었다. 세상에 비밀은 없는 법이니까 말이다. 취샤오샤오의 흥미진진한 무용담을 들으며 걷다 보니 어느새 특이점의 차가 눈앞에 나타났다.

그녀를 바라보는 특이점의 눈빛이 평소와 달랐다. 앤디가 취샤오샤오에게 말했다.

"일단 끊자. 스캔들의 남주인공이 나타났어. 이따가 다시 얘기해."

"뭐? 그 남자랑 정말로 아는 사이야?"

"미국에 있을 때부터 알았어. 이상한 관계는 아니야. 이따 얘기해."

전화를 끊은 뒤 앤디의 미소가 뻣뻣해지고 안절부절못했다. 그녀는 차 옆에 서서 조용히 그녀를 지켜보고 있던 특이점에게 말을 걸었다.

"일이 해결됐대요. 여기까지 와줘서 고마워요."

"해결됐다고요? 글을 지웠대요? 어차피 금세 또 올라올 거예요. 게다가 더 사실처럼 부풀려서 얘기하겠죠."

"아니에요. 아는 동생이 해결해줬어요. 직접 확인해봐요."

"그러죠."

특이점이 조수석 문을 열어주었지만 앤디가 고개를 저으며 타지 않았다. 특이점이 머뭇거리다가 차문을 닫았다. 특이점도 어색함에 입을 가리고 헛기침을 했다.

"사실 이 스캔들이 고마워요. 그 덕분에 이렇게 당신을 만날 수 있어서. 지난번에… 짜증내서 미안해요."

특이점이 어색한 미소를 지었다. 앤디는 그 말에 금세 마음이 약해지는 자신을 발견하고 깜짝 놀랐다. 그녀는 대답할 말을 찾지 못하고 화제를 돌렸다.

"글 올린 사람이 누군지 알아요?"

"알아요. 나도 막을 방법이 없었어요. 피해를 줘서 미안해요. 밥 먹었어요? 같이 먹으러 갈까요? 계속 서 있을 순 없잖아요. 사람들이 알아보고 사인해달라고 할지도 몰라요."

앤디가 피식 웃음을 터뜨렸다. 어색한 감정도 연기처럼 사라졌다.

"이웃 친구가 집에서 울고 있어요. 올라가서 경위서 쓰는 걸 봐줘야 해요. 또 다른 이웃은 오후 내내 날 위해 댓글 전쟁을 해주다가 퇴근해서 들어오고 있고요. 그 친구들을 내버려두고 나갈 수가 없어요."

취샤오샤오가 아관난에게 했던 일은 얘기하지 않는 게 좋을 것 같왔다.

특이점이 그럴 줄 알았다는 듯 웃었다.

"이제 그 정도 거절은 아무렇지도 않아요. 당신에게 거절당해서 피투성이가 되고도 또 핑계를 찾아 이렇게 보러 왔잖아요. 다른 핑계 없어요?"

"참, 이웃 친구에게 일이 해결돼서 서둘러 집에 올 필요 없다고 얘기해주는 걸 깜박했어요."

앤디가 판성메이에게 메시지를 보내고 있는데 특이점이 갑자기 그녀를 와락 끌어안았다. 밀쳐내려고 했지만 그러려면 특이점의 몸에 손을 대고 떠밀어야 하는데 그건 자기 원칙을 어기는 것이었다. 앤디는 하는 수 없이 두 팔을 가슴 앞으로 모아 몸이 밀착되는 것을 막았다.

"이거 놔요!"

"왜요? 내가 못생겨서?"

"아니에요…."

"내 키가 작아서요?"

"아뇨…."

"내가 똑똑하지 못해서요?"

"아뇨…."

"내 성격이 나빠서요?"

"아뇨…."

"내가 재미가 없어서요?"

"아뇨…."

"그게 아니면 왜 날 밀어내죠? 이유를 말해봐요."

"당신이랑 상관없어요. 내 문제예요…."

"당신 문제라면 왜 날 밀어내죠?"

특이점은 앤디의 머리가 행동보다 빠르다는 걸 알고 있었기 때문에 그녀에게 생각할 틈을 주지 않고 속사포처럼 질문을 쏟아냈다. 그는 좀 더 편한 자리로 옮겼지만 그녀를 놓아주지 않았다.

특이점이 말했다.

"당신은 아무 문제도 없어요. 이렇게 오래 안고 있는데 아무렇지도 않잖아요…."

그때 옆에 서 있던 차에서 젊은 남녀가 내리더니 남자가 못 참겠다는 듯 외쳤다.

"아, 진짜, 이 아저씨! 답답해 죽겠네. 입은 말하라고 있는 게 아니라 키스하라고 있는 거라고요!"

청년이 앵두 같은 애인의 입술에 쪽 입을 맞추며 시범을 보였다.

"이렇게요. 봤죠? 정 안 되면 돈을 써서 정신을 쏙 빼놓으세요. 시시콜콜 잔소리할 거 없어요. 화끈하게 나가라고요."

앤디는 젊은이들의 갑작스러운 난입에 놀라고 창피했지만 특이점은 능청스럽게 물었다.

"여자친구가 가까이 오지 못하게 하는데 돈 쓰는 것 말고 다른 방법은 없어요?"

특이점은 앤디가 놀란 나머지 자길 밀쳐내는 것도 잊은 걸 보고 어떻게든 이 황당한 대화를 길게 끌고 싶었다.

"아저씨들이 여자 꼬시는 데 돈 말고 또 뭐가 있어요?"

젊은이가 자기 가슴을 툭툭 쳤다.

"아저씨 식스팩 있어요? 이두박근 있어요? 없잖아요."

청년이 앤디에게 손키스를 날렸다.

"예쁜 아가씨, 이 아저씨 봐주지 말아요. 쩨쩨하게 굴면 집에 가서 장난감이나 가지고 놀라고 해요. 화끈하게 해요. 미모가 언제까지 갈 거 같아요?"

앤디는 자신이 아직도 특이점의 품 안에 있다는 걸 깨달았다. 벌써 몇 분째였다. 무섭지는 않지만 긴장되고 혼란스러웠다. 단, 이성은 또렷하게 유지되고 있었다. 특이점이 앤디가 생각에 잠긴 걸 보고 그녀를 차에 태운 뒤 젊은 연인에게 손을 흔들며 운전석에 올랐다.

연인 중 여자가 말했다.

"저렇게 돈 많은 아저씨면 나라도 좋다고 할 텐데. 네 차랑 비교도 안 돼."

남자가 말했다.

"성격 좋은 아저씨네. 화도 안 내잖아."

특이점은 조금 실망했다. 앤디가 조수석에서 아무 일도 없었던 것처럼 통화를 하고 있었기 때문이다. 얘기도 잘하고 웃기도 했다. 포옹의 후유증은 찾아볼 수가 없었다. 앤디의 통화 상대는 판성메이였다. 앤디가 일이 잘 해결되었다고 하자 집에 가고 있던 판성메이가 환호했다. 특이점은 불만스러웠다. 방금 전 앤디를 끌어안고 애써 그녀의 신경을 다른 데로 돌렸지만 그녀와 가까워졌다는 기분이 들지 않았다. 그보다는 과학실험을 하고 난 후의 기분 같았다. 약을 먹이고 알레르기 반응이 나타나는지 관찰하는 그런 실험 말이다. 그는 통화 중인 앤디에게 묻지도 않고 시동을 걸어 출발했다.

앤디가 급하게 전화를 끊고 그를 말리려고 했지만 어두컴컴한 가로등 불빛에도 그의 굳은 표정을 또렷이 볼 수 있었다. 평소와는 다른 모습에 앤디가 망설이다가 물었다.

"왜 그래요? 어린 애들이 하는 말이에요. 무시해요. 한창 반항할 나이잖아요."

"우리가 만날 때마다 나는 당신을 위해 뭐든 다 주고 싶어 하는데 당신은 자기 마음만 들여다보고 내 기분에는 관심도 없어요. 내가 뭘 어떻게 하든 당신에게 다가갈 수가 없다는 걸 어린 애들조차 알아본 거예요."

"난…. 당신은 좋은 사람이에요. 정말이에요. 내게 문제가 있는 거예요. 나도 어쩔 수가 없어요…."

"자책하지 말아요. 가슴 아프니까. 며칠 동안 우리에 대해 생각했어요. 오늘 일이 아니었더라도 당신을 찾아왔을 거예요. 당신과 대화가 필요해요."

"무슨 말을 하려는지 알지만 당신과 이성적으로 대화할 자신이 없어요. 나 자신도 어쩔 수 없는 일들이 있다고요. 날 포기해요. 진지하게 하는 말이에요."

특이점은 아무 말도 하지 않다가 신호등에 걸려 멈추어 서자 앤디를 똑바로 응시했다.

"하루 저녁만 시간을 내줘요. 날 믿는다면 내 말대로 해줘요. 정확히 밤 12시에 집에 데려다 줄게요."

"뭘 하려고요?"

"술도 마시고 얘기도 나누고. 아까 충고해준 젊은이들에게는 미안하지만 아저씨의 입은 대화밖에 할 줄 몰라요. 대화를 나누고 나서 당신이 선택해요. 당신 마음속에도 내가 있다고 믿어요. 그렇다면 내게 기회를 줘요. 터놓고 얘기합시다."

"파란 불이에요."

특이점이 앤디를 조금 더 쳐다보다가 차를 출발시켰다. 특이점의 차가 그의 집에 도착할 때까지 두 사람은 아무 말도 하지 않았다. 앤디의 불안한 시선이 특이점의 옆얼굴을 맴돌았다.

'거절할까? 역시 거절하는 게 나을까? 얘기할 게 뭐가 있어? 얘기한다고 내 문제가 해결될 것도 아니잖아? 나의 걱정과 공포를 어떻게 얘기하지? 그걸 얘기하지 않는다면 무슨 얘기를 해도 소용이 없잖아?'

차가 지하주차장에 멈추어 서자 앤디가 물었다.

"여기가 어디에요?"

"우리 집이에요."

특이점은 앤디에게 생각할 시간을 주지 않고 재빨리 차에서 내려 조수석 문을 열어주며 잔뜩 긴장된 표정의 앤디에게 손을 내밀었다.

"자, 오늘 밤은 내 말대로 해요."

지금 차에서 내린다는 건 마음 속 깊이 숨겨진 비밀을 캐내도 좋다고 허락한다는 뜻이었다. 앤디는 고개를 들 용기가 없었다. 그녀는 자기 손목을 잡은 특이점의 손을 내려다보며 망설이다가 마음을 정한 듯 핸드폰 전원을 끄고 차에서 내렸다. 그녀는 특이점을 믿었다. 특이점이 환하게 웃으며 그녀의 손을 꼭 잡고 놓아주지 않았다. 엘리베이터에서 앤디는 미친 듯이 뛰고 있는 맥박이 손목을 통해 특이점에게도 전해지고 있을 거라 생각했다. 앞뒤 따지지 않고 내키는 대로 행동하는 것은 난생 처음이었다. 긴장감에 숨이 막혔다. 특이점을 쳐다볼 용기가 없었다. 그의 집으로 들어간 후 불도 켜지 못하게 했다. 자기 자신을 대면할 용기가 없었고 안절부절못하는 모습을 그에게 보여주고 싶지도 않았다. 차라리 그녀는 배가 고프다며 분위기를 깨는 편을 택했다.

특이점은 냉동만두를 끓이는 것밖에는 할 줄 몰랐다. 앤디에게 잘 보이려고 냉동새우를 함께 넣었더니 지저분한 국물 위에 만두가 둥둥 떠다니는 만둣국이 되었다.

특이점이 주방에서 외쳤다.

"앤디! 요리할 줄 알아요?"

"전혀 못해요."

특이점이 혼잣말로 중얼거렸다.

"차라리 잘됐어."

특이점이 만두를 받쳐 들고 나왔다. 전등을 켜지 않았지만 그리 어둡지 않은 거실에서 앤디가 보이지 않았다. 앤디가 베란다 옆 소파 뒤에서 한 손을 뻗어 자기가 있는 곳을 알려주었다. 그녀는 베란다의 통유리창 옆 바닥에 방석 두 개를 깔고 편안하게 앉아 있었다. 특이점이 편한 옷으로 갈아입고 나와 술병을 따고 잔 두 개를 들고 오자 벌써 만두 그릇의 절반이 비워져 있었다.

"세어보니까 열다섯 개씩 먹으면 되겠더라고요. 내 몫으로 열다섯 개 먹었어요."

특이점이 웃었다. 이런 4차원 여자가 세상에 또 있을까. 특이점이 술 두 잔을 따라 하나를 앤디에게 건넨 뒤 만두를 먹었다. 오늘따라 만두가 유별나게 더 맛있었다.

"재작년 이맘때 이 집을 날릴 뻔했어요. 금융위기가 닥쳐서 날마다 가만히 있어도 엄청난 손실을 입었죠. 베란다에서 뛰어내릴 뻔했어요. 집은 물론이고 값나가는 것들은 모두 압류당했죠. 정부에서 긴급자금을 푼 덕분에 대출을 받아서 겨우 위기를 넘겼어요. 이 흰머리도 그때 생긴 거예요. 그때 밤마다 잠 못 이루며 매일 인터넷 게시판에 드나들었어요. 그러다가 당신을 알게 됐죠. 진즉부터 조용히 당신의 글을 눈여겨보고 있었어요. 그러다가 당신이 카페 매니저에게 반박하는 글을 올렸어요. 구구절절 시원하고 통쾌해서 마음에 쏙 들었었죠. 일종의 카타르시스랄까. 또 당신은 뭐든 빨리 배웠어요. 모르는 것도 바로 다음 날이면 막힘없이 논리적으로 얘기하더군요. 그때 밤새워서 공부했죠?"

"그래요. 일찍부터 날 알고 있었군요. 내가 먼저 관심을 가졌다고 생각했는데. 언젠가부터 당신이 눈에 띄었어요. 말이 많진 않지만 틀린 말은 단 한 마디도 없었거든요."

"아마 내가 사업 때문에 마음이 엉망이 아니었다면, 나도 분명히 나서서 당신을 도왔을 거예요. 그때는 당신이 남자인 줄 알았어요. 중국으로, 그것도 이 하이시로 온다는 말을 듣고 친구가 되면 좋겠다고 생각했죠. 당신이 계속 내 전화를 피하는 걸 보고 혹시 여자일 수도 있겠다는 생각을 했어요. 그리고 당신을 처음 만난 날 첫눈에 반했죠. 당신은요?"

"처음 만났을 때 도망갈 뻔했어요. 친근하고 재미있는 사람이지만 날 너무 경계하는 게 불쾌했죠. 게다가…."

앤디가 술 한 모금을 홀짝이고 망설이다가 말했다.

"외모도 평범했어요. 그날 내가 밥을 샀거나 그 전에 당신에게 가지고 있던 이미지가 좋지 않았다면 다시 만나지 않았을 거예요."

편안한 대화와 우련하게 비춘 빛에 앤디도 천천히 긴장이 풀렸다.

"내 생각은 달라요. 당신은 그 전부터 자기도 모르게 내게 호감을 갖고 있었을 거예요. 얼굴도 모르는 채팅 친구일 때부터. 그러니까 첫 번째, 두 번째 만남에서 내가 당신을 계속 떠보는 걸 넘어가준 거예요. 세 번째 만났을 때 자신이 존 내쉬와 닮았다는 얘기를 한 건 내가 제풀에 도망치게 만들려는 의도인 것 같지만 사실은 자신을 억누르고 있었던 거예요. 걱정 말아요. 당신을 분석하려고 집에 데려온 건 아니니까. 당신이 왜 가장 잔인한 사실로 나를 공격하는지 며칠 동안 생각했지만 이유를 모르겠어요. 당신은 거의 사력을 다해 나를

밀어내고 있어요. 객관적으로 볼 때 내 조건이 그렇게 나쁘지도 않은
데 내게 왜 그럴까? 며칠 동안 우리가 만나 온 과정들을 찬찬히 돌이
켜보고 그 해답을 찾았어요. 하나만 물어볼게요. 나와 탄쭝밍 씨 말
고 당신의 과거에 대해 아는 사람이 있어요? 당신의 이웃 친구들에
게 얘기했어요?"

"아뇨. 당신과 쭝밍밖엔 몰라요."

"바로 그거예요. 당신은 나를 믿는 거예요. 나를 좋아하기 때문이
죠. 이게 정답이에요. 난 기뻐요. 호르몬이 아닌 도파민에서 시작된
우리의 특별하고도 순수한 감정을 위해 건배."

정말 그럴까? 그녀는 술잔을 들고 그녀가 잔을 부딪쳐주길 기다리
고 있는 특이점을 보지 못한 듯 와인 한 모금을 마시며 멍하게 생각
에 잠겼다.

"너무 특별하다는 건 비정상이라는 뜻이 아닐까요?"

특이점은 그녀의 말을 단숨에 반박할 수 있는 말이 떠올랐지만 오
늘은 차분히 대화하기로 했다.

"채팅으로 시작되는 사랑이 아주 흔하다는 건 차치하고 내 얘기만
해볼게요. 난 처음부터 당신이 남자인 줄 알았어요. 만난 적은 없지
만 말이 잘 통해서 좋은 친구가 될 수 있을 거라 생각했죠. 당신이 여
자라는 걸 일찍부터 알았더라면 결과가 달랐을 거예요. 이걸 비정상
이라고 생각하지 않아요. 당신은 똑똑해요. 남다른 총명함 때문에 보
통 사람들과는 다른 점이 많아요. 그걸 모두 비정상이라고 생각한다
면 사는 게 얼마나 힘들겠어요? 자, 건배! 참 바보 같군요."

앤디가 웃으며 술잔에 남은 술을 한 입에 털어 넣었다. 특이점이
그녀의 잔에 술을 따르는 사이 그녀가 말했다.

"어릴 적부터 다들 나를 별난 아이라고 생각했어요. 고아에게 남

다르다는 건 좋은 일이 아니죠. 아이들은 특별한 아이에게 쉽게 잔인성을 드러내요. 주먹질과 욕으로 내가 누구인지 시시각각 상기시켜 줬어요. 평범한 사람들 사이에 섞여서 특별해 보이지 않으려고 그들에게서 되도록 멀리 도망치는 게 습관이 됐어요. 하지만 숨을수록 더 이상하게 보였어요. 쭝밍이 미국에 살 때였어요. 어느 날 나를 찾아왔는데 내가 마당에서 땅콩을 땅에 묻으려고 하는 다람쥐와 대치하고 눈싸움을 하고 있더래요. 결국 다람쥐도 내게 질렸는지 땅콩을 먹어버리고 도망쳤죠. 쭝밍이 날 걱정하면서 시내로 이사하게 했어요. 하지만 시내의 고급 아파트는 이웃들을 마주칠 일이 없어요. 다람쥐 한 마리도 없었죠. 그래서 귀국해서는 사람 냄새 나는 곳에서 여러 사람과 어울려 살기로 했어요."

"오늘 일을 보니 이웃들과 아주 잘 지내고 있는 것 같군요. 당신의 특별함이 병이 아니라 누구나 받아들일 수 있는 개성이라는 게 증명된 거예요."

"맞아요. 오늘 감동했어요. 나는 대수롭지 않은 일이라고 생각했는데 그 친구들이 자기 일처럼 열심히 도와줬어요. 처음에는 그 친구들이 나의 독특함에 거부감을 느끼거나 내가 다른 의도를 가지고 접근하는 걸로 오해하지 않을까 걱정했어요. 하지만 오늘 그 친구들이 정말로 나를 좋은 친구로 생각한다는 걸 알았어요. 나는 그 친구들이 정말 좋아요."

"봐요. 당신은 그 친구들도 받아들였잖아요. 그럼 나와 사귀는 것도 걱정할 필요 없어요."

"당신은 달라요. 난 쭝밍에게 위임장을 써줬어요. 만약 내가 헤프게 여러 남자들을 사귄다면 이유를 막론하고 나를 당장 정신병원에 가두어달라고. 내게 병이 있다는 진단이 내려지면 내가 그 어떤 것도 못하게 금지해달라고 했어요. 남자관계가 문란했던 엄마의 전철을 밟고 싶지 않아요. 30년 동안 나를 잘 통제해왔어요. 당신을 만난 후 두 번 이성을 잃었던 게 유일해요. 이웃들과 함께 있으면 편안하지만 당신과 함께 있으면 평정심을 잃어요. 이게 첫 번째 이유예요."

"그럴 거라 짐작했어요. 하지만 아까 내가 당신을 안았을 때는 아무 일도 없었잖아요."

"그땐 당신이 내 정신을 어지럽게 해서 그랬던 거니까 무효예요. 두 번째 이유는 당신에게 무책임한 일을 할 수가 없어요. 실천해본 적은 없지만 난 알아요. 내가 떠나면 이웃 친구들은 길어야 며칠 아쉬워하고 며칠 그리워한 뒤에 잊어버리겠죠. 하지만 내가 사랑하는 사람 앞에서 실성해 그에게 추한 꼴을 다 보여주고 병원으로 실려간다면 상대에게 얼마나 큰 충격이겠어요? 됐어요. 이 얘기는 그만해요. 더 이상 감당하기 힘들어요."

앤디가 물을 마시듯 술을 단숨에 들이켰다. 특이점 앞에서 심호흡을 하는 추한 모습은 보여주고 싶지 않았다. 그녀는 자기 행동을 통제할 수 있었다.

베란다에 숨어 창밖으로 펼쳐진 화려한 야경을 내려다보았다.

"당신이 생각한 건 나도 다 짐작했어요. 유일하게 동의할 수 없는 건 당신이 날 만나면 자기 통제력을 잃는다는 부분이에요. 당신은 누군가를 사랑할 때 느끼는 흥분을 통제력 상실로 오해하고 있어요. 당신 말대로 애인은 친구와 달라요. 누군가를 깊이 사랑할 때 이성이 흔들리는 건 지극히 정상이에요. 환상, 환청, 환각이 나타날 수도 있어요. 미리 말해두지만 연인 사이에 스킨십을 할 때는 머릿속이 하얗게 되고 몸을 가누지 못할 수도 있어요. 그건 다 정상 범주에 속해요. 당신이 생각하는 것처럼 이성을 잃은 게 아니에요. 지난 두 번도 그래요. 그건 그저…. 당신이 날 사랑하기 때문이에요. 그저게 이 결론에 도달했을 때 무척 기뻤어요. 그러니까 당신의 가장 큰 문제는 내가 지난번에 지적해줬듯이 당신 마음속에 있는 공포심이에요. 당신은 모든 문제를 정신착란과 연관 지어 생각해요. 누구라도 당신처럼 생각한다면 두려움에 휩싸일 거예요. 당신이 과학도라고요? 난 오히려 당신이 가짜 박사가 아닌지 의심스러워요."

앤디가 놀라며 정색을 했다.

"함부로 말하지 말아요."

"함부로 말하는 게 아니에요." 특이점도 일어나 베란다로 나갔다.

"우리 둘 다 참 말이 많군요. 아까 그 젊은이들에게 너무 미안하잖아요. 할 얘기는 다 했죠?"

"아뇨. 난 아직도 궁금한 게 많아요. 다만 얘기를 계속할 수가 없어요. 술을 너무 빨리 마셨나 봐요. 컨디션이 좀 안 좋아요."

"당신이 뭘 궁금해하는지 알아요. 내가 해답을 알려줄게요."

특이점이 마침내 팔을 뻗어 앤디의 허리를 감았다.

"난 성숙한 남자예요. 모든 결과에 대해 책임질게요. 날 믿어요."

"물론 알아요. 하지만 당신은 더 좋은 선택을 할 수 있어요. 온전하지 않은 사람을 떠안을 필요가 없어요."

"운명을 믿어요?"

"전적으로요."

"그럼 긴 설명은 필요 없어요. 내가 지금 당신에게 입을 맞출 거예요. 정상적인 상황에서 당신이 날 사랑한다면 심장박동이 빨라지고 다리에 힘이 풀리고 온몸에 열이 나고 머리가 어지러울 거고, 날 사랑하지 않는다면 날 혐오하게 될 거예요…."

하지만 특이점의 입술이 앤디에게 닿기도 전에 앤디가 와인 두 잔에서 빌린 용기로 재빨리 팔을 뻗어 그를 막았다.

"난 아직 생각이 정리되지 않았어요."

이번에는 특이점이 이성을 잃었다.

맙소사! 과학도는 감정에서도 명확한 논리적 단서를 찾아야만 다음 단계로 넘어갈 수 있는 걸까? 어째서 사랑을 얘기할 때도 사람의 감정을 이토록 이해하지 못하는 걸까? 12시가 될 때까지 특이점은 그녀의 손을 잡고 주말을 함께 보내겠다는 약속을 받아내는 것밖에는 할 수 없었다.

앤디는 혼란스러웠다. 마음속에 감추고 있는 가장 두려운 것들을 아직 얘기하지 못했다. 그녀도 특이점이 말하지 않을 뿐 이미 짐작하고 있을 거라 생각했다. 특이점이 그것들까지 감당할 수 있다는 것도 알고 있었다. 그러나 그가 기꺼이 감당할 수 있다고 해서 아무렇지 않게 그에게 무거운 짐을 지울 수 있을까? 이렇게 불공평한 계약은 비즈니스에서도 부당계약인데 인생이라면 더 말할 것도 없었다.

하지만 앤디가 제일 알고 싶은 것이 있었다. 지난 두 번의 통제력 상실이 정말로 자신이 특이점을 사랑하기 때문이었을까? 그게 확실해져야 경계심을 풀 수 있었다. 그걸 누구에게 물어야 할까? 22층 친구들? 그녀는 산전수전을 다 겪은 연애의 고수인 판성메이와 취샤오샤오를 떠올렸다.

13

매일 아침 22층 복도에 제일 일찍 모습을 드러내는 사람은 앤디다. 그런데 토요일인 오늘의 1등은 취샤오샤오였다. 엘리베이터 문이 딩동 열리자 취샤오샤오가 비틀거리며 내렸다. 앤디가 집에서 나오다가 휘청거리며 집으로 들어가는 취샤오샤오를 보았다.

"샤오샤오, 어떻게 된 거야?"

취샤오샤오가 들었는지 못 들었는지 더듬더듬 열쇠를 꺼내더니 눈으로 보지도 않고 단번에 열쇠구멍에 꽂아 문을 열었다. 우당탕 현관 안으로 고꾸라지는 소리와 함께 문이 닫히자 앤디가 감탄하며 혀를 내둘렀다. 앤디는 취샤오샤오가 유토피아에서 온 사람처럼 느껴졌다. 유토피아의 사람들은 사랑의 강물에서 목욕을 하며 자라고 거리낄 것 없이 자신을 솔직하게 표현한다. 앤디가 병원에서 취샤오샤오를 데리고 오던 날 취샤오샤오는 차 안에서 내내 사랑에 흠뻑 빠진 표정으로 자오치펑 얘기만 했다. 자오치펑의 어떤 매력 때문에 그렇게 푹 빠졌느냐고 묻자 취샤오샤오는 짧고 단호하게 대답했다.

"잘생겼잖아!"

잘생겼지만 성격에 문제가 있거나 인간성이 나쁘면 어떻게 할 거냐고 물었더니 취샤오샤오는 앤디를 외계인 보듯 쳐다보며 이렇게 반문했다.

"그렇게 생각이 많으면 피곤하지 않아? 깊이 생각하지 않으면 죽는 병이라도 걸렸어?"

그때 앤디는 이해할 수가 없었다. 어떻게 자기 자신의 일을 깊이 생각해보지도 않고 가볍게 결정할 수가 있지? 조깅을 하고 돌아온 그녀는 뉴스도 듣지 않고 취샤오샤오의 그 말을 곱씹어 생각했다. 어젯밤 취샤오샤오였다면 어떻게 했을까? 그녀라도 그렇게 많이 고민했을까?

앤디가 빵을 사가지고 들어오는데 린 선배가 아파트 정문으로 들어가고 있었다. 그녀는 아는 척하지 않고 뒤에서 걸어오다가 로비 앞에 도착하자 카드키가 있어야 들어갈 수 있다고 알려주었다.

"쥐얼 보러 왔어요?"

"아, 네. 안녕하세요. 어젯밤에 통화를 했는데 기분이 우울한 거 같아서 바람 쐬러 가자고 하려고요. 혼자 객지 생활을 하기가 힘들 거예요."

"농촌스테이요? 쥐얼이 얘기했어요. 그런데 세 명 다 자고 있을 거예요."

그때 앤디의 핸드폰이 울렸다. 특이점의 전화였다. 특이점도 그녀를 데리러 아파트 앞에 와 있다고 했다. 앤디가 미소를 지으며 린 선배에게 말했다.

"미안해요. 한 사람 더 올 거예요. 기다렸다가 같이 올라가요."

"재밌네요. 이웃끼리 사이좋게 지내는 게 꼭 대학 기숙사 같아요. 하하하! 대학 때 토요일 아침마다 여학생 기숙사 앞에서 남학생들이 긴장된 표정으로 기다리곤 했죠."

앤디가 물었다.

"농촌스테이를 가면 뭘 해요?"

"낚시도 하고 닭이랑 오리도 구경해요. 직접 딴 채소로 만든 음식을 먹고 햇볕을 쬐면서 얘기도 나누고요. 어릴 적에 경험하지 못했던 것들이라 신기하고 재미있죠. 지금 가면 귤도 딸 수 있어요."

앤디는 고아원 시절을 떠올렸다. 산자락에 있던 고아원 문 앞에서 돼지 몇 마리를 길렀다. 잔반을 돼지에게 먹이고 돼지 똥을 밭에 거름으로 뿌렸다. 큰 아이들이 어린 아이들을 데리고 가서 밭에서 김도 매고 고사리손으로 흙덩이를 잘게 부수었다. 여름이 되면 강에서 물을 길어다가 밭에 뿌렸다. 그렇게 힘들게 수확한 배추를 겨우내 먹었다. 농촌스테이가 뭐가 재미있다는 건지 이해할 수가 없었다. 어릴 적 그녀에게 그건 재미가 아니라 고된 일이었다.

특이점은 앤디가 키 크고 점잖아 보이는 남자와 얘기를 나누고 있는 걸 보고 기분이 좋지 않았다. 특이점이 걸어오는 걸 보고 앤디가 미소를 지었다. 그런데 특이점의 옷차림이 오늘따라 화려했다. 카키색 재킷 안에 입은 실크셔츠에 잔 꽃무늬가 그려져 있는 것이었다. 꽃을 좋아하지 않는 그녀지만 나쁘지 않았다. 바탕색이 어둡고 부드러워서인지 눈에 거슬리지 않았다. 앤디가 두 사람을 소개시켜주자 특이점의 표정이 부드러워졌다.

린 선배가 두 사람에게 농촌스테이를 함께 가지 않겠느냐고 제안하자 특이점이 그의 말을 자르며 말했다.

"우리와 함께 간다면 관쥐얼 씨가 쉽게 승낙할 것 같아서 그러죠? 앤디, 가고 싶어요?"

앤디가 고개를 젓자 특이점이 말했다.

"프라이빗 리조트에 콘도를 가지고 있는 친구가 있어요. 예전부터 한 번 놀러오라고 성화인데 그럼, 거기 가서 이틀 놀다 올까요? 이웃들도 다같이." 특이점이 린 선배에게도 물었다.

"어때요? 같이 갈래요? 주말이라 리조트에 온 다른 사람들을 사귈수도 있을 거예요."

앤디는 린 선배가 거절할 거라고 생각했다. 특이점이 먼저 그의제안을 거절했고 또 특이점의 말투가 약간 저돌적이었기 때문이다.그런데 그가 제안을 선뜻 받아들이는 것이었다. 집에 혼자 있는 걸좋아하는 앤디는 멀리 가기가 귀찮아 특이점에게 말했다.

"지금도 노트북을 들고 있잖아요. 바쁜데 놀러갈 수 있어요? 나도해야 할 일이 있어요. 어젯밤에 받은 보고서도 봐야 하고 지난 주 업무를 정리해야 해요."

"노트북이 있으니 거기 가서도 일할 수 있어요. 조용하고 공기 좋은 곳에서 일하면 더 좋죠. 리조트가 저수지 옆에 있어서 보트를 타고 들어가야 해요. 상업적으로 운영하는 곳이 아니라 친구들만 가니까 아주 조용해요."

앤디는 묻고 싶은 게 많았지만 린 선배가 엘리베이터에 함께 타있어서 물어볼 수가 없었다. 22층에 내렸지만 복도가 고요했다.

앤디가 린 선배에게 말했다.

"주말에는 다들 늦게 일어나요. 누구든 일어나면 환기시키려고 문을 열 테니까 우리 집에 가서 기다려요. 특히 쥐얼은 22층의 최고 잠꾸러기라 아마 오래 기다려야 할 거예요.

특이점이 복도를 가만히 둘러보며 이웃사촌이란 바로 이런 걸 두고 하는 말인가 보다 생각했다. 앤디의 집은 넓고 밝고 깨끗했다. 동쪽으로 난 통유리창을 통해 쏟아져 들어온 햇빛이 널찍한 오픈형 주방을 화사하게 비추었다. 특이점이 주방 가운데 있는 아일랜드 식탁위에 노트북 가방을 올려놓았다. 그곳이 주방에서 가장 가까운 곳이었다. 린 선배는 열어놓은 현관문에서 가장 가까운 쪽에 점잖게 앉아 2202호의 문이 열리기를 기다렸다.

앤디가 TV를 켰다. 오늘은 사람이 많아서 그녀의 아침 일과에 변동이 생겼다. 특이점이 아침도 먹기 전에 불쑥 찾아왔으니 하는 수 없이 2인분의 식사를 만들어야 했다. 그런데 특이점이 웃는 얼굴로 그녀를 따라다니며 자꾸만 이것저것 요구를 해대는 것이었다.

"빵, 우유, 과일. 이런 걸 먹을 거라고 이미 예상했어요. 따뜻한 건 없어요? 새우를 넣고 끓인 물만두라든가."

앤디가 가만히 앉아 잡지를 뒤적이고 있는 린 선배를 흘긋 쳐다보며 특이점에게 작은 소리로 물었다.

"그 리조트 언제 예약했어요? 누구랑 가려고 했던 거예요?"

특이점이 노트북 전원을 켜며 말했다.

"말하자면 복잡한데 이거 큰일이군. 지금 질투하는 거예요?"

"오버예요. 고객과 가려고 했던 거라면 피해주지 않을 게요. 어젯밤 약속은 없었던 걸로 해도 괜찮아요."

특이점이 조리대 너머로 앤디가 몰래 웃는 걸 보며 말없이 노트북이 부팅되기를 기다렸다. 앤디의 집은 그의 예상대로 깨끗하고 심플한 화이트 톤이었지만 생각보다 훨씬 더 심플했다. 여자가 사는 집인데 흔한 조화 장식도 하나 없었다. 접시들도 예상대로 흰색이었다. 주인의 경제력을 암시하듯 아무 무늬도 없는 흰색 접시지만 훌륭한 디자인 덕분에 단조롭게 보이지 않았다. 특이점이 집안을 둘러보자 앤디는 그의 섬세한 성격이 떠올라 순간적으로 긴장했다. 특이점의 멱살을 잡고 뭘 알아냈느냐고 묻고 싶은 충동이 들었다.

특이점이 노트북을 돌려 앤디에게 보여주었다.

"자, 리조트를 예약할 때 보낸 메일이에요. 원래 누구랑 가려고 했던 건지 봐요."

앤디는 보지 않으려고 했지만 그녀의 눈이 말을 듣지 않았다. 아주 꼼꼼하게 쓴 메일이었다. 여자친구와 둘이 갈 테니 스위트룸 2개를 예약해달라. 음식은 중국음식으로 준비해주고 육류를 선호한다. 방과 식탁에 생화를 놓지 말고 제일 외진 곳에 있는 동이 좋겠다는 등의 내용이었다. 메일 발송날짜를 보니 그녀가 동생을 만나러 가기 이틀 전이었다. 나열된 조건들을 보면 '여자친구'가 지칭하는 건 바로 앤디 그녀였다.

"왜 취소하지 않았어요?"

"취소하기 싫어서요. 이 메일만 보면 짜증이 났어요. 그런데 친구가 이걸 다른 친구들에게 얘기한 거예요. 여자친구를 데리고 오면서 방 두 개를 예약한 못난 놈이라고요. 친구들이 우리 관계가 얼마나 진전됐는지 알면…."

"누가 당신 여자친구예요? 커피에 크림, 설탕 넣어요? 흥, 직접 넣어요."

앤디가 새초롬하게 쏘아붙이고 린 선배에게 커피를 가져다주었다. 특이점이 그녀의 뒷모습을 쳐다보며 빙그레 웃고는 커피에 크림과 설탕을 듬뿍 넣었다. 앤디는 아무것도 넣지 않은 블랙커피를 마셨다. 특이점이 뭐라고 말하려는데 앤디가 가로막았다.

"내가 만든 아침식사를 평가하지 말아요. 내가 만든 커피도 내 입맛도 평가하지 말고요. 또 내 집과 가구도 평가하지 말아요. 속으로 생각하는 것도 안 돼요."

특이점은 둘이 작은 소리로 티격태격하고 있는 이 순간이 말할 수 없이 좋았다. 그가 억울한 표정을 지었다.

"리조트에 어떤 옷을 입고 갈 건지 묻고 싶었을 뿐이에요."

"커피를 이렇게 달고 진하게 마시는데도 마른 걸 보니 못된 생각을 너무 많이 하는군요. 날 놀릴 생각뿐이죠?"

특이점이 큰소리로 웃음을 터뜨렸다. 그때 문 앞에서 들리는 소리에 두 사람이 고개를 들었다.

"와, 북적북적하네."

앤디가 말했다.

"성메이, 빵 있어. 쥐얼 일어났어? 린 선배가 아까부터 기다리고 있어. 참, 네 추측이 맞았어. 이쪽이 바로 스캔들의 남자 주인공이야."

특이점이 거의 동시에 작은 소리로 물었다.

"남자친구가 BMW를 렌트했다는 그 이웃이에요?"

"맞아요."

앤디가 린 선배와 인사를 나누고 있는 판성메이에게 빵이 담긴 접시를 건넸다. 하지만 판성메이는 앤디의 커피통에 가득 담긴 커피분말을 보고 의아한 표정으로 물었다.

"커피가 저렇게 많은데 잉잉에게 또 사오라고 한 거야?"

"자신감을 주려고. 신입사원은 격려가 필요하니까."

앤디가 커피통을 보이지 않는 곳으로 집어넣었다.

"이쪽이 바로 내게 얘기했던 채팅 친구 특이점이야. 오늘 약속 있어? 리조트에 놀러가려고 하는데 같이 갈래? 린 선배도 같이 가기로 했어. 좋은 곳이래."

특이점이 거들었다.

"같이 가시죠. 모든 준비는 제가 할게요. 넓고 외부인이 출입할 수 없는 곳이라 편하게 쉴 수 있어요. 주말이라 사람도 꽤 있을 거예요."

앤디가 특이점을 흘긋 쳐다보았다. 이 영리한 남자가 린 선배에게 제안할 때와는 또 다른 장점을 내세우고 있지 않은가. 상대의 가려운 곳이 어딘지 정확히 간파하고 있었다. 판성메이가 망설였다. 그녀가 조금 어색하게 특이점을 쳐다보자 특이점이 편안한 미소를 지어 보였다.

특이점이 설명해주지 않아도 판성메이는 어떤 사람들이 그런 리조트에 오는지 잘 알고 있었다. 그녀가 고급 클럽의 오픈파티에 가려고 애를 썼던 것도 오픈파티에 돈 많은 사람들이 초대받기 때문이었다. 그런 리조트에 오는 사람들은 그들보다도 훨씬 부자일 것이다. 하지만 그녀가 망설이는 데는 그럴 만한 이유가 있었다. 어제 퇴근길에 왕바이촨에게 전화가 왔다. 며칠 동안 강행군으로 출장이 이어지는 바람에 밤늦게 집에 도착할 거라며 주말 동안 만나서 차 마시고 밥을 먹자는 것이었다. "내일 봐서."라며 도도하게 튕겼지만 묵시적으로 약속된 것이나 마찬가지였다. 판성메이는 오늘의 피부를 위해 어젯밤 일찍 잠자리에 들었다. 앤디와 특이점이 만들어준 절호의 기회를 붙잡으려면 왕바이촨과의 데이트를 포기해야 한다는 뜻이다.

판성메이가 고민하다가 웃으며 말했다.

"쥐얼과 잉잉에게 물어볼게."

그녀는 그 자리에서 확답을 하지 않고 일단 시간을 벌어보기로 했다. 집에 가보니 추잉잉과 관쥐얼이 모두 일어나 있었다. 관쥐얼에게 린 선배가 앤디 집에서 기다리고 있다고 얘기하자 관쥐얼의 졸음기가 싹 달아났다. 관쥐얼이 깜짝 놀라서 물었다.

"나 어떻게 해? 왜 왔대? 나 아직 세수도 안 했는데."

판성메이가 현관문을 쿵 닫고 자기 방으로 들어갔다. 그녀는 리조트에 갈 것이냐 말 것이냐 고민에 잠겼다. 왕바이촨에게 같이 가자고 하고 싶지만, 관쥐얼과 추잉잉과 동행한다면 그녀가 두 사람과 세 들어 살고 있다는 걸 왕바이촨에게 알려주는 것이나 마찬가지였다. 다른 건 다 용납할 수 있어도 옛날 자신을 짝사랑하던 남자 앞에서 초라해지는 건 절대로 용납할 수 없었다. 왕바이촨을 포기하고 앤디를 따라갈까? 솔직히 그녀는 자신이 동경하는 상위 클래스의 생활을 들여다볼 수 있는 이 기회를 포기할 수가 없었다.

린 선배는 머리가 좋은 남자였다. 판성메이가 2202호로 돌아가자 곧 관쥐얼이 밖으로 나올 거라는 생각에 린 선배가 일어났다.

"복도에 나가서 기다려야겠어요."

특이점이 린 선배를 향해 커피잔을 들어올렸다.

"행운을 빌어요."

린 선배가 나가자 특이점이 웃으며 앤디에게 말했다.

"아까부터 내게 하고 싶은 말이 있었겠지만 하지 말아요. 내가 좋아하는 한 선배가 이렇게 말했어요. 똑똑한 사람들이 힘들게 사는 건 현실을 외면하고 자신을 성인으로 여기기 때문이다. 평범한 사람들이 솔직하게 욕망에 따르는 건 잘못이 아니다."

그의 추측이 맞았다. 앤디는 린 선배가 밖으로 나가자마자 에덴동산의 뱀처럼 판성메이의 욕망을 자극한 특이점을 나무랄 생각이었다. 그런데 특이점이 한발 빨랐던 것이다. 특이점의 말을 듣고 생각해보니 그녀는 어릴 적 보고 들었던 것들에 대한 극단적인 반감 때문에 자신의 현실적인 욕망을 부정하고 성에 대해 결벽에 가까운 거부감을 가지고 있었다. 결벽증도 병이므로 쉽게 해결되긴 힘들었다.

특이점이 물었다.

"무슨 생각해요?"

"시간이 갈수록 당신에게 감탄해요. 이러다 당신이 내 우상이 되겠어요."

"우상에게 무슨 특권이 있나요? 내가 고상한 척하게 만들려는 건 아니겠죠?"

"오늘은 내가 당신의 신선이 되어줄게요. 세 가지 소원을 말해봐요. 물론 최종적인 해석권은 내게 있고, 한 차례 거부할 권리와 한 차례 무시할 권리가 있어요. 전적으로 내게 유리한 권리죠."

"나한테 좋은 건 안 배우고 나쁜 것만 배웠군요."

"고마워요. 이 점에 대해서는 우리 둘 사이에 완벽한 공감대가 형성된 것 같군요."

판성메이가 현관문을 닫아 걸었지만 근본적인 해결책은 아니었다. 관쥐얼이 어떻게 하면 좋으냐며 추잉잉을 붙잡고 매달렸다.

추잉잉이 말했다.

"아무것도 모르면서 발만 동동 구르고 있지 말고 나가서 왜 왔는지 물어봐. 그저 후배를 챙겨주려고 왔는데 너 혼자 이상한 생각 하는 걸 수도 있잖아."

관쥐얼이 자기 눈을 가리켰다.

"나 좀 봐. 눈이 호두처럼 부어올랐는데 이 눈으로 어떻게 나가?"

관쥐얼의 외꺼풀 눈은 원래 한번 부으면 눈이 안 떠질 만큼 심하게 부어올랐다. 하는 수 없이 의리의 추잉잉이 밖으로 나갔다.

"린 선배님, 웬일이세요? 쥐얼이 방금 일어났어요. 무슨 일로 오셨는지 물어보고 오라네요."

린 선배가 미소를 지었다.

"안녕하세요. 쥐얼 별일 없어요? 어제 통화했는데 기분이 우울한 것 같아서요."

그 말에 추잉잉이 감동했다. 관쥐얼이 걱정돼서 이른 아침부터 찾아온 것이었다.

"많이 좋아졌어요. 고마워요. 어제 앤디 언니랑 오랫동안 얘기를 나눴대요. 저도 집에 와서 같이 게임하면서 놀아줬고요. 그런데…"

그녀가 두 손가락으로 양쪽 눈꺼풀을 가리키며 눈을 찡그렸다.

"선배님을 만나기가 조금 곤란한 상태라서."

린 선배가 웃음을 터뜨렸다.

"괜찮아요. 학교 선배인데 뭐가 어때요? 주말인데 바람 쐬러 가자고 전해주세요. 월요일에 기분 좋게 출근해야 상사가 자길 아직도 원망하는 걸로 오해하지 않을 거예요. 원래는 농촌스테이를 가려고 했는데 앤 사장님과 웨이 사장님이 더 좋은 제안을 하셨어요. 우리 다같이 가요."

"앤 사장님과 웨이 사장님이 누구예요?"

린 선배가 2201호를 가리키자 추잉잉이 까르르 웃었다.

"앤디 언니요? 앤 씨가 아니라 이름이 영어로 Andy예요. 하하하! 잠깐 기다리세요. 쥐얼에게 얘기할게요."

추잉잉이 들어가 보니 관쥐얼이 문 앞에 서서 다 듣고 있었다. 추잉잉이 관쥐얼을 보자마자 조금 전보다 더 크게 웃음을 터뜨렸다. 어디서 찾아냈는지 여름에 쓰는 커다란 선글라스를 쓰고 있었던 것이다.

"앤디 언니랑 웨이 사장님인가 하는 사람이 우리를 데리고 어딜 가겠다는 거야? 성메이 언니, 언니는 알아?"

관쥐얼의 물음에 판성메이가 방 안에서 대답했다.

"프라이빗 리조트에 간대. 아주 고급이라는 거 같아."

추잉잉이 말했다.

"그럼 못 가겠네. 엄청 비쌀 텐데. 곧 월세 내는 날이라 돈을 아껴야 돼."

"돈은 앤디 친구가 낸대. 너희는 몸만 가면 돼."

추잉잉이 고개를 저었다.

"그럴 순 없어. 형제간에도 돈 계산은 정확히 하는 거야. 친구끼리 놀 때도 더치페이하잖아. 안 가면 안 갔지 남에게 신세질 순 없지. 쥐얼 너는?"

관쥐얼이 고개를 저었다.

"난 잘 모르겠어."

관쥐얼이 심호흡을 하고 조심스럽게 밖으로 나갔다. 린 선배는 선글라스를 낀 그녀를 보고 또 웃었다.

"이웃들이 다 좋은 사람들인 것 같아. 주말이고 날씨도 좋은데 놀러가지 않을래?"

"보고서 오류 수정하러 회사에 가야 해요. 정말 미안해요. 상사가 시킨 거라 어쩔 수가 없어요."

"하하! 독한 상사네. 그럼 어차피 나도 오늘 할 일이 없으니까 가는 길에 회사까지 데려다줄게."

추잉잉이 안에서 듣고 있다가 발을 구르며 웃었다. 관쥐얼이 오늘 출근하지 않아도 된다는 걸 알고 있었기 때문이다. 어쩔 수 없이 추잉잉이 또 한 번 도와줄 수밖에 없었다. 추잉잉이 밖으로 나가 관쥐얼에게 말했다.

"나도 같이 가자. 퇴사한 뒤로 그쪽에 갈 기회가 없었어. 주말이니까 바람 쐴 겸 내가 같이 가줄게."

린 선배가 2201호로 가서 특이점에게 고맙다고 인사했다. 특이점이 다가와 서로 명함을 교환하고 아쉬운 표정으로 악수를 했다. 린 선배가 나간 뒤 특이점이 린 선배의 명함을 들여다보며 중얼거렸다.

"린위안(林淵). 똑똑하고 눈치도 빠른데 너무 점잖은 척하네…."

특이점의 말이 끝나기도 전에 추잉잉이 "웨이 사장님, 웨이 사장님, 웨이 사장님이 누구세요?"라고 홍얼거리며 들어오다가 특이점과 딱 마주쳤다. 추잉잉이 민망함에 눈웃음을 치며 말했다.

"커피 향이 나서 와봤어요."

추잉잉이 특이점을 위아래로 슬쩍 훑어보자 특이점이 웃으며 말했다.

"같이 리조트 갈래요? 내 친구 콘도가 있어서 실컷 먹고 마시고 편안하게 놀 수 있어요."

"신세를 지자니 마음이 불편하고 돈을 내자니 돈이 없어요. 어쨌든 고마워요. 나중에 돈 생기면 같이 갈게요."

"괜찮아요. 나도 친구 신세 지는 거예요. 자꾸 돈 얘기할 거면 가자고 안 할 거예요."

추잉잉이 특이점의 말에 마음이 흔들렸지만 관쥐얼과 함께 있어 줘야 한다는 생각에 눈물을 머금고 거절했다. 추잉잉이 앤디에게 다가가 말했다.

"쥐얼 눈이 계란만큼 부어서 린 선배랑 놀러 갈 수가 없대. 그래서 회사 가야 한다고 거짓말을 했는데 린 선배가 회사까지 데려다주겠다잖아. 어쩔 수 없이 나도 같이 가주기로 했어. 혼자 갔다가 거짓말이 들통날까 봐. 다음에 좋은 기회 있으면 얘기해줘. 그땐 제일 적극적으로 호응할게."

"알았어. 재밌는 거 있으면 부를게. 커피 사오는 거 잊었어?"

"잊을 리가 없지. 기다려. 가지고 올게. 어젯밤에 언니가 집에 없었잖아."

추잉잉이 깡충거리며 나가자 특이점이 웃었다.

"당신 이웃들은 정도 많고 참 재미있네요."

"제일 재미있는 취샤오샤오가 남아 있어요. 2203호에 사는 재벌 상속녀인데 여우처럼 영리해요. 나는 상상도 못할 기발한 생각을 해내죠."

"우리 둘만 리조트에 가야겠군요. 그것도 괜찮아요."

"성메이는…, 갈 수도 있어요."

판성메이는 추잉잉과 관쥐얼이 리조트에 가지 않는다는 얘기에 가슴이 들떴다. 거울을 보며 마지막 아이라인을 그리고 얼굴을 좌우로 돌려본 후 앤디에게 달려가 리조트에 가겠다고 했다. 앤디가 웃으며 물었다.

"두 명이야, 한 명이야?"

"당연히 두 명이지. 잠깐 기다려."

요염한 자태로 나가는 판성메이에게 앤디가 물었다.

"동창이랑 가려고?"

"물론이야! 전화해야지."

특이점이 피식 웃었다.

"아까랑 완전 다른 사람으로 변신했네요. 잘됐어요. 방을 더 잡지 않아도 되겠어요."

"성메이는 좋은 친구예요. 말투를 조심해줘요. 옷 갈아입고 가방 챙겨서 나올게요."

추잉잉이 앤디에게 커피를 가져다주려는데 관쥐얼이 선글라스를 쓴 채 앤디의 남자친구를 구경하러 따라왔다. 두 사람은 흘끔거리며 커피를 두고 나온 뒤 린 선배의 차를 타러 갔다. 두 사람을 보면서 특이점은 계속 웃음을 참지 못했다. 물론 오늘 그는 기분이 좋아서 별로 재미있는 일도 아닌데 자꾸만 웃음이 나왔다. 하지만 아무리 기분이 좋아도 섬세한 성격은 그대로였다. 그가 복도로 나가 2202호 문 앞에 서서 말했다.

"성메이 씨, 나랑 앤디랑 먼저 출발할게요. 집에 가서 짐 가방을 챙겨야 해요. 하룻밤 자고 내일 오려고요. 집에 갔다가 적당한 곳에서 만나죠. 어디서 만날지는 앤디에게 문자로 알려주라고 할게요."

판성메이가 화사하게 웃으며 나왔다.

"고마워요. 알겠어요."

특이점이 웃으며 2201호로 돌아갔다. 솔직히 말해서 그는 판성메이와 그녀의 남자친구가 무척 궁금했다. 그런데 2201호로 들어서자마자 눈앞에 펼쳐진 광경에 어리둥절해졌다. 앤디가 검은색 반소매 티셔츠에 올리브색 배기팬츠, 그 위에 짧은 바람막이를 입고, 두꺼운 머플러, 굽 높은 앵클부츠, 선글라스까지 코디해 트렌디한 차림으로 변신해 있었던 것이었다. 마르고 키가 큰 체형이라 이런 패션이 놀랄 만큼 잘 어울렸다. 앤디가 시크한 말투로 한마디 툭 던졌다.

"단골 매장에서 계절마다 옷을 골라서 코디한 사진과 함께 집으로 배달해줘요. 내 패션 감각이 제로거든요."

역시 그녀의 얼굴은 메이크업을 하나도 하지 않은 맨얼굴이었다.

특이점이 감탄사를 내뱉었다.

"돈이 좋긴 좋군요!"

특이점은 앤디의 옷장 속이 무척 궁금했다. 굽 높은 앵클부츠를 신은 앤디가 자기보다 키가 더 커 보여 위축됐지만 아무 말도 하지 않았다.

꽃단장을 마친 판성메이는 먼저 왕바이촨에게 전화를 걸고 싶은 생각이 간절했지만 꾹 참았다. 드디어 왕바이촨에게 전화가 왔다. 5분쯤 있으면 아파트 앞에 도착할 거라고 했다. 그때 앤디와 특이점도 집을 나섰다. 두 사람이 나오는 걸 보고 판성메이가 왕바이촨에게 말했다.

"끊지 말고 잠깐 기다려. 앤디랑 얘기 좀 하고."

판성메이가 복도로 나가 엘리베이터 앞에 있던 앤디를 2201호 문 앞으로 데리고 가 작은 소리로 말했다.

"다른 신발 신어. 굽이 너무 높잖아. 옆에 있는 사람도 생각해 줘야지."

앤디가 피식 웃었다.

"일부러 신은 거야. 특이점이 요즘 내 앞에서 너무 제멋대로거든. 나에 대해 많이 아는 것처럼 굴어서 충격 요법이 필요해."

판성메이가 함께 키득거리다가 웃음을 참으며 핸드폰 저편의 왕바이촨에게 말했다.

"오래 기다리게 해서 미안해. 친구들이랑 프라이빗 리조트에 놀러 가려고 하는데 같이 갈래? 네 전화 기다렸어."

"그렇게 비싼 델? 정말 내 전화를 기다렸어?"

"당연하지. 친구들은 벌써 출발했어. 너도 같이 갈 거면 우리 둘이 가다가 중간에서 만나야 돼. 만날 장소는 친구가 정해서 알려주기로 했어. 편하게 따라가서 재밌게 놀기만 하면 돼."

판성메이가 여행가방을 가지고 나와 보니 앤디와 특이점이 벌써 엘리베이터를 타고 내려간 뒤였다. 그녀는 엘리베이터를 다시 기다려야 했다.

왕바이촨이 말했다.

"불편하지 않을까? 친구들이 출발했으면 넌 집에서 기다려. 우린 다른 데 가자. 며칠 동안 못 만났잖아. 너랑 둘만 있고 싶어. 너한테 할 얘기도 있고."

판성메이의 입가에 도도한 미소가 번졌다.

"무슨 얘긴데 그래? 나 리조트에 꼭 가고 싶어."

그녀가 초조하게 엘리베이터 버튼을 눌러댔다. 오늘은 모든 게 다 순조롭더니 엘리베이터도 금세 올라왔다. 엘리베이터 문이 열리자마자 그녀가 얼른 올라탔다.

왕바이촨이 아파트 앞에서 평소처럼 꽃다발을 들고 기다리고 있었다. 이번에는 풍성하게 피어난 황백합이었다. 판성메이는 왕바이촨 앞에서 늘 조심스럽게 행동했지만 오늘은 일진이 좋은 것 같아 얼굴에서 미소가 떠나지 않았다. 왕바이촨이 그녀를 30초쯤 멍하니 쳐다보고 있다가 그녀의 여행가방을 트렁크에 실었다.

"짐이 이렇게 많아? 며칠 있다 올 거야?"

"리조트에 가는데 최소한 하루는 자고 와야지. 농촌스테이도 아니잖아. 정말 가기 싫어? 나는 꼭 가고 싶어. 약속해놨는데 네가 어젯밤에 전화할 줄 누가 알았겠어. 걱정 마. 사람이 많지 않은 곳이라니까."

"너만 좋다면 난 불구덩이라도 따라갈 수 있어."

판성메이는 그럴 줄 알고 있었다. 그녀가 생긋 미소를 짓고 차에 올랐다. 그녀는 내키지 않는 듯한 왕바이촨의 표정이 정말 우스웠다. 자신이 상류층의 생활에 어울리지 않을까 봐 걱정하는 게 아닌가. 하지만 그녀는 속으로만 비웃으며 겉으로는 내색하지 않았다. 이런 기분이 그녀를 더 짜릿하게 했다.

관쥐얼은 커다란 출근용 가방을 들고 린 선배의 차를 타고 회사에 도착했다. 린 선배의 차가 멀어지는 걸 보고 관쥐얼과 추잉잉이 마주보며 얼굴을 우습게 찡그렸다.

추잉잉이 웃으며 말했다.

"퍼프빵 먹으러 가자. 아침 안 먹었잖아. 난 네 개 먹을래. 어서 가자."

관쥐얼이 선글라스를 밀어 올렸다.

"이건 비극이야! 천천히 가. 나 노트북까지 메고 있잖아. 참, 앤디 언니랑 성메이 언니는 어디로 갔을까? 앤디 언니 남자친구 말이야. 앤디 언니랑 잘 안 어울리는 거 같아."

"사람은 좋아 보이더라. 얘기도 차분하게 잘하고. 돈 있다고 거들먹거리는 스타일은 아닌 거 같아. 그러니까 앤디 언니랑 잘 어울려. 숙소가 웨이 사장님 친구 거래. 자기도 친구 신세를 지는 거라면서 돈 걱정은 하지 말고 같이 가자고 했어. 우리도 갈까? 지금 전화하면 같이 갈 수 있을 텐데."

관쥐얼이 망설이다가 고개를 저었다.

"사업하는 사람들은 신세를 지면 나중에 다 갚아야 돼. 세상에 공짜가 어딨어. 앤디 언니한테 부담주지 마. 나온 김에 어디 갈까? 박물관에서 전시회 하는지 찾아봐."

두 사람은 길가 벤치에 앉아 퍼프빵을 먹으며 노트북으로 전시회를 검색했다. 그때 앤디에게 전화가 왔다. 마침 금융가를 지나고 있는데 아직 금융가에 있으면 같이 리조트에 가자는 것이었다.

관쥐얼이 말했다.

"언니한테 신세질까 봐 그러지. 거기 엄청 비싼 데잖아. 우리 때문에 돈 쓰지 마."

"잠깐 기다려. 전화 바꿔줄게."

앤디가 특이점에게 전화를 바꿔주었다. 특이점이 말했다.

"제 친구 콘도예요. 두 명 더 가면 젓가락 두 벌만 더 놓으면 돼요. 크게 달라질 거 없어요. 스위트룸 두 개를 잡아놨으니까 추가 비용 없이 침대 두 개만 더 놓으면 되고요. 앤디에게 얘기 많이 들었어요. 좋은 이웃들과 함께 가고 싶어요. 이상한 곳일까 봐 그래요?"

특이점의 간곡한 초대에 관쥐얼도 거절하기가 미안해졌다.

"아니에요. 그런 건 아니에요. 폐를 끼치는 것 같아서 그래요."

"그럼 몇 분 뒤에 앤디가 아침마다 내려주는 곳에서 기다릴게요. 빨리 오세요. 오래 정차하고 있으면 딱지 떼이니까."

앤디가 특이점에게 핸드폰을 받으며 웃었다.

"두 아가씨에게 생각할 시간을 안 주는군요."

앤디는 관쥐얼과 추잉잉이 함께 가는 게 좋아서 깊이 생각하지 않았지만 특이점은 판성메이를 떠올리며 속으로 웃었다. 자기 차에서 두 룸메이트가 내리면 그녀가 어떤 표정을 지을까? 관쥐얼과 추잉잉이 헐레벌떡 달려 앤디와 만나기로 한 곳에 도착했다. 두 사람이 숨을 고르기도 전에 검은 세단이 그들 앞에 멈추어 서더니 앤디와 특이점이 차에서 내렸다. 평소와 다른 앤디의 차림에 그녀들도 앤디를 알아보지 못할 뻔했다. 두 사람이 차에 타자 앤디와 특이점이 자리를 바꾸어 앤디가 운전을 하고 특이점은 노트북을 열고 전화 몇 통을 했다. 뒷자리에 탄 관쥐얼과 추잉잉은 숨죽이고 잠자코 앉아 있었다. 한참 가다가 앤디가 익숙하지 않은 선글라스를 벗으며 웃었다.

"안 하던 짓 하려니까 안 되겠어. 이걸 쓰니까 운전하기가 너무 불편해."

추잉잉이 잽싸게 손을 뻗어 선글라스를 받았다.

"내가 써볼게. 쥐얼, 나 어때? 너도 써볼래?"

"거울로 비교해볼까?"

둘이 뒷자리에서 수다를 떨기 시작했다. 추잉잉은 회사에서 자신의 제안으로 타오바오에 온라인 커피숍을 개설한 얘기를 들려주었다. 자신의 활약상을 자세하게 얘기해주며 신이 나서 재잘댔다. 그녀의 얘기만 들으면 온라인 숍의 매출액이 단숨에 오프라인 매출액을 뛰어넘을 수 있을 것 같았다. 특이점은 몇 가지 일을 처리하면서 동시에 판성메이와 왕바이촨이 잘 찾아올 수 있도록 도로명과 눈에 잘 띄는 건물을 판성메이에게 메시지로 보냈다. 처리해야 할 몇 가지 일들을 끝마쳤지만 차가 이미 고속도로 위를 달리고 있었기 때문에 자리를 바꾸지 않고 앤디가 계속 운전했다.

판성메이는 특이점이 앤디의 핸드폰으로 보내준 안내에 따라 왕바이촨 차의 GPS 사용법을 배워가며 길 안내를 완벽하게 해냈다. 그녀는 운전할 줄 모르고 왕바이촨은 하이시의 지리를 잘 모르지만 특이점이 잘 설명해준 덕분에 헤매지 않고 길을 찾을 수 있었다. 교차로를 지나칠까 봐 조금 긴장되기는 했지만 말이다.

드디어 고속도로에 잘 진입하고 나자 왕바이촨이 말을 꺼냈다.

"앞차 말이야. 남자가 운전하고 여자가 문자를 보냈을 거야. 계속 제한속도로 달리면서 터프하게 운전하는 걸 보면 알 수 있어. 또 길 안내는 아주 세심하잖아."

"왜? 앤디가 운전하는 걸 수도 있지."

"여자들은 반응이 저렇게 빠르지 못해. 특히 시내에서 운전할 땐 더 그렇지. 가끔 여자 운전자 뒤에서 따라가다 보면 아주 죽을 맛이라니까. 못 믿겠으면 문자로 물어봐."

앤디가 길치라는 걸 알고 있는 판성메이가 반신반의하며 왕바이촨의 추측이 맞는지 문자로 물어보았다. 특이점이 메시지를 받고 웃으며 소리 내어 읽었다. 앤디가 반응하기도 전에 뒤에 앉은 추잉잉이 흥분해서 말했다.

"쳇! 남녀차별이야. 정말 싫어!"

관쥐얼이 '점잖게' 덧붙였다.

"세상에 우월한 성별을 가진 건 짚신벌레밖에 없어. 자가 번식을 하잖아."

앞자리의 두 사람이 웃음을 터뜨렸다. 특이점이 앤디를 대신해 답장을 적었다.

"차에 탄 여성이 왕바이촨 씨의 남녀차별 발언에 강한 반감을 느끼며 동물계에서 우월한 성별을 가진 건 자가번식을 하는 짚신벌레뿐이라고 지적해주었습니다. 웨이웨이가 명을 받들어 대신 문자를 보냅니다."

특이점이 메시지 초안을 읽어주자 차에 탄 세 여자가 '훌륭하다'는 말을 꼭 넣으라고 강력하게 요구했다. 특이점이 마지막 문장을 '웨이웨이가 훌륭한 명을 받들어 대신 문자를 보냅니다'라고 수정했다. 그는 이 좁은 공간에서 만연한 심각한 남녀차별을 느꼈다. 앤디는 또 취샤오샤오에게 그들이 어느 리조트로 놀러가는 중이라고 메시지를 보내라는 명령을 하달했다. 판성메이가 문자를 받고 웃으며 왕바이촨에게 읽어주자 왕바이촨도 웃었다.

"다들 파워가 대단해. 두 차에 탄 남자들을 휘어잡고 있잖아."

"앤디의 파워가 대단한 거지."

판성메이는 앞차에 여자 셋이 타고 있으리라고는 꿈에도 생각하지 못했다.

"너는 일할 때는 파워가 대단하지만 성격은…."

"부지런하고 용감한 게 중국 여자들의 전통적인 미덕이지. 하지만 너한테 평가받는 건 싫어. 좋게 얘기하면 네 양심이 찔리고 나쁘게 얘기하면 내 마음이 불편하니까."

"중립적인 것도 안 돼? 너랑 진지하게 대화를 나눠본 적이 없는 것 같아."

판성메이는 가슴이 덜컹 내려앉았다가 또 따뜻해졌다. 고개를 돌려 왕바이촨을 바라보니 그도 운전을 하며 곁눈질로 그녀를 보고 있었다. 두 사람이 마주 보며 웃었다.

"사실 너를 칭찬해주고 싶었어. 하이시에 올라온 동창들 중에 몇 명은 결혼도 했지만 다들 아직 어리바리한 철부지들이야. 네가 제일 먼저 독립해서 회사까지 차릴 줄은 몰랐어. 더구나 이렇게 일도 똑 부러지게 잘하고. 지난번에 그 고객 있잖아. 내가 술을 잔뜩 먹인⋯. 이름이 뭐더라?"

판성메이가 일부러 뜸을 들였다. 베테랑 인사담당자인 그녀는 한 번 본 사람은 잊지 않았다. 그런데 그녀 나름대로 노하우가 있어서 오래전 일을 뜬금없이 다시 한번 물어볼 때가 있다. 만약 상대가 거짓말을 했던 거라면 구체적인 부분에서 미묘한 착오가 발생하기 때문이다. 그런데 왕바이촨은 전혀 머뭇거리지 않고 대답했다.

"랑 사장님이야. 예전에 내가 일하던 회사의 거래처 사장님이야. 이번에 출장 갔던 것도 그 사장님 일이었어. 이번 건을 빨리 성사시키고 하이시에서 판로를 넓힌 다음에 랑 사장님에게 하이시 독점대리권을 따내려고 해. 내가 정말로 잘살고 있는 거 같아?"

"왜? 내 양심에 찔릴까 봐? 천만에. 혼자 회사를 운영하려면 업무 말고도 신경 쓸 일이 많잖아. 이 차만 해도 그래. 차 한 대 유지하는 게 얼마나 번거로운 일이야? 해마다 검사하랴 관리하랴 생각만 해도 귀찮아. 하이시는 대중교통이 잘 되어 있어서 차를 안 사는 친구들이 많아."

"돌아다니는 일이 많아서 어쩔 수가 없어. 시내에서 벗어나면 대중교통이 불편하기도 하고. 차가 있으면 어디든 편하게 갈 수 있잖아. 너랑 친구들이 도와줘서 다행이야. 난 남자니까 튼튼해서 괜찮아. 2~3년 일찍 독립하지 않은 게 후회돼. 그랬다면 너를 더 일찍 만났을 거고 경기 호황 때 회사도 빨리 키울 수 있었을 텐데."

판성메이가 미소 띤 얼굴로 진지하게 그의 얘기를 들었다. 가끔씩 그녀의 입가가 살짝 말려 올라갔다.

"괜찮아. 기반이 탄탄할수록 순조롭게 자리 잡을 수 있잖아. 넌 정말 대단해."

"하이시에서 혼자 사는 네가 더 대단하지. 뭐든 야무지게 해내잖아. 게다가 여전히 예쁘고."

판성메이가 겸손하게 웃었다.

"대단할 게 뭐 있어. 난 아직 하이시 호구(戶口, 일종의 호적 제도로 농촌 호구와 도시 호구 사이에 거주 이전에 제약이 많다)도 못 얻었는데. 언제쯤 하이시 호구를 신청할 수 있을지 모르겠어. 15년 뒤에는 가능하려나. 운전에 집중해. 고개 돌리지 말고."

왕바이촨의 시선이 자꾸만 판성메이에게로 향하자 판성메이가 주의를 주었다. 판성메이가 화제를 다른 데로 돌렸다.

"프라이빗 리조트가 어떤 곳이야? 프라이빗 클럽이랑 비슷한 건가? 너도 프라이빗 클럽 자주 가지? 아무나 못 들어가는 그런 곳 말이야."

"클럽이니 리조트니 이름은 다르지만 결국에는 술 마시면서 노는 데야. 정말로 그런 리조트에 가고 싶어? 그런데 오는 남자들은 대부분 내연녀를 데리고 가거나 혼자 가서 현지 조달을 하지."

"이상한 생각하지 마. 앤디 남자친구가 앤디를 그런 곳에 데려갈 리 없어. 경고하는데 앤디한테 눈길 주지 마. 그랬다간 그 남자가 널 가만히 두지 않을 테니까."

"네가 있는데 왜 다른 여자를 쳐다보겠어? 다른 남자들이 내 행복을 질투할까 봐 걱정이지. 그런 놈이 있으면 나도 가만히 있지 않을 거야."

"왜 이렇게 심각해? 놀러 가는 거야. 걱정 마. 나처럼 나이 많은 여자를 누가 쳐다보겠어? 싱싱한 애들이 널렸는데."

"하하하! 그럼 건달들이 시비 걸면 네가 날 지켜줘."

몇 마디 나누지도 않았는데 벌써 멀리 고속도로 출구가 보였다. 특이점은 그 출구로 나가서 산이 보이는 쪽을 향해 곧장 오라고 했지만 교외라서 도로 표지판이 많지 않아 갈림길마다 자세히 확인하며 길을 찾아야 했다. 한 사람은 운전을 하고 한 사람은 GPS로 길을 찾아 정확한 방향을 알려주었다. 두 사람이 호흡이 척척 맞았다.

드디어 특별해 보이는 주차장에 도착했다. 키 낮은 대나무 울타리를 가볍게 둘렀지만 차를 몰고 들어가자 주차되어 있는 차들이 하나같이 고급 외제차들이었다. 판성메이의 눈이 휘둥그레지며 탄성을 질렀다.

"BMW와 벤츠가 즐비하네. 왕바이촨 네 차는 명함도 못 내밀겠어."

왕바이촨이 주차장 관리원의 안내를 받아 주차를 했다.

"BMW 3시리즈는 뚜벅이만 겨우 면한 셈이야. 이 차들과 어떻게 비교하겠어? 친구들은 어디 있어?"

판성메이가 문을 열고 내리자마자 눈앞에 펼쳐진 광경을 보고 경악을 금치 못했다. 두 사람이 내려야 할 벤츠에서 네 사람이 나오는 것이 아닌가. 나머지 두 사람은 바로 관쥐얼과 추잉잉이었다. 두 사람이 어떻게 저 차에서 내리는 걸까? 못 온다고 했잖아? 판성메이가 상황 파악을 하기도 전에 세 여자가 다가왔다. 앤디가 웃으며 말했다.

"내 소개를 할게. 내 직업은 모델이야. 이 나이 되도록 얼굴이 알려지지 않았으니 이미 한 물 갔지. 나 같은 모델을 데려온 건 웨이 씨의 수준이 떨어진다는 뜻이야. 그런데 여기 두 아가씨가 내가 워킹도 할

줄 모른다고 놀리지 뭐야. 그래도 괜찮아. 네가 있으니까. 속성으로
전수해줘."

판성메이가 가까스로 웃음을 짜냈다. 그녀는 특이점과 악수를 하
며 인사를 나누는 왕바이촨을 흘끔거리며 세 여자를 멀찌감치 데리
고 갔다.

"부탁이야. 나 좀 도와줘. 왕바이촨에게 내가 셋집에 산다는 얘
길 안 했어. 쥐얼과 잉잉이 샤오샤오의 룸메이트인 걸로 해줘. 나는
2202호에 살고 너희 둘은 2203호에 사는 걸로. 제발 부탁이야. 나
좀 도와줘."

난처함과 창피함에 판성메이의 얼굴이 빨갛게 달아올랐다.

추잉잉이 말했다.

"걱정 마. 절대로 말 안 할 테니까. 힘든 일도 아닌데 뭐."

다른 두 사람도 고개를 끄덕였다.

판성메이가 어색하게 웃었다.

"고마워. 그런데 앤디, 넌 모델은 좀 아닌 거 같아. 립스틱이랑 매
니큐어도 안 바른 모델이 어디 있어?"

"다들 오늘 내 옷차림이 트렌디하다고 하던데? 잉잉, 아까 그거 돌
려줘. 오늘 웨이 사장을 웃음거리로 만들 작정이니까."

특이점은 궁금해하던 왕바이촨을 오늘에야 만났다. 특이점이 반
갑게 악수를 청하며 자기소개를 하자 왕바이촨이 명함을 건넸다. 특
이점의 예상대로 외모도 빠지지 않고 똑똑해 보이는 젊은 사업가였
다. 특이점이 왕바이촨의 명함을 받은 뒤 보트에 타자며 여자들을 부
두로 불렀다. 그런데 네 여자의 표정이 어쩐지 부자연스러웠다. 판성
메이가 앞에서 도도하게 걸어오고 나머지 세 명이 뒤에서 쭈뼛거리
며 그녀의 걸음을 따라했다. 놀라운 것은 그 중 누구 하나도 그럴 듯

하게 흉내 내지 못했다는 사실이다. 특이점이 박장대소했다.

"세 사람이 차에서 작당을 했어요. 앤디가 모델인 척해서 친구들 앞에서 날 망신 주겠다고요."

그때 특이점의 핸드폰에 메시지가 왔다. 발신자가 앤디인 걸 보고 특이점이 몇 걸음 떨어져서 확인했다. 앤디가 방금 전 판성메이가 부탁한 것을 특이점에게 알려주려고 문자를 보낸 것이었다. 특이점이 피식 웃었다. 그는 이것도 역시 예상하고 있었다.

"이웃들끼리 사이가 좋아요. 대학 기숙사 룸메이트들처럼."

특이점이 왕바이촨의 말에서 뭔가를 읽어내고 빙그레 웃었다.

"그래요. 같이 놀러 다니기도 하고 사이가 좋아요. 올해 BMW 3시리즈 신형이 나왔던데 뒷모습이 구형만 못하더군요. 내장재는 업그레이드 됐겠죠. 5시리즈도 점점 커져서 7시리즈와 거의 비슷해졌어요."

"맞아요. 국산화 된 후로 차체가 길고 넓어졌죠. 마력은 낮은데 차체만 커서 성능이 나빠졌어요. 실용성으로 보면 역시 320이에요."

"320도 괜찮죠. 안목이 있네요. 타고 다니기 적당하고 연비도 좋고 BMW의 제일 큰 장점인 운전성도 훌륭하고요. 마력 낮고 차만 큰 건 318이 더 심해요."

"하하하! 그렇게 칭찬하시니 제가 에어버스 320이라도 산 거 같네요."

"그 나이에 이 정도 기반을 갖췄는데 나중에 자가용 비행기는 못 몰겠어요? 성메이 씨랑 아주 잘 어울려요."

마침 판성메이가 두 사람의 대화를 듣고 웃으며 말했다.

"아무렇게나 엮지 마세요. 우린 그냥 친구예요."

판성메이의 말이 끝나자마자 세 여자가 판성메이를 향해 눈썹을 추켜세웠다.

왕바이촨이 이 틈을 놓치지 말고 말했다.

"사이가 참 좋아 보여요. 지난번에 샤오샤오 씨도 만났는데 다 같이 이웃이라는 게 상상이 안 돼요. 요즘 도시에 이웃끼리 이렇게 친하게 지내는 사람들이 어디 있겠어요?"

왕바이촨의 말에 관쥐얼은 가슴이 철렁 내려앉았지만 조용히 고개를 숙이고 듣기만 했다. 추잉잉이 잽싸게 대답했다.

"이게 뭐가 어려워요? 나랑 쥐얼이 샤오샤오랑 같이 살아서 날마다 오며 가며 얼굴을 보잖아요. 모르는 척하는 게 더 이상하죠."

앤디가 조심스럽게 덧붙였다.

"귀국해서 이웃들과 이렇게 친해질 줄 생각도 못했어요. 도시 사람들은 서로 무관심한 줄만 알았죠."

추잉잉의 훤히 들여다보이는 거짓말에 특이점이 속으로 화가 났다. 지금처럼 상대가 의문을 제기했을 때는 앤디처럼 슬쩍 넘어가는 게 제일 좋다. 진실을 말하지도 거짓을 말하지도 않고 알맹이 없는 얘기로 꼬투리를 잡히지 않는 게 상책이다. 많이 말할수록 점점 더 불안해 보이고 의심을 살 뿐이다. 아니나 다를까 왕바이촨이 의아한 표정으로 말했다.

"오늘 오지 않은 샤오샤오 씨는 회사 사장인 것 같던데 왜 두 사람이랑 같이 살아요?"

판성메이가 끼어들었다.

"샤오샤오가 사장인 걸 어떻게 알아? 난 얘기한 적 없는데."

"랑 사장님이랑 술 마셨던 그날 샤오샤오 씨가 널 부축해서 들어가면서 내 주머니에 명함을 넣고 갔어."

판성메이가 추잉잉에게 시선을 던졌다. 추잉잉도 두 눈이 휘둥그레졌다.

"또 수작을 걸었네." 그때 일을 꾸역꾸역 누르고 승리의 미소를 짓고 있던 추잉잉이 다시 화가 끓어올라 했던 말을 되뇌었다. "또 수작을 걸었어."

판성메이가 왕바이촨에게 눈짓을 하며 추잉잉의 어깨를 가볍게 두드렸다. 앤디가 왕바이촨에게 짧게 설명했다.

"샤오샤오가 좀 엉뚱해요. 이해할 수 없는 행동을 많이 하죠. 다들 같이 살지만…."

앤디가 어깨를 으쓱이며 말끝을 흐렸다.

왕바이촨은 조금 혼란스러웠다. 사장인 샤오샤오가 어째서 명함을 몰래 찔러주는 수법으로 평범한 여자인 추잉잉의 남자친구를 빼앗으려 했을까? 그리고 그 수법을 자신에게도 쓴 이유는 뭘까? 한눈에도 애교 넘치는 미인인 그녀에게 애인이 없을 리도 없는데 말이다. 한편으로 생각해보면 그렇게 엉뚱한 성격이라면 사장이면서 두 룸메이트와 한 집에 사는 것도 어느 정도 설명이 가능하다. 왕바이촨은 궁금한 걸 물어보고 싶었지만 판성메이를 화나게 할 것 같아 의구심을 눌러 삼켰다.

그걸 보고 특이점이 둘 사이의 예민한 문제를 슬쩍 끄집어내 둘 사이의 밀고 당기기를 부추겼다.

"이웃들이 다 괴짜예요. 앤디만 해도 어떻게 그 아파트에 사는지 이상하죠. 앤디가 몰고 다니는 차만 해도 그 아파트 한 채 값은 될 거예요. 오늘은 또 모델인 척하질 않나. 하하하! 왕바이촨 씨는 이렇게 젊은 나이에 BMW를 타니까 이해할 수 있을 거예요. 나도 이해한 지 얼마 안 됐어요."

왕바이촨이 웃었다.

"저야 소형 BMW지만 웨이 사장님은 벤츠를 타시잖아요. 제 롤 모델이세요."

관쥐얼은 갑자기 자동차로 화제가 옮겨가자 어리둥절했지만 앤디의 남자친구가 일부러 화제를 돌려주었다고 생각해 끼어들었다.

"앤디 언니가 처음 이사 왔을 때는 스포츠카를 타고 다녔어요. 스포츠카는 사람을 꽉 묶어놓는 것처럼 시트가 불편하잖아요. 역시 웨이 사장님 차가 승차감이 좋네요."

"포르쉐는 옵션으로 전동 시트를 선택할 수 있어. 그래도 너 같은 잠꾸러기에겐 꽉 붙잡아주는 시트가 좋아. 졸다가 옆으로 쓰러질 일은 없잖아." 앤디가 웃으며 특이점에게 부연설명을 했다.

"쭝밍 집에 차가 내 신발보다 더 많아요. 내가 미국에서 포르쉐를 탔으니까 쭝밍이 GT3를 빌려줬죠. 그런데 내가 한꺼번에 이렇게 많은 친구를 사귈 줄 누가 알았겠어요? 다 탈 수가 없어서 쭝밍의 새 차로 바꿔왔죠. 자동차 마니아인 쭝밍이 나랑 절교할 뻔했다니까요. 참, 왕바이촨 씨가 하이시에 처음 왔을 때 기억나요? 그날 새 차를 막 가져와서 드라이브를 하러 나갔던 거예요. 웨이 씨 말을 믿지 마세요. 나 그렇게 부자 아니에요. 차도 남의 차고 집도 좁고. 웨이 씨가 괜히 날 띄워주려고 하지만 난 한물 간 모델이 좋아요."

왕바이촨은 더 이상 할 말이 없었다. 정말 괴짜들이었다. 다섯 여자들 중에 관쥐얼과 추잉잉 둘만 정상인 것 같았다. 판성메이는 말없이 듣기만 했다. 왕바이촨이 뭔가 의심하고 있다는 걸 눈치채고 말수를 줄이는 게 낫다고 생각했다. 말을 많이 할수록 실수가 늘어나는 법이니까.

저수지가 넓지 않아 보트가 금세 맞은편 부두에 닿았다. 하얗고 뚱뚱한 남자가 부두에 서서 그들을 맞이했다. 관쥐얼이 웃으며 작은 소리로 말했다.

"고로장(高老莊,《서유기》에서 저팔계가 살던 마을)에 도착했어."

배에서 내린 일행이 웃음을 터뜨렸지만 앤디는 무슨 뜻인지 이해하지 못했다. 그저 특이점과 친구가 서로 끌어안고 반갑게 인사를 나누는 모습이 조금 민망해 보였다. 잠시 후 특이점이 모두에게 친구를 소개했다. 상장회사 대표인 팡(方) 사장이라고 했다. 마침 점심 무렵이라 곧장 레스토랑으로 향했다.

왕바이촨과 판성메이가 맨 뒤에서 따라갔다. 왕바이촨이 작은 소리로 말했다.

"웨이 사장님 능력이 대단한가 봐."

"나도 몰라. 앤디의 친구라는 것 말고는 몰라. 자세히 물어보지 않았어."

"한 가지만 더 물어봐도 돼? 너랑 친한 이웃들이 정말 다 괴짜인 거 같아. 그런데 네 명은 자주 같이 다니는데 샤오샤오 씨는 왜 잘 안 끼어?"

추잉잉이 고개를 홱 돌리며 따지듯 말했다.

"남자들은 샤오샤오를 한 번 보면 잊지 못하나 보죠? 여자친구도 내팽개치고!"

"그런 게 아니에요. 그런 뜻이 아니에요. 성메이, 미안해."

판성메이가 낯선 눈빛으로 왕바이촨을 쳐다보았다.

"오늘 왜 그래? 출발하기 전부터 계속 이상하네. 혹시 샤오샤오 생각해?"

특이점이 그들이 나누는 대화를 듣고 피식 웃었다. 역시 판성메이는 앤디나 다른 두 아가씨들보다 한 수 위여서 절묘하게 반격할 줄 알았다.

팡 사장을 따라 레스토랑으로 들어갔다. 모두 자리에 앉은 후 특이점이 앤디에게 양해를 구하고 팡 사장과 잠깐 밖으로 나갔다. 오늘 콘도에 온 친구와 친구의 친구들이 많아서 인사를 하러 다녀오겠다고 했다. 추잉잉만 자리에 가만히 앉아 있지 못하고 엉덩이가 들썩거렸다. 관쥐얼에게 레스토랑 구경을 하자고 했지만 관쥐얼이 싫다고 하자 혼자 일어나 양손을 바지 주머니에 꽂고 레스토랑 곳곳을 돌아다니며 구경했다. 룸은 아니지만 나무 화분과 장식품을 이용해 교묘하게 막아놓은 공간이 있었는데 추잉잉은 그곳까지 대담하게 쳐들어갔다. 그 바람에 레스토랑에 온 다른 손님들까지 구경했다. 관쥐얼과 앤디는 자리에 앉은 채 주변을 빙 둘러보기만 했다. 관쥐얼이 앤디에게 속삭였다.

"잉잉 오면 화장실 가자."

앤디는 화장실에 같이 가자는 이유를 몰랐지만 조심성 많은 관쥐얼이 낯선 곳에서 더 조심스러워하는 같아서 그러자고 했다.

판성메이만 희색이 만면해서 앤디에게 말했다.

"나는 이런 명나라풍 가구가 좋아. 심플하고 우아하잖아. 청나라풍 가구들처럼 군더더기가 많지도 않고."

앤디가 말했다.

"나는 둘 다 싫어. 인체공학을 무시하고 만들어서 방석을 깔지 않으면 너무 딱딱하고 방석을 깔면 원래 모습을 느낄 수가 없어. 이럴 거면 그냥 장식품으로 만들어서 감상만 하는 게 낫지 않아?"

판성메이가 의자를 가리키며 말했다.

"저 의자 좀 저 선이 얼마나 아름다운지. 그냥 봐도 예술품 같잖아."

앤디와 관쥐얼이 판성메이의 시선을 따라 고개를 돌렸다. 하지만 앤디의 반응은 여전히 단호했다.

"난 잘 모르겠어. 나중에 책을 찾아볼게."

관쥐얼이 고개를 숙이고 웃었다.

"두 사람은 취향이 달라도 너무 달라."

왕바이촨은 판성메이 옆에 말없이 앉아 있기만 했다. 조금 아까 그가 한 말에 두 사람이 발끈하자 잠자코 있었지만 그녀들이 하는 얘기는 다 듣고 있었다. 네 여자 중 앤디와 관쥐얼은 직접적이고 솔직해서 믿음이 갔다. 그렇다면 아파트 관리직원의 말이 틀렸을 것이다. 그가 입주자들을 잘 모르는 신입 직원일 수도 있었다. 그는 오늘 판성메이와 나눈 대화들을 곰곰이 돌이켜 보았다.

추잉잉이 돌아오자 네 여자가 다 같이 화장실에 갔다. 화장실 문이 닫히자 앤디가 판성메이에게 말했다.

"솔직히 털어놓는 게 홀가분하지 않아?"

"엎질러진 물이야. 이미 늦었어. 나에 대한 환상을 깨뜨리고 싶지 않아."

"언제든 밝혀질 일이야."

"난…. 아니야, 나중에 얘기하자."

모두들 이해할 수 없다는 표정으로 쳐다보자 판성메이가 손을 저었다. "버틸 수 있을 때까지는 버틸래."

관쥐얼이 뭔가 생각난 듯 말했다.

"아까 올 때 차에서 샤오샤오 언니한테 우리가 여기로 놀러 온다고 문자 보냈잖아. 설마 오는 건 아닐까? 샤오샤오 언니가 오면 비밀이 탄로 날 텐데."

판성메이의 낯빛이 변하자 앤디가 말했다.

"걔 오늘 아침에 들어왔어. 일어나서 메시지 확인하면 전화하겠지.

내가 오지 말라고 할게. 멀고 오기도 불편하다고. 길을 가르쳐주지 않으면 못 찾아올 거야. 여긴 아무나 못 들어오는 곳이잖아."

판성메이가 안도의 한숨을 쉬었다. 입이 가벼운 추잉잉을 제외하면 앤디와 관쥐얼은 무슨 일이 있어도 비밀을 지켜줄 것이다. 관쥐얼이 앤디를 쳐다보았다. 두 사람 모두 이건 좋은 방법이 아니라고 생각했지만 판성메이의 부탁을 거절할 수가 없었다.

그녀들이 자리로 돌아가자 냉채요리가 나와 있었다. 추잉잉은 이렇게 근사한 음식은 처음이었다. 솔직한 그녀는 처음 보는 음식들에 대해 물어보았다. 앤디도 모르는 음식들이 많았다. 어떤 음식은 겉을 감싸서 무슨 재료인지 알 수가 없었다. 특히 오리혀만으로 음식을 만들 줄은 상상도 못했다. 제일 잘 아는 건 판성메이였다. 그녀는 음식들의 재료와 맛을 설명해주었고, 판성메이도 모르는 건 관쥐얼이 보충해주었다. 왕바이촨은 줄곧 말없이 듣기만 했다. 특이점이 돌아오자 왕바이촨이 판성메이와 자리를 바꾸어 특이점의 옆자리에 앉아 몇 마디 나누었다. 특이점도 많은 말을 하지 않았고 평소처럼 판성메이가 분위기를 주도했다. 그녀는 거짓말이 들통날까 봐 조심하며 집에 관한 화제가 나오지 않도록 유도했다.

앤디의 식성이 좋다는 걸 아는 특이점이 음식을 많이 주문했지만 함께 온 관쥐얼과 추잉잉도 앤디 못지않게 먹성이 좋을 줄은 몰랐다. 생선머리 요리가 나오자 특이점이 말했다.

"리조트 앞에 있는 저수지에서 기른 생선을 바로 잡아서 요리한 거예요. 수심이 깊지 않아서 진흙 비린내가 약간 나는 게 아쉽죠."

관쥐얼이 물었다.

"진흙 비린내가 뭐예요?"

특이점이 설명해주자 추잉잉이 덧붙였다.

"민물생선 특유의 냄새야."

앤디가 말했다.

"담수어와 해수어가 맛이 달라?"

관쥐얼이 말했다.

"남들은 미꾸라지가 비리다고 하는데 나는 미꾸라지찜을 좋아해. 하나도 안 비려."

그러자 모두의 시선이 특이점에게로 쏠렸다. 비리지도 않은 음식을 비리다고 했다고 원망하는 것 같았다.

특이점이 억울한 표정으로 왕바이촨을 쳐다보았다.

"이걸 어쩌면 좋죠? 바다 농어와 민물 농어를 구해다가 똑같이 요리해서 이 숙녀분들에게 맛을 보여줘야 하나요?"

왕바이촨이 웃었다.

"제 고객 중에 바닷가에서 자랐는데 해산물은 비린내가 난다며 입에도 안 대는 사람이 있어요. 또 한 고객은 서북부 내륙 출신인데 바다 생선으로 만든 회는 비린내가 난다고 안 먹으면서 민물생선은 아무리 비려도 잘 먹죠. 어떤 지역에서 자랐는지에 따라 식성도 달라지는 것 같아요."

판성메이가 최종 결론을 내렸다.

"각자 좋아하는 음식이 다르니까 맛있기만 하면 만사 오케이지."

토론을 하고 있는 동안 테이블 위의 돌아가는 원판이 세 여자 앞에서 계속 멈추어 있었다. 세 여자가 커다란 생선머리를 순식간에 절반이나 가져다가 자기 접시에 놓고 천천히 음미하며 먹었다.

특이점이 리조트 시설에 대해 설명해주었다.

"밥을 먹고 나서 마음대로 둘러봐요. 뒷산에 올라가도 좋아요. 야트막해서 가볍게 올라갔다 올 수 있으니까. 콘도 안에 당구장, 헬스

장, 도서관, 바 등등 다양하게 갖추어져 있으니까 편하게 이용해요. 전부 무료예요. 객실로 가지고 올라가지만 않으면 돼요. 여기 있는 사람들은 다 리조트 손님이나 직원들이니까 걱정 말아요. 안전하게 관리되고 있으니까."

추잉잉이 신이 나서 밥을 먹고 어딜 갈지 관쥐얼과 상의했다. 관쥐얼도 추잉잉과 함께 다니는 게 좋았다. 조심성 많은 성격이라 혼자서는 돌아다닐 용기가 없으니 추잉잉을 따라다니는 게 제일 좋았다. 판성메이가 옆에서 듣고 있다가 웃으며 말했다.

"나랑 앤디는 왜 안 끼워줘?"

추잉잉이 말했다.

"언니는 왕바이촨 씨가 있고 앤디 언니는 웨이 사장님이 있잖아. 우리랑 놀 수 있겠어?"

"나는 내일 같이 놀게. 오후에 해야 할 일이 있어." 앤디가 말하고는 특이점에게 물었다. "얘들이랑 같이 놀래요?"

"내가 끼면 재미없을 거예요. 나도 팡 사장이랑 할 얘기가 있고요." 특이점이 왕바이촨에게 말했다. "두 사람은 알아서 잘 놀겠지만 이 건물 아래 술 저장고가 아주 괜찮아요. 꼭 가봐요."

왕바이촨이 말했다.

"성메이에게 양해를 구할 게 있어요. 성메이, 내가 출장 갔다가 오늘 새벽에 돌아왔더니 피곤하네. 한숨 자야 할 것 같아. 넌 두 사람이랑 놀아도 되겠어?"

특이점이 웃으며 말했다.

"그런 건 꼭 양해를 구해야죠. 좋은 습관은 꼭 지켰다가 대대로 물려줘요."

판성메이는 감정이 복잡해졌다. 아까 특이점의 얘기를 들으며 자기 혼자 아름다운 정령처럼 리조트를 한가롭게 거니는 상상을 했다. 걷다가 다리가 아파 화려하고 육중한 나무문을 열고 들어가면 실내가 18세기 유럽풍으로 꾸며져 있고, 중후한 금빛을 내는 벨벳 로얄체어가 놓여 있다. 그녀가 우아하게 앉으면 "아름다우시군요."라는 목소리가 어디선가 들려오고 고개를 돌려보면 책꽂이 앞에 잘생기고 귀티 나는 남자가 서 있다. 그러면 그녀가 턱을 살짝 들고 도도하게 미소를 짓는다…. 그런데 자신을 내버려두고 낮잠을 자겠다는 왕바이촨의 말을 듣고 실망스러웠다. 혼자 다녀야 잘생긴 귀족남자와의 운명적인 만남을 만들 수 있다는 걸 그 순간에는 잊어버렸다. 판성메이가 아무렇지 않게 미소를 지었다.

"나한테 양해를 구할 게 뭐 있어? 넌 쉬고 있어. 우리가 먼저 사전답사를 할 테니까. 걱정 마. 웨이 사장님이 여긴 안전하다고 하셨잖아."

왕바이촨이 판성메이를 보며 말했다.

"그래."

대답이 단지 그것뿐이라니. 판성메이는 내심 놀랐다. 설마 뭘 눈치챈 걸까? 그럴 리 없다. 지금까지 나눈 대화 속에 의심을 살 만 한 점은 없었다. 하지만 판성메이는 어쩐지 더 불안해졌다.

식사가 끝난 뒤 2202호의 세 여자가 객실로 가서 짐을 정리하고 밖으로 나갔다. 관쥐얼이 낯선 곳을 여기저기 구경할 용기가 없다고 해서 산에 올라가기로 했다. 앤디와 특이점은 저수지 옆에 있는 유리온실에서 각자 노트북으로 일을 했다. 특이점은 급하게 처리할 일이 아니어서 조금 일하다 말고 앤디 옆에 와서 앉았다. 그가 일하고 있는 앤디를 물끄러미 쳐다보았다. 보통의 여자들 같으면 이런 경우 수련처럼 수줍어하며 애교를 부리겠지만 앤디는 이렇게 잘라 말했다.

"저리 가줄래요? 머리가 안 돌아가니까."

특이점이 피식 웃더니 기습적으로 그녀를 안고 볼에 입을 맞추었다. 앤디가 기겁하는 걸 보고 특이점은 더 이상의 스킨십을 포기했다. 그가 웃으며 말했다.

"팡 사장이랑 있을게요. 천천히 일하다가 끝나면 전화해요. 데리러 올 테니까."

"알았어요. 어서 가요. 참, 바이촨 씨랑 성메이 사이에 문제가 있는 거 같지 않아요? 바이촨 씨가 할 말이 있는 것 같던데."

"바이촨 씨가 성메이 씨의 거짓말을 눈치챈 것 같아요. 아직 의심하는 정도지만. 세상이 이렇게 좁은데 전화 몇 통화만 해보면 다 알 수 있겠죠."

"성메이가 무슨 생각으로 그러는지 나도 모르겠어요. 이러면 안 될 거 같은데."

"당신은 정반대예요. 나만 만나면 제일 나쁜 것들로 당신을 포장했죠. 안 그래요?"

앤디는 창피했다. 하지만 그때로 다시 돌아간다 해도 그녀는 역시 그렇게 할 것이다. 다만 오늘 왕바이촨과 판성메이가 밀고 당기며 신경전을 벌이는 걸 보니 특이점이 자기 때문에 무척 힘들었을 것 같았다.

"그에 대한 보상으로 당신이 팡 사장님이랑 있는 동안 당신 생각을 할게요."

앤디는 이렇게 달콤한 말을 최대한 건조하게 말했지만 특이점은 이루 말할 수 없이 감동받았다. 앤디가 이런 말을 한 건 처음이었다. 그가 앤디의 얼굴을 천천히 어루만졌다. 앤디가 놀라 당황했지만 결심한 듯 그녀에게 입을 맞추었다. 앤디에게는 처음이었지만 특이점에게는 몇 번째인지 셀 수가 없었다. 특이점은 원래 앤디가 받아들일 수 있도록 진도를 천천히 조절하려고 했다. 자제력을 발휘해 앤디에게 적당한 공간을 남겨두고 멈추려고 했다. 그러나 순간적으로 끓어오른 격정이 그녀를 놓아주지 않았다. 앤디가 한손으로 그의 얼굴을 힘껏 밀어냈다.

앤디가 질식할 듯 가쁘게 숨을 쉬었다. 특이점이 말했던, 심장박동이 빨라지고 다리에 힘이 풀리고 온몸에 열이 나고 머리가 어지러운 증상이 번개처럼 지나갔다. 아니, 거기에 호흡 곤란이 더 추가되었다. 그녀는 그를 밀어내던 손을 그의 어깨에 툭 떨어뜨린 채 놀란 눈으로 그를 응시했다.

'이게 사랑일까?'

'그래요. 이게 바로 사랑이에요.' 특이점이 눈으로 이렇게 말하며 눈빛으로 그녀를 다독였다. 앤디가 당황해 어쩔 줄 몰랐지만 그는 그녀를 놓아주고 싶지 않았다.

두 사람이 우거진 나무 사이에서 포옹한 채 서로를 조용히 바라보았다. 앤디는 나무처럼 꼿꼿하게 서 있었다. 특이점이 그녀의 긴장을 풀어주려 가볍게 그녀의 등을 쓸었다. 특이점은 조금도 긴장을 늦출 수가 없었다. 다시 격정이 제멋대로 파도치도록 내버려둘 수 없지만 그녀를 놓아줄 수도 없었다. 앞으로 둘의 관계가 이 고비를 잘 넘기느냐에 달려 있었기 때문이다. 이 순간이 불쾌한 해프닝으로 끝난다면 그는 다시는 앤디와 스킨십을 할 수 없을 것이다. 그가 천천히 나지막한 소리로 그녀에 대한 사랑을 털어놓았다.

그 후로도 한참 동안 앤디는 꼿꼿하게 선 자세 그대로였지만 더 이상 그를 밀쳐내지 않았다. 물을 마시지도 않았는데 자신이 서서히 정상으로 돌아오는 걸 느꼈다. 어쩌면 이건 정상적인 반응일 수도 있

다는 생각이 들었다. 특이점이 부드럽게 쓰다듬어주는 동안 그녀는
자신에게서 나타난 모든 현상을 하나로 연결시켜 논리적으로 설명
할 수 있는 복잡한 조합을 완성했다. 수많은 삼단논법이 이 조합을
통과해 성립되는 것을 확인한 후 그녀는 최종적인 결론에 도달했다.
이 일을 해도 좋다는 것을, 위험하지도 않고 두려워할 필요도 없다는
것을 말이다.

그녀가 "당신 생각을 할게요."라고 말한 순간으로부터 한 시간이
나 흐른 뒤였다. 평소 같으면 그녀는 아까운 시간을 헛되이 흘려보냈
다며 안타까워하겠지만 오늘은 시간이 흐르는 것도 느끼지 못했다.

판성메이는 동생들과 산에 올라가며 다양한 사람들을 만났지만
반갑게 인사만 할 뿐 특별한 대화를 나누지는 않았다. 이곳은 그녀가
상상했던 프라이빗 클럽과는 전혀 달랐다. 대부분 가족 단위로 와서
건전하게 즐기는 사람들이었다.

서두를 필요도 없었다. 길가 귤나무 숲에 들어가 제일 붉고 예쁜
귤을 따 먹었다.

추잉잉이 말했다.

"지금 우리, 쌀독에 들어온 생쥐들 같아. 여기 달린 귤을 다 따먹을
수도 있어."

하지만 세네 개를 먹더니 손에 든 잘 익은 귤을 보며 말했다.

"바로 따서 먹는 귤이 이렇게 맛있는 줄 몰랐어. 그런데 배가 너무
불러서 더 못 먹겠어. 점심을 너무 많이 먹었나 봐."

"방법이 있지. 즙만 먹고 속껍질은 뱉는 거야. 그러면 배도 안 부르
고 맛있게 먹을 수 있어."

관쥐얼이 시범을 보였지만 귤의 속껍질이 너무 얇아 뱉을 것이 별

로 없었다.

판성메이가 아까부터 다른 생각에 잠긴 듯 조용했다. 관쥐얼이 물었다.

"언니, 무슨 생각해? 이런 말해도 될지 모르겠지만…, 내가 보기엔 언니가 바이촨 오빠를 좋아하는 거 같아. 자꾸만 피하려고 하지 마."

"아냐. 안 좋아해." 판성메이가 반사적으로 부정했다.

"좋아하지도 않는데 언니 상황을 왜 그렇게 숨기려고 해? 괜히 언니만 힘들잖아."

"힘들지 않아." 판성메이가 또 반사적으로 반응하더니 다가오는 추잉잉을 보며 말했다.

"그래. 내가 잘못했어. 하지만 난 바이촨을 좋아하지 않아. 절대로. 나도 원칙이 있어. 내 원칙을 지킬 거야."

"언니한테 잘해주고 얼굴도 잘 생겼잖아. 동창이니까 서로 잘 알고. 생판 모르는 사람보다 훨씬 낫지."

관쥐얼이 포기하지 않고 설득했다.

"바이촨 오빠가 실망해서 낮잠 자러 간 거 같아. 언니가 밥 먹을 때 오빠한테 쌀쌀하게 대했잖아. 오빠가 말실수를 하기는 했지만 그게 다 오빠 잘못은 아닌데 우리가 너무했어. 미안해. 바이촨 오빠가 지금까지 언니가 맞선으로 만났던 남자들보다 훨씬 나은 것 같아."

추잉잉도 거들었다.

"우리끼리 얘기했는데 맞선이라는 게 처음 만났을 때 서로에 대한 감정보다는 물질적인 조건이 맞는지 노골적으로 따져보는 거잖아. 언니도 예전에 맞선은 최후의 방법이라고 했었고. 저렇게 괜찮은 남자가 언니를 따라다니는데 왜 싫다는 거야?"

말발 센 판성메이도 동생들의 진지한 질문에 감추고 있던 얘기를 털어놓을 수밖에 없었다.

"샤오샤오가 알아봤더니 바이촨의 차가 렌트카였어. 나한테는 자기 차라고 거짓말을 했어."

관쥐얼과 추잉잉이 깜짝 놀랐다. 추잉잉이 발끈 성을 냈다.

"그거 다 까발리고 차버려."

하지만 관쥐얼은 억지로 미소를 짓고 있는 판성메이를 보며 아무 말도 하지 않았다.

추잉잉의 의리가 또 다시 발동했다.

"친구끼리 얼굴 붉히기 싫으면 내가 나설게. 저번에 언니가 날 도와줬잖아."

"됐어. 됐어. 내가 알아서 할게."

생각에 잠겼던 관쥐얼이 말했다.

"바이촨 오빠에게 기회를 한번 주면 안 돼? 이 참에 언니도 솔직하게 털어놓고. 거짓말은 두 사람 다 했잖아. 다 털어버리고 솔직하게 사귀어봐. 언니가 속으로는 바이촨 오빠랑 헤어지기 싫은 것 같아 보여. 이대로 지내면 언니도 힘들잖아. 언니가 바이촨 오빠를 만나러 나갈 때마다 얼굴에서 빛이 나고 행복해 보였어. 언니 마음속에 바이촨 오빠를 향한 불꽃같은 감정이 있는 게 분명해."

"말도 안 돼. 불꽃은 무슨. 차라리 머리로 벽을 들이받으면 불꽃이 튀겠지. 관두자. 내가 오늘 내일 중으로 결판을 낼게. 난 바이촨을 사랑하는 게 아니라 자기애가 강한 거야. 누구에게든 완벽하게 보이려고 아등바등하는 거지 상대가 왕바이촨이라서 그러는 게 아니야. 정말이야."

관쥐얼이 이해할 수 없다는 표정으로 추잉잉을 쳐다보았다. 추잉잉은 더욱 이해할 수가 없었다.

"자기만 행복하면 되지 남이 나를 어떻게 보든 그게 무슨 상관이야? 남들이 뭐라고. 안 그래?"

추잉잉이 관쥐얼에게 묻자 관쥐얼이 고개를 끄덕였다.

"남에게 피해만 주지 않으면 그만이지 남에게 잘 보여야 할 의무는 없잖아."

판성메이는 아무 대답도 하지 않았다. 아니, 아무 대답도 할 수가 없어서 대답을 회피하고 다시 산을 올라갔다. 그녀에게는… 꿈이 있었다. 미인들만이 가질 수 있는 그런 꿈일 뿐이다. 이걸 어떻게 설명할까?

정상에 올랐을 때 관쥐얼에게 메시지가 도착했다. 리자오성이 보낸 사진이었다. 그가 당나귀 분장을 하고 어떤 산 정상에 서 있었다. 어딘지는 모르지만 높은 산 등반에 성공한 것 같았다. 하지만 판성메이와 왕바이촨이 밀고 당기며 속을 끓이는 걸 생각하자 갑자기 답장을 보내고 싶지 않았다. 어차피 굳이 답장을 보낼 필요도 없고 보내고 싶지도 않았다.

산에서 다녀오다가 한숨 자고 나온 왕바이촨을 만났다. 관쥐얼과 추잉잉이 그를 쳐다보는 눈빛이 조금 심드렁했다. 두 사람은 판성메이와 왕바이촨이 서로 보고 웃으며 눈빛까지 주고받는 걸 보고 정말 이해할 수가 없었다. 노을을 보러 저수지에 간다고 적당히 둘러대고 자리를 피해주었다. 넓은 리조트를 헤매다가 겨우 저수지에 도착했다. 그런데 바로 옆에 있는 유리온실 안에서 앤디와 특이점이 끌어안은 채 서로를 바라보고 있는 것이었다. 정지화면인 듯 움직이지 않았다. 특이점의 두 팔이 앤디의 허리를 부드럽게 감고, 앤디의 두 손은 특이점의 어깨에 얹혀 있었다. 키스만 하지 않을 뿐 키가 비슷한 두 사람이 얼굴을 맞댄 채 미소를 지으며 속삭이고 있었다.

"정말 아름다워."

관쥐얼이 넋을 놓고 쳐다보았다. 두 사람 사이에 도청기를 설치해 둘이 나누는 대화를 들어보고 싶었다. 똑똑한 사람들이니까 사랑을 속삭일 때도 배울 점이 있을 것 같았다. 관쥐얼이 무슨 말을 하려고 추잉잉 쪽으로 고개를 돌렸는데 추잉잉이 커다란 바위 위에 앉아 고개를 축 늘어뜨리고 있었다. 추잉잉이 겉으로는 강해 보이고 속없이 잘 웃고 다니지만 달콤한 연인을 보고 문득 지나간 일이 떠올라 우울해진 것 같았다. 관쥐얼이 추잉잉 옆에 앉아 말없이 그녀의 어깨를 토닥였다.

그런데 갑자기 부두 쪽이 시끌시끌해졌다. 또 손님이 오는 것 같아 무심코 부두 쪽을 쳐다보았다가 관쥐얼이 소스라치게 놀라 외쳤다.

"샤오샤오 언니잖아? 어떻게 왔지? 저기 봐. 샤오샤오 언니 맞지?"

"큰일 났네. 샤오샤오 언니가 우리처럼 비밀을 지켜줄 리가 없어. 남의 일에 훼방 놓지 못해 안달이잖아."

"맞아. 우리가 성메이 언니를 도와주고 있다는 걸 얘기하면 안 돼. 그런데… 어떻게 성메이 언니랑 마주치지 못하게 하지? 앤디 언니랑 웨이 사장님한테 얘기해보자. 방법이 있을 거야."

두 사람을 방해하기가 미안했지만 메시지를 보내도 답장이 없고 전화를 걸었더니 핸드폰이 꺼져 있어서 어쩔 수가 없었다. 다급한 마음에 온실로 뛰어 들어갔는데 다행히 두 사람이 부끄러워 허둥대지 않고 그대로 선 채 얼굴만 돌려 달려오는 그녀들을 쳐다보았다.

"샤오샤오 언니가 왔어."

"걔가 어떻게 왔지? 하여튼 신기한 애야." 앤디가 특이점에게 물었다. "판성메이와 왕바이촨을 만나지 못하게 할 방법이 없을까요?"

"불가능해요. 여기까지 찾아온 걸 보면 리조트 구석구석을 다 돌아다닐 텐데. 성메이 씨와 바이촨 씨를 어디로 보내면 몰라도. 하지만 곧 저녁 먹을 시간이라 그럴 수도 없어요."

"거짓말이 들통나면 어쩌죠?" 그녀는 취샤오샤오가 성메이의 거짓말을 감싸주길 기대할 수 없다는 걸 알고 있었다. 그러겠다고 대답할지는 몰라도 결국에는 다른 방법으로 일을 저지를 게 뻔했다. 본성은 버릴 수가 없는 법이니까.

관쥐얼과 추잉잉은 방금 전 판성메이와 나누었던 대화를 떠올리며 이구동성으로 말했다.

"들통나면 성메이 언니가 충격이 클 거야."

특이점은 이해할 수가 없었다. 충격이 클 것까지야 없지 않은가? 판성메이와 왕바이촨이 엇비슷하게 힘의 균형을 유지하며 밀고 당기기를 즐기고 있다. 거짓말이 들통나면 그 게임은 끝나겠지만 나이도 먹을 만큼 먹은 두 사람이 그 정도 거짓말을 크게 문제 삼지는 않을 것 같았다. 하지만 세 여자의 반응을 보니 자기가 상상하는 것보다 상황이 심각한 것 같아 조용히 지켜보기로 했다.

앤디가 취샤오샤오에게 전화를 걸어 온실로 불렀다. 온실로 들어서자마자 취샤오샤오의 시선이 특이점에게 날아와 꽂혔다. 특히 특이점이 오른손을 앤디의 허리에 감고 있는 걸 보고 눈동자를 반짝이더니 깔깔대며 웃었다.

"하하하! 스캔들 때문에 맺어진 거지? 축하드려요. 웨이 사장님 여자 보는 눈 있으시다."

특이점이 말했다.

"어제 큰 도움을 줬다고 들었어요. 이따 술 한잔 살게요. 그런데 여긴 어떻게 찾았어요?"

"여기가 내 친구 외삼촌의 리조트예요. 참, 이쪽은 내 호구 친구 야오빈이에요."

취샤오샤오가 앤디를 향해 눈을 찡긋거리며 속삭였다.

"야오빈한테 자오치펑 얘긴 하지 마. 나 자오치펑한테 완전 진지하니까."

앤디가 말했다.

"조건이 있어. 이 리조트 안에서는 네가 쥐얼이랑 잉잉과 한 집에 사는 걸로 해줘. 성메이는 혼자 살고."

"왜?"

"묻지 말고 내 말대로 해. 내 부탁이야."

"언니 부탁이라면 당연히 들어줘야지. 하지만 술 들어가면 내 입이 무슨 말을 할지 나도 책임 못 져. 어쩌지? 술 마시지 말까? 야오빈이 여기 술 저장고에 끝내주는 샴페인이 있다던데."

"술 많이 마시지 못하게 우리가 말려줄게."

취샤오샤오가 눈을 흘겼다.

"내가 남 좋은 일 시키려고 이렇게 멀리 왔는 줄 알아? 너무하잖아. 웨이 사장님은 그 대신 저한테 뭘 해주실 건데요?"

취샤오샤오는 앤디를 위해서라면 뭐든 다 해줄 수 있지만, 판성메이를 위한 일이라면 설사 앤디의 부탁이라고 해도 그에 상응하는 대가가 있어야만 들어줄 수 있었다.

특이점은 취샤오샤오의 요구가 자신을 향할 것이라고는 예상하지 못했다.

"팡 사장에게 얘기해서 샴페인 두 병 선물하라고 할게요."

취샤오샤오가 눈동자를 굴리며 망설였다.

"받아들일까 말까?"

날이 어두워지고 사람들이 환히 불을 밝힌 레스토랑으로 모일 때까지도 취샤오샤오는 최종 결정을 내리지 않았다. 다행히 야오빈이 그녀에게 리조트를 구경시켜준다며 여기저기 데리고 다니느라 두 사람이 아직 레스토랑에 도착하지 않았다. 판성메이는 취샤오샤오가 왔다는 얘기를 듣자마자 얼굴에서 미소가 싹 사라졌다.

눈치 빠른 왕바이촨이 그걸 보고 자신의 의심이 틀리지 않았다는 걸 알았다. 자신을 제외한 모든 사람들이 판성메이의 거짓말을 지켜주고 있다는 확신이 들었다. 모두 테이블에 앉아 음식 주문을 마친 뒤 왕바이촨이 두 눈으로 오로지 앤디만 좇고 있는 특이점에게 말했다.

"술 한 병 주문해도 될까요? 밥 먹고 나서 성메이에게 할 얘기가 있는데 술기운을 빌려야 용기가 날 것 같아요."

사실 저녁 식사 때 술을 마시지 않을 예정이었다. 취샤오샤오가 술에 취하면 무슨 말을 할지 알 수 없었기 때문이다. 그러나 왕바이촨의 부탁을 거절할 수도 없었다. 특이점이 왕바이촨을 술저장고로 데려가 마음에 드는 술을 고르게 했다. 그런데 왕바이촨이 특이점에게 뜬금없는 질문을 던졌다.

"오늘 고백하셨어요?"

특이점이 의아한 표정으로 대답했다.

"고백은 진작 했죠. 오늘 관계가 더 가까워졌을 뿐이에요. 오늘 고백할 거예요? 술기운을 빌려 용기를 내는 건 좋은 생각은 아니에요."

"제가 웨이 사장님만큼 능력이 있다면 그럴 필요 없겠죠."

"내 여자다 싶으면 능력 같은 건 중요하지 않아요. 나랑 앤디는 인터넷에서 만났어요. 보통 남자들은 상대의 외모를 먼저 보고 성격을 보지만 나랑 앤디는 반대였죠. 내가 여자에 대해 잘못된 편견이 있기도 했고요. 내가 그동안 좋은 여자들을 못 만난 탓이겠죠. 오늘 온 여자 분들은 전부 다 좋은 사람들인 것 같아요. 걱정 말아요."

왕바이촨이 고개를 끄덕였다. 두 사람이 술 두 병을 골라 레스토랑으로 올라갔다. 특이점이 앤디에게 오늘 저녁 결론을 볼 수 있을 것 같다고 슬쩍 귀띔하자 앤디가 물었다.

"해피엔딩이에요, 새드엔딩이에요?"

"그건 모르지만 어쨌든 결론이 날 것 같아요."

두 사람이 소곤거리는 걸 보고 다른 사람들은 둘이 온실에서 못 다 나눈 얘기를 하는 줄 알고 못 본 척해주었다. 그때 카랑카랑한 목소리가 허공을 갈랐다.

"아아! 너무 잔인해! 지금 둘이 로맨스영화를 찍는 거야? 배고픈데 먹지도 못하고 관람해야 해? 이건 정말 고문이야!"

돌아보지 않아도 취샤오샤오라는 걸 알 수 있었다. 취샤오샤오가 반짝이는 가면을 쓰고 몸에는 마우리족 전통의상 같은 옷을 입고 등장했다. 그녀와 비슷한 옷차림을 한 야오빈이 뒤를 따랐다.

"다들 식사하세요. 내가 노래 불러줄게요. 신청곡도 받아요. 한 곡에 500위안. 오빠, 옆에 있는 미인을 위해 신청곡 하나 골라봐요."

오늘 취샤오샤오의 타깃은 특이점인 듯했다. 그녀는 곧장 특이점의 지갑을 공략했다. 하지만 앤디는 오히려 조금 안심이 되었다. 지금 앤디의 제일 큰 걱정은 취샤오샤오가 판성메이의 거짓말을 폭로할 수도 있다는 점이었다. 취샤오샤오도 자신이 슬쩍 가지고 놀기만 해도 엄청난 재앙이 벌어진다는 걸 잘 알고 있었다. 하지만 추잉잉과 관쥐얼의 생각은 달랐다. 두 사람은 취샤오샤오가 또 남의 남자에게 집적댄다고 생각했다. 게다가 특이점이 웃으며 취샤오샤오와 흥정을 하는가 싶더니 500위안이 아니라 100위안에 '만 년 동안 당신을 사랑해요'를 불러주기로 거래가 성사됐다. 둘은 그걸 보고 더 화가 났다. 앤디 옆에 앉은 관쥐얼이 앤디를 쿡 찌르며 속삭였다.

"샤오샤오 언니 조심해."

앤디의 시선이 저절로 특이점에게로 향했다. 그는 야오빈과 취샤오샤오가 몸을 흐느적거리며 전주에 들어가는 걸 웃으며 쳐다보고 있었다. 그걸 보고 앤디도 기분이 조금 이상했다. 그때 취샤오샤오가 갑자기 가면을 벗으며 재채기를 해댔다.

"이 망할 야오빈, 이 가면 길거리에서 사온 거야?"

"하하하! 그럴 리가! 사놓고 1년 동안 안 써서 먼지가 쌓였을 거야. 먼지 안 털고 썼어?"

취샤오샤오가 비명을 꽥 지르며 가면을 벗어던졌다. 또다시 재채기가 터져 나왔다. 연달아 터진 재채기에 눈물이 고여 눈앞이 흐릿해졌다. 그녀가 테이블 위에 있던 잔을 덥석 집어 들고 벌컥벌컥 마셨다. 관쥐얼이 작은 소리로 외쳤다.

"아! 그거 술이야!"

앤디가 얼른 저지하려 했지만 취샤오샤오의 동작이 너무 빨랐다. 구급약을 마시듯 화이트와인이 가득 담긴 술잔을 단숨에 비워버린 것이다. 다 마신 뒤에야 취샤오샤오의 눈이 휘둥그레졌다.

"술이라고? 누가 이렇게 가득 따라놨어? 야오빈! 너희 집은 다 괴상해!"

야오빈이 낄낄대며 취샤오샤오를 부축해 세수를 하러 데리고 갔다. 취샤오샤오의 재채기 소리가 계속 들려왔다.

고급 리조트지만 종업원의 일손이 충분하지 않아 술 따르는 일 같은 건 직접 해야 했다. 그러자 특이점이 자신과 왕바이촨의 술잔에 술을 가득 따른 뒤 술병을 보이지 않는 곳에 숨겨두었던 것이다. 수시로 술을 따를 필요가 없어서 편하기도 하지만 술을 마신다는 걸 취샤오샤오에게 들키지 않으려는 이유가 더 컸다. 그런데 특이점의 술을 취샤오샤오가 다 마셔버린 것이 아닌가. 특이점은 난감했다. 기껏 궁리 끝에 한 일인데 결과적으로 취샤오샤오에게 술을 잔뜩 먹이게 되었으니 이렇게 난감한 일이 있을까. 식사 전에 그들이 어떤 계획을 세웠는지 모르는 판성메이가 말했다.

"큰일 났네. 아무리 술이 세도 빈 속에 술을 마시면 취할텐데."

그녀는 속으로 다행이다 싶었다. 술 취한 취샤오샤오가 방에 가서 곯아떨어질 거라 예상했기 때문이다.

하지만 취샤오샤오가 다시 등장했다. 얼굴은 벌그죽죽했지만 천방지축인 건 마찬가지였다. 까짓 술 한 잔쯤은 그녀에게 아무 문제도 아닌 듯 보였다. 취샤오샤오가 판성메이에게 착 달라붙어 앉아 그녀의 어깨에 살포시 기대며 왕바이촨에게 미소를 날렸다. 특이점이 구석에 있던 술병을 꺼내며 웃었다.

"샤오샤오 씨 더 마실래요?"

"아뇨. 안 마시기로 약속했잖아요. 안 마신다고 했으니까 안 마셔요. 방금 전엔 근무 중 재해를 입은 거니까 100위안은 주셔야 해요."

"일부러 다친 것도 근무 중 재해에 해당해요?"

"호호호! 일부러 다쳤다뇨. 그럴 리가요. 돈 주세요. 좋은 일 하는 셈 치세요. 집에 팔십 노모와 젖 달라고 빽빽거리는 갓난쟁이가 있어요."

특이점이 웃으며 100위안을 꺼내 건네자 취샤오샤오가 돈을 냉큼 받아들고 생긋 웃었다.

"다음에도 어디서 밥 먹는지 알려주세요. 오빠 돈은 정말 벌기가 쉽네요. 바이촨 오빠, 오빠는 성메이 언니를 위해 무슨 노래를 신청하겠어요? 신청만 해요. 성치 않은 몸이지만 이 한 몸 불살라 노래해볼게요."

옆에서 야오빈이 추임새를 넣어가며 바람을 잡았다. 그때 판성메이가 잔을 들어 술을 가득 채웠다. 그녀도 술기운을 빌려야 할 일이 있는 것 같았다. 특이점이 술병 하나를 더 열어 야오빈에게도 술을 따라주었다. 왕바이촨이 웃으며 말했다.

"오래전 영화에서 본 적이 있어요. 한 소녀가 거리에서 꽃을 파는데 지나가는 연인들에게 달려가서 여자 다리를 끌어안고 남자에게 꽃을 사달라고 하죠. 한 송이에 5위안이라면서. 특별한 날에는 꽃값도 마음대로 올려요."

"앗, 내 실수! 성메이 언니 다리를 끌어 안을 걸 그랬어. 언니, 좋아하는 노래 말해봐. 바이촨 오빠가 돈을 내줄 거야. 바이촨 오빠는 웨이 오빠보다 통이 훨씬 크네. 웨이 오빠는 이 와중에 흥정을 하잖아. 정말 너무해."

특이점은 말없이 웃기만 했다. 판성메이가 억지 웃음을 지으며 말했다.

"샤오샤오, 음식이나 시켜. 빈 속에 술 마시면 속 버려."

취샤오샤오가 판성메이에게 딱 붙어 앉은 채 애교를 부렸다.

"22층에서 성메이 언니가 나한테 제일 잘해줘. 우리 다섯 명이 다 모인 게 두 번째네. 지난번엔 앤디 언니 집에서 밤새웠잖아. 세 번째는 우리 집에서 모이는 게 어때?"

앤디가 말했다.

"밖에서 모이자. 집에서 식사하니까 나중에 치우기가 너무 힘들어. 지난번엔 내 생각이 짧았어."

"괜찮아. 우리 집엔 도우미 아주머니가 오시잖아. 나는 밥 먹은 그릇은 싱크대에 넣어두기만 하면 돼. 어차피 보는 사람도 없는데 뭐.

앤디 언니, 우리 집에 오는 도우미가 일을 잘해. 소개해 줄까?"

"난 모르는 사람이 집에 드나드는 거 싫어."

"괜찮아. 몇 번 보면 익숙해져. 매일 우리 집에 오니까 드나들면서 한 번씩 얼굴 봤잖아. 그러다 보면 친해지는 거지. 성메이 언니랑, 쥐얼, 잉잉도 그 아주머니 봤지?"

판성메이는 취샤오샤오가 사고를 칠 거란 걸 진작 알고 있었다. 여기까지만 들어도 바보가 아니라면 취샤오샤오가 잉잉, 쥐얼과 함께 살지 않는다는 걸 알 수 있었다. 그녀가 왕바이촨에게 시선을 옮기다가 그와 눈이 마주쳤다. 그런데 그가 미소를 지는 것이 아닌가. 왜 웃는 거지? 웃을 상황이 아니잖아? 왜 저렇게 똑바로 쳐다보며 웃는 걸까?

그때 더운 음식들이 나왔다. 처음 나온 요리는 리조트에서 직접 기른 닭으로 만든 닭찜이었다. 왕바이촨이 한 덩이를 집어 판성메이의 접시에 놓아주었다.

판성메이는 왕바이촨의 미소에 담긴 뜻을 알 것 같았다. 지금까지 왕바이촨이 그녀의 접시에 음식을 놓아준 적이 없었다. 그날 점심 식사도 마찬가지였다. 이건 그가 처음으로 그녀에게 음식을 집어준 것이고 취샤오샤오의 말을 들은 직후였다. 그 미소는 절대로 단순한 미소가 아니었다. 음식을 접시에 놓아준 행동의 동기 역시 그랬다. 그녀가 나락으로 떨어져서 이제 마음껏 조롱하고 비웃어도 된다고 생각한 걸까? 판성메이가 허리를 곧추 세우며 냉랭하게 말했다.

"난 이런 게 제일 싫어. 남이 음식을 집어주면 비위생적이잖아. 안 그래? 더군다나 시골에서 잔치하는 것도 아니고 이게 뭐야? 우르르 몰려들어서 먼저 먹겠다고 경쟁하는 거야?"

왕바이촨의 얼굴이 굳어버렸다. 취샤오샤오가 찻잔을 들어 판성메이에게 권했다.

"언닌 역시 멋져. 내가 이래서 언니를 좋아한다니까."

판성메이는 아무 말도 하지 않고 짐짓 당당한 기세로 취샤오샤오와 잔을 부딪친 후 남은 술을 단숨에 비워버렸다. 하지만 판성메이는 취샤오샤오를 과소평가했다. 그 정도에서 멈출 그녀가 아니었다. 취샤오샤오가 말했다.

"우리 아빠가 옛날에 남의 양복을 빌려 입고 고객을 만나러 갔대. 그런데 아무리 자기 옷인 척해도 빌린 건 빌린 거잖아. 양복이 몸에 잘 맞아도 촌스런 행동은 감출 수가 없었던 거야. 하하하! 결국 대번에 들통나고 말았지. 그걸 꿰뚫어 본 사람이 누구였는지 알아? 바로 우리 엄마였어."

"샤오샤오!"

마침내 앤디가 큰소리를 냈다. 취샤오샤오의 말이 너무 노골적이었다. 취샤오샤오가 얼굴을 우스꽝스럽게 찡그리며 야오빈 뒤로 숨어 벌벌 떠는 척했다. 앤디도 취샤오샤오에게는 어쩔 도리가 없었다.

그런데 판성메이가 웃으며 왕바이촨에게 말했다.

"샤오샤오가 너 들으라고 하는 말이잖아. 다들 알고 있어. 그저 놀기 좋아하니까 간만에 생긴 구경거리를 보고 재밌어 하는 거야."

앤디가 벌떡 일어났다.

"성메이, 너 많이 취했어. 방에 가서 자는 게 좋겠어."

하지만 왕바이촨이 앤디보다 먼저 일어났다.

"웨이 사장님, 죄송합니다. 저는 먼저 가보겠습니다."

왕바이촨이 밖으로 나가자 특이점이 서둘러 따라갔다.

"바이촨 씨, 이러지 말아요. 여자를 잘 모르는군요. 여자가 화를 내는 건 상대를 중요하게 생각한다는 뜻이에요. 오늘은 모두 난처한 상황이니까 일단 진정하고 나중에 둘만 있을 때 얘기를 해봐요."

"저는 난처하지 않아요. 오늘 밤에 성메이에게 다 털어놓으려고
했어요. 하지만 이젠 그럴 필요가 없어졌어요. 허탈하군요."

왕바이촨의 입술이 파르르 떨려 말까지 더듬었다. 특이점이 직접
보트를 몰고 저수지 건너 주차장까지 데려다주겠다고 했다. 가는 길
에 특이점이 말했다.

"여자들은 자존심이 강하잖아요. 신경 쓰지 말아요."

"제 차가 렌트카라는 걸 다 알고 있었죠? 저를 동물원 원숭이 구경
하듯 지켜본 거예요?"

"렌트카가 뭐 어때서요? 나는 예전에 친구 사무실을 빌린 적도 있
어요. 너무 심각하게 생각하지 말아요. 성메이 씨가 바이촨 씨한테
마음이 없으면 이렇게 자주 만나겠어요?"

"아니에요. 우리 일은 그렇게 단순하지 않아요. 이제 알겠어요. 랑
사장님이 왔던 날…. 몇 마디로 설명할 수가 없군요. 생각을 정리해
야겠어요. 데려다주셔서 고맙습니다."

특이점도 더는 설득할 수가 없었다. 뭔가 복잡한 사연이 있는 것
같았다. 보트에서 내린 후 특이점이 주차장까지 동행했다.

"한마디만 할게요. 사람을 너무 좋게도 보지 말고 너무 나쁘게도
보지 말아요. 전부 평범한 사람들이에요."

왕바이촨이 두 손으로 특이점의 손을 잡았지만 아무 말도 하지 않
고 차를 몰고 떠났다. 특이점이 그 자리에 선 채 멀어져 가는 차를 쳐
다보았다. 방금 전 왕바이촨의 눈가에서 눈물이 반짝이는 것 같았다.
그는 술 저장고에서 나누었던 대화를 떠올리며 하늘로 시선을 옮겨
달을 쳐다보고는 리조트로 돌아왔다.

왕바이촨이 레스토랑을 뛰쳐나간 뒤 판성메이가 피식 웃으며 말

했다.

"밥 먹자. 왜들 안 먹고 있어?"

하지만 그녀의 두 볼 위로 눈물 두 방울이 굴러 떨어졌다. 그녀가 벌떡 일어나 밖으로 뛰어나갔다. 도망치고 싶었지만 차가 없으니 방으로 도망칠 수밖에 없었다.

앤디, 관쥐얼, 추잉잉이 동시에 취샤오샤오를 노려보았지만 취샤오샤오가 가슴을 쫙 펴고 아무렇지 않게 말했다.

"어서 먹자."

14

은둔형 외톨이란 뭘까? 사람마다 해석이 제각각이다.

앤디는 집순이란 '일과 수면 외에 거의 대부분의 시간을 집에서 보내고 밖에 나가 한가롭게 돌아다니고 싶은 욕구가 없는 여자'라고 했다. 상상력이라고는 없는 평범한 대답에 22층 전체의 야유가 쏟아졌다. 앤디는 이해할 수가 없었다. 정확한 대답이 좋은 대답이 아니라는 말인가?

판성메이는 집순이란 '사랑이 부족한 여자'라고 했다. 연애에 빠진 여자가 집에만 틀어박혀 있는 건 본 적이 없다. 예전에 판성메이는 저녁 약속이나 접대가 있는 날을 제외하면 퇴근해서 저녁을 먹은 뒤 아파트 주변의 의류매장을 구경하곤 했다. 그러다 보니 수입의류 매장의 주인들과 친해져서 새 상품이 들어올 때마다 전화로 알려주었다. 매장 쇼윈도에 진열할 옷을 코디할 때도 그녀가 적극적으로 도와주었기 때문에 늘 좋은 옷을 저렴하게 살 수 있었다. 그녀는 자신과 왕바이촨이 연인 관계라는 걸 인정하지 않았지만 리조트에서 돌아온 뒤부터 저녁에 의류매장을 구경하러 가지 않았다. 그녀는 요즘 어두컴컴한 방에 틀어박혀 한밤중까지 인터넷으로 미국드라마를 보았다.

관쥐얼은 대답하지 않았지만 모두들 그녀의 대답을 알고 있었다.

그녀에게 집순이란 '날마다 일에 지쳐 살고 틈만 나면 부족한 잠을 보충하는 여자'일 것이다. 안타깝게도 22층 여자들은 그런 그녀를 이해하지만, 같은 회사를 다녔던 리자오성은 이해하지 못했다. 리자오성은 관쥐얼이 자신을 만나기 싫어서 둘러대는 변명이라고 생각했다. 같은 회사에 다녔지만 그는 짧은 여유 시간도 허투루 보낸 적이 없었다. 관쥐얼도 처음에는 푹 쉬어야 다음 날 회사에서 일할 수가 있다고 설명했지만 리자오성이 계속 불평을 하자 말이 안 통하는 사람이라고 생각하고 요즘은 그의 전화도 받지 않고 문자에도 답장을 보내지 않았다.

추잉잉은 '거의 모든 일상생활을 인터넷으로 해결하는 여자'가 집순이라고 대답했다. 그녀에게는 타오바오의 택배를 받는 일이 거의 매일의 일과였다. 그녀의 위시리스트에는 언제나 싸고 좋은 상품이 가득 들어 있기 때문에 22층의 타오바오 쇼핑 매뉴얼이라고 해도 과언이 아니었다. 또한 그녀는 주변 사람들을 모두 자신이 정의한 집순이의 범주 안으로 인도했다. 앤디에게 거의 매달리다시피 해서 국내 은행에 계좌를 개설하고 타오바오 회원으로 가입하게 했다. 앤디의 타오바오 첫 구매는 추잉잉이 개설한 커피판매점에서 원두커피 한 봉지와 커피잔 세트 하나, 전동 그라인더를 산 것이었다. 추잉잉은 앤디가 구매한 물건을 직접 집으로 배달했지만 앤디가 인터넷쇼핑 전 과정의 묘미를 맛볼 수 있도록 일부러 택배 상자를 1층 보안요원에게 맡겼다. 마트에 가는 것을 귀찮아하던 앤디는 금세 인터넷 쇼핑의 매력에 푹 빠졌다. 이제는 매주 마트에 갈 필요가 없었고 1층 보안실에서 2201호 다른 집순이의 택배를 대신 가져다줄 때도 많았다.

취샤오샤오에게는 아무도 집순이가 뭐냐고 묻지 않았다. 우선 22층에서 그녀를 거의 만날 수가 없었고, 그녀가 출현하는 날은 22층 전체가 소란스럽고 편안하지 못했다. 집순이가 뭐라고 생각하는지 굳이 물어보지 않아도 그녀에게 가장 어울리는 대답을 만들어낼 수 있었다. 관쥐얼이 45도 각도로 고개를 들고 몸을 꼬아 S자로 만든 뒤 취샤오샤오의 도도한 말투를 흉내 냈다.

"집순이가 뭐냐고? 나랑 반대가 집순이야!"

취샤오샤오의 만행에 피해 입은 전력이 있는 판성메이와 추잉잉이 박수를 치며 찬사를 보냈다.

앤디가 퇴근 후에 특이점이 생각나서 그에게 전화를 걸려다가 그가 박람회 참석 차 독일 출장을 갔다는 게 생각났다. 며칠 더 있어야 귀국할 것이다. 집에 가는 길에 마트 앞을 지나치다가 특이점이 1년 내내 빵과 버터, 햄을 끼워먹는 걸 못마땅하게 여기며 따뜻한 밥과 국을 먹으라고 말했던 것이 생각났다. 그녀는 마트 쪽으로 차를 돌렸다. 지하주차장으로 들어가며 그녀는 생각했다. 음식을 불에 익혀 먹는 것은 인간의 지혜였다. 음식을 익혀 먹기 시작하면서 침팬지처럼 질긴 날고기를 씹는 데 오랜 시간을 쓸 필요가 없게 되었고, 음식을 부드럽게 하고 전분과 단백질을 쉽게 소화되는 분자로 분해했기 때문에 인간은 음식을 더 잘 먹고 소화하고 흡수하고 또 저장할 수 있게 되었다. 이로써 인간은 먹을 것을 찾고 먹는 활동에서 해방되어 다른 일에 시간과 정력을 쏟을 수 있었다. 그러므로 요리를 싫어하고 요리를 시간 낭비로 여기는 것은 인류의 지혜를 거부하는 것이다. 앤디는 요리에 대한 선입견을 깬 뒤에 마트의 신선코너로 향했다.

하지만 역시 마트의 신선코너는 그녀에게 미로 같은 곳이었다. 그녀는 마음씨 좋게 생긴 중년 아주머니에게 만들기가 제일 쉬워 보이는 훠궈(火鍋, 중국식 샤브샤브)의 재료를 살 수 있게 도와달라고 했다. 아주머니는 인덕션, 스테인리스 냄비, 구멍이 뚫린 국자부터 양고기,

쇠고기, 야채, 냉동식품, 육수용 소스까지 훠궈를 만드는 데 필요한 일체의 도구와 재료를 골라주었다. 앤디는 그것들을 차에 가득 싣고 돌아왔다.

앤디가 2202호 앞을 지나며 "우리 집에 와서 훠궈 먹을래?"라고 외치자 안에서 세 사람이 일제히 대답했다. 관쥐얼도 있었다. 역시 세 여자 모두 집순이었다.

요리가 서툰 판성메이에게도 훠궈는 워낙 쉬운 요리였다. 그녀의 지휘하에 세 여자가 일사불란하게 냄비를 닦고 야채를 썼고 재료들을 접시에 담아 아일랜드 식탁 위에 풍성하게 차려놓았다. 냄비 속 육수가 끓기 시작하자 다른 세 사람은 젓가락을 들고 앤디는 포크와 나이프를 들었다. 얇게 썬 양고기를 육수에 익혀 먹어보더니 앤디가 만족스럽게 웃었다.

"와, 요리가 이렇게 간단해? 시간도 얼마 안 걸리네. 이 정도면 배울 수 있겠어." 눈치 빠른 판성메이가 말했다.

"웨이 씨를 위해 요리를 해주려는 거야?"

"응. 식당에 가면 시간도 오래 걸리고 불편해. 그 사람이 친구를 마주칠 때마다 잠깐 피해줘야 하고 술도 몇 잔 마셔야 할 때도 있고…. 집에서 먹으면 편하잖아. 훠궈 말고 쉽게 배울 수 있는 요리가 또 없을까?"

관쥐얼이 말했다.

"나는 죽이랑 국은 만들 줄 아는데 볶음요리는 어려워. 훠궈처럼 쉬운 게 아니야. 우리 엄마도 한 시간 넘게 요리해서 겨우 몇 가지 만들어내더라고. 복잡한 요리는 일요일에만 먹을 수 있어. 가끔은 주말 오전 내내 주방에만 있을 때도 있어."

앤디가 망설이는 걸 보고 판성메이가 말했다.

"국이랑 죽이 좋지. 아프거나 피곤할 때도 먹을 수 있고. 볶음요리는 배울 시간이 어디 있어? 차라리 도우미를 부르거나 사다먹는 게 낫지. 요즘은 서비스업이 워낙 발달해서 뭐든 다 먹을 수 있어. 유일하게 사먹기 힘든 게 국이랑 죽이야. 웨이 씨는 복도 많지."

"좋아! 국이랑 죽을 만드는 법을 검색해봐야겠네."

잠자코 있던 추잉잉이 더는 못 참겠다는 듯이 말했다.

"앤디 언니, 내가 뼈저린 경험에서 충고하는 건데 남자한테 너무 잘해주지 마. 잘해주고 싶어도 치약을 짜듯이 조금씩만 줘야 돼. 안 그러면 언니를 얕보고 금방 싫증 낼 거야. 이건 성메이 언니가 내개 충고했던 건데 지금은 내 경험이 돼버렸지. 언니도 옛날 나처럼 그 사람은 예외일 거라고 생각하고 있지? 하지만 예외는 극소수야. 예외가 아닌 사람이 절대 다수지. 언니는 나보다 똑똑하니까 나처럼 바보 같은 연애는 하지 않을 거라 믿어. 내가 이런 얘기했다고 웨이 씨에게 말하면 안 돼. 그럼 나한테는 밥도 안 사줄 거야."

추잉잉이 자신의 가장 아픈 경험을 꺼내 조언해주는 걸 보고 앤디가 감동을 받았다.

"고마워. 미국에서 읽은 책 중에도 그런 내용이 있었어. 하지만 감정을 자연스럽게 드러내는 게 나쁜 건 아니잖아. 좋아하는 사람이 생겼는데도 마음을 열고 사랑하지 않으면 사랑이란 감정을 그대로 느낄 수 없을 것 같아. 사랑하지도 않는 사람과 억지로 사랑하는 것과 뭐가 다르겠어? 너무 많이 따지면 사랑이라는 감정을 잃어버리는 게 아닐까? 여기서 한 가지 문제가 도출되지. 과정이 중요한가, 결과가 중요한가. 바꿔 말하면 가늘고 길게 가는 사랑과 짧고 굵은 사랑, 둘 중에 뭘 선택할 것인가. 나는 당연히 전자를 선택할 거야. 하지만 전제가 있어. 가늘고 길게 가더라도 반드시 진실한 사랑일 것. 한 사람을 오롯이 사랑하지 않고 가볍게 사랑한다면 짧게 끝내는 게 나아. 혼자 사는 것도 나쁘지 않아. 상대가 나를 무시한다면 차라리 일찍 끝내는 게 훨씬 낫고."

관쥐얼이 찬성의 의미로 손을 들었다.

"동의해. 하지만 그러다가는 쉽게 상처를 받을 수 있어."

앤디는 사랑에 상처받고 실성한 엄마가 떠올라 가슴이 덜컹 내려앉았다.

"행복을 추구하는 인간의 본능에서 출발한다면 사랑을 있는 그대로 표현하지 않고 심지어 피하고 감추면 상처받거나 자살할 가능성도 줄어들까? 하지만 위기와 기회는 함께 찾아오는 법이야. 통계를 내서 각각의 확률이 얼마나 되는지 따져본 다음에 결론을 내리자."

앤디가 베테랑 인사담당자이자 22층의 연애 전문가인 판성메이에게로 시선을 옮겼다.

"성메이 넌 어떻게 생각해?"

판성메이는 앤디의 질문에 현기증이 났지만 곧 자기 페이스를 되찾았다.

"사랑할 때는 많이 빠질수록 상처도 많이 받지. 더 슬픈 건 사랑에 얼마나 빠지느냐를 자기가 결정할 수 없다는 거야. 모든 결과는 한 사람을 사랑하는 그 순간에 결정돼. 누구를 얼마나 어떻게 사랑할지는 다 운명인 거야. 무슨 짓을 하던지 다 사소하고 부질없어. 물론 서른 살에도 집순이로 살고 있는 실패자인 내가 하는 말이니까 반면교사로 삼도록 해."

판성메이의 말이 앤디가 품고 있던 두려움을 몰아냈다. 그게 바로 판성메이의 성격이다. 일에서 책임지지 않는 그녀가 다른 것인들 책임지려 할까. 당당하게 책임지지 않고 사랑 앞에서 수동적이므로 결과는 언제나 미지수일 수밖에 없다. 사랑이 상처를 의미하는 건 아니라는 뜻이다. 다만 지금은 판성메이가 리조트에서의 일 때문에 의기소침해 있으므로 앤디는 다음에 기회를 봐서 판성메이와 얘기를 나누기로 했다.

추잉잉이 와인을 들고 판성메이에게 말했다.

"그래도 언니가 경험이 많으니까 언니 말을 들어야지."

관쥐얼이 재빨리 식탁 밑에서 추잉잉의 발을 걷어찼다. 판성메이의 상처에 소금을 뿌리는 말이었기 때문이다. 느닷없이 걷어차인 추잉잉이 어리둥절하게 관쥐얼을 쳐다보자 판성메이까지 관쥐얼을 쳐다보았다. 관쥐얼이 어쩔 줄 모르고 울상을 지었다.

다음 날 앤디가 관쥐얼에게 우울한 판성메이의 기분을 바꿔줄 수 있는 방법이 있는지 물었다. 관쥐얼이 생각하다가 말했다.

"성메이 언니가 부자들이 모이는 곳에 가는 걸 좋아해. 예전에는 그런 데 갔다 올 때마다 신이 났었어."

앤디가 관쥐얼을 흘긋 쳐다보았다.

"그렇다면…, 간단해. 곧 연말이잖아."

"사람은 누구나 평등해 보여도 이 사회에는 보이지 않는 계층이 나누어져 있어. 그걸 무시하고 위로 올라가려다가 벽에 부딪히고 상처받기 일쑤야."

"계층이라는 건 자기 마음속에 있는 장벽인 경우가 많아."

"어느 정도 내공이 쌓여야 계층에서 자유로워질 수 있는데 요즘 사람들은 사람보다 겉모습을 가지고 계층을 나누잖아. 마음을 어떻게 먹든 그게 무슨 상관이야?"

관쥐얼이 리조트 사건에 대한 생각을 얘기하고 있다는 걸 앤디도 알고 있었다. 앤디도 뭐라고 해야 좋을지 몰랐지만 관쥐얼이 자기 주관이 뚜렷하다는 걸 알고 그녀를 다시 보게 되었다.

취샤오샤오에게 드디어 저녁 접대가 없는 날이 다가왔다. 자오치핑을 한 번 만나기가 이렇게 힘들 줄은 몰랐지만 입찰하는 쪽에서 입찰 최저선이 없다는 건 더더욱 뜻밖이었다. 월요일부터 자격 심사를 명분으로 하이시를 방문한 입찰 업체를 만나 먹고 마시고 놀면서 접대를 했다. 그런데 한창 흥이 오르면 그들이 제일 많이 하는 말이 "일 얘기는 그만 합시다."였다. 취샤오샤오는 어떻게 하면 양심 없이 공짜로 먹고 마시려는 음흉한 놈들과 일 얘기를 할 수 있을지 아빠에게 조언을 구했다. 그러자 아빠는 간도 쓸개도 다 빼줄 듯 퍼주는 수밖에는 없다고 했다. 원래 입찰이란 누가 콩고물을 더 많이 주느냐의 경쟁이라는 것이었다.

취샤오샤오는 속이 타들어갔다. 이렇게 계속 퍼주다가는 남는 게 하나도 없을 것이다. 그 자리에서 손익 계산을 해서 아빠에게 보여주었다. 이익이 얼마이고 회사의 각종 비용을 공제하면 얼마나 남는지 말이다. 콩고물의 액수도 이 최종적인 수익에 따라 결정되었다. 아빠가 연필을 꺼내 최종 수익을 나타내는 숫자에 동그라미를 쳤다.

"바로 이거야. 어느 정도 사업을 해본 사람들은 원가가 얼만지 뻔히 알아. 베테랑들은 네 회사가 어떻게 돌아가는지 속속들이 보이지. 그럴 때는 이 수익을 다 던지는 게 나아. 그 대신 그들과 돈독한 관계를 맺고 너한테 문을 활짝 열어주게 하는 거지. 수익을 얻을 기회는 …, 앞으로도 아주 많으니까."

취샤오샤오는 아빠가 친 동그라미가 유난히 검게 보였다. 아빠 손에 들려 있는 연필을 낚아채 확인해보니 역시 2B 연필이었다. 어쩐지 아빠가 알려준 수법이 연필심만큼이나 검었다. 그런데 비난의 말이 목구멍까지 차올랐을 때 퍼뜩 아빠의 말뜻을 깨달았다. 그녀의 얼굴이 환해졌다. 그녀가 2B 연필로 최종 수익액 뒤에 '-20만'이라고 적었다.

"우리가 많이 버는 거 같잖아. 친구에게 인심도 후하다는 걸 보여줘야지. 그렇다고 납품할 때 수작을 부리지도 않을 거야. 오케이. 엔지니어랑 얘기해봐야겠어."

입찰 업체의 실사팀이 방문한 기간 동안 취샤오샤오는 아예 실사팀이 묵는 호텔 바로 옆에 있는 호텔에 방을 잡아놓고 거기서 생활했다. 길에서 허비하는 시간을 아껴 더 많이 일하고 조금이라도 더 잘 수 있기 때문이었다. 그래서 그녀는 환락송 2203호에는 얼굴도 내밀지 않았다. 그녀는 22층 이웃들이 자신에게 소원해진 걸 느꼈다. 물론 그녀들이 그 정도 장난에 자신에게 등을 돌릴 거라고 생각하지는 않았다. 오히려 취샤오샤오가 통 집에 오지 않자 관쥐얼은 그녀가 이웃들을 볼 낯이 없어서 집에도 못 들어오는 줄 알고 자신과 앤디는 취샤오샤오를 용서했다고 모두에게 말했다.

심사팀이 돌아가고 난 뒤 취샤오샤오가 공항 주차장에서 자오치핑에게 메시지를 보내 드디어 진료 받으러 갈 시간이 났음을 알렸다. 그런데 공항을 빠져나와 공항고속도로를 탈 때까지도 답장이 오지 않았다. 하지만 그 무엇도 자오치핑을 향한 취샤오샤오의 뜨거운 감정을 막을 수 없었다. 그가 어디서 일하는지 모르는 것도 아니니 직접 찾아가면 될 일이었다.

취샤오샤오는 수술실 밖의 광경에 당황했다. 환자의 가족들이 수술실 앞에서 자오치핑을 기다리고 있었다. 흐느끼며 울거나 멍하게 눈에 초점을 잃고 있는 사람들을 보니 상황이 심각하다는 걸 짐작할 수 있었다. 이럴 때 눈치 없이 자초지종을 물으면 가족들로부터 된서리를 맞을 수 있어 아무 말도 하지 않고 조용히 기다렸다. 하지만 속으로 흥분을 누를 수가 없었다. 자오치핑이 커다란 마스크를 쓰고 수술용 조명 아래에서 근사하고 진지한 눈만 내놓고 메스를 움직이고 있는 장면을 상상했다.

수술은 세 시간째 끝나지 않았다. 취샤오샤오 자신도 어디서 이런 인내심이 나왔는지 알 수가 없었다. 아무것도 먹지 않고 미들힐 구두를 신고 세 시간 동안 꼬박 서 있었다. 그 사이에 기껏해야 전화 몇 통을 받고 문자 몇 개를 보냈을 뿐 자오치핑을 만날 수 있는 이 기회를 다시 놓치지 않으려고 한 걸음도 떠나지 않았다.

하지만 자오치핑보다 먼저 도착한 건 비보였다. 그걸 듣자마자 취샤오샤오의 머릿속이 혼란스러워졌다. 자오치핑이 보호자들에게 맞으면 어떻게 하지? 그 순간 그녀는 의사가 합법적으로 사람을 죽일 수 있는 직업이라는 우스갯소리 따위는 생각도 나지 않았고 자오치핑이 봉변을 당하면 어쩌나 오로지 그 걱정뿐이었다.

또 한참을 기다린 뒤 드디어 자오치핑이 모습을 드러냈다. 자오치핑과 함께 나온 다른 의사가 보호자들에게 설명을 하고, 자오치핑은 어두운 얼굴로 고개를 숙이고 있었다. 성공하지 못한 수술에 몹시 괴로운 것 같았다. 그녀는 그를 부르지도 못하고 다가갈 수도 없어서 멀리서 그저 바라보기만 했다. 그녀는 원래 소심한 남자를 흉보고 남자가 어깨를 축 늘어뜨리고 있는 모습을 싫어했다. 그런데 그런 모습의 자오치핑을 보며 싫다는 생각은 전혀 들지 않고 오히려 가슴이 아팠다.

또 기다렸다. 드디어 자오치핑이 엘리베이터를 타고 내려가 마지막으로 오더를 내린 후 쓸쓸하게 복도를 걸어가고 있을 때 취샤오샤오가 그를 따라가 뒤에서 가만히 그의 이름을 불렀다. 자오치펑이 느릿느릿 고개를 들어 사람을 녹일 것 같은 눈빛으로 그녀를 보았다. 그녀는 차오르는 감정을 가까스로 누르고 부드럽게 말했다.

"자오치펑 선생님, 저 취샤오샤오예요."

"취샤오샤오 씨요?"

그녀로부터 수없이 많은 메시지를 받은 그가 마침내 그녀를 직접 만나게 보게 된 것이다. 알고 보니 요정처럼 깜찍한 여자였다. 그는 이런 환자를 치료한 기억이 없었다. 그는 이상이 있는 것 같다는 그녀의 발목을 눈으로 훑었다.

"발목은 다 나은 것 같군요."

"잘 모르겠어요. 많이 걸으면 붓고 아파요. 진료를 받으러 오고 싶었는데 계속 바빠서 시간이 없었어요. 다행히 선생님이 문자를 주셔서 버틸 수 있었어요. 오늘은… 많이 안 걸어서 그런지 아프지 않네요. 그래도 와서 선생님께 진료를 받고 싶었어요. 자상하게 대해주셔서 고마워요. 선생님이 아니었으면 정말 절망했을 거예요."

"별일 없었으면…." 자오치펑이 약간 당황한 듯 머뭇거렸다. "됐죠." 그가 몸을 돌려 진료실로 향했다.

취샤오샤오가 얌전히 그를 따라 갔지만 진료실로 들어가지 않고 문 앞에서 기다렸다. 그녀의 머릿속에는 이미 치밀한 계획에 서 있었다. 잠시 후 자오치펑이 평상복에 백팩을 메고 진료실을 나서자 그녀가 또 그의 뒤를 따라갔다. 자오치펑이 간호사실에서 간호사에게 몇 마디를 하고 또 오더를 내렸다. 그때 그녀가 다가가 말했다.

"선생님, 댁까지 모셔다드릴게요."

"고맙지만 제 차가 있어요."

"지금 선생님이 제 정신이 아닌 것 같아요. 운전은 위험해요. 제 차를 가져올게요. 작은 고물차지만 괜찮다면 제가 모셔다드릴 수 있게 해주세요."

"고맙습니다만, 괜찮습니다."

자오치핑이 황망한 눈동자로 엘리베이터 문을 바라보았다. 넋이 나간 표정이었지만 점잖고 예의 바른 말투였다. 엘리베이터가 도착했지만 그가 멍하니 선 채 움직이지 않았다. 취샤오샤오가 그의 손을 잡고 끌어당겨 엘리베이터에 태웠다.

"이런데도 괜찮다고요? 아무 말 말고 따라오세요."

취샤오샤오가 엘리베이터에서 내려 자오치핑의 팔을 끌고 자기 차가 있는 곳으로 가려는데 자오치핑이 한 손으로 이마를 가리며 한숨을 쉬었다.

"미안하지만 혼자 있고 싶어요."

"이럴 때 혼자 있으면 안 돼요. 내가 본 이상 내버려둘 수 없어요. 밥도 안 먹었죠? 나도 배고파 죽겠어요. 고맙다고 말하려고 수술실 앞에서 세 시간이나 기다렸다고요. 같이 밥 먹으러 가요."

"미안하지만 입맛이 없어요. 좋습니다. 집까지 태워다주세요."

요정처럼 예쁜 여자가 졸라대자 자오치핑도 화를 내며 거절할 수가 없어 한발 물러섰다. 취샤오샤오는 속으로 환호하며 자오치핑의 팔짱을 끼고 싶은 충동을 가까스로 눌렀다.

하지만 자오치핑이 차에 타자 그녀가 다시 조르기 시작했다.

"오늘 저녁을 꼭 사고 싶어요. 며칠 전에 다리가 너무 아파서 절망하고 있을 때 선생님이 보낸 문자를 받았어요. 선생님한테 밥을 사겠다고 결심했죠. 그러니까 오늘 꼭 밥을 살 거예요."

"의사로서 책임을 다했을 뿐입니다…."

"의사로서 책임을 다했을 뿐입니다. 모든 환자가 밥을 산다면 소처럼 위가 네 개라도 다 먹지 못할 겁니다.'라고 말하고 싶겠죠. 하지만 선생님은 소랑 달라요. 소의 위는 한계가 있지만 선생님은 위를 몇 개라도 더 달 수 있잖아요. 훌륭한 의사니까."

"훌륭하다고요?"

자오치펑의 입술 사이로 탄식이 흘러나왔다.

"왜요? 한 번 수술을 실패했다고 다 끝나나요? 오늘 수술이 그렇게 특별해요? 의사들은 생로병사를 많이 봤을 거 아니에요. 오늘 같은 일은 종종 겪지 않아요?"

"그 환자는 제가 당직의사가 된 첫날 진료한 환자예요. 제겐 특별한 환자죠. 몇 년 동안 병이 악화되는 걸 지켜봤어요. 그러다가 결국 … 나도 어쩔 수 없는 상황이 됐고, 오늘이 오고야 말았어요. 어떻게 내가 아무렇지도 않을 수 있겠어요? '아, 이렇게 될 줄 알았어요, 내 진단이 정확했고 모든 치료도 적절했고 내가 예상한 때에 사망했군요.'라고 말할 수 있겠어요?"

"그럴 수 없죠. 로봇도 아닌데."

"맞아요. 난 로봇이 아니에요. 몹시 괴롭군요. 집에 가서 조용히 있고 싶어요."

"조용히 있는 게 뭐예요? 내가 술 살게요. 술이 어혈을 풀어주는 효능이 있다고 하잖아요. 저 마셔도 괜찮아요?"

"다리 다 나았잖아요. 마셔도 괜찮아요."

"허락했으니까 내가 술 마실 때 같이 있어줘요. 도망칠 생각하지 말아요. 문제가 생기면 당장 의사 선생님에게 책임을 물 테니까."

자오치펑은 정신이 없었다. 취샤오샤오의 언변에 넘어가 조용히 있으려고 했던 계획이 무산되었다. 대답하고, 설명하고, 맞춰주느라 많은 말을 해야 했고, 식당에 가서 배부르게 밥을 먹은 뒤 와인까지 마셨다. 술을 마신 뒤에는 또 취샤오샤오에게 이끌려 클럽에 가서 실컷 놀았다. 수술실 일을 모두 잊었다고 하면 거짓말이겠지만 취샤오샤오 덕분에 크게 한숨을 내려놓고 활기를 되찾을 수 있었다.

새벽에 자오치핑이 택시로 취샤오샤오를 집에 데려다주기로 했다. 택시 안에서 두 사람 모두 피곤해서 하품을 연발했다. 자오치핑이 술기운이 짙은 목소리로 물었다.

"당신, 하늘이 날 구하라고 보내준 요괴 아니에요?"

"너무 이랬다저랬다 하는 거 아니에요? 밥 먹을 땐 요정 같다고 하더니 이젠 또 요괴래요?"

"맞아요. 요괴. 내 눈이 틀림없어."

"요괴는 당나라 스님을 좋아하는데 그쪽이 당나라 스님이에요?"

"삼장법사죠."

"삼장법사군요? 그럼 삼장법사를 삶아 먹을까요, 볶아 먹을까요?"

택시 운전사가 그 말을 듣고 큭큭 웃었다. 취샤오샤오가 더 의기양양하게 말했다.

"요괴는 삼장법사를 실컷 가지고 놀다가 잡아먹는 답니다! 앞으로 날 보고 도망치면 안 돼요!"

자오치핑은 웃지 않았지만 진심 어린 표정으로 말했다.

"샤오샤오 씨, 고마워요."

"그렇게 고마우면 다음에 밥 사세요."

"좋아요."

취샤오샤오가 자오치핑의 짧은 대답에 신이 나 집으로 들어왔다. 그녀는 자신 있었다. 그녀가 마음먹고 유혹하면 넘어오지 않을 남자가 없었다. 자오치핑도 그렇고, 그녀가 밑지면서까지 입찰을 따내려는 그 회사도 마찬가지였다.

판성메이는 퇴근길에 앤디의 전화를 받았다. 북적이는 만원 지하철에서 앤디의 말을 알아들으려 핸드폰에 귀를 바짝 붙였다.

"성메이, 나 좀 도와줘. 오늘 갑자기 행사에 참석하게 됐어. 쟁쟁한 사람들이 모여서 축사를 하고 상을 주고 파티도 하고 자선 경매도 하는 자리야. 웨이 씨도 없고 중국에 와서 이런 모임은 처음이라 에티켓을 몰라. 같이 가줄 수 있어? 제발 도와줘. 시간이 없어. 지금 집으로 데리러 갈게. 너밖에 믿을 사람이 없어."

판성메이는 자기밖에 도와줄 사람이 없다는 얘기에 흔쾌히 대답했다.

"걱정 마. 집에 가서 옷 갈아입고 화장하고 준비하고 기다려. 나도 곧 도착할 거야."

앤디가 전화를 끊으며 쾌재를 불렀다. 오늘 행사는 그녀가 탄쭝밍에게 부탁해서 참석하게 된 것이다. 마침 연말이라 이런저런 사교모임이 많을 거라는 예상은 했지만 아침에 생각한 계획을 당일 저녁에 실행에 옮길 수 있을 줄은 몰랐다. 탄쭝밍이 평소와 달리 적극적인 그녀를 이상하게 여겨 무슨 일이냐고 묻자 그녀는 이웃 친구를 도와주려는 거라고 했다. 그러자 탄쭝밍이 패션계에서 열리는 행사의 초대장 세 장을 주었다.

판성메이가 집에 도착하자 이미 준비를 마친 앤디가 엘리베이터 앞에서 그녀를 맞이했다. 앤디는 그녀에게 생각할 시간도 주지 않고 어서 준비하라고 재촉했다. 예쁘게 꽃단장을 하는 두 사람을 보고 추잉잉이 무슨 일이냐고 묻자 앤디가 사실대로 말할 수가 없어서 머뭇거렸다. 판성메이가 대신 대답했다.

"앤디가 파티에 가는데 같이 가주는 거야. 중국에 와서 파티에 가본 적이 없어서 누가 같이 가줘야 해."

추잉잉이 말했다.

"핸드폰 꺼내서 촬영 기능이 고장 나지 않았는지 미리미리 확인해. 파티 사진 찍어서 웨이보에 올리든가 문자로 보내. 알았지?"

"내가 웨이보에 올릴게."

앤디가 판성메이의 뒷모습을 찍은 다음 추잉잉의 성화에 못 이겨서 개설해놓은 웨이보에 올렸다. 추잉잉이 신이 나서 웃었다.

"하하하! 좋아, 좋아. 언니만 믿을게."

행사장에 들어가자 앤디가 사람들과 인사를 하러 다니느라 계속 같이 있어줄 수 없을 거라고 했다. 판성메이도 별다른 의심 없이 알았다고 했다. 앤디가 도와달라고 해서 세상 경험이 조금 더 많은 자신이 도와주려고 따라나서기는 했지만 사실 그녀도 이런 파티는 처음이었다. 물론 그녀는 혼자서도 위축되지 않았다. 다른 데 신경 쓸 틈이 없는 앤디를 대신해 핸드폰으로 이곳저곳 사진을 찍어 웨이보에 올렸다. 파티가 끝난 뒤 한 남자가 판성메이를 태워다주겠다는 걸 거절하느라 애를 먹었다. 앤디도 누군지 모르는 사람이었다. 앤디가 차에 올라 시동을 걸며 판성메이에게 물었다.

"그 남자 너한테 반한 거야? 역시 넌 매력이 넘쳐."

"명함을 달라고 하기에 네 명함을 줬어. 난 명함도 없는 별 볼 일 없는 여자라고 했지. 자, 그 남자 명함이야."

앤디가 명함을 받아 흘긋 보니 어느 회사의 임원이었다. 이름은 장밍쑹(章明松). 앤디가 명함을 돌려주며 말했다.

"나한테 연락이 오면 알려줄게. 이 사람 재밌어? 계속 널 붙잡고 얘기를 하던데."

"혼자 왔나 봐. 얘기할 사람을 만났으니 놔주지 않은 거지. 넌 여러 사람들이랑 얘기하더라. 다 아는 사람들이야?"

"몰라. 이 사람 저 사람 소개받다 보니까 그렇게 됐어. 몇 마디씩만 나눠도 시간이 훌쩍 가더라. 네가 있어서 마음이 놓였어."

앤디가 가방에서 명함 한 뭉치를 꺼냈다.

"이 사람들이야. 앞으로 모두 내 지인이 되겠지."

"잘생긴 남자 하나가 저녁 내내 널 따라다니던데, 누구야?"

판성메이는 장밍쑹과 얘기를 나누는 중에도 시선은 계속 앤디를 따라다니고 있었다. 그런데 한 매너 좋은 젊은 남자가 앤디에게 호감이 있는 듯 계속 그녀 주위를 맴도는 것이었다.

"아, 바오이판(包奕凡)? 전형적인 재벌 2세야. 경제지에서 인터뷰한 걸 본 적이 있어."

판성메이가 앤디가 건넨 명함뭉치 속에서 뒤적거려 바오이판의 명함을 찾아냈다.

"벌써 기업 경영권을 장악했나 봐. 실권을 쥔 거야?"

"그런가 봐. 머리가 좋고 자기가 원하는 게 뭔지 분명히 알고 있는 거지. 출발할 때부터 어떤 차가 계속 우리를 따라오고 있어. 장밍쑹이 널 차타는 데까지 배웅해준 걸로는 모자라나 봐. 역시 넌 매력이 철철 넘쳐."

"만약 바오이판이라면? 웨이 씨가 어떤 표정을 지을 지 상상이 간다."

판성메이가 뒤를 돌아보았지만 따라오고 있다는 차가 어떤 차인지 알 수가 없었다. 그녀는 바오이판의 명함을 다시 한번 자세히 들여다보았다. 앤디는 판성메이보다 한 살 많고 오늘 옷차림도 중성적인 흰 실크셔츠에 블랙 하이웨이스트 배럴스커트를 입었다. 유일한 장식이라면 어깨에 두른 밍크 숄뿐이었다. 그런데 어째서 엘리트들은 모두 앤디의 나이를 잊는 걸까? 판성메이는 뒤에서 따라오는 것이 바오이판의 차일 거라고 확신했다. 장밍쑹이 자신을 따라올 이유가 없기 때문이다.

"웨이 씨는 그럴 리 없어. 이성적인 사람이니까."

붐비는 시내를 벗어나자 뒤에서 따라오던 차가 그녀의 차 옆에서 나란히 달리며 차창을 열고 뭐라고 소리쳤다. 앤디가 신호등에 걸려 멈춰 선 후 차창을 내리고 보니 정말로 바오이판이었다. 바오이판이 명함을 건넸다.

"앤디 씨, 잠깐 커피 마시면서 얘기 좀 나눌 수 있을까요? 집에 가긴 아직 이른 시간이에요."

앤디가 명함을 받자마자 보지도 않고 판성메이에게 주었다.

"미안해요. 집에 가서 보고서를 써야 해요. 고마워요."

파란 불로 바뀌자 앤디가 창문을 올리고 출발하며 물었다.

"무슨 명함이야? 할 얘기가 있으면 전화로 하면 되잖아."

"새로 준 명함에는 직함은 없고 이름만 있어. 핸드폰 번호도 아까 준 명함과 달라. 자기가 핸드폰이 두 개니까 남들도 그럴 거라 생각하는 거지. 그리고…, 직접 만나서 얘기해야 진심을 보여줄 수 있잖아. 매력이 철철 넘치는 건 바로 너였어."

"하하하! 그 사람들 눈에 난 돈 버는 기계일 뿐이야. 어쨌든 신기하네. 따라오기까지 하다니. 내가 애인이 있다고 말해야 돼? 저 남자가 뭐라고 한 것도 아닌데 그럴 필요 없겠지?"

"넌 듣기 싫은 얘기겠지만, 너무 진지하게 생각하지 마. 저런 남자들이 여자를 얼마나 많이 만나봤겠어. 네가 다른 여자들과 달리 예쁘고 똑똑하고 전문성도 탁월하니까 신선해서 접근하는 거야. 그냥 가볍게 만나봐. 그러다가 헤어지면 친구가 돼서 같이 돈도 벌고. 나쁠 거 없잖아."

"그럴 시간 없어. 할 일이 산더미야. 매주 인터넷 서점에서 사는 책
들도 봐야 돼. 도대체 무슨 자신감으로 바쁜 내가 자기랑 커피 마시
며 노닥거릴 거라고 생각하는지 모르겠네."

"돈 있고 능력 있고 젊고 잘생겼으니까. 요즘 말하는 다이아몬드
급 킹카야. 저 남자랑 커피 한 잔 마시려는 미녀들이 집 앞에 줄을 섰
을걸. 웨이 씨만 아니면 너도 저 남자랑 커피를 마시러 갔을 거야. 현
실이란 원래 이렇게 단순한 거야."

"웨이 씨가 없었더라도 저 사람은 내 타입 아니야. 몇 마디만 나눠
봐도 논리적이지 못한 사람이란 걸 알겠더라. 별로 특별한 건 못 느
꼈어."

판성메이는 말문이 막혔다. 사람마다 추구하는 게 다르다는 걸 실
감했다. 그녀는 고개를 돌려 옆에서 계속 따라오고 있는 그 차를 쳐
다보았다. 눈처럼 하얗고 큰 차창 속으로 다이아몬드급 킹카가 어렴
풋이 보였다. 앤디가 남자를 보는 기준은 뭘까? 판성메이는 자신의
기준을 그렇게 당당하게 말할 수가 없었다.

환락송 아파트 앞에 도착하자 앤디가 차를 세우고 내렸다. 판성메
이가 조수석에서 밖을 쳐다보며 감탄했다. 마르고 작은 골격, 큰 키
에 가느다란 목. 앤디는 어떤 옷을 입어도 완벽하게 소화해내는 몸매
였다. 그녀 앞에 선 남자도 결코 뒤지지 않았다. 몸에 완벽하게 맞는,
브랜드를 알 수 없는 양복에 손짓 하나 몸짓 하나가 우아하다 못해
아름다웠다. 두 사람이 차 옆에 서서 애기하는 걸 보며 판성메이는
가슴이 시큰해졌다. 5년 전만 해도 그녀는 이런 기분이 들지 않았다.
5년 전 그녀는 이 세상이 자신을 향해 활짝 열려 있다고 생각했고 온
세상이 새롭고 아름답게 보였다.

바오이판이 말을 꺼내기도 전에 앤디가 속사포처럼 말을 쏟아냈다.

"인간의 체온은 37도죠. 현재 기온이 12도니까 온도차가 25도에요. 인간의 지방층에는 북극권 생물 특유의 콜라겐과 엘라스틴이 부족해서 추위를 막아주는 효과가 떨어져요. 열전도와 열대류는 온도차와 정비례해서 단위시간과 단위 면적에서는 온도차가 클수록 열전도율이 높죠. 보수적으로 계산할 때 내가 버틸 수 있는 시간은 5분이에요. 그쪽이 준 두 번째 명함의 전화번호는 이미 외웠고요."

앤디가 전화번호를 술술 읊었다.

아연실색해서 쳐다보던 바오이판이 앤디가 자기 전화번호를 한 자도 틀림없이 읊는 것을 보고 그제야 정신이 들어 웃음을 터뜨렸다.

"미안합니다. 긴 시간을 뺏진 않을게요. 제휴에 대해 얘기를 나누고 싶은데요. 제가 사흘 동안 하이시에 있을 겁니다. 언제든 괜찮아요."

"좋아요. 고마워요. 내일 비서에게 약속을 잡으라고 할게요. 어떤 번호로 연락하면 되죠?"

바오이판이 망설이다가 말했다.

"첫 번째 명함에 있는 번호요. 제가 하고 싶은 말은 여기까집니다. 만나서 반가웠어요."

그가 앤디의 차 문을 열어주며 차 안에서 기다리고 있는 판성메이에게도 미안하다고 정중하게 인사했다.

앤디가 차를 몰고 아파트 안으로 들어가며 말했다.

"기를 확 죽여놨어. 간단한 질문에도 대답 못하고 버벅거리더라."

"진짜로 제휴하려는 걸 수도 있잖아?"

"여자랑 놀아보려고 돈을 쓸 생각이면 나 말고 다른 여자를 찾았을 거고, 진심으로 제휴하려는 거라면 이제 막 시작해서 실적도 없는 나한테 투자하겠다는 게 말이 안 돼. 저렇게 잔머리 굴리고 솔직하지 못한 사람과는 친구로도 지낼 수 없어."

"평소에 사람들 대하듯이 널 대한 게 실수였을 뿐이야. 남자들이 너처럼 센 여자들을 싫어하는 이유를 알겠다. 남자들의 위신을 깔아뭉개버리잖아. 멀리 내다봐. 나중에 네 고객이 될 수도 있어."

"사업가는 성과로 말하는 거야. 내가 성과가 없으면 아무리 아부를 해도 소용없어. 내가 성과가 좋다면 돈은 원수도 친구로 만들지. 그리고 난 그 남자한테 잘못한 게 없어. 살짝 기를 죽여놨을 뿐이지. 저렇게 경우 없이 구는데 참아줘야 해?"

판성메이가 말했다.

"저 남자가 경우 없이 군 건 또 뭐야? 너랑 얘기 좀 하겠다고 따라온 게 큰 잘못이야?"

앤디가 정색을 했다.

"저렇게 일방적으로 나오는 게 잘못이 아니라는 거야?"

"저런 남자가 그 정도 했으면 할 만큼 한 거야. 샤오샤오 좀 봐. 얼마나 기세등등한지."

"그러든가 말든가. 저런 남자한테 굽히기 싫어. 서로 엮이지 않으면 그만이지. 타협하긴 싫어."

"그건 타협이 아니라 현실을 인정하는 거야. 이 사회가 원래 그래."

주차를 할 때까지 두 여자의 토론은 결론이 나지 않았고 누구도 양보하지 않고 팽팽히 맞섰다. 때마침 판성메이의 핸드폰에서 울린 메시지 알림음이 적절히 대화를 끊어주었다. 장밍쑹이 집에 잘 들어갔느냐며 보낸 문자였다. 판성메이도 의외였다. 애프터 신청을 받을 줄은 몰랐기 때문이다. 그녀가 곧바로 답장을 보냈다. 앤디가 차에서 내려 판성메이를 기다렸다.

판성메이가 답장을 보내자마자 장밍쑹의 대답이 왔다. 그녀의 얼굴에 그녀다운 생기와 흥분이 되돌아왔다.

앤디가 그걸 보고 나머지 두 장의 파티초대장은 탄쭝밍에게 돌려주기로 했다. 그런 따분한 파티와 허무맹랑하게 거창한 시상식은 한번으로 족했다. 무의미한 일에 시간을 낭비하고 싶지 않아서 그런 행사는 앞으로도 쭉 탄쭝밍에게 맡기기로 결심했다.

두 사람이 엘리베이터에서 내리자마자 추잉잉이 환호성을 부르며 맞이했다.

"방금 전에 타오바오로 이탈리아산 커피머신 주문이 들어왔어. 맙소사! 오늘 온라인 숍 매출이 오프라인 매출을 뛰어넘었어. 처음이야. 온라인 판매 아이디어를 낸 게 나라는 거 알지? 다음달부터… 아빠한테 돈을 부치지 말라고 해야겠어. 오예!"

"1만 위안짜리 커피머신을 온라인으로 샀다고? 통 큰 사람이네!"

판성메이도 놀랐다. 그녀도 타오바오를 애용하지만 개설된 지 얼마 되지 않은 온라인 숍은 믿고 사기가 힘들기 때문이다.

"그저께 우리 매장에 왔던 사람이야. 계속 망설이기에 타오바오 주소를 알려줬지. 고민하다가 오늘 결심을 했나 봐. 정말 잘됐어. 내일 잘 포장해서 발송할 거야. 서비스를 잘해줘서 앞으로도 계속 원두를 사러 오게 만들어야지."

판성메이도 흥분했다.

"정말 잘됐다. 이 일이 너한테 잘 맞나 봐."

관쥐얼이 화장실에서 나오며 말했다.

"나도 그런 것 같아. 나무는 자리를 옮기면 죽고 사람은 옮기만 산다는 말이 있잖아. 추잉잉이 자리를 잘 옮겼나 봐."

관쥐얼은 진심으로 기뻐하고 있는 판성메이를 보고 앤디를 흘긋쳐다보았다. 앤디가 관쥐얼에게 눈을 찡긋거린 뒤 둘이 의미심장한 미소를 지었다.

판성메이가 인사담당자의 안목을 발휘해 추잉잉에게 충고했다.

"열심히 해봐. 온라인 매출이 꾸준히 늘어나면 사장님한테 매장 말고 사무실로 옮겨달라고 해. 머지않아 목표가 이뤄질 거야."

추잉잉이 말했다.

"난 사무실에 앉아 있는 것보다 매장에서 손님들을 직접 대하면서 일하는 게 훨씬 성취감이 있어. 생각해보니까 대학 졸업했을 때는 허영심이 있었던 거 같아. 그때 사무직을 고집하지 않았더라면 더 많이 배우고 돈도 더 많이 벌었을 거야."

철없이 좌충우돌하는 줄만 알았던 추잉잉이 그런 말을 하자 앤디도 그녀를 다시 보게 되었다.

앤디가 집으로 들어가자 2202호 세 여자가 문을 닫고 민생고를 어떻게 해결할지 머리를 맞대고 고민하기 시작했다. 추잉잉이 말했다.

"아파트 앞 패스트푸드점의 알량한 세트 메뉴 가격이 얼마로 올랐는지 다들 알지? 자그마치 12위안이야. 그것도 전부 풀밭이잖아. 겨우 두유에 고기만두 하나밖에 없는 아침 메뉴도 배불리 먹으려면 5위안은 줘야 해. 점심은 또 어떻고? 저녁보다 더 비싸. 계산해봐. 한 달 월급 중에 1,500위안은 식비로 써야 겨우 그럭저럭 먹고 살 수 있는데 그럼 남는 게 몇 푼이나 돼? 직접 밥을 해 먹으면 어떨까? 어제 앤디 언니 집에서 배 터지게 먹은 훠궈의 원가가 얼마일까? 우리도 아침, 저녁은 직접 해 먹자. 식비를 절반은 줄일 수 있을 거야. 돈은 3등분해서 내고."

생각에 잠겼던 판성메이가 말했다.

"난 다이어트 때문에 저녁은 거의 안 먹잖아. 미안해, 잉잉."

"나도 저녁은 거의 야근해서 저녁은 너 혼자 먹을 텐데. 아침에도 나는 우유랑 빵 한 조각이면 돼. 엄마가 보내준 음식들도 많고."

"집도 좁고 환기도 안 돼서 음식을 해 먹으면 냄새가 안 빠질 거야. 현실적으로 힘들어. 나도 밥 해 먹는 건 반대야."

주방이 판성메이의 방 앞에 있었으므로 그녀는 자기 몸에 기름 냄새가 배는 걸 원치 않았다.

"세 명 중에 두 명은 밥을 해 먹을 필요가 없으니까 이 문제는 없었던 걸로 하자. 전기요금, 수도요금, 가스요금을 공평하게 나누는 것도 쉬운 문제가 아니야."

"내가 전기밥솥을 사서 그걸로 밥이랑 반찬을 만들고 매일 아침저녁에 한 번씩만 쓰면 전기요금이 많이 나오지도 않을 거야. 내가 전기요금을 매달 20위안씩 더 낼게. 어때? 오늘 저녁에 식당에 갔다가 음식 값 오른 걸 보고 놀라서 까무라칠 뻔했다니까. 이러다간 돈 버는 족족 식비로 다 들어가게 생겼어. 다음 주에 석 달치 월세도 내야 하는데 아껴 쓰지 않으면 돈 나올 구멍이 없어."

돈을 내고 세 들어 사는 입장에서 자기 집에서 밥을 해 먹겠다는데 누가 반대할 수 있을까. 하지만 판성메이는 벌써부터 걱정이 태산이었다. 주방에서 물만 끓여 먹는 지금도 아침에 일어나자마자 그녀가 제일 먼저 하는 일이 문을 열어 환기시키는 것이다. 그러지 않으면 방안 가득 쿰쿰한 냄새가 진동한다. 그런데 추잉잉이 고기며 생선을 요리한다면 그녀는 주방에서 사는 것과 다를 바 없었다. 판성메이가 한숨을 내쉬었다. 무슨 방법이 있을까? 사실 추잉잉이 미리 동의를 구하지 않고 음식을 해먹는다 해도 판성메이는 반대할 수가 없었다.

언제쯤 이 옹색한 집에서 벗어날 수 있을까?

그래서 다음 날 장밍쑹이 저녁을 같이 먹자고 전화했을 때 판성메이는 생각할 것도 없이 승낙했다. 회사에서 퇴근하기 전 화장을 고치고 곧장 약속 장소로 향했다. 그런데 원수를 외나무다리에서 만나게 될 줄 누가 알았을까. 레스토랑에 들어서자마자 취샤오샤오가 어떤 미남과 식사를 하고 있는 것이었다. 그녀는 모른 척하기로 했다. 취샤오샤오가 제발 자신을 발견하지 못하게 해달라고 신께 간절히 기도했다.

장밍쑹은 중년의 고위 임원답게 목에 잔뜩 힘이 들어가 있었다. 그녀가 와도 의자에서 일어나지 않고 의자를 빼준다거나 여자를 챙겨주는 사소한 행동은 일절 하지 않았다. 하지만 그는 분위기가 우아한 고급 레스토랑을 선택했고 판성메이에게 먹고 싶은 걸 마음껏 주문하라고 했다. 판성메이가 두 가지 음식만 주문하자 무과옌워(木瓜燕窩, 모과제비집찜), 칭쩡쑨커위(淸蒸笋殼魚, 망둥이찜), 빙전어간(氷鎭鵝肝, 거위간 냉채) 등을 더 주문했다. 판성메이가 너무 많다며 그만 시키라고 하자 랍스타 아스파라거스 스프를 마지막으로 주문을 멈추었다. 이 레스토랑의 음식 가격이 얼마나 되는지는 판성메이도 당연히 알고 있었다. 누군가 이런 곳에서 밥을 산다는 건 상대에게 각별한 마음을 품고 있다는 뜻이다. 하지만 세상 경험이 많은 판성메이는 꽃처럼 예쁘게 웃으며 태연하게 말했다.

"음식을 너무 많이 시켰어요. 출혈이 클 텐데."

"당신이 맛있게 먹어주면 돼요. 내일 주말인데 스케줄 있어요?"

"전…," 판성메이가 뜸을 들였다. "평일에는 출근하느라 바빠서 토요일에 집안일을 몰아서 해요."

"하하하. 반차 좀 내요. 내일 오후에 데리러 갈게요. 골프 치고 밥 먹고 그다음엔…, 뭐 하고 싶은 거 없어요?"

"영화 볼까요? 연말이라 대작들이 많던데. 영화관에 사람도 많고요."

상대가 미혼인지 기혼인지 모르지만 대놓고 물을 수가 없을 때 취하는 우회전략이었다. 유부남들은 십중팔구 아내가 아닌 다른 여자와 사람이 많은 영화관에 가는 걸 꺼린다. 켕기는 게 있는 사람들은 비슷한 사람들이 많이 모이는 클럽이나 가라오케를 선호하지만 판성메이는 그런 수작에 동참하고 싶지 않았다.

"좋은 생각이에요. 영화 본 지 오래됐네요. 마지막으로 본 영화가 뭔지 생각도 안 나요. 드세요. 술 한잔하실래요?"

판성메이는 노련하지만 노숙하지 않게 가끔씩 순수한 면을 보여주었고, 장밍쑹도 작업고수의 말솜씨로 그녀를 계속 웃게 만들었다.

취샤오샤오가 그런 그들을 발견하지 못할 리 없었다. 자오치펑이 어제 고마웠다며 취샤오샤오에게 밥을 사겠다고 해서 이루어진 자리였다. 원래 의사들은 일반인들의 호기심을 자극하는 화제를 많이 갖고 있다. 그는 인턴 때 있었던 일들을 얘기해주었다. 당시 성질이 괴팍한 환자가 있어서 날마다 사사건건 시비를 걸어 소란을 일으키곤 했다. 특히 사위가 높은 자리에 있다며 인턴들에게 호통을 치고 심하게 대하는 일이 많았다. 참다못한 인턴들이 그 환자에게 계속 링거주사를 처방했다. 그러자 그가 수시로 화장실을 들락거리다가 지쳐서 소란을 피우지 못했다. 취샤오샤오가 배꼽을 쥐고 까르르 웃어댔다. 진지한 줄만 알았던 자오치펑이 그렇게 짓궂은 장난을 칠 때도 있다니 그가 더욱 매력적으로 보였다. 그 환자가 인턴들이 일부러 자신을 골려주려 한 걸 알고 고발하지는 않았는지, 나중에 인턴들이 환자에게 이실직고 하지 않았는지 꼬치꼬치 캐물었다. 신이 나서 웃고 떠들던 취샤오샤오의 레이더에 드디어 판성메이가 포착되었다.

취샤오샤오가 자오치펑에게 속닥거렸다.

"저기 좀 봐요. 내 이웃인데 저 늙수그레한 남자랑 연애를 하는 거 같죠? 안 그래요?"

"아직 연애까지는 아닌 것 같지만 서로 호감은 있어 보이네요."

취샤오샤오가 핸드폰을 꺼내 몰래 사진을 찍어 앤디에게 보낸 후 얄궂은 웃음을 흘렸다.

"이 재미난 소식을 다른 이웃에게도 알려줬어요."

"가서 인사 안 해요?"

"됐어요. 저 언니가 지난 주말에 애인이랑 깨졌거든요. 도끼로 제 발등을 찍어놓곤 내 탓이라고 하잖아요. 다른 이웃들은 앞뒤 따지지도 않고 불쌍하다고 눈물콧물 짜면서 근본적인 원인이 뭔지는 생각도 안 해요. 죽이 되든 밥이 되든 이제 상관하지 않을 거예요. 흥!"

취샤오샤오가 입을 삐죽이며 술잔을 들어 올려 들이키려다가 자오치펑이 앞에 있다는 걸 깨닫고 술잔을 내밀어 건배를 한 뒤 단숨에 입에 털어 넣었다.

자오치펑이 판성메이 쪽을 쳐다보며 이상하다는 듯 중얼거렸다.

"지난 주말이면…, 일주일도 안 돼서 다른 남자랑? 대단하네요."

취샤오샤오가 속으로 쾌재를 불렀다. 역시 자신과 잘 통하는 남자였다. 사실 말로는 모른 척하겠다고 했지만 몸이 근질거리고 있었다. 하지만 자오치펑과 공감대가 생겼다는 사실이 기뻐서 판성메이의 연애 따위에는 참견하지 않기로 했다.

앤디가 책을 읽고 있다가 취샤오샤오의 문자를 받았다.

'성메이 언니가 늙은 남자랑 연애해? 저 남자 유부남 아니야?'

사진을 보니 장밍쑹인 것 같았다. 그가 유부남인지 아닌지는 앤디도 알 수가 없었다. 그녀는 남의 일에 간섭하지 말라고 답장을 보낸 뒤 곧바로 판성메이에게 조심하라는 문자를 보냈다.

앤디가 말리지 않았다면 취샤오샤오도 굳이 참견할 생각이 없었다. 하지만 앤디의 문자를 받자마자 청개구리 심리가 발동했다. 그녀는 자오치펑을 유혹하는 일도 잠시 미뤄두고 눈을 찡긋거리며 말했다.

"잠깐 인사하고 올게요."

"어쩐지 나쁜 짓을 하려는 예감이 드는 걸요?"

취샤오샤오가 큭큭거렸다.

"그런 거 아니에요."

그녀가 성큼성큼 걸어 판성메이에게 다가가 천연덕스럽게 아는 척을 했다.

"성메이 언니, 여기서 만나네. 언니도 밥 먹으러 왔구나?"

앤디의 문자를 받고 경계하고 있던 판성메이가 예쁜 눈썹을 찡긋 추어올리며 말했다.

"죄송하지만…, 절 아세요?"

취샤오샤오가 예상치 못한 반응에 놀랐다.

"어머, 왜 이래. 이웃도 몰라 봐? 이분은 누구셔?"

취샤오샤오가 명함을 꺼내며 고개를 들어 판성메이 앞에 앉은 남자에게 시선을 옮겼다. 그런데 그 남자와 시선이 마주친 순간 명함을 꺼내려던 손을 멈추었다. 판성메이의 모르쇠 전략이 주효했는지 남자도 취샤오샤오를 외면했다.

취샤오샤오가 갑자기 꼬리를 내리고 자기 테이블로 돌아갔다.

판성메이가 취샤오샤오의 뒷모습을 싸늘하게 쳐다보며 장밍쑹에게 말했다.

"제가 세 들어 사는 아파트에 하도 여러 명이 살다 보니 누가 누군지 잘 모르겠어요. 매너 없는 몇 명은 특히 그래요. 실례했어요."

"천지분간 못하는 사람들은 상대하지 않는 게 서로한테 좋죠. 잘

하셨어요."

판성메이가 매혹적인 미소를 지었다. 오늘 밤의 승자는 판성메이였다. 취샤오샤오가 못내 아쉬운 표정으로 장밍쑹을 돌아보았다. 취샤오샤오가 돌아볼 때마다 판성메이는 가슴이 오그라드는 것 같았지만 아무렇지 않은 척할 수밖에 없었다. 그녀의 테이블로 쳐들어가 취샤오샤오의 브라 안에 패드가 몇 겹이나 들어 있는지 폭로할 수도 없는 노릇이었다.

취샤오샤오가 판성메이의 테이블에 간 사이에 자오치펑이 웨이터를 불러 음식 값을 계산하겠다고 했다. 그런데 취샤오샤오가 가자마자 돌아오는 바람에 계산서를 가지고 온 웨이터와 딱 마주쳐버렸다. 마치 그녀에게 음식 값 계산을 시키려는 것처럼 되어버린 것이다. 자오치펑이 계산서를 보지도 않고 재빨리 신용카드를 꺼내 웨이터에게 건넸다.

취샤오샤오가 눈치 빠르게 말했다.

"나 몰래 계산하려고 했던 거예요? 자오치펑, 아이 러브 유."

레스토랑도 그녀가 정하고 음식도 그녀가 주문했으므로 그녀는 음식 가격을 알고 있지만 자오치펑은 모르고 있었다. 그녀는 웨이터의 손에서 계산서를 낚아채 금액을 확인하고는 이 레스토랑의 선불카드를 꺼내 자오치펑에게 보여준 뒤 웨이터에게 건네고 자오치펑의 신용카드는 돌려주었다.

"나 이 레스토랑 카드 있어요. 얻어먹을 수 있을 때 얻어먹어요."

그녀가 두 눈을 크게 뜨고 우스꽝스럽게 얼굴을 찌그렸다.

자오치펑도 고집을 부리지 않았다.

"오늘은 내가 사려고 했는데 미안해요. 다음에는 내가 장소를 정해서 밥 살게요. 신세만 질 순 없죠. 그런데 이웃한테 갔다가 금방 왔네요."

"날 모른 척하잖아요. 됐어요. 그러거나 말거나."

그녀가 입을 삐죽거렸다.

"훼방 놓을 거 뻔히 아는데 아는 척하겠어요?"

그녀가 애교 넘치는 말투로 말했다.

"천만에요. 난 그런 짓 안 해요."

아빠가 그렇게 말했다면 그녀는 이미 꽥 소리를 지르며 자리를 박차고 일어났겠지만 지금 그녀는 자오치펑 앞에서 내숭 떠는 게 재미있었다.

"내일 쉬는 날이니까 늦게 자도 괜찮죠? 밥 먹고 2차 가요. 아주 재미있을 거예요. 싸고 재밌게 놀 수 있어요. 내가 장담해요. 아니면 2차는 당신이 내는 걸로 할까요? 하하하! 빚진 건 빨리 갚을수록 좋아요."

자오치펑은 표정이 시시각각 풍부하고 다채롭게 바뀌는 이 여자가 좋았다. 빚진 걸 갚는다는 핑계로 못 이기는 척 그녀를 따라갔다. 취샤오샤오가 데리고 간 곳은 그는 한 번도 가보지 못한 클럽이었다. 클럽 한가운데 술잔 모양의 커다란 회전 유리통이 설치되어 있었다. 두 사람이 들어갔을 때 마침 그 속에 한 사람이 들어가 빠른 속도로 돌아가고 사람들이 주위를 에워싸고 환호성을 지르고 있었다. 잠시후 유리통이 멈추자 안에 있던 사람이 비틀거리며 나왔다. 테이블에 앉자마자 취샤오샤오가 술잔에 들어가겠다고 신청했다. 취샤오샤오는 신청해놓고 나서 자오치펑에게 사후 동의를 구했다.

"안 무섭겠어요? 난 이거 좋아해요. 저 안에서 시원하게 소리를 지를 수 있거든요."

"의학적인 이유로 난 이런 고속 회전체에 들어갈 수가 없어요. 당

434

신이 타는 걸 구경할게요. 재미있을 거 같아요."

취샤오샤오도 더 이상 조르지 않고 눈을 휘둥그레 뜨고 우스꽝스런 표정을 지어 보였다. 그녀는 자오치펑에게 벌주로 맥주 한 병을 마시게 했다. 금세 취샤오샤오의 차례가 되었다. 그녀가 신이 나서 술잔 속으로 들어가고 자오치펑은 밖에서 기다렸다. 술잔이 돌아가자 안에서 높은 데시벨의 비명 소리가 들렸다. 잠시 후 술잔이 멈추자 취샤오샤오가 국숫발처럼 흐느적거리며 나와 자오치펑의 품에 와락 안겼다. 그런데 그 와중에도 그녀가 혀 꼬인 소리로 "한 번 더. 한 번 더."를 외치는 것이 아닌가. 자오치펑은 이렇게 재미있는 여자는 정말 처음이었다. 그녀에게 술 한 모금을 마시게 하자 천천히 정신이 돌아왔지만 그의 품에서 기댄 채 일어나지 않았다. 두 번째로 술잔에 들어갔다 나왔을 때도 마찬가지였다. 그런데 동공이 풀린 채 자기 품에 와락 안겨 있는 그녀를 보고 자오치펑이 몸을 굽히더니 그녀의 입술에 입을 맞추었다.

잠시 후 정신을 차린 취샤오샤오가 다시 한번 그의 입술을 덮쳤다.

15

토요일 아침, 22층에서 제일 먼저 일어난 사람은 역시 앤디였다. 그녀는 평소대로 CCTV로 복도를 휘 둘러보고 안전하다는 걸 확인한 후에 조깅을 하러 집을 나섰다. 조깅하고 돌아온 후 두 번째로 집을 나서기 전 CCTV 화면을 보니 엘리베이터 앞에 한 남자가 서 있었다. 누굴까? 화면을 되감아 보니 그 남자가 2203호에서 나오는 장면이 찍혀 있었다. 앤디는 안심하고 밖으로 나갔다. 그런데 가까이에서 보니 그녀가 아는 남자였다. 컴퓨터처럼 정확한 그녀의 기억력으로 판단하건대 그 남자는 바로 취샤오샤오가 찍은 자오치펑이었다. 이렇게 빨리 넘어온 걸까?

앤디는 엘리베이터에서 젖은 머리가 헝클어진 자오치펑을 힐끔거리며 호기심이 스멀스멀 올라왔다. 엘리베이터가 지하주차장에 도착했지만 그녀는 내리지 않고 다시 집으로 올라가 CCTV 화면을 검색했다. CCTV로 녹화된 영상이 24시간이 지나면 자동으로 삭제되도록 설정해놓았기 때문이다. 지난 밤 화면을 찾아보니 과연 두 사람이 서로 뒤엉켜 격렬한 키스를 하며 2203호로 들어가는 장면이 찍혀 있었다. 앤디는 놀라서 입이 다물어지지 않았다. 어떻게 저럴 수가 있을까? 물론 안 될 건 없었다. 사람이란 원래 욕망의 동물이니까! 그녀는 녹화된 화면을 곧바로 삭제했다.

하지만 CCTV의 흑백영상과 그녀의 오래된 기억 속에서 깜깜한 밤에 보았던 광경이 너무도 흡사해 한동안 아무것도 할 수 없을 만큼 혼란스러웠다. 어떻게 그럴 수가? 어떻게? 그때의 기억이 떠오르면 그녀의 이성이 진탕에 처박혀 한동안 작동하지 않았다.

결국 그녀는 아침을 먹기로 한 약속에 늦고 말았다. 생기 넘치는 바오이판의 얼굴과 그의 젖은 머리를 보고 그녀는 또 기분이 한없이 가라앉았다. 계절은 분명 겨울인데 어째서 그의 주변에는 봄기운이 넘치는 걸까? 텅 빈 테이블 위에 바오이판의 커피 한 잔만 놓여 있는 걸 보고 그녀가 진심으로 사과했다.

"집에서 막 나오려는데 갑자기 일이 생겨서 늦었어요. 길이 막혀서가 아니라 순전히 제 개인적인 일로 늦었어요. 미안합니다."

바오이판은 김이 새버렸다. 방금 욕조에서 나온 듯 생기 넘치는 그의 모습은 사실 치밀하게 연출된 것이었다. 수없이 많은 사람들을 만나 본 레스토랑 웨이트리스도 테이블 옆을 지나가다가 그를 흘끔거리며 쳐다볼 정도였다. 그런데도 그의 앞에 앉은 앤디의 표정은 심드렁하기만 했다. 그녀의 두 눈동자에서 작은 불꽃 하나 보이지 않았다.

"괜찮습니다. 사과하지 않으셔도 됩니다. 시간을 잘못 택한 제 탓이죠. 실물 장사하는 사람들은 보통 일찍 일어납니다. 금융권은 다르다는 걸 깜박 잊었네요. 제가 주말 휴식을 방해한 건가요?"

"저도 보통은 일찍 일어나요. 오늘은 갑자기 일이 생긴 거고요."

사실 앤디도 오늘 아침 자신의 행동을 이해할 수가 없었다. 냉정한 성격의 그녀는 원래 남의 일을 이성적으로 분석하고 타당한 결론을 내린다. 그런데 왜 갑자기 그녀답지 않은 호기심이 발동했는지 이해할 수가 없었다. 웨이트리스가 메뉴판을 가져다주었다. 그런데 메뉴판에 음식 사진이 없고 그녀는 광둥식 아침 메뉴에 대해 아는 게 별로 없었다. 그녀가 메뉴판을 덮고 웨이트리스에게 말했다.

"이분과 똑같은 걸로 주세요. 블랙커피 한 잔 하고요."

바오이판은 나이를 어느 정도 먹은 여자가 이렇게 말하는 걸 한 번도 본 적이 없었다. 어제 앤디의 이력을 알아본 바에 의하면 세상 물정을 모르는 여자도 아니었다. 메뉴를 고르는 것조차 귀찮다는 뜻일까? 그렇다면 그녀가 자신과 만나는 이 자리를 싫어한다는 결론을 내릴 수밖에 없었다. 그도 무른 성격의 소유자는 아니었다. 그가 메뉴판을 덮으며 말했다.

"저와 만나는 게 싫으시다면 커피 마시면서 일 얘기만 하죠."

웨이트리스가 심상찮은 분위기를 느끼며 메뉴판을 가지고 자리를 피했다. 앤디는 기분이 더 울적해졌다. 일진이 사나운 날이었다. 아침부터 끄집어내고 싶지 않은 기억이 불쑥 튀어나오더니 급기야 밥 먹는 것까지도 쉽지 않았다. 그녀가 웨이트리스를 다시 불러 메뉴판을 달라고 했다.

"미안해요. 오해예요. 제가 중국음식을 먹을 줄만 알지 주문할 줄 몰라요…. 이름만 보고는 어떤 음식인지 알 수가 없어요."

바오이판이 난감한 표정을 지었다. 박사 학위를 따고 10년 동안 실무 경험이 있는 여자였다. 외모로 보면 서른 살이 넘지 않은 것 같다. 아무리 어릴 적부터 외국에서 살았다고 해도 화교가 중국음식을 모르는 게 흔한 일은 아니었다. 그가 메뉴판을 받아 단 것과 짠 것, 마른 음식과 국물이 있는 음식 중 어떤 것을 좋아하는지 등 앤디의 식성을 물었다.

앤디가 말했다.

"오해하지 마세요. 정말로 잘 몰라요. 하지만 맛있는 걸 놓치고 싶진 않아요. 바오 선생님이 주문하는 건 다 맛있을 거 같아요. 똑같은 걸로 1인분 더 주문해주세요."

바오이판은 계속 어리둥절했다. 사회경험이 있는 여자가 이렇게 직접적으로 음식에 대해 모르지만 맛있는 걸 먹고 싶다고 말하는 건 본 적이 없었다. 그는 자기 앞에 앉은 이 여자가 점점 더 궁금해지기 시작했다.

주문한 음식들이 차례로 나왔다. 물론 앤디는 젓가락을 사용할 줄 모르고 또 젓가락질을 배울 생각도 없었다. 그는 스푼 하나로 모든 음식을 다 먹었지만 이것이 그들의 대화에 영향을 주지는 않았다. 또 바오이판이 이과생은 아니지만 머리가 좋고 언변도 논리정연했다. 숫자가 나오면 그는 꼭 메모를 해야 했지만 앤디는 그와의 대화가 만족스러웠다. 일 생각이 앤디의 머릿속을 꽉 채워 아침에 스멀스멀 올라오던 옛 기억들을 밀어냈다.

바오이판이 머리가 좋고 만반의 준비를 하고 온 덕분에 일에 관한 대화는 30분 만에 유쾌하게 마무리되었다. 짧은 시간이었지만 앤디는 바오이판이 취샤오샤오처럼 개념 없는 재벌 2세가 아니라 대범하고 창의적이고 솔직하지만 생각이 치밀한 사람이라는 걸 알았다. 바오이판도 앤디의 성격이 직설적이고 솔직하며, 전문성으로 똘똘 뭉친 데다 주제를 정확히 파악해 복잡한 것을 간단하게 정리하는 재능을 가진 여자라는 걸 알았다. 단, 먹는 일에 관하여만 상대의 진도를 고려하지 않고 속전속결로 먹어치운다는 게 흠이었다. 일 얘기가 끝난 뒤 두 사람의 먹는 속도가 현격하게 차이가 났다. 앤디는 자신이 남자보다 더 많이 먹었다는 걸 알고 부끄러웠다. 어째서 중국 남자들은 깨지락거리며 먹는 걸까. 특이점은 그녀보다 식성이 더 좋아서 다행이라고 생각했다. 그때 한 통의 메시지가 왔다. 추잉잉이었다.

'재래시장을 찾았어. 아침이라 마트보다 물건이 훨씬 많아. 먹고 싶은 거 있으면 얘기해. 내가 사다줄게. 물론 요리는 각자 하기.'

추잉잉이 사업이라는 걸 직접 접해본 뒤로 경제관념이 생기고 절약의 중요성을 알아가고 있다는 건 앤디도 들어서 알고 있었다. 그래도 추잉잉이 직접 장을 봐서 음식을 해먹을 줄은 예상하지 못했다. 앤디가 빙그레 웃으며 답장을 보내는 걸 보고 바오이판이 물었다.

"남자친구인가요? 주말 아침에 만나자고 해서 제가 방해를 한 건가요?"

"이웃 동생이에요. 아파트 근처에 있는 재래시장을 찾았다고 자랑을 하네요. 하이시에 계시는 동안 스케줄이 많아서 이 시간으로 어렵게 약속을 잡았다고 비서에게 들었어요. 앞으로는 바쁘시면 전화로 얘기하셔도 괜찮아요."

"그렇게 바쁘지 않아요. 제 비서가 괜히 바쁜 척을 했나 보군요. 오후에 레이싱장에서 폭스바겐 신차발표회가 있는데 관심 있으세요?"

"밥 먹고 공항에 가봐야 해요."

"모셔다 드리죠."

앤디가 미소를 지으며 그저께 밤부터 지금까지 계속 참고 있던 얘기를 했다.

"고맙지만 남자친구를 마중하러 가는 거라 제 차를 가져가야 해요."

"따라가고 싶군요. 앤디 씨의 남자친구라면 분명히 훌륭한 분일 텐데 친구가 되고 싶네요. 물론 제가 따라가면 불청객이 되겠지만요."

예상치 못한 답변에 앤디가 조금 놀랐다.

추잉잉은 어젯밤 인터넷에서 찾은 레시피를 한 손에 들고 시장 구석구석을 돌아다녔다. 간단하게 완성할 수 있는 요리들을 골라 파일에 저장해놓고 장을 보러 나오기 전에 메모해 나온 것이었다. 뭐든 시작이 힘든 법이다. 주말을 이용해 시장과 마트를 돌아다니며 거의 텅 빈 상태인 주방을 채워야 했다.

그래도 부모님이 요리하는 걸 어깨 너머로 보고 자랐고 젠빙 정도는 직접 만들 수 있었으므로 앤디처럼 요리에 완전 젬병인 건 아니었다. 하지만 계획을 실행에 옮긴 뒤에야 직접 밥을 해먹는 게 보통일이 아니라는 걸 깨달았다. 필요한 것들이 많아 커다란 봉투 두 개를 양손에 들고 집으로 향하며 직접 해먹는 게 사먹는 것보다 돈이 더 많이 드는 건 아닌지 걱정스러워졌다. 하지만 냉동만두 가격을 확인하고 난 뒤 단 돈 5위안에 훌륭한 한 끼를 먹을 수 있다는 사실에 다시 표정이 밝아졌다. 냉동식품을 사다가 직접 데워먹기만 해도 식당의 절반 가격으로 식사를 할 수 있으니 말이다. 아침에 밥에다가 장더우푸(醬豆腐, 삭힌 두부)와 셴야단(咸鴨蛋, 소금에 절인 오리알)을 먹는다면 1.5위안이면 해결할 수 있다! 추잉잉은 힘이 불끈 솟았다. 묵직한 봉지를 들고 있는 양손에 힘이 들어갔다. 하지만 신나게 집으로 돌아온 뒤 팔, 다리, 허리가 쑤시고 시큰거려 침대에 풀썩 뻗어버렸다. 손가락 하나 까딱할 힘조차 없었다.

점심을 먹은 뒤 장밍쑹과 만나기로 한 판성메이가 서둘러 빨래를 하고 있었다. 옷을 애지중지 하는 그녀는 세탁기로 빨기 아까운 것들은 문 앞에 내다놓고 일일이 분류해 각종 세제를 바른 후 욕실로 가져가서 손빨래를 했다. 반면 관쥐얼은 모든 옷을 한꺼번에 세탁기에 넣고 빨았지만 누수 사건을 겪은 후로는 잡지 한 권을 들고 세탁기 옆을 지켰다. 관쥐얼은 추잉잉이 뭘 사왔는지 궁금해서 추잉잉이 정리하기도 전에 장봐온 것들을 꺼내 보았다. 관쥐얼이 외쳤다.

"잉잉, 냉동만두 냉장고에 안 넣어도 돼?"

추잉잉이 벌떡 일어나 달려 나와 장본 것들을 정리했다. 관쥐얼이 옆에서 지켜보며 웃었다.

"성메이 언니, 잉잉 좀 봐. 제법 그럴듯한 거 같아."

"잉잉은 뭐든 한다면 하잖아. 행동도 빠르고. 그래서 내가 잉잉을 좋아해."

추잉잉이 칭찬을 듣고 신이 났다.

"어서 칭찬 좀 더 해줘. 칭찬하면 복이 온대. 난 지금 칭찬 에너지가 필요해."

판성메이가 온갖 미사여구를 동원해 추잉잉을 칭찬해주자 추잉잉이 피곤함도 잊고 벌떡 일어나 팔을 걷어붙이고 콧노래를 흥얼거리며 감자를 깎기 시작했다. 새로 산 압력밥솥에다가 투더우둔파이구(土豆炖排骨, 감자갈비찜)를 만들어볼 생각이었다. 관쥐얼이 그걸 옆에서 보다가 자기는 역시 요리에 흥미가 없다며 계속 사먹겠다고 했다.

판성메이가 말했다.

"앤디가 왜 아직 안 나오지? 벌써 외출했나?"

"웨이 씨가 오늘 낮 비행기로 돌아온대. 마중 나갈 거라고 했어."

그때 2203호에서 취샤오샤오의 목소리가 날아왔다.

"아침부터 왜 이렇게 시끄러워. 내 집에서도 다 들리네."

취샤오샤오가 늘어지게 하품을 하며 문을 열고 나와 찰랑거리는 머리를 빗었다.

"앤디 언니가 8시쯤 나가는 걸 누가 봤대. 또 알고 싶은 거 있으면 물어봐. 무료로 대답해줄게."

판성메이는 아는 척도 하지 않았고 관쥐얼이 웃으며 말했다.

"낮 비행기인데 8시에 나갔다고? 앤디 언니도 참…. 하하하! 근데 그 '누가'가 누구야?"

관쥐얼은 취샤오샤오가 그렇게 일찍 일어날 리 없다는 걸 알고 있었다. 그렇다면 8시에 앤디를 본 사람은 누굴까?

"성메이 언니, 어제 못 봤어? 여기 남자도 없으니까 날 모른 척할 필요 없잖아?"

판성메이가 고개도 들지 않고 대꾸했다.

"미안하지만 난 아직도 널 몰라. 알고 싶지도 않고 난, 네 언니도 아니야."

"와우! 언니 화났구나? 지난번에 내가 왕바이촨의 차적 조회를 해줬던 거 생각 안 나? 어제 같이 있던 남자가 유부남인지 아닌지 조사해줄까? 그 정도 나이면 일단 의심부터 하고 봐야지. 돌다리도 두들겨 보고 건너지 않으면 얼떨결에 세컨드가 될 수 있어."

"관심 꺼줘. 세컨드가 되든 서드가 되든 내가 알아서 할 테니까."

"그래? 알았어. 어쩔 수 없지…. 그런데 이걸 어쩌지? 어제 주차장에서 그 남자 차 번호를 적어왔는데."

판성메이가 벌떡 일어나 쏘아붙였다.

"또 무슨 짓을 하려고!"

판성메이가 발끈하는 걸 보고 취샤오샤오가 까르르 웃어 넘어갔다.

"정말 바보네. 어젯밤에 내 남자한테 빠져서 그럴 겨를도 없었어. 언니 연애 따윈 관심도 없다고. 그런 남자를 낚다니 정말 바보 같아. 우리 크림파스타 밥 먹으러 가야지. 난 그럼 이만."

판성메이의 두 눈에서 불길이 치솟았다. 마음 같아서는 실컷 때려주고 싶었다. 솔직히 그녀가 무슨 짓을 할지 걱정도 됐다. 말로는 관심 없다고 하지만 그 속을 누가 알까.

관쥐얼은 아연실색한 얼굴로 취샤오샤오를 쳐다보다가 그녀가 2203호로 쏙 들어가버리자 판성메이에게로 시선을 옮겼다. 판성메이의 얼굴이 붉그락푸르락했다.

"샤오샤오는 왜 자꾸만 언니한테 시비를 거는 걸까?"

판성메이는 아무 말도 하지 않았다.

집 안에서 듣고 있던 추잉잉은 의아했다. 취샤오샤오가 말은 얄밉게 해도 사실 틀린 말은 아니었다. 그런데 성메이 언니는 왜 저렇게 화를 내는 걸까?

취샤오샤오가 고양이 사료를 들고 밖으로 나가는데 1층에서 한 남자가 22층에 올라가게 해달라며 관리실 직원과 실랑이를 벌이고 있었다. 관리실 직원이 취샤오샤오에게 보고 물었다.

"혹시, 이분 아세요? 2202호 관쥐얼 씨를 찾아왔다네요. 핸드폰으로 전화를 해보라니까 관쥐얼 씨가 집에 없을 거라면서 오렌지 두 상자만 가져다놓고 내려오겠대요."

관쥐얼이 집에 있는데 왜 없다는 걸까? 취샤오샤오는 금세 그 이유를 알아차렸다. 전화를 하면 관쥐얼이 받지 않겠다고 할까 봐 겁이 나서 그러는 것이리라. 취샤오샤오가 건장하고 점잖아 보이는 그 청년을 위아래로 훑어보며 흔쾌히 말했다.

"아, 생각났어요. 쥐얼의 사촌오빠예요. 내가 같이 올라갈게요."

엘리베이터에 타자마자 청년이 물었다.

"2203호 취샤오샤오 씨죠?"

취샤오샤오가 깜짝 놀랐다.

"절 어떻게 아세요?"

"22층에서 취샤오샤오 씨만 못 봤거든요. 지난번에는 앤디 누님이 데리고 들어갔어요. 이웃들이 다 친절하시네요."

친절하다고? 취샤오샤오는 방금 전 판성메이의 분기탱천한 얼굴을 떠올리며 미소를 지었다.

"난 안 친절해요. 하지만 쥐얼한테는 잘해주죠. 그쪽이나 쥐얼이나 다 건실한 것 같네요. 잘 어울려요. 난 여기서 내릴 테니까 혼자 올라가요."

취샤오샤오가 10층에서 엘리베이터를 내려 다른 엘리베이터를 타고 내려갔다.

청년은 바로 린위안이었다. 린위안이 22층에서 내리자 2202호 세 여자가 깜짝 놀랐다. 판성메이만 방금 전 다툼의 여파로 기분이 좋지 않아 억지로 미소를 지어 보인 후에 하던 일을 계속 했다. 린위안이 관쥐얼에게 말했다.

"2203호 샤오샤오 씨가 들여보내줬어."

그 말에 세 여자가 모두 놀랐다. 추잉잉이 잽싸게 물었다.

"혹시 명함 안 받았어요? 아니면 전화번호를 가르쳐줬다거나."

"아뇨. 엘리베이터만 태워주고 10층에서 내렸어요. 쥐얼, 친구한테 오렌지를 선물받았는데 너무 많아서 가지고 왔어. 오늘 오후에 클래식 연주회 티켓이 두 장 있는데 관심이 있을지 모르겠어. 오렌지 상자 안에 넣어놨어. 나는 그럼 또 갈 데가 있어서…."

관쥐얼이 차를 우려서 내왔지만 린위안이 웃으며 사양했다.

"다음에 마실게. 고마워."

관쥐얼은 보안요원에게 확실히 눈도장을 찍어두려고 린위안과 함께 내려가기로 했다. 엘리베이터에 타자 린위안이 물었다.

"이웃들이 샤오샤오 씨를 싫어해?"

관쥐얼이 머뭇거렸다.

"22층에 오는 남자들마다 샤오샤오가 수작을 걸어서 우리를 기분 나쁘게 만들거든요. 왜 그러는지는 모르겠어요. 그래서 다들 경계해요."

"그럼 난 운이 좋았구나."

관쥐얼이 말했다.

"저도 운이 좋은 거고요. 아미타불."

밖으로 나가자 취샤오샤오가 멀지 않은 곳에서 길고양이들에게 밥을 주고 있었다. 관쥐얼은 취샤오샤오가 또 무슨 마수를 뻗치지 않을까 조마조마했다. 린위안은 그 상황이 재미있었다. 특히 잔뜩 긴장한 관쥐얼이 정말 귀여웠다. 린위안이 관쥐얼과 헤어지며 취샤오샤오에게도 손을 흔들어 인사를 했다.

취샤오샤오가 화단의 큰 돌 위에 앉아서 길고양이들의 호위를 받으며 린위안에게 손을 흔들더니 린위안이 가자마자 새된 소리로 호들갑을 떨었다.

"쥐얼, 쥐얼, 이리 좀 와봐! 고양이들이 못 가게 해서 움직일 수가 없어. 네가 이리 와!"

관쥐얼이 조심스럽게 다가가 멀찌감치 서서 물었다.

"무슨 일이야? 참, 내 선배를 들여보내줘서 고마워."

"나 내일 또 출장을 가야 돼. 내일부터 추워진다는데 이 녀석들을 든든히 먹여야 추위를 버틸 수 있을 거야. 내일하고 모레 나 대신 얘들한테 밥 좀 줄래?"

"알았어. 사료만 주고 가."

"그리고, 얘가 취다섯이야. 제일 비실비실해. 이 녀석이 와서 먹는지 배불리 먹는지 특별히 신경 써야 돼. 밥 먹으러 안 오면 찾아서 먹여줘야 돼. 할 수 있어?"

"응. 저번에 고양이들이 사는 곳을 알려줬잖아. 찾을 수 있어."

"정말 고마워." 취샤오샤오가 관쥐얼에게 손키스를 날렸다.

"넌 역시 사리분별이 정확해. 나랑 성메이 언니의 일은 너랑은 상관없으니까."

관쥐얼이 취샤오샤오를 흘겨보았다.

"묻고 싶은 게 있어. 왜 자꾸 성메이 언니를 못 살게 구는 거야? 장난치는 거야? 남을 골탕 먹이고 넌 재밌니? 우리 다 널 싫어해도 너 혼자 재밌으면 다야? 아니면 우리 기분은 생각도 안 하고 우릴 갖고 노는 거야?"

"성메이 언니 대신 따지는 거야? 너랑 잉잉은 다 좋은 애들이야. 성메이 언니 같은 사람이랑 어울려서 뭐하게? 사리분별은 하는 앤 줄 알았더니 잉잉이랑 똑같구나." 취샤오샤오가 돌 위에 앉아서 관쥐얼을 위아래로 훑어보았다.

"좋아. 억울한 오해받기 싫으니까 얘기해줄게. 이리 와봐."

관쥐얼이 여전히 경계를 풀지 않고 취샤오샤오를 쳐다보았다. 처음에는 그냥 가버리려고 했지만 취샤오샤오 때문에 괴로워하고 있는 판성메이를 위해 이유를 들어보기로 했다. 그렇게 해서 두 사람이 화해할 수만 있다면 얼마나 좋을까….

관쥐얼이 말했다.

"기다려봐. 앤디 언니도 부를게."

관쥐얼은 취샤오샤오를 별로 신뢰하지 않았으므로 취샤오샤오에게 피해를 입지 않은 또 다른 이웃인 앤디를 화상통화로 참여시키고 싶었다.

"참 가지가지 하는구나." 취샤오샤오가 눈을 흘기고는 상관없다는 듯 크림파스타와 신나게 장난을 쳤다.

관쥐얼과 앤디의 화상통화가 연결되었다. 비행기가 연착되는 바람에 공항에서 기다리고 있다고 하자 관쥐얼이 짧게 상황을 설명했다.

앤디가 말했다.

"좋아. 쥐얼, 아주 잘했어. 취샤오샤오가 왜 그러는지 이유나 알자. 내가 전화 끊었다가 다시 걸게."

앤디는 관쥐얼의 통신요금이 많이 나올까 봐 전화를 끊고 자기가 다시 걸었다. 앤디가 다시 전화를 걸자 관쥐얼이 취샤오샤오에게 다가가서 상황을 설명했다.

취샤오샤오가 피식 웃으며 핸드폰을 낚아채 앤디에게 말했다.

"설마 언니도 쥐얼이랑 같은 생각이야? 그렇다면 앞으로 앤디 언니가 아니라 앤디 할머니라고 부를 거야!"

앤디가 말했다.

"난 22층이 평화로우면 좋겠어. 이유가 뭔지 말해봐. 합당한 이유가 있는데도 돈키호테처럼 고군분투하는 거라면 너도 힘들잖아."

"좋아. 판성메이는 남자를 등쳐먹는 속물이야. 생사람 잡는 거 아니야. 처음 봤을 때 고급 클럽 오픈파티에 간다면서 잉잉한테 자랑을 하더라고. 금수저들이 오는 파티에 킹카를 사냥하러 간다나? 그게 속물이 아니고 뭐야? 그래서 그때 몇 마디 쏘아줬는데 나중에 클럽에서 보니까 남자를 제대로 유혹하지도 못하더라고. 그래서 내버려뒀지. 킹카 사냥이니 하는 건 그냥 허영심에 말로만 그런 거라고 생각했어. 그때부터 성메이 언니라고 부르면서 괴롭히지 않으려고 했지. 그런데 왕바이촨의 차가 렌트카라는 걸 알았을 때 뭐라고 했는지 알아? 그냥 데리고 노는 거래. 왕바이촨을 차버리지 않는 건 자기 욕구를 풀기 위해서라는 거야. 게다가 왕바이촨이 거짓말한 걸 모른 척하고 왕바이촨의 고객 앞에서 체면을 세우게 하더니 명품을 받아냈지. 그날 왕바이촨한테 에르메스 스카프를 뜯어내는 걸 내 눈으로 직접 봤어."

"샤오샤오, 잠깐. 성메이가 고객 앞에서 왕바이촨에게 에르메스 스카프를 뜯어낸 일에 대해 자세히 얘기해봐."

"자세한 건 나도 모르지만 자기 입으로 그랬어. 왕바이찬이 고객 앞에서 체면 때문에 돈을 쓴 거라고. 그렇게 양심 없는 짓이 어디 있어? 이게 속물이 아니고 뭐야?"

앤디는 특이점이 했던 얘기가 생각났다. 그날 리조트에서 왕바이찬이 먼저 가버릴 때 특이점에게 얘기를 하던 중 "랑 사장님이 왔던 날"이라고 했다는데 그게 무슨 뜻인지 알 수가 없었다. 앤디가 물었다.

"혹시 그 고객이 랑 사장이야?"

"아마 그럴 거야. 맞아. 틀림없어. 언니가 어떻게 알아? 언니도 판성메이가 속물인 걸 모를 리 없을 텐데. 앞으로 조심해. 속물한테 당하지 말고."

취샤오샤오가 옆에서 믿지 못하겠다는 표정을 짓고 있는 관쥐얼을 보더니 그녀를 핸드폰 앞으로 확 잡아당기며 앤디에게 물었다.

"랑 사장이 누군데?"

"왕바이찬이 그 일에 불만이 있는 것 같아. 웨이 씨한테 얼핏 얘기했나 봐. 그 스카프 때문일까?"

"뻔하지. 저런 속물들은 어릴 적부터 지금까지 질리게 많이 봤어. 100미터 밖에 있어도 냄새로 알 수 있다니까. 우리 아빠가 돈 좀 있다고 똥파리들이 어찌나 꼬이던지 우리 엄마 혼자서는 감당을 못해서 나까지 힘을 합쳐서 쫓아냈었다니까. 못 믿겠으면 내 친구들한테 물어봐. 내가 얼마나 유명한지. 남자든 여자든 꼬리만 살짝 드러내도 내 촉은 못 속여. 어젯밤에도 요염하게 차려입고 늙수그레한 남자랑 밥을 먹고 있더라니까. 늙은 남자한테 원하는 게 뭐겠어? 잉잉처럼 뭣 모르는 애도 아니고 늙은 남자가 젊은 여자를 불러낼 때는 다른 꿍꿍이가 있다는 걸 뻔히 알 텐데. 좋다고 따라 나가는 건 남의 가정을 파탄 내겠다는 거 아니야? 순수한 친구 사이일 거라고 하진 마. 쥐얼이 그랬다면 그 말을 믿어주겠지. 또 에르메스나 모터백 같은 걸 뜯어낼 생각인 거야. 그걸 공짜로 받아내겠어? 늙은 남자가 바보도 아닌데. 결국 내연녀 되는 거야. 쥐얼도 들었지만 아까 내가 성메이 언니한테 그 남자가 유부남인지 조사해보라고 했어. 세컨드가 되지 말라고. 그랬더니 뭐라고 했는지 알아? 되레 나한테 화를 내면서 때릴 기세로 나오더라니까. 몸으로 싸우면 내가 불리하니까 참았지. 그렇다고 아직 끝난 건 아니야. 속물은 공공의 적이야. 내 눈에 띄는 족족 박멸할 거라고. 평생 돈 한 푼 못 뜯어내게 짓밟아줄 거야."

관쥐일은 입을 다물 수가 없었다. 취샤오샤오의 말이 맞는 것 같았다. 특히 왕바이촨에게 에르메스 스카프를 받아냈다는 건 그녀도 알고 있었다. 앤디도 아무 말도 하지 못했다. 취샤오샤오가 의기양양하게 말했다.

"다들 이런 생각은 못했지? 세상에 제일 나쁜 사람을 짐승이라고 하지만 세상에서 제일 나쁜 동물은 바로 사람이야. 내가 제일 증오하는 족속들이 바로 돈만 밝히는 속물이야. 그런 여자들이 바로 짐승이야. 아무리 아닌 척해도 짐승이라니까. 특히 앤디 언니랑 웨이 씨, 조심해. 저런 속물들이 두 사람 주변에 수두룩하게 숨어 있어. 까딱 잘못하면 등쳐먹히는 거야. 웨이 씨 주변에도 속물녀들이 많아. 지난번 그 스캔들을 일으킨 아관난도 그런 부류야. 한번은 내가 떼어줬지만 앞으로 각별히 조심해."

"샤오샤오, 어젯밤 판성메이랑 만난 남자가 어떤 사람인지는 내가 조사해볼게. 넌 신경 쓰지 마. 어쨌든 내가 원하는 건 22층의 평화야. 소란스러워지는 건 원치 않아. 판성메이가 우리에게 피해를 주지만 않는다면 표면적으로는 잘 지내는 게 어때? 내 작은 부탁이인 셈 치

자. 우리 다섯 명이 얼굴 붉히며 헤어지는 건 싫어. 내가 그 남자 뒷조사를 한 뒤에 성메이랑 얘기해볼게. 성메이가 불륜을 저지르진 않을 거야….”

“앤디 언니, 쿨한 척할 거 없어. 판성메이가 대놓고 세컨드가 되고 싶다고 외칠 거 같아? 렌트카라는 걸 속이는 걸 알면서도 왕바이촨에게 하는 것 봐. 모른 척하면서 뜯어낼 건 다 뜯어냈잖아. 나중에 자기가 세컨드라는 게 밝혀지면 순진한 표정으로 자긴 몰랐다고 잡아떼겠지. 그러면 믿어줄 거야?”

“남의 사생활에 간섭하지 말자. 오케이? 내 말 들어. 네가 밖에서 속물들을 어떻게 손봐주든 간에 22층에서는 평화롭게 지내자. 쥐얼 생각은 어때?”

관쥐얼은 지난 주말 리조트에 갔을 때 귤나무 숲에서 판성메이와 나눴던 대화를 생각하고 있었다. 관쥐얼이 말했다.

“성메이 언니는 왕바이촨을 좋아해. 정말이야. 스카프나 가방을 뜯어내려고 왕바이촨을 만난 게 아니야. 성메이 언니가 어째서 왕바이촨에 대한 자기 마음을 인정하지 않는지는 잘 모르겠지만, 어쨌든 왕바이촨에게 뭘 뜯어내려고 만난 건 아니야.”

취샤오샤오가 싸늘한 웃음을 흘렸다.

“흥! 왕바이촨에게 마음이 있는데 일주일 만에 늙은 남자를 만나?”

“나이가 주는 압박감 때문일 거야. 노처녀가 되기 싫어서 서른 살을 넘기기 전에 어떻게든 해보고 싶은 거겠지.”

“앤디 언니는 서른한 살인데도 이 남자 저 남자 만나고 다니지 않잖아.”

“나도 오늘 나한테 마음 있는 남자랑 아침 먹었어. 물론 일 얘기를 했지. 그러니까 남자랑 밥 먹는 게 꼭 꿍꿍이가 있다고 할 순 없어.

샤오샤오, 1월 1일까지 휴전하는 건 어때? 난 판성메이가 모순덩어
리라고 생각해. 허영심이 있지만 본성은 착해. 남을 잘 챙기고 의리
도 있지. 세상에 완벽한 사람이 어디 있어? 한 달만 휴전하면서 생각
해보자."

취샤오샤오가 깔깔대며 웃었다.

"좋아. 언니 말대로 할게. 성메이라고 부르던 언니가 판성메이라고
부르는 걸 보니까 언니도 사실은 날 믿는 거야. 22층이 시끄러워지
는 게 싫을 뿐이지."

"약속 지키는 거다. 리조트에서처럼 약속 어기면 안 돼."

"이번엔 믿어도 좋아. 내가 판성메이랑 놀아줄 시간이 없거든. 출
장도 가야 되고, 시간 나면 또 누구랑도 놀아야 되고."

"좋아. 이번에는 약속을 어기면 야오빈에게 말할 거야. 속 좁게 보
여도 어쩔 수 없어."

취샤오샤오가 깔깔거렸다.

"앤디 언니, 아이 러브 유 쏘 머치! 나랑 야오빈이 어떤 사이인지
언니는 이해 못해. 하지만 이번에는 정말 성메이 언니를 골려줄 시간
이 없어. 장담할게."

앤디와 관쥐얼은 뭐라고 해야 좋을지 몰랐다. 판성메이와 취샤오
샤오 두 사람 모두에게 동의할 수 없었다. 하지만 앤디는 너그럽게
대할 수 있었고 관쥐얼은 자신과 다른 사람을 인정할 줄 알았다. 두
사람 모두 결론을 내리지는 못했지만 마음속 저울은 둘 중 한 쪽으
로 아주 약간 기울었다.

취샤오샤오가 관쥐얼에게 핸드폰을 돌려주자 앤디가 관쥐얼에게
말했다.

"쥐얼, 내가 한마디만 할게. 우리가 다른 판단을 할 수는 있지만 남

에게 돌을 던질 자격은 없어."

관쥐얼이 말했다.

"나도 그렇게 생각해. 알겠어."

관쥐얼이 취샤오샤오를 흘긋 쳐다보았다. 그렇다. 죄인에게 당당하게 돌을 던질 만큼 완벽한 사람이 어디에 있을까. 하지만 관쥐얼과 앤디 모두 취샤오샤오를 설득할 수 있다고 생각하지 않았다. 게다가 이런 이유를 가지고 취샤오샤오를 설득할 수 있다는 생각은 더더욱 하지 않았다. 그건 관쥐얼과 앤디 모두 잘 알고 있었다.

관쥐얼이 22층으로 올라가자 취샤오샤오가 잠깐 생각에 잠겼다가 피식 웃으며 뒤따라 올라갔다. 관쥐얼은 골치가 아팠다. 무슨 핑계로 취샤오샤오를 떼어놓을까? 어떤 핑계를 대도 취샤오샤오가 호락호락 놓아주지 않을 것 같아서 하는 수 없이 내버려두기로 했다. 두 사람이 엘리베이터에서 내리자 욕실 문 앞에서 세탁기를 지키고 있던 판성메이가 두 사람을 보더니 말없이 다시 고개를 돌렸다.

취샤오샤오는 아무 말도 하지 않았다. 관쥐얼이 그녀의 표정을 흘긋 쳐다보았다. 취샤오샤오가 한 손으로 입을 가린 채 발꿈치를 들고 과장된 몸짓으로 나풀나풀 2203호로 들어갔다. 관쥐얼은 그 모습이 우스웠지만 웃을 수가 없어서 손으로 입을 가렸다. 고래 싸움에 새우 등 터진다고 했던가. 판성메이 앞에서 웃음으로 취샤오샤오를 지지한다는 걸 드러낼 수가 없었다.

잠시 후 취샤오샤오가 고양이 사료 두 봉지를 가지고 나왔다. 한 손으로 여전히 입을 가리고 두 눈을 둥그렇게 뜬 채 손가락 사이로 웅얼웅얼 알아들을 수 없게 말한 뒤 고양이 사료를 관쥐얼에게 안겨주었다. 관쥐얼은 터져 나오는 웃음을 참으려 입술을 질끈 깨물었다. 취샤오샤오의 구부러진 눈과 활처럼 굽은 등을 보지 않으려고 얼른

몸을 돌렸다. 그런데 추잉잉의 호기심 넘치는 눈동자와 딱 마주치고
말았다. 취샤오샤오가 몸을 홱 돌려 2203호로 들어갔지만 현관문이
닫히자마자 깔깔대는 웃음소리가 문을 뚫고 새어나왔다.

추잉잉이 무슨 일이냐고 묻자 관쥐얼이 도리질을 치며 겨우 웃음
기를 몰아내고 말했다.

"샤오샤오가 출장 간 동안 고양이들에게 대신 밥을 주기로 했어."

"샤오샤오가 왜 입을 틀어막고 있는 거야? 너도 그렇고. 웃음이 나
면 웃으면 되잖아."

관쥐얼이 또 고개를 저으며 추잉잉에게 눈짓을 했다. 아무것도 모
르는 추잉잉이 집 안에서 압력밥솥의 추가 흔들리는 소리가 나자 냉
큼 집으로 달려 들어갔다. 관쥐얼이 고양이 사료를 안고 집으로 들어
왔다. 욕실 앞을 지나가는데 판성메이가 문 옆에 기대어 말했다.

"우린 중고등학생이 아니잖아. 나랑 샤오샤오가 사이가 안 좋다고
너까지 샤오샤오랑 놀지 않을 필요는 없어. 너랑 잉잉은 2203호랑
하고 싶은 대로 해. 내 눈치 볼 거 없이."

관쥐얼이 뭐라고 말하려다 입을 다물더니 결심한 듯 다시 입을 열
었다.

"앤디 언니가 샤오샤오랑 통화하면서 몇 가지 주의를 줬나봐. 그
래서 샤오샤오가 저러는 거야."

판성메이가 "아…." 하고는 더 말하지 않았다. 사실 할 말이 없었
다. 무슨 말을 하던지 이 상황이 창피하기 짝이 없었다. 자기 일을 다
른 사람이 나서서 해결해주어야 하고, 또 그게 한 번이 아니라 여러
번이라는 사실이 구질구질해서 도망치고만 싶었다.

우둔파이 냄새가 공기 중에 둥둥 떠다녔다. 고기 비린내와 기름
냄새. 여자의 향기와는 거리가 먼 냄새들이었다. 하지만 판성메이는

뭐라고 할 수가 없었다. 한 집에 똑같이 세 들어 살고 있으니 주방을 쓸 권리도 모두에게 있었다. 추잉잉이 볶음요리를 하지 않겠다고 양보를 했으니 더 이상 뭘 요구할 수가 없었다. 이게 다 자기만의 공간이 없어서 그런 걸 누굴 탓할 수 있을까?

추잉잉은 신이 나서 주방과 방 사이를 풀방구리 드나들 듯 들락거렸다. 인터넷에 남들이 올려놓은 레시피를 보고 그대로 따라했다. 우둔파이는 처음 만든 음식인데도 제법 그럴싸했다. 갈비를 먼저 데쳐내지 않아서 핏물 찌꺼기가 섞여 국물이 탁하고, 갈비와 감자를 따로 넣어야 한다는 걸 몰라서 감자가 너무 익어 뭉그러졌다는 걸 제외하면 다른 건 흠 잡을 데가 없었다. 하지만 초보인 그녀가 그렇게 세심한 데까지 신경 쓸 수가 없었다. 몇 번 맛을 보고 간을 잘 맞춘 뒤에 신이 나서 외쳤다.

"성메이 언니! 쥐얼! 밥 먹자! 얼마나 맛있는지 몰라! 어서 와봐!"

판성메이가 빙그레 웃었다.

"그런데 너 밥하는 걸 잊었지?"

"아, 맞아! 하하하! 이거 먼저 먹자. 정말 맛있어. 언니, 맛 좀 봐. 쥐얼, 어서 나와!"

추잉잉이 여러 번 불렀지만 관쥐얼이 나오지 않았다. 관쥐얼의 방으로 달려가보니 그녀가 침대에서 이어폰을 끼고 음악을 들으며 전공서적을 보고 있었다. 추잉잉이 다짜고짜 관쥐얼을 끌고 나와 자신의 첫 요리를 맛보게 했다. 판성메이는 식욕이 없었고 관쥐얼은 추잉잉이 만든 걸 마음껏 먹기가 미안했다. 하지만 이럴 땐 사양하지 않고 맛있게 먹어주는 게 추잉잉을 실망시키지 않는 방법이었다.

판성메이가 국물을 조금 떠먹어본 후 칭찬을 했다.

"역시 직접 만들어 먹어야 맛있어. 화학조미료도 쓰지 않고 재료도 신선하잖아."

그녀가 또 국물을 조금 떠먹었다.

"감자랑 갈비 맛이 어우러지니까 또 다른 맛이 나오네."

또 국물을 또 한 입 떠먹었다.

"어머, 갈비가 뼈까지 잘 익었어. 잉잉, 너 요리에 소질 있구나."

자기 그릇에 덜어낸 국물 한 국자를 다 먹고 나자 판성메이가 숟가락을 내려놓았다.

"많이 먹으면 안 돼. 맛있다고 더 먹었다간 작년에 산 스커트를 못입을 거야. 잉잉, 너 정말 대단해."

추잉잉은 신이 나서 판성메이가 국물 한 국자밖에 안 먹었다는 걸눈치채지 못했다. 추잉잉이 판성메이에게 자꾸만 더 먹으라고 권하자 관쥐얼이 말했다.

"잉잉, 오후에 클래식 음악회 갈래?"

추잉잉의 음식 공세에서 겨우 벗어난 판성메이가 관쥐얼의 어깨를 가볍게 두드렸다.

추잉잉이 물었다.

"무슨 클래식인데? 좋은 거야?"

"바흐 연주회야. 들려줄게."

관쥐얼이 자기 방으로 가서 음악을 틀었다.

"티켓에 클래식 동호인들이 모여서 결성한 팀이라고 쓰여 있더라. 같은 클래식 동호인들이 많이 올 거야. 기대되지 않아?"

추잉잉이 귀를 쫑긋 세우고 듣다가 말했다.

"난 안 갈래. 분명히 음악 듣다가 잠이 들 거야."

판성메이는 방 안에서 보습팩을 바르려고 뚜껑을 열고 있었다. 그녀는 클래식에 대해 아는 게 없었다. 그런데 이유는 모르겠지만 귓가를 울리는 음악이 가슴까지 파고드는 것 같았다. 팩통이 손에서 굴러 떨어지며 그녀의 마음도 함께 내려앉았다. 강인하다고 생각했던 마음이 바이올린 선율에 산산이 부서졌다.

판성메이가 마른기침을 콜록거리며 정신을 차렸다. 그녀가 밖에 있는 관쥐얼에게 말했다.

"잉잉이 안 가면 내가 가줄게."

"언닌…, 오후에 약속 있다며?"

"안 갈래. 재미없을 것 같아. 클래식 들으며 교양이나 쌓아야지. 젠장."

관쥐얼은 마지막에 붙은 "젠장"이라는 반전 단어를 듣고 이상한 낌새를 차렸지만 추잉잉을 향해 '쉿' 하는 동작을 하며 더 묻지 않았다.

"알았어. 그럼 옷만 갈아입고 가는 거지? 택시 말고 지하철 타고 가서 길에서 뭐 좀 먹으려면 시간이 별로 없네."

판성메이가 "응." 하고 문을 닫았다. 관쥐얼이 추잉잉과 눈빛을 교환한 뒤 살금살금 자기 방으로 들어가 옷을 갈아입었다. 물론 먼저 준비를 마치고 나온 건 관쥐얼이었다. 그녀는 캐시미어 스웨터 위에 짧은 정장재킷을 입었다. 잠시 후 밖으로 나가보니, 판성메이는 예복 같은 화려한 정장을 입고 있었다. 감색 모직 원피스에 왕바이촨이 사준 모터백을 들고 10센티미터짜리 하이힐을 신었다. 핑크색 립스틱에 흰 얼굴, 풍성한 웨이브헤어 그리고 목에는 진주목걸이를 매치해 복고적인 분위기가 물씬 풍겼다. 관쥐얼이 보기에는 요즘 시대에 안 어울리는 옷차림인 것 같았지만 판성메이가 요염한 미소를 짓자 그녀를 에워싼 공기가 빠르게 대류를 일으켰다. 판성메이가 관쥐얼의 스카프를 고쳐 묶어준 다음 추잉잉에게 인사를 하고 집을 나섰다. 엘리베이터에서 판성메이가 장밍쑹에게 전화를 걸어 집에 친척이 와서 같이 음악회에 가야 한다고 말했다. 클래식 동호인들이 모이는 자리라서 친척 혼자 가기 겁이 난다며 같이 가달라고 간곡히 부탁하는 바람에 안 갈 수가 없다며 둘러댔다. 관쥐얼은 어릴 적부터 의례적으로 하는 말들을 많이 듣고 자란 터라 대수롭지 않게 생각했지만 속으로 이 남자가 취샤오샤오가 어제 저녁식사 자리에서 보았다는 그 늙은 남자일까 생각했다. 만약 그 남자라면 판성메이가 왜 갑자기 마음을 바꿨는지는 대충 짐작이 가긴 하지만, 그녀가 왜 이렇게 옷을 차려입었는지는 아무리 생각해도 이유를 알 수가 없었다.

통화가 길게 이어지는 동안 관쥐얼이 말없이 따라가며 판성메이의 노련하고 재치 있는 말솜씨를 감상했다. 판성메이가 전화를 끊자마자 관쥐얼에게 말했다.

"아까 너랑 앤디랑 취샤오샤오와 무슨 얘기 했어?"

"별 얘기 안 했어. 샤오샤오가 언니한테 무슨 얘기를 했는지 말했고 앤디 언니가 그러지 말라고 했어. 올해 안에는 언니를 다시는 괴롭히지 않겠다고 약속했어."

"날 화나게 하면 내가 컴퓨터도 부술 거라고 했어?"

"아니…. 다른 걸로 위협했지만 별로 겁내지 않더라."

"자꾸만 나를 괴롭히는지 이유가 뭐래?"

"말하긴 했지만 나한테 묻지 마. 그건 샤오샤오가 언니한테 직접 얘기해야 할 거 같아. 내가 보기엔 타당한 이유가 아닌 거 같아."

판성메이가 더 이상 묻지 않고 입을 다물었다가 잠시 후 중얼거렸다.

"정말 굴욕적이야."

"언니, 그러지 마. 샤오샤오가 원래 철이 없고 자기 잘난 맛에 살잖아."

판성메이가 고개를 저으며 아무 말도 하지 않았다. 연주회장에 가는 동안 판성메이는 필요한 말 몇 마디 외에는 하지 않았고 연주회가 열리는 동안에는 당연히 더 말이 없었다. 음악을 듣고 있던 그녀의 두 눈에서 소리 없이 눈물이 굴러 떨어졌다. 바이올린 소리가 자신의 울음소리와 비슷하다는 걸 그녀는 그제야 알았다. 덕분에 바이올린 소리에 울음소리를 숨길 수 있었다. 옆에 앉은 관쥐얼은 난처해서 어쩔 줄 몰랐다. 울지 말라고 달래야 할까? 내버려 두어야 할까? 그녀는 휴지를 꺼내 건네는 것 외에는 달리 도울 수 있는 방법이 없었다.

린위안은 연주회장에 들어서는 관쥐얼과 판성메이를 보고 이미 이상한 분위기를 감지하고 있었다. 판성메이가 끼는 바람에 원래 계획이 어그러지고 조심스럽게 옆을 지켜야 했지만 관쥐얼이 음악을 좋아한다는 걸 안 것만으로도 큰 소득이었다. 기회는 앞으로도 얼마든지 있을 테니까 말이다.

드디어 앤디가 기다리던 비행기가 도착했다. 도착 표시가 뜨자마자 특이점에게 전화를 걸었다. 두 번 걸 때까지 전화기 전원이 꺼져 있다는 안내가 나왔지만 세 번째 걸었을 때는 신호가 연결되자마자 곧바로 전화를 받았다. 익숙한 목소리가 귓속으로 파고들어오자 앤디의 얼굴이 상기되었다. 바로 근처에 있어서인지 핸드폰을 통해 전해지는 목소리가 독일에 있을 때보다 더 다정하게 들렸다.

"내가 지금 전화를 걸려던 참이었어요. 지금 도착했어요. 우선 회사에 가서 몇 가지 서류만 처리해놓고 집으로 갈게요. 저녁 먹지 말고 기다려요."

"도착하자마자 첫 전화를 나한테 걸려고 했던 거예요?"

"당연하죠. 제일 보고 싶은 사람이 당신이니까."

앤디는 누가 보고 싶었던 적이 없었다. 비행기가 도착한 뒤 그녀가 제일 먼저 전화를 거는 사람은 늘 비서였다.

앤디가 웃으며 말했다.

"밖으로 나올 때 마중 나와서 기다리고 있는 사람들을 원점으로, 현재 비추는 태양광선을 엑스축으로 하고, 태양광선과 공기 중의 물방울에서 발산된 빛이 모여서 무지개를 만든 그 끼인각의 방향에 내가 있어요."

특이점은 현기증이 났다. 도대체 몇 도일까? 그녀가 무지개 아래서 있다는 건 낭만적이지만 이 낭만은 그녀가 숨겨놓은 암호였다. 특이점은 다른 사람들에게 전화하는 것도 잊고 머릿속에서 무지개에 관한 모든 기억을 재빨리 작동시켰다. 태양을 등지고 무지개를 쳐다보면 그 각도는 둔각일 것이다. 정오에는 무지개를 거의 볼 수 없고 대부분의 무지개는 오후나 아침에 생긴다. 그렇다면 둔각이 크지도 작지도 않을 것이다. 여기에 구형에 가까운 물방울이 렌즈 효과와 프리즘 효과를 통해 만들어낸 광선의 밝은 구역과 백색 태양광이 분해되어 만든 스펙트럼을 고려해야 했다. 정확한 수치를 도출해내기도 전에 그는 이미 세관을 지나 앤디가 말한 원점에 도착했다. 지금 이 순간 그 어떤 물리학 지식도 마음과 마음이 통하는 교감이라는 추상적인 개념만큼 힘을 발휘하지 못했다. 그는 고개를 들자마자 환영인파에서 멀리 떨어지지 않은 곳에 있는 앤디를 보았다. 자신의 귀국 항공편명을 앤디에게 알려줄 때 그는 그녀가 마중 나와주길 기대하지 않았다. 제일 먼저 보고 싶은 사람이 그녀이고 마중 나와달라고 말하고 싶지만 거절당할까 봐 말하지 못했었다. 거절 자체보다는 그것을 통해 자신에 대한 앤디의 마음이 앤디에 대한 자기 마음보다 덜 열정적이라는 걸 확인하게 되는 게 더 두려웠다. 그리고 그럴 가능성이 컸기 때문이다.

그런데 앤디가 그를 마중 나왔을 뿐 아니라 연착된 비행기를 오랫동안 기다려주었다. 특이점은 일행도 버려둔 채 성큼성큼 걸어 곧장 앤디에게로 향했다. 두 사람은 살짝 포옹하는 것 외에 여느 연인들이 하는 다른 스킨십은 하지 않았다. 그걸 본 그의 동료와 친구들은 두 사람이 그저 가볍게 만나는 사이일 거라고 짐작했다. 가까이 다가갈수록 흰색 롱 스웨터에 무릎이 찢어진 디트로이트 진을 입고 있는 이 미인이 연인과 나누는 대화가 들렸다.

"물방울을 원점으로 태양광과 무지개 사이의 끼인각이 몇 도예요?"

"책에서 보니까 138도래요. 실험으로 증명해보진 못했어요. 이런 실험은 설계하기가 까다로워요. 물방울을 공중에 정지시키는 게 쉽지 않아서요."

"내 계산이 얼추 비슷하게 맞은 것 같군요. 비행기에서 막 내린 사람을 이렇게 시험하다니. 잔인해요."

그의 동료와 친구들은 그들 두 사람이 이미 달콤한 밀어를 속삭인 뒤에 그런 괴상한 대화를 나누는 거라고 생각했다. 가까이 가서 보니 대단한 미인이었다. 웨이웨이의 소개를 받아 앤디가 웃으며 인사를 했을 때 사람들은 일제히 오드리 헵번을 떠올렸다. 웨이웨이의 입이 귀에 걸린 이유를 이제야 알 것 같았다.

앤디는 특이점이 자신을 친구들에게 소개할 때 "이쪽은 앤디. 내 여자친구야."라고 본질만 간단히 얘기한 것이 마음에 들었다. 그녀도 22층 친구들에게 특이점을 소개할 때 처음에는 "웨이웨이 씨. 내 채팅 친구야."라고 했고, 리조트에 갔을 때는 "웨이웨이 씨. 내 남자친구야."라고 그의 신분만 바꾸었다. 두 사람은 이런 점에서 서로 통했고 앤디는 그게 무척 좋았다. 다만 앤디는 그중 절반은 특이점이 그녀의 생각을 미리 헤아려 일부러 그렇게 행동했기 때문이라는 걸 알지 못했다. 그녀는 상처투성이의 자기 인생에 드디어 한 줄기 빛이 비추었다고 생각했다. 신이 누더기가 된 인형에게 바비인형의 새옷을 내려준 것처럼 자신에게 완벽하게 맞는 사람을 만났다고 생각했다.

그래서 앤디는 자기감정을 숨기지 않았다. 물론 죽었다 깨어나도 그녀는 취샤오샤오처럼 대담할 수 없지만 말이다. 그녀가 특이점을 만나자마자 건넨 첫 말은 "며칠 동안 계속 당신 생각만 했어요."였다. 둘만 차에 오르자 그녀가 단도직입적으로 물었다.

"꼭 일하러 가야 해요?"

"내 사무실에 같이 갈래요? 당신과 잠시도 떨어지기 싫어요."

"아, 그 선은 넘으면 안 돼요. 내가 하루 종일 당신을 귀찮게 따라다닐지도 몰라요. 회사 밑에 있는 카페에서 기다릴게요."

"안 돼요. 우리 회사 밑에 있는 스타벅스에는 아이패드로 일하는 척하면서 여자를 유혹하려는 음흉한 남자들이 득실거려요. 거긴 안돼요. 오늘 당신 예쁘다고요. 아니, 당신은 언제나 예뻐요."

"정말이에요? 이 차림이 예쁘다고요? 이 옷을 살 때 기분이 제일 좋고 너그러운 날 입으라는 조언을 들었는데. 걱정 말아요. 난 절연체에 가까워요. 웬만해선 전기가 안 통한다고요. 오늘 아침에도 잘생긴 남자랑 식사를 했는데 계속 내게 전기를 보냈지만 다 무시했어요. 참, 부탁이 있어요. 장밍쑹이라는 사람에 대해 알아봐줘요. 회사이름이랑 전화번호 알려줄게요. 유부남인지 조사해줘요. 성메이 일이에요."

"이렇게 입고 다른 사람을 만났다고요? 그것도 당신한테 추파를 던지는 놈을?"

"아니에요. 그 사람을 만나고 나서 갈아입은 거예요. 공적인 일에 어떻게 이렇게 입고 나가요?"

"부탁인데 나 말고 다른 사람 만날 때 이렇게 예쁘게 입지 말아요. 제발."

평소에 남들이 이런 대화를 나누는 걸 들었다면 유치하다고 비웃었겠지만, 두 사람이 당사자가 되자 아무리 얘기해도 심심하지 않았다.

회사 밑에서 그녀와 잠시 헤어진 후 특이점은 제일 먼저 앤디가 부탁한 일부터 했다. 전화 다섯 통만으로 임무를 완수해냈다.

'장밍쑹. 아내와 이혼한 후 혼자 살고 있으며 아이는 아내가 양육하고 있음.'

앤디가 곧바로 판성메이, 관쥐얼, 취샤오샤오에게 메시지를 보냈다. 특이점은 급한 일을 처리하고 내려온 뒤 앤디에게 판성메이의 일에 더 이상 참견하지 말라고 충고했다.

취샤오샤오는 부모님과 점심을 먹은 뒤 햇빛이 비치는 거실에 앉아 일광욕을 즐겼다. 취샤오샤오가 가끔 일어나 차를 따라주기만 해도 부모님의 눈에는 세상에 둘도 없는 완벽한 공주였다. 아빠는 요즘 딸이 거둔 성과에 감탄사를 연발하다가 흐뭇한 미소를 지으며 쿨쿨 낮잠에 빠졌다. 엄마는 요즘 열심히 일만 하는 딸에게 만나는 남자가 없느냐고 물었다. 때마침 문자 알림음이 들리고 엄마는 딸의 눈이 반달처럼 구부러지는 걸 보았다. 자오치펑이 보낸 문자였다.

'복잡하고 심란한 생활, 메뉴인이 그리웠네. 고개를 드니 아마추어들이 보이고 고개를 숙이니 친구 생각이 나네. 치장한 여인의 눈물이 곧 내 마음이니 어찌 울지 않으리오. 미녀 사진을 함께 보내니 내가 잘못 본 건 아니길 바라네.'

취샤오샤오가 문자를 보고 박장대소했다. 어젯밤 자오치펑의 열정적인 모습을 확인한 그녀는 그가 절대로 순진한 어린 양이 아니라는 걸 간파했다. 옛날 시를 패러디한 그의 문자에 그녀가 배꼽을 쥐고 웃었다.

특히 그가 보낸 사진 속에서 울고 있는 여자가 판성메이라는 걸 알아보고는 입이 떡 벌어졌다. 판성메이가 아닌가? 이렇게 해괴망측한 차림으로 음악회에 가서 울고 있다니! 그녀는 웃음이 멈추질 않았다.

엄마가 그녀를 슬쩍 떠보았다.

"누가 보낸 문자기에 그렇게 좋아해?"

"닥터 자오가 보낸 거야. 하하하! 너무 재밌어. 아마추어들이 하는 재미없는 연주회에 가자고 하기에 안 갔는데. 하하하! 이럴 줄 알았으면 따라갈걸 그랬어. 정말 재밌었을 텐데."

"닥터 자오…? 친구니?"

"응. 뭐 하나 빠지는 구석이 없는 남자야. 애인으로 만들려고."

바로 그때 아빠가 눈을 번쩍 뜨며 물었다.

"닥터? 의사야? 날 잡아서 밥이나 먹자. 드디어 제대로 된 남자를 만났구나. 좋아. 난 찬성이다. 미국에서 돌아오더니 하는 일마다 아주 마음에 쏙 들어."

아빠는 엄마의 찡긋거리는 눈짓을 보고 딸이 태생적인 반항심리가 있다는 게 생각났다. 행여나 아빠가 너무 좋아하면 딸이 의사 남자친구를 차버릴까 봐 아빠가 얼른 입을 다물었다. 엄마가 딸에게 꼬치꼬치 캐묻기 시작했다.

"집이 어디래? 부모는 뭐 하신대? 나이는 몇이야? 유명한 의사니?"

"묻지 마. 나도 몰라. 정형외과 의사에 박사고 재밌고 똑똑한 사람이라는 정도밖에 몰라."

취샤오샤오는 자오치펑이 보낸 문자를 들여다보느라 딸이 제대로 된 남자를 만난다는 사실에 트위스트라도 출 것처럼 기뻐하는 부모님은 쳐다보지도 않았다. 그녀는 지금 당장 연주회장으로 날아가고 싶었다. 바로 그때 앤디의 메시지가 도착했다. 그렇게 늙은 남자가 혼자 산다고? 취샤오샤오가 눈동자를 또릿또릿 굴리며 한참을 생각하다가 갑자기 핸드폰을 탁 쳤다. 판성메이의 쇼타임이 이제 본격적으로 시작되는 것이다. 돈과 명예를 다 가진 늙은 남자는 세상에서 제일 다루기 쉽다. 취샤오샤오는 그런 남자를 다루는 데 자신이 있었다. 낡은 집을 하찮게 생각하는 그녀는 그 집에 불을 질러 다 태워버릴 수 있다. 하지만 판성메이처럼 그 집에 들어가 살고 싶어 하는 여자들은 나중에 어떤 꼴을 당할지 뻔했다. 하지만 그녀는 더 이상 참견하지 않기로 했다. 이제부터는 철저하게 구경만 하겠노라고 다짐했다.

관쥐얼은 무대에 집중할 수가 없었다. 음악동호회 사람들은 연주자들과 친분이 있지만 그녀는 그렇지 않았다. 게다가 판성메이가 옆에서 우는 바람에 더욱 공연에 집중할 수가 없었다. 어설픈 연주를 참기가 힘들어 두리번거리는데 누가 그녀 쪽을 자꾸만 쳐다보는 기분이 들었다. 조심스럽게 주위를 둘러보았지만 누군지 알 수가 없었다. 그때 잘생긴 남자가 그녀의 시선에 들어왔다. 남자는 두꺼운 스웨터를 입고 느른한 표정으로 팔짱을 끼고 앉아 있었다. 턱을 살짝 들어 올리고 무대를 쳐다보고 있는 모습에서 도도함이 흘렀다. 관쥐얼이 흘끔거리며 쳐다보고 있는데 한 곡이 끝나자 그 남자가 눈을 돌리다가 그녀와 시선이 딱 마주쳤다. 그가 미소 짓듯 입꼬리를 살짝 말아 올렸다가 다시 무대로 시선을 옮겼다.

린위안이 문득 이상한 느낌에 관쥐얼을 쳐다보니 어딘가에 정신이 팔린 듯 그녀의 눈동자가 불안하게 움직였다. 관쥐얼이 살짝 고개를 돌려 어딘가를 쳐다보았다. 린위안이 그쪽을 보니 잘생긴 남자가 보였다. 린위안은 기분이 좋지 않았지만 뭐라고 할 수도 없었다. 그 후로도 관쥐얼이 그쪽을 쳐다볼 때마다 린위안의 속이 타들어갔다. 연주가 끝나고 동호인들이 무대 쪽으로 모여들 때 그 남자도 다가가 웃으며 얘기를 나누었다. 남자는 청바지에 스웨이드 운동화를 신고 있었으며 키도 작지 않았다. 누가 봐도 준수한 외모였다. 관쥐얼은 동호인들 사이에 끼고 싶은 충동이 들었지만 판성메이와 함께 밖으로 나왔다.

판성메이는 음악이 끝나자마자 신기하게 눈물을 멈추고 화장지로 얼굴을 닦은 뒤 화장을 고치러 화장실에 갔다. 관쥐얼도 뒤따라갔다. 사람들이 다 돌아가고 화장실에 아무도 없었다. 판성메이가 거울 앞에서 꼼꼼하게 화장을 고치고 있는데 관쥐얼이 말했다.

"나 방금 전에 어떤… 사람을 봤어."

"누구?"

"모르겠어."

판성메이가 애써 감정을 추스르며 관쥐얼을 보았지만 관쥐얼의 표정에서 특별한 점을 찾을 수 없었다.

"그 사람을 왜 봤는데?"

관쥐얼은 말없이 얼굴을 돌려 화장실 문을 쳐다보았다. 공연장 안에서 얘기하고 있던 사람들이 아직도 있을까? 가버렸을까? 어디로 갔을까? 판성메이가 화장을 다 고칠 때까지 기다렸다가는 사람들이 다 가버릴 것 같았다. 그 남자와 인파 속에서 스쳐지나갈 수밖에 없다는 게 안타까웠다.

판성메이가 화장을 다 고친 뒤 연주회 중에 핸드폰을 꺼놓았었다는 게 생각났다. 핸드폰을 켜자 앤디의 문자가 와 있었다.

'내가 뒷조사를 해봤어. 장밍쑹은 이혼남이고 혼자 살고 있대. 아이는 전 부인이 기르고 있고.'

판성메이가 한숨을 크게 내쉬고는 가방에서 담배 한 개비를 꺼내 불을 붙이며 가볍게 부재중 전화와 문자를 살폈다. 장밍쑹에게 전화가 오지는 않았지만 기분이 한결 가벼웠다.

관쥐얼은 담배 냄새를 피해 밖으로 나와 핸드폰을 켰다. 앤디가 문자로 장밍쑹을 조사한 결과를 알려주며 앞으로 그 일은 언급할 필요가 없겠다고 했다. 문자는 곧바로 삭제했다. 장밍쑹이 유부남이 아니라고 해도 관쥐얼은 판성메이와 그 남자의 관계가 진전되는 건 바라지 않았다. 그녀는 판성메이와 왕바이촨이 서로를 순수하게 좋아하고 있다고 믿고 있었다. 설사 두 사람은 그걸 인정하지 않는다 해도 말이다.

판성메이가 담배를 다 피우고 나오자 관쥐얼이 공연장 안을 다시 한번 둘러보았다. 예상대로 조명이 모두 꺼지고 깜깜한 공연장을 보며 실망감이 들었다. 그녀들을 기다리고 있는 건 린위안뿐이었다.

린위안이 집까지 데려다주겠다고 했지만 관쥐얼이 단호하게 거절했다. 어차피 가는 길이라고 했지만 그녀는 린위안의 차를 얻어 타고 싶지 않았다. 예전에는 린위안이 좋은 사람이라고 생각했고 학창 시절 자기 우상이기도 했다. 린위안에 대한 정이 마음 한 켠에 남아 있기도 했다. 원래는 인턴기간을 잘 넘기고 나면 린위안과 친해지려고 생각하고 있었다. 그런데 자신에게 미소를 지어준 그 남자가 지금 자신에게 다가온다면 그가 무슨 말을 하든 다 들어줄 수 있을 것 같았다. 인턴기간이라는 건 다 핑계였다는 걸 깨달았다. 그녀는 앞으로 린위안의 호의를 단호하게 거절하기로 마음먹었다.

　그녀는 그 일을 2202호 룸메이트들에게 얘기하지 않고 있다가 월요일 출근길에 앤디에게 '자기 이상형인 남자를 만났는데 그가 누군지도 모르고 앞으로 다시는 만날 수 없을 것 같다'고 말했다. 앤디는 생각이 너무 많은 관쥐얼을 이해할 수가 없었다. 자기처럼 유전에 대한 부담감 때문에 억지로 피하는 것도 아닌데 관쥐얼은 뭘 두려워하는 걸까? 취샤오샤오처럼 용감하게 직진하면 얼마나 좋을까? 앤디도 이제 부담감을 내려놓고 용감하게 앞으로 나아가고 있었다. 자신이 사랑을 조금만 표현해도 특이점은 세상을 다 가진 것처럼 기뻐했다. 앤디는 관쥐얼에게 남녀 관계를 너무 불결하게 보지 말라고 충고했다. 진심에서 우러난 남녀 사이의 스킨십은 자연스럽고 아름다운 것이니까 말이다. 하지만 모든 충고는 이미 소용없는 것이었고, 관쥐얼이 느꼈던 짧은 설렘은 가슴속 깊숙이 묻어야 했다.

　그녀는 일요일 하루를 특이점의 집에서 보냈다. 이번에는 불을 환하게 켜놓고 모든 방을 구경하고 보물창고도 발견했다. 바로 서재였다. 그녀의 책은 모두 영어책이지만 특이점의 책은 대부분 중국책이었다. 두 사람은 하루 종일 등나무 의자에 기대어 앉아 햇볕을 쬐며 같은 책을 읽었다. 그녀는 아무리 봐도 이해할 수 없는 《시경》이었다. 우선 뜻을 해석하지 않고 읊조리며 옛글의 아름다운 리듬을 감상한 후에 뒷장을 펼쳐서 해석을 읽었다. 그렇게 두 사람만의 아름답고 평온한 휴일을 보냈다.

16

2202호 세 여자의 12월 월급날은 아무 느낌도 없이 지나간다. 이날이 석 달치 월세를 미리 내는 날이기 때문이다. 12월 월급은 그들의 통장에서 숫자 형태로만 존재하다가 인터넷 뱅킹을 통해 집주인의 통장으로 보내지고 나면 입금과 출금의 흔적만이 월급이 환상이 아니었음을 증명해준다.

22층에서 월급에 무감각한 또 한 사람이 있었다. 바로 앤디다. 탄쭝밍이 앤디의 새 사무실을 방문했다. 몹시 추운 날이었지만 앤디는 셔츠에 긴 슬랙스, 플랫슈즈를 신고 손에는 물방울이 송골송골 맺힌 얼음 생수를 들고 있었다. 남들은 그녀를 전쟁을 승리로 이끌고 있는 지휘관 같다고 치켜세우지만 사실 탄쭝밍에게는 그녀가 미친 것처럼 보였다. 물론 그는 앤디의 이런 모습에 이미 익숙했다. 탄쭝밍은 그녀를 방해하지 않고 소회의실에서 테이블에 있는 케이크를 잘라 먹으며 조용히 기다렸다. 소회의실에 이렇게 맛있는 케이크가 있는데도 전 직원이 앤디라는 메인서버를 중심으로 돌아가고 있었다. 탄쭝밍은 케이크의 달콤함을 음미하듯 직원들이 열정적으로 일하고 있는 광경을 감상했다. 앤디의 기계처럼 차가운 두뇌에서 어떻게 그렇게 배짱 두둑하고 가끔은 무모하다싶은 전략이 나오는지 그는 항상 의아했고 아이러니하다고 느꼈다. 그런데 앤디가 귀국한 뒤 그녀의 출생 비밀을 알게 되면서 그 모든 것이 조물주의 조화였다는 걸 은연중에 깨달았다.

앤디가 생수병을 집어던지는 걸 보며 그녀의 입에서 낭랑한 음성의 육두문자가 터져 나올 것임을 예견했다. 그다음엔 앤디가 소회의실 문을 벌컥 열고 들어올 것이다. 그건 일종의 관례였다. 오래전 탄쭝밍은 앤디의 송사를 수없이 도와주었다. 동료들이 자신의 일하는 속도를 따라가지 못하면 그녀는 시간이 아깝다며 불같이 화를 냈다. 앤디에게 젊은 객기가 남아 있던 시절에는 그 분노를 직원들에게 퍼붓는 바람에 그녀를 견디지 못하고 나가떨어진 직원이 한둘이 아니었다. 심지어 그녀를 고소한 직원들도 있었다. 그런 일을 여러 번 겪고 나자 그녀는 치밀어 오르는 분노를 사람 대신 생수병에다 풀기 시작했다. 보통은 생수병 뚜껑을 닫고 힘껏 집어던졌다. 오늘도 그녀가 생수병을 집어던진 후 사무실이 평온을 되찾았다.

탄쭝밍이 앤디 앞을 가로막고 서류봉투를 건넸다.

"네 차를 새로 뽑아서 주차장에 가져다놨어. 내 차는 돌려주겠어?"

"오호, 가봐야겠네." 전쟁터에서 벗어나자 앤디가 말하는 속도가 빨라졌다. "케이크를 훔쳐 먹을 땐 입을 잘 닦는 걸 잊지 마."

그녀가 사무실에서 레인코트를 걸치고 나와 주차장으로 내려갔다.

탄쭝밍도 뒤따라 내려갔다.

"지난 달 재무제표를 봤어. 업무 파악이 예상보다 훨씬 빠르더군. 벌써 투자 얘기가 오가고 있다니."

"내가 아니라 널 찾아갔어? 그렇다면 투자 규모가 크다는 얘긴데 자금 출처도 복잡하겠네. 인센티브를 받아내야겠는걸?"

"휴, 평범한 동네 평범한 아파트에 차는 내 차를 가져다 타고. 하나만 묻자. 귀국하고 받은 월급 중에 아직 첫 달치도 다 안 썼지? 돈을 그렇게 아껴서 뭐하려는 거야? 죽을 때 가지고 갈 거야?"

엘리베이터를 기다리고 있던 직원이 보스끼리 티격태격하는 걸 보고 딴전을 피우는 척하며 귀를 쫑긋 세웠다.

앤디가 웃었다.

"요즘은 지출이 많아졌어. 누가 자꾸만 선물을 하는 바람에 나도 답례를 해야 하거든. 안 그러면 남자 등쳐먹는 꽃뱀이라고 흉볼 거 같아서. 그런데 이게 참 귀찮은 일이야. 규칙을 정해야 할 거 같아. 선물 액수는 점점 높아지는데 받은 선물들을 다 금고에 넣어놓으니까 돈 낭비야. 본론으로 돌아가서, 인센티브는 소비 규모에 따라 결정되는 게 아니라 수익에 따라 결정되는 거야."

탄쭝밍이 웃으며 앤디를 먼저 엘리베이터에 타게 했다. 지하주차장에 내려 새 차를 보자마자 앤디가 기함을 했다. 새 차가 강렬한 오렌지색이었던 것이다. 그녀는 유명한 핑크 벤틀리를 떠올렸다.

"날 골려주려고 일부러 이런 색을 골랐지?"

"하하하! 네가 꽃을 싫어한다는 걸 몰랐다면 커다란 장미를 그려줬을 거야. 한 바퀴 돌고 올까?"

두 사람이 차에 탔다. 차가 출발하자 탄쭝밍이 물었다.

"웨이웨이 씨랑 사귀기로 한 거야?"

"그러려고. 맘에 안 들어?"

탄쭝밍이 잠시 침묵했다가 말했다.

"그래. 맘에 안 들어. 넌 이런 관계에서 자신을 너무 과소평가해. 웨이웨이 씨도 괜찮은 사람이긴 하지만."

"이건 비즈니스가 아니야. 잘 어울리면 그만이지. 좋은 사람이야. BMW M3 성능이 좋네."

"내 말의 핵심은 네가 스스로 과소평가한다는 거야."

"일에 있어서는 날 과소평가하지 않아. 하지만 생활면에서 넌 날 과대평가하고 있어."

"쓸데없이 이것저것 걱정할 필요 없어. 네가 말하지 않으면 아무도 몰라."

"나도 알아."

"그 사람이 너에 대해 다 알아?"

"그래. 그걸 다 알면서도 긍정적으로 받아들여줬어. 대단한 사람이야."

"모든 진실을 말하는 게 꼭 미덕은 아니야. 진실이 영원히 가슴을 찌르는 가시가 되기도 하지. 숨기는 편이 더 나을 때도 있어."

앤디는 가슴이 철렁 내려앉았다. 그녀는 특이점에게 모든 걸 솔직하게 털어놓고 그에게 자신의 위험을 함께 짊어지게 했다. 어느 날 그녀의 위험이 현실이 된다면 그녀는 죄 없는 특이점에게 이렇게 말할 것이다. 난 진작 다 말했으니 내 잘못이 아니라고. 특이점이 그녀의 사연을 알고 있는 건 사실이지만 어쨌든 그는 아무 죄도 없이 피해를 입게 된다. 그건 그에게 독소조항이 담긴 계약을 체결하게 한 것이나 다름없다. 겉으로는 그를 사랑하는 것 같지만 사실은 그의 선의를 이용해 그를 해치는 일이 아닐까? 게다가 머지않은 장래에 그녀는 진실이라는 가시에 가슴을 찔린 채 살아가게 될 것이고 특이점도 역시 진실이라는 가시를 안고 그녀 곁에서 살게 될 것이다. 그가 얼마나 고통스러울까.

왜 그렇게 경솔한 짓을 했을까? 아무것도 말하지 않고 혼자 가시에 찔린 채 살면 됐을 것을…. 앤디가 한숨을 내쉬었다.

"사랑이란 원래 논리가 없는 거야. 논리를 따지는 순간 뒤죽박죽이 돼. 그러니까 아무 충고도 하지 마. 내가 논리를 잃은 채로 살게 내버려둬."

"맞아. 논리로 해결할 수 없을 때는 논리를 버려야 용감하게 전진할 수 있지. 조금은 어수룩하게 사는 게 나아. 하지만 그래도 이 얘기는 꼭 해야겠어. 자신을 과소평가하지 마. 넌 누구의 짐이 아니야. 널 얻는 남자는 행운아니까."

"마지막 말에 너무 힘을 줬잖아. 내게 용기를 주려고 그러는 거 알아. 고마워."

탄쭝밍은 더 이상 할 말이 없었다. 그의 단점은 아무리 노력해도 빠지지 않는 살이었다. 그래서 마음에 드는 여자를 만나면 돈을 과하게 써서 부족한 자신감을 채우려고 애썼다. 따라서 앤디의 심리를 일정 부분 이해할 수 있었지만 앤디가 자괴감을 느낄 필요는 없다고 생각했다. 사람들은 원래 이렇게 논리가 필요하다는 걸 잘 알면서 논리를 잃은 채 살아가곤 한다. 앤디는 특이점에게 미안하면서도 그를 떠날 수 없다는 사실에 마음의 빚을 느꼈다.

회사에서 판성메이는 통장에 월급이 들어왔는지 조회했다. 그녀는 숫자를 잘 기억하지 못해 비밀번호는 꼭 수첩에 적어두어야 하지만 월급 액수는 정확히 기억하고 있다.

옆자리 동료가 말했다.

"다음 달에 연말 상여금 나오겠지? 얼마나 줄까?"

다른 동료가 말했다.

"작년 연말에는 상여금은커녕 감원명단에 끼지 않은 것만 해도 하늘에 감사했잖아. 올해는… 사장님 양심에 맡겨야지."

판성메이는 월급 액수를 쳐다보며 고민에 잠겼다. 집주인에게 월세를 보내고 부모님 통장으로 돈을 부치고 나자 잔액이 얼마 남지 않았다. 하지만 아무리 적어도 돈은 돈이다. 크리스마스 시즌에다가 연말연시라 쇼핑몰들이 대대적인 세일행사에 들어갔다. 그녀는 조금 모은 돈으로 세일을 기다리고 있었다. 사고 싶은 옷은 많은데 돈이 부족할까 봐 걱정이었다. 얼마 남지 않은 잔액은 조금만 헤프게 써도 일주일이면 바닥을 드러낼 것이다. "월급은 생리와 같아서 한 달에 한 번 왔다가 일주일 만에 가버린다."는 인터넷 명언을 떠올리며 쓴웃음을 지었다.

판성메이도 다음 달의 연말 상여금을 조마조마한 마음으로 기다리고 있었다. 직장 생활을 오래했으므로 사장의 양심을 기대하지는 않지만 연말 상여금을 받기 위해 뭐라도 해야 할 것 같았다. 사장의 양심뿐 아니라 인재 시장의 수급 상황도 연말 상여금에 큰 영향을 미쳤다. 작년처럼 대량 실업으로 구직자가 넘쳐날 때는 직원들이 혹시 잘리지 않을까 전전긍긍하기 때문에 사장이 상여금을 주지 않으려 한다. 하지만 올해는 상황이 달랐다.

그녀는 올해 4분기 채용 시장에 인재난이 심각하다는 내용의 보고서를 작성했다. 현재 구직자 수와 대학 졸업예정자 수로 볼 때 우수한 인재를 구하기가 하늘의 별 따기이고, 특히 전문 능력을 갖춘 인재들은 서로 모셔가려고 경쟁인 데다가 헤드헌팅 업체들이 인재 경쟁을 더 부추기고 있다고 했다. 물론 현재 근무하고 있는 인재들을 붙잡아두기 위해 연말 상여금을 지급해야 한다는 결론으로 보고서를 마무리 짓지는 않았다. 그 대신 경영자의 입장에서 회사의 인재 이탈을 막을 수 있는 방법을 제시하고 내년 채용계획에 대한 전략을 제안했다. 보고서를 인사부장에게 제출하자 인사부장도 몇 글자만 수정해서 사장에게 보고했다.

퇴근하는 그녀의 발걸음에 자신감이 넘쳤다. 그녀에게 직장이란 단순한 이익공동체였다. 최대한 동료들의 이익에 부합하고 공감대를 형성할 수 있는 제안을 해야 하지만, 첫 제안자가 되는 건 금물이었다. 대부분의 경우 첫 제안자는 노력은 노력대로 하고 좋은 소리는 듣지 못하기 때문이다. 그녀는 연말 상여금이 '딩동' 하고 은행계좌로 입금되는 장면을 떠올렸다.

흐뭇한 미소를 짓고 있을 때 핸드폰이 울렸다. 고향에 있는 친구의 전화였다. 친구가 무척 난처한 목소리로 말했다.

"너희 오빠가 보안요원으로 일을 잘하고 있었는데 오늘 갑자기 상사랑 싸웠어. 그것도 VIP 손님이 있는 로비에서 몸싸움을 벌였대. 두 사람 다 다쳐서 병원으로 옮겨졌다가 지금은 파출소에 있어. 이번에는 나도 도와줄 수가 없어. 사장이 단단히 화가 났어."

"미안해."

판성메이가 오빠 대신 친구에게 미안하다고 사과했다. 하지만 사과해봤자 무슨 소용이 있을까. 오빠는 또 직장에서 잘리게 될 테니 말이다. 머지않아 올케 언니가 전화를 걸어 울며불며 하소연할 것이다. 수입이 반쪽이 돼서 살 수가 없다며 무능한 인간이랑 이혼해버리고 애만 데리고 친정으로 가겠다고 할 것이다. 그다음에는 엄마가 전화를 걸어 오빠가 이혼 당하게 생겼으니 친구에게 부탁해서 일하기 쉽고 번듯한 일자리를 알아봐달라고 애걸한 뒤 이번 달에는 오빠를 도와줘야 하니까 돈을 더 보내달라고 할 것이다. 그다음 차례는 보나 마나 오빠였다. 판성메이는 무거운 한숨을 쉬며 핸드폰 전원을 꺼버렸다. 지금 당장 하이시에서 사라져 아무도 찾을 수 없는 곳으로 도망치고 싶었다. 가족들에게 지금 집 주소를 알려주지 않았다. 취직한 후 숱하게 이사를 다녔기 때문에 가족들도 이사 갈 때마다 주소를 묻지 않았다. 이 핸드폰만 끄면 끈 잘린 연처럼 가족들과 연락을 끊을 수 있었다.

하지만 핸드폰 전원을 끈 지 5분도 안 돼서 다시 전원을 켰다. 핸드폰을 꺼놓으면 아빠는 애 타는 마음을 술로 달랠 것이고 술에 취해 엄마를 때릴 것이다. 그녀의 집에서 일어나는 모든 일은 언제나 그렇게 마무리되었다.

예상대로 올케에게 전화가 걸려왔다. 판씨 집안의 손자는 그녀가 쥔 킹카드였다. 올케는 이혼 얘기를 꺼내기만 하면 온 집안 식구들이 자신에게 벌벌 떤다는 걸 알고 있었다. 올케의 전화를 받을 때마다 그녀는 지옥으로 떨어지는 기분이었다. 올케와 통화를 끝내자마자 곧바로 엄마의 전화를 받았다. 이번에도 예상은 빗나가지 않았다. 판성메이는 번갈아 걸어대는 전화 공세를 묵묵히 참아낼 수밖에 없었다. 이번에는 가볍게 해결될 일이 아니었다. 상사의 병원비를 물어주고 사흘쯤 유치장에서 살아야 한다. 그 돈은 또 어디서 나올까?

나오는 건 긴 한숨뿐이었다. 집에서 돈 나올 구멍은 그녀밖에 없었다. 퇴근길의 자신감이 흔적 없이 사라졌다.

지금 그녀에게는 한숨 쉬고 있는 것조차 사치였다. 세 번째 전화벨이 울리자 이제는 아예 체념한 채 누군지 확인도 안 하고 받았다. 예상과 달리 며칠 동안 연락이 없던 장밍쑹의 목소리가 흘러나왔다. 판성메이는 억지로 힘을 내 응대했다. 장밍쑹은 친구들과 모이는 자리에 같이 가고 싶다며 지금 바로 데리러 오겠다고 했다.

그녀는 아무 데도 가고 싶지 않았다. 집에 가서 이불 뒤집어쓰고 자고 싶은 생각뿐이었다. 더군다나 장밍쑹이 이 시간에 호텔 앞에서 전화를 걸었다는 건 한 가지 이유밖에 없었다. 장밍쑹은 같이 가기로 한 사람이 약속을 펑크 내는 바람에 급하게 다른 사람을 찾아야 한다고 했다. 판성메이는 거절할 수가 없어서 웃으며 알았다고 하고 만날 장소를 정했다. 달리 방법이 없었다. 싫다고 거절하면 그녀에겐 다시 기회가 오지 않을 테니까.

지하철에서 내려 길모퉁이에서 거울을 꺼내 화장을 확인했다. 조금 늦더라도 남들에게 흐트러진 모습을 보여줄 수는 없었다. 오빠 일은 잠시 미뤄두고 얼른 나가 기다리고 있는 장밍쏭의 차로 걸어가며 슬며시 핸드폰 전원을 껐다. 차에 올라탄 그녀는 아무 일 없는 듯 장밍쏭과 자연스럽게 인사를 나누었다. 장밍쏭이 갑자기 연락해서 미안하다고 하자 어차피 할 일도 없었으니 미안해할 필요 없다고 마음에 없는 말을 했다. 장밍쏭이 상품권 봉투를 찔러주며 선물 받은 건데 얼마짜린지 열어보지도 않았다고 했다. 판성메이가 적당히 사양하다가 못 이기는 척 가방에 넣었다.

연말이라 호텔 레스토랑은 만석이었다. 판성메이는 장밍쏭 옆에 앉아 먹고 마시며 즐겁게 대화를 나누었다. 모두들 파트너를 데리고 와서 신나게 먹고 마시는 이런 자리는 익숙했다. 서로 명함 따위는 주고받지 않는다. 같이 술 마실 땐 가족보다 더 가까운 것 같지만 손 흔들며 헤어지고 나면 그걸로 끝이다. 기분이 울적한 탓에 판성메이가 술을 계속 들이켰다. 장밍쏭이 주량을 생각해서 마시라고 했지만 판성메이는 다 생각이 있다며 일축했다. 술이 들어가자 그녀의 언변이 더욱 화려해졌다. 그녀는 장밍쏭의 친구들에게 술을 잔뜩 먹여 뻗어버리게 한 뒤에 화장실에 가서 속을 다 게워내고는 옷매무새와 화장을 다듬고 다시 돌아왔다. 상대에게 술을 먹여 쓰러뜨릴 때마다 카타르시스를 느꼈다.

추잉잉도 첫 월급을 받았다. 갓 들어간 신입사원이지만 월급 외에 인센티브까지 받았다. 지하철에 타자마자 월급 명세서를 꺼내 자세히 들여다보았다. 인센티브가 맞게 계산되었는지가 그녀의 최대 관심사였다. 이달에 자신이 달성한 매출액에 대해 인센티브가 착오 없이 지급된 걸 확인한 후 명세서를 가방에 넣었다. 예전 직장에서 사무직으로 일할 때보다 몇 백 위안이나 많았다. 다음 달에는 더 많이 받을 수 있을 것이다. 그녀는 신이 나서 통장 잔고를 계산했다. 아빠가 부쳐준 돈에 오늘 받은 월급을 더하고 방값을 제외하고 나면 2,000위안밖에 남지 않았다. 직접 밥을 해먹기로 해서 생활비를 줄인 게 천만 다행이었다. 안 그랬다면 교통비를 빼고 나면 먹는 것도 줄여야 할 판이었다.

월급이 적고 지출도 적었으므로 계산도 금세 끝났다. 아직 내릴 역이 되지 않아 머릿속으로 계산이 정확한지 한 번 더 확인했다. 지하철에서 내릴 때쯤 그녀는 세 번째 계산을 하고 있었다. 세 번째 계산 결과가 나오기도 전에 아빠에게 전화를 걸었다.

"아빠, 나 오늘 월급 받았어. 제 날짜에 나오고 예전 직장보다 더 많이 받았어. 다음 달에는 더 많이 받을 거야. 이번 달에는 돈 부치지마. 이걸로 충분해. 하하하! 넉넉히 쓸 수 있어."

아빠도 기뻐했지만 몇 마디 칭찬을 해주고는 전화비 걱정에 또 서둘러 전화를 끊었다. 추잉잉은 그제야 아차 싶었다. 핸드폰 요금을 지출항목에서 빼놓았던 것이다. 길에 서서 네 번째 계산을 해보고 이마에 흐르는 식은땀을 닦았다. 방금 전 아빠에게 돈이 충분하니까 부치지 말라고 했던 게 생각났다. 큰소리 쳐놓고 3분 만에 전화를 걸어 돈을 달라고 말을 바꿀 수도 없었다. 아무리 생각해도 허리띠를 졸라매는 수밖에는 없었다. 이번 달 전화요금은 식비를 줄여서 충당하기로 했다. 내일부터 도시락을 싸가지고 다니면 식비를 더 줄일 수 있을 것이다.

드디어 집에 손을 벌리지 않을 수 있다는 사실만으로도 그녀는 기뻤다. 아빠는 추씨 집안 딸이 제 힘으로 대도시에서 자리를 잡았다며 가문의 영광이라고 했다. 허리띠를 바짝 졸라매보기로 했다. 다음 달에는 월세를 내지 않으니까 여유가 생길 것이다. 기쁨에 겨워 자기도 모르게 그 자리에서 폴짝 뛰었다. 하지만 제과점 앞을 지나며 잠깐 우울해졌다. 1분쯤 내적 갈등을 했지만 유혹에 넘어가지 않았다. 제과점에서 돈을 쓰느니 집에 가서 계란말이를 해먹는 게 낫다고 자신을 위로했다. 다행히 잠깐의 우울함이 자력갱생의 희열을 무너뜨리지 않았다. 집이 가까워질수록 깡충깡충 뛰는 횟수가 점점 많아지다가 폴짝 뛰어서 엘리베이터에 올랐다.

헤벌쭉 웃으며 엘리베이터에 타자마자 그녀의 두 볼이 빨개졌다. 안에 타고 있던 특이점이 그녀를 보고 웃었기 때문이다. 특이점이 물었다.

"좋은 일 있어요?"

추잉잉이 흥분을 감추지 못하고 신이 나서 대답했다.

"월급 탔어요. 생각보다 더 많이 받았어요."

"오, 축하해야겠네요. 신입이 실적을 내기가 쉽지 않은데 온라인 숍이 잘되나 봐요."

"어머, 제가 했던 얘기를 기억하고 계시네요. 고마워요. 역시 앤디 언니가 좋아할 만하네요. 사업하시니까 하나만 물어볼게요. 어떻게 해야 사업을 더 확장시킬 수 있나요?"

거창하고 어려운 질문에 특이점의 말문이 막혔다.

"지금 잉잉 씨처럼 열정적이고 과감하게 하면 돼요. 꾸준히 노력하다 보면 언젠가는 성공할 수 있을 거예요."

엘리베이터가 22층에 도착하자 특이점은 곧장 2201호로 향했지만 추잉잉이 머뭇거리다가 따라와서 물었다.

"사장님도 그렇게 하셨어요? 너무 더디지 않나요?"

"포기하지 않고 꾸준히 하다 보면 어느 순간 시너지가 나타나죠. 방향만 제대로 잡았다면요."

"제가 맞는 방향을 찾은 걸까요?"

특이점은 골치가 아팠다. 이건 인생 전반을 아우르는 문제이기도 했다. 게다가 그가 아무리 경험이 많다고 해도 세상에 막 나온 햇병아리에게 어디서부터 어떻게 설명해줘야 할지 알 수가 없었다. 열쇠로 문을 열고 들어가 보니 벌써 집에 온 앤디가 주방에서 우왕좌왕 바쁘게 움직이고 있었다. 특이점은 자신이 어렵게 얻어낸 집밥의 기회를 추잉잉이 훼방 놓지 않길 바랐지만, 눈치 없는 추잉잉이 기어이 집 안으로 따라 들어왔다. 특이점이 하는 수 없이 인생의 멘토가 되어 한 수 가르쳐주었다.

"사업이 뭐라고 생각해요? 사업은 사람을 상대하는 거예요. 상대가 다른 사람이 아닌 나와 거래하도록 만들려면 두 가지 조건을 갖추어야 해요. 첫째, 상품의 가성비. 둘째, 상대를 설득하는 화술. 전자는 굳이 설명하지 않아도 알 테고 후자는 상대의 심리를 읽을 수 있어야 해요. 상대가 원하는 게 뭔지 남들보다 더 빠르고 정확하게 읽어낸다면 상대를 설득할 수 있어요. 예를 들면, 지금 내가 제일 원하는 게 뭘까요?"

"음, 저녁밥을…."

추잉잉은 그제야 그가 제일 원하는 게 저녁밥이 아니라 앤디라는 걸 깨달았다. 추잉잉이 키득거리며 잽싸게 인사를 하고 밖으로 나가며 한마디 덧붙였다.

"히터를 켜놓으니까 집이 참 아늑하네요."

특이점이 추잉잉을 간신히 돌려보낸 뒤 주방에 가서 앤디를 끌어안으며 투덜거렸다.

"저런 눈치로 어떻게 사업을 하겠다는 건지."

특이점에게 미안한 마음을 품고 있는 앤디는 그를 나무라지 않았지만 특이점이 스스로 말을 바꾸었다.

"어쨌든 사업을 하겠다는 용기는 높이 살 만해요."

"잉잉에게 그대로 전해줄까요?"

"그러지 말아요. 아직 어려서 감당할 수 없을 거예요. 자기 머리 위에 천장이 있다는 걸 일찍 알아버리면 앞으로 무슨 희망을 갖고 살겠어요."

"나는 가장 잔인한 진실을 당신에게 다 털어놨잖아요. 당신은 아무 잘못도 없이 나 때문에 미래가 암담해졌어요. 가식적인 말처럼 들리지만요."

"내가 원한 거예요."

"내가 당신에게 잘못하고 있는 거 같아요."

"그건…, 괜찮아요."

"심각한 문제예요. 얼렁뚱땅 넘어가지 말아요."

"우리가 감당할 수 있으면 심각한 문제가 아니에요. 최악의 경우는 아이에게 문제가 생긴다는 거겠죠. 그런데 생각해봐요. 사랑스럽지만 생각하는 게 조금 느린, 당신 동생 같은 아이라면 10명이라도 기를 수 있어요. 또 확률상 우리에게 천사 같은 아이가 생길 가능성이 더 커요. 우리 둘 다 똑똑하고 나는 키가 작지만 그 대신 당신 키가 크잖아요. 또 당신은 이렇게 아름답죠. 이 모든 게 유전이에요. 안 그래요?"

앤디가 고개를 끄덕였다.

"하지만 나만 아니면 당신이 그런 것까지 생각할 필요가 없잖아요. 나 때문에 당신은 모험을 해야 해요."

특이점이 웃으며 말했다.

"당신을 만난 후로 내가 줄곧 고민해온 중요한 문제가 있어요. 언제 프러포즈를 하는 게 좋은지, 언제 프러포즈를 해야 거절당하지 않을지…" 특이점이 눈을 찡긋거리며 웃었다.

"그런데 프러포즈를 하지 않아도 될 것 같네요. 우리가 이미 중간 단계를 건너뛰어서 이 세 가지 얘기를 하고 있잖아요." 앤디가 웃음을 터뜨렸다.

"그럴 순 없어요. 은근슬쩍 넘어갈 생각 마요. 무릎 꿇고 시 낭송하고 낯간지러운 고백도 하고. 하나도 빼놓지 말아요. 사실 난 당신을 어떻게 사랑해야 하는지 잘 몰라요. 당신이 없다면 난 어떻게 하죠? 아니면 내가 청혼을 할까요?"

특이점이 당황해 어쩔 줄 모르다가 한쪽 무릎을 꿇고 말했다.

"앤디, 나랑 결혼해줘요!"

"정말이에요?"

앤디가 놀라며 한 발 물러섰다. 이렇게 중요한 일을 애들 장난처럼 결정해도 될까?

"집안 어른들께 인사하고 덕담 듣고 그런 절차를 생략해도 되겠어요?"

"우리 둘 다 성인이에요. 스스로 결정할 수 있어요. 앤디, 정말 나랑 결혼하고 싶어요?"

"물론이에요."

"반지는 내일 사올게요."

"반지는 필요 없어요. 손가락에 뭘 끼는 걸 싫어해요."

앤디가 특이점을 일으켰다. 프러포즈가 너무 장난 같다는 생각이 들었다.

"더 거창해야 하지 않아요? 더 로맨틱해야 하지 않아요? 이렇게 쉽게 승낙하는 거예요?"

그가 믿을 수 없다는 듯 얼떨떨하게 있다가 정신을 차렸다. 자기 앞에 있는 이 여자는 허튼 얘기는 할 줄 모른다는 게 생각났다.

하지만 두 사람이 테이블을 사이에 두고 말없이 바라보며 "정말이에요? 정말이에요?"라고 서로 되묻고 확인하다가 거의 동시에 "난 진지해요."라고 말했지만 그래도 상대에게 자기 진심이 전달되지 않은 것 같았다. 또 다시 진심이라고 선언하면 코미디가 될 것 같아서 서로 쳐다보며 고민하다가 앤디가 벌떡 일어났다.

"내가 저녁을 차려줄게요. 그러면 내 진심이 표현되겠죠?"

"프러포즈한 날 당신이 날 위해 차려준 저녁을 먹는다면 기억에 남을 거예요."

두 사람은 프러포즈라는 형식 속에 진심을 담기 위해 노력했다. 그래야 상대에게 미안하지 않을 것 같았다. 하지만 세상 일이 언제나 뜻대로 되는 건 아니다. 앤디가 도전한 고난이도의 요리는 두 사람을 고통스럽게 했고, 결국 외투를 입고 레스토랑으로 향했다. 프러포즈를 한 날이니까 근사한 식사로 자축해야 했다.

취샤오샤오는 이번 출장에 여러 곳을 다녔다. 가는 곳마다 고객을 만나고 그 고객들이 친구를 소개시켜주겠다고 하면 또 나가서 얼굴 도장을 찍고 친분을 쌓았다. 날마다 밥 먹고 술 마시고 마음에도 없

는 립서비스를 했다. 배불뚝이 중년 아저씨들 사이에서 젊은 아가씨
가 끼어 있으니 강한 인상을 줄 수 있다는 걸 위안으로 삼았다. 다음
날 답례차 전화를 걸어 애교 넘치는 목소리로 "저 샤오샤오예요."라
고 한마디만 하면 상대는 금세 순한 양이 되어 "오, 샤오샤오 씨!" 하
며 반갑게 받아주었다. 하지만 그녀는 줄곧 의구심을 떨칠 수가 없었
다. 이런 친분을 쌓는 게 무슨 도움이 될까?

그렇게 강행군을 하다 보니 하룻밤이라도 푹 자고 싶었다. 원래는
내일 돌아가는 일정이었다. 그런데 회사 재무팀에서 직원들에게 이
미 월급을 지급했다며 돌아와서 결재를 해달라고 보고하자 돌아간
다는 생각에 갑자기 마음이 들뜨고 자오치핑이 보고 싶었다. 그 길로
벌떡 일어나 가방을 꾸려가지고 남아 있는 항공권이 있는지 문의한
뒤 곧장 공항으로 달려가 일등석에 몸을 실었다. 자오치핑을 한시라
도 빨리 보고 싶었다. 탑승수속을 하면서 자오치핑에게 자신이 돌아
간다는 걸 알릴까 말까 고민했다. 한밤중에 공항에 도착하면 누가 마
중 나와 줘야 하는데 자신이 자오치핑에게 그걸 부탁할 자격이 있을
까? 자오치핑이 마중 나오지 않는다면 그를 원망하게 될 것 같았다.
고민 끝에 미래를 위해 참기로 결정했다.

비행기에서 옆자리에 뚱뚱한 여자가 앉았다. 취샤오샤오는 상냥하
게 웃으며 그 여자에게 눈인사를 한 뒤 자리에 앉아서 작은 몸을 이리
저리 움직이고, 가는 허리를 자유자재로 비틀어 자리를 잡았다. 비행
기가 이륙하자 널찍한 의자에 다리를 올려 몸을 웅크린 채 예쁘게 잠
이 들었다. 두 사람이 너무 달라서 지나가는 사람들마다 흘끔거리며
쳐다보았다. 뚱뚱한 여자는 우울해서 잠도 못 자고 뜬 눈으로 앉아
있었지만 취샤오샤오는 살포시 미소 띤 얼굴로 쌔근쌔근 잠을 잤다.

밤 11시가 훌쩍 넘어서 비행기가 도착했다. 취샤오샤오는 잠이 덜

깬 몽롱한 상태로 택시를 타고 집으로 향했다. 택시에서 내려 가방을 끌고 아파트로 들어오는 동안에도 눈이 거의 반쯤 감겨 있었다. 너무 잤는지 팔다리가 노곤하고 힘이 없어서 가방이 기우뚱하더니 바닥으로 넘어졌다. 그녀는 가방 위에 털썩 주저앉아 꼼짝도 하기 싫었다. 짜증낼 기운도 없이 멍하니 앉아 있었다.

그런데 조용한 겨울밤 어디선가 훌쩍거리는 소리가 들렸다. 작은 소리가 끊어졌다 이어졌다 간간이 들렸다. 길고양이가 추위에 떨고 있나 싶어서 주위를 둘러보다가 벌떡 일어났다. 십중팔구 춥고 배고픈 고양이 소리였다. 출장이 예정보다 길어지는 바람에 관쥐얼에게 주고 간 사료가 부족했을 것이다. 머릿속은 여전히 멍했지만 주위를 두리번거리며 소리가 나는 곳을 찾았다. 화단의 커다란 돌 뒤에서 소리가 새어나오는 걸 보니 고양이가 틀림없었다. 고양이들이 종종 그곳을 집으로 삼기 때문이다.

취샤오샤오가 살금살금 다가가고 있는데 뒤에서 누가 불렀다.

"샤오샤오, 뭐해?"

뒤를 돌아보니 앤디와 웨이웨이가 손을 잡고 서 있었다. 순간 호기심의 불씨에 화르르 불이 붙었다. 한밤중에 둘이 집에 오다니! 웨이웨이가 여기서 밤을 보내려는 걸까? 하지만 내색했다가는 좋은 구경을 할 수 없을 것 같아서 호기심을 누르며 태연하게 말했다.

"앤디, 내 가방 좀 봐줘. 길고양이가 저기서 울고 있는 거 같아. 돌 봐주고 올게."

앤디가 말했다.

"우리가 가방 가지고 올라갈게. 조심해. 넘어질라."

취샤오샤오가 소리가 나는 곳으로 다가가자 특이점이 신기하다는 듯 앤디에게 말했다.

"샤오샤오 씨도 동정심이 있네요."

특이점의 말이 떨어지기도 전에 돌 뒤에서 취샤오샤오의 비명소리가 들렸다. 두 사람이 놀라서 가방도 내버려두고 그쪽으로 달려갔다. 취샤오샤오가 가리키고 있는 곳을 보니 누가 돌 위에 엎드려 울고 있었다. 그렇게 소란이 벌어졌는데도 울음을 멈추지 않았다.

여자였다. 앤디가 조심스럽게 다가갔다.

"아가씨, 날씨가 추워요. 집에 들어가요. 도움이 필요해요?"

여자가 반응이 없자 취샤오샤오가 살금살금 다가가다가 중간에 멈춰 섰다.

"술 냄새가 진동해. 취객인가 봐. 내버려둬. 경비원 부를게."

특이점이 아파트 정문으로 달려가 경비원을 불러왔다. 다 같이 힘을 합쳐 여자를 부축해 일으켰다. 그때 취샤오샤오가 또 비명을 질렀다.

"판성메이! 성메이 언니야!"

앤디와 취샤오샤오가 판성메이를 부축해 집으로 올라가고 특이점이 취샤오샤오의 가방을 끌고 뒤를 따라갔다. 취샤오샤오가 인사불성이 된 판성메이를 보며 말했다.

"무슨 일이지? 왕바이촨 때문인가? 아니면 그 늙은 남자?"

앤디가 고개를 젓자 취샤오샤오가 또 말했다.

"병원에 안 데려가도 될까?

특이점이 말했다.

"그 정도는 아닌 거 같아요. 병원에 가면 술 깨는 주사를 놔주는데 그게 더 힘들 거예요."

"왜 울었을까? 아주 서럽게 울던데."

취샤오샤오가 핸드폰을 꺼내 사진을 찍었다. 두 장밖에 못 찍고 앤디에게 저지당하자 히죽거리며 핸드폰을 집어넣고 혀를 쏙 내밀었다.

특이점이 말없이 피식 웃었다.

2202호 앞에 도착하자 취샤오샤오가 말했다.

"성메이 언니는 나한테 맡기고 두 사람은 하려던 일 하세요. 여긴 신경 쓰지 말고요."

특이점이 웃었다.

"놀리지 말아요. 앤디를 바래다주러 온 거예요."

2202호 문틈에서 빛이 새어나오지 않자 앤디는 관쥐얼과 추잉잉을 깨우지 말고 판성메이를 자기 집으로 데리고 가기로 했다. 취샤오샤오가 판성메이를 앤디 집 소파에 눕혀놓고 눈치 빠르게 돌아갔다. 앤디가 특이점에게 말했다.

"당신도 어서 가세요. 늦었어요."

특이점이 웃었다.

"여기서 자고 가려고 했는데 다 틀어졌네요."

앤디가 얼굴이 빨개져서 특이점을 발로 툭툭 차며 현관으로 밀어 냈다. 복도에서 취샤오샤오가 까르륵대며 말했다.

"웨이 사장님, 정말 못났네요."

앤디가 판성메이의 얼굴을 닦고 옷을 갈아입힌 후 피곤해서 잠이 들었다. 그런데 한밤중에 요란한 소리에 번쩍 눈이 떠졌다. 깜짝 놀라 벌떡 일어났다가 거실 소파에서 판성메이가 자고 있다는 게 떠올라 얼른 밖으로 나갔다. 판성메이가 어두운 거실에 우두커니 서 있고 그 옆에 의자가 넘어져 있었다.

"성메이, 나야. 앤디. 겁낼 거 없어. 불 켤게."

판성메이가 앤디를 물끄러미 쳐다보며 혀가 꼬인 소리로 물었다.

"내가 왜 여기 있지?"

"많이 취해서 길에 쓰러져 있어서 데려왔어. 더 자."

"목말라."

판성메이가 직접 물을 가지러 가려다가 다리에 힘이 풀려 흐느적 거리며 바닥에 넘어졌다.

앤디가 물을 가지고 와 바닥에 앉아 있는 판성메이에게 건넸다. 판성메이의 초점 풀린 눈가에서 눈물이 반짝였다. 앤디가 말했다.

"속상한 일이 있으면 나한테 털어놔. 비밀 지켜줄게. 난 입이 무거운 편이니까."

판성메이가 멍하니 바닥만 쳐다보고 있다가 고개를 저었다.

"너한테 신세를 졌네. 집에 가서 잘게."

앤디도 말리지 않고 그녀를 부축해 일으키고 옷과 가방을 챙겨 2202호까지 데려다주었다. 앤디는 판성메이에게 그날 밤 무슨 일이 있었을 거라는 취샤오샤오의 추리에 동의했다.

그날 아침 2202호로 관쥐얼을 데리러 갔을 때 뜻밖에도 이미 출 근했어야 할 판성메이가 문을 열어주었다. 그녀는 화장도 하지 않고 있었다. 안색이 몹시 안 좋았다. 판성메이가 앤디를 보고 얼른 뒤를 돌아보더니 관쥐얼이 방에서 출근 준비를 하고 있는 걸 보고 조용히 밖으로 나와 앤디에게 말했다.

"2시간 늦게 출근하겠다고 했어. 어젯밤엔 고마워."

"별일 아니야. 사실 널 먼저 발견한 건 샤오샤오야."

판성메이가 깜짝 놀라자 앤디가 어깨를 으쓱이고는 집에서 나온 관 쥐얼과 함께 엘리베이터를 탔다. 판성메이가 복도에 선 채 2203호 문 을 한참 동안 쳐다보다가 아무도 없는 2202호로 들어갔다. 그녀는 화장대에 앉아 거울에 비친 자기 얼굴을 멍하니 응시했다. 지금 그녀 에게 제일 급한 건 타오바오의 상품권 판매자에게 연락해 상품권을 파는 일이었다. 그녀는 상품권 판매자와 만날 장소와 시간을 정했다.

정교한 화장술로 눈의 부기는 최대한 감추었지만 술병이 나서 생기를 잃은 눈빛은 화장품으로 감출 수가 없었다. 하는 수 없이 선글라스를 끼고 집을 나섰다. 판성메이와 상품권 판매자는 한참 만에 만나는데도 멀리서 서로를 알아볼 수 있었다. 상품권을 주고 액면가에서 일정 비율을 깎은 돈을 현금으로 받은 뒤 헤어졌다. 모처럼만에 만나는 투명한 겨울 햇살 아래서 한숨을 내쉰 뒤 또 몇 초 동안 멍하니 서 있다가 지하철역으로 향했다. 지하철역으로 들어가면서 장밍쑹에게 메시지를 보내 어젯밤 집에 데려다줘서 고맙다고 했다. 장밍쑹도 어젯밤 그녀 때문에 술이 만취해서 운전기사를 불러 차를 운전하게 했고 착한 운전기사가 그녀를 아파트 앞에 내려준 기억이 끊어진 필름처럼 뇌리를 스쳤다.

그녀는 체념한 상태로 집에서 걸려올 독촉전화를 기다렸다. 역시나 얼마 안 가서 올케의 전화가 왔다.

"아가씨, 오빠는 아직도 갇혀 있는데 그쪽에서 치료비를 내놓으래요. 어젯밤에 와서 소란을 피우는 바람에 레이레이(雷雷)가 놀라서 밤새도록 울었어요. 레이레이는 어머니가 와서 학교에 데려다주고 나는 그 사람들한테 붙잡혀서 출근도 못하고 있어요. 그쪽 형제들이 이렇게 많을 줄은 몰랐어요. 오빠가 풀려나면 다리를 분질러버리겠다고 으름장을 놓는데 이걸 어째요?"

판성메이가 일부러 아무것도 모르는 척 대답했다.

"경찰에 신고했어요? 언니가 상사를 때린 것도 아니잖아요."

"아가씨가 말해주지 않았으면 경찰에 신고하는 것도 잊어버릴 뻔했네요. 치료비가 2,000위안도 넘게 나왔대요. 거기다가 휴업손실 보상비에 앞으로 들어갈 약값까지 다 합치면 7~8,000위안은 줘야 해결될 거 같아요. 거기서 돈 좀 구해줘요. 아가씨는 월급이 많잖아요. 믿을 수 있는 사람은 아가씨뿐이에요. 우선 6,000위안만 구해봐요. 나도 친정에서 돈 좀 꿔볼 테니까."

"언니, 이번 달엔 나도 쪼들려요. 월세 내는 달이라 월급에서 월세 빼면 식비랑 교통비밖에 안 남아요. 다른 방법 없어요?"

"다른 방법이 있으면 전화했겠어요? 촌사람인 내가 무슨 능력이 있어요? 아가씨는 가족들 중에 유일하게 대도시에 사는 사람이니까 일이 생기면 아가씨한테 매달리는 수밖에 없어요. 그동안 모든 돈은 있을 거 아니에요. 돈 좀 찾아봐요. 대도시에 사는데 몇 천 몇 만 위안이 대수예요? 전화요금 비싸니까 끊을게요. 사흘 안으로 돈 구해서 연락 줘요."

판성메이는 전화를 끊은 뒤 붐비는 지하철 인파 속에서 망연자실하게 서 있었다. 돈도 없고 자신을 파는 것 말고는 돈 나올 곳이 없었다. 가족들은 늘 사고를 치고 나서 그녀에게 손을 벌렸다. 이제 더는 돈을 주지 않을 것이다. 크리스마스와 연말연시가 그녀를 기다리고 있었다. 새 외투도 사야 했다. 이번에는 절대로 약해지지 않겠다고 이를 악물었다.

취샤오샤오가 회사에 출근해 무슨 돈으로 월급을 줬느냐고 묻자 예상대로 그녀의 아빠가 10만 위안을 주었다고 했다. 재무팀 직원이 그녀의 아빠가 찾아와서 직접 서명한 차용증을 보여주었다. 그녀는 앞으로 자기 동의 없이 아빠가 빌려주는 돈을 절대로 받지 말라고 경고하고는 이번 출장에서 쓴 지출 영수증을 와르르 쏟아놓고 10만 위안 중 월급을 지급하고 남은 돈은 그 비용 처리에 쓰게 했다. 그녀는 입찰 건 진행 사항을 점검하고 회의를 열어 직원들에게 출장 결과를 설명한 후 새로 친분을 쌓은 고객들에게 어떤 자료를 보낼 것인지 논의했다. 직원들은 모두 그녀의 아빠 밑에서 일을 배운 유능한 인재들이었기 때문에 방향 설정만 해주면 알아서 착착 일을 진행시켰다. 하지만 직원들은 기술적인 문제를 처리할 뿐이고 사업을 이끄는 건 그녀가 직접 해야 했다.

관쥐얼은 22층에서 제일 처음으로 앤디의 새 차를 보았다. 차 색깔이 한눈에 그녀의 마음을 사로잡았지만 앤디는 그렇지 않은 것 같았다.

"색이 너무 튀잖아. 정말 예뻐? 패리스 힐튼의 핑크 벤틀리 같지 않아?"

"그 차는 웃겼는데 이 차는 아주 예뻐. 타이어의 무광 블랙 때문에 오렌지색이 튀어 보이지 않아. 전체적으로 날렵하면서도 고상한 분위기가 풍겨."

앤디는 반신반의했다.

"정말이야? 친구가 날 골탕 먹이려고 일부러 이런 색을 골랐다고 생각했는데. 난 검은색 차체, 검은색 휠커버에 브레이크 라이닝만 선명한 빨간색이면 좋겠어. 그러면 바퀴가 돌아갈 때 아주 멋지거든. 어쨌든 22층에서 찬성표 한 장 나왔네. 남은 세 표가 모두 반대표면 차를 바꿔달라고 할 거야."

관쥐얼이 물었다.

"어젯밤 잠결에 언니랑 성메이 언니가 같이 들어오는 소리를 들었어. 문 앞에서 뭐라고 얘기하는 거 같던데."

"어제 차를 안 가지고 나가서 웨이 씨가 데려다줬어. 너 오늘 출장 간다고?"

앤디는 어젯밤 성메이가 술에 취해 들어왔다는 걸 얘기하지 않을 생각이었다.

"응. 앞으로 다른 도시로 출장을 자주 가게 될 거 같아. 동료들이 언제든 출장 갈 수 있게 대형 여행 가방을 꺼내놓으라고 하더라. 여행 가방에 화장품을 넣는 노하우도 전수해줬어. 난 출장 가는 게 좋아. 낯선 도시에 가서 거리를 구경하는 게 재밌어."

"앞으로 월급이 오를 텐데 차를 사는 것도 생각해봐. 멀지 않은 곳에 출장을 갈 때는 직접 차를 몰고 가는 게 훨씬 편해."

"차가 꼭 필요하면 그때 사도 돼."

"참, 나 이번 주말에 홍콩 가는데 필요한 거 있으면 얘기해. 사다줄게."

관쥐얼이 혀를 쏙 내밀었다.

"월세 내는 달이라 돈이 없어. 성메이 언니는 돈이 좀 있을 거야. 아마 화장품을 사다달라고 할걸?"

앤디가 웃었다.

"참, 이따가 샤오샤오한테도 물어봐야겠네. 오늘은 늦게 일어날 거야. 어제 밤비행기로 돌아와서 피곤할 테니까."

"샤오샤오 같은 재벌 2세들은 일 안 하고 놀기만 하는 줄 알았는데 의외야."

"사람들은 한 가지 공통점을 가지고 특정 부류를 쉽게 정의하지. 재벌 2세, 고위급 2세, 세컨드, 속물녀 등등. 일단 정의해버리면 개개인의 차이점을 간과하고 선입견대로 판단하기 때문에 그 사람을 정확하게 판단할 수 없어. 한두 마디로 정의했을 때 우습지 않은 사람은 별로 없어. 극단적으로 따분한 몇 사람을 제외하면 말이야. 유행이나 분위기에 휩쓸리지 말고 자기 주관을 가지고 독립적으로 판단해야 돼. 판단 능력과 판단 결과가 부정확하다 해도 최소한 남의 말을 좇는 것보다 나아. 넌 귀가 너무 얇아서 남의 의견에 휩쓸리기 쉬워."

관쥐얼이 말했다.

"잘 생각해볼게. 고마워. 언니가 나한테 관심이 있으니까 이런 얘기도 해주는 거니까."

"관심도 있지만 그것보다는 네 생각이 편협하지 않기 때문이야. 네 생각과 다른 의견을 배척하지 않으니까 이런 얘기도 해줄 수 있지."

앤디는 얼마 전 판성메이가 린위안이 관쥐얼을 좋아하는 것 같다고 했던 말이 생각났다. 판성메이는 괜찮은 남자들은 대부분 관쥐얼 같은 여자를 좋아한다고 했다. 관쥐얼은 집이 여유 있고 평온하고 부모는 노후 준비가 되어 있으며 본인 직업도 괜찮고 성격도 순수하다. 그런 여자와 결혼하면 평생 큰 탈 없이 살 수 있다. 하지만 앤디는 물질적인 조건 때문만은 아니라고 생각했다. 평온한 가정에서 자란 사람들은 성격이 모나지 않고 온순해서 어디서든 인기가 많다. 친구로든 배우자로든 관쥐얼 같은 사람은 인기가 많다. 짓궂은 장난을 즐기는 취샤오샤오까지도 관쥐얼을 좋아한다.

점심시간에 앤디가 취샤오샤오에게 전화를 걸어 홍콩에서 사다줄 게 있는지 물었다. 과연 취샤오샤오는 22층의 다른 이웃 얘기는 하지 않고 관쥐얼도 필요한 게 있을지 모른다고 얘기했다. 취샤오샤오가 회사 빌딩에 있는 식당에서 사온 도시락을 먹으려다가 입에 맞지 않는다고 투덜거리며 몇 젓가락 먹다가 버렸다.

"이번 출장 때 피부가 열 살은 늙어버린 거 같아. 퇴근할 때 데리러 갈게. 지난번에 갔던 스파에 마사지하러 가자. 언니 회사에서 가까우니까 언니는 걸어가도 돼. 마사지하고 자오치핑을 불러서 같이 저녁 먹으면서 인사시켜줄게. 그다음엔 언니 떼어놓고 둘만 놀러 갈 거야. 난 친구보단 남자가 우선이니까."

"칼퇴근할 수 있어? 저녁에 웨이 씨 만나기로 했는데 넷이 같이 밥 먹을까?"

"오후에 내 회사의 재정 상태에 간섭한 아빠에게 항의하러 갈 거야. 그거 말고는 별일 없어. 언니랑 맞춰서 퇴근할게."

"아빠가 간섭을 하셨다고?"

"그렇다니까. 경고하러 가려고. 그건 그렇고, 언니, 자오치펑한테 추파 날리면 안 돼."

그날 아침 자오치펑에게 저녁을 같이 먹자고 메시지를 보내자 자오치펑이 한참 만에 알았다는 답장을 보냈다. 그래서 취샤오샤오는 오늘 기분이 째지게 좋았다. 그녀는 기쁜 일이 있으면 동네방네 알려야 하는 성격이었다. 하지만 잘생긴 자오치펑을 친구들에게 소개시켜주면 너도 나도 빼앗으려 할 것 같았다. 그래서 비교적 안전한 앤디를 선택한 것이다.

아빠에게 강력하게 항의하려던 그녀의 계획은 수포로 돌아갔다. 본사에 가자마자 아빠에게 끌려가 얼떨결에 회의에 참석하게 되었다. 그런데 신기하게도 두 달 전에는 회의에서 나누는 얘기들을 하나도 알아들을 수가 없었지만 이제는 무슨 말인지 알아들을 수가 있었다. 코딱지만 한 회사지만 직접 경영하면서 그녀에게도 발전이 있었던 걸까? 회의 내내 하품 한 번 하지 않고 구석 자리에 앉아서 사람들의 의견을 분석하고 그들이 발언할 때의 눈빛까지 유심히 관찰했다. 판성메이를 분석하는 것보다 훨씬 재미있었다. 이 사람들의 눈빛이 더 복잡했기 때문이다. 퇴근시간이 다가오도록 회의가 끝나지 않자 살금살금 회의실을 빠져나왔다. 아빠가 불만스럽게 쳐다보는 걸 알았지만 자오치펑의 잘생긴 얼굴이 머릿속을 가득 채워 아무것도 신경 쓸 수 없었다.

앤디는 신이 나서 스파로 들어오는 취샤오샤오를 보니 점심 때 특이점이 했던 얘기가 떠올랐다. 특이점에게 약속 시간을 늦추자고 전화했을 때 특이점은 그녀가 취샤오샤오와 만나기로 했다는 얘기에 무척 좋아했다. 거리낌 없이 인생을 즐기는 취샤오샤오의 성격을 조금이라도 배우길 바란다면서 말이다. 그녀도 취샤오샤오의 풍족한 가정환경에서 비롯된 자유분방한 성격이 조금 부럽기는 하지만 그리 좋아하지는 않았다. 그녀는 관쥐얼처럼 진지하고 책임감 있는 사람이 좋았다. 특이점은 몇 년 전 빚더미로 내몰려 투신 직전까지 가본 후에 얻은 깨달음이라면서 나중에 자세히 얘기해주겠다고 했다.

앤디는 취샤오샤오가 하는 대로 마사지를 받았지만 왠지 부자연스럽고 불편했다. 그녀는 무슨 일이든 이유를 납득할 수 있어야 했지만 취샤오샤오는 뭐든 즐거우면 만사 오케이였다. 눈을 감아도 생각을 멈출 수가 없었다. 생각을 포기하는 건 그녀에게 섹시댄스를 추는 것보다 더 힘들었다. 차라리 잠을 청했다. 다행히 이번에는 취샤오샤오도 쿨쿨 잠이 들었다.

자오치펑이 레스토랑 앞에 거의 도착했을 때 취샤오샤오의 차가 도착하는 걸 보았다. 그는 취샤오샤오와 앤디가 같이 내리는 걸 보고 멈추어 서서 두 사람이 자신을 향해 걸어오는 걸 지켜보았다. 때마침 도착한 특이점이 그들을 보고 웃었다. 취샤오샤오가 달려가 자오치펑의 품에 와락 안겨 진한 키스를 나누자 앤디가 특이점에게 물었다.

"나더러 저런 걸 배우라고요?"

"저렇게 뜨거운 열정은 배우기가 힘들죠. 홍콩에 가면서 내가 깨달은 것들을 자세히 얘기해줄게요. 시간이 아주 많을 테니까."

취샤오샤오가 끼어들었다.

"우리 흉보지 말고 두 사람도 따라해봐요."

앤디가 웃었다.

"미국 대학 캠퍼스에서나 봤던 광경이야…."

"미국에서는 어디서나 이렇지요. 보수적이신가 봐요."

자오치펑이 잘 안다는 투로 끼어들었다. 매력적인 목소리였다. 빠르지도 느리지도 않은 말투에 허스키하면서도 부드러웠다. 하지만 그의 입에서 나온 말에 특이점조차 놀라움을 금치 못했다.

"사실 국내 대학도 개방적이에요. 대학 시절 왕샤오보(王小波, 중국의 카프카로도 불렸던 요절 소설가)식 자유로운 생활이 그리워요. 섹스도 연애도 다 재미있었죠."

자오치펑이 놀란 표정의 앤디를 보며 웃었다.

"하하하! 내면의 열정을 누를 수가 없네요."

네 사람이 레스토랑으로 들어가는 동안 뒤에 있던 자오치펑이 취샤오샤오에게 속삭였다.

"너랑은 많이 다른 사람들인 거 같아."

"걱정 마. 각자의 개성을 존중해주는 사람들이니까. 아는 것도 많고 오빠처럼 똑똑해."

자오치펑이 앞을 향해 말했다.

"같이 포커 칠까요? 포커 친 지 오래됐어요. 똑똑한 사람들이 한꺼번에 모이기가 쉽지 않아서요. 40점(중국에서 유행하는 4인용 포커 게임. 1세트 게임으로 40점, 2세트 게임으로 80점 방식이 있다)도 괜찮고 80점도 괜찮아요."

특이점이 말했다.

"브리지는요? 파이브 카드 스터드도 괜찮고요."

앤디가 말했다.

"난 브리지밖에 할 줄 몰라요."

자오치펑의 얼굴에 생기가 돌았다.

"아주 쉬워요. 금방 배울 거예요. 샤오샤오는 뭐 할 줄 알아? 결정권을 네게 줄게. 네가 잘 하는 걸로 하자."

"왜 앤디 언니가 아니라 나한테 물어? 난 브리지 빼고 다 할 줄 알아. 그럼 40점으로 하자."

"좋아. 40점으로 하죠. 브리지를 할 줄 알면 계산하는 법은 알 테니까 40점도 금방 배울 거예요. 우리 중에 샤오샤오 너만 계산법을 모르는 거 같으니까 내가 약자의 편에서 정의를 위해 싸울게."

특이점은 자오치펑이 취샤오샤오에게 제일 잘하는 게임이 뭐냐고 물을 때부터 웃고 있었고, 앤디는 이 말을 듣고 웃기 시작했다. 취샤오샤오는 자오치펑이 자기편을 들어준다는 생각에 기분이 좋았지만 가만히 생각해보니 자기가 넷 중에 제일 멍청하다는 뜻이었다.

그녀가 앙탈을 부리며 자오치펑의 등에 매달려 업고 가게 했다. 두 사람이 하하호호 비틀거리며 자리에 앉았다. 특이점이 앤디에게 눈짓을 하자 앤디도 그 뜻을 이해했다. 이게 바로 취샤오샤오의 뜨거운 열정이었다. 앤디를 포함해 22층의 다른 누구도 이런 경우 취샤오샤오처럼 남자친구를 쉽게 용서하지 않을 것이다. 특히 판성메이였다면 이미 날카롭게 반박하며 상대를 몰아세웠을 것이다.

취샤오샤오가 말했다.

"오빠가 전에 그랬잖아. 홍콩 가는 사람 있으면 사다달라고 부탁할 책이 있다고. 이 두 사람이 주말에 홍콩에 간대. 어차피 할 일도 없어서 하루에 다섯 끼씩 먹으면서 시간을 때우고 올 거 같으니까 필요한 책 있으면 부탁해."

자오치펑이 방금 전 특이점에게 받은 명함을 꺼내며 말했다.

"책 제목을 문자로 보내드릴게요. 고맙습니다. 잘됐네요. 두 분은 서점에 꼭 들리실 거 같아요."

자오치핑이 빠른 속도로 핸드폰 자판을 두드리자 취샤오샤오가 말했다.

"외과 의사는 손가락이 바이올리니스트랑 비슷한가 봐. 혹시 자수도 놓을 줄 알아?"

"난 피아노도 잘 못 쳐. 음악을 듣기만 하지."

자오치핑이 대답하며 여전히 빠른 속도로 자판을 두드렸다.

특이점이 자오치핑이 보낸 문자를 보고 빙그레 웃으며 앤디에게 보여주었다.

"다음에 시간 있으면 내 서재를 구경하러 와요. 원서 읽는 데 문제가 없으면 앤디 집에 가도 되고요. 관심 분야가 전문적이네요. 이 세 권은 나도 사서 읽어봐야겠어요."

자오치핑이 말했다.

"좋아하는 게 비슷하니까 조금 더 알려드리자면 요즘 홍콩에서 아주 인기 있는 영화가 있어요. '3D 육보단(肉蒲團)'이라고. 꼭 보고 오세요."

특이점과 취샤오샤오가 동시에 웃음을 터뜨렸다. 앤디는 그 제목을 두 번째 듣는 것이었다. 그녀는 두 사람이 웃는 이유를 몰라서 지난 번 취샤오샤오에게 들었을 때 어떤 영화인지 자세히 알아보지 않는 걸 후회했다. 자오치핑은 그녀가 민망해서 그러는 줄 알고 변명을 했다.

"제가 쓸데없는 소릴 했군요. 의사들은 원래 뭐든지 다 봐야 돼요. 농담이니까 진지하게 받아들이지 마세요."

특이점이 앤디에게 그 영화가 어떤 영화인지 얘기해주자 앤디는

그제야 그들이 웃은 이유를 알았다. 자오치펑을 병원에서 봤을 때는
진지한 줄만 알았는데 이제 보니 유쾌하고 재미있는 남자였다.

17

판성메이가 퇴근하는데 엄마에게 전화가 왔다. 전화기 저편에서 엄마의 흐느끼는 목소리가 들렸다.

"성메이, 퇴근했니? 통화할 수 있어?

판성메이가 근무 시간에는 통화를 할 수가 없다고 가족들에게 얘기했지만 근무 시간에 전화를 걸지 않고 조심하는 건 그녀의 엄마뿐이었다. 붐비는 버스 안에서 전화를 받았지만 엄마가 한참 동안 울었다는 걸 알 수 있었다. 엄마는 퇴근 시간까지 울면서 기다렸다가 딸에게 전화를 한 것이다. 속에서 시큼한 것이 왈칵 차올랐다.

"퇴근했어. 무슨 얘기야? 좀 크게 얘기해. 버스 안이라 잘 안 들려."

"네 오빠 일 말이야…. 그쪽 사람들이 집에 와서 죽 치고 있어."

"왜 또? 오빠 집에 있다고 했잖아."

"네 올케가 무슨 맘을 먹었는지 가출해버렸어. 친정에 가서 전화했더라. 레이레이 학교 끝날 때 데리고 와달라고. 여자 혼자 집에 있기가 무서워서 친정에서 며칠 숨어 있겠대. 네 올케가 없어지니까 그놈들이 여기로 쳐들어 온 거야. 우선 치료비로 3,200위안을 내놓으래. 안 내놓으면 자기들 형이 병원에서 쫓겨나게 생겼대. 네 오빠가 앞뒤 안 가리는 성격인 거 너도 알잖니. 맞은 사람이 입원을 했어."

"뭐라고? 입원? 어제도 그런 얘기 없었잖아! 우리한테 사기치는 거 아냐?"

"제대로 수속을 밟아서 입원한 거래. 왼손 뼈가 부러졌대. 방금 레이레이 데려오는 길에 네가 부쳐준 생활비랑 네 아빠 이달 연금이랑 조금씩 모아놨던 돈까지 다 털어서 2,000위안을 줬어. 더 이상은 돈 나올 데가 없는데 돈을 안 주면 우리 집안 물건을 가져다 팔겠대. 조금만 더 기다려달라고 얘기해놓긴 했는데 이걸 어쩌니?"

판성메이는 한숨만 나왔다. 상대방에게 기다려달라고 해놓고 자기에게 어떻게 하느냐고 물으면 그건 돈 달라는 얘기나 다를 게 없다.

"엄마, 나도 월급이 얼마 안 돼. 어제 월급 받자마자 돈 부친 거야. 석 달치 월세 내고 나니까 가진 돈이 하나도 없어. 지금 밥값도 줄여야 할 판이라고. 원래 뭘 배우러 다니려고 했는데 다음 달로 미룰 수밖에 없어. 엄마, 나도 정말로 방법이 없어."

"그럼 어쩌니. 저 놈들이 집에 버티고 앉아서 돈 줄 때까지 안 가겠다는데. 네 아빠랑 아무리 머리를 짜내도 집에 돈 될 만한 거라곤 네가 사준 텔레비전 한 대밖에 없어."

엄마가 흐느끼며 전화를 끊으려는데 판성메이가 말했다.

"엄마, 오빠 집 열쇠 있잖아. 오빠 집 살림살이 가져가라고 해. 오빠가 사고 친 거잖아."

"무슨 말을 그렇게 해. 네 오빠 이혼하는 꼴 보려고 그래? 집주인한테 사정해서 월세를 돌려받고 넌 회사 기숙사에서 두 달만 살면 안 되겠니? 어쨌든 온 가족이 힘을 합쳐서 고비를 넘겨봐야지."

판성메이는 절망했다. 오빠는 자기 집이 있는데 그녀는 월세 방도 빼앗겨야 한단 말인가. 하지만 전화기 저편에 있는 사람은 자신과 마찬가지로 오빠 때문에 고통스럽게 울고 있는 엄마였다. 엄마에게 화를 낼 수가 없어 억지로 화를 눌러 삼키며 말했다.

"집주인이 받은 돈을 돌려줄 리가 있어? 아니면 내가 그 사람들이랑 얘기해볼까? 차용증 같은 걸 쓰겠다고."

"말해봤는데 안 통해. 나 밥 하러 가야 돼. 레이레이가 배고프다고 울어. 집에 와 있는 사람들도 뭘 먹여야지."

판성메이는 창밖으로 지나가는 도시의 화려한 야경을 힘없이 응시했다. 머릿속이 텅 비어 아무 생각도 나지 않았다. 눈물범벅이 되어 부엌에서 동동거리며 일하고 있을 엄마의 모습이 눈에 선했다. 집에 와서 진을 치고 있는 사람들의 눈치를 보아야 할 것이다. 그들의 가족이 오빠에게 맞아서 입원을 했으니 호의적으로 대할 리 없다. 아빠는 처마 밑에서 고개를 숙이고 말없이 담배만 피워댈 것이다.

심란한 마음에 내려야 할 정류장을 지나치고 말았다. 판성메이는 하이힐을 신은 채 몇 정거장을 바쁘게 되돌아왔다. 숨을 헐떡이며 걷다가 도저히 참을 수가 없어서 올케에게 전화를 걸었다.

"그 사람들이 부모님 집으로 쳐들어갔대요. 부모님이 있는 돈을 다 털어서 2,000위안을 줬다는데 언니도 모아놓은 돈이 조금은 있을 거 아니에요. 우선 돈을 줘서 사람들을 내보낸 다음에…."

판성메이의 말이 끝나기도 전에 올케가 서럽게 울기 시작했다.

"아가씨, 나도 못 살겠어요. 오빠가 나오면 또 내가 파트타임 알바로 먹여 살려야 한다고요. 뼈 빠지게 일해봤자 얼마 벌지도 못해요. 끼니도 걱정할 판에 모은 돈이 어디 있어요? 당장 오늘 밤에 나가서 몸을 팔아도 몇 푼 못 번다고요. 나도 지금 친정에서 눈칫밥 먹고 있어요. 기댈 데가 아가씨밖에 없어요. 우리 집에서 제일 성공한 사람이잖아요. 그러지 말고 좀 도와줘요. 레이레이도 나중에 고모가 일자리를 구해줄 거라고 하던데. 도와줘요…."

판성메이가 망연한 표정으로 듣고 있다가 도저히 참을 수가 없어서 전화를 끊어버렸다. 그녀는 지하철역 인파 속에서 이리저리 떠밀렸다. 퇴근할 때 화장 고치는 것도 잊어버린 얼굴이 빛을 잃고 초췌했다. 부모님이 마음에 걸려 어쩌면 좋을지 알 수가 없었다. 돈을 주지 않으면 상대방의 가족들이 무슨 짓을 할지 모른다. 하지만 이번에는 정말로 돈을 줄 수가 없었다. 오빠는 밑 빠진 독이었다. 평생 오빠 뒤치다꺼리만 하며 살 수는 없었다. 그녀는 마음을 독하게 먹기로 했다.

앤디와 취샤오샤오 커플이 식사를 마치고 차 두 대로 나누어 타고 환락송 아파트로 향했다. 특이점이 앤디에게 물었다.

"저 사람이 지난번에 말했던 그 의사예요?"

"맞아요. 두 사람 사이가 벌써 저렇게 된 줄 몰랐어요. 샤오샤오는 능력도 좋아요. 완전히 모르는 사이였는데 말이에요. 게다가 그중 절반은 출장을 갔었고요."

"샤오샤오 씨가 보는 눈이 있네요. 나도 치핑 씨가 마음에 들어요. 자기 주관이 뚜렷한 친구예요. 환자들의 생사를 다루는 일을 해서 그런가 봐요. 똑똑하고 책도 많이 읽고요. 쿨한 건 샤오샤오 씨와 비슷하지만 샤오샤오 씨는 몰라서 겁이 없는 거라면 치핑 씨는 그 반대예요."

"당신은 사람을 참 잘 봐요. 나도 어떤 사람인지 유리처럼 훤히 들여다보여요? 무섭네요."

"천만에요. 당신은 업그레이드 속도가 너무 빨라요. 이제 좀 알겠다 싶으면 또 어느새 업그레이드돼서 종잡을 수가 없어요. 샤오샤오 씨가 치핑 씨 앞에서 모르는 걸 아는 척하는 것 같지 않았어요? 아니면 샤오샤오씨가 원래 머리가 좋은데 내가 잘못 알고 있었던지."

"샤오샤오는 머리가 좋고 세상 물정에도 밝아요. 그러니까 모르는 것도 눈치로 넘어갈 수 있죠. 오늘은 왜 그렇게 남의 일에 관심이 많아요?"

"이게 다 치펑 씨 때문이에요. 근사하고 자유분방한 남자가 대놓고 당신을 칭찬하니까 짜증이 났어요. 샤오샤오 씨 커플이 절대 깨지지 않길 바라요."

"하하하! 나는 샤오샤오가 자꾸 웨이 오빠라고 부르는 게 거슬렸어요. 나한테는 아주 느끼하게 들렸는데 당신은 꽤 즐기고 있는 것 같더군요."

"예의상 그런 거예요. 샤오샤오 씨와 두 시간 동안 한 차를 타고 어딜 간다면 무슨 얘길 해야 할지 몰라서 음악만 틀어놓아야 할 걸요?"

"샤오샤오와 자오치펑 씨 둘 사이에 지금 대화가 필요하겠어요?"

"마른장작에 불이 붙으면 순식간에 타서 재가 되는데 무슨 대화를 하겠어요? 그러니까 앞으로는 더블데이트하자고 하면 거절해요. 오늘 하루로 족하니까."

앤디는 특이점의 말이 우스웠지만 그가 질투하는 모습이 무척 재미있었다. 아파트 근처에 도착했을 때 차창 밖으로 판성메이가 보였다.

"어, 오늘은 성메이가 늦었네요."

차가 빠르게 판성메이 옆을 지나쳐버렸다. 특이점이 지나가는 행인들을 피해 주차할 곳을 찾았다. 판성메이가 고개를 푹 숙이고 힘없이 걷고 있는 걸 보니 아직 숙취가 가시지 않은 것 같았다. 이 시간에는 주차할 곳을 찾기가 힘들었다. 특이점이 몇 바퀴 돌다가 겨우 좁은 자리를 찾아 주차를 했다. 두 사람이 차에서 내렸을 때는 판성메이가 이미 집으로 들어간 후였다.

판성메이는 자오치펑의 어깨에 매달려 있는 취샤오샤오와 마주쳤다. 놀라서 못 본 척했지만 취샤오샤오가 판성메이를 불렀다. 판성메이는 심신이 지쳐 미소를 짜내고 싶은 마음도 없었다. 그 상대가 취샤오샤오라면 더더욱 말이다. 판성메이가 건성으로 고개만 까딱였다. 취샤오샤오의 눈동자가 도발적으로 반짝였지만 옆에 자오치펑도 있고 올해 안에는 판성메이를 괴롭히지 않기로 앤디와 약속을 해놓은 터라 참기로 했다. 하지만 어젯밤 판성메이가 만취했던 모습을 떠올리자 자기도 모르게 웃음이 터졌다. 취샤오샤오는 술에 취하면 뭐든 다 할 수 있지만 절대로 울지는 않는다.

2202호의 어두컴컴한 방으로 돌아온 판성메이는 그 어느 때보다도 서글프고 화가 났다. 이렇게 비좁고 누추한 방 하나조차 지킬 수 없단 말인가? 아니, 이곳은 그녀의 마지막 보루였다. 절대로 포기할 수 없었다. 회사 기숙사에서 살라고? 그 시끄럽고 어수선한 곳에서 여공들과 함께 살라고? 차라리 죽는 편이 나았다.

집에서 음식 만든 냄새가 나는데 추잉잉은 집에 없었다. 세수를 하고 침대에 누워 잠을 청했다. 날씨가 추워져서 살에 닿는 이불이 차가웠다. 이불 속에서 몸을 잔뜩 웅크렸다. 아무것도 생각하지 않고 자기로 했다. 그런데 30분이 넘도록 뒤척이다가 그녀의 온기에 이불 속이 따뜻해졌을 때쯤 벌떡 일어나 어둠 속에서 부모에게 전화를 걸었다. 도저히 마음이 놓이지 않았다. 그런데 누가 전화를 받았는지 레이레이의 울음소리와 와장창 하고 뭔가 깨지는 소리가 들리더니 남자끼리 싸우는 소리와 여자의 흐느낌이 섞여서 들렸다. 놀라서 전화기에 대고 큰소리로 외쳤지만 아무도 대답하지 않았다. 전화기 저편에서 소란이 벌어졌지만 그녀는 도와줄 수 있는 게 아무것도 없었다.

몇 분쯤 흘렀을까 엄마의 목소리가 들렸다.

"성메이, 성메이, 빨리 좀 와줘…."

"엄마, 무슨 일이야? 그놈들이 해코지 하면 경찰에 신고해."

"싸움이 났어. 싸움이…. 성메이, 집으로 와줘. 어서."

엄마의 쉰 목소리 뒤로 남자의 고함소리가 들렸다. 판성메이는 도저히 참지 못하고 자기 뺨을 세게 후려쳤다. 자신은 사람도 아니라고 자책했다.

"엄마, 내가 지금 돈을 빌려서 부칠 테니까. 그 사람들이랑 은행 ATM기에 가서 돈을 찾아."

"나는 통장밖에 없는데 저녁이라 은행이 문을 닫았잖아. 성메이, 네가 좀 와줘. 친구들한테 도와달라고 해봐."

"내일 얘기할게. 내일 아침에 은행 문 열자마자 돈 줄 테니까 더 이상 소란 피우지 말라고 해. 우리 집에서 나가라고 해! 내일 아침에 2,000위안 보낼게. 800위안은 남겨두고 생활비로 써."

어둠 속에서 판성메이의 거친 숨소리만 들렸다. 울고 싶은데 눈물이 나오지 않았다. 2,000위안은 시작일 뿐이라는 걸 그녀는 알고 있었다. 상대가 입원까지 한 마당에 쉽게 퇴원할 리 없었다. 하지만 오빠가 먼저 사람을 때렸는데 뭐라고 할 수 있을까. 또다시 돈을 보냈으니 앞으로 얼마나 더 줘야 할지, 자신이 그걸 감당할 수 있을지, 또 친구들에게 돈을 빌리러 다녀야 할지 알 수가 없었다.

어쨌든 전화기 저 편에 있는 사람들은 판성메이와 통화를 하고 돈을 주겠다는 약속을 받아낸 뒤 소란을 멈추었다. 그들은 노부부가 며느리처럼 야반도주를 할까 봐 감시자 두 명을 남겨놓고 돌아갔다.

전화를 끊은 뒤 온몸이 홧홧 달아오를 만큼 화가 났다. 자기 자신에게 너무 화가 났다. 하지만 더 걱정되는 건, 연말인데 또 어디 가서 돈을 빌려야 하느냐는 것이었다. 평소에 그렇게 강한 모습인 자신이 번번이 저자세로 돈을 빌리러 다녀야 하는 현실에 화가 나서 미칠 것 같았다.

2203호에서는 포커 게임이 한창 진행되고 있었다. 처음에는 앤디가 규칙을 잘 몰라서 취샤오샤오 커플과 번갈아가며 이겼지만 그녀가 규칙을 다 파악하고 강한 승부욕을 불태우기 시작하자 취샤오샤오는 기가 팍 죽었다. 자오치핑도 처음에는 재미있다고 감탄사를 연발하더니 점점 말수가 줄어들었다. 사실 그의 잘못은 아니었다. 아무리 포커를 잘 쳐도 닭과 한 팀이 되어 신과 싸우는 격이니 처음부터 적수가 될 수 없었다. 유일하게 기대할 수 있는 건 취샤오샤오가 포커를 잘 치지 못한다고 했으니까 조금 더 익숙해지면 실력이 늘지도 모른다는 점이었다. 하지만 그의 기대는 보기 좋게 빗나갔고 시간이 흐를수록 속이 점점 더 부글부글 끓었다.

네 사람 모두 패가 몇 장밖에 남지 않았을 때 앤디가 가지고 있던 카드 한 장을 뒤집어 내려놓으며 웃었다.

"샤오샤오는 K와 2가 두 장씩 있어서 패가 좋지만 카드를 내놓을 기회가 없어요. 치핑 씨는 4와 5가 두 장씩인데 그건 더 내놓을 수가 없고, 나머지는 2 한 장, 5나 7 한 장, J 한 장. 웨이 씨의 패가 치핑 씨의 2를 막을 수 있죠. 내가 카드를 내놓을 테니까 치핑 씨도 카드를 내놓으세요. 하지만 어떤 카드를 내놔도 질 거예요."

자오치핑이 놀라며 물었다.

"내 카드가 다 보여요?"

그가 특이점의 패가 많은 걸 보고 답답한 표정으로 J를 테이블 위에 툭 내려놓았다. 하지만 특이점이 조커를 내놓을 것이라는 그의 예상과 달리 특이점이 2를 내놓았다. 특이점의 카드가 순서대로 완성되어 게임이 끝났다. 앤디가 그제야 자오치펑에게 자기 카드를 보여주었다. 조커가 바로 그녀에게 있었던 것이다. 그녀는 특이점이 카드를 내놓을 기회를 만들기 위해 방금 전 그 얘기로 자오치펑의 심리적 방어선을 무너뜨렸던 것이다. 그녀가 그렇게 말하지 않았다면 자오치펑이 2를 먼저 내놓았을 것이고, 그러면 이 판은 앤디와 특이점이 졌을 것이다.

취샤오샤오가 빽 소리를 질렀다.

"언니, 너무 나빠! 사람을 가지고 놀았어!"

"네가 자오치펑에게 손가락으로 신호를 보냈잖아. 네가 반칙을 했으니 나도 약간의 트릭을 쓸 수 있잖아?"

특이점이 점수 계산을 끝낸 뒤 취샤오샤오에게 말했다.

"손가락 신호는 보낼 수 있지만 속이는 건 원칙상의 문제니까 안 돼요. 특히 이번 같은 경우에는 일부러 낚이도록 미끼를 던졌잖아요. 앤디가 나빠요."

카드를 섞고 있던 앤디가 웃으며 특이점에게 말했다.

"친애하는 맥베스 부인, 그쪽도 그렇게 떳떳하진 않아요."

그러자 취샤오샤오가 깔깔대고 웃었다.

"부인? 웨이 오빠한테 부인이라고 불렀어? 설마 두 사람…."

취샤오샤오가 손가락으로 두 사람을 번갈아 가리키며 수상한 눈초리로 쳐다보았다.

"설마 웨이 오빠 게이에요?"

취샤오샤오가 발을 구르며 깔깔대고 웃었다. 그런데 한참을 웃다 보니 아무도 자기 말에 호응해주지 않는 것이었다. 웃음을 뚝 멈추고 주위를 둘러보자 세 사람이 난감한 표정으로 그녀를 쳐다보고 있었다.

자오치펑이 앤디가 들고 있던 카드를 낚아채 상자에 넣었다.

"그만하죠. 오늘은 완패예요. 진 팀이 야식을 사기로 했으니까 나가요. 근처에 야식집 있어요? 그건 샤오샤오가 잘 알겠네."

취샤오샤오가 이상한 분위기를 감지하고 앤디에게 물었다.

"왜 그래?"

특이점이 빙그레 웃으며 대신 대답했다.

"내가 게이가 아니어서 다행이네요. 게이였으면 샤오샤오 씨한테 들통날 뻔했잖아요. 맥베스 부인은 셰익스피어 희곡에 나오는 인물이에요. 나쁜 사람을 도와주는 인물이죠. 치펑 씨, 밤도 늦었고 집에 가서 처리할 일도 있어요. 언제 병원으로 찾아갈게요. 따로 시간 내서 식사합시다."

자오치펑도 일어났다.

"나도 갈게요. 두 여자 분은 쉬세요."

취샤오샤오가 급하게 앤디를 붙잡았다.

"난 그냥 농담한 거야. 진심으로 듣지 마. 내가 변태도 아니고."

그녀가 또 자오치펑을 붙잡으려 했지만 자오치펑은 그녀보다 더 빠르게 그녀의 손을 잡고 손등에 작별의 입맞춤을 했다. 그사이 특이점은 벌써 현관문을 열고 성큼성큼 밖으로 나갔다.

회사에서 돌아온 관쥐얼이 엘리베이터에서 내리다가 2203호에서 서둘러 나오고 있는 사람들과 마주쳤다. 그런데 자세히 보니 그녀가 마음을 빼앗겼던 그 남자가 거기에 있는 것이 아닌가. 그녀가 더욱 의아한 것은 모두의 표정이 부자연스럽다는 점이다. 평온한 척하고 있지만 평온해 보이지 않았다. 특히 그 남자는 더욱 그랬다. 특이점이 관쥐얼 옆을 스치며 묵례를 했지만 걸음을 멈추지는 않았다. 취

509

샤오샤오는 울적하게 2203호 문 앞에 서 있다가 관쥐얼이 쳐다보자 문을 쾅 닫고 들어갔다. 엘리베이터를 기다리고 있던 자오치펑이 2203호 쪽을 쳐다보며 아무 말도 하지 않았다. 관쥐얼은 영문을 몰랐지만 먼저 다가서서 자신을 소개할 용기가 없어서 얼른 2202호 문을 열고 들어갔다.

특이점이 앤디에게 말했다.

"어서 들어가요. 배웅할 필요 없어요. 밤공기가 차요."

자오치펑이 말했다.

"같이 야식 드시러 가시죠. 제가 졌지만 훌륭한 카드 멤버 두 분을 만났어요. 친목을 다지는 의미로 술 한잔하시죠. 형님, 오늘 저한테 불쾌하셨던 건 아니죠?"

"그럴 리가요. 나도 친해지고 싶어요. 우리 집으로 갈래요? 우리 집에 옛날 책들이 많아요. 그 중에 치펑 씨가 가지고 있는 책의 구판들도 있을 거예요. 술 마시면서 얘기 나눌까요? 앤디, 당신도 갈래요?"

"난 보고서를 훑어봐야 해요. 두 분이 가세요."

특이점이 웃으며 자오치펑을 데리고 엘리베이터에 타자 앤디도 웃어주었다. 엘리베이터가 내려간 뒤 앤디가 집으로 들어가려는데 뒤에서 누가 작은 소리로 불렀다. 관쥐얼이었다.

"왜? 무슨 일 있어?"

관쥐얼이 고개를 끄덕이며 우물쭈물했다.

"언니 집에서 잠깐 얘기할 수 있어?"

추잉잉이 빵이 든 커다란 봉지 두 개를 들고 나왔다.

"이것 봐. 저녁에 마트에서 마감세일 하더라. 일주일치 아침을 해결했어. 하하하!"

추잉잉은 판성메이가 자고 있는 것 같아서 소리를 낮추고 몸을 과

510

장되게 들썩이며 웃었다.

"이렇게나 많이? 똑똑하게 잘 샀네."

앤디가 놀라며 묻자 추잉잉이 뻐기는 투로 말했다.

"앞으로 빵 살 때는 나한테 얘기해. 마트 갈 때 사다 줄 테니까. 다음 주에 또 갈 거야."

"좋아. 식빵 있으면 두 봉지만 사다 줘. 고마워."

앤디에게 칭찬을 받자 추잉잉이 신이 나서 집으로 들어갔다.

관쥐얼이 2201호로 들어가자 쭈뼛거리며 말했다.

"지난번에… 내가 말했던 사람… 있잖아…. 방금 그 사람이야."

앤디가 깜짝 놀랐다.

"그 사람? 자오치핑 씨? 그 사람 샤오샤오 친구야. 오늘 포커게임에서 진 데다가 샤오샤오가 짜증을 내는 바람에 기분이 안 좋았어."

앤디가 관쥐얼의 안색을 살피다가 솔직히 말했다.

"저번에 보니까 그 사람이 샤오샤오 집에서 자고 나오더라."

관쥐얼이 놀라며 약간 실망한 표정을 지었다.

"그럼 됐어. 고마워. 나 갈게."

앤디도 더 해줄 말이 없어서 문 앞까지 배웅했다. 관쥐얼이 가자마자 취샤오샤오가 2203호에서 불쑥 나왔다.

"앤디 언니, 나 고의가 아니었어. 일부러 나쁘게 얘기한 거 아니었다고. 난 그냥 져서 화가 났어. 치핑 오빠가 내 탓이라고 생각하는 거 같아서 짜증이 났어. 머리가 어떻게 됐었나 봐. 웨이 오빠한테 나쁜 뜻은 아니었다고 말 좀 해줘."

"그 사람 화나지 않았어. 네 말은 전해줄게. 치핑 씨야말로 계속 져서 기분이 상한 거 같더라. 네가 잘 얘기해줘."

"언니, 날 원망하는 거 아니지? 정말 고의가 아니었어. 생각 없이

511

말해버린 거야."

"별일도 아닌데 뭘. 너답지 않게 왜 그래? 게임에 졌다고 원래 성격까지 잊어버렸어? 여기 앉아. 물은 직접 꺼내 마셔. 난 보고서 봐야 하니까."

앤디가 컴퓨터를 켜자 취샤오샤오가 잠깐 쳐다보고 있다가 앤디가 아무렇지 않은 것 같아서 집으로 돌아갔다. 앤디가 취샤오샤오가 닫고 나간 현관문을 비스듬한 시선으로 몇 초 동안 응시했다.

다시 몇 초 후 취샤오샤오가 2203호 문을 쾅 닫고 들어가는 소리가 들리자 앤디가 턱을 괴고 눈동자를 굴리며 생각에 잠겼다가 "흠." 하고 가볍게 한숨을 쉬고는 특이점에게 메시지를 보냈다.

"12시 전에 끝나면 전화해요. 별일 아닌 걸 왜 그렇게 크게 만들었는지 이유를 들어봐야겠으니까."

뜻밖에도 특이점에게 금방 전화가 왔다. 앤디가 전화를 받자마자 물었다.

"이렇게 빨리 끝났어요?"

"아뇨. 나오다가 양꼬치 식당이 있기에 출출해서 들어왔어요. 배좀 채우고 가려고요. 그 일은 당신 말이 맞아요. 나중에 설명해줄 테니까 걱정하지 말아요. 훼방 놓으려고 그런 건 아니니까."

"양꼬치요? 그게 톰과 제리의 고기일 수 있다고 신문에 나왔었잖아요?"

"읍, 두 사람 다…."

특이점이 말을 잇지 못하더니 전화기 저편에서 요란한 잡음만 들렸다. 잠시 후 자오치펑이 전화를 바꿨다.

"형님 지금 토하고 계세요. 나더러 통화하라고 손짓을 하시네요."

"무슨 일이에요? 설마 내 말 때문에? 양꼬치에 쓰는 고기가 톰과 제리의 고기일 수 있다고 했거든요."

"하하하! 정말이에요? 불쌍한 형님, 마지막 한 방을 날리셨군요. 사실 양꼬치 나오기를 기다리면서 연기의 온도가 몇 도나 돼야 양고기 속에 있는 기생충, 기생충 알, 병균을 죽일 수 있는지 얘기를 했거든요. 그건 나도 관심 있는 주제라서 양고기 속에 어떤 기생충이 있을 수 있는지, 그게 몸 속에 들어가면 어떤 증상이 나타날 수 있는지 자세히 얘기해드렸죠. 억지로 양꼬치를 드시는 것 같더니 역겨웠나 봐요. 위산이 식도와 목구멍으로 넘어오면 고통스러운데 형님은 잘하고 계시네요. 물로 식도에 있는 위산을 희석시키고 계세요."

"그렇게 약할 리 없는데. 어디 있어요? 몸에 이상이 있는 건 아닌지 내가 가볼게요."

"제가 있으니까 걱정 마세요. 형님 바꿔드릴게요."

특이점이 자오치펑에게 전화를 받아 억지로 웃으며 말했다.

"오지 말아요. 밤도 늦었고 길도 모르잖아요. 별일 아니에요. 의사랑 뭘 먹으려면 신경이 무뎌야 할 거 같아요. 촌충 얘기를 하면서 덜익어 보이는 양고기를 태연하게 먹는 사람이에요. 자세히 보면 양고기에 흰색 가루 같은 게 붙어 있는데 그가 뭐일 수 있다고 설명하고는 아무렇지도 않게 먹더라니까요. 그때부터 속이 울렁거렸어요."

자오치펑이 옆에서 웃었다.

"나랑 그런 얘기 하면 위험하다고 경고했잖아요. 하하하!"

특이점이 말했다.

"감정을 계속 참고 쌓아두면 무서운 일이 벌어져요. 적절히 풀어주지 않으면 나처럼 되는 거예요. 앤디, 내 걱정은 하지 말아요."

"그 말은 샤오샤오와 치펑 씨의 감정이 한계점까지 다다라서 당신이 작은 일을 트집 잡아서 판을 깼다는 뜻이에요? 그런데 샤오샤오가 왜 당신에게 미안하다고 전해달라고 했을까요? 평소 개답지 않게."

"생각보다 똑똑한 친구로군요. 이따가 자세히 얘기해줄게요."

앤디는 자신의 미심쩍은 느낌이 괜한 게 아니라는 걸 알았다. 특이점의 작은 행동 뒤에 그렇게 깊은 뜻이 숨어 있을 줄은 몰랐다. 설마 이 모든 게 다 연결되어 있는 걸까?

관쥐얼이 실망감을 안고 집에 들어가자 추잉잉이 그녀를 붙잡고 물었다.

"매일 출근길에 앤디 언니랑 얘기하면서 많이 배운다고 했지? 나한테 도움이 될 만한 비결이 없을까? 혹시 지금 앤디 언니한테 무슨 노하우를 전수받고 온 거야?"

관쥐얼이 판성메이의 방문을 물끄러미 쳐다보았다.

"성메이 언니는 늦게 자는 편인데 이상하네. 감기 걸렸나? 요즘 우리 회사에 감기가 유행하던데. 그래서 오늘 출장도 하나 연기됐잖아."

관쥐얼이 화제를 돌리자 추잉잉이 별 의심 없이 대답했다.

"그럴 수도 있어. 언니가 오늘 아침에도 늦게 일어났잖아. 닭다리 사다놓은 게 있는데 닭국 끓여줄까? 레시피를 찾아볼게. 뭘 넣고 끓여야 하는지 모르겠어."

"혹시 언니가 일어나면 나한테 감기약이 있다고 전해줘."

판성메이는 잠이 오지 않아 이불 속에서 눈을 뜨고 있었다. 자신을 위해 닭국을 끓여준다는 추잉잉의 얘기에 몇 시간 동안 버텨왔던 그녀의 마음이 한순간에 무너져 내렸다. 몇 초 전까지만 해도 그녀는 위기를 해결하는 여장부처럼 앞으로 돈을 얼마나 쏟아 부어야 일을 해결할 수 있을지, 통장 잔고가 바닥나면 어떻게 해야 할지 생각하고 있었다. 그런데 닭국 한 그릇의 따뜻한 관심에 자신이 연약한 여자일 뿐이라는 생각이 울컥 차올랐다. 자신을 송두리째 희생해도 오빠라는 밑 빠진 독을 채울 수는 없다는 걸 알았다. 더 이상 도와주지 않겠다고 몇 번이고 다짐하지 않았던가. 그런데 왜 또 오빠를 위해 돈을 보내겠다고 했을까? 돈을 뜯어내려 온 사람들이 부모님 집에 들이닥쳐 소란 피웠던 걸 생각하면 한숨만 나왔다. 그녀가 앞으로 뭘 할 수 있을까? 부모님이 그놈들에게 맞고 살림살이를 다 빼앗기는 걸 지켜보고만 있을 수는 없었다. 오빠가 오래지 않아 풀려날 거라는 사실이 유일한 그녀의 위안이었다. 오빠가 나오면 직접 해결하도록 내버려두고 신경 쓰지 않을 것이다.

얇은 방문 밖에서 달그락거리는 소리가 들렸다. 추잉잉이 그녀를 위해 닭국을 만들고 있는 것 같았다. 그러지 말라고 하고 싶었지만 태연하게 말할 자신이 없었다. 그저 도망치고만 싶었다. 그녀는 요즘 날마다 도망치고 싶었다. 아무도 자신을 모르는 곳으로 도망쳐 맨손으로 다시 시작하고 싶었다.

관쥐얼은 아폴로처럼 잘생긴 그 남자가 샤오샤오의 남자친구일 줄은 꿈에도 생각하지 못했다. 샤오샤오는 야오빈과 사귀는 게 아니었나? 그 남자 생각을 머릿속에서 밀어내려고 안간힘을 썼다. 며칠 동안 혼자 있을 때마다 그 남자를 상상하며 그에게 씌웠던 환한 아우라가 순식간에 사라졌다. 주방에서 종종걸음을 치며 닭국을 만들던 추잉잉이 관쥐얼에게 쪼르르 달려가 아까 질문을 또 했다.

"앤디 언니한테 배운 것 중에 나한테 도움이 될 만한 게 없어?"

관쥐얼이 심란한 마음을 숨기며 대답했다.

"앤디 언니는 우리처럼 푼돈 버는 일은 잘 몰라. 나는 거의 업무에 대해서만 물어봐."

"아, 맞아. 지난번에 샤오샤오가 회사에 문제가 생겼을 때 앤디 언니에게 물어봤는데 잘 모른다고 하더라."

관쥐얼이 샤오샤오 얘기에 예민하다는 사실을 알 리 없는 추잉잉이 신이 나서 말했다.

"오늘 내가 점심 도시락을 싸가지고 출근했잖아. 사람들이 구두쇠라고 놀릴 줄 알았는데 웬걸 다들 직접 만든 도시락이 더 좋다고 하는 거야. 매니저만 음식 냄새 풍기니까 매장에서 먹지 말라고 했어. 그래서 윗층 사무실로 올라가서 먹었어. 용감하지? 남들이 흉볼까봐 겁이 나지도 않았어. 매일 찬밥을 뜨거운 물에 말아서 먹을 수는 없으니까 해결 방법을 찾아야겠어."

관쥐얼이 말했다.

"잉잉, 돈을 아끼기만 해서는 소용이 없어. 1년 월급을 한 푼도 안 쓰고 다 모아도 두 평짜리 집밖엔 못 사잖아. 수입을 늘리는 게 제일 중요해."

"어디서 수입을 늘려? 웨이 사장님처럼 큰 사업을 하는 사람한테 물어봐도 특별한 비결이 없더라. 휴, 정말 머리가 터질 거 같아. 요샌 돈 생각뿐이야. 다음 달부터는 조금씩 저축도 할 수 있을 거 같아. 그걸 부모님한테 보내드릴까, 아니면 내가 투자를 해볼까?"

"어디에 투자하려고? 주식? 차라리 지금 하는 일을 열심히 해봐. 너한테 장래성도 있고 성과에 따라서 인센티브도 늘어나잖아. 그런데 너 요즘 많이 변한 거 같다. 예전에는 돈 생각만 하지 않았었잖아."

"내가 했던 바보짓을 잊는 제일 좋은 방법이 돈 모으는 데 집중하는 거라는 걸 알았어."

관쥐얼도 잉잉을 보고 뭔가 느낀 듯 주먹을 번쩍 들고 이를 악 물었다.

"나도 돈 벌 거야!"

풍족한 가정에서 자란 관쥐얼은 돈은 쪼들리지 않을 정도로만 있으면 된다고 생각해왔다. 하지만 취샤오샤오를 만난 후로 돈의 중요성을 알게 되었다. 특히 취샤오샤오가 어떻게 그런 완벽한 남자를 사귈 수 있는지 생각해보니 문제는 역시 돈이었다.

관쥐얼의 이런 생각을 모르는 추잉잉이 큰소리로 웃었다.

"좋아! 우리 같이 돈을 벌어서 성메이 언니도 도와주자."

판성메이는 침대에 누워 밖에서 나는 소리를 듣고 있었다. 늦은 밤이라 두 사람의 대화가 똑똑히 들렸다. 자신이 번 돈은 다 어디로 갔을까? 밖에 있는 두 동생이 자기보다 낫다는 생각에 괴로웠다.

전기밥솥이 칙칙 소리를 내기 시작하자 추잉잉과 관쥐얼은 돈 생각을 잊고 원래의 일상으로 돌아갔다.

12시가 거의 다 됐을 때 특이점이 앤디에게 전화를 걸었다. 자오치펑이 방금 돌아갔다고 했다.

"게임이 그렇게 끝난 건 당신에게도 절반의 책임이 있어요. 당신이 저지른 일을 내가 뒷수습을 해준 거예요. 당신이 게임에 몰두해서 세 판 연속 이겼을 때 다른 두 사람 체면을 생각해서 져주라고 신호를 보냈죠. 근데 당신이 알아듣지 못하고 점점 더 공격적으로 게임을 하더군요. 그러니까 샤오샤오 씨가 흥분해서 꼼수를 쓰기 시작하더니 점점 대담해졌어요. 유감스럽게도 자존심 강한 치펑 씨는 그녀의 꼼수에 동참하지 않았죠. 그러다가 당신이 사람의 심리를 읽기 시작하니까 치펑 씨는 패배 원인도 모르고 멍청하게 계속 꼼수만 쓰고 있는 샤오샤오 씨에게 불만을 느꼈어요. 하지만 샤오샤오 씨는 당신 때문에 오기가 발동해서 꼼수를 그만두지 않았어요. 치펑 씨는 계속 지는 입장에서 그만하자고도 못하고 샤오샤오 씨의 꼼수를 뿌리치느라 짜증이 차올라 있는데, 당신한테 둘이 짜고 속임수를 쓴다는 놀림까지 받으니 억울했던 거예요. 그때부터 치펑 씨가 게임에 집중하지 못하고 실수를 하기 시작하더군요. 젊고 자존심도 센 사람인데 다른 것도 아니고 바보 취급을 한 건 똑똑한 그 사람의 급소를 찌른 거죠. 그래서 내가 다른 핑계로 게임을 중단시킨 거예요. 어쩔 수 없이 게임이 끝난 책임을 샤오샤오 씨에게 뒤집어씌웠는데 내가 가고 나서 샤오샤오 씨가 상황을 파악한 거죠. 내가 게임을 중단시킨 게 자신을 위해서였다는 걸요. 그 커플이 카드 게임 때문에 얼굴을 붉히고 싸웠다면 둘 사이를 돌이킬 수 없었을 거예요. 내가 샤오샤오 씨를 얕봤어요. 머리가 나쁜 줄 알았더니 카드 게임만 못할 뿐이고 사리 분별할 줄 아네요. 또 내가 화를 낸 건 날 위한 일이기도 해요. 샤오샤오 씨는 좋게 말하면 욕심이 많고, 나쁘게 말하면 친해지면 막 대하는 타입이에요. 내가 22층 사람들과 평화롭게 지내려면 가끔씩 내가 호락호락한 사람이 아니라는 걸 보여줄 필요가 있다고 생각해요."

그의 설명을 듣고 앤디는 새삼 감탄했다. 그녀는 게임과 상대의 심리를 분석하는 데만 몰두하느라 다른 건 신경 쓸 겨를이 없었다. 어떻게 하면 게임에 이길까 그 생각뿐이었다. 화가 단단히 났어야 할 취샤오샤오가 와서 사과하는 걸 보고 그제야 뭔가 이상하다는 걸 느꼈다.

앤디가 물었다.

"그럼 당신이 져주지 그랬어요?"

"당신이 그렇게 즐겁게 노는데 흥을 깨고 싶지 않았어요. 져주더라도 당신한테 들켰겠죠. 당신은 카지노 근처에도 가지 말아요."

"난 원래 승부욕이 강해요. 그건 그렇고 당신 역시 대단해요. 한 가지 일을 가지고 그렇게 다양한 각도에서 분석하다니. 어떻게 그럴 수 있죠?"

"당신은 어떻게 남의 패를 들여다본 것처럼 알 수가 있죠?"

"하지만 난 그렇게 사리에 밝지 못해요. 그런 점에선 당신이 예리하죠. 그럴 때마다 당신이 조금 무서워요."

"당신은 사리에 밝지 못한 게 아니에요. 상대의 속을 들여다보려고 하지 않는 거죠. 난 그런 당신이 좋아요. 자오치펑도 당신과 비슷한 타입이에요. 난 그렇게 꼼수를 부리지 않고 고상한 사람들을 좋아해요."

"오늘 보니 치펑 씨가 정말 잘생겼더군요."

"그런 건 보지 말아요. 12시네요. 어서 자요."

"잘 자요. 나의 우상."

"내가 왜 당신의 우상이에요?"

"당신이 무서워요. 한편으로는 안심이 되기도 하고요. 참 모순된 심리죠. 어떻게 된 건지 생각 좀 해봐야겠어요."

판성메이는 문틈으로 새어 들어오는 닭국 냄새에 배가 고파서 더 잠이 오지 않았다. 이대로 밤을 새려고 했지만 하필이면 볼 일이 급해서 침대에서 일어났다.

추잉잉이 아직 자지 않고 인터넷으로 레시피를 검색하고 있다가 밖에서 소리가 나자 문틈으로 고개를 쏙 내밀었다. 밖으로 나온 게 관쥐얼이 아니라 판성메이인 걸 보고 냉큼 뛰어나가 화장실 문 앞을 지키고 섰다. 잠시 후 판성메이가 화장실에서 나오자 추잉잉이 판성메이를 자세히 살폈다.

"언니, 왜 그렇게 일찍 잤어? 어디 아파? 열나는 거 아니야?"

판성메이보다 키가 작은 추잉잉이 판성메이의 목을 감싸고 이마를 짚어보고 판성메이의 이마에 자기 이마를 가져다 댔다.

"괜찮네. 열은 없어. 감기 걸린 줄 알고 닭죽 해놨어. 먹을래?"

판성메이는 감동했다. 룸메이트보다 못한 가족이 한탄스러웠다. 추잉잉이 자신을 걱정하며 닭국을 가져다주자 속에서 뭔가 울컥 차올라 고개를 돌렸다. 눈물이 걷잡을 수 없이 쏟아졌다. 추잉잉은 그것도 모르고 자기 얘기에만 열중했지만 방에서 듣고 있던 관쥐얼이 이상한 걸 느끼고 얼른 달려 나왔다.

"언니, 왜 그래? 몸이 안 좋으면 병원에 가자."

추잉잉이 벌떡 일어났다.

"앤디 언니 불러올게. 차로 태워다달라고 하자."

판성메이가 추잉잉을 붙잡았다.

"아냐. 나 안 아파. 그냥…."

판성메이가 두 동생의 순진한 눈을 바라보며 입술을 깨물었다. 다 털어놓기로 했다.

"감동해서 그래. 오늘 정말 기분이 최악이었거든. 너희 둘이 이렇게 마음 써줄 줄 몰랐어. 난…, 난…."

털어놓기로 마음먹었지만 입이 떨어지지가 않았다.

"태어나서 지금까지 누가 날 이렇게 챙겨준 적이 한 번도 없어. 고마워."

하지만 추잉잉이 판성메이의 속을 알 리가 없었다.

"대단한 것도 아니고 닭국 끓여준 것뿐인데 뭘 그렇게 칭찬을 하고 그래. 부끄럽게. 내가 감기 걸렸을 때 엄마가 나한테 뭘 해줬는지 생각해뒀다가 나중에 또 언니를 감동시켜야겠네. 내가 그랬잖아. 언니는 내 가족이라고. 내가 제일 힘들 때 나한테 그렇게 잘해준 사람인데 내가 아니면 또 누가 언닐 챙기겠어?"

추잉잉이 판성메이에 대한 마음을 있는 그대로 털어놓자 판성메이의 눈물이 멈추지 않았다.

520

"외동딸로 자란 너희들이 정말 부러워. 모든 사랑을 독차지하고 자랐을 거 아니야. 나는 나중에 아이를 꼭 하나만 낳을 거야. 아들이든 딸이든 하나만 낳아서 온 마음을 다해 사랑으로 키울 거야."

관쥐얼은 판성메이가 우는 이유를 알 것 같았다. 아들만 귀하게 여기는 집에서 사랑을 받지 못하고 자란 것이다. 하지만 판성메이에게도 남존여비 사상이 강한 것 같았다. 물론 그건 속으로 생각만 할 뿐 겉으로는 따뜻한 말로 판성메이를 위로했다.

"언니 옷이 너무 얇다. 방에서 이불 덮고 얘기하자. 감기 걸리겠어."

추잉잉이 판성메이를 방 안으로 밀었다.

"언니 부모님이 아들을 편애해? 우리 아빠도 마찬가지야. 엄마가 딸을 낳는 바람에 아빠의 원대한 꿈이 좌절됐다고 두고두고 원망했어. 그래도 나를 애지중지 곱게 키웠지. 우리 엄마가 남동생을 낳았더라면 나도 이렇게 사랑받지 못했을 거야. 내가 운이 좋았지. 언니는 오빠가 있다고 했지?"

판성메이도 다 털어놓고 싶었다. 하고 싶은 말은 수없이 많지만 입 밖으로 나온 건 짧은 한마디뿐이었다.

"사람은 타고난 팔자대로 사는 거야. 특히 여자는 더 그래."

추잉잉이 웃었다.

"무슨 소리야. 날 봐. 우리 아빠가 원한 건 딸이 아니라 아들이었어. 나한테 사랑을 듬뿍 주긴 했지만 내심 얼마나 속이 상했겠어. 그게 다 남존여비 사상 때문이지. 그런데 난 내가 여자라는 걸 방패로 삼을 수 있어. 아빠가 나한테 거창한 기대를 할 때마다 '난 연약한 여자잖아'라고 말하기만 하면 아빠가 말문이 턱 막혀버린다니까. 또 내가 아빠한테 뭘 해달라고 할 때 난 여자니까 도움이 필요하다고 하면 아빠가 어쩔 수 없이 승낙을 해. 그러니까 팔자 같은 건 없어. 그런 건 믿지 마. 우리 아빠처럼 팔자를 너무 믿으면 나 같은 애한테 이용당하는 거야. 내가 나쁜 애가 아닌 게 다행이지. 하하하!"

판성메이가 속으로 뜨끔했지만 곰곰이 생각하다가 말했다.

"너희 아빠는 너에게 이용당한 게 아니라 널 사랑하는 거야. 사람에게 가족이란 숙명 같은 거야. 바꿀 수가 없어."

관쥐얼이 조심스럽게 물었다.

"언니, 집안 문제 때문에 우울했던 거야?"

판성메이가 반사적으로 부인했다.

"아냐. 그런 거. 회사에서 안 좋은 일이 있었어. 난 운이 참 좋네: 이렇게 좋은 룸메이트들이 있어서. 이런 말이 있더라. '좋은 친구는 온천과 같아서 뻣뻣해진 몸을 담그면 온몸의 신경이 행복하게 깨어난다.' 고마워. 밤이 늦었다. 이제 자자."

"잘 자, 언니."

"그래. 잘 자."

관쥐얼이 눈치 빠르게 추잉잉의 옷을 잡아당겼지만 추잉잉이 이불 속에 앉아 있는 판성메이를 와락 끌어안았다.

"언니, 잘 자. 우린 언니의 온천이야."

추잉잉이 관쥐얼과 함께 나갔다. 관쥐얼은 방문을 살며시 닫아주었지만 추잉잉이 아직 할 말이 남은 듯 문 밖에 서서 말했다.

"언니, 우리는 언니의 온천뿐만이 아니야. 내가 힘들 때 언니가 그랬잖아. 언니가 있다고. 그 말이 나한테 얼마나 힘이 됐는지 몰라. 난 언니처럼 능력은 없지만 언니가 부르기만 하면 언제든 곁에 있어줄 거야."

판성메이가 말했다.

"고마워, 잉잉. 그 말 듣고 나니까 나도 용기가 난다."

관쥐얼은 속으로 궁금했다. 용기만으로 문제를 해결할 수 있을까? 산전수전 다 겪은 인사 담당자 판성메이가 저렇게 운다는 건 작은 일이 아니라는 뜻이다. 그렇다면 마음을 다스린다고 해결될 문제가 아닐 것이다. 하지만 그녀는 판성메이를 도와줄 수가 없었다. 판성메이에게 무슨 일이 있는지 짐작할 수가 없었기 때문이다.

판성메이는 룸메이트들의 따뜻한 위로에 기분이 조금 나아졌다. 올 테면 오라지. 맞서야 한다면 모두 맞서주겠다. 어차피 한 번 태어났으면 죽기 전까지는 살아야 한다. 중요한 건 어떤 마음가짐으로 인생을 대하느냐에 있다.

다음 날 판성메이는 아침 일찍 출근해 8시에 은행 문이 열리자마자 2,000위안을 아빠 계좌로 보냈다. 집에 있는 은행 통장은 모두 엄마가 관리하고 있지만 엄마는 늘 아빠 명의로 통장을 만들었다. 한 시간 뒤 엄마가 상대 쪽과 은행에 가서 돈을 찾아주고 돌아왔을 것 같아서 엄마에게 전화를 걸었다. 집에 진을 치고 있던 사람들도 돌아가고 평온을 되찾았을 거라고 생각했다.

하지만 엄마에게 들려온 대답에 판성메이는 전화 걸지 말았어야 했다고 후회했다. 입원비가 날마다 늘어나서 그 돈으로 어제까지 병원비밖에 되지 않는다는 것이었다. 앞으로 계속 병원비를 줘야 하는데 하루 병원비가 1,000위안이라고 했다. 하루에 1,000위안이라니! 오빠가 나흘 뒤에 나오니까 그녀는 앞으로 4,000위안을 더 준비해야 한다는 뜻이었다. 그 돈을 보내고 나면 그녀의 통장에는 잔고가 하나도 남지 않을 것이다.

관쥐얼은 판성메이가 걱정되지만 판성메이에게 무슨 일이 있는지 알 수가 없으니 도와줄 수가 없었다. 고민 끝에 지난 밤 판성메이가 했던 말을 앤디에게 들려주었다. 앤디도 판성메이의 집에 문제가 생겼을 것이라고 추측했지만 어젯밤 판성메이가 운 것이 집안 문제 때문이라고 판단할 만한 확실한 근거가 부족했다. 앤디는 그저께 밤 판성메이가 인사불성이 되도록 취했을 때도 심하게 울었던 걸 떠올렸다. 그때도 같은 이유로 울었는지 알 수가 없었다. 앤디가 망설이다가 판성메이가 술에 취해 들어왔던 일을 관쥐얼에게 얘기하며 판성메이와 추잉잉에게는 아는 척하지 말라고 당부했다. 입이 가벼운 잉잉이 판성메이를 난처하게 만들 수 있기 때문이다.

관쥐얼의 머릿속에 많은 생각이 스쳤다. 여자 혼자 누군가와 술을 마시고 심하게 취했는데 나중에 울고 있었다면 그 사이에 무슨 일이 있었을까? 여러 가지 가능성이 있지만 앤디가 그걸 자신에게 얘기했다는 건 앤디도 자신과 비슷한 생각을 하고 있다는 뜻일 것이다. 차가 빨간불 앞에서 멈춰 서자 둘이 서로 마주보았다. 관쥐얼이 말했다.

"요즘 성메이 언니가 언니랑 파티 갔을 때 만난 남자를 만나는 거 같아."

"그 남자가 어떤 사람인지는 나도 잘 몰라."

"이걸… 샤오샤오에게 절대로 말하지 말자. 무슨 상상의 나래를 펼칠지 아무도 몰라. 잉잉한테도 비밀로 할게."

앤디가 말없이 고개를 끄덕였다. 두 사람은 판성메이와 장밍쑹 사이에 무슨 일이 있었는지 생각하기도 겁이 났다. 물론 섣불리 참견할 수도 없고 판성메이에게 우울한 이유를 물어볼 수도 없었다.

관쥐얼은 왠지 이 상황이 몹시 난처해서 자기 일로 화제를 돌렸다.

"다음 달에 인턴 평가 심사가 있어. 불합격하면 정규직 전환에서 탈락할 거야. 이달부터 상사가 우리를 평가할 거래. 걱정돼 죽겠어."

"걱정하지 마. 지금까지 하던 대로 열심히 일해. 실력으로 보여주는 게 제일 쉽고 간단해. 툭하면 동료들 간의 다툼에 휘말리고 불평하는 사람들이야 말로 자기가 얼마나 성과를 냈는지 반성해야 해. 그걸 간과하는 사람들이 많지. 하지만 넌 반성이 너무 지나쳐."

"언니 말도 맞지만 일을 할 때는 정말 요령이 필요해. 언니가 저번에 모든 직원이 회사에 책임을 져야 한다고 했잖아. 그래서 내가 일을 어떻게 하는지 생각해보니까 내가 이 일을 왜 해야 하는지, 일의 경중과 완급을 어떻게 판단해야 하는지 알았어. 하지만 다른 사람들이 나를 어떻게 생각하는지는 정말 모르겠어. 상사에게 일할 때 창의성이 부족하다는 지적을 들었어. 그런데 날마다 일 생각이 머릿속에 꽉 차 있어서 창의적인 생각을 할 틈이 없어. 어떤 선배가 명문대 졸업장이 있는지 없는지가 똑똑함을 판단하는 절대적인 기준이라고 하더라. 인턴 평가를 할 때도 이런 편견이 영향을 미치겠지?"

"넌 출신 대학이 제일 마음에 걸리는구나. 하지만 회사 임원이나 인사권을 가진 사람들은 학벌은 진입의 문턱일 뿐이라고 생각해. 1년 동안 일해 본 뒤에 채용을 결정할 때는 실력이 가장 우선이야. 넌 문제없어. 정규직으로 전환되면 연봉이 많이 오르지? 축하해."

"심사 결과가 어떻게 될지 아직 몰라. 그리고…."

관쥐얼의 얼굴이 붉어지며 한참 뜸을 들였다.

"왜 그래? 무슨 실수라도 했어?"

"며칠 전에 회사에서 문제가 생겼었는데 동기 한 명이 나랑 다른 동료에게 죄를 뒤집어씌웠다가 상사한테 깨졌어. 상사가 내 인간성을 믿는다면서 책임감이 있어서 그런 일을 할 사람이 아니라고 하더라. 그때 정말 기뻤어. 그런데 내가 하고 싶은 말은…, 엄마가 심사 결과가 나오면 맞선을 보라고 했어."

왜 그런지는 몰라도 관쥐얼은 앤디와 말이 잘 통하는 느낌이었다.

그래서 룸메이트들에게 하지 못하는 얘기도 앤디에게는 다 털어놓았다.

"근데…."

"자오치펑 씨 때문에?"

"응. 아무렇지 않게 선을 볼 자신이 없어. 또 앞으로 복도에서 자주 마주치면 미쳐버릴 거 같아. 어, 다 왔다."

앤디가 급하게 자기 생각을 얘기했다.

"나는 앞으로 날 좋아하는 사람에게 잘해줘야겠어."

관쥐얼가 차에서 내리며 중얼거렸다.

"그게 무슨 상관이 있지…?"

그때 누군가 부르는 소리에 고개를 돌려 보니 한참 연락이 없던 리자오성이었다. 양복 차림에 구두를 신고 있지만 자오치펑에게 마음을 빼앗긴 관쥐얼의 눈에는 둔하고 촌스럽게만 보였다. 앤디가 떠나면서 했던 마지막 말이 머릿속에서 메아리쳐 미소를 지으며 인사했다.

"웬일이에요?"

"일 때문에 근처에 왔다가 쥐얼 씨가 항상 여기서 내리던 게 생각나서 와봤어요. 오랜만이에요. 얼굴이 다시 창백해졌네."

"짙은 눈썹에 큰 눈이 여전하시네요."

"내가 짱구를 닮았어요?"

관쥐얼이 웃음을 터뜨리자 리자오성도 따라 웃었다.

"웃는 거 보니까 좋네요. 언제 쥐얼 씨랑 또 놀러가고 하늘도 보고 싶어요. 일에만 파묻혀 있지 말아요."

"고맙지만 좋아하는 사람이 생겼어요. 앞으로는 선배님이랑 놀러 가지 않을 거예요."

관쥐얼은 총총히 회사로 들어가고 리자오성은 놀라서 그녀에게 작별 인사 하는 것도 잊고 그 자리에서 얼어붙어 버렸다. 매일 일과 잠밖에 모르는 조신한 그녀에게 며칠 사이 좋아하는 사람이 생겼다니! 그럴 리가 없다. 핑계일 것이다.

리자오성에게 그 말을 하고나자 관쥐얼의 마음이 이상하리만치 가벼워졌다. 자기를 좋아해주는 사람이 환상을 품지 않도록 진실을 말해주는 것이야말로 가장 상대를 위하는 일이다. 환상은 누구에게나 힘든 일이니까.

추잉잉은 평소처럼 출근했다. 그녀는 늘 유쾌했고, 작은 일에 연연하지 않았다. 요즘 돈 벌 궁리에 몰두하면서 돈에 연연하기 시작했지만 다른 일에 대해서는 여전히 크게 마음 쓰지 않았다. 주된 업무는 수납이지만 한가할 때는 매장 일을 돕고 매니저의 청소를 돕기도 했다. 그녀는 특히 손님 응대하는 걸 좋아했다. 그녀에게 손님이란 자신이 좋아하는 돈이 나오는 원천이었기 때문이다.

매니저는 추잉잉이 청소를 도와주는 건 좋아했지만 그녀와 성과를 나누고 싶지 않았기 때문에 손님 응대를 도와주는 건 좋아하지 않았다. 매니저는 손님 응대는 자신의 업무라면서 업무의 경계선을 넘지 말라고 그녀에게 주의를 주었다. 그래서 그녀는 손님이 와도 계산대 밖으로 나가지 못하고 손님이 계산하러 올 때까지 기다려야 했다. 손님이 산 물건을 꼼꼼하게 포장한 뒤 타오바오 주소가 찍힌 명함을 끼워주면 매니저가 못 마땅한 표정으로 그녀를 쳐다보았다. 온라인 숍 매출은 고스란히 그녀의 실적으로 계산되기 때문이다. 추잉잉이 상냥하고 친절하게 손님을 응대하면 손님은 다음부터 추운 날 원두커피를 사러 직접 찾아오는 수고를 하지 않고 편하게 온라인으로 구입했다.

사장은 온라인 숍 매출이 계속 증가하고 특히 오프라인 매장에서 구매한 고객이 온라인으로 재구매하는 경우가 많다는 것을 알고 추잉잉을 점점 더 신뢰했다. 그럴수록 매니저는 점점 추잉잉을 눈엣가시로 여겼다.

오늘 매장에 불청객 취샤오샤오가 불쑥 찾아왔다. 취샤오샤오는 커다란 선글라스를 끼고 검은 가죽재킷 위에 두꺼운 머플러를 둘러 작은 얼굴을 가리고 있었다. 추잉잉이 말없이 비딱한 시선으로 그녀를 쳐다보았다. 추잉잉은 취샤오샤오에게 맺힌 게 많았다. 아무리 돈이 중요해도 취샤오샤오에게는 적극적으로 물건을 팔고 싶지 않았다. 그건 그녀의 자존심이었다. 취샤오샤오가 매니저 앞을 지나쳐 추잉잉에게 다가왔다.

"잉잉, 앤디 언니가 가르쳐줘서 왔어. 전기모카포트 하나 사려고. 사무실에서 쓸 거니까 너무 크지 않고 쓰기 편한 걸로. 세척하기도 편해야 돼. 추천 좀 해줘 봐. 알루미늄 말고 스테인리스여야 해. 그 사람은 그런 걸 따질 거 같거든."

"그 사람이 누군데?"

"남자친구. 완벽한 꽃미남이지."

"그래서 돈으로 처바르는구나."

추잉잉이 잽싸게 한마디 던져놓고 진열대에서 모카포트 두 개를 집어 들었다.

"이건 비싼 거고 이건 그저 그래. 비싼 건 스테인리스야. 딱 봐도 단단해 보이지? 네 잔 짜리랑 여섯 잔 짜리가 있는데 앤디 언니는 여섯 잔 짜리로 샀어. 남자친구가 뭐 하는 사람이야? 아, 지난번에 리조트에 왔던 그 남자? 그럼 네 잔 짜리로 해. 딱 봐도 스트레스 없게 생겼더라. 그 남자가 잘생겼다고? 너 보기보다 눈이 참 낮구나?"

"의사야! 수술하는 의사!"

"그럼 여섯 잔 짜리로 해. 고민할 것도 없어. 우리 손님 중에 의사들은 결벽증 환자거나 술, 담배에 찌들어 살 거나 둘 중 하나더라. 커피도 주전자 째로 들이붓듯이 마셔. 선물은 제대로 골랐네. 지난번에 심혈관 전문의가 왔었는데 모카포트에서 고압으로 추출해낸 에스프레소가 제일 좋대. 마시고 나면 가슴이 저 밑바닥부터 두근두근해진다나. 아, 남자 꼬시러 가는 애한테 내가 왜 이런 비결을 알려주고 있지?"

취샤오샤오는 어떤 걸 골라야 할지 망설였다. 그녀는 커피는 잘 알아도 커피를 만드는 건 잘 몰랐다. 그녀의 집에는 드립포트밖에 없었고 모카포트는 앤디가 추천해준 항목이었다. 하지만 괜히 비결을 알려주었다고 후회하는 추잉잉을 보고 곧바로 결정했다.

"좋아. 여섯 잔 짜리로 할게."

추잉잉이 누굴 골탕 먹이려고 꼼수를 쓸 아이는 아니라는 걸 알고 있었기 때문이다.

추잉잉이 눈을 흘기며 모카포트를 포장한 뒤 달라는 얘기도 안 했는데 갈아놓은 원두 두 봉지와 커피잔 하나, 커피스푼 하나, 커피크림 한 봉지, 각설탕 한 상자를 함께 넣고 취샤오샤오 앞으로 영수증을 팽개치듯 던졌다. 취샤오샤오는 추잉잉이 자기한테 한 행동을 후회하도록 아무것도 사지 않고 나가버리고 싶은 충동이 들었지만 앤디의 추천으로 온 데다가 자오치펑에게 꼭 선물을 해야 했기 때문에 참을 수밖에 없었다. 물론 순순히 당하고만 있을 그녀가 아니었다. 그녀가 계산대 뒤에 서 있는 추잉잉에게 말했다.

"우리 아빠 회사에서 매달 커피를 대량 구매해. 우리 회사에도 외국인 직원들이 있어서 커피를 사야 하고. 그런데도 나한테 인상을 쓸 거야?"

"매달 5킬로그램 이상 주문하겠다는 주문서를 받아와. 그러면 네가 웃어달라는 대로 웃어줄 테니까. 너처럼 여우같이 살살거리며 웃을 수도 있어. 내 앞에서 공수표를 날리는 수작인 거 내가 모를 줄 알아? 네 말 안 믿어."

"날 자극해보시겠다? 관둬라. 어설픈 솜씨로 나랑 겨뤄볼 생각 마. 너랑 놀 생각 없으니까. 홍보해줄 테니까 샘플로 몇 봉지 내놔 봐. 거래가 성사되면 나한테 웃어줄 필요는 없고 22층에서 만날 때마다 뜨겁게 5초 동안 안아줘."

추잉잉은 그 말을 믿을 수가 없었다.

"도대체 무슨 꿍꿍이야?"

취샤오샤오가 그녀를 흘겨보았다.

"꿍꿍이라고? 스파와 샤넬 NO.5로 관리하는 내 몸을 안아보게 해주겠다는데 꿍꿍이라니?"

취샤오샤오가 계산을 마친 뒤 선글라스를 쓰고 밖으로 나갔다. 그녀를 배웅하던 추잉잉이 문 앞에서 애교스럽게 그녀의 이름을 부르더니 와락 끌어안고 5초 동안 놓아주지 않았다. 취샤오샤오의 경악한 표정을 보고 추잉잉이 말했다.

"맛보기로 보여준 거야."

취샤오샤오가 토하는 시늉을 했다.

"좋아. 물론 더 닭살 돋게 해도 좋고."

추잉잉이 주문을 외듯 중얼거리며 배웅했다.

"돈 버는 게 먼저야. 돈 버는 게 먼저…."

취샤오샤오가 깔깔대며 가고난 뒤 추잉잉이 판성메이에게 문자를 보내려다가 판성메이와 취샤오샤오의 사이가 좋지 않다는 게 생각나 그만두었다. 앤디는 방해하면 안 될 것 같고 관쥐얼도 바쁠 것 같아서 스멀스멀 올라오는 의구심을 꾹꾹 눌렀다. 취샤오샤오가 무슨 꿍꿍이로 갑자기 찾아온 건지 아무리 생각해도 짐작 가는 구석이 없었다.

(2권에 계속)

환락송 1. 늦은 밤, 피나 콜라다

2020년 6월 15일 초판 1쇄 발행

지은이 · 아나이 | 옮긴이 · 허유영
펴낸이 · 김상현, 최세현 | 경영고문 · 박시형

책임편집 · 김명래 | 디자인 · 윤민지
마케팅 · 양근모, 권금숙, 양봉호, 임지윤, 조히라, 유미정
경영지원 · 김현우, 문경국 | 해외기획 · 우정민, 배혜림 | 디지털콘텐츠 · 김명래
펴낸곳 · 팩토리나인 | 출판신고 · 2006년 9월 25일 제406-2006-000210호
주소 · 서울시 마포구 월드컵북로 396 누리꿈스퀘어 비즈니스타워 18층
전화 · 02-6712-9800 | 팩스 · 02-6712-9810 | 이메일 · info@smpk.kr

ⓒ 아나이 (저작권자와 맺은 특약에 따라 검인을 생략합니다)
ISBN 979-11-6534-184-8 (03820)

쌤앤파커스(Sam&Parkers)는 독자 여러분의 책에 관한 아이디어와 원고 투고를 설레는 마음으로 기다리고 있습
니다. 책으로 엮기를 원하는 아이디어가 있으신 분은 이메일 book@smpk.kr로 간단한 개요와 취지, 연락처 등을
보내주세요. 머뭇거리지 말고 문을 두드리세요. 길이 열립니다.